알렉상드르 뒤마
Alexandre Dumas, 1802. 7. 24~1870. 12. 5

나폴레옹 군의 장군이었던 토마-알렉상드르 뒤마의 아들로 북프랑스의 빌레르-코트레에서 태어났다. 흑백 혼혈인이었던 아버지는 용기와 담력으로 대단한 평판을 얻어 나폴레옹의 찬사를 받기도 한 인물이었다. 어려운 가정 형편과 유년 시절 부친의 사망 등으로 제대로 된 교육을 받지 못했으나, 부친의 명망 덕분에 귀족들과 알고 지낼 수 있었다.

1824년 파리로 이주해, 후일 7월혁명으로 왕위에 오르게 되는 루이 필리프의 사무실에서 일하는 한편, 극작 활동을 시작해《크리스틴》(1830),《앙토니》(1831),《넬 탑》(1832) 등 다수의 희곡을 썼다. 특히 1829년 코메디 프랑세즈에서 상연된《앙리 3세와 그의 궁정》은 대성공을 거두어, 빅토르 위고와 함께 프랑스 낭만주의 운동의 기수가 되었다.

시대 변화에 민감한 작가로서, 1840년대 이후에는 본격적으로 소설로 눈을 돌려 신문에 연재소설을 기고하기 시작했다. 첫 연재소설인《폴 선장》(1838)을 쓴 이후, 집필 공방을 마련하여 수많은 소설들을 생산해냈는데, 이때 발표한 작품들 중 특히《삼총사》(1844),《20년 후》(1845),《브라줄론 자작》(1847)의 '다르타냥 시리즈'와《몬테크리스토 백작》(1845)은 대중소설의 모범을 보여주며 엄청난 인기를 끌었다. 1847년에는 '역사극장'을 개관하여 자신의 소설들을 연극으로 각색, 무대에 올리기도 했다.

지치지 않는 창작열로 250여 편의 작품을 남기고 1870년 사망한 뒤마는 원래 고향에 묻혔으나, 탄생 200주년인 2002년에 프랑스의 국가적 위인들이 묻혀 있는 팡테옹으로 이장되었다. 뒤마 이전에 이곳에 묻힌 문인은 볼테르, 장-자크 루소, 빅토르 위고, 에밀 졸라, 앙드레 말로뿐이었다.

쾌남아 다르타냥과 아토스, 포르토스, 아라미스 삼총사의 우정과 모험이 탄탄한 구성 속에 흥미진진하게 펼쳐지는 소설《삼총사》는 뒤마 본인이 가장 아끼던 작품이었다. 학자나 평론가들이 아닌 대중이 선택한 고전으로서, 모험소설 읽기의 순수한 즐거움을 전파해온《삼총사》는 지금도 시대를 뛰어넘어 전 세계 독자들의 끊임없는 사랑을 받고 있다.

삼총사

2

Les Trois Mousquetaires

삼총사
2

알렉상드르 뒤마 지음

김석희 옮김

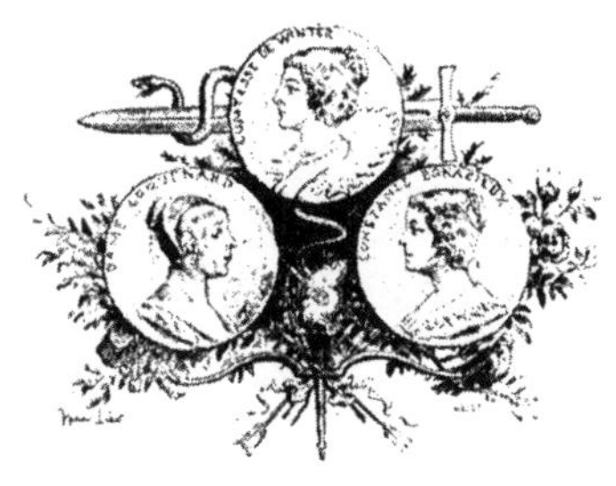

시공사

일러두기

1. 이 책은 프랑스의 작가 알렉상드르 뒤마(Alexandre Dumas)의 《삼총사(Les Trois Mousquetaires)》를 우리말로 완역한 것이다.
2. 번역은 갈리마르판(Gilbert Sigaux 편집, 2001년)을 대본으로 삼았고, 가르니에판(Charles Samaran 편집, 1968년)과 영어판(Richard Pevear 번역, 바이킹 출판사 발행, 2006년)과 일본어판(井上伸一郞 번역, 角川書店 발행, 2009년)을 참고했다. 해설을 쓰고 역주를 다는 데에도 도움을 받았으며, 때로는 부분적으로 차용하기도 했다.
3. 그림은 프랑스의 역사화가이자 삽화가, 희곡과 영화 제작자인 모리스 르루아르(Maurice Leloir, 1851~1940)의 작품들로, Thomas Y. Crowell & Co.가 1894년 발행한 판본에 실었던 일러스트 중 일부를 추린 것이다.

LES
TROIS
MOUSQUETAIRES
Vol. II.

제29장
출전 준비

다르타냥의 신분은 아직 근위대원이므로 총사들보다는 출전 준비를 갖추기가 훨씬 쉬웠지만, 네 친구 중에 가장 출전 준비에 몰두한 것은 다르타냥이었다. 우리도 알다시피, 가스코뉴 출신의 이 막내는 신중하고 인색할 뿐만 아니라, 포르토스를 능가할 정도로 허영심이 강했다. 그런데 지금 다르타냥은 허영심만이 아니라 그보다 덜 이기적인 걱정에도 사로잡혀 있었다. 그는 보나시외 부인에 대해 수소문해보았지만 아무 소식도 듣지 못했다. 트레빌도 왕비에게 보나시외 부인의 소식을 물었지만, 왕비도 그녀가 어디 있는지 알지 못했다. 보나시외 부인의 행방을 찾아보게 하겠다고 약속했지만, 이 약속은 지극히 막연한 것이어서 다르타냥을 안심시키기에는 부족했다.

아토스는 자기 방에서 나오지 않았다. 그는 출전 준비를 갖추기 위해 어떤 조치도 취하지 않겠다고 작심했다.

"아직 보름이나 남았어." 그가 친구들에게 말했다. "보름이 지날 때까지 내가 좋은 수를 찾지 못하면, 아니 좋은 수가 나한테 굴러 들어오지 않으면, 나는 훌륭한 가톨릭교도라서 총으로 내 머리를 날려버릴 수는 없으니까, 추기경의 친위대원 네 명이나 영국인 여덟 명에게 시비를 걸어서 그중 하나가 나를 죽일 때까지 싸우겠어. 그들 가운데 나를 죽여줄 놈이 하나쯤은 있겠지. 그러면 내가 폐하를 위해 죽었다고 할 테고, 따라서 나는 출전 준비를 갖추지 않고도 왕에게 봉사한 셈이 돼."

포르토스는 뒷짐을 지고 오락가락하다가 머리를 갑자기 쳐들고 말했다.

"나는 내 생각을 따르겠어."

아라미스는 걱정에 사로잡혀 아무 말도 하지 않았다.

이런 점들만 보아도 황폐함이 이 작은 동아리를 지배하고 있다는 것을 분명히 알 수 있다.

하인들은 히폴리투스의 말들*처럼 주인의 비참한 처지를 함께 나누고 있었다. 무스크통은 딱딱한 빵 껍질을 모아서 비축해두었다. 신앙심이 깊은 바쟁은 이제 한시도 교회를 떠나지 않았다. 플랑셰는 파리들이 날아다니는 것을 멍하니 바라보았고, 그리모는 이런 궁지에 빠져 있으면서도 주인이 요구하는 침묵을 깨지 않고 목석같은 심장도 움직일 만큼 깊은 한숨만 내쉬었다.

앞에서 말했듯이 아토스는 출전 준비를 갖추기 위해 어떤 조치도 취하지 않겠다고 작정했기 때문에, 나머지 세 친구는 아침 일찍 나갔다가 밤늦게 돌아오곤 했다. 그들은 거리를 헤매 다니면서, 그 길을 앞서 지나간 사람들이 혹시 지갑이라도 떨어뜨리지 않았나 보려고 길바닥을 유심히 살피곤 했다. 어디에 가든 주의 깊게 길을 살폈기 때문에, 누가 보았다면 그들이 누군가의 발자국을 추적하고 있는 줄 알았을 것이다. 길거리에서 마주치면 그들의 우울한 표정은 서로 이렇게 묻는 것 같았다. "뭘 좀 찾아냈나?"

하지만 맨 먼저 좋은 생각을 찾아냈고 그 생각을 고집스럽게 추적한 포르토스가 행동에 나서는 것도 가장 빨랐다. 포르토스는 실천가였다. 다르타냥은 어느 날 그가 생뢰 성당 쪽으로 가는 것을 보고, 본능적으로 그를 따라갔다. 포르토스는 콧수염을 쓸어 올리고 뾰족하게 기른 턱수염을 쓰다듬은 뒤 성당으로 들어갔다. 이 몸짓은 뭔가 대담한 짓을 하기로 마음먹었을 때 그가 보이는 버릇이었다. 다르타냥은 들키지 않으려고 무척 조심했기 때문에, 포르토스도 누군가 자기를 지켜보고 있는 줄은 꿈에도 몰랐다. 다르타냥은 그를 따라 성당으로 들어갔다. 포르토스는 기둥 쪽으로 걸어가서 옆면에 등을 기댔다. 아직 들키지 않은 다르타냥도 같은 기둥의 반대쪽에 몸을 기댔다.

신부가 설교를 하고 있었다. 성당 안은 사람들로 가득 차 있었다. 포르토스는 그 상황을 이용하여 여자들에게 추파를 던졌다. 무스크통이 잘 보살펴준 덕분에 그의 겉모습에는 궁색한 기색이 전혀 드러나지 않았다. 모자는 좀 낡았고 깃털 장식은 색이 좀 바랬고 자수는 좀 칙칙했고 레이스도 올이 살짝 풀어져 있었지만, 성당이 어두컴컴해서 그런 사소한 흠은 전혀 눈에 띄지 않았다. 포르토스는 여전히 미남으로 보였다.

다르타냥과 포르토스가 기대어 있는 기둥에서 가장 가까운 장의자에 검은 레이스 베일을 쓰고 앉아 있는 여자가 다르타냥의 눈에 들어왔다. 안색이 좀 누렇고 몸매가 마르긴 했지만 자세가 꼿꼿하고 거만해 보이는 중년의 미인이었다. 포르토스의 시선은 이 여자를 몰래 훔쳐보다가 성당의 회중석을 이리저리 날아다녔다.

여자는 이따금 얼굴을 붉히며 포르토스에게 재빠른 눈길을 던졌고, 그러면 포르토스의 눈길은 당장 화난 것처럼 그녀를 떠나 다른 곳으로 날아가버렸다. 이렇게 딴청을 부리는 것은 검은 베일을 쓴 여인을 자극하려는 술수임이 분명했다. 여자는 입술을 피가 나도록 깨물고 코끝을 긁는 등, 앉은 자리에서 안절부절못했기 때문이다.

포르토스는 그것을 보면서 콧수염을 다시 쓸어 올리고, 턱수염을 다시 쓰다듬고, 성가대 근처의 아름다운 여인에게 추파를 던지기 시작했다. 그녀는 미인일 뿐만 아니라 대귀족의 부인인 게 분명했다. 그녀 뒤에 흑인 시동과 시녀가 서 있었기 때문이다. 시동은 그녀가 지금 무릎을 꿇고 있는 방석을 가져왔고, 시녀는 가문의 문장으로 화려하게 장식된 주머니를 들고 있었는데, 그녀가 지금 읽고 있는 성경책은 그 주머니에 들어 있던 것이었다.

검은 베일을 쓴 여자는 이리저리 헤매는 포르토스의 시선을 따라다니다가, 그의 눈길이 시동과 시녀를 거느리고 붉은 방석 위에 앉아 있는 귀부인에게 멈춘 것을 알아차렸다.

그러는 동안에도 포르토스는 열심히 게임을 하고 있었다. 눈으로는 윙크를 하고, 입술에 손가락을 대기도 하고, 무시당한 여인의 마음에 못을 박는 뇌쇄적인 미소를 던지기도 했다.

그래서 그녀는 가슴을 치면서, 제 잘못을 인정하는 듯 "흠!" 하고 한숨을 내쉬었다. 그 한숨 소리가 너무 컸기 때문에 사람들이 모두—방석 위에 앉아 있는 귀부인까지도—그녀를 돌아보았다. 하지만 포르토스는 꿈쩍도 하지 않았다. 여자의 마음을 헤아리면서도 못 들은 체했다.

붉은 방석에 앉아 있는 귀부인이 대단한 미인이었기 때문에, 검은 베일을 쓴 여인은 그녀를 두려운 연적으로 생각하고 흠칫 놀랐다. 포르토스도 흠칫 놀랐다. 귀부인이 검은 베일을 쓴 여자보다 훨씬 예쁘다는 것을 알았기 때문이다. 다르타냥도 흠칫 놀랐다. 그 귀부인이 묑과 칼레와 도버에서 만났던, 그를 성가시게 굴던, 얼굴에 흉터가 있는 사내가 밀레디라고 부르며 인사했던 여자였기 때문이다.

다르타냥은 붉은 방석에 앉아 있는 여자에게서 눈을 떼지 않은 채 포르토스의 흥미진진한 수작을 계속 지켜보았다. 다르타냥은 검은 베일의 여자가 우르스 가의 소송 대리인의 아내일 거라고 짐작했다. 생뢰 성당이 그 거리에서 그리 멀지 않았기 때문에 그만큼 더 확신할 수 있었다.

이어서 다르타냥은, 소송 대리인의 아내가 금전 문제에서 까다롭게 굴었고, 그래서 포르토스가 샹티이에서 당한 좌절을 복수하려 하고 있다고 판단했다.

하지만 그 와중에도 다르타냥은 포르토스의 수작에 반응하는 얼굴이 하나도 없음을 알아차렸다. 그것은 모두 공상과 착각일 뿐이었다. 하지만 진정으로 사랑하는 사람, 진심으로 질투하는 사람에게 착각과 공상 이외에 또 무슨 현실이 존재하겠는가?

설교가 끝났다. 소송 대리인의 아내가 성수반으로 다가갔다. 포르토스는 그녀보다 먼저 성수반에 도착하여, 손가락 하나가 아니라 한 손을 통째로 성수에 담갔다. 소송 대리인의 아내는 포르토스가 자기를 위해 일부러 그런 수고를 한 줄 알고 생긋 웃었지만, 그러나 그것이 착각이라는 것을 곧 깨달았다. 그녀가 서너 걸음 떨어진 곳에 이르렀을 때, 포르토스는 고개를 돌려 붉은 방석에 앉아 있던 귀부인에게 눈길을 돌렸다. 귀부인은 이제 자리에서 일어나 시동과 시녀를 거느리고 다가오고 있었다.

붉은 방석의 귀부인이 가까이 다가오자 포르토스는 성수반에서 손을 뺐다. 물이 뚝뚝 떨어졌다. 독실한 미인은 그 귀여운 손을 포르토스의 커다란 손에 살짝 댄 다음, 미소를 지으며 성호를 긋고 성당을 떠났다.

소송 대리인의 아내에게는 도저히 참을 수 없는 처사였다. 그녀는 귀부인과 포르토스가 애인 사이라는 것을 더 이상 의심하지 않았다. 그녀가 지체 높은 귀부인이었다면 기절했겠지만, 한낱 소송 대리인의 마누라에 불과했기 때문에 분노를 억누르며 포르토스에게 이렇게 말하는 것으로 만족했다.

"포르토스 씨, 저한텐 성수를 주지 않을 건가요?"

이 목소리에 포르토스는 백 년 동안 잠을 자다가 깨어난 사람처럼 흠칫 놀랐다.

"부…… 부인!" 그가 외쳤다. "정말로 당신인가요? 당신 남편…… 코크나르 씨는 안녕하신가요? 여전히 그렇게 인색한가요? 내 눈이 그동안 어디 있었는지 모르겠군요. 두 시간이나 설교를 들었는데도, 그동안 당신을 알아보지 못했으니 말입니다."

"당신 곁에서 두 걸음 떨어진 곳에 있었어요." 코크나르 부인이 대답했다. "하지만 당신은 아름다운 여자만 보고 있었기 때문에 나를 못 본 거예요. 방금 전에 성수를 손에 묻혀서 준 여자 말이에요."

포르토스는 당황하는 척했다.

"아! 그걸 보셨군요."

"장님이 아닌 다음에야 누구나 알아차렸을 거예요."

14

"아, 예." 포르토스가 건성으로 말했다. "나와 친한 공작부인인데, 남편의 질투 때문에 좀처럼 만날 수가 없었지요. 그런데 나를 만나려고, 단지 그 이유 때문에 이 외진 동네에 있는 초라한 성당에 오겠다고 연락을 보냈더군요."

"포르토스 씨, 5분 동안만 팔짱을 끼어도 되겠죠? 할 이야기가 있어요."

"지금요?" 포르토스는 상대를 속일 속셈으로 비웃고 있는 노름꾼처럼 남몰래 눈을 깜박이며 말했다.

그 순간 다르타냥이 밀레디를 뒤쫓아가려고 그 옆을 지나가다가 포르토스를 곁눈질했고, 그의 우쭐한 표정을 포착했다.

"아하!" 다르타냥은 그 문란한 시대의 관대한 도덕관에 따라 추론한 뒤, 속으로 중얼거렸다. "이제 한 사람은 제때에 출전 준비를 갖출 수 있겠군."

포르토스는 작은 배가 키에 따라 움직이듯 소송 대리인 아내의 팔에 이끌려 생마글루아르 수도원*에 도착했다. 양쪽 끝에 십자형 회전식 문이 달려 있고 사람이 거의 오지 않는 한적한 샛길이었다. 낮에는 거지들이 와서 음식을 먹거나 아이들이 놀고 있을 뿐이었다.

"아, 포르토스 씨!" 소송 대리인의 아내가 거지나 아이들 외에는 아무도 그들을 보거나 들을 수 없다는 것을 확인하고 나서 외쳤다. "아, 포르토스 씨! 당신은 대단한 바람둥이인 것 같아요!"

"내가요?" 포르토스가 가슴을 부풀리며 말했다. "왜 그렇게 생각하시죠?"

"조금 전의 그 모든 눈짓과 성수는 뭐죠? 하지만 그 귀부인은 흑인 시동과 시녀를 거느리고 있었으니까, 아마 공주님일 거예요!"

"아니, 그렇지 않아요. 그저 공작부인에 불과합니다."

"그럼 문 앞에서 대령하고 있던 하인에다, 제복 차림의 마부까지 대기하고 있던 그 마차는 뭐죠?"

포르토스는 하인도 마차도 보지 못했지만, 코크나르 부인은 질투에 사로잡힌 여자의 눈으로 무엇 하나 놓치지 않고 다 보았던 것이다.

포르토스는 붉은 방석 위의 여자를 처음부터 공주라고 말하지 않은 것을 후회했다.

"아, 당신은 모든 미인들이 떠받드는 응석받이예요, 포르토스 씨." 소송 대리인의 아내가 한숨을 내쉬며 말을 이었다.

"하지만 아시다시피 체격과 용모를 타고났으니, 여복도 타고날 수밖에요."

"세상에! 남자들은 어쩌면 그렇게 빨리 잊어버릴 수 있죠?" 소송 대리인의 아내가 하늘을 쳐다보며 외쳤다.

"여자들만큼 빠르지는 않은 것 같은데요." 포르토스가 대답했다. "어쨌든 나는 당신의 희생자가 되었다고 할 수 있으니까요. 다쳐서 죽어가고 있을 때, 의사마저 포기했을 때, 명문가의 후예인 내가 당신의 호의를 믿었다가 샹티이의 싸구려 여관에서 처음에는 상처 때문에, 다음에는 굶주림 때문에 죽을 뻔했죠. 그런데도 당신은 내가 여러 번 애절한 편지를 보냈는데도 답장 한 번 해주지 않았어요."

"하지만 포르토스 씨." 소송 대리인의 아내는 당시 귀부인들의 행실로 판단하면 자기가 잘못했다는 느낌이 들어서 중얼거렸다.

"당신 때문에 프나플로르 백작부인을 저버렸는데……"

“그건 잘 알고 있어요.”

“그리고 남작부인도…….”

“포르토스 씨, 나를 괴롭히지 마세요!”

“공작부인도…….”

“포르토스 씨, 부디 너그럽게 봐주세요!”

“당신 말이 맞습니다. 그만두죠.”

“하지만 돈을 빌려달라는 이야기를 들으려 하지 않은 건 남편이었어요.”

“코크나르 부인.” 포르토스가 말했다. “당신이 내게 처음으로 보낸 편지를 잊지 마세요. 나는 그 편지 내용을 다 기억에 새겨놓았다고요.”

소송 대리인의 아내가 신음 소리를 냈다.

“하지만 당신이 빌려달라고 부탁한 돈의 액수가 너무 컸기 때문이기도 해요.”

“코크나르 부인, 나는 당신에게 맨 먼저 부탁했던 거예요. 공작부인에게 편지를 썼다면 다 해결되었을 텐데……. 공작부인의 이름은 말하고 싶지 않군요. 여자의 평판을 떨어뜨리는 짓은 결코 내 방식이 아니니까요. 하지만 공작부인에게 편지를 쓰기만 했다면 1천 리브르쯤은 즉각

보내주었을 겁니다.

소송 대리인의 아내가 눈물을 흘렸다.

"포르토스 씨, 당신은 내게 혹독한 벌을 주었어요. 앞으로도 또 그런 곤경에 빠지면 내게 한마디만 하면 돼요. 약속할게요."

"그만둡시다!" 포르토스가 불쾌한 듯 말했다. "돈 얘기는 하지 맙시다. 창피하니까."

"그러니까 당신은 이제 나를 사랑하지 않는군요?" 소송 대리인의 아내가 슬픈 얼굴로 말했다.

포르토스는 위엄 있게 침묵을 지켰다.

"그게 당신의 대답인가요? 알았어요!"

"당신이 내게 준 상처를 생각해봐요. 아직도 여기에 남아 있다고요." 포르토스가 손을 가슴에 대고 힘껏 누르면서 말했다.

"그걸 보상할게요. 사랑하는 포르토스!"

"게다가 내가 당신에게 부탁한 게 뭐죠?" 포르토스가 순진한 척 어깨를 으쓱하면서 말을 이었다. "그저 돈 좀 빌려달라고 했을 뿐입니다. 어쨌든 나는 억지를 부리는 사람이 아닙니다. 당신이 부자가 아니라는 건 알고 있습니다. 당신 남편이 몇 푼이라도 벌려면 가난한 고객들에게 거머리처럼 달라붙어 돈을 뜯어내야 한다는 것도 알고 있고요. 오, 당신이 백작이나 후작이나 공작의 부인이라면 이야기가 다르겠지요. 그랬다면 당신을 용서할 수 없을 겁니다."

소송 대리인의 아내는 자존심이 상했다.

"알아두세요, 포르토스 씨. 내 금고는 소송 대리인 마누라의 금고에 지나지 않지만, 그 속은 몰락한 귀부인들의 금고보다 훨씬 넉넉할 거예요."

"그러면 당신은 이중으로 내 기분을 상하게 한 겁니다." 포르토스가 소송 대리인 아내의 팔을 뿌리치면서 말했다. "당신이 부자라면 내 요구를 거절할 핑계가 없으니까요."

"내가 부자라고 말한 걸 문자 그대로 받아들이면 안 돼요." 소송 대리인의 아내는 자기가 지나쳤음을 깨닫고 그렇게 말을 받았다. "정확히 말하면 부자가 아니지만, 좀 여유 있게 살고 있을 뿐이에요."

"됐습니다, 부인." 포르토스가 말했다. "그런 이야기는 이제 그만둡시다. 당신은 나를 오해했어요. 우리 사이에는 공감대가 완전히 사라져버렸어요."

"배은망덕한 사람!"

"아하, 그럼 나를 고소하시지 그래요?" 포르토스가 말했다.

"아름다운 공작부인한테나 가보세요. 더 이상 붙잡지 않을 테니까!"

"좋아요. 그 여자는 이토록 매정하지 않을 거요!"

"이봐요, 포르토스 씨. 다시 한 번 마지막으로 묻겠는데, 아직도 나를 사랑하나요?"

"아, 부인!" 포르토스가 최대한 우울한 말투를 꾸며내어 말했다. "이제 곧 원정을 떠날 텐데, 이번 원정에서는 아무래도 살아서 돌아오지 못할 것 같은 예감이……."

"어머나, 그런 말은 하지 마세요!" 소송 대리인의 아내가 흐느끼는 얼굴로 말했다.

"아무래도 그런 예감이 드는군요." 포르토스가 점점 더 우울한 표정을 지으며 말을 이었다.

"차라리 새 애인이 생겼다고 하세요."

"솔직히 말하면 그렇진 않아요. 다른 여자에게 내 마음이 움직인 적은 없습니다. 여기, 내 마음속 깊은 곳에서 무언가가 당

신을 편드는 것이 느껴지는군요. 하지만 당신도 알지 모르겠지
만, 이제 보름만 지나면 대규모 전쟁이 시작됩니다. 나는 출전
준비 때문에 무척 바쁠 거예요. 준비가 끝나면 브르타뉴 구석
에 있는 고향으로 가족을 만나러 가야 합니다. 원정에 필요한
자금을 마련해야 하니까."

포르토스는 사랑과 돈 사이에서 마지막 투쟁이 벌어지고 있
는 것을 감지했다.

"그런데……" 포르토스가 말을 이었다. "당신이 성당에서
본 공작부인이 내 영지 근처에 영지를 갖고 있기 때문에, 함께
여행하게 될 겁니다. 아시다시피 여행이란 둘이 함께하면 훨씬
덜 지루하니까요."

"파리에는 친구가 없나요, 포르토스 씨?" 소송 대리인의 아
내가 물었다.

"있는 줄 알았죠." 포르토스가 다시 우울한 표정으로 말했
다. "하지만 착각이었어요."

"아니에요. 있어요, 포르토스 씨. 있고말고요!" 소송 대리인
의 아내가 자신도 놀랄 만큼 흥분한 태도로 말을 받았다. "내
일 우리 집으로 오세요. 이모의 아들, 그러니까 이종사촌동생
이라고 하세요. 당신은 피카르디의 누아용에서 몇 가지 소송
문제로 파리에 왔는데 소송 대리인을 구하지 못한 거예요. 알
겠죠?"

"물론입니다."

"점심시간에 맞춰 오세요."

"알았습니다."

"내 남편 앞에서는 확고한 태도를 취하세요. 나이가 일흔여
섯 살인데도 빈틈없고 날카로운 사람이니까."

"일흔여섯 살이라! 좋은 나이군요!"

"늙었다는 뜻이겠죠? 그래요. 그 가엾은 양반은 언제라도 나를 과부로 만들 수 있어요." 소송 대리인의 아내가 포르토스에게 의미심장한 눈길을 던지면서 말을 이었다. "다행히 우리는 결혼 계약을 맺을 때 살아남은 사람에게 모든 재산을 남기기로 했어요."

"전 재산을?"

"전 재산을."

"당신은 선견지명을 가진 여자군요. 사랑하는 부인." 포르토스가 소송 대리인 아내의 손을 다정하게 잡으면서 말했다.

"그럼 우리 화해한 건가요, 사랑하는 포르토스 씨?" 그녀가 선웃음을 지으며 말했다.

"죽을 때까지." 포르토스도 같은 어조로 대답했다.

"그럼 안녕, 나의 배신자."

"안녕, 나의 건망증 부인."

"내일 봐요, 나의 천사!"

"내일 만나요, 내 생명의 불꽃!"

제30장

밀레디

다르타냥은 들키지 않게 밀레디를 따라갔다. 밀레디가 마차에 타는 게 보였고, 마부에게 생제르맹으로 가라고 지시하는 소리도 들렸다.

팔팔한 말 두 마리가 끄는 마차를 두 발로 따라가려고 애써 봤자 소용없는 일이었다. 다르타냥은 페루 가로 돌아갔다.

센 가에서 우연히 플랑셰를 만났는데, 플랑셰는 과자점 앞에 서서 먹음직스러운 브리오슈를 넋 나간 듯 바라보고 있었다.

다르타냥은 플랑셰에게, 트레빌 대장네 마구간에 가서 그와 플랑셰가 탈 말을 두 마리 골라서 안장을 얹고 아토스의 집으로 오라고 일렀다. 다르타냥은 트레빌 대장의 마구간에 있는 말을 필요하면 언제든지 써도 좋다는 허락을 받았기 때문이다.

플랑셰는 콜롱비에 가 쪽으로 떠났고, 다르타냥은 페루 가 쪽으로 걸어갔다. 아토스는 집에서 처량하게 혼자 술을 마시고 있었다. 피카르디 여행에서 가져온 스페인 포도주 한 병을 비우고 있는 참이었다. 그는 그리모에게 다르타냥의 술잔을 가져오라고 신호를 보냈고, 그리모는 여느 때처럼 묵묵히 주인의 지시에 따랐다.

다르타냥은 성당에서 포르토스와 소송 대리인 아내 사이에 일어난 일을 아토스에게 모두 이야기했고, 포르토스가 지금쯤은 출전 준비를 갖추고 있을 거라고 말했다.

이 이야기를 다 듣고 나서 아토스가 대답했다.

"나는 마음이 편해. 내 마구 비용을 대주는 여자는 없을 테니까."

"하지만 당신처럼 잘생기고 품위 있고 지체 높은 귀족이 사랑의 화살을 쏘면 어떤 공주나 왕비도 무사하지 못할 겁니다."

"자네는 정말 풋내기로군!" 아토스가 어깨를 으쓱하면서 말했다.

그러고는 그리모에게 포도주를 또 한 병 가져오라는 신호를 했다.

바로 그때 플랑셰가 반쯤 열린 문으로 살그머니 머리를 들이밀고는, 말 두 마리를 준비해놓았다고 주인에게 알렸다.

"웬 말이야?" 아토스가 물었다.

"트레빌 대장님이 산책용으로 빌려준 말입니다. 그 말을 타고 생제르맹을 한 바퀴 돌아볼 생각이에요."

"생제르맹에는 뭐하러 가는데?" 아토스가 또 물었다.

그래서 다르타냥은 성당에서 우연히 만난 여자에 대해 이야기하고, 관자놀이에 흉터가 있는 검은 망토의 귀족과 더불어 그의 마음을 늘 사로잡고 있는 그 여자를 어떻게 발견했는지도 이야기했다.

"그러니까 자네는 그 여자한테 반한 거로군? 보나시외 부인에게 반한 것처럼." 아토스가 인간의 연약함을 동정하듯, 경멸하는 투로 어깨를 으쓱하며 말했다.

“천만에요!” 다르타냥이 외쳤다. “그 여자를 둘러싸고 있는 수수께끼를 명쾌하게 풀고 싶을 뿐입니다. 그 여자는 나를 모르고 나도 그 여자에 대해 아는 게 없지만, 무엇 때문인지는 몰라도 왠지 그 여자가 내 인생에 영향을 미치고 있다는 생각이 들거든요.”

“자네 말이 옳아. 어떤 여자든, 일단 사라져버린 여자는 굳이 찾으려고 애쓸 가치가 없어. 보나시외 부인은 사라져버렸어. 안됐지만 어쩔 수 없지. 그 여자가 제 발로 나타나게 내버려둬!”

“아니에요, 아토스. 그렇지 않아요. 당신이 잘못 생각한 거예요! 나는 가엾은 콩스탕스를 전보다 더 깊이 사랑하고 있어요. 콩스탕스가 어디 있는지 안다면, 지구 끝까지라도 가서 적의 손아귀에서 구해낼 겁니다. 하지만 콩스탕스의 행방을 알 수가 없어요. 여기저기 수소문해보았지만 소용이 없었어요. 그러니 어쩌겠습니까? 기분전환이라도 해야죠.”

“그럼 밀레디와 기분전환을 하게, 다르타냥. 그렇게 해서 즐거울 수만 있다면, 나는 진심으로 그렇게 되기 바라네.”

“이봐요, 아토스. 구금이라도 당한 것처럼 틀어박혀 있지 말고, 나하고 함께 말을 타고 생제르맹으로 산책이나 나가지 않을래요?”

“내게 말이 있으면 타지만, 말이 없으면 걷겠네.”

다른 사람이 그런 말을 했다면 기분이 상했겠지만, 다르타냥은 아토스의 염세적인 이 말에 빙긋 웃으면서 대답했다.

“나는 당신만큼 자존심이 강하지 않아서, 손에 넣을 수 있는 말이면 아무 말이나 탑니다. 그럼 산책은 나 혼자 갈 테니까 나중에 또 봅시다.”

"잘 가게." 아토스가 그리모에게 방금 가져온 술병 마개를 따라고 신호를 보내면서 말했다.

다르타냥과 플랑셰는 안장에 올라타고 생제르맹을 향해 떠났다.

가는 동안 내내, 아토스가 보나시외 부인에 대해 한 말이 다르타냥의 머릿속에 계속 떠올랐다. 다르타냥은 별로 감상적인 성격이 아니었지만, 잡화상의 어여쁜 아내에게 진심으로 반해 있었다. 그래서 아까도 말했듯이 그녀를 찾기 위해서라면 지구 끝까지라도 갈 작정이었다. 하지만 지구는 둥그니까 끝이 많고, 그래서 지구 끝으로 가려면 어느 쪽으로 가야 할지 알 수가 없었다.

한편 다르타냥은 밀레디라는 여자가 누구이며 정체는 무엇인지 알아내려고 애써볼 작정이었다. 밀레디는 검은 망토를 걸친 남자와 이야기를 나누었으니까 그 남자와 아는 사이일 것이다. 지금 다르타냥은 보나시외 부인을 처음 납치한 범인이 검은 망토를 걸친 그 남자니까 두 번째로 부인을 납치한 것도 역시 그 남자라고 믿고 있었다. 따라서 다르타냥이 밀레디를 찾으러 나가면서 밀레디와 동시에 콩스탕스도 찾고 있다고 말한 것은 절반만 거짓말이었다. 완전히 새빨간 거짓말은 아니라는 뜻이다.

다르타냥은 이런 생각에 잠긴 채 이따금 말에 박차를 가하면서 생제르맹에 도착했다. 그리고 앞으로 10년 뒤에 루이 14세가 태어날 별궁을 지나갔다. 그가 적막한 거리를 달리면서 아름다운 영국 여자의 흔적을 찾아 좌우를 살피고 있을 때, 당시의 풍습에 따라 도로 쪽으로는 창문을 내지 않은 아담한 집 아래층에 낯익은 얼굴 하나가 보였다. 그는 꽃이 피어 있는 테라스를 거닐고 있었는데, 플랑셰가 먼저 그를 알아보았다.

"나리." 플랑셰가 다르타냥을 돌아보며 말했다. "저기서 멍청하게 입을 헤벌리고 있는 저 얼간이가 기억나지 않으세요?"

"아니." 다르타냥이 말했다. "하지만 처음 보는 얼굴이 아닌 건 확실해."

"저도 그렇게 생각합니다. 저건 그 가련한 뤼뱅이에요. 한 달쯤 전에 칼레에서 항만 사령관의 별장으로 가는 길에 나리한테 혼쭐이 난 바르드 백작의 하인 말입니다."

"아, 그렇구나. 이제 생각난다. 그런데 저 녀석이 네 얼굴을 알아볼까?"

"뤼뱅은 너무 당황해서 어쩔 줄 몰랐으니까 저를 확실히 기억하지는 못할 겁니다."

"좋아. 그럼 가서 저 녀석한테 말을 걸어봐. 그래서 주인이 죽었는지 살았는지 알아봐."

플랑셰는 말에서 내려 뤼뱅에게 곧장 다가갔다. 뤼뱅은 정말로 그를 알아보지 못했고, 두 하인은 죽이 맞아서 사이좋게 잡담을 나누기 시작했다. 그동안 다르타냥은 말 두 마리를 골목에 밀어넣고, 집을 한 바퀴 돌아서 개암나무 울타리 뒤에 숨어 하인들의 대화에 귀를 기울였다.

그가 울타리 뒤에서 잠시 지켜보고 있노라니까, 마차 소리가 들리더니 이윽고 맞은편에 밀레디의 마차가 와서 멈추었다. 밀레디의 마차가 틀림없었다. 다르타냥은 들키지 않고 동정을 살피려고 말의 목에 찰싹 달라붙었다.

밀레디는 매력적인 금발 머리를 문 밖으로 내밀고 하녀에게 몇 마디 일렀다.

하녀는 스무 살쯤 된 예쁘고 민첩하고 활기찬 아가씨였다.

귀부인에게 더없이 어울리는 시녀였다. 당시의 관습에 따라 마차 발판에 앉아 있던 하녀는 주인의 지시를 받고 발판에서 뛰어내려, 다르타냥이 아까 뤼뱅을 보았던 테라스 쪽으로 달려갔다.

다르타냥은 하녀를 눈으로 따라가, 그녀가 테라스 쪽으로 가고 있는 것을 확인했다. 하지만 공교롭게도 뤼뱅은 집 안에서 부르는 소리를 듣고 테라스를 떠났기 때문에, 플랑셰는 그곳에 혼자 남아서 다르타냥이 어느 길로 사라졌는지 보려고 사방을 두리번거리고 있었다.

하녀는 플랑셰를 뤼뱅으로 착각하고, 플랑셰에게 다가가 작게 접은 쪽지를 내밀었다.

"주인 나리께 전해주세요." 하녀가 말했다.

"주인 나리께요?" 플랑셰가 놀라서 되물었다.

"예, 아주 급한 일이에요. 그러니까 빨리 받으세요."

이렇게 말하고 하녀는 다시 마차로 달려갔다. 마차는 아까 온 길 쪽으로 방향을 돌린 채 하녀를 기다리고 있었다. 하녀가 발판에 뛰어오르자 마차는 곧 출발했다.

플랑셰는 쪽지를 이리저리 뒤집어보았지만, 복종에 익숙해져 있었기 때문에 테라스에서 뛰어내려 골목을 따라 걸어오다가 스무 걸음 만에 다르타냥과 마주쳤다. 모든 것을 지켜본 다르타냥이 플랑셰를 마중 나온 것이다.

"나리께 전해드리랍니다." 플랑셰가 쪽지를 내밀면서 말했다.

"나한테?" 다르타냥이 물었다. "확실해?"

"물론이죠. 확실합니다! 하녀가 말했어요. '주인 나리께 전해주세요'라고. 저한테 주인은 나리 한 분뿐이니까……. 그런데 그 하녀가 참으로 예쁘더군요!"

다르타냥이 쪽지를 펼쳤다.

당신에게 말할 수 없이 관심을 가지고 있는 사람인데, 당신이 언제
숲으로 산책하러 나오실 수 있는지 알고 싶어 합니다. 내일 '샹 뒤
드라 도르' 여관에서 검고 붉은 옷을 입은 하인이 회답을 기다리고
있을 것입니다.

'오호! 좀 조급하게 서두르는군! 밀레디와 나는 같은 사람의
건강을 걱정하고 있는 것 같아.' 다르타냥이 중얼거리고는 하
인에게 말했다. "그런데 플랑셰, 바르드 씨는 어떻대? 죽지는
않은 거지?"

"예, 나리. 칼에 네 번이나 찔린 사람치고는 아주 잘 지내고
있답니다. 하지만 출혈이 너무 심해서 아직도 몹시 쇠약한 상
태래요. 아까도 말씀드렸듯이 뤼뱅은 저를 알아보지 못했고,
그래서 그때의 상황을 처음부터 끝까지 들려주더군요."

"잘했어, 플랑셰. 넌 하인들의 왕이야. 자, 말에 올라타. 그
마차를 따라잡아보자."

그다지 오래 걸리지 않았다. 5분 뒤에 그들은 길가에 서 있
는 마차를 발견했다. 화려한 차림의 기사가 마차 문 옆에 서 있
었다.

밀레디와 기사는 대화에 열중해 있었기 때문에, 다르타냥이
마차의 반대쪽에 멈춰선 것도 알아차리지 못했다. 그의 존재를
알아차린 것은 그 예쁘장한 하녀뿐이었다.

그들은 영어로 이야기를 나누고 있었다. 다르타냥은 영어를
알지 못했지만, 그 말투만 듣고도 아름다운 영국 여자가 몹시

화를 내고 있다는 것을 짐작할 수 있었다. 그녀가 말을 끝냈을 때의 몸짓을 보고 다르타냥은 대화의 성격을 확신했다. 여자가 손에 들고 있던 부채로 무언가를 힘껏 때리는 바람에 그 작은 여성용 장신구가 산산조각으로 날아갔기 때문이다.

그러자 기사는 웃음을 터뜨렸고, 그것이 밀레디를 더욱 화나게 한 것 같았다.

다르타냥은 지금이야말로 그들 사이에 끼어들 기회라고 생각했다. 그는 반대쪽 문으로 다가가서 정중히 모자를 벗고 말했다.

"부인, 제가 도와드려도 되겠습니까? 보아하니 이 양반이 부인을 화나게 한 것 같은데, 말씀만 하십시오, 부인. 그의 무례함을 벌주는 일을 제가 기꺼이 맡겠습니다."

다르타냥이 말을 걸었을 때, 밀레디는 고개를 돌려 놀란 눈으로 젊은이를 바라보았다. 그리고 그가 말을 끝내자 밀레디는 유창한 프랑스어로 말했다.

"나와 다투고 있는 사람이 오라버니만 아니라면 기꺼이 당신의 보호를 받겠지만……."

"아! 죄송합니다." 다르타냥이 말했다. "그런 줄도 모르고 그만."

"저 얼간이는 도대체 무슨 참견이야?" 밀레디의 오빠라는 자가 마차의 문 높이까지 고개를 숙이고 창문을 통해 외쳤다. "제 갈 길이나 가지 않고 어딜 끼어드는 거야?"

"얼간이라니! 그건 바로 당신을 두고 하는 말이오." 이번에는 다르타냥이 말의 목 위로 고개를 숙이고 반대쪽 창문을 통해 대꾸했다. "내가 제 갈 길을 가지 않는 건 여기 서 있는 게 즐겁기 때문이오."

기사가 누이에게 영어로 뭐라고 말했다.

"내가 프랑스어로 하니까, 당신도 프랑스어로 대답해주면 좋겠소. 당신은 이 부인의 친척인 모양인데, 다행히 내 친척은 아니잖소."

여자는 대개 겁이 많으니까 말다툼이 더 심해지지 않도록 밀레디가 끼어들어 사태를 수습할 거라고 독자들은 생각했을지 모른다. 하지만 정반대로 밀레디는 마차에 올라타더니 마부에게 단호하게 외쳤다.

"저택으로!"

예쁜 하녀가 다르타냥에게 걱정스러운 눈길을 던졌다. 다르타냥의 잘생긴 외모에 마음이 움직인 것 같았다.

마차가 떠나자 두 남자는 정면으로 얼굴을 맞대게 되었다. 이제 그들 사이에는 아무런 장애물이 없었기 때문이다.

기사가 마차를 따라가려는 몸짓을 했다. 그런데 다르타냥은 상대가 아미앵에서 자기 말을 빼앗고 주사위 노름에서 아토스를 이겨서 그의 다이아몬드 반지까지 빼앗을 뻔했던 바로 그 영국인인 것을 알아차리자, 벌써 부글부글 끓고 있던 분노를 더 이상 억누를 수 없게 되었다. 그래서 떠나려는 기사의 말고삐를 움켜잡고 그를 막았다.

"당신은 나보다 훨씬 얼간이인 것 같군. 우리 사이에 이미 싸울 구실이 있다는 걸 잊어버린 모양이니까!"

"아하, 당신이군!" 영국인이 말했다. "그러니까 게임을 또 한 번 하고 싶다?"

"그렇소. 그 말을 들으니까 당신에게 설욕할 일이 있다는 게 생각나는군. 칼솜씨도 주사위 솜씨만큼 능란한지 한번 봅시다."

"보다시피 나는 지금 칼이 없소. 무기도 없는 사람을 상대로 자객 같은 짓을 할 작정이오?"

"집에는 있겠지." 다르타냥이 대꾸했다. "어쨌든 나한테 칼이 두 자루 있으니까, 원한다면 한 자루 빌려주겠소."

"그럴 필요 없소." 영국인이 말했다. "그런 연장은 나도 충분히 갖추고 있으니까."

"그럼 가장 긴 칼을 골라서 오늘 저녁에 나한테 보여주러 오시오."

"어디서 만날지, 장소를 말해주겠소?"

"뤽상부르 뒤쪽. 내가 제안하는 종류의 산책을 하기에는 안성맞춤인 장소요."

"좋소. 거기로 가지요."

"시간은?"

"여섯 시."

"그런데 친구도 한두 명 있겠죠?"

"나와 같이 시합하는 것을 대단한 명예로 여길 친구가 세 명은 있소."

"세 명? 잘됐군요! 모든 것이 완벽하게 들어맞는군!" 다르타냥이 말했다. "나도 친구가 세 명 있소."

"그런데 당신은 누구요?" 영국인이 물었다.

"다르타냥이오. 가스코뉴 출신 귀족이고, 에사르 씨의 근위대 소속이오. 당신은?"

"나는 셰필드 남작 윈터 경이오."

"그럼 저녁에 만납시다, 남작." 다르타냥이 말했다. "당신 이름은 외우기가 무척 어렵군요."

그는 말에 박차를 가하여 파리로 향했다.

다르타냥은 이런 경우에 늘 하던 버릇대로 아토스의 집으로
갔다.

아토스는 커다란 소파에 누워, 그가 말한 대로 출전 장비가
제 발로 굴러 들어오기를 기다리고 있었다.

다르타냥은 조금 전에 있었던 일을 아토스에게 모두 털어놓
았지만, 바르드 씨에게 가야 할 편지 이야기는 하지 않았다.

아토스는 영국인과 결투하게 된 것을 알고 무척 기뻐했다.
앞에서도 말했듯이 그것은 그의 꿈이었다.

아토스와 다르타냥은 당장 하인들을 보내 포르토스와 아라
미스를 불러오게 한 뒤, 그들이 오자 사정을 이야기해주었다.

포르토스는 칼집에서 칼을 뽑아들고 벽을 상대로 검술 연습
을 하기 시작했다. 칼을 휘두르다가 이따금 뒤로 물러서기도
하고 무용수처럼 무릎을 굽히기도 했다. 시를 짓는 데 골몰해
있는 아라미스는 아토스의 서재에 틀어박힌 채, 칼을 뽑아야
할 순간이 오기 전에는 자기를 방해하지 말라고 요구했다.

아토스는 그리모에게 술을 가져오라고 신호를 보냈다.

다르타냥은 혼자서 작은 계획을 세웠다. 나중에 그
계획이 실행되는 것을 보게 되겠지만, 이따
금 환한 미소가 그의 얼굴을 스치는
것으로도 알 수 있듯이,
그것은 상당히 즐
거운 모험을
약속하는 계
획이었다.

제31장
영국인과 프랑스인

약속 시간이 되자, 그들은 하인들을 데리고 뤽상부르 뒤쪽으로
가서 염소 방목지가 되어버린 울타리 안으로 들어갔다. 아토스
는 염소치기에게 동전 한 닢을 주고 밖으로 내보냈다. 하인들
은 망을 보라는 지시를 받았다.

곧이어 한 무리가 말없이 방목지로 다가오더니, 울타리 안
으로 들어와 총사들과 합류했다. 그러자 바다 건너의 관습에
따라 각자 자신을 소개하기 시작했다.

영국인들은 모두 지체 높은 귀족이었다. 그래서 그들의 기
이한 이름은 다르타냥과 삼총사에게 놀라움을 안겨주었을 뿐
아니라 걱정도 불러일으켰다.

삼총사가 이름을 대자 윈터 경이 말했다.

"하지만 우리는 댁들이 누군지 모르겠고, 그런 이름을 가진
분들과는 싸우지 않겠소. 그건 양치기에게나 어울리는 이름이
니까!"

"짐작하신 대로 가명이오." 아토스가 말했다.

"그렇다면 더욱 본명을 알고 싶군요." 영국인이 대답했다.

"당신은 전에 우리 이름을 모르고도 우리와 노름을 해서 말을 두 마리나 가져갔잖소." 아토스가 말했다.

"그건 사실이지만 그때는 돈만 걸려 있었소. 그런데 이번에는 목숨이 걸려 있습니다. 노름은 아무하고나 할 수 있지만, 결투는 같은 신분의 사람하고만 하는 법이오."

"좋습니다." 아토스가 말했다. 그러고는 결투에서 상대할 영국인을 옆으로 데려가서 낮은 목소리로 자신의 이름을 말해 주었다.

포르토스와 아라미스도 그렇게 했다.

"이제 됐나요?" 아토스가 상대에게 물었다. "그 정도면 결투 상대로서 부족하지 않지요?"

"예, 좋습니다." 영국인이 고개를 숙이면서 말했다.

"그럼 당신에게 한마디 해도 되겠소?" 아토스가 냉정하게 말을 이었다.

"뭔데요?" 영국인이 물었다.

"내 이름을 굳이 알아야겠다고 고집 부리지 않는 편이 나았을 거요."

"그건 왜요?"

"사실 나는 죽은 사람으로 되어 있거든요. 그리고 내가 살아 있다는 것을 알리고 싶지 않은 이유가 있지요. 그러므로 내 비밀이 사방팔방으로 퍼지는 것을 막으려면 당신을 죽일 수밖에 없소."

영국인은 아토스가 농담하는 줄 알고 그를 빤히 바라보았다. 하지만 아토스는 전혀 농담을 하고 있지 않았다.

"자, 여러분." 아토스가 친구들과 상대자들에게 동시에 말했다. "준비됐나요?"

"예." 영국인과 프랑스인들이 한 목소리로 대답했다.

"그럼 시작합시다." 아토스가 말했다.

당장 여덟 개의 칼날이 석양빛 속에서 번득였다. 두 번씩이나 적이 되었기 때문에, 결투는 처음부터 치열하게 불꽃을 튀겼다.

아토스는 도장에서 검술 연습이라도 하는 것처럼 침착하고 체계적으로 칼을 놀렸다.

샹티이에서 겪은 일 덕분에 자만심을 반성한 포르토스는 침착하고도 신중하게 결투를 벌였다.

아라미스는 시의 제3장을 끝내야 했기 때문에 몹시 서둘렀다.

아토스가 가장 먼저 상대를 해치웠다. 그는 단 한 번 찔렀을 뿐이지만, 결투가 시작되기 전에 미리 경고했듯이 그 한 번의 공격이 상대의 심장을 꿰뚫고 말았다.

포르토스가 두 번째로 상대를 쓰러뜨렸다. 그의 칼은 상대의 넓적다리를 꿰뚫었다. 그러자 영국인은 더 이상 저항하지 않고 칼을 버렸고, 포르토스는 그를 안아서 마차로 데려갔다.

아라미스는 너무 맹렬하게 밀어붙였기 때문에, 상대는 쉰 걸음쯤 후퇴하다가 결국 하인들의 야유를 받으며 줄행랑치고 말았다.

다르타냥은 그저 방어만 하고 있다가, 상대가 지친 기색을 보이자 칼을 힘껏 내뻗어 상대의 칼을 날려버렸다. 무기를 놓친 남작은 두세 걸음 물러났지만, 그 바람에 발이 미끄러져 나동그라지고 말았다.

다르타냥은 한달음에 달려가 상대의 몸뚱이 위에 걸터앉더니, 칼로 목을 겨누고 말했다.

"나는 이제 당신을 죽일 수도 있소. 당신 목숨은 내 손에 달

려지만, 당신의 누이를 사랑하기 때문에 당신을 살려주겠소."

다르타냥은 기쁘기 한량없었다. 미리 세워둔 계획이 실행되었기 때문이다. 우리가 아까 보았던 미소는 그 계획을 세울 때 그의 얼굴에 저절로 떠오른 것이었다.

영국인은 상대가 그렇게 다재다능한 귀족이라는 사실에 기뻐하며 다르타냥을 얼싸안았고, 삼총사들도 수없이 끌어안았다. 포르토스의 상대는 이미 마차에 타고 있었고 아라미스의 상대는 줄행랑을 놓아버렸기 때문에, 이제 문제는 죽은 사람이었다.

포르토스와 아라미스는 그의 옷을 벗겼다. 아직도 숨이 붙어 있을지 모른다는 기대를 품고, 상처를 살펴보기 위해서였다. 그때 그의 허리띠에서 불룩한 돈주머니가 떨어졌다. 다르타냥은 그것을 주워서 윈터 경에게 내밀었다.

"도대체 그걸 나더러 어쩌라는 거요?" 영국인이 물었다.

"이 사람 가족에게 전해주십시오." 다르타냥이 말했다.

"유족은 그런 하찮은 것에 신경 쓰지 않을 겁니다. 1만 5천 루이의 연금을 유산으로 물려받게 될 테니까요. 그 돈은 하인들에게나 주세요."

다르타냥은 돈주머니를 자기 주머니에 넣었다.

"그런데 젊은 친구. 이렇게 부르는 것을 허락해주기 바라네." 윈터 경이 말했다. "자네가 원한다면 오늘 저녁이라도 내 누이인 클래릭 부인을 소개해주겠네. 내 누이도 자네한테 호감을 가져주었으면 좋겠군. 그리고 누이는 궁정에서 꽤 영향력을 갖고 있으니까, 자네 장래에 도움이 안 되지는 않을 걸세."

다르타냥은 기뻐서 얼굴을 붉히며 승낙의 표시로 고개를 숙였다.

그러고 있을 때 아토스가 다가왔다.

"돈은 어떻게 할 생각인가?" 아토스가 다르타냥의 귀에 대고 낮은 소리로 물었다.

"당신에게 줄 생각이었는데요."

"나한테? 왜?"

"어쨌든 당신이 그를 죽였으니까요. 이건 전리품인 셈이죠."

"나더러 적의 돈을 받으라고? 도대체 나를 뭘로 보는 거야?"

"그건 전쟁의 관습이잖아요. 그 관습을 결투에 적용하면 왜 안 된다는 거죠?"

"전쟁터에서도 나는 그런 짓을 한 적이 없어."

포르토스는 어깨를 으쓱해 보였고, 아라미스는 입술만 움직여서 아토스에게 동감의 뜻을 표했다.

"그렇다면 우리 하인들에게 줍시다. 윈터 경이 말씀하신 대로." 다르타냥이 말했다.

"그래. 그렇게 하세." 아토스가 말했다. "하지만 우리의 하인들이 아니라 영국인의 하인들에게 주자고."

아토스가 돈주머니를 받아서 마부에게 던졌다.

"자네 동료들과 나누어 갖게."

곤궁한 사람의 너그러운 태도에는 포르토스마저 감동했다. 아토스의 관대한 조치는 윈터 경과 그의 친구를 통해 널리 전해져 도처에서 칭송이 자자해졌지만, 그리모와 무스크통, 플랑셰와 바쟁만에게는 아니었다.

윈터 경은 다르타냥과 헤어질 때 누이의 주소를 알려주었다. 그녀는 당시 인기 있는 주택가였던 루아얄 광장 6번지에 살고 있었다. 게다가 윈터 경은 그를 누이에게 소개하기 위해 데리러 오겠다고 약속했다. 그래서 다르타냥은 여덟 시에 아토스의 집에서 만나기로 했다.

가스코뉴 젊은이의 머릿속은 밀레디에게 소개된다는 생각으로 가득 차 있었다. 그는 그 여자가 이제껏 자신의 운명에 얼마나 야릇하게 끼어들었는지 돌이켜보고, 그녀가 추기경의 앞잡이라고 확신하면서도 어쩔 수 없이 그녀에게 끌리는 것을 느껐다. 그것은 스스로도 설명할 수 없는 야릇한 감정이었다. 단한 가지 걱정은, 그가 묑과 도버에서 마주친 남자라는 것을 밀레디가 알아보면 어쩌나 하는 점이었다. 만약 그렇다면 그가 트레빌의 사람이라는 것도, 몸과 마음을 국왕에게 바치고 있다는 것도 알게 될 터였다. 그렇게 되면 그의 유리한 입장도 얼마간 줄어들 것이다. 그가 밀레디를 알고 있듯이 밀레디도 그를 알고 있다면, 서로 대등한 입장에서 승부를 겨루게 될 것이 뻔했다. 그러나 자신만만한 다르타냥은, 바르드 백작이 젊고 잘생기고 부유한 데다 추기경의 총애까지 받고 있다는 사실, 밀레디와 백작 사이에 이미 사랑이 싹텄다는 사실을 알면서도 별로 걱정하지 않았다. 스무 살이라는 나이는 역시 대단하다고 말할 수밖에 없다. 게다가 그 젊은이가 타르브에서 태어났다면 더욱 그렇다.

다르타냥은 우선 옷을 갈아입기 위해 집으로 돌아갔다. 그런 다음 아토스의 집으로 가서, 여느 때처럼 아토스에게 모든 것을 털어놓았다. 아토스는 그의 계획을 듣고 나서 고개를 저으며 신중하게 행동하라고 충고했다.

"뭐라고?" 아토스가 다르타냥에게 말했다. "자네는 보나시외 부인에 대해 상냥하고 아름답고 나무랄 테 없이 완벽한 여자라고 말해놓고, 그 여자가 실종된 지 얼마나 됐다고 벌써 다른 여자를 쫓아다니나?"

다르타냥은 이 비난이 옳다고 생각했다.

"보나시외 부인은 가슴으로 사랑했지만, 밀레디는 머리로 사랑합니다." 다르타냥이 말했다. "밀레디를 만나러 가는 것은 무엇보다도 그 여자가 궁정에서 무슨 역할을 맡고 있는지 알아내기 위해서예요."

"그 여자의 역할? 그 정도는 자네 말만 듣고도 쉽사리 짐작이 가네. 그 여자는 추기경의 밀정이야. 자네를 함정으로 끌어들이고 있어. 그 함정에 빠지면 자네는 머리와도 작별할 가능성이 많아."

"정말 당신은 매사를 너무 비관적으로만 보는 것 같아요, 아토스."

"나는 여자를 믿지 않아. 혹독한 대가를 치렀으니 어쩔 수 없지. 특히 금발 여자는 절대로 안 믿어. 밀레디가 금발이라고 했지?"

"지금까지 본 적도 없을 만큼 아름다운 금발이죠."

"아, 가련한 다르타냥!"

"아무튼 알아내야겠어요. 그리고 알고 싶은 것만 알아내면 그만두겠습니다."

"그럼 잘해보게." 아토스가 냉담한 어조로 말했다.

약속 시간이 되자 윈터 경이 찾아왔다. 하지만 미리 귀띔을 받은 아토스가 옆방으로 건너가버렸기 때문에, 윈터 경이 들어왔을 때에는 다르타냥 혼자뿐이었다. 벌써 여덟 시가 가까웠기 때문에 그는 젊은이를 데리고 나갔다.

멋진 마차가 밑에서 기다리고 있었다. 훌륭한 말 두 마리가 끌었기 때문에 마차는 눈 깜짝할 사이에 루아얄 광장에 도착했다.

밀레디는 다르타냥을 상냥하게 맞았다. 집은 놀랄 만큼 화려했다. 대부분의 영국인들은 전쟁에 쫓겨 프랑스를 떠났거나 떠나려 하고 있었지만, 밀레디는 최근에도 새로 돈을 들여 집을 치장한 모양이었다. 이는 영국인들을 본국으로 내보낸 일반적인 조치가 밀레디와는 아무 관계가 없다는 증거였다.

“이 젊은이는……” 윈터 경이 다르타냥을 소개하면서 말했
다. “나를 죽일 수도 있었는데, 너그럽게도 나를 풀어주셨지요.
나는 이 젊은이를 모욕했고 게다가 영국인이니까, 이중의 적인
데도 말입니다. 나를 대신해서 고맙다고 말해주면 좋겠군요.”

밀레디는 살짝 눈살을 찌푸렸다. 눈에 보일 듯 말 듯한 그림
자가 그녀의 미간을 스치고 지나갔고, 그녀의 입술에는 야릇한
미소가 떠올랐다. 다르타냥은 이 세 가지의 미묘한 감정을 알
아차리고 몸이 오싹해지는 느낌이 들었다.

남작은 아무것도 알아차리지 못했다. 밀레디가 귀여워하는
원숭이가 그의 옷자락을 잡아당기는 바람에 원숭이와 장난을
치려고 돌아섰기 때문이다.

“잘 오셨어요.” 밀레디가 이상하게 부드러운 목소리로 말했
다. 그 목소리는 다르타냥이 방금 알아챈 불쾌한 표정과는 딴
판이었다. “오늘 당신은 영원히 내 감사를 받을 권리를 얻으셨
어요.”

그때 영국인이 다시 몸을 돌려, 그들의 결투 상황을 상세히
이야기했다. 밀레디는 유심히 귀를 기울였다. 그녀는 기분을
감추려고 애썼지만, 이 이야기가 그녀에게는 전혀 유쾌하지 않
다는 것을 쉽게 알 수 있었다. 그녀의 얼굴에는 핏대가 올랐고,
작은 발은 드레스 밑에서 초조하게 바닥을 두드리고 있었다.

윈터 경은 아무것도 알아차리지 못했다. 이야기를 끝내자
그는 탁자로 다가갔다. 탁자 위 쟁반에는 스페인 포도주와 술
잔 몇 개가 놓여 있었다. 그가 두 잔에 술을 가득 따르고는 다
르타냥에게 어서 마시라는 몸짓을 했다.

건배를 거절하는 것은 영국인에게 큰 모욕이라는 것을 다르
타냥은 알고 있었다. 그래서 그는 탁자로 다가가 두 번째 술잔

을 집어 들었다. 하지만 밀레디에게는 눈을 떼지 않았고, 방금 그녀의 얼굴에 일어난 변화를 거울 속에서 보았다. 이제 자기를 보는 사람이 아무도 없는 줄 알았는지, 그녀의 얼굴에는 잔인함과 비슷한 감정이 생생히 드러났다. 그리고 손수건을 자근자근 깨물었다.

바로 그때, 다르타냥도 얼굴을 기억하고 있는 예쁘장한 하녀가 방으로 들어왔다. 하녀가 윈터 경에게 영어로 몇 마디 했다. 그러자 윈터 경은 급한 일이 생겨서 실례해야겠다고 다르타냥에게 양해를 구하고, 다르타냥의 용서를 받는 일은 누이에게 맡겼다.

다르타냥은 윈터 경과 악수를 하고 밀레디 곁으로 돌아갔다. 여자의 얼굴은 놀랄 만한 기동력으로 원래의 우아한 표정을 되찾고 있었다. 다만 손수건에 흩어져 있는 붉은 얼룩만이 그녀가 입술을 피가 나도록 깨문 것을 알려주었다.

그녀의 입술은 참으로 아름다웠다. 진홍빛 산호를 조각해놓은 것처럼 보였다.

대화가 활기를 띠기 시작했다. 밀레디도 마음을 가라앉히고 귀부인다운 품위를 되찾은 듯했다. 그녀의 말에 따르면 윈터 경은 오라비가 아니라 시숙이었다. 그러니까 밀레디는 윈터 집안의 둘째 아들과 결혼한 것이었고, 남편은 아이 하나를 남기고 일찍 세상을 떠났다. 윈터 경이 결혼하지 않으면 그 아이가 집안의 유일한 상속자였다. 이런 이야기를 듣고 다르타냥은 두 사람 사이에 무언가 감싸고 있는 베일이 보였지만, 그 베일 뒤에 있는 것은 아직 볼 수 없었다.

게다가 반시간쯤 대화를 나누고 나자 다르타냥은 밀레디가 프랑스 여자라는 것을 확신하게 되었다. 그녀가 구사하는 프랑스어는 너무나 순수하고 우아해서, 그녀가 프랑스 사람이라는 점은 의심할 여지가 없었다.

다르타냥은 여자의 환심을 사는 말과 헌신의 맹세를 홍수처럼 쏟아냈다. 이 가스코뉴 젊은이의 입에서 나오는 그 모든 상투어에 밀레디는 상냥한 미소로 답했다. 이윽고 물러가야 할 시간이 되었다. 다르타냥은 밀레디에게 작별 인사를 하고, 세상에서 가장 행복한 남자의 표정을 지으며 응접실을 나왔다.

그는 계단에서 예쁘장한 하녀와 마주쳤다. 하녀는 지나가면서 가볍게 그와 몸이 스치자, 얼굴이 홍당무가 되어 화들짝 놀라면서 사과했다. 그 목소리가 너무나 달콤했기 때문에, 당장 사과를 받아들이지 않을 수 없었다.

다르타냥은 이튿날도 그 집에 찾아가서, 전날 저녁보다 훨씬 환대를 받았다. 윈터 경이 와 있지 않았기 때문에, 이번에는 밀레디가 저녁 내내 혼자서 접대해주었다. 밀레디는 그에게 관심이 많은 듯했다. 어디 출신이냐, 친구들은 누구냐, 추기경을 섬길 생각은 없느냐 등등 이것저것 물어보았다.

다 알다시피 다르타냥은 스무 살 젊은이치고는 매우 신중한 사람이어서, 밀레디에 대해 품고 있던 의혹이 새삼 떠올랐다. 그래서 그는 추기경을 칭송하고, 그가 트레빌이 아니라 카부아를 알았다면 왕의 근위대가 아니라 추기경의 친위대에 들어갔을 거라고 말했다.

밀레디는 자연스럽게 화제를 바꾸더니, 영국에 가본 적은 없느냐고 넌지시 물었다.

다르타냥은 새로 보충할 말을 사들이기 위해 트레빌의 명령으로 영국에 파견되어, 견본으로 말 네 마리를 데리고 돌아온 적이 있다고 대답했다.

밀레디는 이야기를 들으면서 입술을 두세 번 깨물었다. 빈틈없는 가스코뉴 젊은이를 상대하느라 입술이 타는 모양이었다.

다르타냥은 전날과 같은 시간에 물러나왔다. 복도에서 그는 또 예쁘장한 키티(이것이 하녀의 이름이었다)와 마주쳤다. 키티는 호의에 가득 찬 표정으로 그를 바라보았다. 그 표정만 보아도 그녀가 그에게 호감을 품고 있는 것은 명백했다. 하지만 다르타냥은 키티의 여주인에게 마음이 팔려 있었기 때문에, 밀레디가 아닌 다른 여자의 표정 따위는 전혀 알아차리지 못했다.

다르타냥은 이튿날도, 그 이튿날도 밀레디를 찾아갔고, 그를 맞이하는 밀레디의 태도는 갈수록 상냥해졌다.

또한 갈 때마다 그는 대기실이나 복도나 계단에서 예쁘장한 하녀와도 마주쳤다.

하지만 가련한 키티에 대해서는 아무런 관심도 기울이지 않았다.

제32장
소송 대리인 집에서의 식사

한편 포르토스는 결투에서 눈부시게 활약했지만, 그렇다고 해서 소송 대리인의 아내로부터 초대받은 점심 식사를 잊어버린 것은 아니었다. 이튿날 한 시쯤 그는 무스크통에게 마지막 몸단장을 받고, 두 가지 행운을 거머쥔 남자답게 의기양양한 발걸음으로 우르스 가로 향했다.

그는 가슴이 두근거리고 있었지만, 다르타냥처럼 새로 시작된 순진하고 성급한 사랑 때문이 아니라 사실은 물질적인 이해 관계 때문에 피가 끓어오른 것이었다. 그는 마침내 신비로운 문지방을 넘어, 코크나르의 돈이 한 푼 두 푼 올라갔던 그 미지의 계단을 올라가려 하고 있었다.

꿈속에서 골백번도 더 그려보았던 금고, 빗장을 걸고 자물쇠를 채워 방바닥에 고정시켜놓은 길고 깊숙한 모양의 금고, 소송 대리인 아내에게 이야기는 자주 들었지만 본 적은 한 번도 없는 금고를 그는 이제야 두 눈으로 보게 될 터였다. 이 금고가, 감격에 겨운 눈으로 지켜보고 있는 포르토스 앞에서 소송 대리인 아내의 손, 좀 마르기는 했지만 아직도 아름다움을 잃지 않은 손으로 열리게 될 터였다.

그러고 나면, 지구를 정처 없이 방황하는 남자, 재산도 없고 가족도 없는 남자, 여관과 술집과 여인숙에 익숙해진 군인, 우연히 얻어먹은 한 입 음식으로 만족해야 하는 미식가—이런 처지의 그가 집에서 만든 요리를 맛보고, 실내의 안락함을 만끽하고, 옛날 군인들의 말마따나 거칠게 사는 사람일수록 더 반갑게 느껴지는 그 자질구레한 보살핌에 자신을 내맡길 터였다.

부인의 사촌 자격으로 날마다 찾아가서 맛있는 음식을 먹고, 늙은 소송 대리인을 즐겁게 해주어 그의 주름진 이마를 펴주고, 젊은 서기들에게 바세트와 파스디스와 랑스크네*를 하루 한 시간씩 가르쳐주고는 그 수업료로 매달 그들의 저축금을 조금씩 뜯어낼 것이다. 이 모든 것을 생각만 해도 포르토스의 얼굴에는 저절로 미소가 떠올랐다.

소송 대리인들은 인색하고 쩨쩨해서 허리띠를 졸라매고 산다는 악소문은 당시에도 널리 퍼져 있었고 그 후에도 오랫동안 살아남았다. 포르토스도 이런 소문을 가끔씩 떠올리곤 했지만, 그리고 코크나르 부인도 때때로 갑작스럽게 절약가가 되어 포르토스를 난처하게 만들곤 했지만, 그런 경우를 제외하면 (소송 대리인의 아내치고는) 꽤 후하게 돈을 썼기 때문에, 포르토스는 살림이 풍족할 거라고 기대했다.

하지만 대문 앞에서 그는 약간 의심스러운 느낌을 받았다. 진입로에서부터 이상하다는 생각이 들었다. 어두컴컴한 골목에서는 고약한 냄새가 났고, 계단은 난간 틈새로 이웃집 마당에서 햇살이 약간 비쳐들 뿐이어서 어둑어둑했고, 2층으로 올라가자 낮은 현관문에는 샤틀레*의 정문처럼 거대한 대갈못이 박혀 있었다.

포르토스는 문을 두드렸다. 처녀림같이 더부룩한 머리칼에 키가 크고 안색이 창백한 서기가 문을 열고, 힘세 보이는 커다란 풍채와 신분을 나타내는 군복, 유복한 생활을 짐작케 하는 혈색 좋은 얼굴을 보고는 존경하지 않을 수 없다는 태도로 공손히 절을 했다.

그 뒤에는 키 작은 서기가 나타났고, 그 뒤에는 덩치 큰 서기가 나타났고, 그 뒤에는 열두 살쯤 되어 보이는 사환이 줄지어 나타났다.

직원이 모두 3.5명인 셈이므로, 당시로는 꽤나 번창한 사무실이었다.

총사는 한 시에 도착하기로 되어 있었지만, 코크나르 부인은 정오부터 계속 밖을 내다보면서, 연인의 마음에 연인의 고픈 배가 보태져 그가 약속 시간보다 조금이라도 일찍 오리라 기대하고 있었다.

그래서 손님이 계단을 올라와 문으로 들어오는 것과 동시에 코크나르 부인도 방문을 열고 나왔다. 그녀의 모습을 보고서야 그도 안심하여 가슴을 쓸어내렸다. 직원들이 모두 호기심에 찬 눈으로 바라보자, 그는 지위와 체격이 뒤섞여 있는 그들에게 무슨 말을 해야 좋을지 몰라서 말문이 막힌 나머지 곤경에 처해 있었던 것이다.

"내 사촌동생이에요!" 코크나르 부인이 외쳤다. "들어와. 어서 들어와, 포르토스."

포르토스라는 이름을 듣고 직원들이 웃기 시작했다. 하지만 포르토스가 돌아보자, 모두 진지한 얼굴로 돌아갔다.

소송 대리인의 서재에는 지금 직원들이 있는 대기실과 사무실을 지나야 들어갈 수 있었다. 사무실은 온갖 서류로 가득 찬

어두운 방이었다. 사무실에서 나오면 응접실로 통해 있었고, 그 오른쪽에는 부엌이 있었다.

이 모든 방들이 서로 연결되어 있어서, 포르토스에게는 별로 좋은 느낌을 주지 않았다. 문들이 모두 열려 있어서 말소리가 멀리까지 들렸다. 부엌을 지나가면서 재빨리 살펴보았지만, 맛있는 식사를 준비할 때면 식도락의 성역에 감돌게 마련인 불기운이나 부산한 움직임이 전혀 없었다. 이는 코크나르 부인에게는 수치였고, 포르토스에게는 더없이 섭섭한 일이었다.

소송 대리인은 이 방문을 미리 알고 있었는지, 포르토스를 보고도 놀라지 않았다. 포르토스는 쾌활하게 다가가 깍듯이 인사를 했다.

"우리가 사촌이라며?" 소송 대리인이 등나무 의자의 팔걸이를 손으로 잡고 몸을 일으키면서 말했다.

노인은 비쩍 마른 몸을 헐렁한 검정 윗도리로 감싸고 있었다. 얼굴이 핼쑥했다. 조그만 회색 눈이 석류석처럼 반짝이고 있었지만, 그의 얼굴에서 생기가 조금이라도 남아 있는 것은 찌푸린 입과 눈뿐인 것 같았다. 불행히도 두 다리는 뼈만 앙상한 몸조차 지탱하기를 거부하기 시작했고, 몸이 쇠약해지는 것을 느낀 지 대여섯 달 만에 그는 아내의 노예가 되었다.

사촌을 이렇게 맞아들인 것도 어쩔 수 없다는 체념 때문이었다. 몸이 정정했다면 포르토스와의 어떤 관계도 인정하지 않았을 것이다.

"예, 사촌 간이죠." 열렬한 환영을 받으리라고는 애당초 기대하지 않았기 때문에, 포르토스는 조금도 당황하지 않고 말했다.

"처가 쪽으로 사촌이겠지?" 소송 대리인이 심술궂게 말했다.

포르토스는 이 말 속에 담긴 빈정거림을 전혀 느끼지 못하고, 남편이 순진하게 속아 넘어갔다고 생각했기 때문에, 굵은 콧수염 속에서 그를 비웃었다. 그러나 코크나르 부인은, 남편에게 순진함 따위는 기대할 수 없다는 것을 익히 알고 있었으므로 가볍게 미소를 지으며 얼굴을 붉혔다.

포르토스가 들어온 뒤부터 코크나르는 떡갈나무 책상 맞은편에 놓여 있는 커다란 장식장 쪽으로 계속 불안한 눈길을 던지고 있었다. 포르토스는 그 장식장이 바로 그 축복받은 금고일 거라고 생각했다. 꿈속에 그려보던 것과 모양은 달랐지만, 2미터 가까이 높다는 사실에 속으로 쾌재를 불렀다.

코크나르는 족보 캐묻기를 그만두고, 그 대신 불안한 눈길을 장식장에서 포르토스 쪽으로 돌리면서 한마디 하는 것으로 만족했다.

"여보, 우리 사촌은 전쟁에 나가기 전에 우리와 식사라도 같이 하는 호의를 베풀어주겠지?"

이번에는 포르토스가 위장에 정통으로 타격을 받았고, 그 의미를 깨달았다. 코크나르 부인이 이렇게 덧붙인 것을 보면, 그녀도 그것을 느낀 것 같았다.

"우리 대접이 형편없으면 다시 오지 않을 거예요. 하지만 그렇지 않다면, 사촌은 이제 파리에 있을 시간도 별로 없고 따라서 우리를 만날 기회도 없으니까, 파리를 떠날 때까지는 언제든지 와달라고 부탁해야 돼요."

"아이고, 다리야. 불쌍한 내 다리. 너희는 어디 있느냐?" 코크나르가 중얼거리고는 애써 미소를 지으려 했다.

맛있는 식사에 대한 기대가 여지없이 무너졌을 때 코크나르 부인이 이런 도움의 손길을 내밀었기 때문에, 포르토스의 마음은 부인에 대한 고마움으로 가득 찼다.

곧 식사 시간이 되었다. 다들 부엌 맞은편에 있는 어두컴컴하고 넓은 식당으로 갔다.

직원들은 여태껏 맡아본 적이 없는 냄새가 집 안에 감도는 것을 느꼈는지, 군인처럼 절도 있는 자세로 의자를 잡고 언제라도 식탁에 앉을 태세를 갖추고 있었다. 벌써부터 턱이 씰룩거리고 있는 것을 볼 수 있었다.

'빌어먹을!' 포르토스가 아귀 같은 세 직원에게 재빠른 눈길을 던지면서 생각했다. 누구나 짐작할 수 있겠지만, 사환에게는 그 훌륭한 식탁에 앉는 명예가 주어지지 않았다. '나라면 저런 대식가들을 들여놓지 않을 거야. 꼭 두 달 굶은 조난자들 같군.'

코크나르가 탄 휠체어를 부인이 밀고 들어왔다. 포르토스가 얼른 다가가 부인 대신 휠체어를 식탁까지 밀었다.

코크나르는 식당에 들어오자마자, 직원들처럼 코와 턱을 씰룩거리기 시작했다.

"오호!" 그가 말했다. "수프가 먹음직하군!"

'도대체 이 수프가 뭐가 특별하다는 거지?' 포르토스가 희멀건 수프를 보고 중얼거렸다. 양은 많지만 건더기는 전혀 없고, 더껑이 몇 개가 다도해의 섬처럼 드문드문 떠 있을 뿐이었다.

코크나르 부인이 미소를 지으며 신호를 보냈고, 그 신호에 따라 모두 서둘러 자리에 앉았다.

코크나르가 맨 먼저 수프를 받았고, 그 다음이 포르토스였다. 이어서 코크나르 부인이 자신의 접시에 수프를 가득 덜었다. 그러고 나자 직원들 몫으로는 더껑이만 남았다.

그때 식당 문이 삐걱거리며 저절로 열렸다. 잔치에 참석할 수 없는 사환 꼬마가 부엌과 식당에서 풍겨오는 음식 냄새를 맡으며 빵을 먹고 있는 모습이 포르토스의 눈에 띄었다.

수프를 다 먹고 나자 하녀가 삶은 닭고기를 가져왔다. 이 훌륭한 요리에 모두 눈이 휘둥그레져서 눈알이 튀어나올 것 같았다.

"당신은 친정 식구를 꽤나 아끼는군." 소송 대리인이 비장한 미소를 지으며 말했다. "사촌동생에게 이런 특별 대접을 하다니."

암탉은 비쩍 말랐고, 닭살 돋은 껍질이 하도 두꺼워서 뼈가 뚫고 나올 수 없을 정도였다. 횃대에 앉아 늙어 죽기를 기다리고 있던 이 닭을 찾느라 한참 동안 애썼을 게 틀림없었다.

'제기랄!' 포르토스가 속으로 생각했다. '지독하군. 늙은이를 존경하지만, 늙은 닭을 삶거나 구운 것은 좋아하지 않는데.'

그는 자신과 같은 의견을 가진 사람이 있는지 보려고 주위를 둘러보았다. 하지만 그와는 반대로, 그에게는 경멸의 대상인 암탉을 미리 눈으로 맛보느라 이글이글 타오르는 눈만 보일 뿐이었다.

코크나르 부인은 닭고기가 담긴 큰 접시를 자기 앞으로 끌어당겨, 크고 검은 발 두 개를 솜씨 좋게 뜯어서 남편의 접시에 놓았다. 목은 잘라서 대가리와 함께 자기 몫으로 따로 챙겨두고, 날개 하나를 떼어서 포르토스에게 주고, 나머지는 방금 닭요리를 가져온 하녀에게 도로 내주었다. 그래서 닭고기는 거의 손도 대지 않은 상태로 부엌으로 돌아갔고, 실망감이 각자의 성격과 기질에 따라 직원들의 얼굴에 가져온 변화를 포르토스가 미처 다 살펴보기도 전에는 자취를 감추고 말았다.

닭요리 대신 이번에는 콩요리가 들어왔다. 커다란 접시에는

양의 뼈다귀 몇 개가 보였는데, 언뜻 보기에는 고기가 꽤 많이 붙어 있는 듯했다.

하지만 직원들은 이런 속임수에 넘어가지 않았다. 그들의 표정은 슬픔에서 체념으로 바뀌었다.

코크나르 부인은 이 요리를 훌륭한 주부답게 적절히 젊은이들에게 나누어주었다.

이제 포도주를 마실 차례였다. 코크나르는 작은 술병을 들고 직원들 잔에 3분의 1씩 따르고, 자기 잔에도 그만큼 따른 다음, 술병을 포르토스와 부인 쪽으로 돌렸다.

직원들은 3분의 1만 채운 잔에 물을 탔고, 잔을 반쯤 비운 뒤에는 다시 물을 부어 잔을 가득 채웠다. 식사가 끝날 때까지 이 과정을 되풀이한 결과, 식사가 끝날 무렵에는 원래의 진홍색이 연분홍색으로 변해버린 음료를 삼키게 되었다.

포르토스는 접시에 담긴 닭날개를 조심스럽게 먹었다. 탁자 밑에서 코크나르 부인의 무릎이 자기 무릎에 닿는 것을 느끼자 부르르 몸이 떨렸다. 그는 코크나르가 그렇게 소중히 아끼는 포도주를 반 잔쯤 마셔보고, 포도주를 많이 마셔본 사람에게는 공포의 대상인, 그 끔찍한 몽트뢰유 포도주*라는 것을 알았다.

코크나르는 포르토스가 포도주에 물도 타지 않은 채 그대로 들이키는 것을 보고 한숨을 쉬었다.

"이 콩요리도 좀 먹어보겠어, 포르토스?" 코크나르 부인이 말했다. 그 말투에는 '먹지 않는 게 좋을 거야'라는 뜻이 담겨 있었다.

"저런 걸 어떻게 먹는담!" 포르토스가 낮은 소리로 중얼거리고는 큰 소리로 말했다. "고맙지만, 이젠 배가 부르군요, 누님."

잠시 침묵이 흘렀다. 포르토스는 눈길을 어디에 두어야 할지 알 수가 없었다. 소송 대리인은 몇 번이나 같은 말을 되풀이했다.

"여보, 당신에게 찬사를 보내야겠구려. 오늘 점심은 진짜 진수성찬이야! 얼마나 많이 먹었는지 몰라!"

코크나르는 수프와 검은 닭발, 그리고 고기가 조금 붙어 있는 양 뼈다귀를 먹었다.

포르토스는 속임수를 당하고 있다고 생각했기 때문에 콧수염을 쓸어 올리고 눈살을 찌푸리기 시작했다. 하지만 코크나르 부인의 무릎이 부드럽게 다가와서 참으라고 충고했다.

침묵과 식사 중단이 포르토스에게는 전혀 이해할 수 없는 일이었지만, 직원들에게는 무서운 의미를 띠고 있었다. 소송 대리인의 눈짓과 코크나르 부인의 미소를 보고 그들은 천천히 식탁에서 일어나더니, 그보다 더 천천히 냅킨을 접은 다음 인사를 하고 나갔다.

"어서들 가게. 일을 하면서 소화를 시켜." 소송 대리인이 근엄하게 말했다.

직원들이 나가자 코크나르 부인은 자리에서 일어나 찬장에서 치즈 한 토막과 마르멜로 열매의 설탕절임, 아몬드와 꿀을 넣어 손수 만든 케이크 하나를 가져왔다.

코크나르는 음식이 너무 많다고 생각했기 때문에 눈살을 찌푸렸다. 포르토스는 먹을 게 너무 없다고 생각했기 때문에 입술을 깨물었다.

그는 콩요리가 아직 남아 있는지 살펴보았지만, 그것은 벌써 사라진 뒤였다.

"진수성찬이군." 코크나르가 휠체어에서 외쳤다. "정말 진수성찬이야. 루쿨루스*가 루쿨루스와 함께 먹은 '에풀라이 에풀라룸'(epulœ epulrum: 향연 중의 향연)이라고!"

포르토스는 옆에 있는 술병을 보고, 포도주와 빵과 치즈가 있으면 먹을 것은 충분할 거라고 생각했다. 하지만 술병이 비어 있었다. 코크나르 부부는 술병이 빈 것을 모른 체하고 있었다.

'좋아. 나는 미리 경고를 받았으니까.' 포르토스가 속으로 혼잣말을 했다.

그는 설탕절임을 숟가락으로 조금 떠서 혀로 핥아먹고, 코크나르 부인이 손수 만든 끈적끈적한 과자를 씹었다.

'자, 성찬은 끝났어.' 그가 속으로 말했다. '코크나르 부인과 함께 남편의 금고 속을 들여다볼 수 있다는 희망이 없다면 더 이상 이러고 있을 필요가 없지.'

코크나르는 오늘 과식을 했다고 말했고, 식사의 즐거움을 맛본 뒤에는 낮잠을 자야 할 필요를 느꼈다. 포르토스는 그가 그 자리에서 당장 잠들어버렸으면 싶었다. 하지만 망할 놈의 소송 대리인은 그의 뜻대로 움직여주기는커녕, 자기 방으로 데려다달라고 요구했다. 방에 도착하자 장식장과 마주볼 수 있게 해달라고 외쳐댔고, 그러고도 마음이 놓이지 않는다는 듯 장식장 가장자리 위에 두 발을 올려놓았다.

소송 대리인의 아내는 포르토스를 옆방으로 데려가서 화해를 위한 토대를 쌓기 시작했다.

"일주일에 세 번은 식사하러 와도 돼요." 코크나르 부인이 말했다.

"고맙지만 지나치게 신세를 지고 싶지는 않습니다. 게다가 출전 준비도 해야 합니다."

"그렇군요." 코크나르 부인이 한숨을 쉬면서 말했다. "그 빌어먹을 출전 장비!"

"그래요. 정말 빌어먹을 장비죠!"

"그런데 당신 부대에선 어떤 장비가 필요하죠?"

"이것저것 많아요. 총사대원들은 아시다시피 정예병이라서, 근위대원이나 스위스 용병에게는 필요 없는 물건까지도 필요하거든요."

"좀 더 자세히 말해보세요."

"장비를 모두 마련하려면 합계가……." 포르토스는 구체적인 항목들을 열거하기보다 총액을 말해주고 싶었다.

코크나르 부인이 몸을 떨면서 기다렸다.

"전부 얼마나 들까요?" 그녀가 물었다. "생각보다 많지 않으면 좋겠는데……."

그녀가 말을 끊었다. 말이 나오지 않았다.

"아닙니다!" 포르토스가 말했다. "2천5백 리브르는 넘지 않을 거예요. 절약하면 2천 리브르로도 어떻게든 해낼 수 있을 것 같습니다."

"맙소사. 2천 리브르나!" 그녀가 외쳤다. "그건 큰돈이에요!"

포르토스가 의미심장하게 인상을 찌푸렸다. 코크나르 부인도 그 뜻을 이해했다.

"항목을 자세히 말해달라고 요구한 건 우리 친척이나 소송 의뢰인 가운데 장사를 하는 사람이 많으니까, 나라면 당신보다 훨씬 싼 값에 살 수 있을 거라고 생각했기 때문이에요."

"아하, 그런 뜻이었군요!"

"그래요, 포르토스 씨. 그래서 말인데, 무엇보다 우선 말이 필요하지 않겠어요?"

"예, 한 마리 필요합니다."

"내가 구해놓았어요."

"아!" 포르토스가 얼굴을 빛내면서 말했다. "그러면 말은 해결됐군요. 다음엔 마구가 한 벌 필요한데, 그건 총사만이 살 수 있는 물건들로 이루어져 있고, 모두 합해서 3백 리브르를 넘지는 않을 겁니다."

"3백 리브르. 좋아요. 그럼 3백 리브르로 하죠." 코크나르 부인이 한숨을 내쉬며 말했다.

포르토스는 빙긋 웃었다. 버킹엄이 준 안장이 있으니까, 3백 리브르는 자기 주머니에 슬쩍 넣을 작정이었다.

"그리고 하인이 탈 말과 여행 가방이 필요합니다. 무기는 갖고 있으니까, 그건 신경 쓰지 않아도 돼요."

"하인이 탈 말이라고요?" 코크나르 부인이 머뭇거리며 물었다. "내 친구가 대귀족이라도 되나요?"

"뭐라고요?" 포르토스가 도도하게 말했다. "그럼, 내가 시골뜨기인 줄 아세요?"

"물론 아니죠. 다만 잘생긴 노새는 말처럼 훌륭해 보이니까, 무스크통에게는 잘생긴 노새를 사주면 어떨까 싶어서……."

"그럼 말 대신 잘생긴 노새로 합시다. 당신 말이 맞아요. 수행원들이 노새를 타고 있는 스페인 귀족 일행을 본 적이 있지요. 하지만 노새에 깃털 장식과 방울을 달아야 한다는 건 아시겠죠?"

"걱정 마세요."

"이제 남은 건 여행 가방인데……."

"그건 조금도 걱정할 필요가 없어요. 남편이 대여섯 개나 갖고 있으니까요. 그중에서 제일 좋은 것을 고르면 돼요. 남편이 여행할 때 특별히 좋아하는 가방이 하나 있는데, 지구라도 집어넣을 수 있을 만큼 커요."

"비어 있나요?" 포르토스가 천연덕스럽게 물었다.

"물론 비어 있어요." 코크나르 부인도 천연덕스럽게 대답했다.

"하지만 내게 필요한 가방은 속이 가득 차 있는 가방입니다, 사랑하는 부인."

코크나르 부인은 새롭게 한숨을 내쉬었다. 몰리에르가 《수전노》*라는 희곡을 쓰기 전이니까, 코크나르 부인은 아르파공보다 한 걸음 앞선 셈이다.

나머지 장비도 그런 식으로 하나씩 값이 깎여서, 결국 코크나르 부인은 남편으로부터 8백 리브르를 현금으로 뜯어내고, 포르토스와 무스크통을 태우는 영광을 누리게 될 말과 노새를 마련해주기로 했다.

이런 조건이 합의되고 이자와 상환 기한이 정해지자, 포르토스는 코크나르 부인과 작별 인사를 나누었다. 부인은 그에게 추파를 던져 그를 더 붙잡아두려고 했지만, 포르토스는 근무를 핑계로 내세웠다. 코크나르 부인도 왕에게 포르토스를 양보할 수밖에 없었다.

포르토스는 허기를 느끼면서 집으로 돌아갔다.

제33장

하녀와 여주인

한편 다르타냥은 양심의 외침과 아토스의 현명한 충고에도 불구하고 날이 갈수록 밀레디를 더욱 사랑하게 되었다. 그래서 날마다 빠짐없이 그녀의 환심을 사러 갔고, 밀레디가 조만간 거기에 반응을 보일 거라고 확신했다.

어느 날 저녁, 황금이 소나기처럼 쏟아지기를 기다리는 사람처럼 가슴을 활짝 펴고 가뿐한 발걸음으로 도착한 다르타냥은 문 앞에서 하녀를 만났다. 하지만 예쁘장한 키티가 이번에는 옆을 지나가면서 그에게 미소를 짓는 것만으로 그치지 않고, 상냥하게 그의 손을 잡았다.

'옳거니!' 다르타냥이 속으로 생각했다. '여주인이 내게 보내는 전갈을 이 하녀한테 맡긴 게 분명해. 몰래 만나자는 약속을 자기 입으로 말할 수 없으니까 이런 식으로 전하려는 거야.'

그래서 한껏 우쭐한 태도로 아름다운 아가씨를 바라보았다.

"잠깐 드릴 말씀이 있는데요, 기사님." 하녀가 더듬거리며 말했다.

"말해봐, 아가씨. 어서." 다르타냥이 말했다. "듣고 있으니까."

"여기서는 안 돼요. 제가 드릴 말씀은 너무 길고, 게다가 다른 사람이 들어서는 절대 안 되거든요."

"음! 그럼 어떻게 하지?"

"기사님이 저를 따라와주시면 돼요." 키티가 수줍은 듯 주뼛거리며 말했다.

"어디든지 좋아, 예쁜 아가씨."

"그럼 따라오세요."

키티는 다르타냥의 손을 붙잡은 채 어둡고 구불구불한 계단으로 데려가서, 열댓 계단쯤 올라간 뒤 문을 열었다.

"들어오세요, 기사님. 여기는 우리밖에 없어요. 안심하고 이야기할 수 있을 거예요."

"그런데 이 방은 도대체 무슨 방이지?"

"제 방이에요. 저 문으로 마님의 침실과 이어져 있답니다. 하지만 걱정 마세요. 마님은 우리가 하는 이야기를 들을 수 없으니까요. 게다가 자정이 되기 전에는 잠자리에 들지 않으시거든요."

다르타냥은 주위를 둘러보았다. 작은 방이 취향도 매력적이고 깨끗했다. 하지만 그의 시선은 저도 모르게 밀레디의 침실로 통한다는 문 쪽으로 쏠렸다.

키티가 다르타냥의 마음을 읽고 한숨을 내쉬었다.

"저희 마님을 정말 사랑하고 계시군요?" 키티가 말했다,

"말할 수 없이 사랑하지. 미칠 것만 같아!"

키티가 또다시 한숨을 내쉬었다.

"정말 딱한 일이네요!"

"뭐가 딱하다는 거야?"

"마님은 기사님을 사랑하지 않으니까요."

"그래? 마님이 나한테 그렇게 말하래?"

"그건 아니에요. 기사님이 너무 걱정돼서, 알려드려야겠다고 제가 마음먹은 거예요."

"고맙다, 키티. 나를 걱정해주는 건 정말 고맙지만, 그런 비밀까지 알려준 건 조금도 유쾌하지 않아."

"제 이야기를 안 믿는다는 말씀이군요?"

"그런 말을 믿기는 어렵지. 자존심 때문에라도."

"그러니까 제 말을 믿지 않는다는 거군요?"

"네 주장을 받쳐줄 증거를 보이기 전에는……."

"그럼 여기에 대해서는 뭐라고 하시겠어요?"

키티가 품에서 작은 쪽지를 꺼냈다.

"나한테 쓴 편지냐?" 다르타냥이 편지를 얼른 낚아채면서 물었다.

"아니요. 다른 남자에게 쓴 거예요."

"다른 남자?"

"예."

"누구지? 이름이 뭐냐?" 다르타냥이 외쳤다.

"주소를 보세요."

"바르드 백작."

자존심 강한 가스코뉴 젊은이의 머리에는 생제르맹에서 본 광경이 당장 되살아났다. 키티는 그가 하려는 짓을 보고, 아니 그가 이미 하고 있는 짓을 보고 비명을 질렀지만, 그는 생각이 떠오르기가 무섭게 봉투를 찢었다.

"어머나, 기사님, 무슨 짓을 하시는 거예요?"

"아무것도 아니야!" 다르타냥 말하고 나서 편지를 읽었다.

다르타냥은 얼굴이 새파래졌다. 상처받은 것은 그의 자존심이었지만, 그는 자신의 사랑이 상처를 받았다고 생각했다.

"가엾어라, 다르타냥 씨!" 키티가 연민에 찬 목소리로 말하면서 다시 젊은이의 손을 잡았다.

"내가 측은해 보이는가 보구나." 다르타냥이 말했다.

"그럼요. 진심으로 딱하게 생각해요! 저도 사랑이 무엇인지 아니까요!"

"사랑이 무엇인지 안다고?" 다르타냥이 말했다. 그는 처음으로 키티를 유심히 바라보았다.

"예! 슬프게도 그래요."

"그렇다면 나를 동정하는 대신, 내가 네 주인에게 복수할 수 있도록 도와주면 좋겠다."

"어떻게 복수하실 생각이세요?"

"경쟁자를 제치고 그녀의 사랑을 얻고 싶어."

"그건 절대로 도와드리지 않겠어요." 키티가 날카롭게 말했다.

"왜?" 다르타냥이 물었다.

"이유는 두 가지예요."

"뭔데?"

"첫째, 저희 마님은 절대로 기사님을 사랑하지 않을 거예요."

"그걸 어떻게 알아?"

"기사님은 마님의 가슴에 상처를 주었거든요."

"내가? 아니, 내가 어떻게 그럴 수 있었지? 그녀를 알게 된 뒤 줄곧 노예처럼 순종하며 살아온 내가 어떻게? 제발 그 이유를 말해봐!"

"그건 제 마음을…… 밑바닥까지 속속들이 읽을 수 있는 분에게만 털어놓을 거예요!"

다르타냥은 다시 한 번 키티를 바라보았다. 이 아가씨는 수많은 공작부인들이 신분과 지위를 버리고서라도 탐낼 만한 젊음과 아름다움을 지니고 있었다.

"키티, 원할 때는 언제든지 네 마음을 밑바닥까지 읽어줄게. 그러니까 고집부리지 마, 귀여운 아가씨."

그러면서 키티에게 입을 맞추자, 가엾은 소녀는 앵두처럼 새빨개졌다.

"싫어요! 당신은 저를 사랑하지 않아요! 당신이 사랑하는 건 마님이에요. 방금도 그렇게 말씀하셨잖아요."

"그러면 두 번째 이유도 말해주지 않을 거야?"

"두 번째 이유는요, 기사님." 키티가 입맞춤과 젊은이의 눈빛에 용기를 얻고 말을 이었다. "사랑에 빠지면 누구나 이기적이 되기 때문이에요."

그제야 다르타냥은 키티가 던진 연모의 눈길이 생각났다. 그리고 응접실이나 계단이나 복도에서 우연히 마주친 일, 만날 때마다 손을 스친 일, 꾹 참은 한숨 소리도 새삼 기억이 났다. 하지만 그는 귀부인의 환심을 사려는 욕망에만 사로잡혀 있어서 하녀 따위는 안중에도 없었다. 독수리를 쫓는 자는 참새를 거들떠보지 않는 법이니까.

그러나 이번에는 다르타냥도 키티가 방금 전에 그도록 순진하고 솔직하게 고백한 사랑에서 뭔가 얻을 수 있다는 것을 한눈에 알아차렸다. 바르드 백작에게 가는 편지를 가로챌 수도 있고, 여주인의 방과 붙어 있는 키티의 방에 언제든지 들어가 정보를 얻을 수도 있을 터였다. 어떻게든 밀레디의 마음을 얻으려는 생각에 벌써 마음속에서 가엾은 아가씨를 희생시키고 있었다.

"사랑하는 키티." 그가 말했다. "네가 의심하는 그 사랑의 증거를 보여줄까?"

"무슨 사랑요?" 키티가 물었다.

"너에게 느낄 준비가 되어 있는 사랑."

"그 증거가 뭔데요?"

"대개는 너의 마님과 보내는 시간을 오늘 저녁에는 너랑 보내줄게."

"좋아요!" 키티가 손뼉을 치며 말했다. "아, 좋아요!"

"그럼 이리 와." 다르타냥이 안락의자에 앉으면서 말했다. "너는 내가 지금까지 본 하녀들 중에서 제일 예쁜 하녀야!"

그가 너무나도 달콤하게 속삭였기 때문에, 처음부터 그를 믿고 싶었던 가엾은 아가씨는 그 말을 곧이곧대로 믿어버리고 말았다. 하지만 놀랍게도 예쁘장한 키티는 결코 몸을 허락하지 않았다.

이렇게 몸싸움을 주고받는 동안 시간도 빨리 지나가버렸다.

어느덧 자정이 되었다. 거의 동시에 밀레디의 방에서 작은 종이 울렸다.

"어머나!" 키티가 외쳤다. "마님이 저를 부르는 소리예요! 돌아가세요. 어서 가세요!"

다르타냥이 일어나서 나갈 것처럼 모자를 집어 들었지만, 계단 쪽 문이 아니라 커다란 옷장 문을 재빨리 열고 밀레디의 드레스와 가운 속에 몸을 숨겼다.

"도대체 뭘 하시는 거예요?" 키티가 외쳤다.

미리 열쇠를 빼놓은 다르타냥은 아무 대답도 하지 않고 옷장 속에서 문을 잠가버렸다.

"무슨 일이야?" 밀레디가 거친 목소리로 외쳤다. "종을 울려도 오지 않다니, 자고 있는 거냐?"

다르타냥은 두 방을 잇는 사잇문이 거칠게 열리는 소리를 들었다.

"저 여기 있어요, 마님. 지금 가요." 키티가 여주인에게 뛰어가면서 외쳤다.

두 여자가 침실로 들어갔지만, 사잇문이 열려 있어서 다르타냥은 밀레디가 하녀를 한동안 꾸짖는 소리를 들을 수 있었다. 그런 뒤에야 밀레디는 마음을 가라앉혔다. 키티가 여주인의 옷을 벗겨주는 동안 둘 사이에 대화가 오가기 시작했는데, 바로 그가 화제에 올랐다.

"그런데 말이야, 오늘 저녁에는 그 가스코뉴 젊은이를 못 봤어."

"어머나." 키티가 말했다. "그분이 안 오셨나요? 마님의 사랑도 얻기 전인데, 벌써 마음이 변했을까요?"

"아니야. 트레빌 씨나 에사르 씨가 막았을 거야. 난 알아. 그 사람은 나한테 낚였어."

"어떻게 하실 건데요?"

"어떻게 할 거냐고? 걱정 마라, 키티. 그와 나 사이에는 그가 모르는 일이 있거든. 그가 끼어드는 바람에 하마터면 추기경님의 신임을 잃을 뻔했어. 복수하고 말 거야!"

"마님이 그분을 사랑하시는 줄 알았어요."

"내가 그를 사랑해? 오히려 그를 싫어해! 윈터 경의 목숨이 자기 손에 달려 있었는데도 죽이지 않은 바보 얼간이야. 그 바람에 나는 30만 리브르의 연금을 잃게 됐지 뭐야!"

"참 그렇군요. 도련님은 그분의 유일한 상속인이고, 도련님이 성년이 될 때까지는 마님께서 그 상속재산에서 마음대로 수익을 얻을 수 있었는데 말이에요."

다르타냥은 그 상냥했던 여자가 평소 대화할 때는 감추려고 애쓰는 그 날카로운 목소리로 자신을 비난하는 것을 들으면서 뼛속까지 오싹해졌다. 게다가 자신을 비난하는 이유가 그녀에게 그렇게 호의를 베풀어준 남자를 죽이지 않았기 때문이었다.

"그래서……" 밀레디가 말을 이었다. "이유는 모르겠지만, 추기경이 용서해주라고 권하지 않았다면 나는 벌써 그에게 복수했을 거야."

"그랬군요. 하지만 마님은 그가 사랑한 여자는 용서하지 않으셨잖아요."

"아, 포수아외르 가의 그 장사꾼 마누라 말이지? 그는 그 여자를 벌써 잊어버리지 않았을까? 정말 통쾌한 복수였어!"

다르타냥의 이마에서 식은땀이 뚝뚝 떨어졌다. 저 여자는 정말 괴물이라는 생각이 들었다.

그는 다시 귀를 기울였지만, 불행히도 잠잘 준비가 끝나 있었다.

"됐다." 밀레디가 말했다. "그만 네 방으로 가. 그리고 내일은 내가 준 편지의 답장을 받아오도록 애써봐."

"바르드 씨에게 보내는 편지 말인가요?"

"그래."

"바르드 씨는 그 가엾은 다르타냥 씨와는 정반대인 것 같아요."

"그만 나가라니까. 쓸데없는 소리 그만하고."

문이 다시 닫히는 소리가 들렸고, 밀레디가 침실 안쪽에서 빗장을 거는 소리가 들렸다. 자기 방으로 돌아온 키티는 매우 조심스럽게 열쇠를 돌렸다. 그러자 다르타냥이 옷장 문을 열었다.

"맙소사!" 키티가 낮은 소리로 말했다. "왜 그러세요? 얼굴이 백짓장 같아요!"

"정말 지독한 여자군." 다르타냥이 중얼거렸다.

"조용히 하세요! 지금 빨리 나가세요! 이 방과 마님 방 사이에는 칸막이 하나밖에 없어서, 말소리가 다 들려요."

"그래서 내가 더 안 나가려는 거야."

"뭐라고요?" 키티가 얼굴을 붉히며 말했다.

"아니, 나가더라도…… 나중에 나갈 거야."

그가 키티를 끌어당겼다. 저항할 길이 없었다. 저항하면 소리가 난다! 결국 키티는 굴복했다.

이것은 밀레디에 대한 복수였다. 복수는 신들의 즐거움이라는 말이 맞다고 생각했다. 그래서 그에게 조금이라도 인정이 있었다면 이 새로운 정복으로 만족했을 것이다. 하지만 다르타냥에게는 야심과 자만심밖에 없었다.

하지만 그를 변호하기 위해 한마디 해두자면, 다르타냥이 처음으로 키티에게 물리력을 사용한 것은 보나시외 부인이 어떻게 되었는지 알아내고 싶었기 때문이다. 그런데 이 가엾은 아가씨는, 여주인이 비밀의 절반도 자기한테 털어놓지 않기 때문에 보나시외 부인에 대해서는 아무것도 모른다고, 다만 그 여자가 죽지 않은 것만은 장담할 수 있다고 십자가를 걸고 맹세했다.

키티는 밀레디가 추기경의 신임을 잃을 뻔한 이유가 무엇인지도 알지 못했지만, 거기에 대해서는 다르타냥이 더 잘 알고 있었다. 그는 영국을 떠나는 순간 출항 정지를 당한 배에서 언뜻 밀레디를 보았기 때문에, 다이아몬드 목걸이가 그 이유일 거라고 짐작했다.

하지만 여기서 가장 명백한 것은, 다르타냥이 밀레디의 시숙을 죽이지 않은 것이 그녀가 그에게 품고 있는 증오심의 진정한 이유라는 것이었다.

다르타냥은 이튿날도 밀레디를 찾아갔다. 밀레디는 기분이 몹시 나쁜 상태였다. 다르타냥은 바르드 백작으로부터 답장이 없기 때문에 밀레디가 그렇게 애를 태우는 게 아닐까 생각했다. 키티가 들어왔지만 밀레디는 몹시 쌀쌀맞게 대했다. 키티는 '자, 보세요. 당신 때문에 내가 어떤 고통을 받고 있는지' 하고 말하는 듯한 눈길을 다르타냥에게 던졌다.

하지만 밤이 이슥해지자 아름다운 암사자도 마음이 다소 누그러져서, 다르타냥의 달콤한 말에 미소를 지으며 귀를 기울였고, 그가 입을 맞추도록 손을 내밀기까지 했다.

다르타냥은 어떻게 생각해야 좋을지 모른 채 밖으로 나왔다. 하지만 여간해서는 자제력을 잃는 젊은이가 아니었기 때문에, 밀레디의 비위를 맞추면서도 머릿속으로는 계획을 세웠다.

그는 현관문 앞에서 키티를 만났고, 새로운 정보를 얻기 위해 전날 밤처럼 키티의 방으로 올라갔다. 키티는 마님으로부터 꾸지람을 들었다고, 태만하다는 야단을 맞았다고 말했다. 바르드 백작으로부터 답장이 없는 까닭을 이해할 수 없었던 밀레디는 키티에게 이튿날 아침 아홉 시에 자기 방으로 와서 바르드 백작에게 보내는 세 번째 편지를 가져가라고 일렀다.

다르타냥은 이튿날 아침에 그 편지를 자기한테 가져다주겠다는 약속을 키티한테 받아냈다. 이 아가씨는 애인이 원하는 거라면 뭐든지 다 하겠다고 약속했다. 키티는 그에게 완전히 빠져 있었다.

전날 밤과 똑같은 과정이 반복되었다. 다르타냥은 옷장 속에 들어가 자물쇠를 잠갔고, 밀레디는 키티를 불러 잠잘 준비를 했고, 키티를 내보내고 다시 사잇문을 잠갔다. 전날 밤과 마찬가지로 다르타냥은 새벽 다섯 시에야 집으로 돌아갔다.

오전 열한 시에 키티가 왔다. 키티는 밀레디의 새 편지를 들고 있었다. 이번에는 편지를 다르타냥에게 주지 않으려고 애쓰지도 않고, 다르타냥이 마음대로 하게 내버려두었다. 키티는 몸과 마음을 이 잘생긴 연인에게 모두 바치고 있었다.

다르타냥은 봉투를 뜯고 편지를 읽었다.

당신을 사랑한다고 말하기 위해 쓰는 세 번째 편지입니다. 당신을 증오한다고 말하기 위해 네 번째 편지를 쓰게 되지 않도록 조심하세요.

나에 대해 잘못했다고 후회하신다면, 이 편지를 전해드린 아가씨가 당신에게 어떻게 하면 여자의 용서를 받을 수 있는지 알려드릴 것입니다.

다르타냥은 이 편지를 읽으면서 얼굴이 몇 번이고 붉으락푸르락했다.

"당신은 여전히 마님을 사랑하시는군요!" 키티가 젊은이의 얼굴에서 잠시도 눈을 떼지 않고 있다가, 그의 표정을 보고 말했다.

"키티, 그건 잘못 생각한 거야. 나는 이제 그 여자를 사랑하지 않아. 하지만 나를 멸시한 것에는 복수하고 싶어."

"그래요. 당신의 뜻은 알고 있어요. 다 말씀하셨잖아요."

"그게 너하고 무슨 상관이야? 너만을 사랑한다는 건 너도 알고 있겠지."

"그걸 어떻게 알아요?"

"내가 그 여자를 경멸하는 걸 보고."

키티가 한숨을 내쉬었다.

다르타냥은 펜을 들고 편지를 썼다.

부인, 나는 지금까지 당신이 보낸 두 통의 편지가 과연 나한테 쓴 것인지 의심하고 있었습니다. 나는 그런 영예를 얻을 자격이 없다고 생각했으니까요. 게다가 몸도 좋지 않아서, 어쨌든 회답을 망설였습니다.

하지만 오늘은 당신의 과분한 호의를 믿을 수밖에 없군요. 당신의 편지만이 아니라 당신의 하녀까지도 내가 당신으로부터 넘치는 사랑을 받고 있다는 것을 확인시켜주었으니까요.

신사라면 어떻게 용서를 받을 수 있는지, 당신의 하녀에게 배울 필요도 없습니다. 내가 오늘 밤 열한 시에 용서를 빌러 가겠습니다. 하루라도 늦어지면 또다시 당신의 기분을 상하게 될 테니까요.

당신 덕택에 세상에서 가장 행복해진 남자,
바르드 백작

이 편지는 우선 가짜였고, 야비한 것이기도 했다. 오늘날의 도덕적 관점에서 보면 비열하기까지 했다. 하지만 당시 사람들은 요즘보다 덜 까다로웠다. 게다가 다르타냥은 밀레디가 더 중대한 일에서 배신의 죄를 범했다는 것을 그녀 자신의 입을 통해 알고 있었기 때문에, 그녀에게는 털끝만 한 존경심도 품고 있지 않았다. 그런데도 그는 밀레디에 대한 열정이 몸속에서 불타오르는 것을 느꼈다. 경멸로 가득 찬 열정이었지만, 그래도 열정이나 갈증인 것은 마찬가지였다.

다르타냥의 계획은 단순했다. 키티의 방을 통해 여주인의 침실로 들어가, 밀레디가 놀라움과 부끄러움과 두려움에 떠는 순간을 틈타 그 여자를 정복한다. 실패할 수도 있지만, 그것은 운에 맡겨야 한다. 일주일 뒤에는 전쟁이 시작될 것이고, 그러면 떠나야 할 테니, 다르타냥에게는 완벽한 사랑을 만들어낼 시간이 없었다.

"자, 받아." 다르타냥은 편지를 봉투에 넣어 봉한 다음 키티에게 건네면서 말했다. "이 편지를 밀레디에게 갖다줘. 바르드 백작의 답장이야."

가엾은 키티는 송장처럼 얼굴이 하얘졌다. 편지 내용을 짐작했기 때문이다.

"잘 들어." 다르타냥이 말했다. "이해하겠지만, 이 일은 어떤 식으로든 끝나야 해. 네가 첫 번째 편지를 백작의 하인이 아니라 내 하인에게 건네준 일이며, 바르드 백작이 받아야 할 그 후의 편지들을 뜯어본 사람이 나라는 것을 밀레디가 알게 될지도 몰라. 그렇게 되면 밀레디는 너를 쫓아낼 테지만, 그 정도로 앙갚음을 끝낼 여자가 아니라는 것은 너도 잘 알 거야."

"맙소사!" 키티가 말했다. "누구를 위해 이런 꼴을 당해야 하죠?"

"나를 위해서지. 그건 나도 잘 알고 있어, 내 사랑. 그리고 고맙게 생각하고 있어. 정말이야."

"하지만 이 편지에는 도대체 뭐라고 쓴 거예요?"

"밀레디가 말해줄 거야."

"당신은 저를 사랑하고 있지 않아요! 저는 정말 불행한 여자예요!"

이런 비난에 대해서는 여자들이 언제나 속아 넘어가는 대책이 있다. 다르타냥이 바로 그런 식으로 대응했기 때문에 키티는 더없이 큰 망상 속에 계속 빠져 있게 되었다.

키티는 한참 동안 흐느껴 울었지만, 그래도 결국은 밀레디에게 편지를 전하기로 마음을 굳혔다. 다르타냥이 바란 대로였다.

게다가 다르타냥은 오늘 저녁에는 밀레디와 일찍 헤어지겠다고, 여주인의 방에서 나오면 곧장 키티의 방으로 올라가겠다고 약속했다.

가엾은 키티는 이 약속에서 위안을 얻었다.

제34장
아라미스와 포르토스의 출전 준비

네 친구가 저마다 출전 준비를 시작한 뒤로는 한 번도 함께 만난 적이 없었다. 식사 시간이 되면 아무데서나, 또는 음식을 구할 수 있는 곳에서 따로 식사를 했다. 시간은 쏜살같이 지나가고 있는데, 그들은 이 귀중한 시간을 쪼개서 근무도 서야 했다. 그들은 일주일에 한 번씩 아토스의 집에서 한 시에 만나기로 약속했는데, 아토스는 맹세한 대로 문지방을 절대 넘지 않았기 때문이다.

키티가 다르타냥의 집으로 찾아온 날은 바로 이 모임이 있는 날이었다.

키티가 돌아가자마자 다르타냥은 페루 가로 달려갔다.

아토스는 아라미스와 철학 논쟁을 벌이고 있었다. 아라미스는 성직으로 돌아갈까 말까 망설이고 있었다. 아토스는 평소 습관대로 만류하지도 않았고 부추기지도 않았다. 아토스는 각자의 자유 의지에 맡겨야 한다는 입장이었다. 그는 남이 부탁하지 않으면 자기가 먼저 나서서 충고하는 법이 없었다. 그것도 두 번 세 번 거듭 부탁해야 겨우 해주었다.

아토스는 늘 이렇게 말하곤 했다.

"대개 사람들이 조언을 청하는 것은 거기에 따르지 않기 위해서야. 충고에 따르는 것은, 일이 잘못 되었을 때 잘못된 충고를 해주었다고 남을 탓하기 위해서지."

포르토스는 다르타냥보다 조금 늦게 도착했다. 네 친구는 이렇게 다시 만났다.

그들의 얼굴은 서로 다른 감정을 드러내고 있었다. 포르토스의 얼굴에는 평온이, 다르타냥의 얼굴에는 희망이, 아라미스의 얼굴에는 불안이, 아토스의 얼굴에는 무관심이 나타나 있었다.

그들은 잠시 잡담을 나누었다. 포르토스는 어떤 귀부인이 자기를 곤경에서 구해주기로 약속했다고 넌지시 말했다. 바로 그때 무스크통이 들어왔다.

그는 포르토스에게 집에 급한 일이 생겼다면서, 어서 집으로 돌아가자고 간청했다.

"내 장비 때문이야?" 포르토스가 물었다.

"그렇기도 하고 아니기도 합니다." 무스크통이 대답했다.

"그게 무슨 소리야?"

"어쨌든 집으로 갑시다, 나리."

포르토스는 일어나서 친구들에게 인사를 하고 무스크통을 따라 밖으로 나갔다.

잠시 후, 이번에는 바쟁이 문간에 나타났다.

"무슨 일인가?" 아라미스가 교회를 생각할 때마다 얼굴에 드러나는 부드러운 표정으로 물었다.

"어떤 손님이 집에서 나리를 기다리고 있습니다." 바쟁이 대답했다.

"손님? 어떤 손님인데?"

“웬 거지입니다.”

“그럼 적선이나 해주게, 바쟁. 그리고 불쌍한 죄인들을 위해 기도하라고 말해줘.”

“그 거지는 나리께 꼭 드릴 말씀이 있다면서, 자기를 만나면 나리가 무척 기뻐하실 거라고 합니다.”

“나한테 무슨 특별한 말은 하지 않았나?”

“이러더군요. ‘아라미스 씨가 나를 만나러 오기를 망설이거든, 투르에서 온 사람이라고 전해주게.’”

“뭐, 투르에서?” 아라미스가 외쳤다. “친구들, 정말 미안하지만 그 사람은 내가 줄곧 기다리던 소식을 가져온 게 분명해.”

그러고는 당장 일어나서 밖으로 뛰쳐나갔다.

아토스와 다르타냥만 남았다.

“저 친구들은 원하는 것을 찾은 모양이군. 자넨 어떻게 생각하나, 다르타냥?” 아토스가 물었다.

“내가 알기로, 포르토스는 거의 목적을 달성했습니다.” 다르타냥이 말했다. “그리고 아라미스에 대해서는 별로 걱정하지 않았어요. 하지만 아토스 당신이야말로 정당한 전리품이었던 그 영국인의 돈을 인심 좋게 나누어주어 버렸으니, 이제 어떻게 할 작정입니까?”

“나는 그 악당을 죽인 것으로 만족해. 영국인을 죽이는 건 유쾌한 일이니까. 하지만 내가 그 돈을 내 주머니에 넣었다면, 그 돈은 양심의 가책처럼 나를 짓눌렀을 거야.”

“정말 엉뚱한 생각을 하시는군요!”

“그 이야기는 그만두세. 그런데 어제 트레빌 대장이 나를 찾아와서 추기경의 보호를 받고 있는 수상쩍은 영국인들 집에 자네가 자주 드나든다고 하시던데, 도대체 무슨 말인가?”

“일전에 이야기한 영국 여자를 방문한 겁니다.”

“내가 조심하라고 충고해준 그 금발 여자 말이군. 물론 자네는 내 충고를 따르지 않았고……”

“그 이유는 말했잖아요.”

“그래. 자네 말로는 출전 장비를 구하기 위해서라고 했지, 아마?”

“천만에요! 그 여자가 보나시외 부인의 납치 사건에 연루되어 있다는 확증을 잡았거든요.”

“그래, 알겠네. 한 여자를 찾아내기 위해서 다른 여자의 비위를 맞추는 건 가장 멀고 험한 길이지만, 가장 즐거운 일이기도 하지.”

다르타냥은 아토스에게 모든 것을 털어놓을까 했지만, 한 가지 문제가 그를 막았다. 아토스는 명예에 관한 한 매우 엄격한 귀족이었는데, 다르타냥이 밀레디를 상대로 세운 계획 속에는 청교도처럼 근엄한 그의 동의를 얻어낼 수 없는 점이 포함되어 있었기 때문이다. 그래서 그는 침묵을 지키기로 했고, 아토스는 세상에서 가장 호기심이 적은 사람이었기 때문에 다르타냥의 고백은 거기서 끝나고 말았다.

두 친구는 이제 별로 중요한 이야기를 할 게 없으니까, 이들을 떠나 아라미스를 따라가보자.

그에게 볼일이 있다는 사람이 방금 투르에서 도착했다는 소식을 듣고 아라미스가 황급히 바쟁을 따라, 아니 바쟁보다 앞서서 달려갔다는 이야기는 앞에서 했다. 그는 페루 가에서 보지라르 가까지 한달음에 달려갔다.

집에 들어가 보니, 과연 한 남자가 기다리고 있었다. 눈은 총명해 보이지만 키가 작은 남자였는데, 누더기를 걸치고 있었다.

"당신이 나를 만나자고 했소?" 총사가 물었다.

"아라미스 씨한테 볼일이 있는데, 당신이 아라미스 씨인가요?"

"그렇소. 내게 무슨 전갈이라도 있나요?"

"예. 수놓은 손수건을 보여주시면 그걸 드리지요."

"여기 있소." 아라미스가 품에서 열쇠를 꺼내 자개가 상감된 작은 흑단 상자를 열면서 말했다.

"좋습니다." 거지가 말했다. "하인을 내보내시지요."

바쟁은 그 초라한 행색의 사내가 주인에게 무슨 볼일이 있는지 알고 싶어, 주인과 거의 동시에 집에 도착했다. 하지만 이렇게 신속한 행동이 헛수고가 되어버렸다. 거지의 요청에 따라 주인이 그에게 물러가라는 신호를 보냈고, 바쟁은 주인의 명령에 따를 수밖에 없었기 때문이다.

바쟁이 나가고 나자 사내는 얼른 주위를 둘러보고 엿보거나 엿듣는 사람이 아무도 없다는 것을 확인하고는, 그제야 가죽 허리띠로 어설프게 졸라맨 남루한 코트를 열고 저고리 윗부분의 솔기를 뜯어서, 그 속에서 편지 한 통을 꺼냈다.

아라미스는 봉인을 보자 환성을 지르고, 손으로 쓴 글씨에 입을 맞추고, 사뭇 경건한 태도로 편지를 펼쳤다.

우리는 아직도 한동안 헤어져 있어야 할 운명이지만, 청춘의 아름다운 날들은 영원히 사라지지 않습니다. 전쟁터에서 당신의 의무를 다하세요. 저는 다른 곳에서 제 의무를 다하고 있겠습니다. 이 편지를 가져간 분이 건네는 것을 받고, 훌륭하고 진정한 귀족답게 출정해주세요. 그리고 당신의 검은 눈에 정답게 입 맞추는 저를 생각해주세요.

안녕히! 아니, 또 만나요!

거지 사내는 계속 솔기를 뜯었다. 그리고 더러운 옷에서 2피스톨짜리 스페인 금화를 한 닢씩 꺼내 150개를 탁자 위에 늘어놓았다. 그런 다음 문을 열고 인사를 하더니, 어안이 벙벙해진 아라미스가 뭐라고 한마디 하기도 전에 나가버렸다.

아라미스는 편지를 다시 읽고, '추신'이 딸려 있는 것을 알아차렸다.

추신—편지를 가져간 분은 백작이고 스페인의 고관이므로 정중하게 맞아주세요.

"황금의 꿈이여!" 아라미스가 외쳤다. "오, 아름다운 인생! 그래, 우리는 아직 젊어! 그래, 우리는 아직 행복한 날들을 누릴 수 있어! 오, 내 사랑도, 나의 피도, 나의 생명도, 모두 다 그대에게 바치리. 나의 아름다운 연인이여!"

그는 탁자 위에서 번쩍이고 있는 금화는 거들떠보지도 않고 열정적으로 편지에 입을 맞추었다.

바쟁이 문을 두드렸다. 아라미스도 이제는 바쟁을 따돌릴 이유가 없었기 때문에, 방으로 들어오게 했다.

바쟁은 탁자 위에 수북이 쌓인 금화를 보고 깜짝 놀란 나머지 다르타냥이 왔다고 알리는 것도 잊어버렸다. 다르타냥은 사내가 무슨 일로 아라미스를 찾아왔는지 궁금해서, 아토스와 헤어지자마자 아라미스의 집으로 곧장 찾아온 것이다.

다르타냥은 이제 아라미스와 허물없는 사이였기 때문에, 바쟁이 그의 방문을 주인에게 알리는 것을 잊어버리자 그냥 들어왔다.

"정말 놀랍군요." 다르타냥이 말했다. "저게 투르에서 보낸 자두라면, 자두를 딴 정원사에게 내 안부도 전해주세요."

"그게 아니야." 언제나 신중한 아라미스가 말했다. "지난번에 쓰기 시작한 단음절 시의 고료를 출판사에서 보내온 거야."

"아, 그래요? 정말 후한 출판사군요. 달리 할 말이 없네요."

"뭐라고요, 나리?" 바쟁이 외쳤다. "시가 그렇게 비싸게 팔리나요? 굉장하군요! 나리, 계속 시를 쓰세요. 그러면 부아튀르 씨나 방스라드 씨 같은 유명한 시인도 될 수 있을 거예요. 전 그게 좋습니다. 좋고말고요. 시인은 수도원장이나 마찬가지니까요. 아, 나리. 시인이 되세요. 제발 부탁입니다!"

"이봐, 바쟁." 아라미스가 말했다. "쓸데없이 나서고 있어."

바쟁은 자신의 실수를 깨닫고는 고개를 숙이고 나갔다.

"아!" 다르타냥이 미소를 지으며 말했다. "작품 값이 그만한 무게의 금과 맞먹다니, 당신은 정말 행운아예요. 하지만 조심하세요. 편지가 윗도리에서 삐죽 튀어나와 있어서, 자칫하면 잃어버릴지 몰라요. 출판사에서 보낸 편지인가본데……."

아라미스는 머리끝까지 빨개져서 편지를 안으로 밀어 넣고 윗도리 단추를 채웠다.

"여보게, 다르타냥." 아라미스가 말했다. "괜찮다면, 친구들을 만나러 가세. 나는 이제 부자니까, 오늘부터 다시 식사를 같이 하세. 그러는 동안 자네들도 모두 부자가 되겠지."

"좋아요. 우리는 오랫동안 식사를 제대로 하지 못했으니까요. 게다가 나는 오늘 저녁에 좀 모험을 해야 하니까, 솔직히 말하면 부르고뉴 포도주로 기운을 내는 것도 나쁘지 않겠어요."

"그럼 부르고뉴 포도주를 마시기로 하세. 나도 싫어하지 않아." 아라미스가 말했다. 그는 금화를 보고 은둔할 생각이 요술처럼 사라져버렸다.

아라미스는 당장 필요한 데 쓰려고 2피스톨짜리 금화 서너 닢을 주머니에 집어넣은 뒤, 나머지는 흑단 상자에 넣고 자물쇠를 채웠다. 이 상자에는 그에게 부적 역할을 하는 손수건이 들어 있었다.

두 친구는 우선 아토스의 집으로 갔다. 아토스는 두문불출하겠다는 맹세를 지켜야 했기 때문에, 식사를 그의 집으로 가져오게 하는 일을 맡았다. 게다가 아토스는 요리에 밝았으므로, 다르타냥과 아라미스도 안심하고 그 중요한 일을 그에게 맡겼다.

두 사람이 이번에는 포르토스의 집으로 갔지만, 도중에 바크 가 모퉁이에서 무스크통과 만났다. 무스크통은 비참한 표정으로 노새와 말을 몰고 가는 중이었다.

다르타냥이 놀라서 소리를 질렀지만, 그 외침에는 기쁨도 섞여 있었다.

"아, 내 누렁이! 아라미스, 이 말 좀 보세요!"

"정말 괴상한 놈이군!" 아라미스가 말했다.

"내가 파리에 나올 때 타고 온 말이에요!"

"아니, 뭐라고요? 이 말을 아신다고요?" 무스크통이 물었다.

"털 색깔이 특이하군." 아라미스가 말했다. "이런 털 색깔은 본 적이 없어."

"아마 그럴 겁니다." 다르타냥이 말을 받았다. "3에퀴를 받고 팔았는데, 그건 털 색깔 덕분이었던 게 분명해요. 털가죽을 뺀 몸통만 따져서는 값이 18리브르도 안 나갈 테니까요. 그런데 무스크통, 이 말을 어떻게 구했나?"

"아!" 하인이 말했다. "말도 마세요. 우리 공작부인의 남편이 속임수를 쓴 거니까요!"

"그게 무슨 소리야?"

"실은 어느 지체 높은 공작부인…… 이름은 말씀드릴 수 없으니까 용서하세요. 주인 나리가 함부로 말하지 말라고 분부하셨거든요. 어쨌든 그 공작부인이 주인 나리께 호의를 품고 계셔서, 훌륭한 스페인 말과 안달루시아 노새를 선물로 보내주셨지요. 그런데 남편이 그걸 알고는 말과 노새를 도중에 가로챘어요. 그러고는 이 말과 노새로 바꿔쳐버린 겁니다!"

"그래서 남편에게 돌려주러 가는 길인가?" 다르타냥이 물었다.

"물론이죠! 우리한테 약속한 말과 노새 대신 이런 형편없는 말과 노새를 받을 수는 없으니까요."

"그야 그렇겠지. 내 누렁이를 포르토스가 타고 있는 모습을 보고 싶긴 하지만 말이야. 그랬다면 내가 처음 파리에 도착했을 때 어떤 꼴이었는지 알 수 있을 테니까. 하지만 더 이상 자네를 붙잡지 않겠네, 무스크통. 어서 가서 주인의 분부나 실행하게. 포르토스는 집에 있나?"

"예, 나리." 무스크통이 말했다. "하지만 기분이 몹시 언짢으신 듯합니다."

무스크통은 그랑조귀스탱 부두 쪽으로 갔고, 두 친구는 포르토스의 집으로 갔다. 포르토스는 그들이 안마당을 가로지르는 것을 보고, 문을 열어주지 않기로 마음먹었다. 그래서 그들이 아무리 초인종을 울려도 응답이 없었다.

한편 무스크통은 늙은 말과 노새를 몰고 퐁뇌프 다리를 건너 우르스 가에 이르렀다. 이곳에 도착하자, 주인의 명령에 따라 말과 노새를 소송 대리인의 현관문 손잡이에 묶어놓았다. 그러고는 말과 노새가 앞으로 어떤 운명을 겪게 될지는 아랑곳하지 않고 포르토스에게 돌아가서 분부대로 실행했다고 보고했다.

잠시 지나자, 아침부터 아무것도 먹지 못한 불쌍한 두 짐승이 문손잡이를 잡아당기면서 요란한 소리를 냈기 때문에, 소송 대리인은 사환더러 말과 노새가 누구의 것인지 이웃에게 알아보라고 일렀다.

코크나르 부인은 그 짐승들이 자기가 포르토스에게 준 선물이라는 것을 알아보았지만, 포르토스가 왜 돌려보냈는지는 알 수 없었다. 하지만 곧 포르토스가 찾아왔기 때문에 그 까닭을 알게 되었다. 포르토스는 분노를 억누르려고 애썼지만, 그의 눈에서 번득이는 분노는 감수성이 예민한 연인을 놀라게 했다. 무스크통은 도중에 다르타냥과 아라미스를 만난 사실과, 그 누런 말은 다르타냥이 파리에 올 때 타고 와서 3에퀴에 팔아넘긴 늙은 베아른산 말이라고 하더라는 것도 주인에게 보고했다.

포르토스는 생마글루아르 수도원에서 부인과 만나기로 약속하고 그 집에서 나왔다. 소송 대리인은 포르토스가 나가는 것을 보고 식사를 같이 하자고 권했지만, 총사는 위엄에 찬 태도로 초대를 거절했다.

코크나르 부인은 벌벌 떨면서 생마글루아르 수도원으로 나갔다. 어떤 비난이 자신을 기다리고 있을지 짐작했기 때문이다. 하지만 그녀는 포르토스의 당당한 태도에 그만 매혹당하고 말았다.

자존심이 상한 남자가 여자에게 퍼부을 수 있는 온갖 저주
와 비난을 포르토스는 고개를 푹 숙이고 있는 소송 대리인의
아내에게 쏟아냈다.

"아, 정말!" 그녀가 말했다. "저는 최선을 다했어요. 우리 의
뢰인들 가운데 말 장수가 있어요. 그 사람이 우리 사무실에 갚
을 돈이 있는데, 계속 어기대면서 돈을 안 갚는 거예요. 그래서
그 사람한테 우리에게 갚을 돈 대신 말과 노새를 달라고 했고,
그 사람은 훌륭한 말과 노새를 보내겠다고 약속했지요."

"좋습니다, 부인." 포르토스가 말했다. "그가 갚을 돈이 5에
퀴 이상이면, 그 말 장수는 도둑놈이오."

"물건을 싸게 사려고 애쓰는 건 나쁜 일이 아니에요." 코크
나르 부인이 변명거리를 찾으면서 말했다.

"그야 그렇죠. 하지만 싸구려를 사려는 사람은 남들이 좀 더
마음이 넉넉한 친구를 찾는 것을 허락해야 합니다."

이렇게 말하고 포르토스는 발꿈치를 돌려 그 자리를 떠나려
고 한 걸음 떼어놓았다.

"포르토스 씨! 포르토스 씨!" 코크나르 부인이 외쳤다. "내
가 잘못했어요. 그건 인정해요. 당신 같은 기사의 장비를 갖춰
드릴 때는 값을 흥정하지 말았어야 하는 건데."

포르토스는 대답하지 않고 또 한 걸음 떼어놓았다.

소송 대리인의 아내는 포르토스가 눈부신 구름 속에서 공작
부인들과 후작부인들에게 둘러싸여 있는 모습이 벌써 눈에 보
이는 것만 같았다. 그 귀부인들은 포르토스의 발치에 돈주머니
를 던지고 있었다.

"가지 마세요. 제발 부탁이에요, 포르토스 씨! 가지 말고 이
야기해요."

“당신과 이야기하면 불행해질 뿐이오.”

“말해주세요. 원하는 게 뭐죠?”

“아무것도 없습니다. 당신에게는 뭘 부탁해도 결국 마찬가지니까.”

슬픔에 넋을 잃은 코크나르 부인이 포르토스의 팔에 매달려 외쳤다.

“포르토스 씨, 거기에 대해서는 아무것도 몰라요. 말이 뭔지, 마구가 뭔지, 내가 어떻게 알겠어요?”

“그러니까 나한테 맡겼어야죠. 나는 전문가니까. 그런데 당신은 실속을 차리고 싶었고, 결국은 나를 상대로 고리대금이나 하려고 했던 거요.”

“잘못했어요, 포르토스 씨. 내 명예를 걸고 보상할게요.”

“어떻게요?”

“오늘 저녁에 남편이 숀 백작을 만나러 갈 거예요. 숀 백작이 상담할 게 있다고 남편을 불렀거든요. 상담하는 데 적어도 두 시간은 걸릴 거예요. 그러니까 우리 집으로 오세요. 단둘이 의논해봅시다.”

“좋습니다. 이제야 말이 통하는군.”

“용서해줄 거죠?”

“두고 봅시다.” 포르토스가 위엄있게 말했다.

두 사람은 ‘저녁에 만나자’는 인사를 나누고 헤어졌다.

‘됐어!’ 포르토스는 그곳을 떠나면서 생각했다. ‘드디어 코크나르의 금고에 가까이 가게 될 것 같군.’

제35장
밤에는 고양이가 모두 쥐색이다

포르토스와 다르타냥이 초조하게 기다리던 그날이 마침내 저물고 밤이 왔다.

다르타냥은 여느 때와 마찬가지로 밤 아홉 시쯤 밀레디의 집에 얼굴을 내밀었다. 밀레디는 기분이 좋아서 다르타냥을 전에 없이 반갑게 맞아주었다. 가스코뉴 젊은이는 자신의 가짜 편지가 밀레디에게 전달되었으며, 그 편지가 효과를 나타냈다는 것을 한눈에 알아차렸다.

키티가 셔벗을 들고 들어왔다. 여주인은 키티에게 상냥한 눈길을 던지고 더없이 다정한 미소를 보였지만, 가엾은 아가씨는 하도 슬퍼서 밀레디의 다정한 태도도 알아차리지 못했다.

다르타냥은 두 여자를 번갈아 바라보고, 자연이 이 두 여자를 만들 때 실수를 했다고 생각할 수밖에 없었다. 자연이 귀부인에게는 사악하고 타락한 영혼을 주었고, 하녀에게는 공작부인 같은 고귀한 마음을 주었기 때문이다.

열 시가 되자 밀레디는 조바심을 내기 시작했다. 다르타냥은 그것이 무엇을 뜻하는지 깨달았다. 밀레디는 시계를 힐끗 처다보고 일어났다가 다시 앉아서 다르타냥에게 미소를 던졌다. 그 표정은 '당신은 무척 친절한 사람이지만, 지금 떠나준다면 더없이 매력적일 거예요' 하고 말하는 듯했다.

다르타냥은 일어나서 모자를 집어 들었다. 밀레디가 입을 맞추도록 손을 내밀었다. 젊은이는 그녀의 손이 자신의 손을 꽉 잡는 것을 느끼고, 그것이 애교가 아니라 그가 떠나는 데 대한 감사의 표시라는 것을 알아차렸다.

'그 남자한테 홀딱 반해버렸군.' 다르타냥이 밖으로 나가면서 중얼거렸다.

이번에는 키티가 기다리고 있지 않았다. 응접실에도 없고, 복도에도 없고, 현관에도 없었다. 다르타냥은 혼자서 계단을 찾아 작은 방으로 올라가야 했다.

키티는 방에서 얼굴을 두 손에 묻은 채 흐느끼고 있었다.

그녀는 다르타냥이 들어오는 소리를 들었지만 고개도 들지 않았다. 다르타냥이 다가가 두 손을 잡자 키티가 울음을 터뜨렸다.

다르타냥이 짐작했던 대로 밀레디는 편지를 받자 기쁨에 들떠서 하녀에게 모든 것을 털어놓았다. 그러고는 키티가 이번에 심부름을 잘 해냈으니까 상을 주겠다면서 돈주머니를 주었다. 키티는 자기 방으로 돌아오자 이 돈주머니를 한쪽 구석에 내팽개쳤다. 돈주머니가 풀어지면서 금화 서너 닢이 굴러 나와 깔개 위에 흩어져 있었다.

다르타냥의 목소리를 듣고 키티가 고개를 들었다. 다르타냥은 그녀의 얼굴이 잔뜩 일그러져 있는 것을 보고 깜짝 놀랐다. 키티는 두 손을 맞잡고 애원하는 표정을 지었지만, 말은 한마디도 하지 않았다.

다르타냥의 마음은 별로 민감한 편이 아니지만, 키티가 괴로워하는 모습을 보자 마음이 흔들릴 수밖에 없었다. 하지만 그는 계획, 특히 이날 저녁의 계획에 집착해 있었기 때문에 그 계획을 바꿀 마음이 조금도 없었다. 그래서 키티에게 어떤 희망도 남기지 않았고, 자신의 행동은 단순한 복수일 뿐이라고 말했다.

게다가 밀레디가 부끄러워 빨개진 얼굴을 애인에게 감추기 위해 자기 방만이 아니라 키티의 방에 있는 불까지 모두 끄라고 시켜놓았기 때문에 다르타냥의 복수가 더욱 쉬워졌다. 바르드 백작은 동이 트기 전, 어둠이 가시기 전에 떠날 것이다.

잠시 후 밀레디가 침실로 가는 소리가 들렸다. 다르타냥은 당장 옷장 속으로 뛰어들었다. 그가 옷장 속에 몸을 숨기자마자 작은 종이 울렸다.

키티가 여주인의 방으로 들어갔지만 사잇문은 열어두지 않았다. 하지만 칸막이가 너무 얇아서 두 여자 사이에 오가는 말소리를 거의 다 들을 수 있었다.

밀레디는 기쁨에 취해 있는 듯했다. 그녀는 하녀에게 바르드 백작을 만났을 때의 상황을 몇 번이고 꼬치꼬치 물었다. 바르드 백작은 내 편지를 어떻게 받더냐, 어떤 반응을 보이더냐, 얼굴 표정은 어떠하더냐, 정말 나를 사랑하는 것 같더냐 하는 질문이 이어졌고, 키티는 이런 질문에 애써 침착하게 대답하느라 숨이 막히는 듯했다. 하지만 여주인은 키티의 목소리에 담긴 슬픈 어조를 알아차리지 못했다. 행복이란 그렇게 이기적인 것이다.

마침내 백작과 만나기로 한 시간이 다가오자, 밀레디는 키티에게 모든 불을 끄게 하고, 방으로 돌아가 있다가 바르드 백작이 오면 곧바로 안내하도록 일렀다.

키티는 오래 기다릴 필요가 없었다. 다르타냥은 열쇠 구멍을 통해 방이 캄캄해진 것을 보자마자 숨어 있던 옷장에서 뛰어나왔다. 그때 키티는 사잇문을 닫고 있던 참이었다.

"그게 무슨 소리냐?" 밀레디가 물었다.

"나요." 다르타냥이 낮은 목소리로 말했다. "바르드 백작입니다."

"오, 맙소사. 이런!" 키티가 중얼거렸다. "백작님은 스스로 약속 시간을 정해놓고도 그때까지 기다리실 수 없었나 봐요!"

"어머나!" 밀레디가 떨리는 목소리로 말했다. "그런데 왜 안 들어오시지? 백작님, 백작님. 제가 기다리고 있다는 걸 잘 아시잖아요!"

이 부름에 다르타냥은 키티를 살며시 밀어내고 밀레디의 방으로 뛰어들었다.

분노와 고통이 어떤 영혼을 괴롭힐 수 있다면, 그것은 행운의 경쟁자가 들어야 할 사랑의 맹세를 자기 이름이 아닌 남의 이름으로 대신 듣는 사람의 영혼이다.

다르타냥은 미처 예상치 못한 괴로운 처지에 놓여 있었다. 질투심이 그의 가슴을 찢었다. 그 순간 그는 옆방에서 울고 있는 키티만큼 가슴이 아팠다.

"그래요, 백작님." 밀레디가 그의 손을 다정하게 감싸 쥐고는 더없이 상냥한 목소리로 말했다. "저는 우리가 만날 때마다 당신의 눈길과 당신의 말씀이 보여준 사랑 속에서 행복하답니다. 저도 당신을 사랑해요. 오, 내일, 내일은 당신이 저를 생각한다는 것을 말해줄 사랑의 징표를 받고 싶어요. 당신이 저를 잊을지도 모르니까, 이걸 드리겠어요."

이렇게 말하면서 밀레디는 손가락에서 반지를 빼내어 다르
타냥의 손가락에 끼워주었다.

다르타냥은 그 반지를 밀레디의 손에서 본 기억이 났다. 그
것은 다이아몬드로 둘러싸여 있는 멋진 사파이어 반지였다.

다르타냥은 반지를 돌려주려고 했지만, 밀레디가 덧붙여 말
했다.

"아니에요. 저에 대한 사랑으로 이 반지를 간직해주세요. 게
다가 이 반지를 받아주시면, 당신이 상상할 수 있는 것 이상의
도움을 저한테 주시게 될 거예요."

'이 여자는 정말 수수께끼로 가득 차 있군.' 다르타냥이 속으
로 중얼거렸다.

그 순간 그는 모든 것을 털어놓고 싶었다. 자기가 누구인지,
무슨 목적으로 여기 왔는지를 말하려고 입을 연 순간, 밀레디
가 말을 이었다.

"가엾은 천사님! 하마터면 그 가스코뉴의 괴한한테 죽을 뻔
하셨죠?"

괴한이란 바로 다르타냥을 가리키는 말이었다.

"오!" 밀레디가 말을 계속했다. "아직도 상처가 아프신가
요?"

"예, 많이." 다르타냥은 어떻게 대답해야 좋을지 몰라서 그
렇게 말했다.

"걱정 마세요. 제가 원수를 갚아드릴게요. 아주 잔인하게 복
수할 거예요."

'제기랄!' 다르타냥이 속으로 말했다. '아직은 털어놓을 때
가 아니야.'

이 짧은 대화의 충격에서 다르타냥이 정신을 추스르는 데에

는 잠시 시간이 걸렸다. 하지만 그가 여기까지 가져온 복수심은 완전히 사라져버렸다. 그녀가 그에게 발휘하는 영향력은 실로 엄청났다. 그는 그녀를 증오하는 동시에 숭배했다. 이처럼 상반된 두 가지 감정이 한 마음 속에 공생하면서 한데 어우러져 야릇하고 악마적인 사랑을 형성할 줄은 꿈에도 몰랐다.

그러는 동안 시계가 한 시를 쳤다. 이제 헤어져야 할 시간이었다. 밀레디를 떠나는 순간 다르타냥은 격렬한 아쉬움만 느꼈을 뿐이다. 그들은 정열적인 작별 인사를 나누고, 다음 주에 다시 만나기로 약속했다. 키티는 다르타냥이 자기 방을 지나갈 때 몇 마디라도 할 수 있기를 바랐지만, 밀레디가 어둠 속에서 몸소 그를 배웅했고, 계단에 이르러서야 그를 놓아주었다.

이튿날 아침, 다르타냥은 아토스의 집으로 달려갔다. 너무 기이한 모험을 감행하고 난 뒤여서 아토스의 의견을 듣고 싶었다. 그가 털어놓는 동안 아토스는 몇 번이나 눈살을 찌푸렸다.

"밀레디라는 여자는 내가 보기에 파렴치한 인간인 것 같아. 하지만 자네가 그 여자를 속인 건 잘못이야. 어쨌든 자네는 무서운 적을 상대하고 있어."

아토스는 다르타냥과 이야기하면서, 다르타냥이 손에 끼고 있는 반지를 유심히 바라보았다. 왕비한테 받은 반지는 보석 상자에 고이 넣어두고, 그 대신 반짝이는 다이아몬드로 둘러싸인 사파이어 반지를 끼고 있었던 것이다.

"이 반지를 보고 있군요?" 다르타냥이 화려한 선물을 친구의 눈앞에 자랑스럽게 내보이면서 물었다.

"그래. 그걸 보니 우리 집안의 가보가 생각나는군."

"어때요? 아름답지 않나요?"

"훌륭해! 그렇게 아름다운 사파이어가 세상에 두 개나 있는 줄은 미처 몰랐어. 자네의 다이아몬드 반지와 바꾸었나?”

“아니요. 이건 그 아름다운 영국 여자가 선물로 준 겁니다. 아니, 프랑스 여자요. 물어보지는 않았지만, 프랑스 태생인 건 확실하니까요.”

“그 반지를 밀레디한테 받았다고?” 아토스가 외쳤다. 그가 몹시 흥분해 있다는 것은 목소리만 듣고도 쉽게 짐작할 수 있었다.

“그 여자한테 직접 받았어요. 어젯밤에 주더군요.”

“좀 보여주게.”

“자, 여기요.” 다르타냥이 반지를 손가락에서 빼면서 대답했다.

아토스는 반지를 자세히 살펴보다가 얼굴이 창백해졌다. 이어서 그는 반지를 왼손 약지에 끼어보았다. 반지는 맞춘 것처럼 손가락에 딱 맞았다. 평소에는 침착하던 아토스의 얼굴을 분노와 복수의 그림자가 스치고 지나갔다.

"같은 반지일 리가 없어." 아토스가 말했다. "어떻게 그 반지가 클래릭 부인의 손에 들어갈 수 있겠어? 하지만 똑같은 보석이 두 개 존재할 가능성도 거의 없어."

"이 반지를 아세요?" 다르타냥이 물었다.

"눈에 익은 반지인 줄 알았는데, 내가 잘못 생각했나봐."

그는 반지를 다르타냥에게 돌려주었지만, 여전히 반지에서 눈을 떼지 못했다.

"이봐, 다르타냥." 잠시 후에 그가 말했다. "그 반지를 빼든가, 아니면 보석을 안쪽으로 돌려놔. 그 반지를 보면 끔찍한 기억이 되살아나서 자네와 이야기할 정신이 없을 정도야. 그런데 자네는 나한테 무슨 조언을 구하러 오지 않았나? 어떻게 해야 할지 결정을 내리기 어렵다고 말하지 않았나? 아니, 잠깐만…… 그 사파이어 반지를 다시 한 번 보여주게. 내가 말하려던 반지는 어떤 사고 때문에 한쪽 면에 긁힌 자국이 생겼어."

다르타냥은 다시 반지를 빼어 아토스에게 건네주었다.

아토스는 몸을 떨었다.

"여길 봐. 자국이 보이지? 이상하지 않나?"

아토스는 그가 기억해낸 자국을 다르타냥에게 보여주었다.

"그런데 아토스, 당신은 이 사파이어를 누구한테 받았죠?"

"어머니한테. 어머니는 외할머니한테 물려받았고. 아까도 말했듯이, 그건 오래된 가보야. 그러니까 무슨 일이 있어도 우리 집안을 떠나지 말았어야 했어."

"그런데…… 팔았나요?" 다르타냥이 머뭇거리며 물었다.

"아니야." 아토스가 야릇한 미소를 지으며 말을 이었다. "하룻밤 사랑의 대가로 주어버렸어. 자네가 받았을 때처럼."

이번에는 다르타냥이 생각에 잠겼다. 그는 밀레디의 영혼

속에 있는 깊이를 알 수 없는 어두운 심연을 본 듯했다.

그는 반지를 손가락에 끼지 않고 주머니에 넣었다.

"잘 듣게, 다르타냥." 아토스가 다르타냥의 손을 잡으면서 말했다. "내가 자네를 좋아하고 있다는 건 알고 있겠지? 나에게 아들이 있다 해도, 아들을 자네보다 더 사랑할 수는 없을 거야. 그래서 하는 말인데, 내 말을 믿고 그 여자는 단념하게. 나는 그 여자를 모르지만, 타락한 여자인 것 같다는 느낌이 들어. 그 여자한테는 무언가 치명적인 게 있어. 일종의 직감이야."

"당신 말이 맞아요. 그래요. 관계를 끊겠어요. 솔직히 말하면, 그 여자가 두려워요."

"헤어질 용기가 있을까?"

"용기를 내야죠. 지금부터 당장."

"그래. 잘 생각했어." 아토스는 아버지처럼 다정하게 가스코뉴 젊은이의 손을 잡으면서 말했다. "자네 인생에 막 들어온 그 여자가 치명적인 흔적을 남기지 않기를 빌겠네!"

아토스가 다르타냥에게 고개를 숙여 인사했다. 혼자 남아서 생각에 잠기고 싶다는 뜻이었다.

다르타냥이 집에 돌아와 보니 키티가 기다리고 있었다. 불면과 슬픔으로 하룻밤을 지새운 이 가엾은 아가씨는 한 달 동안 열병을 앓은 것보다 더 많이 변해 있었다.

키티는 여주인의 분부로 또 가짜 바르드 백작에게 심부름을 온 것이다. 키티의 여주인은 사랑에 미쳐 있었고 기쁨에 도취해 있었다. 밀레디는 백작이 또 언제 자기를 만나러 와줄지 알고 싶어 했다.

가엾은 키티는 창백한 얼굴로 몸을 떨면서 다르타냥의 대답을 기다리고 있었다.

아토스는 다르타냥에게 커다란 영향을 미쳤다. 친구의 충고와 자기 마음속의 외침을 듣고 그는 결단을 내렸다. 이제 자존심도 지켰고 복수심도 만족시켰기 때문에, 다시는 밀레디를 만나지 않기로 결심한 것이다. 그는 펜을 들어 답장을 썼다.

다음 약속은 기대하지 마세요. 상처가 아물고 보니, 정리해야 할 비슷한 일들이 너무나 많군요. 당신 차례가 오면 연락드리지요.

당신의 손에 입을 맞추며.

바르드 백작

사파이어 반지에 관해서는 한마디도 하지 않았다. 다르타냥은 그 반지를 만약에 대비해 무기로 간직하고 싶었을까? 아니면 출전 장비를 갖추기 위한 마지막 수단으로 그 반지를 남겨둔 것일까?

하지만 한 시대의 행동을 다른 시대의 관점으로 판단하는 것은 잘못일 것이다. 오늘날이라면 신사의 수치로 여겨질 일도 그 시대에는 아주 단순하고 당연한 일이었으며, 좋은 집안의 자제들도 애인의 도움을 받는 것이 보통이었다.

다르타냥은 편지를 봉하지도 않은 채 키티에게 주었다. 키티는 편지를 처음 읽었을 때는 그 뜻을 이해하지 못했지만, 다시 한 번 읽었을 때는 너무 기뻐서 거의 미쳐버렸다.

키티는 이 행복을 믿을 수가 없었다. 그래서 다르타냥은 편지에 쓴 내용을 입으로 되풀이해야 했다. 밀레디의 격렬한 성질을 생각하면 이 편지를 여주인에게 전할 때 엄청난 위험을 각오해야 했지만, 키티는 아랑곳하지 않고 서둘러 루아얄 광장으로 돌아갔다. 아무리 착한 여자도 연적의 고통에 대해서는 냉혹한 법이다.

밀레디는 키티가 가져온 편지를 서둘러 열었다. 하지만 첫 마디를 읽자마자 얼굴이 납빛으로 변했고, 다음에는 편지를 구겨버렸고, 다음에는 불꽃이 튀는 눈으로 키티를 돌아보았다.

"이 편지가 뭐냐?" 그녀가 물었다.

"마님의 편지에 대한 답장인데요." 키티가 부들부들 떨면서 대답했다.

"그럴 리가 없어! 귀족이 여자한테 이런 편지를 쓸 리가 없어!" 밀레디가 외쳤다.

그러고는 갑자기 온몸을 떨기 시작했다.

"맙소사! 혹시 그가 알았을까?" 그녀가 말을 멈추었다.

그녀는 이를 부득부득 갈았다. 얼굴이 잿빛이었다. 신선한 공기를 마시려고 창문 쪽으로 다가가려 했지만, 두 팔을 내미는 게 고작이었다. 다리에 힘이 빠져서 한 걸음도 걷지 못한 채 의자에 쓰러지고 말았다.

키티는 여주인이 기절한 줄 알고 얼른 달려가 옷을 느슨하게 풀어주려고 했다. 하지만 밀레디가 벌떡 일어나 앉았다.

"뭘 하려는 거야? 왜 내 몸에 손을 대는 거지?"

"마님이 기절하신 줄 알고 도와드리려던 것뿐이에요." 하녀는 여주인의 얼굴에 떠오른 무서운 표정에 겁을 먹고 대답했다.

"기절해? 내가? 나를 그렇게 연약한 여자로 생각해? 나는 모욕을 당해도 기절하지 않아. 복수심에 불타게 될 뿐이지. 알겠어?"

그러고는 키티에게 나가라는 손짓을 했다.

제36장

복수의 꿈

그날 밤 밀레디는 여느 때처럼 다르타냥이 오면 곧바로 안내하라고 일러두었다. 하지만 그는 오지 않았다.

이튿날 키티는 다시 다르타냥을 찾아와서 전날 밤에 있었던 일을 모두 전했다. 다르타냥은 빙긋 웃었다. 밀레디의 그 질투 어린 분노야말로 그가 계획한 복수였다.

저녁이 되자 밀레디는 전날 저녁보다 더욱 초조하게 다르타냥을 기다렸다. 가스코뉴 젊은이가 오면 곧바로 안내하라는 명령을 다시 내렸지만, 전날과 마찬가지로 그녀의 기다림은 허사로 끝났다.

이튿날도 키티가 다르타냥의 집에 나타났지만, 지난 이틀처럼 즐겁거나 활발하지 않고 몹시 슬퍼 보였다.

다르타냥이 그 가엾은 아가씨에게 무슨 일이냐고 물었지만, 키티는 대답 대신 주머니에서 편지를 꺼내 그에게 내밀었다.

밀레디가 쓴 편지였다. 이번에는 바르드가 아니라 다르타냥에게 보낸 것이었다.

그는 편지를 펼쳐서 읽어보았다.

사랑하는 다르타냥 씨,

이런 식으로 친구를 소홀히 하는 건 잘못이에요. 특히 그 친구와 오랜 작별을 앞두고 있을 때는 더욱 그렇죠. 시숙과 나는 그제도 어제도 당신을 기다렸지만 허사였지요. 오늘 저녁도 마찬가지일까요?

당신에게 감사하고 있는
클래릭 부인

"이런 편지가 올 줄 알았어." 다르타냥이 말했다. "바르드 백작의 신용이 떨어지니까 나에 대한 신용이 올라가는 거야."

"가실 작정이세요?" 키티가 물었다.

"이봐, 키티." 다르타냥은 아토스와 한 약속을 어기는 것에 대해 자신에게 변명이라도 하는 듯 말했다. "너도 알겠지만, 이런 초대를 거절하는 건 서툰 짓이야. 밀레디는 내가 다시 오지 않는 것을 알면, 내가 갑자기 발길을 끊은 진짜 이유를 모르니까 뭔가 있는 게 아닐까 의심할지도 몰라. 그런 기질을 가진 여자의 복수가 어디까지 미칠지 누가 알겠어?"

"오, 맙소사! 당신은 언제나 자신이 옳은 것처럼 말하죠. 하지만 당신은 또 마님의 비위를 맞출 거예요. 이번에 당신이 진짜 이름과 진짜 얼굴로 마님의 총애를 얻는다면, 상황은 처음보다 훨씬 더 나빠질 거예요!"

가엾은 키티는 앞으로 일어날 일을 어느 정도는 본능적으로 직감했다.

다르타냥은 애써 키티를 안심시키고, 밀레디의 유혹에 넘어가지 않겠다고 약속했다.

그는 밀레디의 호의에 진심으로 감사하며 분부에 기꺼이 따르겠다는 전갈을 보냈다. 그러나 직접 편지를 쓰지는 못했다. 밀레디처럼 노회한 여자의 눈을 속일 수 있을 만큼 필적을 숨길 자신이 없었기 때문이다.

시계가 아홉 시를 쳤을 때 다르타냥은 루아얄 광장에 이르렀다. 하인들이 대기실에서 기다리고 있었다. 그가 올 것을 미리 알고 있었던 것이 분명했다. 다르타냥이 나타나자마자, 그가 밀레디를 만날 수 있느냐고 묻기도 전에 하인 한 사람이 그의 도착을 알리러 뛰어갔기 때문이다.

"들어오시라고 해라." 밀레디가 퉁명스러운 목소리로 짤막하게 말했지만, 그 목소리는 대기실에 있는 다르타냥에게도 들릴 만큼 날카로웠다.

그가 하인의 안내를 받아 응접실로 들어가자, 밀레디가 하인에게 말했다.

"다른 사람은 아무도 들여보내지 마라. 알겠지? 아무도."

하인이 물러갔다.

다르타냥은 호기심 어린 눈길을 밀레디에게 던졌다. 얼굴이 창백했다. 울었기 때문인지 수면 부족 때문인지, 눈이 충혈되어 있었다. 실내 등불의 수를 일부러 줄여놓았지만, 이틀 동안 그녀를 괴롭힌 열병의 흔적을 감추지는 못했다.

다르타냥은 여느 때처럼 정중한 태도로 다가갔다. 그러자 밀레디는 그를 반갑게 맞이하려고 애를 썼지만, 아무리 상냥한 미소를 지어도 일그러진 표정을 감출 수는 없었다.

건강은 어떠냐고 묻자 그녀가 대답했다.

"안 좋아요. 아주 안 좋아요."

"그렇다면 제가 신중하지 못했군요. 휴식이 필요할 테니까 저는 이만 물러가겠습니다."

"아니에요." 밀레디가 말했다. "그냥 계세요, 다르타냥 씨. 당신이 함께 있어주면 기분이 좋아질 거예요."

'오, 이런!' 다르타냥이 속으로 생각했다. '이 여자가 애교를 떨다니! 조심해야 돼!'

밀레디는 최대한 다정하게 굴려고 애썼고, 대화에도 최대한 흥을 돋우려 애썼다. 그와 동시에 그녀를 떠났던 활기가 다시 돌아와 눈이 반짝이기 시작했고, 볼에는 다시 혈색이 돌았고, 입술에는 붉은 빛이 돌아왔다. 이렇게 변모한 밀레디에게서 다르타냥은 자신을 사로잡았던 키르케*의 모습을 발견하고 그 마력에 휩싸여버렸다. 사랑이 사라진 줄 알았는데, 잠시 낮잠을 자고 있었을 뿐이다. 그 사랑이 그의 마음속에서 다시 깨어났다. 밀레디는 미소를 지었고, 다르타냥은 그 미소를 위해서라면 지옥에 떨어져도 좋다고 생각했다.

순간, 다르타냥은 밀레디에게 한 짓에 대해 후회 비슷한 감정을 느꼈다.

밀레디는 점점 마음을 터놓기 시작했다. 다르타냥에게 애인이 있느냐고 물었다.

"아, 유감스럽군요!" 다르타냥이 최대한 감상적인 태도를 취하면서 말했다. "저에게 그런 질문을 하시다니, 어쩌면 그렇게 매정할 수 있단 말입니까? 당신을 처음 본 뒤로는 오로지 당신을 통해서만, 그리고 당신을 위해서만 숨을 쉬고 한숨을 지었는데요."

밀레디가 야릇한 미소를 지었다.

"그럼 저를 사랑하시나요?" 밀레디가 물었다.

"그걸 굳이 말할 필요가 있습니까? 아직도 그걸 알아차리지 못했나요?"

"아니, 알고 있었어요. 하지만 아시다시피 자존심이 강한 여자일수록 그 마음을 얻기는 더 어려운 법이죠."

"어려움 따위는 두렵지 않습니다! 불가능하다면 또 모르겠지만."

"불가능한 건 없어요. 진정한 사랑이라면 어떤 것도 불가능하지 않아요."

"어떤 것도요?"

"그 어떤 것도."

'제기랄.' 다르타냥이 속으로 중얼거렸다. '태도가 달라졌어. 혹시 이 변덕쟁이 여자가 나를 사랑하고 있는 게 아닐까? 나를 바르드 백작으로 착각했을 때 준 것과 같은 사파이어 반지를 이번엔 진짜 나한테 주려는 걸까?'

다르타냥은 얼른 의자를 밀레디 쪽으로 가져갔다.

"당신이 말하는 그 사랑을 무엇으로 증명하시겠어요?" 밀레디가 물었다.

"당신이 요구하는 거라면 뭐든지 하겠습니다. 명령만 하세요. 뭐든지 할 각오가 되어 있으니까."

"뭐든지?"

"예, 뭐든지!" 다르타냥은 이런 약속을 해도 별로 큰 위험이 따르지는 않으리라는 것을 사전에 알고 있었기 때문에 자신 있게 외쳤다.

"그렇다면 의논할 일이 있어요." 이번에는 밀레디가 의자를 다르타냥 쪽으로 더 가깝게 가져오면서 말했다.

"말씀하세요." 다르타냥이 말했다.

밀레디는 여전히 불안해 보였고 잠시 망설이는 듯했지만,

이윽고 결단을 내린 것 같았다.

"나에겐 적이 있어요."

"당신에게?" 다르타냥이 깜짝 놀란 체하며 외쳤다. "세상에! 당신처럼 착하고 아름다운 분에게 적이 있다니, 어떻게 그럴 수가?"

"철전지원수예요."

"정말로요?"

"나를 너무 잔인하게 모욕한 자여서, 사생결단으로 싸울 수밖에 없어요. 당신을 내 동맹자로 믿어도 될까요?"

다르타냥은 이 앙심 깊은 여자의 목적이 무엇인지를 당장 알아차렸다.

"물론입니다." 다르타냥이 단호하게 말했다. "나의 팔과 목숨도 나의 사랑과 마찬가지로 당신 겁니다."

"그렇다면…… 당신은 다정할 뿐만 아니라 너그럽기도 하니까……."

밀레디가 말을 끊었다.

"그래서요?" 다르타냥이 물었다.

"그러니까……" 밀레디가 잠시 입을 다물고 있다가 말을 이었다. "지금부터는 불가능하다는 말은 하지 마요."

"나를 행복으로 짓누르지 마세요." 다르타냥이 외치고는 무릎을 꿇고 밀레디가 내민 두 손에 키스를 퍼부었다.

'파렴치한 바르드에게 복수를 하리라.' 밀레디가 이를 악물고 속으로 중얼거렸다. '그 일이 끝나면 너를 처리해주마. 이 멍청한 바보, 눈엣가시 같은 놈!'

'그렇게 뻔뻔스럽게 나를 조롱해놓고, 이제 와서 내 품에 안기다니. 앙큼하고 고약한 계집!' 다르타냥도 속으로 생각했다.

'일이 끝나면, 네가 내 손을 빌려 죽이고 싶어 하는 자와 함께 너를 비웃어주마.'

다르타냥이 고개를 들었다.

"각오가 되어 있습니다."

"그러니까 나를 이해하셨군요, 다르타냥 씨?"

"당신의 표정만 봐도 짐작할 수 있습니다."

"그럼 나를 위해 그 팔을 써주실 거죠? 벌써 높은 명성을 얻은 그 팔을?"

"지금 당장이라도."

"하지만 그런 도움에 대해 어떻게 보답하죠? 나는 사랑에 빠진 사람들을 잘 알아요. 그런 사람들은 공짜로는 아무것도 해주지 않잖아요."

"내가 바라는 유일한 대답, 당신과 나에게 어울리는 유일한 대답은 당신도 아실 겁니다."

그러고는 그녀를 살며시 끌어당겼다.

그녀는 저항하지 않았다.

"욕심꾸러기!" 밀레디가 미소를 지으며 말했다.

"아!" 다르타냥은 그녀가 부추긴 열정에 취하여 외쳤다. "이 행복이 정말인가요? 꿈처럼 날아가버리지나 않을까 늘 두려웠는데, 이제는 현실로 만들고 싶어서 조바심이 나는군요."

"그렇다면 당신이 말하는 그 행복을 누릴 자격을 갖도록 애써보세요."

"뭐든지 명령만 내려주십시오."

"정말 믿어도 되나요?" 밀레디가 마지막으로 의심을 드러내며 물었다.

"당신의 아름다운 눈에 눈물을 흘리게 만든 그 파렴치한 놈의 이름을 말해주세요."

"내가 울었다고 누가 그러던가요?"

"그렇게 보였지요."

"나 같은 여자는 울지 않아요."

"그렇다면 다행입니다. 자, 그놈의 이름이 뭡니까?"

"그의 이름은 내 비밀의 전부라는 걸 알아주세요."

"그래도 이름을 알아야……."

"물론 그래야죠. 내가 당신을 얼마나 믿고 있는지 보세요!"

"그 말을 들으니 내 마음도 기쁨으로 가득 차는군요. 이름이
뭡니까?"

"당신도 아는 사람이에요."

"그래요?"

"예."

"설마 내 친구는 아니겠죠?" 다르타냥은 자기가 아무것도
모른다고 믿게 하려고, 짐짓 망설이는 체했다.

"혹시 친구라면 복수를 망설이겠군요?" 밀레디가 외쳤다.
그녀의 눈 속에서 위협적인 빛이 번득였다.

"천만에요. 설령 내 형제라 해도 망설이지 않겠습니다." 다
르타냥이 열정에 사로잡힌 것처럼 외쳤다.

우리의 가스코뉴 젊은이는 자기가 어디로 가고 있는지 알고
있었기 때문에 두려움이 없었다.

"당신의 그 헌신적인 애정이 마음에 들어요." 밀레디가 말
했다.

"아! 내게서 당신 마음에 드는 게 그것뿐입니까?" 다르타냥
이 물었다.

"당신을 사랑해요. 당신 자체를." 밀레디가 그의 손을 잡으

면서 말했다.

밀레디가 손을 꽉 쥐자, 다르타냥은 그 접촉을 통해 밀레디의 몸을 태우고 있는 열기가 자신에게 전해지기라도 한 것처럼 부르르 몸을 떨었다.

"나를 사랑한다고요? 당신이?" 다르타냥이 외쳤다. "오, 그게 정말이라면 나는 미쳐버릴 겁니다!"

그는 두 팔로 밀레디를 얼싸안았다. 그녀는 그의 입술을 피하려 하지 않았지만, 입맞춤을 돌려주지도 않았다.

그래도 그는 기쁨에 취했고 사랑에 흥분했다. 그는 밀레디의 애정을 믿고, 바르드가 정말로 죄를 지었다고 믿을 뻔했다. 그때 바르드가 옆에 있었다면, 아마 그를 죽였을 것이다.

밀레디는 기회를 놓치지 않았다.

"그의 이름은……." 이번에는 그녀가 말했다.

"바르드 백작. 알고 있습니다!" 다르타냥이 외쳤다.

"아니, 어떻게 알았어요?" 밀레디가 그의 두 손을 잡고, 그의 눈을 통해 마음속을 밑바닥까지 꿰뚫어보려고 애쓰면서 물었다.

다르타냥은 자신이 너무 흥분한 나머지 실수를 저질렀음을 깨달았다.

"말해주세요. 어서요. 말해요!" 밀레디가 재촉했다. "그걸 어떻게 아세요?"

"어떻게 아느냐고요?"

"그래요."

"어제 우연히 들른 살롱에서 바르드가 반지를 자랑하면서 당신한테 받았다고 하더군요."

"비열한 놈!" 밀레디가 외쳤다.

이 욕설은 다르타냥의 마음속에서도 메아리쳤다.

"그래서요?"

"당신을 위해 그 악당에게 복수하겠습니다." 다르타냥은 아르메니아의 돈 자페* 같은 태도로 말했다.

"고마워요, 나의 용감한 친구!" 밀레디가 외쳤다. "그럼 언제 복수해줄 거죠?"

"내일. 아니, 당신이 원한다면 지금 당장이라도."

밀레디도 '지금 당장'이라고 외치고 싶었지만, 그렇게 급히 서두르는 것은 다르타냥의 눈에 상스럽게 보일 거라는 생각이 들었다.

게다가 그녀로서는 사전 준비가 필요했고, 자기를 대신하여 복수해줄 젊은이가 결투의 증인들 앞에서 백작에게 상황을 설명하지 않도록 조언을 해줄 필요도 있었다. 그런데 이 모든 것이 다르타냥의 한마디로 해결되었다.

"내일 하겠습니다. 당신의 원수를 갚거나 아니면 내가 죽거나 둘 중 하나겠죠."

"아니에요! 당신은 내 원수를 갚게 될 거예요. 그리고 죽지 않을 거예요. 그는 비겁한 놈이에요."

"여자에게는 비겁할지 모르지만, 남자에게는 그렇지 않습니다. 그에 대해서는 나도 좀 아는 게 있거든요."

"하지만 언젠가 당신이 그와 싸웠을 때에도 운명의 여신에게 불평할 이유는 전혀 없었던 것 같은데요."

"운명의 여신은 매춘부와 같습니다. 어제는 호의를 보였더라도 내일은 배신할 수 있거든요."

"그 말은 이제 와서 망설여진다는 뜻이군요."

"망설이다니, 당치도 않습니다. 하지만 어쩌면 죽게 될지도 모르는 나한테 단순한 희망밖에 주지 않는 게 과연 공정한 처사일까요?"

밀레디가 눈짓으로 대답했다. '그뿐인가요? 그럼 당당하게 말하세요' 하고 말하는 눈짓이었다. 이어서 밀레디는 그 눈짓에 설명을 덧붙여서 다정하게 말했다.

"당신 말이 옳아요."

"오, 당신은 천사입니다!"

"그럼 모두 합의된 거죠?"

"내가 당신한테 바라는 것만 빼고는."

"하지만 내 사랑은 믿어도 된다고 했잖아요?"

"내일 어떻게 될지 모르니까 기다릴 수 없습니다."

"가만! 시숙이 오나봐요. 당신이 여기 있는 걸 들킬 필요는 없어요."

그녀가 종을 울렸다. 키티가 나타났다.

"이 문으로 나가세요." 밀레디가 작은 비밀문을 밀면서 말했다. "그리고 열한 시에 다시 오세요. 그때 얘기를 끝내죠. 키티가 당신을 내 방으로 안내할 거예요."

가엾은 키티는 이 말을 듣고 그 자리에 쓰러질 것 같은 기분이 들었다.

"키티, 우두커니 서서 뭐 하는 거냐? 기사님을 배웅해드려. 그리고 오늘 밤 열한 시에 안내해. 알았지?"

'이 여자는 열한 시에 밀회를 하는 게 버릇인 모양이군.' 다르타냥은 생각했다.

밀레디가 한 손을 내밀자 그는 다정하게 입을 맞추었다.

그는 밖으로 나오면서, 키티의 비난에는 아랑곳하지 않고 말했다.

"바보 같은 짓은 말자. 저 여자는 정말 대단한 악녀야. 조심해야 돼."

제37장

밀레디의 비밀

다르타냥은 키티가 간청하는데도 그녀의 방으로 올라가지 않고 저택을 나왔다. 두 가지 이유 때문이었다. 첫째는 키티의 잔소리와 불평과 애원을 피하기 위해서였고, 둘째로는 혼자서 생각을 가다듬고 가능하다면 그 여자의 생각도 검토해볼 기회를 갖기 위해서였다.

여기서 가장 명백한 것은, 다르타냥은 밀레디를 미칠 듯이 사랑하지만 밀레디는 다르타냥을 조금도 사랑하지 않는다는 사실이었다. 다르타냥은 이대로 집에 돌아가서 밀레디에게 장문의 편지를 보내, 여태껏 자기가 바르드 백작 행세를 해왔고, 따라서 바르드 백작을 죽이는 것은 자신을 죽이는 것이므로 바르드 백작에게 복수하는 일은 맡을 수 없다고 고백하는 것이 최선책이 아닐까 하는 생각도 했다. 하지만 한편으로는 맹렬한 복수욕이 그를 부추겼다. 이번에는 다른 사람이 아닌 바로 자신의 이름으로 그녀를 소유하고 싶었고, 이 복수야말로 더없이 유쾌하고 달콤하게 느껴졌기 때문에 단념하고 싶지 않았다.

그는 겉창에 비치는 밀레디 방의 불빛을 열 걸음마다 한 번씩 돌아보면서 루아얄 광장을 대여섯 바퀴나 돌았다. 이번에는 밀레디도 지난번과 달리 서둘러 침실로 가지 않은 게 분명했다.

마침내 등불이 꺼졌다.

가물거리는 그 불빛과 함께, 다르타냥의 마음속에서 마지막 망설임도 꺼졌다. 전날 밤의 기억이 생생하게 되살아났다. 그는 심장이 두근거리고 머리가 불타는 듯 뜨거워져서, 서둘러 저택으로 돌아가 키티의 방으로 올라갔다.

송장처럼 창백해진 키티는 온몸을 부들부들 떨면서 애인을 말리려고 애썼다. 하지만 귀를 곤두세우고 있던 밀레디가 다르타냥이 들어온 소리를 듣고 문을 열었다.

"들어오세요." 밀레디가 말했다.

이 모든 것이 어찌나 파렴치하고 뻔뻔스럽게 벌어지고 있는지, 다르타냥은 자신이 보고 듣는 것이 믿어지지 않을 지경이었다. 그는 꿈속에서나 실현될 수 있는 환상적인 상황 속으로 끌려 들어가고 있는 듯한 기분이었다. 그런데도 쇠붙이를 끌어당기는 자석 같은 매력에 굴복하여 밀레디 쪽으로 뛰어들었다.

뒤에서 문이 닫혔다.

닫힌 문 저쪽에서 키티가 문에 몸을 던졌다. 질투와 분노, 상처 입은 자존심, 사랑에 빠진 여자의 마음을 뒤흔드는 온갖 열정이 다르타냥의 정체를 폭로하라고 그녀를 부추겼다. 하지만 그런 음모에 일조했음을 자백하면 자신도 파멸하게 될 터였다. 그리고 무엇보다도 다르타냥을 영원히 잃게 될 것이다. 이 마지막 생각이 키티에게 마지막 희생을 감수하라고 속삭였다.

다르타냥은 마침내 모든 소원을 풀었다. 밀레디가 사랑하는 사람도 이제는 연적인 바르드 백작이 아니라 그 자신인 것 같았다. 그의 마음속 깊은 곳에서는, 너는 한낱 복수의 도구에 지나지 않는다고, 그녀는 네가 바르드를 죽일 때까지만 너를 사랑하는 척할 것이라고 은밀한 목소리가 속삭였지만, 자존심과 허영심과 사랑의 광기가 그 목소리를 틀어막고 그 속삭임을 억눌렀다. 다르타냥은 예의 그 자신감에 이끌려 자신과 바르드 백작을 비교하고, 결국 자기도 사랑받지 못할 이유는 없지 않느냐고 자문했다.

그래서 그는 그 순간의 관능에 완전히 몸을 내맡겼다. 그녀 자신도 사랑을 느끼는 것 같았다. 그에게 밀레디는 흉악한 의도를 품고 있는 여자가 아니라 사랑에 몸을 내맡긴 열정적인 연인이었다. 이렇게 두 시간이 흘렀다.

그 사이에 두 연인의 격정은 서서히 가라앉았다. 다르타냥처럼 현실을 잊을 이유가 없는 밀레디가 먼저 현실로 돌아와, 내일 바르드 백작과 만나 결투하기 위한 계책은 생각해두었느냐고 물었다.

하지만 전혀 다른 생각에 빠진 나머지 바보처럼 자신의 처지를 잊어버리고 있던 다르타냥은 결투에 대해 생각하기에는 너무 늦은 시간이라고 점잖게 대답했다.

밀레디는 자신의 유일한 관심사에 다르타냥이 이처럼 무관심한 것을 보고 깜짝 놀랐다. 그래서 더욱 집요하게 묻기 시작했다.

다르타냥은 그 실현 불가능한 결투를 진지하게 생각해본 적이 없었기 때문에 화제를 바꾸려고 했지만, 그것도 뜻대로 되지 않았다.

밀레디는 불굴의 정신과 완강한 의지로, 그녀가 미리 그려둔 범위 안에 다르타냥을 가두어놓았다.

다르타냥은 바르드 백작을 용서해주고 그녀가 세운 무서운 계획을 포기하라고 권하는 것이 현명하다고 생각했다.

하지만 그가 말을 꺼내자마자 밀레디는 부들부들 떨면서 몸을 뗐었다.

"겁나서 그래요, 다르타냥?" 그녀가 조롱하는 듯한 새된 목소리로 말했다. 어둠 속에서 그 목소리가 묘하게 울려 퍼졌다.

"천만에요!" 다르타냥이 대답했다. "하지만 그 가엾은 백작이 당신 생각만큼 큰 죄를 짓지 않았다면 어떨까요?"

"어쨌든 그 사람은 나를 속였고, 나를 속인 순간부터 죽어 마땅했어요." 밀레디가 정색을 하고 말했다.

"그렇다면 죽여버리겠소. 당신이 그에게 선고를 내렸으니까." 다르타냥이 단호한 어조로 말했다.

밀레디에게는 그것이 흔들리지 않는 헌신의 표출로 여겨졌다. 그래서 그녀는 당장 그에게 찰싹 달라붙었다.

이날 밤이 밀레디에게 얼마나 길게 느껴졌는지는 알 수 없지만, 다르타냥은 겨우 두 시간밖에 지나지 않았을 거라고 생각했는데, 벌써 겉창 틈새로 햇빛이 스며들더니 금세 방 안이 어슴푸레한 여명으로 가득 찼다.

다르타냥이 떠나려고 하자 밀레디는 바르드에 대한 복수의 약속을 다시금 상기시켰다.

"나는 각오가 되어 있어요." 다르타냥이 말했다. "하지만 한 가지 확인해두고 싶은 게 있는데……."

"뭔데요?" 밀레디가 물었다.

"당신이 나를 사랑한다는 것."

"그 증거를 보여드렸을 텐데요."

"그래요. 그래서 나는 몸도 영혼도 당신 거요."

"고마워요, 내 용감한 사랑! 하지만 내가 당신에 대한 사랑을 입증했듯이, 당신도 나에 대한 사랑을 입증해줄 거죠?"

"물론이죠. 하지만 당신 말대로 나를 사랑한다면, 내가 조금은 걱정되지 않나요?"

"내가 뭘 걱정해야 하죠?"

"내가 중상을 입거나 죽을지도 모르니까."

"그건 있을 수 없는 일이에요. 당신은 용감한 분인 데다 칼솜씨도 뛰어나니까."

"결투가 아니더라도 복수할 방법은 있어요. 그런데도 다른 수단은 아예 생각지도 않는군요?"

밀레디는 말없이 애인을 바라보았다. 그녀의 번득이는 눈이 희미한 새벽빛을 받아 묘하게도 슬퍼 보였다.

"이제는 당신이 정말로 망설이고 있다는 생각이 들어요." 그녀가 말했다.

"아니요. 망설이지는 않습니다. 다만 그 백작이 정말 불쌍하게 여겨질 뿐입니다. 당신이 더 이상 사랑하지 않으니까. 당신의 사랑을 잃은 것만으로도 충분히 벌을 받은 셈이니, 또다시 벌할 필요는 없을 것 같은데."

"내가 그를 사랑했다고 누가 그래요?" 밀레디가 물었다.

"당신이 지금은 다른 사람을 사랑하고 있다고, 자만심 없이도 그렇게 생각할 수 있어요." 다르타냥이 다정한 어조로 말했다. "다시 한 번 말하지만 나는 바르드 백작을 동정합니다."

"당신이?" 밀레디가 물었다.

"그래요."

"왜죠?"

"나만은 알고 있으니까……"

"그게 뭐죠?"

"백작은 당신에게 아무 죄도 짓지 않았다는 것, 당신이 생각하는 그런 잘못은 저지른 적도 없다는 것을 알고 있으니까요."

"설마!" 밀레디가 불안한 어조로 말했다. "설명해줘요. 당신이 무슨 말을 하려는 건지 전혀 모르겠어요."

다르타냥의 품에 안긴 채 그를 바라보는 그녀의 눈이 점점 불타는 것처럼 보였다.

"좋아요. 사나이답게 말할게요!" 다르타냥이 결말을 짓기로 작심하고 말했다. "당신은 나를 사랑하니까. 나는 당신의 사랑을 가졌다고 확신하니까. 나는 당신의 사랑을 받고 있으니까. 안 그런가요?"

"내 사랑은 완전히 당신 거예요. 계속하세요."

"나는 사랑에 도취해 있지만, 한 가지 고백할 게 있어서 마음이 무겁군요."

"고백이라고요?"

"내가 당신의 사랑을 의심했다면 고백하지 않겠지만, 당신은 나를 사랑하니까……. 아름다운 내 사랑, 그렇지요? 나를 사랑하죠?"

"물론 사랑해요."

"그럼 내가 당신을 너무 사랑한 나머지 당신에게 잘못을 저질렀다 해도 나를 용서해줄 거죠?"

"아마."

다르타냥은 최대한 달콤한 미소를 지으면서 밀레디의 입술에 자신의 입술을 가져가려고 했지만, 밀레디가 그를 밀쳤다.

"고백할 게 뭐죠?" 그녀가 창백해진 얼굴로 물었다.

"당신은 지난 목요일에 바로 이 방에서 바르드 백작과 만났지요?"

“내가요? 아니요. 그런 일 없어요!” 밀레디가 말했다. 말투가 너무 단호하고 얼굴도 태연했기 때문에, 다르타냥에게 확증이 없었다면 자신이 잘못 안 게 아닐까 의심했을 것이다.

“거짓말 마요. 내 아름다운 천사.” 다르타냥이 미소를 지으면서 말했다. “그래봤자 소용없을 테니까.”

“무슨 소리예요? 말해보세요. 궁금해서 죽을 지경이에요!”

“걱정 마요. 당신은 나에게 잘못을 저지르지 않았고, 나는 벌써 당신을 용서했으니까.”

“그래서요!”

“바르드 백작은 아무것도 자랑할 게 없어요.”

“왜요? 당신 입으로 말했잖아요. 그 반지를…….”

“그 반지는 내가 가지고 있어요. 목요일의 바르드 백작과 오늘의 다르타냥은 같은 사람입니다.”

그는 밀레디가 수줍음과 놀라움에 이어 화를 내다가 눈물을 보이는 정도로 끝날 거라고 예상했다. 하지만 잘못 생각한 것이었다. 그의 오산은 곧 현실로 나타났다.

밀레디가 창백한 얼굴에 섬뜩한 표정을 짓더니, 벌떡 일어나 다르타냥의 가슴을 힘껏 밀치고는 침대에서 뛰쳐나갔다.

날이 밝아오고 있었다.

다르타냥은 용서를 빌려고 얇은 인도산 무명으로 지은 그녀의 잠옷을 붙잡았다. 하지만 그녀는 거칠고 단호한 몸놀림으로 빠져나가려고 했다. 그 바람에 잠옷이 찢어지면서 그녀의 어깨가 훤히 드러났다. 동그스름하고 하얀 어깨에서 다르타냥은 백합꽃을 알아보았다. 형리의 더러운 손으로 찍힌 그 지울 수 없는 낙인을 보고 다르타냥은 형언할 수 없는 충격을 받았다.

“하느님 맙소사!” 다르타냥이 잠옷을 놓으면서 외쳤다.

그는 말도 나오지 않았고, 침대 위에 얼어붙은 듯이 꼼짝도 하지 못했다.

하지만 밀레디는 다르타냥이 놀라는 것을 보고 자신의 정체가 탄로났다는 것을 알아차렸다. 그는 낙인을 본 게 분명했다. 그는 이제 그녀의 비밀을, 아무도 모르는 끔찍한 비밀을 알아버렸다.

그녀가 돌아섰다. 이제는 단지 분노한 여자가 아니라 상처 입은 암표범 같았다.

"이 악당 놈! 너는 비열하게 나를 배신했고, 게다가 내 비밀까지 알아버렸으니, 널 살려둘 수 없어!"

그녀는 화장대로 달려갔다. 화장대 위에는 상감 세공된 상자가 놓여 있었다. 그녀는 떨리는 손으로 상자를 열더니 작은 단검을 꺼냈다. 황금 손잡이에 칼날이 날카로웠다. 그녀는 그 단검을 집어 들더니 반쯤 벌거벗은 다르타냥에게 덤벼들었다.

그는 용감한 젊은이였지만, 그녀의 일그러진 얼굴과 부릅뜬 눈, 핏발 선 입술을 보았을 때는 겁이 났다. 미끄러지듯 다가오는 뱀을 피하려는 것처럼 침대 머리판에 바싹 달라붙어 몸을 움츠렸다. 땀으로 젖은 손에 우연히 칼이 잡히자 얼른 칼을 빼 들었다.

하지만 밀레디는 칼을 보고도 겁내지 않고 침대 위로 뛰어올라 그를 찌르려고 했다. 상대의 날카로운 칼끝이 자기 목에 닿을 때까지 공격을 멈추지 않았다.

다르타냥이 그녀의 목에 칼끝을 들이대자, 그녀는 두 손으로 칼을 움켜쥐려고 했다. 하지만 다르타냥은 그녀의 손을 피해 계속 칼을 움직였다. 때로는 그녀의 눈을 겨누고 때로는 가슴을 겨누면서 침대 아래로 미끄러져 내려가자, 후퇴하기 위해 키티의 방으로 통하는 문을 찾았다.

그러는 동안에도 밀레디는 무섭게 아우성치면서 미친 듯이 덤벼들었다.

하지만 이 싸움은 결투나 마찬가지였다. 다르타냥도 차츰 냉정을 되찾았다.

"자, 자! 아름다운 부인. 제발 진정하시오. 그렇지 않으면 다른 쪽 어깨에 백합꽃을 또 하나 그려주겠소."

"비열한 놈!" 밀레디가 소리를 질렀다.

다르타냥은 여전히 문을 찾으면서 계속 방어 자세를 취했다.

밀레디는 그에게 덤벼들려고 가구를 뒤엎었고, 그는 그녀를 피하려고 가구 뒤에 숨었다. 이렇게 두 사람이 난리를 피우며 내는 소리에 키티가 문을 열었다. 다르타냥은 아까부터 계속 그 문에 다가가려고 움직였으므로 이제는 문에서 서너 걸음밖에 떨어져 있지 않았다. 그는 한달음에 밀레디의 방에서 하녀의 방으로 뛰어들어 번개처럼 재빨리 문을 닫았다. 그가 온몸의 체중을 실어 문에 기대고 있는 동안 키티가 빗장을 걸어버렸다.

방에 갇힌 밀레디는 여자의 힘이라고는 생각할 수 없을 만큼 강한 힘으로 그 문을 부수려고 했다. 하지만 불가능하다는 것을 깨닫자, 이번에는 단검으로 문을 찍어대기 시작했다. 때로는 칼끝이 두꺼운 문짝을 꿰뚫기도 했다.

단검으로 문을 찍을 때마다 무시무시한 욕설이 튀어나왔다.

"빨리. 키티. 빨리." 일단 빗장이 걸리자 다르타냥이 낮은 소리로 말했다. "나를 이 집에서 나가게 해줘! 저 여자에게 숨 돌릴 여유를 주면 안 돼. 하인들을 시켜서 나를 죽일 거야."

"하지만 그런 꼴로는 나갈 수 없어요. 알몸이잖아요."

"그렇군." 다르타냥도 그제야 자기가 어떤 꼴인지 알아차렸다. "이 꼴로 나갈 수는 없으니까 아무 옷이나 입혀줘. 하지만 서둘러야 해. 알겠지만, 이건 생사가 달린 문제야!"

키티는 사태를 너무나 잘 이해하고 있었다. 그래서 눈 깜짝할 사이에 꽃무늬 드레스를 그에게 입히고 커다란 스카프로 머리를 감싼 뒤 짧은 망토를 걸쳐주었다. 그는 키티가 내준 슬리퍼에 맨발을 밀어 넣었다. 그러자 키티는 그의 손을 잡고 아래층으로 내려갔다. 아슬아슬한 순간이었다. 밀레디가 벌써 종을 울려 하인들을 모두 깨웠기 때문이다. 문지기가 키티의 목소리를 듣고 문을 연 순간, 밀레디가 반쯤 발가벗은 모습으로 창가에서 외쳤다.

"열어주지 마!"

제38장

아토스는 어떻게 가만히 앉아서
장비를 마련했나?

밀레디가 무력한 몸짓으로 위협하는 동안 젊은이는 잽싸게 달아났다. 그의 모습이 보이지 않자 밀레디는 자기 방에서 기절해버렸다.

다르타냥은 너무 당황한 나머지 키티가 어떻게 되었는지 신경 쓸 겨를도 없었다. 그는 파리 시내의 절반을 달음박질로 가로질러, 마침내 아토스의 집 앞에 이르러서야 달리기를 멈추었다. 마음의 혼란, 몰려드는 공포, 그를 뒤쫓던 순찰대의 고함소리, 새벽부터 일터로 나가는 행인들의 야유 소리는 그의 걸음을 더욱 재촉했을 뿐이다.

그는 마당을 가로질러 3층으로 올라가서는 아토스의 방문을 부서져라 쾅쾅 두드렸다.

그리모가 나와서 문을 열어주었다. 그는 잠이 덜 깨어 눈이 퉁퉁 부어 있었다. 다르타냥은 문이 열리자마자 응접실로 뛰어들었기 때문에, 하마터면 그리모를 넘어뜨릴 뻔했다.

언제나 과묵한 그리모도 이번에는 먼저 입을 열었다.

"이봐! 도대체 무슨 일이야? 이 매춘부야! 왜 그래? 원하는 다르타냥이 얼굴을 가린 스카프를 들어 올리고 망토 밑에서 두 손을 빼냈다. 그의 콧수염과 칼을 보고 그리모는 상대가 남자인 것을 알아차렸다. 그러자 이번에는 상대가 자객이라고 생각했다.

"살려주세요! 살려주세요! 목숨만 살려주세요!" 그가 외쳤다.

"조용히 해!" 다르타냥이 말했다. "다르타냥이야. 몰라보겠어? 주인은 어디 계시나?"

"다르타냥 씨라고요?" 겁먹은 그리모가 외쳤다. "그럴 리가!"

"그리모!" 아토스가 실내복 차림으로 나오면서 말했다. "자네가 말하는 것을 스스로 허락한 모양이군."

"아! 나리! 실은……."

그리모는 말을 삼키는 대신 주인에게 다르타냥을 가리켰다.

아토스는 한눈에 다르타냥을 알아보고 웃음을 터뜨렸다. 쉽게 흥분하지 않는 차분한 성격이었지만, 다르타냥이 변장한 모습을 보고는 웃음을 참을 수 없었다. 스카프는 비뚤어졌고, 치맛자락은 신발 위까지 흘러내렸고, 소매는 걷어 올렸고, 콧수염은 흥분한 나머지 빳빳하게 곤두서 있었다.

"웃지 마세요." 다르타냥이 외쳤다. "제발 웃지 마세요. 웃을 일이 아니라고요."

그의 표정이 너무 진지하고 목소리가 겁에 질려 있어서, 아토스가 당장 그의 두 손을 잡고 외쳤다.

"어디 다쳤나? 얼굴이 창백하군."

"아니, 다치진 않았어요. 하지만 좀 전에 끔찍한 일을 당했다고요. 혼자세요?"

"물론이지! 이 시간에 누가 나랑 함께 있을 수 있겠나?"

"좋습니다."

다르타냥이 서둘러 아토스의 방으로 들어갔다.

"자, 어서 말해봐!" 아토스가 아무도 들어오지 못하도록 문을 닫고 빗장을 걸면서 말했다. "국왕이 돌아가셨나? 자네가 혹시 추기경을 죽였나? 완전히 혼란 상태로군. 자, 어서 말해보게. 걱정이 돼서 죽을 지경이니까."

"아토스." 다르타냥이 여자 옷을 벗어던지고 셔츠 차림으로 말했다. "충격적이고 믿을 수 없는 이야기를 지금부터 할 테니, 단단히 준비하세요."

"우선 이 옷이라도 입게." 아토스가 다르타냥에게 실내복을 건네면서 말했다.

다르타냥은 실내복을 입었지만, 소매를 반대로 끼울 만큼 아직도 흥분한 상태였다.

"그래서?" 아토스가 이야기를 재촉했다.

다르타냥이 아토스의 귀에 입을 갖다 대고 낮은 목소리로 말했다.

"밀레디의 어깨에 백합꽃 낙인이 있더라고요."

"아아!" 아토스가 심장에 총알이라도 한 방 맞은 것처럼 외쳤다.

"아토스, '그 여자'가 정말로 죽은 게 확실해요?"

"'그 여자'라니?" 아토스는 다르타냥이 간신히 알아들을 수 있을 만큼 낮은 목소리로 말했다.

"언젠가 아미앵에서 당신이 말한 여자 말입니다."

아토스는 한숨을 쉬고 두 손에 얼굴을 묻었다.

"이쪽은 스물여섯이나 스물여덟 살쯤 된 여자인데……." 다르타냥이 말을 이었다.

"금발 아냐?"

"맞아요."

"연푸른색 눈이 묘하게 반짝이고, 눈썹은 검고?"

"네."

"키가 크고 체격이 좋아. 그렇지? 왼쪽 송곳니 옆에 이가 하나 빠져 있고?"

"네."

"백합꽃은 작고 적갈색인데, 분가루를 몇 겹이고 덧발라서 지운 것처럼 보이지?"

"네."

"하지만 영국 여자라고 하지 않았나?"

"영국 여자처럼 밀레디라고 불리지만, 프랑스 여자인지도 몰라요. 어쨌든 윈터 경은 그 여자의 시숙일 뿐이거든요."

"그 여자를 만나보고 싶군."

"조심하세요, 아토스. 당신은 그 여자를 죽이려고 했잖아요. 밀레디는 앙갚음을 하고도 남을 여자예요. 게다가 그 여자는 절대 실수하지 않을 겁니다."

"그 여자는 감히 한마디도 못할 거야. 그랬다가는 정체가 드러날 테니까."

"그 여자는 어떤 짓도 할 수 있어요! 그 여자가 화내는 모습을 본 적이 있나요?"

"아니."

"암호랑이나 암표범이 따로 없어요! 아토스! 우리 두 사람이 복수를 당하게 되지나 않을까 두려워요!"

다르타냥은 모든 것을 털어놓았다. 밀레디가 미친 듯이 날뛰면서 죽여버리겠다고 위협한 일에 대해서도 이야기했다.

"자네 말이 옳아. 그렇지만 내 목숨은 머리카락 한 올만 한 가치도 없어." 아토스가 말했다. "다행히 우리는 모레 파리를 떠나. 아마 라로셀로 가게 될 거야. 그리고 일단 떠나면……."

"그 여자가 당신을 알아본다면 이 세상 끝까지라도 쫓아갈 거예요. 그러니까 그 여자가 나만 증오하게 내버려둡시다."

"그 여자가 나를 죽인다 해도 나는 상관없어! 자네는 내가 목숨을 아까워한다고 생각하나?"

"이 모든 것에는 무서운 비밀이 숨어 있어요. 아토스! 그 여자는 추기경의 밀정이에요. 틀림없어요!"

"그렇다면 자네야말로 조심하게. 추기경이 그 런던 사건 때문에 감탄하여 자네를 높이 평가하지 않는다면, 아마 자네를 증오할 거야. 물론 자네를 드러내놓고 비난할 수는 없을 테지만, 원한은 어떻게든 풀려고 할 거야. 특히 추기경의 원한은 더더욱 그럴 테니까, 자네야말로 조심해야 돼! 밖에 나갈 때는 절대로 혼자 나가지 말고, 음식을 먹을 때도 조심하는 게 좋아. 아무것도 믿지 말게. 심지어 자네 그림자도 믿지 마."

"다행히 모레 저녁까지만 무사히 보내면 돼요. 일단 전쟁터로 나가면, 두려워해야 할 상대는 남자들뿐이니까요."

"그때까지는 나도 칩거 생활을 그만두고 어디든 자네와 함께 가겠네. 자네는 포수아외르 가로 돌아가야겠지? 내가 바래다줌세."

"가까운 거리지만, 이런 꼴로 돌아갈 수는 없어요." 다르타냥이 말했다.

"그렇군." 아토스가 말하고는 초인종을 울렸다.

그리모가 들어왔다.

아토스가 다르타냥의 집에 가서 옷을 가져오라는 신호를 보냈다.

그리모도 알아들었다는 신호를 보내고는 밖으로 나갔다.

"그런데 우리 둘 다 장비 문제는 거의 진척되지 않았어." 아토스가 말했다. "내가 잘못 생각한 게 아니라면 자네는 옷을 몽땅 밀레디의 집에 두고 온 모양인데, 그 여자가 돌려줄 리가 없지. 하지만 다행히도 자네에겐 사파이어 반지가 있어."

"사파이어 반지는 당신 거예요. 집안에 내려오는 가보라면서요?"

"그래. 우리 외할아버지가 2천 에퀴에 샀다고 언젠가 말씀하셨지. 우리 어머니한테 결혼 선물로 주셨다네. 정말 아름다운 반지야. 우리 어머니가 그걸 나한테 주셨는데, 내가 멍청하게도 그 반지를 소중하게 간직하기는커녕, 그 못된 여자한테 주어버렸지 뭔가."

"그럼 이 반지를 돌려드릴게요. 당신이 이 반지에 애착을 가진 걸 이해해요."

"파렴치한 계집이 끼던 반지를 돌려받으라고? 안 돼! 그 반지는 더럽혀졌어."

"그럼 팔아버려요."

"어머니한테 받은 반지를 팔다니! 그런 짓을 하면 나는 신성 모독으로 간주할 거야."

"그럼 전당포에 맡깁시다. 그러면 적어도 천 에퀴는 빌릴 수 있을 거예요. 그만한 돈이면 문제를 처리할 수 있어요. 나중에 돈이 생기면 반지를 되찾으면 돼요. 그때는 전당포를 거쳤으니까 과거의 얼룩이 깨끗이 지워진 상태로 되찾게 되겠죠."

아토스가 빙그레 웃었다.

"다르타냥, 자네는 정말 매력적인 친구야. 언제나 쾌활한 성격으로 불행한 사람들에게 기운을 북돋워주지. 그래, 좋아. 반지를 전당포에 맡기세. 하지만 한 가지 조건이 있어!"

"뭔데요?"

"천 에퀴를 받으면 자네랑 나랑 똑같이 5백 에퀴씩 나누어 갖기로 하는 거야."

"무슨 소리를 하는 거예요? 나는 근위대원이니까, 반의 반도 필요 없어요. 게다가 그만한 돈은 내 안장을 팔면 구할 수 있어요. 나한테 필요한 게 뭐가 있겠어요? 플랑셰가 탈 말 한 마리뿐이에요. 그리고 내게는 반지가 또 하나 있잖아요."

"내가 보기에 자네는 그 반지를 무척 소중히 여기는 것 같더군. 내가 이 반지에 애착을 느끼고 있는 것보다 더 강한 애착을 품고 있어. 적어도 나는 그렇게 느꼈어."

"그건 사실이에요. 내 반지는 비상시에 우리를 곤경에서 구해줄 수 있을 뿐만 아니라 위험에서도 구해줄 수 있을 거예요. 내 반지는 귀중한 다이아몬드일 뿐만 아니라 마법의 부적이기도 하거든요."

"무슨 뜻인지는 모르겠지만, 자네 말을 믿겠네. 그럼 내 반지, 아니 자네 반지 이야기로 돌아가세. 그 반지를 전당포에 잡히고 받는 돈의 절반을 자네가 받지 않는다면, 나는 차라리 그 반지를 센 강에 던져버리겠어. 설마 폴리크라테스*의 반지처럼 물고기 배 속에 들어갔다가 우리한테 돌아오지는 않겠지.”

“좋아요. 그럼 절반을 받을게요!” 다르타냥이 말했다.

그때 그리모가 플랑셰를 데리고 돌아왔다. 플랑셰는 주인이 걱정스럽고 주인에게 무슨 일이 일어났는지 궁금하던 차여서, 직접 주인의 옷을 가지고 온 것이다.

다르타냥은 옷을 차려입었다. 아토스도 옷을 갈아입었다. 둘 다 나갈 준비가 되자, 아토스가 그리모에게 총을 겨누는 시늉을 했다. 그러자 그리모는 머스킷총을 총걸이에서 내려 들고, 주인을 따라갈 준비를 했다.

아토스와 다르타냥은 하인들을 거느리고 포수아외르 가에 무사히 도착했다. 문 앞에 보나시외가 서 있다가 다르타냥을 보고는 조롱하는 표정을 지었다.

“아, 세입자 양반!” 보나시외가 말했다. “서둘러요. 아름다운 아가씨가 댁에서 기다리고 있으니까. 잘 아시겠지만, 여자들은 기다리는 걸 좋아하지 않거든!”

“키티다!” 다르타냥이 외쳤다.

그러고는 골목길을 달려 내려갔다.

과연 키티였다. 그의 방으로 통하는 층계참에서 문에 기댄 채 부들부들 떨고 있었다. 그러다가 그를 보자마자 말했다.

“저를 보호해주겠다고 약속했잖아요. 마님의 노여움으로부터 저를 지켜주겠다고 약속했잖아요. 당신 때문에 제가 이렇게 되었다는 걸 잊지 마세요!”

“그야 물론이지.” 다르타냥이 말했다. “걱정 마, 키티. 그런데 내가 떠난 뒤에 무슨 일이 있었지?”

"그걸 제가 어떻게 알아요? 마님의 고함 소리를 듣고 하인들이 달려왔어요. 마님은 미친 듯이 화를 내면서, 당신에게 온갖 욕설을 퍼부었어요. 그때 저는 생각했지요. 당신이 제 방을 통해 마님 방으로 들어갔다는 걸 마님이 기억해낼지 모른다. 그렇게 되면 제가 당신과 한통속이라고 생각할지 모른다. 그래서 갖고 있던 돈과 비싼 옷가지만 챙겨서 도망쳐 나온 거예요."

"가엾어라! 그런데 너를 어떻게 하면 좋지? 나는 모레 떠나는데."

"마음대로 하세요. 저를 파리에서, 프랑스에서 떠나게만 해주세요."

"하지만 포위전이 벌어질 라로셸로 너를 데려갈 수는 없어."

"그럴 수야 없죠. 하지만 시골로 가서, 당신이 아는 귀부인 댁에 하녀 일자리를 찾아줄 수는 있잖아요. 예를 들면 당신 고향에……."

"내 고향에는 하녀를 둘 만한 귀부인이 없어. 잠깐만 기다려봐. 어떻게 해야 할지 알겠어. 플랑셰, 아라미스한테 가서 당장 오시라고 해. 중요한 이야기가 있으니까."

"알겠군." 옆에서 아토스가 말했다. "그런데 왜 포르토스는 안 되지? 그의 후작부인은……."

"포르토스의 후작부인은 남편의 직원들이 시중을 들어준답니다." 다르타냥이 웃으면서 말했다. "게다가 키티는 우르스가에서 살고 싶지 않을 거예요. 안 그래, 키티?"

"어디든 상관없어요." 키티가 말했다. "아무도 모르게 숨어지낼 수만 있으면 돼요."

"우리는 이제 곧 헤어질 테니까, 나를 두고 질투할 일도 없을 거야."

“기사님, 멀리 있든 가까이 있든, 저는 항상 당신을 사랑할 거예요.”

“나도 그럴 거야. 나도 언제까지나 너를 사랑할 테니까 안심해. 그런데 한 가지 묻고 싶은 게 있어. 내게는 아주 중요한 일이야. 혹시 어느 날 밤에 납치당한 젊은 여자 이야기를 들은 적이 있어?”

“잠깐만요……. 맙소사! 아직도 그 여자를 사랑하시나요?”

“아니야. 내 친구가 그 여자를 사랑해. 실은 여기 있는 아토스가 바로 그 친구야.”

“내가?” 아토스가 하마터면 뱀을 밟을 뻔한 사람처럼 소리를 질렀다.

“그래요, 아토스!” 다르타냥이 아토스의 손을 꽉 잡으면서 말했다. “그 가엾은 보나시외 부인을 우리가 얼마나 걱정하고 있는지 잘 아시잖아요. 게다가 키티는 아무한테도 말하지 않을 거예요. 그렇지, 키티? 보나시외 부인은 네가 여기 올 때 문 앞에서 마주친 그 못생긴 남자의 아내야.”

“맙소사!” 키티가 외쳤다. “그 말을 들으니 제가 얼마나 놀라고 질겁했는지 생각나는군요! 그 사람이 저를 알아보지 못했다면 좋겠는데!”

“무슨 소리야? 알아보다니? 그럼 전에 본 적이 있구나?”

“밀레디의 집에 두 번 왔어요.”

“그렇군! 언제쯤이지?”

“15일에서 18일 전에요.”

“정확해.”

“그리고 어제저녁에도 왔어요.”

“어제저녁에?”

"예. 당신이 오기 직전에요."

"아토스! 우리는 밀정들의 거미줄에 걸렸어요! 그런데 키티, 그가 너를 알아봤을까?"

"그 사람을 보자마자 스카프로 얼굴을 가렸지만, 너무 늦었을 거예요."

"아토스! 밑에 내려가서 그가 아직도 문 앞에 있는지 좀 봐주세요. 보나시외는 나보다 당신을 덜 의심하니까."

아토스가 아래로 내려갔다가 금세 돌아왔다.

"없어. 그리고 현관문에는 자물쇠가 잠겼어."

"보고하러 간 거예요. 지금 새들이 모두 새장 속에 들어와 있다고 보고하겠죠."

"그렇다면 빠져나가세." 아토스가 말했다. "플랑셰는 새로운 정보를 가져오도록 여기 남겨두고."

"잠깐만요! 아라미스는 어떡하죠? 아라미스를 모셔오라고 플랑셰를 보냈는데."

"그렇군." 아토스가 말했다. "그럼 기다리세."

때마침 아라미스가 도착했다.

그들은 아라미스에게 자초지종을 설명하고, 그가 아는 귀부인들 중에서 키티를 맡아줄 사람을 빨리 찾아야 한다고 말했다.

아라미스는 잠시 생각한 뒤, 얼굴을 붉히며 말했다.

"이건 정말로 자네한테 도움이 되는 일이겠지, 다르타냥?"

"평생 은혜를 잊지 않을 겁니다."

"실은 부아-트라시 부인이 시골에 사는 친구를 위해 믿을 만한 하녀를 구해달라고 나한테 부탁했어. 다르타냥 자네가 저 아가씨를 보증할 수 있다면……."

"오, 나리, 염려 마세요!" 키티가 외쳤다. "누구든 제가 파리를 떠날 수 있게 해주시는 분이라면 성심껏 모시겠어요. 그건 믿으셔도 돼요."

"그럼 잘됐네." 아라미스가 말했다.

그는 탁자에 앉아 짧은 편지를 쓰고 반지로 봉인을 찍은 다음 키티에게 건네주었다.

"자, 키티." 다르타냥이 말했다. "여기 남아 있는 건 너만이 아니라 우리한테도 안 좋아. 그러니까 헤어지자. 좋은 시절이 오면 다시 만나게 될 거야."

"언제 어디서 다시 만나도 저는 오늘처럼 그때도 여전히 당신을 사랑하고 있을 거예요." 키티가 말했다.

"꼭 노름꾼 같은 맹세군." 다르타냥이 키티를 계단까지 배웅하러 가자, 아토스가 말했다.

잠시 뒤에 세 젊은이는 네 시에 아토스의 집에서 만나기로 약속하고 흩어졌다. 플랑셰는 집을 지키도록 혼자 남겨두었다.

아라미스는 자기 집으로 갔고, 아토스와 다르타냥은 사파이어 반지를 전당포에 맡기러 갔다.

다르타냥의 예상대로 3백 피스톨을 받을 수 있었다. 게다가 전당포에서는 그 반지를 팔면 5백 피스톨을 주겠다고 제의했다.

아토스와 다르타냥은 군인다운 민첩함과 감식안을 발휘하여 세 시간도 지나기 전에 출전 장비를 모두 구입했다. 게다가 아토스는 손가락 끝까지 철저한 대귀족의 품성과 태도를 지니고 있어서, 어떤 물건이 마음에 들면 값을 깎으려 하지도 않고 장사꾼이 부르는 대로 값을 치렀다. 그럴 때마다 다르타냥은 한마디 하고 싶었지만, 아토스는 빙긋 웃으면서 그의 어깨에 손을 올려놓았다. 다르타냥은 자신 같은 가스코뉴의 소귀족이 장사꾼과 흥정하는 것은 괜찮지만, 제후의 풍모를 지닌 아토스에게는 흥정이 어울리지 않는다는 것을 깨달았다.

아토스는 안달루시아산* 훌륭한 말을 한 마리 발견했다. 털은 칠흑처럼 새까맣고, 콧구멍은 불같이 새빨갛고, 다리는 늘씬하고 우아했다. 여섯 살짜리였다. 아토스가 자세히 살펴보았지만 흠잡을 데가 없었다. 말 장수가 부른 값은 1천 리브르였다.

흥정을 벌였다면 좀 더 싸게 살 수 있었을 것이다. 하지만 다르타냥이 말 장수와 값을 흥정하고 있을 때 아토스가 1백 피스톨을 세어서 탁자 위에 내놓았다.

그리모는 피카르디산 말을 골랐다. 땅딸막하고 튼튼한 이 말은 값이 3백 리브르였다.

그런데 그리모의 말에 얹을 안장과 무기를 사고 나자, 아토스의 몫인 150피스톨이 바닥나고 말았다. 다르타냥은 나중에 갚아도 되니까 자기 몫의 일부를 쓰라고 제의했다.

하지만 아토스는 대답 대신 어깨만 으쓱했을 뿐이다.

"전당포 주인이 사파이어 반지를 얼마에 사겠다고 했지?" 아토스가 물었다.

"5백 피스톨요."

"다시 말하면 2백 피스톨을 더 주겠다는 거야. 그러니까 백 피스톨은 자네 몫이고 백 피스톨은 내 몫이야. 정말 큰돈이지. 다시 한 번 전당포에 다녀오게."

"그럼, 그 반지를……."

"그 반지를 보면 슬픈 추억이 떠오를 뿐이야. 게다가 언제 우리가 전당포에 3백 피스톨을 갚고 반지를 되찾을 수 있겠나? 그렇게 되면 2백 피스톨을 고스란히 잃게 돼. 전당포에 가서 반지를 팔겠다고 말하고, 2백 피스톨을 받아오게."

"다시 한 번 생각해보세요, 아토스."

"현재는 현금이 필요해. 포기할 줄도 알아야 해. 자, 갔다 오게, 다르타냥. 그리모가 총을 들고 따라갈 거야."

30분 뒤에 다르타냥은 2천 리브르를 가지고 무사히 돌아왔다.

이렇게 아토스는 뜻밖의 군자금을 집에 가만히 앉아서 마련했다.

제39장

유령

오후 네 시에 네 친구는 아토스의 집에 모였다. 출전 준비에 대한 걱정은 말끔히 해결되었으니까, 지금 그들의 얼굴에 남아 있는 불안한 표정은 각자의 은밀한 걱정에서 비롯된 것이었다. 현재의 행복 뒤에는 언제나 미래의 불안이 숨어 있기 때문이다.

그때 갑자기 플랑셰가 들어오더니, 다르타냥 앞으로 온 편지 두 통을 가져왔다.

한 통은 세로로 곱게 접힌 작은 쪽지였고, 예쁜 초록색 밀랍 봉인에는 올리브 가지를 물고 있는 비둘기 형상이 찍혀 있었다.

또 한 통은 큼직한 네모꼴 편지였는데, 추기경의 무시무시한 문장이 눈부시게 찍혀 있었다.

작은 편지를 보고 다르타냥은 가슴이 두근거렸다. 필체가 눈에 익었기 때문이다. 한 번 보았을 뿐이지만, 그 필체에 대한 기억은 가슴 속 깊은 곳에 또렷이 새겨져 있었다.

그래서 그는 작은 편지를 집어 들고 얼른 뜯어보았다.

다음 수요일 오후 여섯 시에서 일곱 시 사이에 샤요 가로 산책을 나가서 지나가는 마차들을 유심히 살펴보세요. 하지만 당신의 목숨과 당신을 사랑하는 사람들의 목숨을 중히 여긴다면 한마디도 하지 마세요. 그리고 당신을 잠깐이라도 보고 싶어 온갖 위험도 마다하지 않는 여자를 알아본 내색도 하지 마세요.

서명은 없었다.

"함정이야." 아토스가 말했다. "가지 말게, 다르타냥."

"하지만 필적이 눈에 익어요." 다르타냥이 말했다.

"위조일 수도 있어. 이맘때 여섯 시에서 일곱 시 사이라면 샤요 가를 지나다니는 사람은 아무도 없어. 봉디 숲으로 산책하러 가는 거나 마찬가지야."

"하지만 우리가 모두 함께 가면 어떨까요? 우리 네 명에다 하인 네 명, 게다가 말과 무기까지 모두 함정에 빠뜨리지는 못할 거예요."

"게다가 우리의 장비를 과시할 기회도 될 거야." 포르토스가 말했다.

"하지만 그 편지를 쓴 사람이 여자라면……" 아라미스가 말했다. "그리고 그 여자가 남의 눈에 띄는 것을 바라지 않는다면, 자네가 그 여자를 위태롭게 만들지도 모른다는 점을 생각해봐. 귀족으로서는 바람직하지 않은 일이야."

"우리는 뒤에 처져 있고, 다르타냥 혼자 앞서가면 돼." 포르토스가 말했다.

"그래. 하지만 달리는 마차에서 권총을 쏠 수도 있어."

"흥!" 다르타냥이 말했다. "나를 쏘지는 못할 거예요. 만약 쏜다면, 우리가 마차를 쫓아가서 마차에 타고 있는 놈들을 죽여버립시다. 그러면 적도 그만큼 줄어들지 않겠어요?"

“옳은 말이야.” 포르토스가 말했다. “싸우는 거야! 게다가 우리의 무기도 시험해볼 필요가 있어.”

“그래. 그럼 한바탕 놀아보자고.” 아라미스가 부드럽고 태평한 태도로 말했다.

“자네들 뜻대로 하세.” 아토스가 말했다.

“여러분.” 다르타냥이 말했다. “지금이 네 시 반이니까, 여섯 시까지 샤요 가에 가려면 시간이 빠듯해요.”

“게다가 너무 늦게 떠나면 아무도 우리를 못 볼 텐데, 그건 섭섭한 일이지.” 포르토스가 말했다. “자, 어서들 준비하세.”

“편지가 또 한 통 있잖나.” 아토스가 말했다. “봉인을 보니 열어볼 가치는 있을 것 같아. 솔직히 말하면 나는 자네가 방금 품 안에 집어넣은 그 시시한 편지보다 두 번째 편지가 더 마음에 걸려.”

다르타냥의 얼굴이 빨개졌다.

“그러면 여러분.” 다르타냥이 말했다. “추기경 예하께서 나한테 뭘 원하시는지 봅시다.”

다르타냥이 편지의 봉인을 뜯고 내용을 읽었다.

에사르 부대 소속 근위대원 다르타냥 씨는 오늘 저녁 여덟 시에 추기경 관저로 출두하시오.

근위대 중대장 라 우디니에르

“제기랄!” 아토스가 말했다. “첫 번째보다 훨씬 걱정스러운 호출이군!”

“샤요 가에서 곧장 추기경 관저로 가겠습니다.” 다르타냥이 말했다. "첫 번째는 일곱 시이고 두 번째는 여덟 시니까, 시간은 충분해요."

"나라면 안 가겠어." 아라미스가 말했다. "점잖은 기사라면 자기를 불러낸 숙녀를 바람맞혀선 안 되지. 하지만 신중한 귀족이라면 추기경 관저에 가지 않아도 변명할 수 있어. 그곳에 가봤자 칭찬받을 일이 없다고 생각될 때는 더욱 그렇지."

"나도 아라미스와 같은 생각이야." 포르토스가 말했다.

"전에도 카부아 씨를 통해 추기경의 초대를 받은 적이 있어요." 다르타냥이 말했다. "그런데 초대를 무시해서 이튿날 큰 불행을 당했지요! 콩스탕스가 사라진 거예요. 이번에는 무슨 일이 있더라도 가야겠어요."

"결심이 섰다면 그렇게 해." 아토스가 말했다.

"하지만 바스티유에 갇히게 되면?" 아라미스가 말했다.

"당신들이 꺼내주겠죠." 다르타냥이 대답했다.

"물론이지." 아라미스와 포르토스는 감탄할 만큼 태연한 태도로, 세상에 둘도 없이 간단한 일인 것처럼 말했다. "물론 꺼내주겠어. 하지만 우리는 모레 떠나야 하니까, 바스티유에 들어갈 위험은 겪지 않는 게 좋을 거야."

"그럼 이렇게 하세." 아토스가 말했다. "오늘 저녁에는 다르타냥 곁을 떠나지 말고, 각자 총사를 세 명씩 데리고 추기경 관저 정문 앞에서 대기하고 있다가, 커튼을 내린 수상한 마차가 문에서 나오면 공격하는 거야. 추기경의 친위대원들과 싸워본 지도 오래됐군. 트레빌 대장은 우리가 죽은 줄 아실 거야."

"아토스, 자네는 정말 장군감이야." 아라미스가 말했다. "자네들은 아토스가 세운 작전을 어떻게 생각하나?"

"훌륭해!" 모두 입을 모아 외쳤다.

“자, 빨리 움직이세.” 포르토스가 말했다. “나는 총사대 본부로 달려가서 대원들에게 여덟 시까지 준비하라고 일러두겠네. 집합 장소는 추기경 관저 앞에 있는 광장이야. 자네들은 그동안 하인들에게 말을 준비시켜놓게.”

“나는 말이 없어요.” 다르타냥이 말했다. “대장님 댁에 가서 한 마리 빌려올게요.”

“그럴 필요 없어.” 아라미스가 말했다. “내 말을 타면 돼.”

“대관절 당신은 말이 몇 마리예요?” 다르타냥이 물었다.

“세 마리.” 아라미스가 빙긋 웃으면서 대답했다.

“자네는 프랑스에서 가장 좋은 말을 타는 시인일 거야!” 아토스가 말했다.

“이봐요 아라미스, 말 세 마리를 어떻게 해야 할지 모르는 거죠? 나는 당신이 왜 말을 세 마리나 샀는지도 이해할 수 없어요.”

“실은 두 마리밖에 안 샀어.” 아라미스가 말했다.

“그러면 한 마리는 하늘에서 떨어졌나요?”

“천만에. 세 번째 말은 오늘 아침에 제복도 안 입은 하인이 가져왔는데, 주인이 누군지는 말하지 않고 그냥 주인의 분부를 받고 왔다고만…….”

“아니면 여주인의 분부를 받았거나.” 다르타냥이 끼어들었다.

“누구의 분부면 어때?” 아라미스가 얼굴을 붉히면서 말했다. “그 하인이 어디서 왔는지는 말하지 말고, 그냥 내 마구간에다 말을 넣어두고만 오라는 지시를 받았다고 그러더군.”

“시인들에게만 일어나는 일이지.” 아토스가 진지하게 말했다.

“그렇다면 더 좋은 방법이 있습니다.” 다르타냥이 말했다.

"아라미스, 두 마리 중에서 어느 말을 탈 건가요? 돈을 주고 산 말인가요, 아니면 선물로 받은 말인가요?"

"물론 선물 받은 말이지. 다르타냥, 자네도 이해하겠지만, 나는 모욕할 수 없어. 그……."

"미지의 기증자를." 다르타냥이 말을 받았다.

"또는 신비의 기증자를." 아토스가 말했다.

"그래서 당신이 산 말은 쓸모가 없어졌군요?"

"그런 셈이지."

"그 말은 직접 골랐겠죠?"

"물론이지. 아주 세심하게. 자네도 알다시피, 기수의 안전은 대개 말에 달려 있으니까."

"그럼 구입한 값으로 나한테 넘기세요!"

"실은 내가 제안하려던 참이야. 돈은 언제든지 형편이 좋을 때 갚으면 돼."

"얼마에 사셨어요?"

"8백 리브르."

"자, 여기 2피스톨짜리 금화가 40닢 있어요." 다르타냥이 주머니에서 돈을 꺼내면서 말했다. "이 돈은 당신이 시를 쓰고 받은 원고료와 비슷한 성격의 돈이에요."

"자네 부자로군?" 아라미스가 말했다.

"부자예요. 엄청난 부자죠!" 다르타냥이 주머니에 남아 있는 금화를 짤랑거렸다.

"자네 안장을 총사대 본부로 보내주게. 자네 말은 우리 말과 함께 이리로 끌고 오겠네."

"좋아요. 그런데 이제 곧 다섯 시니까 서둘러야겠어요."

15분 뒤, 포르토스가 당당한 스페인산 말을 타고 페루 가 한쪽 끝에 나타났다. 무스크통이 몸집은 작지만 튼튼한 오베르뉴 산* 말을 타고 그 뒤를 따라오고 있었다. 포르토스의 얼굴은 기쁨과 자부심으로 환하게 빛나고 있었다.

동시에 아라미스가 훌륭한 영국산 말을 타고 페루 가의 반대쪽 끝에 나타났다. 바쟁이 밤색 말을 타고 그 뒤를 따라오고 있었다. 바쟁은 팔팔한 메클렌부르크산* 말의 고삐를 잡고 있었는데, 다르타냥의 말이었다.

두 총사는 문 앞에서 만났다. 아토스와 다르타냥은 창문에서 그들을 내다보고 있었다.

"포르토스, 훌륭한 말을 구했군." 아라미스가 말했다.

"그래." 포르토스가 대답했다. "처음부터 이 말을 보내주었어야 하는 건데. 남편이 심술을 부려서 다른 말로 바꿔치기를 한 거야. 하지만 남편은 벌을 받았고, 나는 완전한 만족을 얻었지."

그때 플랑셰와 그리모가 각자 주인의 말을 끌고 나타났다. 다르타냥과 아토스도 아래층으로 내려가 말에 올라타고 친구들과 나란히 출발했다. 아토스는 옛 아내 덕분에 얻은 말을, 아라미스는 애인 덕분에 얻은 말을, 포르토스는 소송 대리인의 아내 덕분에 얻은 말을, 다르타냥은 행운이라는 최고의 애인 덕분에 얻은 말을 타고 있었다.

하인들이 그 뒤를 따랐다.

포르토스의 생각대로 이 기마 행렬은 실로 장관이었다. 코크나르 부인이 그 훌륭한 스페인산 말을 탄 포르토스의 늠름한 모습을 보았더라면, 남편의 금고에 타격을 준 것을 결코 후회하지 않았을 것이다.

네 친구는 루브르 궁 근처에서 트레빌과 마주쳤다. 트레빌은 생제르맹에서 돌아오는 길이었다. 그는 네 친구를 불러 세우고는 그들의 출전 장비를 칭찬해주었다. 그러자 순식간에 수백 명의 구경꾼이 그들 주위에 모여들어 입을 딱 벌리고 감탄했다.

다르타냥은 이 기회를 타서 붉은 봉인과 공작의 문장이 새겨진 편지에 관해 트레빌에게 이야기했다. 물론 또 다른 편지에 대해서는 한마디도 하지 않았다.

트레빌은 다르타냥의 결심에 동의하고, 내일 다르타냥이 나타나지 않으면 어디에 있든 반드시 찾아내겠다고 약속했다.

그 순간, '사마리아 여인'*이 여섯 시를 쳤다. 네 친구는 약속이 있다고 양해를 구하고 트레빌과 헤어졌다.

잠시 전속력으로 달리자 샤요 가에 이르렀다. 땅거미가 지기 시작했다. 마차들이 오가고 있었다. 다르타냥은 몇 걸음 떨어져 있는 친구들의 호위를 받으며 지나가는 마차 안까지 들여다보았지만, 아는 얼굴은 보이지 않았다.

15분쯤 기다린 뒤, 어둠이 완전히 내려앉았을 때 마차 한 대가 빠른 속도로 세브르 쪽에서 달려왔다. 다르타냥의 육감은 바로 그 마차에 편지를 보낸 사람이 타고 있다고 말해주었다. 그는 심장이 너무 격렬하게 고동치는 것을 느끼고 깜짝 놀랐다. 그 순간 여자 얼굴이 마차의 창문 밖으로 나타났다. 여자는 두 손가락을 입술에 댔다. 조용히 하라고 요구하거나 손키스를 보내는 것 같았다. 다르타냥은 가벼운 환성을 질렀다. 쏜살같이 지나는 바람에 유령처럼 보인 마차 속의 여자는 바로 보나시외 부인이었던 것이다.

다르타냥은 편지에서 권고를 받았는데도 무의식중에 말을 전속력으로 몰아서 순식간에 마차를 따라잡았다. 하지만 마차 창문은 밀폐되어 있었고, 유령은 사라지고 없었다.

다르타냥은 그제야 편지 속의 권고를 기억해냈다. '당신의 목숨과 당신을 사랑하는 사람들의 목숨을 중히 여긴다면 한마디도 하지 마세요.'

그는 부들부들 떨면서 멈춰 섰다. 자신의 안위를 걱정해서가 아니라, 이 찰나의 만남을 위해 위험을 마다하지 않은 그 가련한 여자 때문이었다.

마차는 여전히 무서운 속도로 달려서 파리 시내로 들어서더니 이내 사라졌다.

다르타냥은 당황하여 그 자리에 우두커니 서 있었다. 그 여자가 보나시외 부인이라면, 그녀가 파리로 돌아오고 있는 것이라면, 왜 이런 순식간의 덧없는 만남이 필요하다는 말인가? 잠깐 스치듯 눈을 마주치고 무의미한 키스를 나눌 필요가 어디 있단 말인가? 물론 그녀가 보나시외 부인이 아닐 가능성도 있었다. 희미한 석양빛 속에서는 사람을 잘못 보기 쉽기 때문이다. 만약 그녀가 보나시외 부인이 아니라면, 이것은 사랑하는 여자를 미끼로 이용한 음모의 시작이 아닐까? 그가 보나시외 부인을 사랑하고 있다는 사실은 널리 알려져 있으니까.

세 친구가 다가왔다. 그들도 모두 마차 창문에 나타난 여자의 얼굴을 똑똑히 보았지만, 아토스를 제외하고는 아무도 보나시외 부인을 알지 못했다. 하지만 그 얼굴은 분명 보나시외 부인이었다는 것이 아토스의 의견이었다. 그는 그 예쁜 얼굴에 다르타냥만큼 정신을 팔고 있지 않았기 때문에 마차 안에 또 다른 얼굴이 있는 것을 보았고, 그 얼굴은 분명 남자였다고 말했다.

"그렇다면 놈들은 보나시외 부인을 다른 감옥으로 옮기고 있는 게 분명해요." 다르타냥이 말했다. "그런데 놈들은 그 여자를 어떻게 할 작정일까요? 어떻게 하면 그 여자를 구해낼 수 있을까요?"

"이봐 친구." 아토스가 진지하게 말했다. "죽어서 이 세상을 떠난 사람이 아닌 이상, 언젠가 다시 만날 수 있다네. 자네 애인이 죽지 않고 살아 있다면, 그리고 우리가 방금 본 여자가 그 여자라면, 언젠가는 다시 만나게 될 거야." 그가 특유의 염세적인 어조로 덧붙였다. "어쩌면 자네가 바라는 것보다 더 일찍."

시계가 일곱 시 반을 알렸다. 마차는 약속 시간보다 20분쯤 늦게 왔다. 친구들은 다르타냥에게 또 한 군데 갈 데가 있다는 것을 상기시켰지만, 아직은 방문을 취소할 수도 있다고 말했다.

하지만 다르타냥은 고집이 셀 뿐 아니라 호기심도 강했다. 그는 추기경 관저에 가서 추기경이 자기한테 하고 싶은 말이 무엇인지 알아내기로 마음먹었고, 무슨 일이 있어도 그 결심을 바꿀 수는 없었다.

그들은 생토노레 가에 도착했다. 추기경 관저 앞 광장에서는 그들이 소집한 여남은 명의 총사들이 이리저리 거닐며 그들을 기다리고 있었다. 그제야 그들은 총사들에게 소집한 이유를 설명해주었다.

다르타냥은 국왕의 총사대에 잘 알려진 인물이었고, 총사들도 언젠가는 그가 총사대에 들어오리라는 것을 알고 있었다. 그래서 총사들은 진작부터 그를 동료로 대접하고 있었다. 그래서 그들은 여기에 소집된 이유를 듣자 모두 기꺼이 그 임무를 받아들였다. 게다가 그것은 추기경과 그 일당에게 앙갚음할 기회이기도 했다. 그런 일이라면 언제든지 나설 태세를 갖추고 있었다.

아토스는 총사들을 세 무리로 나누어, 한 무리는 자신이 지휘하고, 아라미스와 포르토스에게도 각각 한 무리씩 맡겼다. 각각의 무리는 정문을 마주보는 곳에 매복했다.

다르타냥은 용감하게 정문으로 들어갔다.

강력한 원군이 있다는 것은 알고 있었지만, 웅장한 계단을 한 걸음 한 걸음 올라갈 때에는 젊은이도 일말의 불안감을 느끼지 않을 수 없었다. 그가 밀레디를 상대로 벌인 짓은 배신행위나 마찬가지였다. 그는 밀레디와 추기경 사이에 정략적 관계가 있는 게 아닐까 하는 의심이 들었다. 게다가 그에게 호된 꼴을 당한 바르드 백작은 추기경의 심복이었고, 추기경이 적에게는 무서운 존재이지만 자기 사람은 무척 아낀다는 것도 다르타냥은 잘 알고 있었다.

'바르드 백작이 우리 사이에 일어난 일을 추기경에게 모두 일러바치는 것도 얼마든 가능한 일이야. 그리고 백작이 나를 알아보았을 가능성도 있어. 백작이 추기경한테 말했다면, 그리고 나를 알아보았다면, 나는 사형 선고를 받은 거나 마찬가지야.' 다르타냥은 고개를 저으며 혼잣말로 중얼거렸다. '그런데 추기경은 왜 오늘까지 기다렸을까? 이유는 뻔해. 밀레디가 그 위선적인 슬픈 표정을 지어 보이면서 나에 관해 하소연했을 거야. 이 마지막 사건이 결정타가 된 게 분명해.'

다르타냥은 혼잣말을 계속했다.

'다행히도 친구들이 저 아래 있으니까, 내가 끌려가는 것을 그냥 보고만 있지는 않을 거야. 어떻게든 나를 지키려고 하겠지. 그렇지만 총사대만으로 추기경과 전쟁을 벌일 수는 없어. 추기경은 프랑스 전체의 병력을 좌지우지할 수 있는 사람이야. 그런 추기경 앞에서는 왕비도 무력하고 왕도 마음대로 못해. 다르타냥, 너는 용감하고 자질도 괜찮아. 하지만 여자 때문에 망할 거야!'

그가 이 슬픈 결론에 도달한 것은 부속실로 들어가고 있을 때였다. 그는 안으로 들어가 안내원에게 편지를 내주었다. 안내원은 그를 대기실로 안내하더니, 안으로 사라졌다.

대기실에는 추기경의 친위대원 대여섯 명이 앉아 있었다. 그들은 다르타냥을 알아보았고, 또 그가 쥐사크에게 상처를 입혔다는 것도 알고 있었기 때문에, 야릇한 미소를 지으며 그를 바라보았다.

이 미소가 다르타냥에게는 불길한 전조처럼 보였다. 하지만 다르타냥은 쉽게 주눅이 드는 사람이 아니었다. 가스코뉴 사람 특유의 자존심으로 두려움 같은 감정 따위는 좀처럼 내색하지 않았기 때문에, 친위대원들 앞에서도 허리에 손을 얹고 꼿꼿이 서서 당당한 태도로 기다렸다.

안내원이 돌아오더니 다르타냥에게 따라오라고 손짓을 했다. 다르타냥이 안내원을 따라가는 것을 보면서 친위대원들은 저희들끼리 수군거렸다.

그는 복도를 따라가다가 큰 살롱을 지나 서재로 들어갔다. 맞은편 책상 앞에 한 남자가 앉아서 무언가를 쓰고 있었다.

안내원이 그를 서재로 안내하고는 아무 말 없이 물러갔다.

다르타냥은 선 채로 책상 앞에 앉아 있는 남자를 유심히 살펴보았다.

처음에는 그 사람이 그의 사건을 조사하고 있는 재판관일 거라고 생각했다. 하지만 자세히 보니 그는 글을 쓰고 있다기보다, 길고 짧은 행을 손가락으로 짚어가면서 고치고 있었다. 그래서 다르타냥은 자기 앞에 있는 사람이 시인인 것을 알았다. 잠시 후 시인은 원고를 덮었다. 표지에는 '미람, 5막극'*이라고 쓰여 있었다. 시인이 고개를 들었다.

다르타냥은 추기경을 알아보았다.

제40장
추기경

추기경은 원고 위에 팔꿈치를 괴고 볼에 손을 댄 채 젊은이를 잠시 바라보았다. 리슐리외 추기경의 눈만큼 남의 마음속까지 깊이 꿰뚫고 들어오는 눈은 없었다. 다르타냥은 그 시선이 뜨거운 열기처럼 자신의 혈관 속을 달리는 듯한 느낌을 받았다.

그렇지만 그는 모자를 벗어 들고, 오만하지도 않고 그렇다고 비굴하지도 않은 태도로 추기경의 말을 기다리며 그 시선을 견뎌냈다.

이윽고 추기경이 입을 열었다.

"자네가 베아른 출신의 다르타냥인가?"

"예, 그렇습니다, 예하." 젊은이가 대답했다.

"타르브와 그 인근에는 다르타냥이란 집안이 여럿 있는데, 자네는 어느 집안인가?"

"저는 선왕이신 앙리 대왕을 모시고 종교전쟁에 참가했던 사람의 아들입니다."

"그렇군. 일고여덟 달 전에 수도 파리에서 입신출세할 길을 찾아 고향을 떠났다는 젊은이가 자네인가?"

"예, 그렇습니다, 예하."

"자네는 상경할 때 묑을 지났는데, 그곳에서 뭔가 일어났지? 무슨 일인지는 모르지만, 어쨌든 무슨 일이 있었어."

"예하, 저에게 일어난 일을 말씀드리자면……."

"아니, 신경 쓰지 말게. 그건 아무래도 좋아." 추기경이 빙긋 웃으며 말했지만, 그 미소는 그가 다르타냥 못지않게 그 사건을 잘 알고 있다는 것을 보여주었다. "자네는 트레빌 씨 앞으로 보내는 추천장을 갖고 있었지?"

"그렇습니다, 예하. 하지만 묑에서 그 불행한 사건이 일어났을 때……."

"추천장이 사라졌단 말이지." 추기경이 다르타냥의 말을 가로챘다. "그래, 나도 알고 있네. 하지만 트레빌 씨는 첫눈에 인물을 알아보는 능력이 대단한 사람이어서, 언젠가는 총사대에 편입시켜주겠다는 약속과 함께 자네를 처남인 에사르 씨의 근위대에 넣어주었어. 그렇지?"

"예하께서는 정확한 정보를 갖고 계시는군요." 다르타냥이 말했다.

"그 후 많은 일이 자네한테 일어났지. 어느 날인가는, 다른 곳에 있는 편이 더 나았을 텐데 하필이면 샤르트뢰 수도원 뒤에서 어슬렁거렸어. 또 언젠가는 친구들과 함께 포르주 온천으로 여행을 떠났는데, 친구들은 도중에 차례로 하차했지만 자네는 그대로 여행을 계속했지. 이유는 뻔해. 영국에 볼일이 있었으니까."

"예하." 다르타냥은 너무 놀라서 말이 나오지 않았다. "제가 영국에 간 이유는……."

"윈저 숲이나 어디 다른 곳으로 사냥을 하러 갔었단 말이지.

그건 아무래도 좋아. 내가 그걸 알고 있는 건 모든 것을 아는 게 내 일이기 때문일세. 자네는 돌아오자마자 어느 고귀한 분의 부름을 받았어. 그분께 받은 선물을 소중히 간직하고 있는 걸 보니 기쁘군."

다르타냥이 왕비에게 받은 다이아몬드 반지를 손으로 가리고 보석을 재빨리 손바닥 쪽으로 돌렸지만, 이미 너무 늦어버렸다.

"그 이튿날 카부아가 자네를 찾아갔지." 추기경이 말을 이었다. "자네는 이곳으로 오라는 전갈을 받았지만, 오지 않았네. 그건 자네가 잘못한 거야."

"저는 예하의 노여움을 산 게 아닐까 해서 겁이 났습니다."

"그건 또 왜? 자네는 윗사람들의 명령을 누구보다도 지혜롭고 용감하게 수행했으니까 칭찬받아 마땅한데, 내 노여움을 사다니? 내가 벌을 주는 것은 명령에 따르지 않는 자들이지, 자네처럼 명령에 따르는, 지나칠 만큼 잘 따르는 사람에게는 벌을 주지 않아. 그 증거로, 내가 자네한테 여기로 오라는 전갈을 보낸 날짜를 생각해보게. 그리고 같은 날 밤에 무슨 일이 일어났는지 기억을 잘 더듬어보게나."

그것은 바로 보나시외 부인이 납치당한 밤이었다. 다르타냥은 몸서리를 쳤다. 그리고 30분 전에 그 가엾은 여자가 자기 옆을 지나간 것을 생각해냈다. 그녀를 납치한 자들이 또다시 그녀를 어디론가 데려갔을 것이다.

"끝으로……" 추기경이 말을 이었다. "한동안 자네 소식을 듣지 못했기 때문에, 자네가 요즘 뭘 하고 있는지 알고 싶었다네. 게다가 자네는 내게 감사를 표해야 일도 있지. 그 모든 상황에서 자네가 어떻게 무사히 살아남았는지, 자네도 아마 알아차렸을 거야.”

다르타냥은 공손히 고개를 숙였다.

“그건 공정을 기하고자 하는 당연한 생각의 결과일 뿐만 아니라……” 추기경이 말을 계속했다. “자네를 쓰려는 계획의 결과이기도 했다네.”

다르타냥은 더욱더 놀랐다.

“사실 이 계획은 자네를 처음 부른 그날 알려줄 작정이었는데, 자네가 오지 않았지. 그래서 일이 좀 늦어졌지만, 다행히 계획에는 아무 변화가 없으니까 오늘 그 계획을 말해주겠네. 이리 와서 내 앞에 앉게, 다르타냥. 어엿한 귀족을 세워둔 채 이야기를 계속할 수는 없지.”

추기경이 손가락으로 의자를 가리켰다. 다르타냥은 지금 벌어지고 있는 일에 너무 놀라서, 추기경이 두 차례나 신호를 보낸 다음에야 알아차리고 명령에 따랐다.

"자네는 용감한 청년이야." 추기경이 말을 이었다. "그리고 신중해. 이 점은 더욱 좋은 자질이지. 나는 머리와 가슴을 둘 다 가진 사람을 좋아한다네. 겁먹지 말게." 그가 빙그레 웃으면서 말했다. "가슴을 가진 사람이란 용감한 사람이라는 뜻일세. 하지만 자네는 아직 젊고 이제 막 세상에 나왔을 뿐인데 벌써 막강한 적들을 만들었어. 조심하지 않으면 그 적들이 자네를 파멸시킬 걸세."

"예하, 그건 분명합니다." 젊은이가 대답했다. "적들은 저를 아주 쉽게 파멸시킬 수 있습니다. 그들은 강력하고 든든한 배경까지 있는데, 저는 외톨이니까요!"

"그래, 사실이야. 하지만 자네는 외톨이면서도 벌써 많은 일을 해냈고, 앞으로도 많은 일을 해낼 걸세. 나는 그걸 믿어 의심치 않네. 하지만 그 모험적인 생활에도 자네를 이끌어줄 지표가 필요하다고 생각하네. 내가 잘못 생각한 게 아니라면, 자네는 청운의 뜻을 품고 파리에 왔을 테니까."

"제 나이에는 무모한 희망을 품게 마련입니다, 예하." 다르타냥이 말했다.

"무모한 희망을 품는 건 바보들이나 하는 짓일세. 자네는 총명한 젊은이야. 내 친위대에서 기수가 되는 건 어떤가? 전쟁이 끝난 뒤에는 중대장을 시켜주겠네."

"아, 예하!"

"받아들이겠나?"

"예하." 다르타냥이 당황한 표정으로 같은 말을 되풀이했다.

"뭔가? 거절하는 건가?" 추기경이 놀라서 외쳤다.

"저는 폐하의 근위대에 소속되어 있고, 그 신분에 조금도 불만이 없습니다."

"하지만 내 친위대도 결국은 폐하의 근위대라네. 게다가 프
랑스 군대에 복무하는 이상, 누구나 폐하를 섬기는 거라고 생
각하는데?"

"예하께서는 제 말을 오해하신 듯합니다."

"구실이 필요하다는 거지? 알겠네. 그렇다면 그 구실을 주
지. 이제 곧 전쟁이 시작되니까, 내가 자네한테 승진할 기회를
만들어주겠네. 그 정도면 세상에 대해 체면은 서겠지. 또 자네
는 확실한 보호를 받을 필요가 있어. 실은 자네에 대해 몇 가지
중대한 고발이 내게 들어와 있다네. 자네는 밤낮으로 오직 폐
하께만 헌신하고 있는 것 같지 않더군."

다르타냥의 얼굴이 붉어졌다.

"게다가……" 추기경이 서류 다발에 손을 올려놓으면서 말
을 이었다. "여기 이렇게 자네와 관련된 서류가 올라와 있네.
하지만 이걸 읽기 전에 자네와 이야기를 나누고 싶었어. 나는
자네가 결심이 굳은 사람이라는 걸 알고 있네. 내 친위대에 들
어와서 제대로 지도를 받으면 자네한테 전혀 해로울 게 없고,
오히려 큰 보상을 받을 수 있을 거야. 잘 생각해서 결정하게."

"예하의 호의에 어떻게 감사해야 할지 모르겠습니다." 다르
타냥이 대답했다. "예하의 넓은 마음을 알고 나니 저는 벌레처
럼 작게만 느껴집니다. 하지만 제가 솔직히 말씀드리는 것을
허락해주신다면……"

다르타냥이 말을 끊었다.

"좋아. 말해보게."

"제 친구들은 모두 총사대나 폐하의 근위대에 소속되어 있
고, 무슨 얄궂은 운명 때문인지 제 적들은 모두 예하의 부하들
입니다. 따라서 제가 예하의 제의를 받아들인다면 이쪽에서도

환영받지 못하고 저쪽에서도 미움을 받을 겁니다."

"혹시 내 제의가 자네의 가치에 걸맞지 않다는 오만한 생각을 갖고 있는 건 아닌가?" 추기경이 경멸하는 듯한 미소를 지으며 말했다.

"천만의 말씀입니다. 예하의 후의는 저에게 과분할 정도이고, 도리어 저는 그런 후의를 받을 만한 일을 아직 아무것도 하지 못했다고 생각하고 있습니다. 이제 전쟁이 시작되면, 그때는 저도 예하가 보시는 앞에서 참전하게 될 텐데, 운이 좋아 예하의 주목을 끌 만한 공훈이라도 세울 수 있으면, 적어도 예하의 보호를 받을 명분도 생기겠지요. 모든 일에는 때가 있습니다. 나중에는 저도 한 몸 바칠 자격을 얻을 수 있겠지만, 지금은 자신을 팔아넘기는 것같이 보일 것입니다."

"요컨대 나를 섬기는 건 거절하겠다는 뜻이군." 추기경이 원망스러운 어조로 말했지만, 그 어조에는 일종의 경의 같은 감정도 섞여 있었다. "그럼 마음대로 하게. 자네의 원한과 호의도 그대로 품고 있게."

"예하……."

"됐네, 됐어. 그것 때문에 자네를 원망하진 않겠네. 하지만 자네도 알다시피, 자기편이라면 충분히 보호도 해주고 보상도 해주겠지만, 적에 대해서는 아무 의무도 없는 걸세. 그래도 충고 하나만 하겠는데, 조심하게, 다르타냥. 내가 자네한테서 손을 떼는 순간, 자네 목숨은 지푸라기 하나만 한 가치도 없게 될 테니까."

"명심하겠습니다, 예하." 다르타냥이 결연하게 대답했다.

"훗날 언젠가 불행이 닥치거든……" 리슐리외가 의미심장하게 말했다. "내가 자네를 얻으려 한 일이 있었다는 것, 그리고 그런 불행이 자네한테 닥치지 않도록 애썼다는 것을 기억하게."

"무슨 일이 닥치더라도……" 다르타냥이 가슴에 손을 얹고 고개를 숙이면서 말했다. "예하께서 지금 이 순간 저에게 베풀어주신 후의에 대해서는 평생 감사한 마음을 잊지 않겠습니다."

"좋아. 그러면 자네 말대로 전쟁이 끝난 뒤에 또 만나세. 자네를 늘 지켜보고 있겠네. 나도 전쟁터에 나갈 테니까." 추기경은 전쟁터에 나갈 때 입을 훌륭한 갑옷을 다르타냥에게 가리키며 말했다. "그리고 원정에서 돌아오면 판단을 내리게 될 것이야."

"아, 예하." 다르타냥이 외쳤다. "예하의 뜻을 거역한 죄가 큽니다만, 부디 용서해주시기 바랍니다. 제가 귀족답게 처신한다고 생각하신다면, 중립을 지켜서 공정하게 대해주십시오."

"젊은이! 오늘 자네한테 한 말을 다시 말할 수 있는 기회가 온다면, 반드시 그렇게 하겠다고 약속하겠네."

리슐리외의 마지막 말은 과연 그럴 기회가 다시 오겠느냐는 의미를 담고 있었다. 다르타냥은 협박을 받은 것보다 더 놀라고 당황했다. 그것은 경고였기 때문이다. 그러니까 추기경은 다르타냥을 위협하고 있는 불행으로부터 그를 구해주려 했던 것이다. 다르타냥이 대답하려고 입을 열었지만, 추기경은 오만한 몸짓으로 그에게 물러가라고 명했다.

다르타냥은 방에서 나왔다. 하지만 문 밖으로 나오자마자 용기를 잃고 추기경에게 돌아가려고 했다. 하지만 그 순간 아토스의 진지하고 엄격한 얼굴이 눈앞에 떠올랐다. 추기경의 제안을 받아들여 그와 계약을 맺는다면, 아토스는 결코 용서하지 않을 것이다. 아니, 친구로도 인정해주지 않을 것이다.

다르타냥의 발목을 잡은 것은 이 두려움이었다. 진정으로 위대한 인물이 주위 사람들에게 미치는 영향은 그렇게 대단한 법이다.

다르타냥은 아까 올라온 계단을 다시 내려갔다. 아토스와 총사 네 명이 정문 앞에서 그가 돌아오기를 기다리고 있었다. 그들은 슬슬 걱정되기 시작한 참이었다. 다르타냥의 말을 듣고 그들은 안심했다. 플랑셰는 주인이 무사히 추기경 관저에서 나온 것을 보고, 다른 출입문에서 대기하고 있는 사람들에게 달려가 이제는 잠복할 필요가 없다고 알렸다.

네 사람은 아토스의 집으로 돌아갔다. 아라미스와 포르토스가 이 이상한 호출의 이유를 물었다. 다르타냥은 리슐리외 추기경이 기수로 친위대에 들어오라고 제의했지만 거절했다는 이야기만 해주었다.

"잘했어." 포르토스와 아라미스가 이구동성으로 말했다.

아토스는 아무 말 없이 깊은 생각에 잠겨 있었다. 그러나 다르타냥과 단둘이 있게 되자 입을 열었다.

"자네는 당연히 해야 할 일을 했지만, 어쩌면 잘못한 것인지도 몰라."

다르타냥이 한숨을 내쉬었다. 아토스의 목소리는 앞으로 큰 불행이 닥쳐올 거라고 예고하는 마음속의 은밀한 목소리와 일치했기 때문이다.

이튿날은 온종일 출발 준비로 바쁘게 보냈다. 다르타냥은 트레빌에게 하직 인사를 하러 갔다. 이때까지만 해도 총사대와 근위대의 작별이 일시적인 것으로 여겨졌다. 국왕은 그날 의회를 소집하여 회의를 열고 있었고, 이튿날 출정할 예정이었기 때문이다. 그래서 트레빌도 다르타냥에게 필요한 게 없느냐고 물었을 뿐이고, 다르타냥도 필요한 건 다 갖추었다고 자랑스럽게 대답했다.

그날 저녁에는 원래 친한 사이인 에사르의 근위대와 트레빌의 총사대가 모두 한자리에 모였다. 그들은 잠시의 이별을 아쉬워하며 다시 만날 것을 기약했다. 따라서 그날 밤에는 누구나 예상할 수 있듯이 실컷 먹고 마시며 모두 신이 나서 떠들어 댔다. 이런 경우, 앞날에 대한 극도의 불안과 싸울 수 있는 것은 극도의 태평함뿐이기 때문이다.

이튿날 나팔 소리가 울리자마자 친구들은 헤어졌다. 총사들은 트레빌의 저택으로 달려갔고, 근위대원들은 에사르의 저택으로 달려갔다. 두 대장은 각각 자신의 대원들을 이끌고 루브르로 가서 국왕의 열병을 받았다.

왕은 우울하고 기분이 좋지 않은 것 같았다. 그래서 평소의 당당한 태도가 좀 없어 보였다. 사실 전날 밤 왕은 회의를 주재하다가 열이 나서 쓰러졌다. 그런데도 출발은 이날 오후로 정해졌고, 측근들이 말렸는데도 열병을 하고 싶어 했다. 그를 덮치기 시작한 병도 이 정력적인 반격으로 물리칠 수 있으리라고 기대했기 때문이다.

열병식이 끝난 뒤, 근위대만 먼저 출발했다. 총사대는 왕과 함께 떠날 예정이었기 때문에, 멋지게 차려입은 포르토스는 우르스 가에 다녀올 시간 여유가 있었다.

소송 대리인의 아내는 포르토스가 새 제복 차림으로 멋진 말을 타고 지나가는 것을 보았다. 그녀는 포르토스를 너무 사랑했기 때문에 그냥 이대로 떠나보낼 수가 없었다. 그래서 포르토스에게 말에서 내려 가까이 오라는 손짓을 보냈다. 포르토스는 풍채가 당당했다. 박차는 쩌렁쩌렁 울렸고, 갑옷은 번쩍번쩍 빛났고, 장검은 그의 넓적다리에 부딪혀 자랑스럽게 절거

덕 소리를 냈다. 이번에는 직원들도 그를 비웃고 싶은 마음이 나지 않았다. 그랬다가는 포르토스에게 귀를 잘리지 않을까 두려웠기 때문이다.

포르토스는 코크나르에게 안내되었다. 새 옷차림으로 눈부시게 빛나는 사촌 처남을 보자, 코크나르의 연회색 눈이 분노로 이글거렸다. 하지만 그의 마음속에는 한 가지 위안이 있었다. 이번 전쟁은 치열할 거라고 다들 말하고 있었기 때문이다. 그래서 그는 포르토스가 전사하기를 속으로 바라고 있었다.

포르토스가 코크나르에게 작별 인사를 고했다. 코크나르는 그의 무운을 빌어주었다. 코크나르 부인은 눈물을 참지 못했다. 하지만 그녀의 슬픔을 이상한 눈으로 바라보는 사람은 아무도 없었다. 그녀가 친정에 대한 애착이 많으며, 그 때문에 남편과 늘 심하게 다툰다는 것을 누구나 알고 있었기 때문이다.

하지만 진정한 작별은 코크나르 부인의 침실에서 이루어졌다. 작별은 가슴이 찢어질 것처럼 비통했다.

소송 대리인의 아내는 애인의 모습이 시야에서 사라질 때까지, 마치 창밖으로 뛰어내리기라도 하려는 듯이 몸을 내밀고는 손수건을 흔들었다. 포르토스는 그런 일에 익숙한 사람답게 애인의 애정 표현을 가볍게 받아넘겼지만, 길모퉁이를 돌 때 작별의 표시로 모자를 벗어서 흔들었다.

한편 아라미스는 장문의 편지를 썼다. 누구에게 썼는지는 아무도 몰랐다. 옆방에서는 그날 저녁 투르로 떠나기로 되어 있는 키티가 이 비밀 편지를 기다리고 있었다.

아토스는 마지막 남은 스페인 포도주를 한 모금씩 홀짝거리고 있었다.

그동안 다르타냥은 근위대원들과 함께 행군하고 있었다.

파리 교외의 생탕투안에 당도하자, 그는 고개를 돌려 바스티유를 유쾌한 기분으로 바라보았다. 하지만 그는 바스티유만 보고 있었기 때문에, 암갈색 말을 탄 밀레디의 모습은 보지 못했다. 밀레디는 흉악해 보이는 두 남자에게 그를 가리켰고, 두 남자는 그를 확인하기 위해 당장 대열로 다가왔다. 그러고는 묻는 듯한 눈길을 밀레디에게 던지자, 밀레디는 그 사람이 맞다고 몸짓으로 대답했다. 밀레디는 자신의 명령이 틀림없이 실행되리라 확신하자, 말에 박차를 가하여 모습을 감추었다.

그러자 두 남자는 대열을 따라가다가, 생탕투안 성 밖 언저리에서 그들을 위해 미리 준비해둔 말에 올라탔다. 제복을 입지 않은 하인이 고삐를 잡고 그들을 기다리고 있었다.

제41장
라로셸 포위전

라로셸 포위전은 루이 13세 치세의 중요한 정치적 사건 가운데 하나이자 추기경의 중요한 군사작전 가운데 하나였다. 따라서 여기에 대해 몇 마디 언급하는 것은 흥미로울 뿐만 아니라 필요한 일이기도 하다. 게다가 이 포위전에 따른 몇 가지 사실은 이 이야기와도 중요한 관련이 있기 때문에 그냥 지나쳐버릴 수도 없다.

추기경이 이 포위전에 착수했을 때, 그의 정치적 목적은 광범위한 것이었다. 우선 그것부터 설명한 다음, 정치적 목적에 못지않게 추기경에게 영향을 미쳤을 특별한 목적에 관해서 이야기해보자.

앙리 4세가 신교도들에게 피난처로 제공한 주요 도시들 가운데 남은 것은 라로셸뿐이었다. 따라서 라로셸 포위전은 칼뱅파의 마지막 보루를 파괴하는 문제였다. 그곳은 시민 반란과 대외 전쟁이라는 내우외환의 씨앗을 끊임없이 만들어내고 있는 위험지역이었다.

스페인과 영국과 이탈리아의 불평분자들, 모든 나라와 모든 종파의 모험가들이 신교도의 기치 아래 모여들어 거대한 조직을 형성했고, 이 조직은 천천히 가지를 쳐서 유럽의 모든 지역으로 규모를 확대해 나갔다.

칼뱅파의 다른 도시들이 모두 파멸했기 때문에 새로운 요지로 부상한 라로셀은 분쟁과 야심의 온상이었다. 게다가 이 도시의 항구는 프랑스 영토에서 영국인에게 개방된 마지막 항구이기도 했다. 추기경이 이 항구를 프랑스의 영원한 적인 영국에 폐쇄한 것은 잔 다르크와 기즈 공작*의 위업을 마무리한 것이었다.

바송피에르*는 종교적으로는 신교도지만 성령기사단 사령관으로서는 가톨릭교도였고, 태생은 독일인이지만 마음은 프랑스인이었고, 라로셀 포위전에서는 자신의 군대를 지휘했고, 자기와 같은 신교도 귀족들의 선두에 서서 공격할 때 이렇게 말했다고 한다.

"우리가 라로셀을 점령하는 것은 어리석은 짓이라는 것을 여러분은 이제 곧 알게 될 것이오!"

바송피에르의 말이 옳았다. 레 섬에 대한 포격은 세벤에서 신교도 박해가 벌어질 것을 예고하는 전조였고, 라로셀 점령은 낭트 칙령 폐지*의 서막이었기 때문이다.

하지만 앞에서도 말했듯이 평등주의자이자 획일주의자인 리슐리외 재상의 이런 목표들은 역사에 속하지만, 연대기 작가는 사랑에 미치고 질투에 불타는 연적의 사소한 목적에도 주의를 기울여야 한다.

누구나 알고 있듯이 리슐리외는 왕비에게 연정을 품고 있었다. 이 사랑이 단순한 정치적 목적에서 생겨난 것인지, 아니면 안 도트리슈가 주위 사람들에게 흔히 불러일으킨 그 깊은 열정에서 생겨난 것인지는 알 수 없다. 하지만 어쨌든 우리는 지금까지 전개된 이야기를 통해 버킹엄이 리슐리외를 이겼고, 삼총사의 충성과 다르타냥의 용기 덕분에 버킹엄이 두세 번 추기경의 의표를 찌른 것을 보았다. 특히 목걸이 사건에서는 추기경이 호된 꼴을 당했다.

따라서 리슐리외에게 이것은 단순히 프랑스에서 영국을 몰아내는 문제만이 아니라 연적에게 복수하는 문제이기도 했다. 게다가 이 복수는 왕국 전체의 무력을 손에 쥐고 있는 사람에게 어울리는 강력하고 무시무시한 것이어야 했다.

영국과 싸우는 것은 곧 버킹엄과 싸우는 것이고, 영국을 이기면 버킹엄을 이기는 것이고, 영국에 굴욕을 주면 왕비의 눈앞에서 버킹엄에게 굴욕을 주는 것이나 마찬가지라는 것을 리슐리외는 잘 알고 있었다.

버킹엄 쪽에서도 겉으로는 영국의 명예를 내세우고 있었지만, 그를 움직인 것은 추기경과 똑같은 관심사였다. 버킹엄이 노리는 것도 개인적인 복수였다. 아무 구실이 없어도 버킹엄은 대사로서 프랑스에 돌아올 수 있었을 것이다. 하지만 버킹엄은 당당한 정복자로서 프랑스에 돌아오고 싶었다.

그 결과, 가장 강력한 두 왕국이 사랑에 빠진 두 남자의 만족을 위해 겨루고 있는 이 도박에 걸린 진정한 상금은 오로지 안 왕비의 눈길뿐이었다.

처음에는 버킹엄 공작이 유리했다. 그는 90척의 배와 2만 명의 병력을 거느리고 느닷없이 레 섬 앞바다에 나타나, 프랑스군을 지휘하고 있던 투아라스 백작*을 기습했다. 영국군은 피비린내 나는 전투 끝에 섬에 상륙하는 데 성공했다.

투아라스 백작은 수비대와 함께 생마르탱 요새로 후퇴했고,

라프레 요새라는 작은 보루에 1백 명의 병력을 투입했다.

이 결과는 추기경의 결심을 재촉했고, 추기경은 왕과 함께 라로셸 포위전을 지휘하기로 결정하고, 그 지휘를 자신이 맡을 수 있게 될 때까지 왕제(王弟)를 먼저 보내 첫 번째 작전을 지휘하도록 했으며, 자신이 동원할 수 있는 모든 군대를 전쟁터로 내보냈다.

선봉으로 파견된 이 부대에 다르타냥도 속해 있었다.

앞에서도 말했듯이 국왕은 회의가 끝나자마자 뒤따라갈 예정이었다. 하지만 6월 28일에 회의를 끝내고 일어나는 순간, 열병에 걸린 것을 깨달았다. 그래도 왕은 고집을 부려 출발했지만, 상태가 더욱 나빠졌기 때문에 빌루아에서 멈출 수밖에 없었다.

왕이 멈추었기 때문에 당연히 총사대도 그곳에 머물게 되었다. 그 때문에 근위대에 속한 다르타냥은 아토스, 포르토스, 아라미스와 일시적으로 헤어지게 되었다. 이 이별은 그를 조금 애타게 했을 뿐이었지만, 그가 어떤 위험에 처해 있는지 짐작할 수 있었다면 심각한 걱정거리가 되었을 것이다.

그래도 1627년 9월 10일경 라로셸 앞에 세워진 진영에 무사히 도착했다.

상황에는 아무런 변화가 없었다. 레 섬을 점령한 버킹엄 공작 휘하의 영국군은 생마르탱 요새와 라프레 요새를 계속 공격했지만 함락시키지 못했고, 사나흘 전부터는 앙굴렘 공작*이 라로셸 근처에 새로 지은 요새를 둘러싸고 전투가 개시되었다.

에사르가 지휘하는 근위대는 미님 수도원*에 주둔하고 있었다.

하지만 다르타냥은 총사대로 옮겨갈 생각에만 골몰하고 있

162

었기 때문에 근위대에는 친한 동료가 별로 없었다. 그래서 동료들과는 따로 떨어져 혼자만의 생각에 잠겨 있었다.

그의 생각은 별로 유쾌한 것이 아니었다. 그는 파리에 상경한 이후 지금까지 줄곧 공적인 사건에만 말려들었을 뿐, 연애나 출세 같은 사적인 문제에서는 별로 성과를 거두지 못했다.

연애에 관해서 말하자면, 그가 사랑한 유일한 여자는 보나시외 부인이었는데, 보나시외 부인은 지금 어딘가로 사라져서 어떻게 되었는지 아직도 알아내지 못하고 있는 형편이었다.

출세에 관해서 말하자면, 그는 하잘것없는 존재였지만, 국왕을 비롯하여 프랑스 왕국에서 내로라하는 귀족들도 그 앞에서는 벌벌 떨 만큼 위세 높은 추기경을 적으로 만들어버렸다.

추기경은 다르타냥을 얼마든지 파멸시킬 수 있었지만 그렇게 하지 않았다. 다르타냥처럼 총명한 사람에게 이런 아량은 더 나은 미래를 약속해주는 새벽빛이었다.

그는 추기경 외에 또 하나의 적을 만들었다. 추기경만큼 두렵지는 않았지만, 그래도 무시할 수만은 없는 적이었다. 그것은 바로 밀레디였다.

이 모든 것을 희생한 대가로 그는 왕비의 비호와 호의를 얻었지만, 현재로서는 왕비의 호의는 오히려 박해의 원인이 되었을 뿐이고, 왕비의 비호는 별로 소용이 없었다. 그 증거로 샬레와 보나시외 부인을 들 수 있었다.

따라서 그가 얻은 소득 가운데 가장 확실한 것은 손가락에 끼고 있는 5, 6천 리브르짜리 다이아몬드 반지였다. 그러나 이 반지도 야심찬 계획을 세우고 있는 다르타냥이 언젠가 왕비가 자기를 알아보게 하는 증표로 이용하기 위해 간직하고 싶어 한다는 점을 고려하면, 그때까지는 처분할 수도 없는 것이기 때문에 그가 밟고 다니는 돌멩이만큼의 가치도 없는 셈이었다.

돌멩이를 밟고 있다고 말한 것은, 다르타냥이 앙구탱 마을에서 숙영지로 통하는 아름다운 샛길을 혼자 걸으면서 그렇게 생각했기 때문이다. 하지만 그는 생각에 몰두한 나머지 생각보다 멀리까지 가버렸고, 어느새 날이 저물기 시작했다. 그때 다르타냥은 산울타리 뒤에서 머스킷총의 총신이 마지막 석양빛을 받아 번득이는 것을 언뜻 보았다.

다르타냥은 눈이 날카롭고 판단력이 예민한 사람인지라, 총이 혼자 거기에 왔을 리도 없고, 총의 주인이 선의를 가지고 울타리 뒤에 숨어 있을 리도 없다는 것을 깨달았다. 그래서 달아나야겠다고 생각했지만, 그때 길 건너편 바위 뒤에 또 하나의 총구가 보였다.

매복이 분명했다.

다르타냥은 첫 번째 총을 힐끗 바라보고, 총이 자신을 겨누고 있음을 알아차렸다. 하지만 총구가 움직임을 멈춘 것을 보자마자 얼른 땅바닥에 엎드렸다. 그 순간 총성이 울려 퍼졌다. 총알이 머리 위를 휙 스치고 지나가는 소리가 들렸다.

머뭇거릴 여유가 없었다. 다르타냥은 벌떡 일어났고, 그 순간 다른 총에서 발사된 총알이 그가 방금 전까지 엎드려 있던 길바닥의 돌멩이를 날려 보냈다.

다르타냥은 괜한 용기를 발휘하느라 무모하게 맞서다 개죽음을 자초하는 얼간이가 아니었다. 게다가 지금은 함정에 빠진 상황이기 때문에, 용기가 중요한 것도 아니었다.

'세 번째 총알이 날아오면 나는 끝장이야.' 다르타냥은 중얼거리고, 당장 숙영지 쪽으로 부리나케 달아났다. 몸이 날쌔기로 유명한 가스코뉴 사람답게 잽싸게 달렸다. 하지만 그가 아무리 빨리 달려도, 그를 처음 쏜 녀석은 다시 장전할 겨를이 있었기 때문에 두 번째 총알을 발사했고, 이번에는 겨냥이 꽤 정확해서 그의 모자가 총에 맞아 앞쪽으로 3미터나 날아갔다.

다르타냥은 여분의 모자가 없었기 때문에 달리면서도 모자를 주워들었다. 숨을 헐떡거리며 새파래진 얼굴로 숙영지에 도착하자, 아무에게도 말하지 않고 털썩 주저앉아서 생각하기 시작했다.

이 사건의 원인으로는 세 가지를 상정할 수 있었다.

우선 가장 자연스러운 것은 라로셸 시민의 매복일 가능성이었다. 그들은 왕의 근위대원을 한 명 죽이는 것쯤 조금도 유감스럽게 생각지 않았을 것이다. 그러면 적이 한 명 줄어들 것이고, 그 적의 주머니에는 돈이 듬뿍 든 지갑이 들어 있을지도 모르기 때문이다.

다르타냥은 모자를 집어 들어 총알구멍을 살펴보고는 고개를 저었다. 총알이 머스킷총의 총알이 아니라 화승총*에서 발

사된 총알이었다. 조준이 정확했기 때문에 개인용 화기에서 발사된 것은 이미 짐작하고 있었다. 그런데 총알의 구경이 군대에서 사용하는 것과 다르니까, 이것은 적의 매복이 아니었다.

어쩌면 추기경의 멋진 선물일 수도 있었다. 그 고마운 햇살 덕분에 번득이는 총신을 얼핏 본 순간, 그는 추기경의 인내심에 놀라고 있었다.

하지만 다르타냥은 이번에도 고개를 저었다. 손을 뻗기만 하면 얼마든지 처리할 수 있는 사람을 상대로 추기경이 그런 수단을 동원하는 경우는 드물었다.

밀레디의 복수일 수도 있었다. 그것은 좀 더 있음직한 일이었다.

그는 자객들의 인상이나 옷차림을 기억해내려고 애썼지만 소용이 없었다. 정신없이 도망쳐왔기 때문에 그런 것을 볼 겨를이 없었던 것이다.

'아, 친구들!' 다르타냥이 중얼거렸다. '어디 있는 걸까? 보고 싶다!'

다르타냥은 매우 불안한 밤을 보냈다. 누군가가 칼을 들고 침대로 다가오고 있는 것만 같아서 서너 번이나 소스라쳐 깨어났다. 하지만 아무 일도 일어나지 않은 채 날이 밝았다.

그래도 다르타냥은 상황이 연기되었을 뿐 끝난 것은 아니라는 사실을 잘 알고 있었다.

다르타냥은 스스로에게 날씨가 나쁘다는 핑계를 대면서 온종일 숙소에 남아 있었다.

이튿날 아홉 시에 집합을 알리는 북소리가 울렸다. 왕제인 오를레앙 공이 주둔지를 순방하고 있었다. 근위대원들은 무장을 갖추었고, 다르타냥도 동료들과 함께 대열을 지었다.

오를레앙 공이 맨 앞줄을 따라 지나갔다. 그러고 나자 고위 장교들이 그에게 다가가 경의를 표했다. 근위대장 에사르도 마찬가지였다.

잠시 후 다르타냥은 에사르가 가까이 오라고 손짓한 듯한 느낌이 들었다. 다르타냥은 잘못 본 게 아닐까 싶어서 잠시 기다렸다. 그러자 똑같은 손짓이 되풀이되었기 때문에, 그는 대열을 떠나 명령을 받으러 갔다.

"전하께서는 위험한 임무를 맡아줄 지원자를 찾고 계시다. 위험하기는 하지만 잘만 수행하면 큰 명예를 얻게 될 것이야. 그 임무를 맡을 준비를 갖추고 있으라고 자네를 불렀네."

"고맙습니다, 대장님!" 다르타냥이 대답했다. 왕제의 눈에 띄는 데 그보다 좋은 기회는 바랄 수 없었다.

실제로 라로셸 시민들은 밤중에 포위망을 뚫고, 이틀 전에 왕의 군대가 점령한 요새 하나를 탈환했다. 그래서 수비군이 그 요새를 어떻게 방어하고 있는지 정찰하기 위해 결사대를 보내는 일이 무엇보다 시급했다.

잠시 후, 오를레앙 공이 목소리를 높여서 말했다.

"이 임무를 수행하려면 믿음직한 지휘관과 서너 명의 지원자가 필요하다."

"믿음직한 지휘관이라면 저의 부대에 있습니다, 전하." 에사르가 다르타냥을 가리키면서 말했다. "그리고 전하의 뜻만 알려지면 지원자 네댓 명은 금세 모여들 것입니다."

"나와 함께 가서 목숨을 바칠 사람 네 명만 나오라!" 다르타냥이 칼을 치켜들고 외쳤다.

당장 근위대에서 두 명이 앞으로 뛰어나왔고, 병사 두 명이 가담하여 네 명이 채워졌다. 다르타냥은 우선권을 존중하여,

그 후에 나선 지원자는 모두 사절했다.

라로셸 시민들이 요새를 점령한 뒤 철수했는지 아니면 수비대를 남겨두었는지는 알 수 없었다. 따라서 그것을 알아내려면 최대한 가까이 접근하여 정찰할 필요가 있었다.

다르타냥은 네 명의 동료와 함께 출발하여 참호를 따라 전진했다. 근위대원 두 명은 그와 나란히 걸어갔고, 병사 두 명은 뒤에서 따라왔다.

그들은 그렇게 참호의 옹벽을 엄폐물로 이용하여 요새에서 백 걸음쯤 떨어진 곳에 이르렀다. 그곳에서 다르타냥이 뒤를 돌아보니 병사 두 명이 보이지 않았다.

다르타냥은 그들이 겁이 나서 뒤처졌나보다 생각하고 계속 전진했다.

해자의 외벽을 돌자, 요새는 이제 예순 걸음밖에 떨어져 있지 않았다.

사람은 하나도 보이지 않았고, 요새는 버려진 듯했다.

세 명이 계속 전진할 것인지 의논하고 있을 때, 갑자기 한 줄기 연기가 거대한 바위를 띠처럼 둘러싸더니 여남은 발의 총알이 다르타냥과 두 동료를 스치며 지나갔다.

그들은 알고자 했던 바를 알아냈다. 요새에는 수비대가 있었던 것이다. 따라서 그 위험한 곳에 더 이상 머물러 있을 필요가 없었다. 다르타냥과 두 동료는 뒤로 돌아서 퇴각하기 시작했다.

방벽이 되어줄 참호의 모퉁이에 이르렀을 때 한 명이 가슴에 총알을 맞고 쓰러졌다. 다른 한 명은 무사히 진지 쪽으로 달아났다.

다르타냥은 동료를 내버려두고 싶지 않았다. 그를 안아서 함께 진지로 돌아가려고 쓰러진 동료 위로 허리를 구부렸다. 그 순간 총성 두 발이 울려 퍼졌다. 한 발은 이미 다친 대원의 머리를 박살냈고, 또 한 발은 다르타냥 바로 옆을 스친 뒤 바위에 맞았다.

다르타냥은 얼른 뒤를 돌아보았다. 참호 모퉁이가 그를 가려주고 있었기 때문에 요새에서 그를 공격할 수는 없었다. 도중에 사라진 두 병사가 떠올랐고, 이틀 전의 매복자들도 생각났다. 그는 이번에야말로 어떻게 된 일인지 알아내야겠다고 마음먹고는 동료의 주검 위에 쓰러져 죽은 체하고 있었다. 그러자 서른 걸음쯤 떨어져 있는 버려진 보루 위로 두 개의 머리가 슬그머니 나타났다. 그것은 바로 도중에 사라진 두 병사의 얼굴이었다. 다르타냥의 생각이 맞았다. 이들은 다르타냥을 암살하기 위해 따라온 것이고, 그의 죽음도 적의 탓으로 돌릴 수 있을 터였다.

하지만 다르타냥이 죽지 않고 다치기만 해서는 그들의 범죄를 폭로할 수도 있기 때문에, 그들은 확실히 그의 숨통을 끊으려고 다가왔다. 다행히 그들은 다르타냥의 술책에 속아서 총을 재장전하지 않은 채였다.

그들이 열 걸음쯤 떨어진 곳에 이르자, 쓰러진 채 칼을 손에서 놓지 않고 있던 다르타냥이 벌떡 일어나 그들 앞으로 한걸음에 달려갔다.

자객들은 다르타냥을 죽이지 않고 아군 진지로 달아났다가는 나중에 고발당할 것이 두려웠다. 그래서 적군 진영으로 달아나려고 했다. 한 녀석이 총대를 잡고 곤봉처럼 휘둘렀다. 하지만 다르타냥이 몸을 옆으로 날려 총대를 피하자, 녀석은 이틈을 타서 요새 쪽으로 달려갔다. 요새를 지키고 있던 라로셸 시민들은 이 사내가 왜 자기네 쪽으로 달려오는지 몰랐기 때문에 그를 향해 총을 쏘았고, 그는 어깨에 총을 맞고 쓰러졌다.

그동안 다르타냥은 칼을 휘두르면서 또 한 명의 병사에게 덤벼들었다. 싸움은 오래가지 않았다. 이 악당은 장전되지 않은 화승총 말고는 다른 무기가 없었다. 다르타냥의 칼이 쓸모없는 무기가 된 화승총의 총신을 따라 미끄러져 자객의 넓적다리를 꿰뚫었다. 그가 쓰러졌다. 다르타냥은 재빨리 칼끝을 그의 목에 들이댔다.

"아이고, 제발 죽이지 마세요!" 악당이 외쳤다. "제발 목숨만 살려주세요. 전부 다 말씀드릴 테니, 제발 살려주세요!"

"목숨을 살려줄 만큼 중요한 비밀이냐?" 다르타냥이 칼을 쥔 팔을 당기면서 물었다.

"그럼요. 나리처럼 잘생기고 용감해서 원하는 것은 뭐든지 얻을 수 있는 스물두 살의 젊은이에게 삶이 가치 있는 거라고 판단하신다면요."

"나쁜 놈!" 다르타냥이 말했다. "빨리 말해. 나를 죽이라고 누가 시켰지?"

"저는 잘 모르지만, 밀레디라는 여자입니다."

"그 여자를 모른다면서 이름은 어떻게 알고 있나?"

"제 동료가 그 여자를 알고 있는데, 밀레디라고 불렀습니다. 그 여자와 거래한 것도 제가 아니라 동료였습니다. 제 동료는 그 여자한테 받은 편지까지 주머니에 갖고 있었지요. 그의 말을 듣고 판단하건대, 나리께 굉장히 중요한 편지인 듯합니다."

"그런데 너는 어떻게 이 흉계에 가담하게 됐지?"

"제 동료가 함께하자고 제안했고, 저는 거기에 응했을 뿐입니다."

"이 일을 하는 대가로 얼마나 받았나?"

"백 루이*입니다."

"정말 멋지군." 다르타냥이 껄껄 웃으면서 말했다. "그 여자가 내 가치를 꽤 인정해준 셈이군. 백 루이라! 네놈 같은 악당에게는 큰돈이지. 그러니 응할 만도 하군. 그래서 너를 이해하고 용서해주겠다. 하지만 한 가지 조건이 있어!"

"무슨 조건입니까?" 병사는 아직 이야기가 끝나지 않은 것을 알고 불안한 표정으로 물었다.

"네 동료의 주머니에 들어 있는 편지를 찾아오는 거야."

"하지만 그건 저더러 죽으라는 말씀이나 마찬가집니다! 요새에서 총알이 빗발치듯 쏟아질 텐데, 어떻게 그 속을 뚫고 편지를 찾으러 가란 말씀입니까?"

"그래도 단단히 각오하고 찾아와야 할 거야. 안 그러면 내 손에 죽을 테니까."

"제발 용서해주세요, 나리. 나리가 사랑하는 그 젊은 여자를 생각해서라도 저를 가엾게 여겨주십시오. 나리께서는 그 여자가 죽은 줄 알고 계시겠지만, 그렇지 않습니다!" 병사가 무릎을 꿇고 그의 손에 매달리면서 외쳤다. 피를 많이 흘려서 기운이 빠지기 시작했기 때문이다.

"도대체 어떻게 알았지? 내게 사랑하는 여자가 있다는 걸, 그 여자가 죽은 줄 알고 있다는 걸 말이다." 다르타냥이 물었다.

"제 동료의 주머니에 들어 있는 편지를 보고 알았습니다."

"그렇다면 그 편지를 찾아와야 한다는 것도 잘 알겠군. 그러니까 더 이상 꾸물거리지 말고 어서 가. 그렇지 않으면, 너 같은 악당의 피로 내 칼을 또다시 더럽히고 싶지는 않다만, 내 신앙을 걸고 맹세하건대……"

이렇게 말하면서 다르타냥이 죽일 것처럼 위협했기 때문에, 다친 남자가 황급히 일어났다.

"그만! 그만!" 그가 공포에서 용기를 끌어내며 외쳤다. "가겠습니다. 가겠어요!"

다르타냥은 그의 화승총을 빼앗고 그를 앞장세운 다음, 칼끝으로 등을 찌르면서 그의 동료 쪽으로 밀어냈다. 불쌍한 병사가 죽음에 직면하여 창백해진 얼굴로 긴 핏자국을 남기며 걸어가는 모습은 보기에도 끔찍했다. 그는 적에게 들키지 않고 스무 걸음 떨어진 곳에 너부러져 있는 동료에게 다가가려고 애쓰면서 발을 질질 끌고 걸어갔다.

식은땀이 흐르는 그의 얼굴에는 공포의 기색이 역력했다. 다르타냥도 연민을 느끼고, 경멸하는 눈으로 그를 바라보면서 말했다.

"용감한 사람과 너 같은 겁쟁이의 차이를 내가 보여주마! 여기 있어. 내가 갈 테니까!"

다르타냥은 적의 동정을 주의 깊게 살피면서 온갖 지형지물을 이용하여 두 번째 병사에게 이르렀다.

목적을 달성하는 데에는 두 가지 방법이 있었다. 하나는 그 자리에서 병사의 주머니를 뒤지는 것이고, 다른 하나는 그 병사의 몸뚱이를 방패 삼아 안전한 참호까지 데려와서 뒤지는 것이었다.

다르타냥은 두 번째 방법을 택했다. 그래서 자객을 등에 업은 순간 적군이 총격을 개시했다.

가벼운 충격, 총알 세 발이 살을 꿰뚫는 둔탁한 소리, 마지막 비명, 단말마의 몸부림. 다르타냥은 자신을 죽이려던 자가 방금 자신의 목숨을 구해주었다는 것을 알았다.

다르타냥은 참호에 도착해서, 송장처럼 얼굴이 새파래진 부상자 옆에 시체를 내려놓았다.

그러고는 곧장 사내의 주머니를 뒤지기 시작했다. 가죽 자루, 악당이 보수로 받은 돈의 일부가 들어 있는 주머니, 주사위와 주사위 통. 이것이 죽은 자의 전 재산이었다.

다르타냥은 주사위 통과 주사위는 떨어진 곳에 그대로 내버려두고, 돈주머니는 부상자에게 던져주었다. 그러고는 서둘러 자루를 열었다.

몇 가지 너절한 서류 사이에 편지가 들어 있었다. 그가 목숨을 걸고 찾으러 간 편지였다.

당신은 그 여자를 놓쳐버렸소. 그리고 그 여자는 지금 수녀원에 안전하게 숨어 있어서, 절대로 손을 댈 수 없을 것이오. 그러니 적어도 그 남자는 놓치지 않도록 하시오. 내 영향력이 어느 정도인지는 당신도 알고 있을 터. 이번에도 실수하면 나한테 받은 백 루이의 대가를 톡톡히 치르게 될 것이오.

서명은 없었지만 밀레디가 쓴 편지인 게 분명했다. 그래서 그는 확실한 증거로 편지를 간직하고, 참호 모퉁이 뒤의 안전한 곳에서 부상자를 심문하기 시작했다. 부상자는 방금 죽은 동료와 더불어 라빌레트 성문을 통해 파리를 떠날 예정인 젊은 여자를 납치하라는 지시를 받았는데, 술집에 들러 한잔하느라 10분쯤 늦는 바람에 그만 마차를 놓치고 말았다고 자백했다.

"그 여자를 납치하면 어떻게 할 작정이었지?" 다르타냥이 물었다.

“루아얄 광장에 있는 어느 집에 가둘 작정이었습니다.” 부상자가 말했다.

‘그래, 맞아.’ 다르타냥이 속으로 중얼거렸다. ‘바로 거기가 밀레디의 집이야!”

다르타냥은 밀레디가 자신만이 아니라 자기를 사랑하는 사람들까지 파멸시키려 할 정도로 무서운 복수심에 사로잡혀 있다는 것, 그리고 그에 관해 모든 것을 알아낼 정도로 궁정 사정에 밝다는 것을 깨닫고 몸서리를 쳤다.

하지만 그 와중에도 그는 보나시외 부인이 왕비에게 충성한 대가를 치르고 있던 감옥을 왕비가 결국 찾아냈고, 그 감옥에서 부인을 꺼내준 것을 깨닫고 진심으로 기뻐했다. 따라서 그가 보나시외 부인에게 받은 편지와 샤요 가에서 그녀가 유령처럼 지나간 것도 설명이 되었다.

이렇게 되면 아토스가 예언했듯이 보나시외 부인을 다시 찾을 수도 있었다. 수녀원은 난공불락이 아니었다.

이런 생각이 그의 마음을 다시금 부드럽게 해주었다. 다르타냥은 그의 표정 변화를 불안하게 살피고 있는 부상자 쪽으로 돌아서서, 그에게 팔을 내밀며 말했다.

“너를 이대로 내버려두고 싶지는 않다. 자, 내게 기대라. 우리 함께 진지로 돌아가자.”

“예.” 부상자는 그런 관대함을 믿을 수 없다는 얼굴로 말했다. “하지만 저를 목매달아 죽이려는 건 아닙니까?”

“약속하지. 다시 한 번 네 목숨을 살려주겠다.”

부상자는 무릎을 꿇고 다시 한 번 구원자의 발에 입을 맞추었다. 하지만 다르타냥은 적군 가까이 머물러 있을 이유가 없었기 때문에 부상자의 감사 표시를 중단시켰다.

라로셸 시민의 총격을 받고 진지로 달아난 근위대원은 네 명의 동료가 다 죽었다고 보고했다. 그래서 다르타냥이 무사히 돌아오자 모두 놀라며 크게 기뻐했다.

다르타냥은 같이 돌아온 병사의 부상에 대해서는 적의 기습을 받고 다쳤다고, 임기응변으로 얼버무렸다. 그리고 다른 병사의 죽음과 그들이 겪은 위험에 대해서도 이야기했다. 이 이야기로 그는 크게 이름을 날리게 되었다. 부대 전체가 온종일 그 모험에 대해 이야기했고, 오를레앙 공도 그에게 치하를 보냈다.

게다가 훌륭한 행위에는 보상이 따르게 마련이어서, 다르타냥의 행위도 그에게 마음의 평정을 되찾아주었다. 사실 다르타냥은 두 명의 적 가운데 하나는 죽었고 또 하나는 그에게 충성을 바치는 심복이 되었기 때문에 마음이 평온할 수밖에 없었다.

이 마음의 평온은 다르타냥이 아직도 밀레디를 잘 알지 못한다는 사실을 증명하는 것이었다.

제42장

앙주 포도주

국왕이 중태에 빠져 거의 절망적이라는 소식에 이어 이번에는 왕이 회복되었다는 소식이 진영 내에 퍼지기 시작했다. 국왕이 직접 포위전에 참여하려고 서두르고 있기 때문에, 다시 말을 탈 수 있게 되면 당장 출발할 거라는 소문이 돌았다.

그때까지 왕제인 오를레앙 공은 이렇다 할 활동도 하지 않은 채 세월을 낭비할 뿐 레 섬에서 영국군을 몰아내는 대규모 작전에는 손도 대려고 하지 않았다. 지휘권을 다투고 있는 앙굴렘 공작이나 바송피에르나 숑베르그*가 언젠가는 자기 대신 지휘권을 잡으리라는 것을 알고 있었기 때문이다. 프랑스군이 라로셸을 포위하고 있는 동안, 영국군은 레 섬에서 아직도 생마르탱 요새와 라프레 요새를 포위 공격하고 있었다.

앞에서도 말했듯이 다르타냥은 위험을 겪고 난 뒤에는 으레 그렇듯이 위험이 사라진 것처럼 보이기 때문에 마음이 편안해졌다. 이제는 친구들로부터 아무 소식이 없는 것이 유일한 걱정거리였다.

하지만 11월 초의 어느 날 아침 빌루아에서 온 편지가 그에게 모든 것을 설명해주었다.

다르타냥 귀하,

아토스, 포르토스, 아라미스 제씨가 저의 여관에서 즐거운 시간을
보내고 흥이 난 뒤 너무 소란을 피웠기 때문에, 매우 엄격한 이곳
헌병대장으로부터 며칠 동안 구금당했습니다. 하지만 그분들이 즐
겨 마시던 저의 앙주 포도주 열두 병을 귀하께 보내라고 하셨기 때
문에, 그 명령을 실행하고자 합니다. 이 술로 그분들의 건승을 축
원해주시기 바랍니다.

총사대 지정 여관 주인
고도 올림

'내가 괴로울 때 그들을 생각하듯, 그들은 즐거울 때 나를 생
각하는구나. 물론 그들의 건강을 위해 진심으로 건배하겠지만,
혼자 마시고 싶지는 않아.' 다르타냥이 중얼거렸다.

그래서 다르타냥은 부대에서 가장 친한 두 대원에게 달려
가, 빌루아에서 보내온 앙주 포도주가 있으니 함께 마시자고
그들을 초대했다. 하지만 두 대원 가운데 한 사람은 그날 저녁
에 다른 곳에 초대를 받았고, 또 한 사람은 이튿날 약속이 있었
다. 그래서 그들은 회식 날짜를 이틀 뒤로 잡았다.

다르타냥은 숙소로 돌아오자마자 포도주 열두 병을 근위대
식당으로 보내, 잘 보관해달라고 당부했다. 약속한 날, 회식 시
간은 정오로 정해져 있었기 때문에 다르타냥은 아침 아홉 시에
플랑셰를 식당으로 보내 술잔치를 준비하게 했다.

급사장의 지위로 승격하여 의기양양해진 플랑셰는 영리하

고 지성적인 사람답게 모든 것을 빈틈없이 준비할 작정이었다. 그러기 위해 그는 주인의 초대를 받은 근위대원의 하인인 푸로와 다르타냥을 죽이려 했던 사내를 조수로 쓰기로 했다. 이 사내는 어떤 부대에도 소속되지 않은 가짜 병사였지만, 다르타냥이 목숨을 살려준 뒤로 그를 섬기게 되었다. 아니, 그는 다르타냥의 하인이라기보다는 플랑셰의 부하로서 온갖 허드렛일을 하고 있었다.

회식 시간이 되자 두 손님이 도착하여 자리를 잡았고, 식탁에 음식이 차려졌다. 플랑셰는 팔에 냅킨을 걸치고 손님들 시중을 들었고, 푸로는 포도주병의 마개를 땄으며, 브리즈몽(이것이 회복 중인 부상자의 이름이었다)은 포도주를 작은 유리병에 따랐다. 운반 중에 포도주병이 흔들리는 바람에 침전물이 생겼기 때문이다. 첫 번째 포도주병의 밑바닥이 탁해져 있었다. 브리즈몽이 그 찌꺼기를 유리잔에 따랐다. 다르타냥은 브리즈몽에게 그것을 마셔도 좋다고 허락했다. 이 가엾은 녀석은 아직도 체력이 회복되지 않았기 때문이다.

손님들이 수프를 먹고 나서 첫 잔을 입으로 가져가려는 순간, 별안간 루이 요새와 뇌프 요새에서 우레 같은 포성이 울려 퍼졌다. 근위대원들은 포위당한 적군이나 영국군이 기습 공격을 한 줄 알고 당장 칼을 집으러 달려갔다. 다르타냥도 그들 못지않게 재빨리 칼을 집어 들었다. 그리고 세 사람은 모두 각자 위치로 달려갔다.

그런데 식당에서 나가자마자 포성의 원인을 알았다. "국왕 만세!"와 "추기경 만세!"를 외치는 환호성이 도처에서 들렸고, 북소리가 사방에서 울려 퍼졌기 때문이다.

실제로 전쟁터에 오고 싶어 조바심하던 국왕이 식솔을 모두 거느리고 이틀 동안 강행군을 하여 1만 명의 증원군과 함께 방금 도착한 것이다. 총사대가 왕을 앞뒤에서 호위하고 있었다. 대원들과 함께 정렬해 있던 다르타냥은 반가운 몸짓으로 친구들에게 인사했다. 맨 먼저 다르타냥을 알아본 트레빌과 친구들도 눈짓으로 인사를 보냈다.

환영식이 끝나자 네 친구는 서로 얼싸안고 재회의 기쁨을 나누었다.

"정말 잘 왔어요! 이렇게 딱 맞춰 오기도 어려울 겁니다!" 다르타냥이 외쳤다. "음식이 아직 식지도 않았을 거예요. 안 그래요?" 다르타냥이 두 근위대원을 돌아보며 덧붙였다. 그리고

그들을 친구들에게 소개했다.

"아하! 술잔치가 벌어진 모양이군?" 포르토스가 말했다.

"술자리에 여자가 있는 건 아니겠지?" 아라미스가 말했다.

"여기 식당에 마실 만한 술이 있나?" 아토스가 물었다.

"당신들의 포도주가 있잖아요!" 다르타냥이 대답했다.

"우리 포도주라고?" 아토스가 놀라서 되물었다.

"당신들이 보내준 포도주 말이에요."

"우리가 포도주를 보냈다고?"

"잘 아실 텐데요. 앙주의 산비탈에서 나는 포도주 말이에요."

"자네가 무슨 포도주를 말하는지는 잘 알고 있지."

"당신들이 특히 좋아하는 포도주 말이에요."

"그래. 샹파뉴나 샹베르탱이 없을 때는 그것도 좋아하지."

"샹파뉴나 샹베르탱은 없으니까 이걸로 만족하세요."

"그러니까 미식가인 우리가 자네한테 앙주 포도주를 보냈다고?" 포르토스가 말했다.

"아니, 그러니까 당신들 이름으로 보낸 포도주를 받았어요."

"우리 이름으로?" 삼총사가 되물었다.

"아라미스, 자네가 보냈나?" 아토스가 물었다.

"아니. 포르토스, 자네가 보냈나?"

"아니. 아토스, 자네가 보냈나?"

"아니."

"당신들이 보낸 게 아니라면, 당신들이 묵은 여관 주인이 보냈나보군요."

"우리가 묵은 여관 주인?"

"그래요! 총사대 지정 여관 주인인 고도라는 사람이 보냈던데요."

"그게 어디서 왔든 무슨 상관이야." 포르토스가 말했다. "어디 한번 맛이나 보자고. 맛이 좋으면 그걸 마시자."

"안 돼." 아토스가 말했다. "출처를 알 수 없는 포도주를 마실 수는 없어."

"아토스 말이 옳아요." 다르타냥이 말했다. "그럼 당신들 중에 나한테 포도주를 보내라고 여관 주인 고도에게 지시한 사람은 아무도 없단 말이죠?"

"없어! 그런데 그 사람이 우리 이름으로 자네한테 포도주를 보냈다고?"

"여기 편지가 있어요!" 다르타냥이 말했다.

그러고는 편지를 친구들에게 건네주었다.

"이건 그 사람 필체가 아니야." 아토스가 외쳤다. "나는 그 사람 필체를 알고 있지. 떠나기 전에 숙박비를 계산한 게 나였으니까."

"가짜 편지다." 포르토스가 말했다. "우리는 구금당한 적이 없어."

"다르타냥." 아라미스가 나무라는 어조로 물었다. "우리가 소란을 피웠다는 거짓말을 곧이듣다니, 어떻게 그럴 수가 있나?"

다르타냥은 얼굴이 창백해지면서 사지가 경련하듯 부들부들 떨렸다.

"왜 그래? 도대체 무슨 일이야?" 아토스가 놀라서 물었다.

"빨리 달려요. 빨리!" 다르타냥이 외쳤다. "방금 무서운 의혹이 떠올랐어요! 이번에도 그 여자의 복수가 아닐까요?"

이번에는 아토스가 창백해졌다.

다르타냥은 식당으로 달려갔다. 삼총사와 두 근위대원도 그 뒤를 따랐다.

다르타냥이 식당에 들어가자마자 맨 먼저 눈에 띈 것은 마룻바닥에 누워서 데굴데굴 구르며 경련을 일으키고 있는 브리즈몽의 모습이었다.

송장처럼 창백해진 플랑셰와 푸로가 그를 도우려고 했지만, 어떤 도움도 소용이 없었다. 브리즈몽의 얼굴은 단말마의 고통으로 일그러져 있었다.

"이럴 수가!" 그가 다르타냥을 보자마자 외쳤다. "세상에 이 럴 수가! 용서해주는 척하면서 독약을 먹이다니!"

"내가?" 다르타냥이 외쳤다. "내가? 도대체 무슨 소리를 하 고 있는 거야?"

"저 술을 준 건 당신이야. 그걸 마시라고 한 것도 당신이고. 당신은 나한테 복수를 하려고 한 거야. 정말 가증스럽기 짝이 없군!"

"그렇지 않아, 브리즈몽." 다르타냥이 말했다. "절대로 그렇 지 않아. 맹세코 그렇지 않……."

"하지만 하느님이 보고 계셔! 하느님이 당신한테 벌을 내리 실 거야! 하느님, 언젠가는 저 사람도 저와 똑같은 고통을 겪게 해주세요!"

"성서를 걸고 맹세한다." 다르타냥이 외치면서 죽어가는 사 람 쪽으로 달려갔다. "맹세코 말하지만, 술에 독이 들어 있는 줄은 나도 몰랐어. 나도 그걸 마시려고 했단 말이야."

"당신 말은 못 믿어." 병사가 말했다. 그러고는 더욱 심해진 고통 속에서 숨을 거두었다.

"끔찍한 일이군! 끔찍한 일이야!" 아토스가 중얼거렸다. 그 사이에 포르토스는 포도주병을 깨버렸고, 아라미스는 고해 신 부를 불러오라고 때늦은 지시를 내렸다.

"여러분." 다르타냥이 말했다. "여러분이 또다시 내 목숨을 구해주었어요. 나만이 아니라 여기 있는 두 대원의 목숨까지도 말이에요." 그는 두 대원을 돌아보며 말을 이었다. "이 사건에 관해서는 비밀을 지켜주게. 이번 일에는 고위층이 관련되어 있 을지도 모르고, 이 일이 알려지면 우리한테 불행이 닥칠 걸세."

"아이고, 나리!" 송장처럼 새파래진 플랑셰가 더듬거리며 말했다. "저도 하마터면 큰일 날 뻔했습니다!"

"뭐라고? 이 녀석이." 다르타냥이 외쳤다. "너도 마시려고 했구나?"

"국왕 폐하의 건강을 위해 작은 잔으로 딱 한 잔만 마시려고 했지요. 누군가가 저를 부르고 있다고 푸로가 말해주지 않았다면 틀림없이 마셨을 겁니다."

"맙소사!" 푸로가 겁에 질려 이를 딱딱 마주치면서 말했다. "실은 저 혼자 마시고 싶어서 이 친구를 쫓아 보내려 했던 거예요!"

"이보게들." 다르타냥이 근위대원들에게 말했다. "보다시피 이런 일이 일어났는데 술잔치를 열어봤자 흥이 날 리도 없으니까, 미안하지만 술자리는 훗날로 미루세."

두 대원은 흔쾌히 다르타냥의 사과를 받아들인 뒤, 네 친구가 자기네끼리만 있고 싶어 한다는 것을 알아차리고 순순히 물러갔다.

다르타냥과 삼총사만 남게 되자, 사태의 심각성을 깨달았다는 태도로 얼굴을 마주보았다.

"우선 이 방에서 나가세." 아토스가 말했다. "죽은 사람, 그것도 독약을 먹고 변사한 사람과 같이 있는 건 유쾌한 일이 아니니까."

"플랑세." 다르타냥이 말했다. "저 가엾은 녀석의 시체를 맡길 테니, 묘지에 묻어줘라. 죄를 지은 건 사실이지만, 뉘우쳤으니까."

네 친구는 플랑세와 푸로에게 브리즈몽의 장례를 맡기고 방에서 나갔다.

식당 주인이 다른 방을 내주었기 때문에, 그들은 그 방에서 삶은 달걀과 물로 식사를 했다. 물은 아토스가 직접 우물에서 길어왔다. 포르토스와 아라미스에게는 몇 마디 말로 간단히 사정을 설명했다.

"아토스, 아시다시피 이건 죽을 때까지 계속될 싸움이에요." 다르타냥이 아토스에게 말했다.

아토스가 고개를 끄덕였다.

"그래. 그건 나도 잘 알고 있지만, 이번 일도 그 여자 짓이라고 생각하나?"

"확실해요."

"솔직히 말하면 나는 아직도 의심스러워."

"하지만 그 여자 어깨에 새겨진 백합꽃 낙인은 어떻게 생각하세요?"

"프랑스에서 범죄를 저질러 낙인이 찍힌 영국 여자일지도 몰라."

"아토스, 당신의 아내가 분명해요. 두 여자의 생김새가 얼마나 비슷한지 기억나지 않으세요?"

"하지만 내 아내는 죽었어. 내가 분명히 목을 매달았으니까."

이번에는 다르타냥이 고개를 끄덕였다.

"하지만 이제 어떻게 하죠?"

"머리 위에 매달린 칼이 언제 떨어질지 모르는 상태로 지낼 수는 없어." 아토스가 말했다. "어떻게든 벗어나야 돼."

"하지만 어떻게요?"

"그 여자를 찾아내서 결판을 내. 이렇게 말하면 어떨까? '전쟁이냐 평화냐! 어느 쪽이냐? 당신에 대해서는 아무한테도 말하지 않을 것이고, 당신을 해치지도 않겠다고 귀족의 명예를 걸고 약속한다. 그 대신 당신은 나에 대해 중립을 지키겠다고 약속해주기 바란다. 그렇지 않으면 나는 추기경을 만나고, 국왕을 만나고, 형리도 만나겠다. 궁정 전체를 부추겨서라도 당신을 배척하게 하겠다. 당신이 낙인찍힌 전과자라는 사실을 폭로해서, 당신을 재판에 회부하겠다. 당신이 무죄로 풀려나면, 귀족으로서 맹세하건대, 어느 길모퉁이에서 미친개를 죽이듯 당신을 죽이고야 말겠다.' 이렇게 말이야."

"나도 그러고 싶지만, 어떻게 하면 그 여자를 찾을 수 있죠?"

"시간이 약이야. 시간이 기회를 가져다줄 거야. 기회란 노름에서 잃은 돈의 갑절을 거는 수법과 마찬가지지. 기다릴 줄만 알면, 돈을 더 많이 투자할수록 이익도 더 많아지지."

"그래요. 하지만 암살자와 독살자에 둘러싸인 채 기다리고만 있기가……."

"하느님이 지금까지 우리를 지켜주셨으니까, 앞으로도 지켜주실 거야."

"우리야 지켜주시겠죠. 어쨌든 우리는 남자고, 목숨을 거는 게 우리 직업이니까요. 하지만 그 여자는……." 다르타냥이 낮은 목소리로 덧붙였다.

"그 여자라니? 누구?"

"콩스탕스 말입니다."

"보나시외 부인? 아 참 그렇지!" 아토스가 말했다. "자네가 사랑에 빠졌다는 걸 깜빡 잊고 있었군!"

"하지만 죽은 악당의 품에서 찾아낸 편지에 보나시외 부인은 수녀원에 있다고 적혀 있었잖아?" 아라미스가 말했다. "수녀원에 있으면 괜찮아. 라로셸 포위전이 끝나면 내가……."

"그래, 맞아! 아라미스, 자네가 성직을 원하고 있다는 건 우리도 알고 있지." 아토스가 말했다.

"나는 성직에 들어갈 때까지만 임시로 총사일 뿐이야." 아라미스가 부드럽게 말했다.

"아라미스는 애인으로부터 오랫동안 소식을 듣지 못한 모양이야." 아토스가 다르타냥에게 낮은 소리로 속삭였다. "하지만 아무 말도 하지 마. 우리는 그걸 다 알고 있지만 모른 체해."

"아주 간단한 방법이 있는 것 같은데." 포르토스가 말했다.

"뭔데요?" 다르타냥이 물었다.

"그 여자가 수녀원에 있다고 했지?"

"네."

"포위전이 끝나는 대로 그 여자를 수녀원에서 빼내는 거야."

"하지만 어느 수녀원에 있는지, 그것부터 알아야……."

"하긴 그렇군."

"그 여자가 숨어 있을 수녀원을 골라준 사람이 왕비라고 말하지 않았나?" 아토스가 말했다.

"네, 그렇게 믿고 있어요."

"그렇다면 포르토스가 도와줄 수 있을 거야."

"어떻게요?"

"자네의 후작부인인지 공작부인인지 공주님인지를 통해서 알아낼 수 있을 거야." 아토스가 포르토스를 보면서 말했다. "그런 여자라면 그 정도 영향력은 가지고 있을 테니까."

"쉿!" 포르토스가 손가락 하나를 입술에 대면서 말했다. "아무래도 그 여자는 추기경 편인 것 같아. 그러니까 이번 일에 대해 아무것도 알면 안 돼."

“그렇다면 그 여자 소식을 알아내는 일은 내가 맡지.” 아라미스가 말했다.

“아라미스, 자네가?” 세 친구가 놀라서 외쳤다. “어떻게?”

“왕비의 지도 신부를 통해서. 나는 그분과 가까운 사이거든.” 아라미스가 얼굴을 붉히면서 말했다.

아라미스가 장담했기 때문에, 소박한 식사를 마친 네 친구는 그날 저녁에 다시 만나기로 약속하고 헤어졌다. 다르타냥은 미님 수도원으로 돌아갔고, 삼총사는 숙소를 마련하기 위해 왕의 숙영지로 돌아갔다.

제43장

콜롱비에-루주 여관

왕은 적과 대결하고 싶어서 안달이 났고, 버킹엄에 대한 원한이 추기경 못지않게 깊었기 때문에, 주둔지에 도착하자마자 우선 영국군을 레 섬에서 몰아낸 다음 라로셸 포위전을 강행하기 위해 만반의 준비를 갖추고 싶어 했다. 그러나 바송피에르와 슝베르그가 앙굴렘 공작과 의견 대립을 보이는 바람에 뜻하지 않게 왕의 계획에 차질이 생겼다.

바송피에르와 슝베르그는 프랑스 원수로서 국왕의 명령에 따라 군대를 지휘할 권리를 요구했다. 하지만 추기경은 앙굴렘 공작을 추천했다. 신교도인 바송피에르가 종교상의 형제인 라로셸 주민과 영국군을 강하게 압박하지 않을 거라고 염려했기 때문이다. 왕은 추기경의 권유로 이미 앙굴렘 공작을 중장에 임명했다. 그 결과, 바송피에르와 슝베르그가 군대를 버리고 떠나는 것을 보지 않으려면 그들을 모두 사령관에 임명하여 각자 다른 부대를 지휘하도록 할 수밖에 없었다. 바송피에르는 라뢰에서 동피에르에 이르는 라로셸 북쪽 구역을 맡았고, 앙굴렘 공작은 동피에르에서 페리니에 이르는 동쪽 구역을, 슝베르

그는 페리니에서 앙구탱에 이르는 남쪽 구역을 맡았다.

왕제인 오를레앙 공은 동피에르에 사령부를 두었다.

국왕의 사령부는 에트레에 둘 때도 있었고 라자리에 둘 때도 있었다.

끝으로 추기경의 사령부는 라피에르 다리 근처에 있는 모래 언덕 위에 있었는데, 주변에 참호 따위가 전혀 없는 소박한 민가였다.

이런 식으로 오를레앙은 바송피에르를 감독했고, 국왕은 앙굴렘 공작을 감독했고, 추기경은 슝베르그를 감독했다.

이런 진용이 갖추어지자, 레 섬에서 영국군을 몰아내기 위한 작전이 개시되었다.

상황은 유리했다. 훌륭한 병사가 되려면 무엇보다도 충분하고 질좋은 식량이 필요한데, 영국군은 소금에 절인 고기와 상한 비스킷만 먹고 있었기 때문에 병자가 많았다. 게다가 1년 중 이맘때에는 대서양 연안 물결이 매우 거칠어져 작은 배들이 날마다 파손되었고, 에기용 곶에서 참호에 이르는 해변은 썰물이 질 때마다 난파한 보트와 범선들의 잔해로 뒤덮였다. 따라서 프랑스군이 진지에 틀어박혀 있더라도, 단지 오기로 레 섬에 주둔하고 있는 버킹엄의 군대는 조만간 철수할 수밖에 없을 터였다.

하지만 적진에서는 새로운 공격을 감행할 만반의 준비를 갖추고 있다고 투아라스가 보고하자, 왕은 그 공격을 분쇄해야 한다고 판단하고 결전에 필요한 명령을 내렸다.

우리의 목적은 라로셸 포위전을 일지처럼 상세히 기술하는 것이 아니라 우리 이야기와 관계가 있는 사건만 보고하는 것이기 때문에, 여기서는 다만 작전이 성공했다는 것만 말해두기로 하자. 왕도 깜짝 놀랐고, 추기경도 의기양양했다. 싸울 때마다 패배한 영국군은 한 걸음씩 물러나다가 루아* 섬으로 건너가는 도중에 격파당하고, 영국으로 돌아가기 위해 2천 명을 전쟁터에 내버려둔 채 다시 배를 탈 수밖에 없었다. 2천 명의 전사자 중에는 대령 3명, 중령 2명, 대위 250명, 고위층 귀족 20명이 포함되어 있었고, 그 밖에 대포 4문과 군기 60개도 전쟁터에 버려져 있었다. 클로드 드 생시몽*은 이 군기들을 파리로 가져가 노트르담 성당의 둥근 천장에 화려하게 매달아놓았다.

주둔지에서는 감사의 노래인 '테 데움'이 울려 퍼졌고, 이 노래는 프랑스 전역으로 퍼져나갔다.

그래서 추기경은 적어도 당분간은 영국군을 두려워할 필요 없이 포위 공격에만 전념할 수 있게 되었다.

하지만 방금 말했듯이 휴식은 일시적일 뿐이었다.

버킹엄 공작의 밀사인 몬터규*가 붙잡혀, 신성로마제국과 스페인, 영국, 로렌이 동맹을 맺은 증거가 드러났다. 물론 프랑스에 대항하는 동맹이었다.

게다가 버킹엄이 다급하게 철수한 사령부에서는 이 동맹을 뒷받침하는 문서가 발견되었는데, 이것은 슈브뢰즈 부인의 평판을 땅에 떨어뜨렸고, 따라서 왕비에게도 큰 누를 끼치게 되었다.

모든 책임을 진 것은 추기경이었다. 책임도 없이 절대 권력을 휘두르는 재상이 될 수는 없기 때문이다. 그래서 추기경은 그 비상한 재능의 모든 자원을 밤낮으로 총동원하여, 유럽의 강력한 왕국에서 일어나는 지극히 사소한 소문에도 관심 있게 귀를 기울였다.

추기경은 버킹엄의 활동에 대해 알고 있었고, 버킹엄이 누구를 증오하는지도 알고 있었다. 프랑스를 위협하는 동맹이 성공하면, 추기경은 영향력을 송두리째 잃게 될 것이다. 스페인과 오스트리아의 정책은 루브르의 내각에 그들의 대변자를 갖는 것이었다. 지금은 거기에 그들의 열성적인 지지자들이 있을 뿐이지만, 프랑스 내각에 그들의 대변자가 생기면 리슐리외는 실각하게 될 것이다. 왕은 어린애처럼 그의 말에 따르고 있지만, 아이가 선생을 미워하듯 추기경을 미워도 했기 때문에, 추기경이 왕제와 왕비에게 앙갚음을 당하도록 내버려둘 것이다. 그는 그렇게 파멸할 것이고, 아마 프랑스도 그와 함께 멸망할 것이다. 추기경은 이 모든 것에 대비해야 했다.

그래서 추기경이 거처로 삼은 라피에르 다리 근처의 작은 집에는 밤낮으로 그의 밀사들이 드나들었고, 그 숫자도 시간이 갈수록 늘어났다.

이들 중에는 사제복을 입었으나 그 차림새가 전혀 어울리지 않아서 진짜 사제가 아니라는 것을 쉽게 알 수 있는 신부들도 있었고, 시동의 옷을 입고 있었으나 옷이 너무 작아서 활동에 방해를 받거나 헐렁한 바지를 입고도 포동포동한 몸매를 완전히 감추지 못한 여자들도 있었고, 손은 검지만 다리가 가늘어서 몇 킬로미터 떨어진 곳에서도 귀족 냄새가 풍기는 농부들도 있었다.

그들보다 유쾌하지 못한 손님들도 있었다. 추기경이 하마터면 암살당할 뻔했다는 소문이 두세 번 퍼졌기 때문이다.

이렇게 서툰 자객을 풀어놓은 것은 추기경 자신이며, 만약의 경우 보복할 구실을 마련하기 위해 그런 것이라고, 추기경의 적들이 주장한 것은 사실이다. 하지만 대신들이 하는 말도, 그들의 적이 하는 말도 곧이곧대로 믿을 수는 없다.

어쨌든 추기경은 여전히 밤나들이가 잦았다. 아무리 추기경을 비난하는 사람들도 그의 배짱에 대해서는 의문을 제기한 적이 없었다. 어떤 때는 앙굴렘 공작에게 중대한 명령을 전하기 위해, 어떤 때는 국왕과 의논하기 위해, 또 어떤 때는 자신의 거처로 맞아들이고 싶지 않은 밀사를 만나기 위해 밤중에 외출하곤 했다.

한편 총사들은 포위전에서는 별로 할 일이 없었기 때문에 엄격한 통제를 받지 않고 즐거운 나날을 보내고 있었다. 특히 우리의 삼총사는 트레빌과 친한 사이여서, 특별 허가를 얻어 야간 외출을 하는 것도 어려운 일이 아니었다.

어느 날 저녁, 다르타냥은 참호에서 근무하느라 그들과 동행하지 못했다. 아토스, 포르토스, 아라미스는 이틀 전 아토스가 라자리 가도에서 찾아낸 '콜롱비에-루주'('붉은 비둘기장'이라는 뜻)라는 여관에서 놀다가 주둔지로 돌아오고 있었다. 그들은 군마를 타고 있었고, 전투용 망토로 몸을 감싸고 한쪽 손을 권총 개머리판에 올려놓은 채였다. 매복을 우려하여 주위를 경계하면서 길을 따라가고 있을 때, 부아노 마을에서 1킬로미터 남짓 떨어진 곳에서 그들 쪽으로 다가오는 말발굽 소리가 들린 것 같았다. 삼총사는 당장 멈추고 길 한복판에 서로 붙어 서서 기다렸다. 달이 구름 속에서 나왔을 때, 두 명의 기사가 길모퉁이를 돌아서 나타나는 것이 보였다. 두 기사도 그들을 보고는 걸음을 멈추고, 계속 전진해야 할지 돌아가야 할지를 의논하는 듯싶었다. 망설이는 듯한 태도가 삼총사의 의심을 불러일으켰다. 그래서 아토스가 몇 걸음 앞으로 나아가 단호한 목소리로 외쳤다.

"거기 누구냐?"

"그러는 너희들이야말로 누구냐?" 두 기사 가운데 하나가 대답했다.

"그건 대답이 아니다!" 아토스가 말했다. "누구냐? 대답하지 않으면 공격하겠다."

"함부로 나서지 마라!" 낭랑하게 울려 퍼지는 목소리가 명령을 내리는 데 익숙한 것 같았다.

"야간 순찰을 나오신 상급 장교인 것 같군요." 아토스가 말했다. "원하시는 게 뭡니까?"

"너희들은 누구냐?" 같은 목소리가 같은 명령조로 물었다. "대답하지 않으면 명령 불복종으로 문제가 생길 수도 있다."

"국왕 폐하의 근위 총사들입니다." 아토스는 그들을 심문하는 상대가 그럴 권한을 갖고 있다고 더욱 확신하면서 대답했다.

"소속은?"

"트레빌 씨의 총사대입니다."

"앞으로 나와서, 이 시간에 여기서 뭘 하고 있는지 설명하게."

삼총사는 상대가 자신들보다 상관이라고 확신했기 때문에 조금 주눅이 들어서 앞으로 나왔다. 그리고 아토스가 계속 대표 노릇을 맡았다.

두 기사 중에 두 번째로 입을 연 기사는 동료보다 열 걸음 앞에 있었다. 아토스는 포르토스와 아라미스에게 뒤에 남아 있으라고 손짓을 보내고 혼자만 앞으로 나섰다.

"죄송하지만 당신들이 누구인지 몰랐습니다. 보시다시피 우리는 순찰을 돌고 있는 중입니다."

"이름은?" 장교가 물었다. 망토로 얼굴을 반쯤 가리고 있었다.

"하지만 장교님." 아토스는 심문하는 듯한 상대의 태도에

화가 나기 시작했다. "당신에게 심문할 권한이 있다는 증거를 보여주시지요."

"이름은?" 기사가 다시 물으면서 망토 자락을 떨어뜨려 얼굴을 드러냈다.

"아니, 추기경님!" 아토스가 깜짝 놀라 외쳤다.

"이름은?" 추기경이 세 번째로 물었다.

"아토스입니다."

추기경이 신호를 보내자 시종이 다가왔다.

"이들 세 총사가 우리를 따라올 것이다." 추기경이 낮은 목소리로 말했다. "내가 주둔지를 벗어났다는 걸 누구도 알아서는 안 된다. 이들이 우리를 따라오게 하면, 아무한테도 그 말을 하지 못할 것이다."

"저희는 귀족입니다, 예하." 아토스가 말했다. "저희한테 약속을 받아내시면 더 이상 걱정하실 필요가 없습니다. 저희도 비밀을 지키는 법을 잘 알고 있으니까요."

추기경은 이 대담한 상대를 날카로운 눈으로 쏘아보았다.

"귀가 밝구나, 아토스. 하지만 들어보게. 나를 따라오라고 요구하는 건 자네들을 믿지 못해서가 아니라 내 안전을 위해서라네. 저 두 친구는 분명 포르토스와 아라미스겠지?"

"예, 그렇습니다." 아토스가 대답하는 동안, 뒤에 남아 있던 두 총사가 모자를 벗어 들고 다가왔다.

"나는 자네들을 잘 알고 있지." 추기경이 말했다. "자네들이 내 편이 아니라는 것도 알고, 그것을 유감스럽게 생각하지만, 자네들이 용감하고 성실하며 믿음직한 귀족이라는 걸 알고 있네. 그러니 아토스, 두 친구와 함께 나를 수행해주게. 자네들의 호위를 받는 걸 폐하께서 보신다면 부러워하실 거야."

삼총사는 코가 말의 목에 닿도록 깊이 고개 숙여 절을 했다.

"저의 명예를 걸고 성심껏 호위하겠습니다." 아토스가 말했다. "예하께서 저희들을 데리고 가시는 건 적절한 처사라고 생각합니다. 오는 도중에 험상궂게 생긴 놈들을 만났고, 콜롱비에-루주 여관에서는 험상궂은 네 명과 싸우기까지 했으니까요."

"싸웠다고? 무슨 일로?" 추기경이 물었다. "내가 싸움을 싫어한다는 건 자네들도 알고 있을 텐데."

"바로 그 때문에 예하께 말씀드리는 겁니다. 예하께서 다른 사람을 통해 그 이야기를 듣게 되신다면, 그들의 그릇된 보고를 곧이들으시고 저희들의 잘못이라고 믿으실지도 모르니까요."

"그래, 싸움의 결과는 어찌 되었나?" 추기경이 미간을 찌푸리면서 물었다.

"여기 있는 친구 아라미스가 팔에 가벼운 상처를 입었지만, 예하께서 내일 당장 성벽을 오르라는 명령을 내리셔도 출전하는 데에는 전혀 지장이 없을 겁니다."

"하지만 자네들은 그렇게 다치고도 잠자코 물러날 사람들이 아닌데?" 추기경이 말했다. "솔직히 말해보게. 자네들은 분명히 앙갚음을 했을 거야. 어서 실토하게. 내가 사면권을 갖고 있다는 건 자네들도 알고 있겠지?"

"저는 칼을 뽑지도 않았습니다." 아토스가 말했다. "저는 상대의 허리를 잡고 창밖으로 내던졌지요. 녀석은 떨어질 때……" 아토스는 약간 머뭇거리다가 말을 이었다. "다리뼈가 부러진 것 같습니다."

"저런! 그럼 포르토스, 자네는?"

“저는 결투가 금지되어 있다는 것을 알고 있기 때문에 벤치를 집어 들고 한 놈을 내리쳤는데, 그게 녀석의 어깨뼈를 부러뜨린 것 같습니다.”

“좋아. 그럼 아라미스, 자네는?”

“저는 천성이 유순하고, 게다가 예하께서는 모르실지 모르지만 조만간 성직자가 될 작정입니다. 그래서 제 친구들을 말리려고 했는데, 한 놈이 그 틈을 타서 제 왼팔을 찔렀습니다. 그래서 저도 참을 수 없었지요. 저는 칼을 뺐고, 녀석은 저를 다시 공격하러 돌아왔지만, 덤벼들 때 저의 칼에 꿰뚫리고 말았습니다. 제가 아는 것은 녀석이 쓰러졌다는 것뿐입니다. 다른 두 놈과 함께 일당들이 밖으로 들어낸 모양입니다.”

“맙소사!” 추기경이 말했다. “술집에서 붙은 싸움으로 세 명이 전투력을 잃어버리다니! 자네들은 무슨 일이든 적당히 하지 않는군. 그런데 무슨 일로 싸웠나?”

“그 못된 놈들은 술에 취해 있었습니다.” 아토스가 말했다. “그날 저녁에 그 여관에 한 여자가 묵고 있는 것을 알고는, 그 여자 방에 가서 문을 억지로 열려고 했지요.”

“문을 억지로 열어? 뭘 하려고?” 추기경이 물었다.

“몹쓸 짓이라도 하려던 것이겠지요.” 아토스가 말했다. “아까도 말씀드렸듯이 놈들은 술에 취해 있었으니까요.”

“그런데 그 여자는 젊고 예뻤나?” 추기경이 불안한 표정으로 물었다.

“여자는 보지 못했습니다.” 아토스가 말했다.

“여자는 못 봤다고? 아, 좋아! 자네들은 한 여자의 명예를 지켜주었네. 나는 지금 콜롱비에-루주 여관에 가는 길이니까, 자네들 말이 사실인지 아닌지는 곧 알게 되겠지.”

“예하.” 아토스가 자랑스럽게 말했다. “저희들은 귀족입니다. 설령 우리 목숨을 위해서라도 거짓말은 하지 않을 겁니다.”

“나도 자네 말을 의심하지 않네, 아토스. 조금도 의심하지 않아. 하지만……” 추기경이 화제를 바꾸려고 덧붙였다. “그럼 그 여자는 혼자 있었나?”

“어떤 기사와 밀담을 나누고 있었습니다.” 아토스가 말했다. “하지만 그 소동이 벌어졌는데도 그 기사가 모습을 드러내지 않은 것을 보면 지독한 겁쟁이인 것 같습니다.”

“성서에도 경솔하게 판단하지 말라고 나와 있지.” 추기경이 대답했다.

아토스가 고개를 숙였다.

“좋아.” 추기경이 말을 계속했다. “알고 싶은 것은 알았으니, 나를 따라오게.”

삼총사는 추기경을 따라갔다. 추기경은 다시 망토로 얼굴을 감싸고, 뒤따르는 네 사람보다 열 걸음쯤 앞선 거리를 유지하면서 말을 보통걸음으로 걷게 했다.

그들은 얼마 안 가서 조용하고 외딴 여관에 도착했다. 여관 주인은 지체 높은 손님이 오리라는 것을 알고 있었던 게 분명하다. 그래서 방해가 될 만한 사람들을 모두 내보내고 추기경을 기다리고 있었다.

문에서 열 걸음 떨어진 곳까지 오자, 추기경은 시종과 삼총사에게 멈추라는 신호를 보냈다. 안장을 얹은 말 한 필이 바깥쪽 덧문에 묶여 있었다. 추기경은 문을 세 번 정해진 방식으로 두드렸다.

그러자 당장 망토로 몸을 감싼 남자가 나와서 추기경과 몇 마디 말을 나눈 다음, 말을 타고 쉬르제르 쪽으로 달려갔다. 그것은 파리로 가는 방향이기도 했다.

"이리들 오게." 추기경이 삼총사에게 말했다. "자네들 말이 사실이었어. 오늘 저녁 우리가 만난 것이 자네들에게 이롭지 않다 해도, 그건 내 탓이 아닐세. 어쨌든 따라오게."

추기경이 말에서 내렸다. 삼총사도 말에서 내렸다. 추기경은 말고삐를 시종의 손에 던져주었다. 삼총사는 각자 말고삐를 덧문에 맸다.

여관 주인이 문간에 나와 서 있었다. 그에게 추기경은 여자를 찾아온 장교일 뿐이었다.

"이들이 불이나 쬐면서 기다릴 만한 방이 아래층에 있나?" 추기경이 물었다.

여관 주인이 커다란 방으로 통하는 문을 열었다. 마침 최근에 크고 멋진 벽난로를 새로 설치한 방이었다.

"이 방이 어떻습니까?" 주인이 말했다.

"좋아." 추기경이 말했다. "자, 이 방에 들어가서 기다려주게. 30분 이상은 안 걸릴 걸세."

삼총사가 아래층 방으로 들어가는 동안, 추기경은 여관 주인에게 더 묻지도 않고 안내받을 필요도 없는 사람처럼 곧장 계단을 올라갔다.

제44장

난로 연통의 쓰임새

우리의 세 친구는 속사정도 모른 채, 추기경이 특별히 보호하고 있는 누군가를 다만 타고난 의협심과 모험심에서 도와준 것은 분명했다.

그런데 그 인물은 과연 누구일까? 그것은 삼총사가 자신에게 던진 질문이었다. 그런데 아무리 머리를 쥐어짜도 만족할 만한 해답이 나오지 않았기 때문에, 포르토스는 여관 주인을 불러 주사위를 가져오라고 부탁했다.

포르토스와 아라미스는 탁자에 앉아서 주사위 놀이를 시작했다. 아토스는 생각에 잠긴 채 방 안을 거닐었다.

걸으면서 생각하는 동안, 아토스는 끊어진 난로 연통 앞을 오락가락했다. 연통 끝은 위층 방으로 이어져 있어서, 연통 앞을 지날 때마다 중얼거리는 소리가 들렸다. 그 말소리가 결국 그의 주의를 끌었다. 아토스가 연통에 가까이 다가가자 몇 마디가 뚜렷이 들렸다. 관심을 가질 만한 이야기인 듯했기 때문에, 아토스는 친구들에게 조용히 하라는 신호를 보내고는 허리를 굽혀서 아래쪽 연통 구멍에다 귀를 바짝 댔다.

"이봐, 밀레디." 추기경이 말했다. "중대한 문제야. 여기 앉아서 이야기하지."

'밀레디라니!' 아토스가 중얼거렸다.

"신경 써서 듣고 있습니다." 여자 목소리가 대답했다. 그 목소리를 듣고 아토스는 몸서리를 쳤다.

"라푸앵트 요새 근처의 샤랑트 강 어귀에서 작은 배 한 척이 당신을 기다리고 있어. 승무원은 영국인이고 선장은 내 부하인데, 내일 아침에 출항할 예정이지."

"그럼 저는 오늘 밤에 거기로 가야겠군요?"

"지금 당장. 내 지시를 받으면 곧바로 출발해. 문 밖에 두 사람이 기다리고 있는데, 그들이 당신을 호위할 거야. 내가 먼저 나갈 테니까, 당신은 30분 뒤에 떠나도록 해."

"알겠습니다, 예하. 그럼 저한테 맡기실 임무를 말씀해주세요. 예하의 신임을 계속 유지하고 싶으니까, 제가 잘못 생각하지 않도록 분명하고 정확하게 말씀해주세요."

두 사람 사이에 잠시 침묵이 흘렀다. 추기경은 이제 하려는 말을 미리 생각하고, 밀레디는 추기경의 이야기를 이해하고 기억에 새겨두기 위해 자신의 지적 능력을 총동원하고 있었다.

아토스는 이 틈을 타서 두 친구에게 문을 안쪽에서 잠그고 연통으로 와서 함께 이야기를 엿듣자는 신호를 보냈다.

편한 것을 좋아하는 두 총사는 자신들이 앉을 의자와 아토스가 앉을 의자까지 가져왔다. 세 사람은 의자에 앉아 머리를 모으고 귀를 기울였다.

"당신은 런던으로 떠나." 추기경이 말했다. "런던에 도착하면 버킹엄을 찾아가."

"예하께 한 가지 말씀드리자면, 다이아몬드 목걸이 사건이 일어난 뒤로는 공작이 저를 경계하고 있습니다."

"하지만 이번에는 그의 신뢰를 얻을 필요가 없어. 솔직하고 공정하게 담판을 지으러 가는 거니까."

"솔직하고 공정하게." 밀레디가 야릇한 말투로 추기경의 말을 되풀이했다.

"그래. 솔직하고 공정하게." 추기경도 똑같은 말투로 밀레디의 말을 받았다. "이번 담판은 당당하게 해야 할 거야."

"예하의 지시는 어김없이 이행하겠습니다. 어서 분부를 내려주십시오."

"버킹엄을 찾아가거든 내가 보냈다고 전하고 이렇게 말해. 그의 계획은 나도 다 알고 있다, 하지만 나는 별로 걱정하지 않는다, 그가 감히 그 계획을 행동에 옮기면 나는 당장 왕비를 파멸시켜버리겠다고 말이야."

"예하의 위협이 성공할 거라고 공작이 믿을까요?"

"아무렴. 나는 증거를 갖고 있으니까."

"그렇다면 그 증거를 공작이 평가하도록 제시할 수 있어야 합니다."

"그렇겠지. 당크르 원수 부인 댁에서 가장무도회가 열린 날 저녁에 공작이 왕비와 만난 사실에 대해 부아-로베르와 보트뤼 후작*의 보고서를 내가 공표하겠다고 하더라고 전해. 그리고 그가 조금도 의심하지 않도록, 그날 밤 공작은 기즈 기사가 입기로 되어 있던 무굴 제국 황제의 의상을 기즈 기사한테 3천 피스톨을 주고 사서 입고 왔다고 말해."

"알았습니다, 예하."

"공작이 이탈리아 주술사 옷차림으로 밤중에 루브르에 잠입한 사실도 나는 속속들이 알고 있어. 내가 확보한 정보의 신빙성을 그가 의심하지 않도록, 공작은 그날 망토 속에 검은 눈물방울 무늬와 해골 밑에 대퇴골을 교차시킨 무늬가 박혀 있는 하얀색 드레스를 입고 있었다고 말해. 만약에 들켰을 경우, 공작은 '백의의 귀부인' 유령으로 행세할 작정이었으니까. 큰 사건이 일어날 때마다 그 직전에 하얀 옷차림의 여자 유령이 루브르에 나타난다는 건 누구나 알고 있지."*

"그게 전부인가요?"

"아미앵 사건도 소상히 알고 있다고 말해. 사실 나는 그 사건을 가지고 소설을 하나 써볼까 한다고 전해. 소설에는 그 정원이 무대로 등장하고, 그 야간 장면에 등장하는 배역들도 자세히 묘사될 거야."

"그렇게 전하겠습니다."

"그리고 내가 몬터규를 잡았다는 말도 전해. 몬터규는 지금 바스티유에 있다고, 그에게서는 어떤 편지도 발견되지 않았지만, 고문하면 그가 알고 있는 것만이 아니라 모르는 것까지도 자백하게 할 수 있다고 말해."

"대단하시군요."

"끝으로 이런 말도 전해. 공작은 레 섬을 떠날 때 너무 서두른 나머지, 사령부에 슈브뢰즈 부인의 편지를 숙소에 놓고 갔다고. 이 편지는 왕비가 국왕의 적을 사랑하고 있을 뿐만 아니라 프랑스의 적과 내통하고 있다는 것을 입증하기 때문에, 왕비의 명예를 땅에 떨어뜨릴 수 있다고 말해. 어때? 내가 말한 걸 다 기억할 수 있겠나?"

"예하께서 판단해보세요. 당크르 원수 부인 댁에서 열린 무도회, 루브르를 밤중에 찾아간 일, 아미앵의 밤, 몬터규의 체포, 슈브뢰즈 부인의 편지."

"그래. 바로 그거야. 기억력이 대단하군, 밀레디."

"하지만……" 추기경의 칭찬을 들은 여자가 말했다. "그 모든 것에도 불구하고 공작이 포기하지 않고 계속 프랑스를 위협하면 어떡하죠?"

"공작은 사랑에 미쳐 있어. 아니, 사랑 때문에 바보가 됐어." 리슐리외가 신랄하게 대꾸했다. "공작은 오로지 왕비의 눈길을 받기 위해 이 전쟁을 시작했어. 그런데 이 전쟁 때문에 사랑하는 여자의 명예만이 아니라 자유까지 잃어버릴 수 있다는 것을 알게 되면 생각을 바꿀 거야."

"하지만……" 밀레디는 자신에게 맡겨진 임무의 목적을 좀 더 분명히 알고 싶어서 집요하게 말했다. "그래도 공작이 고집을 부리면 어떡하죠?"

"끝내 고집을 부리면…… 하지만 그런 일은 없을 거야."

“그래도 가능성은 있어요.” 밀레디가 말했다.

“끝내 고집을 부리면……” 추기경이 말을 끊었다가 다시 이었다. “끝내 고집을 부리면, 형세를 변화시킬 만한 사건이 일어나기를 바라야겠지.”

“지난 역사에서 그런 사건의 예를 몇 가지 들려주신다면, 미래에 대한 예하의 믿음을 저도 공유할 수 있을 것 같은데요.”

“좋아. 그럼 예를 들어보지. 1610년에 앙리 4세가 지금의 버킹엄 공작과 비슷한 이유로 오스트리아를 양쪽에서 협공하기 위해 플랑드르와 이탈리아를 동시에 침공했지. 그때 오스트리아를 구해준 사건이 일어나지 않았나? 프랑스 왕도 오스트리아 황제와 같은 행운을 얻지 말라는 법은 없겠지.”

“페로느리 가의 암살 사건*을 말씀하시는 거군요.”

“맞았어.”

“그때 라바야크가 받은 고문과 형벌을 생각하면 한순간이라도 그를 모방하려는 사람은 없지 않을까 싶은데요.”

“어느 시대이건, 어느 나라에서건, 특히 종교적으로 분열되어 있는 나라의 경우엔 순교자가 되기를 꿈꾸는 광신도가 있게 마련이지. 방금 생각이 났는데, 영국의 청교도들은 버킹엄 공작에 대해 몹시 화가 나 있고, 그 목사들은 공작을 그리스도의 적이라고 부르고 있어.”

“그래서요?” 밀레디가 물었다.

“그러니까……” 추기경이 무심한 태도로 말을 이었다. “지금 당장은 젊고 아름답고 영리하고 게다가 공작에게 복수할 이유를 가진 여자를 찾는 게 문제일 뿐이야. 그런 여자는 분명 찾을 수 있을 거야. 공작은 바람둥이니까, 영원히 변치 않겠다는 약속으로 수많은 사랑의 씨를 뿌렸다면, 그의 배신에 원한을 품은 여자도 제법 있을 거야."

"물론 그런 여자는 찾을 수 있겠죠." 밀레디가 차갑게 말했다.

"그런 여자가 자크 클레망*이나 라바야크의 칼을 어떤 광신자의 손에 쥐어주면 프랑스를 구할 수 있을 거야."

"그럴지도 모르지만, 그러면 그 여자는 암살의 공범이 될 텐데요."

"자크 클레망이나 라바야크의 공범이 붙잡힌 적이 있나?"

"아니요. 그건 아마 공범들이 아무도 찾으러 가지 못할 만큼 높은 지위에 있었기 때문일 거예요. 설마 모든 사람을 위해 재판소를 불태우진 않겠죠.*"

"그러니까 당신은 재판소의 화재가 우연이 아니라 다른 원인 때문에 일어났다고 생각하는군?" 리슐리외는 전혀 중요하지 않은 질문이라도 하는 듯한 말투로 물었다.

"저는 아무것도 믿지 않아요. 저는 사실을 언급하고 있을 뿐이에요. 다만 제가 몽팡시에 양*이나 마리 드 메디시스 모후라면, 단순히 클래릭 부인이라고 불릴 때만큼 철저한 예방책을 강구하지는 않을 거라고 말씀드리는 것뿐이에요."

"옳은 말이야. 그래서 원하는 게 뭐지?" 리슐리외가 말했다.

"지령서 한 장이 필요합니다. 프랑스의 최대 이익을 위해 반드시 이루어져야 한다고 제가 믿는 모든 것을 사전에 승인받고 싶어서 그렇습니다."

"하지만 무엇보다 먼저 내가 아까 말한 여자, 공작에게 원한을 품고 복수할 여자를 찾아야 돼."

"그 여자는 벌써 찾았어요." 밀레디가 말했다.

"그럼 하느님의 정의를 실현할 도구로 쓰일 불쌍한 광신자를 찾아야겠군."

"찾을 수 있을 거예요."

"그럼 지령서는 그때 가서 요구해."

"예하의 말씀이 옳아요. 예하께서 맡겨주신 임무 이외의 것을 말씀드린 제가 나빴어요. 그럼 제가 맡은 임무를 다시 한 번 정리해보겠습니다. 예하를 대신해서 공작에게 이렇게 말하는 것이죠. 당크르 원수 부인 댁에서 열린 무도회에서 공작이 변장을 하고 왕비에게 접근한 것을 예하께서는 다 알고 계신다는 것, 예하께서는 왕비가 루브르에서 어떤 이탈리아 주술사를 접견한 증거를 가지고 계시는데, 그 주술사가 사실은 바로 버킹엄 공작이었다는 것, 예하께서는 아미앵에서 일어난 사건을 소재로 사건 현장인 정원과 그 활극에 등장했던 인물들까지 자세히 묘사하는 소설을 한 편 쓰게 하셨다는 것, 몬터규가 지금 바스티유에 갇혀 있다는 것, 그를 고문하면 그가 기억하는 일은 물론 잊어버린 일까지도 털어놓게 할 수 있다는 것, 끝으로 예하께서는 공작의 사령부에서 발견된 슈브뢰즈 부인의 편지를 가지고 계시다는 것, 이 편지는 편지를 쓴 사람만이 아니라 편지에 이름이 언급된 사람의 평판까지 크게 떨어뜨릴 우려가 있다는 것. 이런 증거에도 불구하고 공작이 계속 고집을 부린다면, 저의 임무는 방금 말씀드린 것까지니까, 제가 할 수 있는 일은 기적을 일으켜 프랑스를 구해달라고 하느님께 기도할 뿐이라는 것. 그렇지요, 예하? 그 밖에 또 있나요?"

"그래." 추기경이 무뚝뚝하게 대답했다.

"그러면……" 밀레디는 추기경의 말투가 달라진 것을 알아차리지 못한 척하면서 말을 이었다. "예하의 적에 대한 지시를 받았으니, 이제는 저의 적에 대해 두 마디만 해도 되겠습니까?"

“당신에게도 적이 있나?” 리슐리외가 물었다.

“그렇습니다, 예하. 예하께서는 제가 그 적들과 맞서 싸우는 것을 전적으로 지원해주셔야 합니다. 적은 만든 게 다 예하를 섬기느라 그리 된 것이니까요.”

“그 적이 누군데?”

“우선 보나시외라는 밀통자가 있습니다.”

“그 여자는 망트 감옥에 있어.”

“전에는 그랬지요. 하지만 왕비가 폐하의 명령서를 가로채서 보나시외를 수녀원으로 옮겼습니다.”

“수녀원으로?”

“예, 그렇습니다.”

“어느 수녀원이지?”

“그건 저도 모릅니다. 워낙 비밀리에 일어난 일이어서요.”

“내가 알아내겠다!”

“그럼 그 여자가 어느 수녀원에 있는지 알려주실 거죠?”

“거기엔 나도 이의가 없어.”

“감사합니다. 그런데 저에게는 보나시외 부인보다 훨씬 두려운 적이 또 하나 있어요.”

“그게 누구지?”

“보나시외 부인의 애인이에요.”

“이름이 뭔가?”

“예하께서도 잘 아시는 남자예요.” 밀레디가 분노에 사로잡혀 외쳤다. “저만이 아니라 예하께도 악마 같은 존재죠. 예하의 친위대와 부딪쳤을 때 총사대의 편에 서서 승리를 결정지었고, 예하의 밀사인 바르드 백작을 칼로 세 번이나 찔렀고, 다이아몬드 목걸이 사건에서 우리 계획을 무산시켰고, 보나시외 부인을 납치한 것이 저라는 사실을 알고는 절 죽이려고 한 놈입니다."

"아하! 누군지 짐작이 가는군."

"불한당 같은 다르타냥이에요."

"그는 참 대담한 녀석이야."

"그가 더 두려운 존재인 것은 바로 대담한 녀석이기 때문이죠."

"그가 버킹엄과 내통하고 있다는 증거가 있어야 할 거야."

"증거요? 증거라면 열 가지는 드릴 수 있어요!"

"좋아. 그렇다면 간단하지. 그 증거를 가져와. 그러면 당장 바스티유로 보낼 테니까."

"감사합니다. 그런데 그 다음에는 어떻게 되죠?"

"일단 바스티유에 들어가면 그 다음은 없어." 추기경이 힘없는 목소리로 말했다. "아! 당신이 적을 제거하듯 내 적도 그렇게 쉽게 제거할 수 있다면, 그리고 당신이 벌을 받지 않게 해 달라고 나한테 부탁한 그런 남자들이 내 적이라면 얼마나 좋을까……."

"예하." 밀레디가 말을 받았다. "이에는 이로, 목숨에는 목숨으로, 인간에는 인간으로 교환해야 합니다. 이쪽 것을 저한테 주시면, 저는 저쪽 것을 예하께 드리겠습니다."

"무슨 뜻인지 모르겠군. 사실은 알고 싶지도 않아. 하지만 나는 당신을 친절하게 대하고 싶고, 그런 비열한 놈과 관련하여 당신이 원하는 것을 주는 데에는 나도 전혀 이의가 없어. 당신이 말한 대로 다르타냥이란 놈은 난봉꾼에 싸움꾼에 반역자이기 때문에 더욱 그래."

"비열한 놈이에요. 비열하기 짝이 없는 놈이죠!"

"그러면 종이와 펜과 잉크를 줘."

“여기 있습니다, 예하.”

잠시 침묵이 흘렀다. 추기경이 종이에 무슨 말을 쓸지 생각하고 있거나, 벌써 종이에 뭔가를 쓰고 있는 모양이었다. 이제까지 그들의 대화를 한마디도 놓치지 않고 듣고 있던 아토스는 두 친구의 손을 잡고 방의 반대쪽 끝으로 데려갔다.

“왜 이래?” 포르토스가 말했다. “왜 대화를 끝까지 듣지 않는 거야?”

“쉿!” 아토스가 낮은 목소리로 말했다. “들을 필요가 있는 건 다 들었어. 물론 자네들이 끝까지 듣고 싶다면 나도 막지 않을 거야. 하지만 나는 지금 떠나야 해.”

“떠나야 한다고?” 포르토스가 말했다. “하지만 추기경이 자네를 찾으면 뭐라고 하지?”

“추기경이 나를 찾을 때까지 기다리지 말고, 미리 선수를 쳐서 이렇게 말해. 여관 주인의 말을 듣고는 길이 안전하지 않을 것 같아서, 장애물을 제서하러 내가 먼저 떠났다고 말이야. 추기경의 시종에게는 내가 몇 마디 해둘게. 그 밖의 일은 내가 알아서 할 테니까 신경 쓰지 마.”

“조심해, 아토스!” 아라미스가 말했다.

“걱정하지 마.” 아토스가 대답했다. “내가 얼마나 냉정하고 침착한지는 알고 있잖아.”

포르토스와 아라미스는 난로 연통 옆으로 돌아갔다.

아토스는 당당하게 밖으로 나가서 덧문 빗장에 두 친구의 말과 함께 매여 있는 자신의 말을 타러 갔다. 그리고 돌아갈 길의 안전을 미리 살펴볼 필요가 있다는 점을 간단히 설명하여 추기경의 시종을 납득시키고, 권총의 탄약을 살펴보는 척하다가, 칼을 들고 진영으로 가는 길을 필사적으로 나아갔다.

<h1 style="text-align:center">제45장
부부의 재회</h1>

아토스의 예상대로 추기경은 지체 없이 내려왔다. 총사들이 있는 방문을 열고 보니, 포르토스와 아라미스가 주사위 놀이에 열중해 있었다. 추기경은 재빨리 방을 구석구석 살펴보고, 총사 한 명이 없어진 것을 알아차렸다.

"아토스는 어디 있나?" 추기경이 물었다.

"여관 주인의 이야기를 듣고는 길이 안전하지 않은 것 같다면서 정찰하러 갔습니다." 포르토스가 대답했다.

"자네는 뭘 하고 있었나, 포르토스?"

"저는 아라미스에게 6피스톨을 땄습니다."

"자네들은 이제 나와 함께 돌아갈 수 있겠지?"

"분부대로 하겠습니다."

"그럼 어서 말을 타게. 밤이 깊었으니까."

시종은 문간에서 추기경의 말고삐를 잡고 기다리고 있었다. 조금 떨어진 어둠 속에 두 남자와 말 세 마리가 서 있는 것이 보였다. 그들은 밀레디를 라푸앵트 요새까지 안내하여 그녀가 배에 오르는 것을 지켜보기로 되어 있었다.

시종은 두 총사가 이미 아토스에 관해 추기경에게 한 이야기를 확인해주었다. 추기경은 알았다고 고개를 끄덕이고, 올 때처럼 조심스럽게 출발했다.

추기경은 그렇게 시종과 두 총사의 호위를 받으며 진영으로 돌아갔다. 그러니 이제는 아토스에게 돌아가보자.

아토스는 백 걸음 정도는 같은 속도로 말을 몰았지만, 일단 아무도 보이지 않는 곳까지 오자 말머리를 오른쪽으로 돌려 길을 빙 돌아서 여관에서 스무 걸음 떨어진 잡목 숲으로 돌아온 뒤, 그곳에 숨어서 추기경 일행이 지나가는 것을 지켜보았다. 그는 친구들의 모자와 추기경의 망토 가장자리에 달린 금빛 술장식이 길모퉁이를 돌아 사라질 때까지 기다렸다가 여관으로 급히 돌아갔다. 여관에서는 금방 문을 열어주었다.

주인이 그를 알아보았다.

"우리 상관이 2층에 있는 여자한테 중요한 지시를 내리는 것을 깜박 잊었소. 그래서 내가 그것을 대신 전하러 왔소." 아토스가 말했다.

"어서 올라가세요." 여관 주인이 말했다. "아직 방에 계십니다."

아토스는 주인의 허락을 받고 최대한 발소리를 죽여서 2층으로 올라갔다. 층계참에 이르자, 반쯤 열린 문을 통해 밀레디가 모자 끈을 묶고 있는 것이 보였다.

그는 방으로 들어가 문을 잠갔다.

빗장이 걸리는 소리에 밀레디가 돌아보았다.

아토스는 망토로 몸을 감싸고 모자를 눈까지 눌러쓴 채 문 앞에 서 있었다.

그가 동상처럼 말없이 서 있는 것을 보고 밀레디는 겁에 질렸다.

"누구세요? 무슨 일이시죠?"
밀레디가 외쳤다.

'그래. 확실히 그 여자야!' 아
토스가 중얼거렸다.

그러고는 망토를 어깨에서
떨어뜨리고 모자를 벗으면
서 밀레디 쪽으로 다가갔다.

"나를 알아보겠소, 부
인?" 아토스가 물었다.

밀레디는 앞으로 한 걸음
내디뎠지만, 뱀이라도 본 것
처럼 움찔하여 뒷걸음쳤다.

"그래. 나를 알아본 모양이군." 아토스가 말했다.

"라 페르 백작!" 밀레디가 새파랗게 질린 얼굴로, 벽 때문에
더 이상 뒤로 물러설 수 없을 때까지 뒷걸음치며 중얼거렸다.

"그렇다, 밀레디." 아토스가 대답했다. "라 페르 백작이 당
신을 만나려고 저세상에서 돌아왔다. 그러니, 아까 추기경이
말씀했듯이, 앉아서 이야기하자."

밀레디는 형언할 수 없는 공포에 사로잡혀 한마디도 못하고
자리에 앉았다.

"당신은 지상에 보내진 악마야." 아토스가 말했다. "당신
힘이 막강하다는 건 나도 알고 있어. 하지만 인간은 하느님의
도움으로 가장 무서운 악마도 종종 무찔러왔지. 그건 당신도
알 거야. 당신은 이미 내 앞길을 방해했어. 그때 당신을 박살
낸 줄 알았는데, 내가 잘못 생각했거나, 지옥이 당신을 되살려
냈겠지."

과거의 무서운 기억을 되살리는 이 말을 듣고, 밀레디는 희미한 신음 소리를 내며 고개를 숙였다.

"그래. 지옥이 당신을 부활시켰어." 아토스가 말을 이었다. "지옥은 당신을 부자로 만들고, 당신에게 새 이름을 주고, 얼굴까지 새로 만들어주었어. 하지만 당신 영혼에 묻은 얼룩과 당신 몸에 찍힌 낙인은 지옥도 지워버리지 못했지."

밀레디는 용수철에 튕기듯 벌떡 일어났다. 눈이 번개처럼 빛났다. 아토스는 그대로 앉아 있었다.

"내가 죽은 줄 알았겠지? 나도 당신이 죽은 줄 안 것처럼. 아토스라는 이름에는 라 페르 백작이 숨어 있었지. 클래릭 부인이라는 이름에 안 드 브뢰유가 숨어 있었던 것처럼. 잘난 네 오라비가 우리를 결혼시켰을 때 당신은 안 드 브뢰유라는 이름이었잖아? 우리의 인연은 정말 요상하군." 아토스가 껄껄 웃으면서 말을 이었다. "우리는 서로 상대가 죽었다고 생각했기 때문에 지금까지 살아왔어! 기억은 때때로 고통을 주기도 하지만, 그래도 살아 있는 인간만큼 마음을 어지럽히지는 않으니까!"

"하지만……" 밀레디가 힘없는 목소리로 입을 열었다. "내가 여기 있는 걸 어떻게 알고 왔죠? 나한테 원하는 게 뭐예요?"

"나는 당신 눈에 보이지 않는 곳에 있으면서도 당신을 줄곧 지켜보고 있었지. 당신에게 이 말을 하고 싶었어."

"내가 한 짓을 아시는군요?"

"당신이 추기경을 섬기기 시작한 날부터 오늘 저녁까지 당신의 행적을 하루도 빠뜨리지 않고 말해줄 수도 있어."

믿을 수 없다는 미소가 밀레디의 창백한 입술을 스쳤다.

"버킹엄 공작의 어깨에서 다이아몬드 두 알을 훔친 것도 당신이었고, 보나시외 부인을 납치한 것도 당신이야. 당신은 바르드 백작에게 홀딱 반해서 그와 함께 밤을 보내려고 했지만, 실제로는 다르타냥에게 문을 열어주었지. 당신은 바르드 백작에게 배반당한 줄로 오해하고 그의 연적을 시켜 백작을 죽이려고 했어. 그 연적이 당신의 꺼림칙한 비밀을 눈치채자, 이번에는 두 자객을 보내 그를 죽이려고 했지. 연적이 총에 맞지 않은 것을 알자, 이번에는 친구가 보낸 선물처럼 가짜 편지를 동봉해서 독을 넣은 포도주를 보냈지. 여기 이 방에서, 지금 내가 앉아 있는 이 의자에 앉아서 리슐리외 추기경에게 버킹엄 공작을 암살하겠다고 약속하고, 그 대가로 다르타냥을 죽여도 좋다는 허락을 받아낸 것도 당신이야."

밀레디의 얼굴이 납빛으로 변했다.

"당신은 사탄이죠?" 밀레디가 말했다.

"그럴지도 모르지. 하지만 어쨌든 내 말을 잘 들어. 버킹엄 공작을 암살하건 남을 시켜서 죽이건 나와는 상관없는 일이야! 공작은 내가 모르는 사람이고, 게다가 영국인이니까. 하지만 다르타냥은 손끝도 대지 마. 머리털 하나도 건드리지 마. 그는 내가 사랑하는 친구야. 그러니 내가 지켜주어야 해. 그에게 손을 댄다면, 내 아버지의 유골을 걸고 맹세하지만, 그게 당신의 마지막 죄가 될 거야."

"다르타냥은 나한테 지독한 모욕을 주었어요. 그러니 절대로 살려둘 수 없어요." 밀레디가 공허한 목소리로 말했다.

"누군가가 당신을 모욕한다는 게 가능한 일일까?" 아토스가 껄껄 웃으면서 말했다. "그가 당신을 모욕했으니까 살려둘 수 없다고?"

"살려둘 수 없어요." 밀레디가 되풀이 말했다. "먼저 여자를 죽이고, 다음에는 그를."

아토스는 현기증을 느꼈다. 여자다운 구석이라고는 전혀 없는 이 여자를 보자 무서운 기억이 되살아났다. 언젠가, 지금보다 덜 위험한 상황에서 자신의 명예를 위해 그녀를 죽이려 했던 날이 생각났다. 그녀를 죽이고 싶은 욕망이 다시금 불타올라 뜨거운 열기처럼 그를 휘감았다. 그는 의자에서 일어나 허리띠에 찬 권총을 빼들었다.

송장처럼 새파래진 밀레디가 소리를 지르려 했지만, 혀가 얼어붙은 바람에 인간의 말소리가 아니라 야수의 울부짖음 같은 귀에 거슬리는 소리만 터져 나왔다. 검은 태피스트리에 등을 눌러대고 머리가 헝클어진 모습은 공포의 형상 그 자체였다.

아토스는 천천히 권총을 들어 올렸다. 총구가 밀레디의 이마에 닿을 때까지 팔을 쭉 뻗은 다음, 침착한 목소리로 말했다. 그 목소리에는 단호한 결의가 담겨 있어서 더욱 무서웠다.

"추기경이 서명한 서류를 당장 내놔. 안 그러면 네 머리를 날려버리겠어."

상대가 다른 사람이었다면 밀레디는 그 말을 의심했을지도 모른다. 하지만 그녀는 아토스가 어떤 사람인지 잘 알고 있었다. 그런데도 그녀는 꼼짝하지 않았다.

"결심할 때까지 1초 여유를 주겠다." 그가 말했다.

밀레디는 그의 얼굴이 굳어지는 것을 보고, 그가 정말로 총을 쏠 모양이라고 생각했다. 그녀는 얼른 가슴에 손을 넣어 종이 한 장을 꺼내 아토스에게 내밀었다.

"자요. 지옥에 떨어지기를 빌겠어요."

아토스는 서류를 받아들고 권총을 허리띠에 돌려놓은 다음, 그 서류가 진짜인지를 확인하려고 등불로 다가가서 펼쳤다.

이 서류를 소지한 자가 행한 일은 모두 내 명령에 따라 국익을 위해 행한 것임을 증명하노라.

1627년 12월 3일
리슐리외

아토스는 망토를 집어 들고 모자를 다시 쓰면서 말했다.

"이 독사 같은 계집아, 이제 네 이빨을 뽑았으니, 물 테면 물어봐라."

그는 뒤도 돌아보지 않고 방에서 나갔다.

문 앞에서는 두 남자가 말고삐를 잡고 기다리고 있었다.

"추기경 예하께서는 저 여자를 지체 없이 라푸앵트 요새로 안내해서, 배에 탈 때까지 곁을 떠나지 말라고 분부하셨소." 아토스가 말했다.

이 말은 이미 받은 명령과 일치했기 때문에 그들은 알았다는 표시로 고개를 끄덕였다.

아토스는 사뿐히 말에 올라타고는 전속력으로 출발했다. 하지만 큰길을 따라가지 않고 들판을 가로지르면서 힘차게 말에 박차를 가하고, 이따금 멈춰서 주변의 소리에 귀를 기울이곤 했다.

그렇게 멈춰서 귀를 기울이고 있을 때, 큰길 쪽에서 여러 마리의 말발굽 소리가 들렸다. 추기경 일행이 분명했다. 그는 또 말에 박차를 가하여 덤불 속을 달린 다음, 주둔지에서 2백 미터쯤 떨어진 곳에서 큰길로 나왔다.

"누구냐?" 말 탄 사람들이 시야에 들어오자, 그가 멀리서 외쳤다.

"우리의 용감한 총사로군." 추기경이 말했다.

"예, 접니다, 예하." 아토스가 대답했다.

"아토스, 보호해주어서 고맙네." 리슐리외가 말했다. "자, 목적지에 다 왔다. 왼쪽 문으로 들어가라. 암호는 '루아 에 레'다."

추기경은 삼총사에게 고개를 까딱하여 인사하고는 시종을 거느리고 오른쪽으로 갔다. 이날 밤에는 추기경도 진영에서 자기로 되어 있었기 때문이다.

추기경에게 들리지 않을 거리까지 오자 포르토스와 아라미스가 함께 입을 열었다.

"추기경은 그 여자가 요구한 서류에 서명했어."

"나도 알아." 아토스가 침착하게 말했다. "그건 내가 갖고 있어."

그 후 세 친구는 숙소에 도착할 때까지 보초에게 암구호를 댄 것 말고는 한마디도 나누지 않았다.

그들은 무스크통을 플랑셰에게 보내, 주인이 참호 근무를 끝내는 대로 총사대 숙소로 보내라는 말을 전하게 했다.

한편 밀레디는 아토스의 예상대로 문 앞에서 두 남자가 기다리고 있는 것을 보자 망설이지 않고 그들을 따라갔다. 추기경한테 달려가서 모든 것을 털어놔버릴까 하는 마음도 잠깐 들었지만, 그녀가 폭로하면 아토스도 그녀의 비밀을 폭로할 것이다. 아토스가 자신을 목매달았다고 밀레디가 말하면, 아토스는 그녀가 낙인찍힌 범죄자라고 말할 것이다. 당분간 아무 말 없이 이대로 떠나서 추기경이 맡긴 임무를 솜씨 좋게 수행하여 추기경을 만족시킨 뒤에 복수해달라고 요구하는 편이 더 낫다고 생각했다.

그래서 그녀는 밤새 말을 달려 아침 일곱 시에 라푸앵트 요새에 도착했고, 아침 여덟 시에 배를 탔다. 추기경이 발행한 '운항 허가증'에 따르면 바욘으로 가기로 되어 있는 그 배는 아홉 시에 닻을 올리고 영국으로 향했다.

제46장
생제르베 보루

다르타냥이 세 친구의 숙소에 와서 보니 모두 한 방에 모여 있었다. 아토스는 생각에 잠겨 있고, 포르토스는 콧수염을 매만지고 있고, 아라미스는 푸른 벨벳으로 장정한 기도서를 보면서 기도를 드리고 있었다.

"나한테 할 말이 있다고 해서 왔는데, 이런 수고를 할 만한 가치가 있는 이야기였으면 좋겠군요. 그렇게 중요한 이야기도 아닌데 오게 했다면 용서하지 않을 겁니다. 나는 요새 하나를 점령하고 파괴하면서 하룻밤을 보내고 푹 쉬려던 참이었으니까요. 당신들도 거기 있었다면 좋았을걸! 아주 뜨거운 시간을 보냈거든요."

"우리는 다른 데 가 있었는데, 거기도 춥지는 않았어!" 포르토스가 콧수염을 독특하게 비틀면서 대답했다.

"쉿! 목소리가 너무 커." 아토스가 말했다.

"오호!" 다르타냥은 아토스가 미간을 살짝 찌푸리는 것을 보고 말했다. "여기도 뭔가 재미난 일이 있는 모양이군요."

"아라미스." 아토스가 말했다. "그저께 파르파요* 여관으로 점심을 먹으러 갔지?"

"응."

"거긴 어때?"

"아주 형편없었어. 그저께는 단식일이어서 고기 요리밖에 없었거든."

"뭐?" 아토스가 말했다. "항구인데 생선 요리가 없단 말이야?"

"사람들 말로는……" 아라미스가 다시 기도서로 눈길을 돌리며 대답했다. "추기경이 쌓은 제방 때문에 물고기가 다 바다로 달아나버렸대."

"나는 그걸 물은 게 아니야, 아라미스." 아토스가 말했다. "거기서는 자유롭게 행동할 수 있었는지, 방해하는 사람은 없었는지, 그걸 알고 싶었던 거야."

"성가시게 구는 놈들은 별로 없었어. 그래. 그런 의미라면 파르파요도 괜찮을 거야."

"그럼 파르파요로 가자." 아토스가 말했다. "여기는 벽이 종 잇장처럼 얇아서 말이야."

다르타냥은 어느덧 아토스의 방식에 익숙해져 있어서 말 한 마디나 몸짓이나 얼굴 표정만 보고도 상황이 심각하다는 것을 알아차렸기 때문에, 말없이 아토스의 팔을 잡고 함께 밖으로 나왔다. 포르토스도 아라미스와 이야기를 나누면서 뒤따라왔다.

그들은 도중에 그리모를 만났다. 아토스는 그에게 따라오라는 손짓을 했다. 그리모는 여느 때처럼 말없이 명령에 따랐다. 그는 가엾게도 말하는 법을 거의 잊어버렸다.

그들은 파르파요 여관에 도착했다. 아침 일곱 시여서 먼동이 트고 있었다. 세 친구는 아침 식사를 주문하고, 조용히 식사할 수 있을 거라고 주인이 장담한 방으로 들어갔다.

그런데 불행히도 무언가를 의논하기에는 적절치 않은 시간이었다. 기상나팔이 막 울린 뒤여서, 다들 잠을 떨쳐버리고 눅눅한 아침 공기를 몰아내기 위해 여관 식당으로 한잔하러 모여들었기 때문이다. 용기병, 스위스 용병, 친위대원, 총사, 경기병 들이 끊임없이 들락거렸다. 손님이 많이 드나들수록 여관 주인에게는 반가운 노릇이겠지만, 네 친구는 목적을 거의 달성할 수 없었다. 그래서 동료들이 보내는 인사와 건배와 농담에 우울하게 응했다.

"이러다가는 싸움이라도 날 것 같은데, 지금은 그럴 때가 아니야." 아토스가 말했다. "다르타냥, 어젯밤을 어떻게 보냈는지 애기해. 그러면 우리도 간밤에 있었던 일을 말해줄 테니."

그때 경기병 하나가 브랜디 잔을 들고 홀짝거리면서 옆걸음으로 다가오더니 말했다.

"당신들 근위대는 어젯밤 참호에 있었지. 내가 보기에는 라로셸 시민한테 불만이 많은 것 같던데?"

다르타냥은 대화에 끼어든 훼방꾼에게 아토스가 어떻게 응답할지 궁금해서 그를 바라보았다.

"이봐, 뷔지니 씨가 말하는 게 안 들려? 어젯밤 있었던 일을 말해봐. 다른 사람들도 알고 싶어 하니까." 아토스가 말했다.

"보루 하나를 점령하지 않았소?" 맥주잔으로 럼주를 마시고 있던 스위스 용병이 물었다.

"예, 그렇습니다." 다르타냥이 고개를 까딱하면서 대답했다. "들으셨는지 모르지만, 우리는 보루 한쪽 모퉁이에 화약통을 밀어 넣고 폭파시켜 커다란 구멍을 냈지요. 그 보루는 어제오늘 지어진 게 아니어서, 나머지 구조물도 심하게 흔들린 건 말할 나위가 없지요."

"어느 보루요?" 불에 구우려고 거위 한 마리를 칼에 꿰어서 가져온 용기병이 물었다.

"생제르베 보루요." 다르타냥이 대답했다. "라로셸 시민들은 그 보루를 방패 삼아 우리 공병들을 괴롭히고 있었지요."

"격전이었소?"

"그럼요. 우리는 다섯 명, 라로셸 측은 열 명쯤 전사했지요."

"우와!" 스위스 용병이 외쳤다.

"하지만 놈들은 오늘 아침에라도 당장 공병대를 보내 보루를 복구할걸요." 경기병이 말했다.

"그럴지도 모르죠." 다르타냥이 말했다.

"우리 내기를 합시다!" 아토스가 말했다.

"내기라니?" 스위스 용병이 말했다.

"어떤 내기요?" 경기병이 물었다.

"잠깐만." 용기병이 난롯불을 떠받치고 있는 두 개의 철제 받침대 위에 거위 고기를 펜 칼을 꼬챙이처럼 올려놓으면서 말했다. "나도 끼겠소. 이봐, 주인장! 당장 접시를 가져와! 이 거위 기름을 한 방울도 잃고 싶지 않으니까!"

"옳은 말이오." 스위스 용병이 말했다. "거위 기름은 아주 좋은 조미료가 되죠."

"자!" 용기병이 말했다. "어떤 내기를 할 거요? 말해보시오, 아토스 씨."

"그래, 어떤 내기요?" 경기병이 말했다.

"뷔지니 씨, 우리 내기를 합시다." 아토스가 말했다. "나와 내 친구인 포르토스, 아라미스, 다르타냥은 생제르베 보루로 아침을 먹으러 가서, 적이 우리를 몰아내려고 무슨 짓을 해도

한 시간 동안 거기서 버티겠소.”

포르토스와 아라미스는 서로 얼굴을 마주보았다. 그제야 아토스의 속셈을 눈치챈 것이다.

“하지만……” 다르타냥이 아토스의 귀에다 대고 속삭였다. “그랬다가는 우리 모두 무참하게 살해될 거예요.”

“가지 않으면 더 확실하게 죽을 거야.” 아토스가 대답했다.

“아, 여러분.” 포르토스가 의자에서 몸을 뒤로 젖히고 콧수염을 비틀면서 말했다. “멋진 내기가 되었으면 좋겠군요!”

“좋소!” 뷔지니 씨가 말했다. “문제는 판돈을 어떻게 정하느냐인데…….”

“당신들도 네 명이고 우리도 네 명이니까, 진 쪽에서 8인분의 식사를 양껏 사기로 합시다. 어때요?”

"좋소." 뷔지니 씨가 대답했다.

"찬성이오." 용기병이 말했다.

"나도 좋습니다." 스위스 용병이 말했다.

이 대화가 진행되는 동안 줄곧 침묵을 지키면서 듣고만 있던 네 번째 사람도 동의한다는 뜻으로 고개를 끄덕였다.

"식사가 준비됐는데요." 주인이 말했다.

"그럼 이리 가져오게." 아토스가 말했다.

주인이 식사를 가져왔다. 그러자 아토스는 그리모를 불러 구석에 있는 커다란 바구니를 가리킨 다음, 주인이 가져온 음식을 냅킨에 싸는 시늉을 했다.

그리모는 소풍을 갈 모양이라고 당장 이해하고, 바구니를 가져와서 냅킨에 싼 음식을 채워 넣고 술병도 몇 개 넣은 다음, 바구니를 들었다.

"아니, 식사를 어디서 하실 건데요?" 주인이 물었다.

"어디서 먹든 당신하고 무슨 상관이야?" 아토스가 말했다. "돈만 내면 되잖아?"

아토스는 2피스톨을 탁자 위에 던졌다.

"거스름돈을 드릴까요?" 주인이 말했다.

"필요 없네. 그 대신 샴페인 두 병만 더 넣어주고, 차액은 냅킨 값으로 치세."

주인은 처음 생각한 것만큼 많은 이익을 보지는 못했지만, 샴페인 두 병 대신 앙주 포도주 두 병을 슬쩍 바구니에 집어넣어 그것을 벌충했다.

"뷔지니 씨." 아토스가 말했다. "당신 시계를 내 시계에 맞추거나, 내 시계를 당신 시계에 맞춰야 하지 않겠소?"

"좋습니다." 경기병은 주머니에서 다이아몬드로 테를 두른 고급 시계를 꺼내면서 말했다. "지금이 일곱 시 30분이군요."

"내 시계는 일곱 시 35분이오." 아토스가 말했다. "내 시계가 당신 시계보다 5분 빠르다는 것만 기억해두면 됩니다."

네 젊은이는 어리둥절해 있는 구경꾼들에게 인사를 하고는 생제르베 보루로 떠났다. 아토스에게 절대 복종하는 데 길들여진 그리모는 어디로 가는지도 모르고, 물어볼 생각조차 하지 않은 채 바구니를 들고 묵묵히 따라왔다.

진지 울타리를 벗어날 때까지 네 친구는 한마디도 나누지 않았다. 게다가 호기심 많은 사람들이 내기 이야기를 듣고 궁금해서 그들을 뒤따라오고 있었다.

하지만 일단 교통호를 넘어 들판으로 나오자, 영문을 모르는 다르타냥은 설명을 요구할 때가 되었다고 판단했다.

"아토스, 지금 어디로 가고 있는 겁니까?"

"알면서 그래." 아토스가 말했다. "보루로 가고 있는 거야."

"거기 가서 뭘 하려고요?"

"그것도 알고 있잖아. 아침을 먹을 거야."

"왜 파르파요에서 먹지 않았죠?"

"자네한테 중요한 이야기를 할 게 있는데, 그 여관에서는 사람들이 계속 드나들면서 귀찮게 구는 통에 잠시도 속 편하게 대화를 나눌 수 없었거든. 저곳에 가면……" 아토스가 보루를 가리키면서 말을 이었다. "적어도 방해할 사람은 없을 거야."

다르타냥은 남다른 용기와 신중함이 자연스럽게 결합되어 있는 사람이었다. 이제 그는 그 신중한 태도로 말했다.

"바닷가 모래언덕에 가면 호젓한 곳을 찾을 수 있을 텐데요."

"그랬다가는 우리 넷이 모여서 의논하고 있는 것을 누군가가 볼 테고, 그러면 15분도 지나기 전에 추기경은 우리가 작당

모의하고 있다는 보고를 받게 될 거야.”

“아토스의 말이 옳아.” 아라미스가 말했다. “‘아니마드베르 툰투르 인 데세르티스’(Animadvertuntur in desertis: 사막에도 귀가 있다).”

“사막도 나쁘지는 않겠지.” 포르토스가 말했다. “하지만 찾는 게 문제야.”

“사막이라 해도 새가 머리 위를 날아갈 수 있고, 물고기가 물에서 뛰어오를 수 있고, 토끼가 굴에서 뛰쳐나올 수도 있어. 새나 물고기나 토끼도 추기경의 밀정일지 몰라. 그러니까 우리 계획대로 계속 밀고 나가는 편이 나아. 게다가 이제 와서 물러설 수도 없잖아. 우리는 내기를 했고, 그 결과는 예측할 수 없어. 이 내기의 진짜 이유는 아무도 짐작 못할 거야. 내기에 이기기 위해 우리는 보루에서 한 시간만 버티면 돼. 공격은 당할 수도 있고 안 당할 수도 있어. 공격당하지 않으면 이야기할 시간은 충분할 것이고, 아무도 우리 이야기를 엿듣지 못할 거야. 저 보루의 벽에는 귀가 없는 게 분명하니까. 공격당하더라도 우리는 의논할 것이고, 게다가 공격을 막아내면 공훈을 세울 수도 있어. 이래도 저래도 이익이 남는 장사지.”

“그래요.” 다르타냥이 말했다. “하지만 총에 맞을 수도 있어요. 아니, 분명 그럴 거예요.”

“다르타냥.” 아토스가 말했다. “자네도 알겠지만, 가장 무서운 총알은 적의 총알이 아니야.”

“하지만 이런 원정을 하려면 적어도 머스킷총 정도는 가져왔어야 할 것 같은데.” 포르토스가 말했다.

“쓸데없는 짐을 가져갈 필요가 어디 있나?”

“적과 맞닥뜨렸을 때, 총과 탄약과 화약통은 결코 쓸데없는 게 아닐 텐데?"

"다르타냥의 이야기도 못 들었어?" 아토스가 말했다.

"다르타냥이 뭐라고 했는데?" 포르토스가 물었다.

"어젯밤 공격에서 아군이 다섯 명 죽었고 적이 열 명쯤 죽었다고 말했어."

"그래서?"

"적은 죽은 자들의 무기를 가져갈 겨를이 없었을 거야. 그때는 더 긴급히 해야 할 일이 있었으니까."

"그래서?"

"그러니까 거기에 가면 총과 화약통과 탄약통을 찾을 수 있을 거야. 우리는 총 네 자루와 총알 한 다스가 아니라 총 열다섯 자루와 탄약 백 발을 갖게 될 거란 얘기지."

"오, 아토스." 아라미스가 말했다. "자네는 정말 대단한 사람이야."

포르토스도 동의한다는 표시로 고개를 숙였다.

다르타냥 혼자만 납득이 가지 않는 것 같았다.

그리모도 다르타냥과 같은 생각인 게 분명했다. 이때까지는 설마 그럴 리야 없겠지 하고 생각했지만, 일행이 계속 보루 쪽으로 가는 것을 보고 주인의 코트자락을 잡아당겼기 때문이다.

"어디로 가는 겁니까?" 그리모가 몸짓으로 물었다.

아토스는 요새를 가리켰다.

"하지만……" 과묵한 그리모가 입을 다문 채 여전히 몸짓으로 말했다. "저기 가면 산 채로 껍질이 벗겨지겠군요."

아토스는 고개를 들어 손가락으로 하늘을 가리켰다.

그리모는 바구니를 땅바닥에 내려놓고 그 옆에 주저앉아 고개를 저었다.

아토스는 허리띠에서 권총을 빼더니 화약이 재어져 있는지 확인한 뒤 공이치기를 당기고 그리모의 귀에 총부리를 들이 댔다.

그리모는 용수철이라도 달린 것처럼 다시 벌떡 일어났다.

그러자 아토스는 바구니를 들고 앞장서라는 몸짓을 했다.

그리모는 순순히 명령에 따랐다.

이 가엾은 젊은이가 잠깐의 무언극으로 얻은 것은 후위에서 전위로 위치가 바뀐 것뿐이었다.

네 친구는 보루에 도착하자 뒤를 돌아보았다.

3백 명이 넘는 온갖 계급의 병사들이 진지 입구에 모여 있었다. 뷔지니 씨와 용기병, 스위스 용병과 내기에 참여한 네 번째 병사가 따로 모여 있는 것이 보였다.

아토스는 모자를 벗어서 칼끝에 씌우고 공중에서 흔들었다.

구경꾼들이 그의 인사에 답하면서 지르는 환호성이 그들의 귀에까지 들려왔다.

그 후 네 사람은 그리모를 앞세우고 보루 안으로 사라졌다.

제47장
총사들의 회의

아토스가 예상했던 것처럼, 보루에는 아군과 적군의 시체 10여 구가 나뒹굴고 있을 뿐이었다.

이 원정의 지휘를 맡은 아토스가 말했다.

"그리모가 식사 준비를 하는 동안 총과 탄약을 모으세. 그일을 하면서도 우리는 대화를 나눌 수 있어. 이 친구들은……" 아토스가 죽은 자들을 가리키며 덧붙였다. "우리 이야기를 들을 수 없을 테니까."

"그래도 시체는 해자에 던져버리는 게 좋겠어." 포르토스가 말했다. "주머니부터 먼저 뒤져본 뒤에."

"그래." 아라미스가 말했다. "그 일은 그리모가 맡을 거야."

"좋아요." 다르타냥이 말했다. "죽은 사람들의 몸을 뒤지고 성벽 너머로 던지는 일은 그리모에게 맡깁시다."

"그건 안 돼." 아토스가 말했다. "시체들이 쓸모가 있을지도 몰라."

"시체들이 쓸모가 있을지도 모른다고?" 포르토스가 말했다. "자네 제정신이야?"

“경솔하게 판단하지 말라는 말은 복음서에도 나오고 추기경도 그렇게 말했어.” 아토스가 대답했다. “총이 얼마나 되지?”

“열두 자루.” 아라미스가 대답했다.

“탄약은?”

“백 발.”

“그것만 있으면 충분해. 총에 탄약을 장전하세.”

네 사람은 그 일에 착수했다. 마지막 총에 탄약을 장전하는 일을 마쳤을 때, 그리모가 식사 준비를 끝냈다는 신호를 보냈다.

아토스 역시 몸짓으로 잘했다고 대답하고, 후춧가루 통처럼 생긴 작은 망루를 그리모에게 가리켰다. 그리모는 그것이 망을 보라는 뜻이라는 것을 알아차렸다. 보초 근무의 따분함 달랠 수 있도록 아토스는 그리모에게 빵 한 덩어리와 커틀릿 두 개와 포도주 한 병을 가져가도 좋다고 말했다(물론 손짓으로).

“자, 그럼 식사를 하세.” 아토스가 말했다.

네 친구는 터키인이나 석공처럼 땅바닥에 책상다리를 하고 앉았다.

“이젠 남들이 들을 염려가 없으니까 비밀을 털어놓으세요, 아토스.” 다르타냥이 말했다.

“나는 자네들에게 오락과 영광을 동시에 주고 싶네.” 아토스가 말했다. “우리는 즐거운 산책을 했고, 이곳엔 이렇게 푸짐한 식사가 마련되어 있지. 그리고 자네들도 총안을 통해 볼 수 있듯이, 저곳엔 우리를 바보나 영웅으로 생각하는 5백 명이 있어. 사실 바보와 영웅은 백짓장 차이여서, 상당히 비슷하지.”

“그런데 비밀 이야기란 게 뭡니까?” 다르타냥이 물었다.

“비밀은 내가 어젯밤에 밀레디를 만났다는 거야.”

다르타냥은 술잔을 입술로 가져가려다가, 밀레디라는 이름을 듣자 손이 너무 떨려서 술이 엎질러지지 않도록 술잔을 내려놓아야 했다.

"만났다고요? 당신 부인을……"

"쉿!" 아토스가 다르타냥의 말을 가로막았다. "이 친구들은 내 가정사의 비밀을 몰라. 나는 밀레디라는 여자를 만났단 얘기야."

"어디서요?" 다르타냥이 물었다.

"여기서 10킬로미터쯤 떨어진 '콜롱비에-루주'라는 여관에서."

"그렇다면 나는 이제 끝장이군요." 다르타냥이 말했다.

"꼭 그렇지는 않아." 아토스가 말을 받았다. "지금쯤 밀레디는 프랑스 해안을 떠났을 테니까."

다르타냥이 깊은 한숨을 내쉬었다.

"그런데 그 밀레디라는 여자가 도대체 누구야?" 포르토스가 물었다.

"매력적인 여자지." 아토스가 말하고는 거품 이는 술을 잔에 따라 홀짝거렸다. "못된 주인놈 같으니라고!" 아토스가 외쳤다. "샴페인이 아니라 포도주를 주었잖아. 그것도 앙주 포도주를. 그래놓고는 우리가 속아 넘어갈 줄 알았겠지." 아토스가 말을 이었다. "그래, 밀레디는 매력적인 여자야. 우리 친구 다르타냥에게 호의를 보였는데, 다르타냥이 뭔지는 모르지만 그 여자한테 못된 짓을 했고, 그 여자는 복수하려고 했어. 그래서 한 달 전에는 사람을 시켜서 다르타냥을 쏘아 죽이려 했고, 일주일 전에는 독살하려 했고, 어제는 추기경에게 다르타냥의 목을 달라고 요구했지."

"추기경에게 내 목을 요구했다고요?" 다르타냥이 겁에 질려 창백해진 얼굴로 외쳤다.

"그래, 사실이야." 포르토스가 말했다. "내 두 귀로 똑똑히 들었어."

"나도." 아라미스가 말했다.

"그렇다면……" 다르타냥은 낙심하여 팔을 축 늘어뜨린 채 말했다. "더 이상 발버둥쳐도 소용없겠군요. 차라리 권총으로 내 머리통을 날려서 끝장내는 게 낫겠어요!"

"그건 가장 어리석은 짓이야." 아토스가 말했다. "그랬다가는 달리 구제할 방법이 없으니까."

"하지만 절대 벗어나지 못할 거예요." 다르타냥이 말했다. "적들을 어떻게 피할 수 있겠어요. 우선 묑에서 마주친 사내, 다음에는 내 칼에 세 번이나 찔린 바르드 백작, 그다음에는 나한테 비밀을 들킨 밀레디, 그리고 끝으로 내 방해 때문에 복수에 실패한 추기경."

"그래 봤자 네 명밖에 안 돼." 아토스가 말했다. "우리도 네 명이니까, 일 대 일이야. 제기랄! 그리모가 보내는 신호를 보니 꽤 많은 적을 처리해야 할 것 같아. 무슨 일이야, 그리모? 사태가 심각하니까 지금은 말을 해도 좋아. 간단하게 말해. 뭐가 보이나?"

"부대."

"몇 명이야?"

"스물."

"어떤 부대야?"

"공병 열여섯, 보병 넷."

"여기서 얼마나 떨어져 있나?"

"5백 걸음."

"좋아. 이 닭을 다 먹고 자네 건강을 축원하면서 한 잔 마실 시간은 있어, 다르타냥!"

"자네의 건강을 축원하네!" 포르토스와 아라미스가 아토스의 말을 되풀이했다.

"좋아요. 내 건강을 위하여 건배! 당신들의 건배가 도움이 될지는 모르겠지만."

"이슬람들의 말마따나 신은 위대하고, 미래는 하느님의 손안에 있다네."

아토스가 말하고는 술잔을 비웠다. 그리고 빈 술잔을 옆에 내려놓더니 태연히 일어나서 맨 처음 눈에 띈 총을 집어 들고 총안으로 걸어갔다.

포르토스와 아라미스와 다르타냥도 그를 따랐다. 그리모는 네 친구 뒤에 자리를 잡고 총에 탄약을 재라는 명령을 받았다.

잠시 후 적군이 눈앞에 나타났다. 적들은 보루와 성내를 잇는 일종의 참호로를 따라 접근하고 있었다.

"제기랄!" 아토스가 말했다. "고작 곡괭이와 삽으로 무장한 놈들은 우리가 나서서 상대할 가치도 없어. 그리모가 꺼지라는 시늉만 해도 놈들은 우리를 평화롭게 내버려두고 떠났을 텐데."

"과연 그럴까요?" 다르타냥이 말했다. "아주 단단히 결심한 것처럼 결연하게 전진하고 있으니까요. 게다가 공병들 말고도 총으로 무장한 보병이 네 명이나 있는데요."

"그건 우리를 못 봤기 때문이야." 아토스가 말했다.

"솔직히 말하면 나는 저 불쌍한 민간인들에게 총을 쏘기 싫어!" 아라미스가 말했다.

"이교도를 동정하다니, 엉터리 사제군." 포르토스가 대답했다.

“사실 아라미스가 옳아.” 아토스가 말했다. “저 녀석들한테 경고를 보내야겠어.”

“도대체 어쩌시려고요?” 다르타냥이 외쳤다. “그랬다가는 총에 맞을 거예요.”

하지만 아토스는 이 충고를 무시하고 한 손에는 총을, 다른 손에는 모자를 든 채 갈라진 성벽 틈새로 기어 올라갔다.

“여러분.” 아토스가 적의 보병과 공병들에게 정중하게 절을 하면서 외쳤다. 그가 성벽 틈에 나타나자, 깜짝 놀란 적들은 보루에서 쉰 걸음가량 떨어진 곳에 멈춰 섰다. “여러분, 나는 친구들과 이 보루에서 식사를 하고 있는 중이오. 당신들도 알겠지만, 식사 중에 방해를 받는 것만큼 불쾌한 일은 없죠. 그러니까 여러분이 이 근처에서 볼일이 있다면 우리가 식사를 끝낼 때까지 거기서 기다리든가, 아니면 돌아갔다가 나중에 다시 오기 바랍니다. 여러분이 반군을 떠나 우리와 함께 프랑스 국왕 폐하의 건강을 위해 건배하고 싶다면 얘기가 다르지만 말이오.”

“조심해요, 아토스!” 다르타냥이 외쳤다. “놈들이 총을 겨누고 있는 게 안 보여요?”

“알아.” 아토스가 말했다. “하지만 저 민간인들은 총도 제대로 쏠 줄 모를 거야. 아니, 나를 맞힐 생각도 없을걸.”

바로 그 순간 총알 네 발이 날아왔지만 한 방도 맞추지 못했다.

거의 동시에 이쪽에서도 네 발로 응수했는데, 적보다 겨냥이 훨씬 정확해서 보병 세 명이 죽고 공병 한 명이 다쳤다.

“그리모, 다른 총을 줘!” 아토스가 여전히 성벽 틈새에 선 채 그리모에게 외쳤다.

그리모는 당장 명령에 복종했다. 세 친구도 다시 장전했다. 두 번째 일제사격에 분대장과 공병 두 병이 죽고, 나머지는 모두 달아났다.

"자, 모두 앞으로!" 아토스가 말했다.

네 친구는 보루에서 뛰쳐나와, 적이 쓰러진 지점에서 총 네 자루와 분대장의 미늘창을 주워 모았다. 그리고 패잔병들은 성 내에 도착할 때까지 멈추지 않을 거라고 확신했기 때문에, 전리품을 가지고 보루로 돌아갔다.

"그리모, 총을 다시 장전해둬." 아토스가 말했다. "자, 우리는 다시 식사를 하면서 대화를 계속하세. 어디까지 얘기했더라?"

"내가 똑똑히 기억하고 있어요." 밀레디의 여정이 궁금한 다르타냥이 말했다.

"그 여자는 영국으로 가고 있네." 아토스가 대답했다.

"뭐하러요?"

"버킹엄을 직접 죽이거나 암살을 사주하려고."

다르타냥은 경악과 분노의 탄식을 내뱉었다.

"하지만 그건 파렴치한 짓이에요!"

"나는 별로 걱정하지 않네." 아토스가 말했다. "이봐, 그리모! 일을 다 끝냈으면 분대장의 미늘창을 가져다가 끝에 하얀 냅킨을 묶어서 보루 꼭대기에 세워둬. 그러면 라로셸 시민들도 자신들이 국왕에게 충성스럽고 용감한 군인과 상대하고 있다는 걸 깨닫게 되겠지."

그리모는 말없이 복종했다. 잠시 후, 하얀 깃발이 네 친구의 머리 위에서 펄럭이고 있었다. 깃발이 나타나자 우레 같은 박수갈채가 터져 나왔다. 진지에 있는 아군의 절반이 이쪽을 바라보고 있었다.

"뭐라고요?" 다르타냥이 말을 이었다. "버킹엄 공작이 암살 당하든 말든 별로 걱정하지 않는다고요? 하지만 공작은 우리 친구예요!"

"아무리 그래도 공작은 영국인이고, 우리와 싸우고 있어. 공작에 대해서는 그 여자가 하고 싶은 대로 내버려둬. 나는 거기에 빈 술병만큼의 관심도 없어."

아토스는 마지막 한 방울까지 술잔에 따르고는 빈 병을 휙 던져버렸다.

"잠깐만요." 다르타냥이 말했다. "공작을 이런 식으로 버릴 수는 없어요. 공작은 우리한테 훌륭한 말을 주기도 했잖아요."

"훌륭한 안장도 주었지." 망토 어깨에 금술 장식을 달고 있던 포르토스가 덧붙여 말했다.

“그리고 하느님은 죄인의 죽음이 아니라 개종을 바라신다네.” 아라미스가 말했다.

“아멘.” 아토스가 말했다. “자네들이 원한다면 그 이야기는 나중에 다시 하기로 하세. 하지만 그때 내 최대 관심사는, 다르타냥, 자네는 이해하겠지만, 그 여자가 추기경한테 억지를 부려 받아낸 일종의 백지 위임장을 빼앗는 일이었어. 그것만 있으면 그 여자는 자네를, 어쩌면 우리까지 없애고도 아무런 벌도 받지 않을 수 있을 테니까.”

“정말 악독한 여자군!” 포르토스가 닭고기를 자르고 있는 아라미스에게 접시를 내밀면서 외쳤다.

“그런데 그 백지 위임장은 어떻게 됐습니까?” 다르타냥이 물었다. “아직도 그 여자 손에 있나요?”

“아니, 내 수중에 들어왔어. 하지만 어렵지 않게 손에 넣었다고는 말하지 않겠네. 그러면 거짓말이 될 테니까.”

“아, 아토스” 다르타냥이 말했다. “내 목숨을 몇 번이나 구해주었는지, 이젠 셀 수도 없군요.”

“그럼 그때 자네가 우리보다 먼저 나간 건 그 여자한테 가기 위해서였나?” 아라미스가 물었다.

“그렇다네.” 아토스가 대답했다.

“그래서 추기경이 쓴 편지를 손에 넣었군요?” 다르타냥이 물었다.

“이게 그거야.” 아토스가 말했다.

그는 망토 주머니에서 귀중한 서류를 꺼냈다.

다르타냥은 손이 떨리는 것을 굳이 감추려 하지도 않고 종이를 펴서 읽었다.

이 서류를 소지한 자가 행한 일은 모두 내 명령에 따라 국익을 위해 행한 것임을 증명하노라.

1627년 12월 3일
리슐리외

"그야말로 백지 위임장이군." 아라미스가 말했다.

"이런 서류는 찢어버려야 돼요!" 다르타냥이 외쳤다. 자신의 사형 선고서를 읽은 듯한 기분이 들었던 것이다.

"천만에. 그 반대야." 아토스가 말했다. "소중히 보관해야 돼. 나는 누가 금화를 산더미처럼 준다 해도 이 서류를 내주지 않을 거야."

"그 여자는 앞으로 어떻게 할까요?" 다르타냥이 물었다.

"글쎄." 아토스가 대수롭지 않다는 듯이 대답했다. "아마 추기경에게 편지를 써서, 아토스라는 못된 총사한테 통행증을 강탈당했다고 하소연하겠지. 그리고 아토스와 함께 그의 두 친구인 포르토스와 아라미스도 없애는 게 좋겠다고 말하겠지. 그러면 추기경은 이들 세 사람이 길에서 만난 삼총사라는 것을 생각해낼 것이고, 어느 맑은 날 아침에 추기경은 다르타냥을 체포하도록 하고, 다르타냥이 혼자 심심하지 않도록 우리도 함께 바스티유로 보내겠지."

"설마!" 포르토스가 말했다. "무슨 농담을 그렇게 하나?"

"농담이 아니야." 아토스가 대답했다.

"그 빌어먹을 밀레디의 목을 비트는 것이 저 가엾은 위그노들의 목을 비트는 것보다 가벼운 죄라는 걸 알고 있나? 위그노들은 우리가 라틴어로 부르는 찬송가를 프랑스어로 부르는 죄

239

밖에는 지은 적이 없으니까." 포르토스가 말했다.

"신부님은 어떻게 생각하나?" 아토스가 침착하게 물었다.

"나도 포르토스와 같은 의견이야." 아라미스가 대답했다.

"나도 동감이에요!" 다르타냥이 말했다.

"그 여자가 멀리 있어서 다행이군." 포르토스가 말했다. "솔직히 말해서 그 여자가 여기 있다면 나도 곤란할 테니까 말이야."

"그 여자는 영국에 있어도 프랑스에 있는 거나 마찬가지로 내겐 골칫거리야." 아토스가 말했다.

"어디에 있든 골칫거리죠." 다르타냥이 말했다.

"그 여자를 만났을 때 왜 물에 빠뜨려 죽이거나 목 졸라 죽이거나 목매달아 죽이지 않았나? 그렇게 죽였다면 다시는 나타나지 못할 텐데."

"그렇게 생각하나, 포르토스?" 아토스가 침울한 미소를 지으며 대답했다. 이 미소를 이해한 사람은 다르타냥뿐이었다.

"좋은 생각이 있어요." 다르타냥이 말했다.

"뭐지?" 총사들이 입을 모아 말했다.

"전투 준비!" 그리모가 외쳤다.

젊은이들은 재빨리 일어나 총으로 달려갔다.

이번에는 스물다섯 명 정도의 소대가 오고 있었다. 하지만 그들은 공병이 아니라 수비병들이었다.

"진지로 돌아가는 게 어때?" 포르토스가 말했다. "수적으로 상대가 안 될 것 같은데."

"세 가지 이유 때문에 안 돼." 아토스가 대답했다. "첫째, 아직 식사가 끝나지 않았어. 둘째, 중요한 이야기를 끝내지 않았어. 셋째, 한 시간이 되려면 10분은 더 있어야 돼."

“그렇다면 작전을 세울 필요가 있겠어.” 아라미스가 말했다.

“작전은 간단해.” 아토스가 대답했다. “적이 사정거리 안으로 들어오면 당장 발사한다. 그래도 적이 계속 다가오면 다시 발사한다. 그래도 쓰러지지 않은 놈들이 공격해오면, 성벽 아래의 해자까지 오도록 내버려두었다가, 이 성벽을 밀어서 놈들의 머리 위로 무너뜨린다. 지금은 성벽이 간신히 균형을 유지하고 있지만, 조금만 떼밀면 균형이 깨져서 무너질 거야.”

“좋아!” 포르토스가 외쳤다. “자네는 타고난 장군감이야. 추기경은 자기가 위대한 전략가라고 생각하지만, 자네에 비하면 아무것도 아니야.”

“탄약을 낭비하지 말고, 각자 한 놈씩 표적을 정해서 겨냥해.”

“나는 저놈으로 정했어요.” 다르타냥이 말했다.

“나는 저놈이야.” 포르토스가 말했다.

“나는 저놈.” 아라미스가 말했다.

“발사!” 아토스가 말했다.

네 발의 총알이 동시에 발사되었고, 네 명이 쓰러졌다.

당장 북소리가 울려 퍼지기 시작했다. 소대는 일제히 돌격해왔다.

총성이 불규칙적으로 이어졌지만, 겨냥은 여전히 정확했다. 하지만 적들은 이쪽의 수적 열세를 알고 있는 듯 계속 구보로 전진했다.

세 발의 총알에 다시 두 명이 쓰러졌지만, 그래도 남은 적들의 발걸음은 느려지지 않았다.

성벽 아래까지 도달한 적은 열네댓 명 정도였다. 마지막 일제사격을 가했지만, 그들의 전진을 막지는 못했다. 적들은 해자로 뛰어들어 성벽의 틈새를 기어오르려고 했다.

“자.” 아토스가 말했다. “단번에 끝내버리자. 성벽으로! 성벽으로!”

네 친구는 그리모와 함께 거대한 성벽을 떼밀기 시작했다. 성벽은 바람에 밀린 것처럼 비스듬히 기울더니, 토대에서 떨어져 무시무시한 굉음과 함께 해자 속으로 무너져 내렸다. 그러자 커다란 비명 소리가 들리고, 먼지 구름이 하늘로 피어올랐다. 모든 것이 끝났다.

“한 놈도 남김없이 짓뭉갰나?” 아토스가 물었다.

“그런 것 같은데요.” 다르타냥이 대답했다.

“아니야.” 포르토스가 말했다. “저기 서너 명이 절뚝거리면서 달아나고 있어.”

실제로 서너 명이 진창과 피로 범벅이 된 처참한 꼴로 움푹 내려앉은 길을 따라 성내 쪽으로 달아나고 있었다. 소대에서 살아남은 것은 그들뿐이었다.

아토스는 회중시계를 보았다.

“여기 온 지 한 시간이 지났으니, 이제 내기에는 이겼어. 하지만 아무도 이의를 제기할 수 없게 이겨야 돼. 게다가 다르타냥은 아직 생각을 말하지 않았어.”

아토스는 여느 때처럼 차분하게 먹다 남은 음식이 있는 곳으로 돌아가서 그 앞에 앉았다.

“내 생각이라고요?” 다르타냥이 물었다.

“그래. 아까 좋은 생각이 있다고 하지 않았나?” 아토스가 대답했다.

“아, 그랬죠!” 다르타냥이 말을 받았다. “내가 다시 영국으로 건너가서 버킹엄 공작을 만나, 그의 목숨을 노리는 음모가 꾸며지고 있다고 알려주면 어떨까요?”

"그건 안 돼." 아토스가 냉정하게 말했다.

"왜요? 전에도 해본 적이 있잖아요?"

"그래. 하지만 그때는 전시가 아니었어. 그때는 버킹엄 씨가 적이 아니라 우리 편이었어. 자네가 하려는 일은 반역죄나 마찬가지야."

다르타냥도 이 주장의 설득력을 깨닫고 입을 다물었다.

"하지만 나한테도 좋은 생각이 있는데……." 포르토스가 말했다.

"조용히 하고 포르토스의 생각을 들어보세." 아라미스가 말했다.

"나는 트레빌 대장에게 말해서 휴가를 얻겠어. 구실은 자네들이 생각해줘. 나는 핑계를 대는 데에는 소질이 없으니까. 밀레디는 나를 모르니까 내가 접근해도 경계하지 않을 거야. 그래서 그 여자를 붙잡으면 목을 비틀어버리는 거야."

"포르토스의 생각을 채택하고 싶은 마음이 굴뚝같군." 아토스가 말했다.

"그건 안 돼! 여자를 죽이다니!" 아라미스가 말했다. "아니, 기다려. 내게도 좋은 생각이 있어."

"그럼 자네 생각을 말해보게, 아라미스!" 아토스가 그에게 경의를 표하며 말했다.

"왕비님께 알려야 해."

"아, 그래!" 포르토스와 다르타냥이 입을 모아 외쳤다. "드디어 방법을 찾은 것 같아!"

"왕비님께 알린다고?" 아토스가 말했다. "하지만 어떻게? 궁정에 연줄이 있나? 이 주둔지에서 아무도 모르게 파리로 사람을 보낼 수 있을까? 여기서 파리까지는 6백 킬로미터가 넘어. 우리 편지가 앙제에 도착하기도 전에 우리 모두 감옥에 갇히게 될 거야."

"왕비님께 편지를 전달하는 일이라면 내가 맡을 수 있어." 아라미스가 얼굴을 붉히면서 제안했다. "투르에 아는 사람이 있는데, 아주 영리해서……."

아라미스는 아토스가 빙긋 웃는 것을 보고 입을 다물었다.

"이 방법은 불가능하다는 거군요, 아토스?" 다르타냥이 물었다.

"반대하는 건 아니야." 아토스가 말했다. "다만 아라미스는 진지를 떠날 수 없고, 우리가 아닌 다른 사람에게 맡기는 건 위험하다는 점을 지적하고 싶을 뿐이야. 심부름꾼이 떠나고 두 시간만 지나면 추기경의 심복은 경찰관도 판사도 모두 자네 편지를 줄줄 꿰게 될 것이고, 아라미스와 영리하다는 사람, 아니 우리 모두 체포되겠지."

"왕비가 버킹엄 공작은 구해주겠지만 우리까지 구해주지는 못할 거야." 포르토스도 반대의 뜻을 나타냈다.

"포르토스의 말에도 일리가 있어요." 다르타냥이 말했다.

"아니, 성내에서 무슨 일이 일어난 거지?" 아토스가 물었다.

"전투 준비를 하라는 북을 치고 있는데요."

귀를 기울이니, 과연 북소리가 그들에게까지 들려왔다.

"이번에는 1개 연대를 통째로 보낼 모양이야." 아토스가 말했다.

"1개 연대를 상대로 버틸 생각은 아니겠지?" 포르토스가 물었다.

"그러면 안 될 이유라도 있나?" 아토스가 말했다. "얼마든지 해낼 수 있을 것 같아. 포도주를 여남은 병만 더 가져왔더라면, 1개 연대가 아니라 1개 군단이라도 끝까지 버티겠는데."

"북소리가 점점 가까워지는데요." 다르타냥이 말했다.

"올 테면 오라고 해." 아토스가 말했다. "여기서 성내까지는 15분 거리니까, 성내에서 여기까지도 15분은 걸려. 15분이면 우리가 계획을 세우기에 충분한 시간이야. 일단 여기서 나가면, 이렇게 편리한 장소를 다시는 찾기 힘들 거야. 잠깐만. 마침 좋은 생각이 났어."

"어서 말해봐."

"그리모한테 몇 가지 필요한 지시를 내릴 테니까 잠깐만 기다리게."

아토스가 하인에게 가까이 오라고 손짓했다.

"그리모." 아토스가 보루 여기저기 흩어져 있는 시체들을 가리키며 말했다. "저 친구들을 끌어다가 성벽에 세워놓고, 머리에 모자를 씌우고, 손에 총을 쥐어줘라."

"우와!" 다르타냥이 외쳤다. "무슨 작전인지 알겠어요!"

"안다고?" 포르토스가 물었다.

"그리모, 자네도 이해하나?" 아라미스가 물었다.

그리모는 알겠다는 시늉을 했다.

"그러면 됐어." 아토스가 말했다. "이제 내 생각을 말하지."

"하지만 나는 아직 잘 모르겠는걸. 나도 알고 싶어." 포르토스가 말했다.

"몰라도 돼."

"그래요. 아토스의 생각을 들어봅시다." 다르타냥이 말했다.

"밀레디, 그 악마 같은 여자한테 시숙이 있다고 하지 않았나, 다르타냥?"

"그래요. 나도 그 사람을 잘 아는데, 제수한테 별로 호의를 갖고 있지 않은 것 같더군요."

"우리한테 해로울 건 없어." 아토스가 대답했다. "그 여자를 싫어한다면 더욱 좋지."

"그러면 우리는 완전히 만족하겠죠."

"그런데 나는 그리모가 하고 있는 일을 정말로 이해하고 싶어." 포르토스가 말했다.

"조용히 해, 포르토스!" 아라미스가 말했다.

"시숙의 이름이 뭔가?"

"윈터 경입니다."

"지금 어디 있나?"

"전쟁이 난다는 소문이 돌자마자 런던으로 돌아갔어요."

"그 사람이야말로 우리가 필요로 하는 사람이야." 아토스가 말했다. "그에게 알려야 해. 제수가 누군가를 죽이려고 한다는 걸 알려주고, 그 여자한테서 잠시도 눈을 떼지 말고 감시해달라고 부탁하는 거야. 런던에도 마들로네트* 같은 수용시설이 있겠지. 윈터 경이 그 여자를 그런 곳에 집어넣어준다면 우리는 안심할 수 있을 거야."

"그 여자가 나올 때까지는요." 다르타냥이 말했다.

"다르타냥, 자네는 요구가 지나쳐!" 아토스가 받았다. "자네를 위해 지혜를 다 짜내서, 이젠 밑천이 바닥났어."

"이게 제일 좋은 생각인 것 같아." 아라미스가 말했다. "왕비와 윈터 경 양쪽에 알리는 거야."

"그래. 하지만 누구한테 부탁해서 투르와 런던에 편지를 보내지?"

"바쟁이라면 잘 해낼 거라고 보증할 수 있어." 아라미스가 말했다.

“나는 플랑셰를 보증할 수 있어요.” 다르타냥이 말했다.

“사실 우리는 진지를 떠날 수 없지만, 하인들은 떠날 수 있지.” 포르토스가 말했다.

“그래.” 아라미스가 말했다. “오늘 당장 편지를 써서, 하인들에게 노자를 주어서 보냅시다.”

“노자를 준다고?” 아토스가 되물었다. “그럴 돈이 있나?”

네 친구는 서로 얼굴을 쳐다보았다. 잠시 밝아졌던 그들의 얼굴에 다시 구름이 덮였다.

“전투 준비!” 다르타냥이 외쳤다. “검은 점과 붉은 점들이 저기서 움직이고 있는 게 보입니다. 아토스, 아까 연대에 대해서 뭐라고 했죠? 저건 연대가 아니라 진짜 군대예요!”

“정말 그렇군.” 아토스가 말했다. “올 것이 왔구나. 북도 치지 않고 나팔도 불지 않고 슬금슬금 다가오는 저 교활한 놈들 좀 봐. 아하! 끝났나, 그리모?”

그리모는 그렇다는 몸짓을 하고, 살아 있는 것처럼 그럴듯한 자세로 세워둔 열두 구의 시체를 가리켰다. 어떤 놈들은 앞에총 자세로 서 있고, 또 어떤 놈들은 총을 겨누고 있고, 또 어떤 놈들은 칼을 들고 있었다.

“좋았어!” 아토스가 말했다. “상상력이 대단하구나, 그리모!”

“그래도 나는 모르겠는걸. 저렇게 한 이유가 뭐야?” 포르토스가 말했다.

“우선 여기서 철수합시다.” 다르타냥이 끼어들었다. “이유는 나중에 알게 될 거예요.”

“잠깐만 기다려. 그리모에게 그릇 치울 시간은 줘야지.”

“검고 붉은 점들이 점점 커지고 있어. 나는 다르타냥과 같은 생각이야. 진지로 돌아가려면 낭비할 시간이 없어.” 아라미스가 말했다.

"물론 나도 퇴각하는 데 반대하는 건 아니야." 아토스가 말했다. "한 시간 버티겠다고 내기를 걸었는데, 벌써 한 시간 반이나 머물렀으니까. 그리고 이젠 의논할 일도 없으니까 그만 가자! 자, 모두 떠나세!"

그리모는 이미 바구니와 디저트를 챙겨서 앞장섰다.

네 친구가 그리모를 따라 밖으로 나와서 여남은 걸음을 걸었을 때였다.

갑자기 아토스가 외쳤다.

"이런! 도대체 지금 뭘 하고 있는 거지?"

"뭘 두고 왔나?" 아라미스가 물었다.

"깃발을 놓고 왔어! 깃발을 적의 손에 넘겨서는 안 돼! 비록 냅킨으로 만든 깃발이라 해도 말이야."

아토스는 보루 안으로 다시 뛰어들더니 성벽 꼭대기로 올라가서 깃발을 빼냈다. 하지만 라로셸 병사들은 이미 사정거리 안에 들어와 있었기 때문에, 일부러 그러는 것처럼 적의 총구 앞에 모습을 드러낸 아토스를 향해 일제히 사격을 가했다.

이 장면을 본 사람은 일종의 마력이 아토스를 지켜주고 있다고 생각했을 것이다. 그 많은 총알이 아토스 주위를 휙휙 지나갔지만, 단 한 발도 맞지 않았기 때문이다.

아토스는 적군을 향해 등을 돌리고 아군 진영을 향해 깃발을 흔들었다. 요란한 함성이 양쪽에서 동시에 울려 퍼졌다. 한쪽은 분노의 함성이었고, 또 한쪽은 열광의 함성이었다.

두 번째 일제사격이 이어졌다. 세 발의 총알이 냅킨을 관통하여 그것을 진짜 군기답게 만들어버렸다. 아군 진영에서 모두 입을 모아 외치는 소리가 들려왔다.

"내려와! 내려와!"

아토스가 내려왔다. 불안한 마음으로 기다리고 있던 친구들은 그가 나타난 것을 보고 뛸 듯이 기뻐했다.

"빨리 가요, 아토스." 다르타냥이 말했다. "서둘러요! 이제 돈만 빼고는 전부 다 찾았으니까, 여기서 죽으면 미련한 짓이죠."

하지만 아토스는 친구들이 무슨 말을 해도 계속 당당하게

걸어갔다. 친구들은 무슨 말을 해도 소용없다는 것을 알고 그
와 보조를 맞추었다.

바구니를 든 그리모는 한참 앞섰기 때문에 벌써 사정거리를
벗어나 있었다.

잠시 후, 그들은 요란한 일제사격 소리를 들었다.

"무슨 일이지?" 포르토스가 물었다. "어디다 쏘고 있는 거
야? 총알도 날아오지 않고 적도 안 보이는데."

"시체들을 향해 쏘고 있다네." 아토스가 대답했다.

"하지만 시체들은 응사하지 않잖아."

"그야 그렇지. 그래서 적들은 복병이 있다고 생각할 테고,
어떻게 해야 할지 의논할 테고, 정찰대를 보내겠지. 그래서 우
리가 장난쳤다는 것을 알아차렸을 때쯤이면 우리는 사정거리
밖으로 벗어나 있을 거야. 서두를 필요가 없는 건 그 때문이야.
식사하고 나서 곧바로 뛰면 옆구리만 아프지."

"아, 이제야 알겠군!" 포르토스가 감탄하며 외쳤다.

"다행이군!" 아토스가 어깨를 으쓱하며 말했다.

진지에서는 네 친구가 걸어서 돌아오는 것을 보고 열렬한
환호성을 터뜨렸다.

마침내 또다시 일제사격 소리가 들렸고, 이번에는 총알이
네 친구 주위의 돌에 맞아 튕기거나 그들의 귀 옆을 스치며 핑
핑 소리를 냈다. 라로셸 병사들이 결국 보루를 탈환한 것이다.

"사격이 형편없는 놈들이군." 아토스가 말했다. "우리가 몇
명이나 죽였지? 열두 명?"

"열다섯 명은 될 거야."

"성벽에 깔려 죽은 숫자는?"

"열 명쯤 될걸."

“그런데도 우리는 긁힌 상처 하나 안 입었단 말이지? 아니, 그게 아니군! 다르타냥, 손에 그거 뭐지? 피처럼 보이는데?”

“아무것도 아니에요.” 다르타냥이 말했다.

“유탄에 맞았나?”

“아니에요.”

“그럼 뭐야?”

앞에서도 말했듯이 아토스는 다르타냥을 아들처럼 아끼고 있었다. 이 우울하고 엄격한 사나이도 이따금 다르타냥을 대할 때면 아버지 같은 마음씨를 보였다.

“약간 긁혔을 뿐이에요.” 다르타냥이 대답했다. “내 손가락이 두 개의 돌, 그러니까 성벽의 돌과 반지의 보석 사이에 끼어서 살갗이 찢어졌어요.”

“다이아몬드 반지를 끼고 있으면 그런 꼴을 당하게 마련이지.” 아토스가 경멸하듯 말했다.

“아니, 잠깐만.” 포르토스가 외쳤다. “정말 다이아몬드가 있구나. 다이아몬드가 있는데 무엇 때문에 돈이 없다고 걱정하는 거야?”

“그래, 맞아!” 아라미스가 말했다.

“잘했어, 포르토스! 이번은 자네도 좋은 걸 생각해냈군.”

“당연하지.” 포르토스가 아토스의 칭찬에 우쭐거리면서 말했다. “다이아몬드가 있으니까 그걸 팔자.”

“하지만 이건 왕비님이 주신 거예요.” 다르타냥이 말했다.

“그러니까 더욱더 팔아야지.” 아토스가 말을 받았다. “왕비님이 사랑하는 버킹엄 공작을 구하는 일이니까, 그보다 더 시급한 일은 없어. 왕비님이 친애하는 우리를 구하는 일이니까, 그보다 더 당연한 일은 없어. 그러니 다이아몬드를 팔자. 신부님 생각은 어떠신가? 포르토스의 의견은 묻지 않겠네. 이미 밝혔으니까."

"내 생각은……" 아라미스가 얼굴을 붉히면서 말했다. "다르타냥의 반지는 애인에게 받은 게 아니고, 따라서 사랑의 증표로 볼 수도 없으니까, 팔아도 괜찮지 않을까 싶은데……."

"자네 말은 신학 그 자체 같군. 그래서 결론은?"

"다이아몬드를 팔자는 거야." 아라미스가 대답했다.

"그럼 좋아요." 다르타냥이 명랑하게 말했다. "다이아몬드를 팔기로 하죠. 그러니 여기에 대해서는 더 이상 이야기하지 맙시다."

사격이 계속되었지만, 네 친구는 이미 사정거리를 벗어나 있었다. 라로셸 병사들은 그저 위안 삼아 쏘는 시늉만 하고 있을 뿐이었다.

"정말 포르토스가 마침맞게 좋은 생각을 했어!" 아토스가 말했다. "이젠 진지에 들어왔으니까, 이 문제에 대해서는 더 이상 말하지 마. 모두 우리를 지켜보고 있어. 우리를 맞으러 나오고 있어. 우리를 개선장군처럼 대할 거야."

아까도 말했듯이, 정말로 진영 전체가 흥분에 휩싸여 있었다. 2천 명이 넘는 사람들이 굉장한 구경거리라도 보려는 듯 네 친구의 성공적인 허세를 보려고 모여들었다. 그들은 그 허세의 진짜 이유를 전혀 눈치채지 못했다. 들리는 소리는 "근위대 만세! 총사대 만세!"라는 환호성뿐이었다.

뷔지니 씨가 맨 먼저 다가와서 아토스의 손을 잡고 흔들며 내기에 졌음을 인정했다. 용기병과 스위스 용병도 그 뒤를 따랐다. 이어서 모든 전우가 밀려들었다. 축하 인사와 악수와 포옹이 끝없이 이어졌고, 라로셸 시민들에 대한 비웃음도 끊이지

않고 계속되었다. 소동이 너무 커서, 추기경은 반란이라도 일어난 줄 알고 자신의 친위대장인 라 우디니에르를 보내 무슨 일인지 알아보게 했다.

사람들은 그동안 있었던 일을 추기경의 전령에게 열정적으로 이야기했다.

추기경은 돌아온 라 우디니에르를 보자마자 물었다.

"무슨 일인가?"

"세 명의 총사와 한 명의 근위대원이 생제르베 보루에서 식사를 할 수 있는지를 놓고 뷔지니 씨와 내기를 했답니다. 그런데 그들은 식사를 하면서 두 시간 동안 적과 맞서서 보루를 점거했고, 몇 명인지는 모르지만 적군도 많이 죽였답니다."

"총사들의 이름은 알아냈나?"

"예, 알아냈습니다."

"이름이 뭐야?"

"아토스, 포르토스, 아라미스입니다."

"역시 그들이군!" 추기경이 중얼거렸다. "그리고 근위대원은?"

"다르타냥이랍니다."

"역시 그 젊은 친구로군! 어떻게 해서든 내 사람으로 만들어야 돼."

그날 저녁, 추기경은 아침의 무훈에 대해 트레빌과 담소를 나누었다. 트레빌은 모험의 주인공들에게 직접 들었기 때문에 전말을 추기경에게 자세히 전했고, 냅킨 사건도 잊지 않고 이야기했다.

"참 장한 일이오, 트레빌 씨." 추기경이 말했다. "그 영광스러운 깃발은 잘 보관했다가 나한테 넘기세요. 거기에 금실로 백합꽃 세 송이를 수놓아서 총사대의 부대기로 주겠소."

"그렇게 되면 근위대에게는 불공평한 처사가 될 겁니다. 다르타냥은 제 부하가 아니라 에사르 씨의 근위대 소속이니까요."

"그럼 다르타냥을 당신의 총사대에 넣으시오. 네 명의 용사가 그렇게 서로를 아끼는데, 같은 부대에서 근무하지 못한다면 그것 또한 불공평한 일이 아니겠소?"

그날 밤 트레빌은 이 좋은 소식을 삼총사와 다르타냥에게 전하고, 네 사람을 이튿날 아침 식사에 초대했다.

다르타냥은 기쁨을 억누를 수가 없었다. 모두 알다시피, 그의 평생 소원은 총사가 되는 것이었다.

세 친구도 무척 기뻐했다.

"정말 멋진 생각을 해내셨어요." 다르타냥이 아토스에게 말했다. "덕분에 우리는 영광을 얻었고, 중요한 대화도 나눌 수 있었으니까요."

"이제 우리는 누구의 의심도 받지 않고 다시 그 이야기를 계속할 수 있어. 하느님의 도움으로 이제부터 우리는 추기경 편으로 여겨질 테니까."

그날 저녁에 다르타냥은 에사르에게 가서 총사로 승진한 것을 보고했다.

에사르는 다르타냥을 무척 아끼고 있던 터라, 부대가 바뀌면 장비를 새로 마련해야 하니까 비용이 많이 들 거라면서, 필요한 게 있으면 도와주겠다고 말했다.

다르타냥은 정중히 사양했지만, 마침 다이아몬드 반지를 처분할 좋은 기회라는 생각이 들었다. 그래서 에사르에게 다이아몬드 반지를 내주면서 그것을 돈으로 바꾸고 싶으니 감정을 맡겨달라고 부탁했다.

이튿날 아침 여덟 시에 에사르의 하인이 다르타냥을 찾아와서 주머니를 건네주었는데, 그 안에는 7천 리브르의 금화가 들어 있었다.

그것이 왕비가 하사한 다이아몬드 반지의 값이었다.

제48장
집안 문제

아토스는 '집안 문제'라는 말을 생각해냈다. 집안 문제는 추기경의 조사 대상이 아니었다. 집안 문제는 가족 이외의 누구도 관여할 바가 아니었다. 집안 문제라면 전 세계 사람들 앞에서도 거기에 전념할 수 있다.

그래서 아토스는 집안 문제라는 말을 생각해낸 것이다.

아라미스는 하인들을 보낸다는 방법을 생각해냈다.

포르토스는 다이아몬드 반지를 팔아서 노자를 마련하는 방법을 찾아냈다.

다르타냥만 아무것도 생각해내지 못했다. 평소에는 네 사람 가운데 가장 창의력이 풍부했던 다르타냥이지만, 밀레디라는 이름만 들어도 심신이 마비된 듯 무력해져버렸다.

아니, 우리가 틀렸다! 다르타냥도 찾아낸 게 있었다. 다이아몬드 반지를 살 사람을 찾아냈으니까.

트레빌과의 식사는 유쾌했다. 다르타냥은 벌써 총사대 제복을 입고 있었다. 그는 아라미스와 체격이 비슷했는데, 다들 기억하겠지만 아라미스는 출판업자에게 원고료를 듬뿍 받아서 제복을 비롯한 모든 장비를 두 벌씩 장만해두었기 때문에, 그 한 벌을 다르타냥에게 내준 것이다.

지평선 위의 먹구름처럼 기분 나쁘게 다가오는 밀레디의 모습이 보이지만 않았다면, 다르타냥은 더 이상 바랄 게 없었을 것이다.

점심을 먹은 뒤 네 친구는 저녁에 아토스의 숙소에서 만나 일을 마무리하기로 약속했다.

다르타냥은 온종일 진지를 돌아다니며 총사 제복을 과시했다.

그날 저녁 약속 시간에 네 친구가 다시 모였다. 이제 결정해야 할 일은 세 가지뿐이었다.

밀레디의 시숙에게 뭐라고 편지를 쓸 것인가.

투르의 영리한 사람에게 뭐라고 편지를 쓸 것인가.

하인들 가운데 누가 그 편지를 가져갈 것인가.

네 친구는 저마다 자기 하인을 추천했다. 아토스는 주인이 허락하지 않으면 입을 실로 꿰맨 것처럼 과묵한 그리모의 신중함을 내세웠다. 포르토스는 무스크통이 보통 체격의 남자 네 명을 때려눕힐 수 있을 만큼 덩치가 크고 힘이 세다고 자랑했다. 아라미스는 바쟁의 영리함을 과장된 연설로 칭찬했다. 끝으로 다르타냥은 플랑셰의 용기를 굳게 믿고 있어서, 불로뉴에서 곤란한 일이 일어났을 때 플랑셰가 어떻게 행동했는지를 상기시켰다.

이 네 가지 장점은 오랫동안 논쟁과 멋진 연설을 낳았지만, 지루해질 염려가 있기 때문에 자세한 언급은 생략하기로 하겠다.

"불행하게도 우리가 보낼 사람은 그 네 가지 자질을 모두 갖추고 있어야 돼." 아토스가 말했다.

“하지만 그런 하인을 어디서 찾지?”

“어디에도 없어!” 아토스가 말했다. “그러니까 그리모를 보내자는 거야.”

“무스크통을 보내.”

“바쟁을.”

“플랑셰를. 플랑셰는 용감하고 영리해요. 이것만 해도 네 가지 자질 가운데 두 가지를 갖춘 거라고요.”

“중요한 건……” 아라미스가 말했다. “우리 하인 네 명 가운데 누가 가장 신중하고, 누가 가장 힘이 세고, 누가 가장 영리하고, 누가 가장 용감한지를 아는 게 아니라, 누가 가장 돈을 좋아하는지를 아는 거야.”

“맞는 말이야.” 아토스가 받았다. “사람을 고를 때는 장점이 아니라 결점을 생각할 필요가 있어. 과연 신부님은 대단한 인간성 탐구자야.”

“아무렴.” 아라미스가 대답했다. “우리는 성공하기 위해서만이 아니라 실패하지 않기 위해서라도 충분한 도움을 받을 필요가 있으니까. 실패할 경우, 날아가는 것은 하인들의 목이 아니라……”

“좀 작게 말해, 아라미스!” 아토스가 말했다.

“알았어. 하인들의 목이 아니라……” 아라미스가 말을 이었다. “주인들의 목이니까. 우리 하인들은 우리를 위해 목숨을 걸 만큼 충성스러울까? 아니야.”

“플랑셰라면 나를 위해 목숨을 걸 거라고 장담할 수 있어요.” 다르타냥이 말했다.

“그렇다면 그가 타고난 충성심에다 돈을 넉넉히 얹어주어서 플랑셰가 자립해서 살아갈 수 있게 해봐. 그러면 자네는 플랑세를 한 번이 아니라 두 번 보증할 수 있을 거야."

"아니야. 그래도 역시 속을지 몰라." 사물에 관해서는 낙관적이지만 사람에 관해서는 비관적인 아토스가 말했다. "하인들은 돈을 얻기 위해서라면 뭐든지 하겠지만, 도중에 겁이 나면 그만둘 거야. 일단 붙잡히면 고문을 당할 테고, 고문당하면 당장 자백하겠지. 제기랄, 우리는 어린애가 아니야! 영국에 가려면……" 아토스가 목소리를 낮추었다. "추기경의 밀정과 앞잡이들이 우글거리는 프랑스를 통과해야 하고, 배를 타려면 통행증이 있어야 해. 런던으로 가는 길을 물으려면 영어도 알아야 해. 내가 보기에는 하나같이 어려운 일이야."

"그렇지 않아요." 어떻게든 일이 성사되기를 바라는 다르타냥이 말했다. "내 생각에는 아주 쉬워 보이는데요. 추기경의 잔혹 행위에 대해 윈터 경에게 엄청난 이야기를 쓴다면……."

"목소리가 너무 커!" 아토스가 말했다.

"음모나 국가 기밀에 관해 쓴다면 우리 모두 고문과 참형을 피할 수 없겠죠." 다르타냥은 아토스의 충고에 따라 목소리를 낮추었다. "하지만 잊지 마세요, 아토스. 아까 당신 입으로 말했듯이, 우리는 윈터 경에게 보내는 편지에 집안 문제에 대해 쓸 것이고, 윈터 경에게 편지를 쓰는 목적은 밀레디가 런던에 도착해서 우리를 해코지하지 못하게 해달라고 부탁하기 위해서예요. 그러니까 이런 식으로 편지를 쓰면 좋을 겁니다."

"어떻게?" 아라미스가 벌써 비판적인 표정을 지으면서 말했다.

"친애하는 친구에게 삼가 아룁니다……."

"아, 그래! 영국인에게 '친애하는 친구'라……." 아토스가 끼어들었다. "시작이 멋지군! 참 훌륭해, 다르타냥! 그 한마디만 가지고도 자네는 고문에다 참수형까지 당하게 될 거야."

"좋아요. 그럼 그냥 '삼가 아룁니다'라고만 쓰죠."

"'각하' 정도는 써도 괜찮을 거야." 예의범절에 까다로운 아토스가 말했다.

"그러면 이렇게 하죠. '각하, 뤽상부르 근처의 작은 염소 사육장을 기억하십니까?'"

"이번에는 뤽상부르가 걸려! 모후*를 암시하는 말로 생각할 거야. 그건 현명하지 않아." 아토스가 말했다.

"그럼 그냥 간단하게 표현하죠. '각하, 누군가가 귀하의 목숨을 구해준 작은 공터를 기억하십니까?'"

"이보게, 다르타냥." 아토스가 말했다. "자네는 평생 가도 훌륭한 작가는 되기 어렵겠어! '귀하의 목숨을 구해준'이라니! 그건 예의에 벗어난 말이야! 귀족에게 그런 일을 상기시키면 안 돼. 은혜를 베풀고 나서 공치사하는 건 모욕을 주는 거나 마찬가지야."

"정말 까다롭군요!" 다르타냥이 말했다. "당신의 검열을 받으면서 편지를 써야 한다면, 차라리 그만두겠어요!"

"그게 좋겠어. 자네는 총과 칼을 다루게. 그 두 가지라면 솜씨가 꽤 좋으니까. 하지만 펜은 신부님께 넘기게. 글을 쓰는 건 신부님의 일이니까."

"아무렴." 포르토스가 말했다. "펜은 아라미스에게 넘겨. 아라미스는 라틴어로 논문을 쓰는 사람이니까."

"좋아요." 다르타냥이 말했다. "그럼 아라미스, 편지를 작성하세요. 하지만 간단명료하게 쓰세요. 안 그러면 이번에는 내가 잔소리를 할 테니까."

"알았어." 아라미스가 시인이라면 누구나 갖게 마련인 순진한 자신감을 드러내며 말했다. "하지만 좀 더 사정을 알려 줘. 물론 그 제수가 고약한 여자라는 건 여기저기서 들어서 알고 있고, 그 여자와 추기경의 대화를 엿듣고 증거도 잡았지만……."

"목소리를 낮추라니까." 아토스가 말했다.

"하지만 자세한 건 몰라." 아라미스가 말했다.

"그건 나도 마찬가지야." 포르토스가 말했다.

다르타냥과 아토스는 한동안 말없이 얼굴을 마주보았다. 마침내 아토스가 생각을 정리하고 마음을 가라앉힌 뒤, 여느 때보다 더 창백해진 얼굴로 알았다는 신호를 보냈다. 이제 말해도 좋다는 뜻임을 다르타냥은 알아차렸다.

"편지에 써야 할 말은 이거예요." 다르타냥이 입을 열었다. "'각하의 제수는 각하의 유산을 받기 위해 각하를 죽이려는 간악한 여자입니다. 하지만 그 여자는 애당초 각하의 동생과 결혼할 수 없는 처지였습니다. 왜냐하면 그 여자는 프랑스에서 이미 결혼했고, 게다가……."

다르타냥은 적당한 말을 찾고 있는 것처럼 말을 끊고 아토스를 바라보았다.

"남편에게 소박을 맞고 쫓겨났기 때문입니다." 아토스가 말했다.

"또한 전과의 낙인이 찍혔기 때문입니다." 다르타냥이 말을 이었다.

"설마!" 포르토스가 외쳤다. "그건 있을 수 없는 일이야! 시숙을 죽이려 했다고?"

"그래."

"이미 결혼했다고?" 아라미스가 물었다.

“그래.”

“그런데 남편이 그 여자의 어깨에 찍힌 백합꽃 낙인을 보았다고?” 포르토스가 외쳤다.

“그래.”

아토스는 ‘그래’라는 대답을 세 번 했는데, 할 때마다 억양이 점점 더 침울해졌다.

“그런데 백합꽃 낙인을 본 사람이 누구지?” 아라미스가 물었다.

“다르타냥과 내가 보았지. 아니, 순서대로 말하면 나와 다르타냥이 보았다네.” 아토스가 대답했다.

“그 독한 여자의 남편은 아직 살아 있나?” 아라미스가 물었다.

“아직 살아 있어.”

“확실해?”

“응.”

잠시 차가운 침묵이 흘렀다. 그동안 그들은 저마다 타고난 성격에 따라 거기에 영향을 받은 것을 느꼈다.

“이번에는……” 아토스가 먼저 침묵을 깨뜨렸다. “다르타냥이 멋진 구절을 생각해주었군. 편지에 맨 먼저 써야 할 내용은 바로 그거야.”

“자네 말이 맞아, 아토스!” 아라미스가 말했다. “하지만 그걸 글로 쓰는 건 상당히 고통스러운 일이지. 이런 편지는 대법관도 쓰기 힘들 거야. 소송 기록이라면 거침없이 술술 쓰는 대법관도 말이야. 좋아. 걱정하지 마. 이제부터 편지를 쓸 테니까 다들 조용히 해줘.”

아라미스는 펜을 들고 잠시 생각한 뒤, 여자처럼 작고 고운 글씨로 편지를 써 내려갔다. 그런 다음, 표현 하나하나를 심사숙고했다는 듯이 부드럽고 낮은 목소리로 천천히 읽었다.

각하,

이 글을 쓰고 있는 저는 언젠가 앙페르 가의 조그만 공터에서 각하와 결투하는 영광을 누린 사람입니다. 각하는 그 후 여러 번 저를 친구로 대해주셨기 때문에, 그 우정에 보답하고자 한 가지 조언을 드리려 합니다. 각하는 가까운 친척에게, 더구나 각하의 상속자로 믿고 있는 여자에게 두 번이나 희생당할 뻔했습니다. 각하는 모르고 계시지만, 그 여자는 영국에서 결혼하기 전에 이미 프랑스에서 결혼한 처지였습니다. 그런데 이번에 또다시 세 번째로 각하를 노리기 위해 어젯밤 영국을 향해 라로셸을 떠났습니다. 그 여자를 철저히 감시하십시오. 그 여자는 엄청나게 무서운 계획을 꾀하고 있으니까요. 그 여자의 정체를 알고 싶거든 그녀의 왼쪽 어깨를 보십시오. 그러면 그녀의 과거를 읽을 수 있을 것입니다.

"아, 훌륭해!" 아토스가 말했다. "아라미스, 자네는 정말이지 국무장관을 해도 될 만큼 글을 잘 쓰는군. 윈터 경도 이 경고를 받으면 분명히 조심할 테고, 설령 이 편지가 추기경의 손에 들어간다 해도 우리와 결부시킬 수는 없을 거야. 하지만 이 편지를 가져갈 하인이 샤텔로까지만 갔다 와 놓고 우리한테는 런던에 갔다 온 체할 수도 있으니까, 돈은 갈 때 절반만 주고 나머지 절반은 답장을 가지고 돌아오면 주겠다고 약속하세. 다이아몬드 반지는 갖고 있나?"

"반지보다 더 좋은 걸 갖고 있어요. 바로 현금이죠."

다르타냥이 말하면서 돈주머니를 탁자에 올려놓았다. 금화

소리를 듣고 아라미스가 눈을 들었다. 포르토스는 흠칫 놀랐다. 아토스는 여전히 태연했다.

"저 작은 주머니에 얼마가 들었지?" 아토스가 물었다.

"12프랑짜리 루이 금화로 7천 리브르가 들어 있어요."

"7천 리브르!" 포르토스가 외쳤다. "그 작은 다이아몬드가 7천 리브르짜리였다고?"

"그런 모양이야." 아토스가 말했다. "돈이 여기 있는 걸 보면 아무래도 그런 것 같아. 다르타냥이 자기 돈을 보냈을 리는 없으니까."

"그런데 이 모든 일에서 우리는 왕비님을 조금도 생각지 않고 있어요." 다르타냥이 말했다. "왕비님이 사랑하는 버킹엄 공작의 건강에도 조금은 신경을 씁시다. 왕비님께 적어도 그 정도 빚은 지고 있어요."

"맞는 말이야." 아토스가 말했다. "하지만 그것도 아라미스가 할 일이지."

그러자 아라미스가 얼굴을 붉히면서 말했다.

"내가 뭘 해야 하지?"

"간단해." 아토스가 대답했다. "투르에 살고 있는 영리한 사람에게 두 번째 편지를 쓰는 거야."

아라미스는 다시 펜을 들고, 다시 생각에 잠겼다. 그리고 다음과 같은 편지를 써서 친구들의 승인을 받기 위해 낭독하기 시작했다.

사랑하는 사촌누이에게,

프랑스의 번영을 위해, 또한 프랑스 왕국의 적을 혼란에 빠뜨리기 위해, 하느님이 지켜주시는 추기경 예하께서는 라로셸의 이교도 반역자들을 처단하려 하신다. 그들을 지원할 영국 함대는 라로셸 근처까지도 오지 못할 것 같다. 감히 말하건대 버킹엄 공작도 어떤 중대한 사건 때문에 출항조차 못할 거라고 확신한다. 예하께서는 과거와 현재만이 아니라 미래에도 가장 뛰어난 정치가이시다. 방해가 된다면 예하께서는 태양도 제압해버릴 것이다. 이 좋은 소식을 언니에게 전해주기 바란다. 나는 그 저주받은 영국인이 죽는 꿈을 꾸었다. 칼에 찔려 죽었는지 독살을 당했는지는 기억나지 않지만, 그가 죽는 꿈을 꾸었다는 것만은 확실하다. 너도 알다시피 내 꿈은 나를 속인 적이 없다. 따라서 나도 이제 곧 돌아가게 될 것이다.

"훌륭해!" 아토스가 외쳤다. "자네는 시인의 왕이야, 아라미스. 계시록처럼 난해하고 복음서처럼 진실해. 그 편지에 주소만 적으면 되겠군."

"그거야 쉽지." 아라미스가 말했다.

그는 편지를 예쁘게 접은 다음, 뒤집어서 이렇게 썼다.

투르, 재봉사, 마리 미송 양에게

세 친구는 서로 얼굴을 마주 보며 껄껄 웃었다. 감쪽같이 속았던 것이다.

"이젠 알겠지?" 아라미스가 말했다. "이 편지를 투르에 가져갈 수 있는 건 바쟁뿐이라는 걸. 내 사촌누이는 바쟁밖에 모르고, 바쟁밖에 믿지 않아. 다른 사람은 일을 망쳐놓을 거야. 게다가 바쟁은 야심도 있고 학식도 있어. 역사책도 꽤 읽어서, 식스투스 5세가 돼지치기에서 출세하여 교황이 된 것도 알고 있어. 바쟁은 나와 함께 성직에 들어갈 작정이니까, 언젠가는 교황이나 하다못해 추기경이 될 꿈을 가지고 있지. 이런 야망을 가진 사람은 쉽게 붙잡히지 않아. 설령 붙잡힌다 해도 순순히 자백하기보다는 순교자의 길을 택할 거야.”

“좋아요. 좋아.” 다르타냥이 말했다. “나는 바쟁을 보내는 데 찬성할 테니까, 내가 플랑셰를 보내는 데 찬성해주세요. 밀레디는 언젠가 플랑셰를 몽둥이로 두들겨 패서 쫓아낸 적이 있어요. 플랑셰는 기억력이 좋으니까, 복수만 할 수 있다면 죽어도 해낼 겁니다. 복수를 포기하느니 차라리 허리가 부러지는 게 낫다고 생각할 거예요. 아라미스, 투르 일은 당신한테 맡길 테니까, 런던 일은 나한테 맡기세요. 그러니까 플랑셰를 심부름꾼으로 선택해주세요. 게다가 플랑셰는 이미 나와 함께 런던에 가본 적이 있어서, ‘런던에는 어떻게 가면 됩니까’라든가 ‘제 주인인 다르타냥 씨’ 정도는 영어로 말할 수 있어요. 그러니까 안심해도 돼요. 플랑셰는 런던에 무사히 갔다 올 테니까요.”

“그렇다면 플랑셰에게는 갈 때 7백 리브르, 돌아왔을 때 7백 리브르를 줘야 하고, 바쟁에게는 갈 때 3백 리브르, 돌아왔을 때 3백 리브르를 줘야 해. 그러면 5천 리브르가 남으니까, 각자 1천 리브르씩 받아서 적절히 쓰고, 나머지 1천 리브르는 비상금으로 신부님에게 맡기는 게 어때?”

“아토스, 자네는 꼭 네스토르*처럼 말하는군.” 아라미스가 말했다. “네스토르는 그리스인들 중에서 가장 현명한 사람이었지.”

“그럼 결정이 났군.” 아토스가 말을 이었다. “플랑셰와 바쟁이 가는 거야. 그리모를 보내지 않기로 한 건 잘한 결정이야.

녀석은 내 방식에 익숙해져 있고, 게다가 어제 일로 많이 흔들렸는데, 여행까지 하게 되면 완전히 녹초가 되어버릴 거야."

그들은 플랑셰를 불러 지시를 내렸다. 플랑셰는 다르타냥에게 이미 통고를 받은 상태였다. 다르타냥은 그 일이 영광이고 돈도 얻을 수 있지만 위험한 일이라고 말했다.

"편지는 윗도리 안감 속에 숨겨서 가져가겠습니다." 플랑셰가 말했다. "만일 붙잡히면 편지를 삼켜버릴게요."

"하지만 삼키면 임무를 완수할 수 없게 돼." 다르타냥이 말했다.

"그럼 오늘 저녁에 사본을 만들어주세요. 내일까지 외워버릴 테니까요."

다르타냥은 '어때요? 내가 뭐랬죠?' 하고 말하는 것처럼 친구들을 돌아보았다. 그러고는 다시 플랑셰에게 말을 이었다.

"여드레 안에 윈터 경에게 갔다가 다시 여드레 안에 돌아와야 돼. 모두 합해서 열엿새야. 네가 떠난 뒤 열엿새째 되는 날 저녁 여덟 시에 나타나지 않으면 5분만 늦어도 돈은 없어."

"그렇다면 시계를 하나 구해주세요." 플랑셰가 말했다.

"이걸 가져가." 아토스가 자기 시계를 내주면서 말했다. "그리고 용감하게 행동해. 쓸데없이 지껄이거나 도중에 꾸물거리면, 네 주인의 목을 자르는 거나 마찬가지라는 걸 명심해. 네 주인은 너의 성실함을 굳게 믿기 때문에 너한테 맡기면 틀림없다고 우리한테 장담했어. 하지만 너의 실수로 다르타냥이 불행을 당하게 된다면 나는 네가 어디 있든 반드시 찾아내서 네 배를 갈라버릴 테니까, 그것도 명심해."

"오, 나리." 플랑셰는 아토스의 의구심에 모욕감을 느끼고 무엇보다도 총사의 차분한 태도에 놀라서 외쳤다.

“나는 산 채로 네 껍질을 벗겨버릴 거야” 포르토스도 눈을 부릅뜨면서 말했다.

“아, 나리!”

“그리고 나는 너를 야만인처럼 불에 태워 죽일 거야.” 아라미스가 부드럽고 아름다운 목소리로 말했다.

“아이고, 나리!”

플랑셰가 울음을 터뜨렸다. 으름장에 겁이 났기 때문인지, 아니면 네 친구의 우정에 감동했기 때문인지 판단하기란 어려운 일이었다.

다르타냥이 그의 손을 잡고 끌어안았다.

“이봐, 플랑셰. 이분들이 너에게 그런 말을 하는 것은 나에 대한 애정 때문이지만, 속으로는 너도 사랑하고 계셔.”

“아, 주인님! 제가 성공하든가, 제 몸뚱이가 네 토막으로 찢어지든가 할 겁니다. 설사 네 토막이 난다 해도 입을 열 토막은 없을 테니 안심하셔도 됩니다.”

플랑셰는 그가 말한 대로 밤사이에 편지를 외울 수 있도록 이튿날 아침 여덟 시에 떠나기로 결정했다. 그는 열엿새째 되는 날 저녁 여덟 시에 돌아오기로 했기 때문에, 아침 여덟 시에 떠나면 정확히 열두 시간을 버는 셈이었다.

이튿날 아침 플랑셰가 말에 오르려는데, 마음속으로 버킹엄 공작에게 호감을 가지고 있던 다르타냥이 플랑셰를 옆으로 데려가서 말했다.

“윈터 경에게 편지를 전해주고 나서 그분이 편지를 다 읽고 나면 이렇게 말해. ‘버킹엄 공작을 암살하려는 음모가 있으니까 공작 각하를 지켜주십시오.’ 이건 아주 심각하고 중대한 일이기 때문에, 이 비밀을 너한테 얘기하겠다고는 친구들한테도 말하지 않았어. 물론 편지에 적을 수도 없었지.”

“걱정 마세요, 나리. 저를 믿어도 된다는 걸 알게 되실 겁니다.”

플랑셰는 멋진 말에 올라탔다. 하지만 백 킬로미터쯤 가면 역참에서 말을 갈아타야 할 것이다. 플랑셰는 삼총사의 으름장 때문에 가슴이 조금 아팠지만 그것을 제외하면 가장 유쾌한 기분으로 힘차게 달렸다.

바쟁은 이튿날 아침에 투르로 떠났고, 여드레 안에 임무를 완수해야 했다.

충분히 이해할 수 있는 일이지만, 두 하인이 없는 동안 네 친구는 어느 때보다도 눈을 크게 뜨고 경계하면서 코로 바람 냄새를 맡고 귀를 곤두세웠다. 그들은 남의 말을 엿들으려 애쓰고 추기경의 거동을 살피고 진지에 도착하는 밀사들의 냄새를 맡으면서 나날을 보냈다. 예기치 않은 일로 부름을 받고 겁에 질린 것도 한두 번이 아니었다. 게다가 그들은 자신의 안전에도 유념해야 했다. 밀레디는 일단 사람들 앞에 나타나면 절대로 평화로운 잠을 허락하지 않는 유령 같은 존재였다.

여드레째 되는 날 아침, 네 친구가 파르파요 여관에서 식사를 하고 있을 때, 여느 때처럼 활달한 바쟁이 여느 때와 같은 미소를 띠고 나타나 미리 약속한 대로 이렇게 말했다.

“아라미스 나리, 사촌누이의 답장을 가져왔습니다.”

네 친구는 즐거운 시선을 교환했다. 일의 절반이 끝난 것이다. 물론 그 절반은 나머지 절반보다 짧고 쉬운 일이었지만.

아라미스는 저도 모르게 얼굴을 붉히면서 편지를 받아들었다. 편지는 투박한 필체였고, 맞춤법도 엉망이었다.

“맙소사!” 아라미스가 웃으면서 외쳤다. “이 누이한테는 완전히 손들었어. 가엾은 미숑은 절대로 부아튀르* 씨처럼 글씨를 쓰지는 못할 거야!"

"미숑이라니, 무슨 뜻입니까?" 편지가 도착했을 때 네 친구와 잡담을 나누고 있던 스위스 용병이 물었다.

"아무것도 아니오!" 아라미스가 말했다. "내가 한때 좋아했던 매력적인 재봉사인데, 기념으로 글을 몇 자 써서 보내달라고 부탁했지요."

아라미스는 편지를 읽은 다음 아토스에게 건네주었다.

"그 여자가 뭐라고 썼는지 보게, 아토스."

아토스는 편지를 훑어보고, 사람들이 조금이라도 의심하면 안 되니까 큰 소리로 읽었다.

사랑하는 사촌오빠에게,
언니와 나는 꿈을 아주 잘 알아맞혀요. 그래서 때로는 두려워질 때도 있지요. 하지만 오빠의 꿈은 개꿈이에요. 안녕히 계세요. 건강하시고, 이따금 소식을 주세요.

아글라에 미숑 올림

"도대체 무슨 꿈을 말하는 거요?" 아토스가 편지를 낭독하고 있을 때 다가온 용기병이 물었다.

"그래, 무슨 꿈이오?" 스위스 용병이 물었다.

"아!" 아라미스가 말했다. "아주 간단해요. 내가 꾼 꿈을 누이한테 말해주었지요."

"꿈 이야기를 하는 건 아주 간단한 일이지요. 하지만 난 꿈을 꾸지 않아요."

"운이 좋군요." 아토스가 일어나면서 말했다. "나도 그렇게 말할 수 있으면 얼마나 좋겠소."

다르타냥은 아토스가 일어나는 것을 보고 따라 일어나서 아토스의 팔을 잡고 밖으로 나왔다.

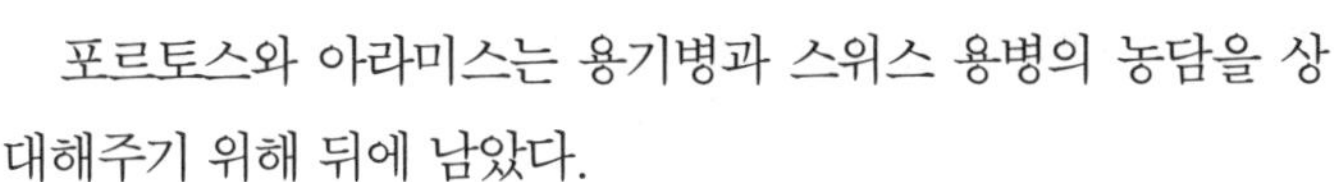

포르토스와 아라미스는 용기병과 스위스 용병의 농담을 상대해주기 위해 뒤에 남았다.

바쟁은 건초더미 위에 드러누웠다. 그는 스위스 용병보다 상상력이 풍부했기 때문에, 아라미스가 교황이 되어 그의 머리에 추기경 모자를 씌워주는 꿈을 꾸었다.

하지만 앞에서도 말했듯이 바쟁이 임무를 마치고 무사히 돌아온 것은 네 친구의 불안을 일부만 없애주었을 뿐이다. 기다리는 시간은 지루한 법이다. 특히 요즘 같으면 다르타냥은 하루가 48시간처럼 느껴질 정도였다. 항해란 피치 못할 사정 때문에 지연될 수 있다는 것도 잊었다. 그에게는 밀레디가 마녀처럼 대단한 능력을 가진 것처럼 느껴졌고, 그녀의 부하들도 그녀처럼 초자연적인 힘을 가진 것만 같았다. 그는 아주 작은 소리만 나도 자기를 체포하러 온 게 아닐까, 자기와 대질시키려고 플랑셰를 끌고 오는 게 아닐까 상상했다. 게다가 전에는 피카르디 출신인 플랑셰를 굳게 믿었지만, 이제는 그 신뢰감도 날이 갈수록 줄어들고 있었다. 그의 불안감은 너무 강렬해서 포르토스와 아라미스에게까지 전염되었다. 아토스만 신변에 아무 위험도 느끼지 않는 듯 평소와 다름없이 태연했다.

특히 열엿새째 되는 날에는 다르타냥과 두 친구가 동요하는 기색이 너무 두드러졌다. 그들은 잠시도 가만히 있지 못하고, 플랑셰가 돌아올 때 지나기로 한 길을 그림자처럼 헤매 다녔다.

아토스가 보다 못해 말했다.

"정말 자네들은 어린애들 같군. 여자 하나 때문에 그렇게 겁을 먹다니! 도대체 뭐가 문제야? 감옥에 들어가는 것? 하지만 누군가가 우리를 감옥에서 꺼내줄 거야. 보나시외 부인도 꺼내주었잖아. 아니면 목이 잘리는 것? 하지만 우리는 날마다 참호 속에서 그보다 더 심한 위험에 노출되어 있어. 총알 하나만 맞아도 다리가 부러질 수 있고, 그러면 외과의사가 넓적다리를 자르겠지. 그건 망나니에게 목이 잘리는 것보다 더 고통스러워. 그러니 진정해. 두 시간, 늦어도 여섯 시간 뒤에는 플랑셰가 돌아올 거야. 플랑셰는 그렇게 약속했고, 나는 그의 약속을 믿어. 내가 보기에는 아주 용감한 친구니까."

"하지만 돌아오지 않으면 어떡하죠?" 다르타냥이 물었다.

"돌아오지 않으면 늦는다는 뜻이지. 그것뿐이야. 말에서 떨어졌을지도 모르고, 갑판에서 나뒹굴었을지도 모르고, 말을 너무 빨리 몰아서 폐렴에 걸렸을지도 몰라. 온갖 사건 사고가 일어났을 가능성을 고려하세! 인생이란 자잘한 불행들이 묵주처럼 연결된 거야. 철학자는 인생을 웃으면서 이야기하지. 나처럼 철학자가 되게나. 앉아서 술이나 마시자고. 샹베르탱 포도주잔을 통해 보면, 미래는 항상 장밋빛으로 보이는 법이거든."

"그건 다 좋지만……" 다르타냥이 말했다. "새 술을 마실 때마다 밀레디의 포도주 저장실에서 나온 술이 아닐까 하고 걱정해야 하는 게 지겨워요.”

“너무 까다롭군.” 아토스가 말했다. “그렇게 아름다운 여자인데!”

“낙인찍힌 여자이기도 하지!” 포르토스가 큰 소리로 웃으면서 말했다.

아토스는 몸서리를 치고, 손으로 이마의 땀을 훔친 다음, 초조한 기분을 어쩌지 못하고 신경질적인 동작으로 일어섰다.

하지만 낮이 지나고, 여느 때보다 늦긴 했지만 마침내 저녁이 왔다. 술집은 손님으로 가득 찼다. 다이아몬드 반지를 판 돈에서 제 몫을 챙긴 아토스는 파르파요를 떠나지 않았다. 게다가 아토스는 그들에게 훌륭한 식사를 대접해준 뷔지니 씨가 훌륭한 노름 상대이기도 하다는 것을 알았다. 그들이 여느 때처럼 카드놀이를 하고 있을 때 시계가 일곱 시를 쳤다. 그들은 초소의 방비를 강화하기 위해 초병들이 지나가는 소리를 들었다. 일곱 시 반에 귀대를 알리는 북소리가 울렸다.

“다 글렀어요.” 다르타냥이 아토스의 귀에 대고 속삭였다.

“우리가 졌단 말이지.” 아토스는 침착하게 말하고, 주머니에서 4피스톨을 꺼내 탁자 위에 던졌다. “자, 여러분. 귀대를 알리는 북소리가 들리고 있습니다. 이제 그만 자러 갑시다.”

아토스는 파르파요 여관에서 나갔다. 다르타냥이 그 뒤를 따랐다. 아라미스도 포르토스와 팔짱을 끼고 따라왔다. 아라미스는 시를 웅얼거리고 있었고, 포르토스는 절망의 표시로 이따금 콧수염을 몇 올씩 잡아 뽑았다.

하지만 그때 갑자기 다르타냥의 눈에 익은 형체의 그림자가 어둠 속에서 나타나더니, 귀에 익은 목소리가 말했다.

“나리, 망토를 가져왔습니다. 오늘 밤에는 좀 쌀쌀해서요.”

“플랑셰!” 다르타냥이 기쁨에 취해서 외쳤다.

“플랑셰!” 포르토스와 아라미스도 외쳤다.

“그래, 플랑셰군.” 아토스가 말했다. “뭐가 그렇게 놀랍지? 플랑셰는 여덟 시에 돌아온다고 약속했는데, 지금 시계가 여덟 시를 치고 있군. 잘했다, 플랑셰! 너는 약속을 지키는 젊은이야. 네가 주인을 떠나게 되면 나한테 와. 언제든지 고용해줄 테니까.”

“그런 일은 절대 없을 겁니다!” 플랑셰가 말했다. “저는 결코 다르타냥 나리를 떠나지 않을 테니까요.”

그때 다르타냥은 플랑셰가 편지 한 통을 슬며시 손에 쥐어주는 것을 느꼈다.

다르타냥은 플랑셰가 떠날 때와 마찬가지로 돌아왔을 때도 껴안아주고 싶었다. 하지만 길 한복판에서 하인에게 이런 식으로 감정을 표현하면 지나가는 사람들이 이상하게 생각할지도 모른다. 그래서 그는 충동을 억눌렀다.

“편지가 왔어요.” 다르타냥이 친구들에게 말했다.

“잘됐군.” 아토스가 말했다. “집에 가서 읽어보세.”

편지가 다르타냥의 손 안에서 타는 것처럼 느껴졌다. 다르타냥은 걸음을 빨리하고 싶었지만, 아토스가 그의 팔을 잡아서 겨드랑이에 끼웠다. 그래서 다르타냥은 친구와 보조를 맞출 수밖에 없었다.

마침내 그들은 숙소에 들어가 등불을 켰다. 플랑셰는 네 친구가 기습당하지 않도록 입구에서 망을 보았다. 다르타냥은 떨리는 손으로 봉투를 뜯고, 그토록 간절히 기다리던 편지를 펼쳤다.

고맙소. 안심하시오.

아토스는 다르타냥의 손에서 편지를 받아들고 등불로 가져가서 불을 붙였다. 그리고 편지가 재로 변할 때까지 손에서 놓지 않았다.

편지를 태운 다음, 그는 플랑셰를 불러서 말했다.

"너는 7백 리브르를 요구할 권리가 있지만, 저렇게 작은 쪽지였으니 별로 위험하진 않았을 거야."

"그래도 감추려고 온갖 방법을 궁리했는걸요." 플랑셰가 말했다.

"그 이야기나 들어볼까." 다르타냥이 말했다.

"이야기하자면 깁니다, 나리."

"네 말이 맞다, 플랑셰." 아토스가 말했다. "게다가 소등나팔이 울렸으니까, 우리만 등불을 켜놓고 있으면 주의를 끌게 될 거야."

"좋습니다." 다르타냥이 말했다. "잠자리에 들기로 하죠. 플랑셰, 너도 잘 자라."

"열엿새 만에 처음으로 푹 잘 수 있겠군요." 플랑셰가 말했다.

"나도 마찬가지야!" 다르타냥이 말했다.

"나도!" 포르토스가 말했다.

"나도!" 아라미스가 말했다.

"사실 말하면 나도 그래!" 아토스가 말했다.

제49장

숙명

한편 밀레디는 갑판 위에서 분노에 미쳐 날뛰며 암사자처럼 으르렁거리고 있었다. 당장이라도 바다에 뛰어들어 육지로 헤엄쳐가고 싶은 충동이 그녀를 사로잡았다. 다르타냥에게 모욕당하고 아토스에게는 협박당했는데 그들에게 복수도 하지 않고 프랑스를 떠난다는 게 도저히 용납되지 않았다. 이윽고 그녀는 도저히 참을 수가 없어서 선장에게 상륙시켜달라고 간청했다. 하지만 선장은 쥐와 새 사이에 놓인 박쥐처럼 프랑스 순양함과 영국 순양함 사이에 끼어 있는 입장에서 벗어나고 싶은 마음이 간절했기 때문에, 한시 바삐 영국으로 돌아가려고 서두르는 참이었다. 그래서 밀레디의 부탁을 여자의 변덕으로 치부하고 들어주지 않았다. 하지만 그 여자는 추기경으로부터 특별히 부탁받은 손님이었기 때문에, 바다가 잔잔해지고 프랑스 사람들이 입항을 허가해준다면, 로리앙이나 브레스트 같은 브르타뉴의 항구에 내려주겠다고 약속했다. 그러나 바람은 역풍이고 바다는 거칠어서, 이리저리 침로를 바꾸며 바람이 불어오는 쪽으로 달렸다. 고통과 분노로 창백해진 밀레디가 피니스테르의 푸르스름한 해안을 본 것은 샤랑트를 떠난 지 아흐레가 지났을 때였다.

밀레디는 프랑스의 이 변두리 지역을 지나 추기경에게 돌아가려면 적어도 사흘은 걸릴 것이고, 거기에다 상륙하는 데 걸리는 하루를 더하면 나흘이 된다고 계산했다. 그 나흘을 지금까지 걸린 아흐레에 더하면 열사흘을 낭비하게 되는 셈이다. 이 열사흘 동안 런던에서는 중대한 사건이 수없이 일어날 수 있었다. 여기서 되돌아가면 추기경은 틀림없이 화를 낼 것이고, 따라서 다른 사람들을 고발하는 그녀의 하소연보다 그녀를 비난하는 다른 사람들의 이야기에 더 귀를 기울일 게 뻔했다. 그래서 그녀는 로리앙과 브레스트를 지나갈 때에도 선장에게 상륙시켜달라고 조르지 않았다. 선장은 또 선장대로 항구가 가까워지는 것을 그녀에게 알려주지 않았다. 그렇게 밀

레디는 항해를 계속하여, 플랑셰가 포츠머스 항에서 프랑스로 떠난 바로 그날 의기양양하게 입항했다.

포츠머스는 도시 전체가 이상한 흥분에 휩싸여 있었다. 최근에 완성된 대형 선박 네 척이 막 진수식을 끝낸 참이었다. 여느 때의 습관대로 반짝이는 황금과 다이아몬드

와 보석으로 치장하고 어깨까지 내려오는 하얀 깃털로 장식된 모자를 쓴 버킹엄이 그에 못지않게 화려한 차림의 참모들에게 둘러싸여 부두에 서 있는 모습이 보였다.

그날은 영국인들이 하늘에 태양이 있다는 사실을 모처럼 기억해내는 보기 드물게 맑은 겨울날이었다. 빛은 희미해졌지만 여전히 빛나는 태양이 수평선 위로 기울면서 하늘과 바다를 자줏빛의 불꽃 띠로 물들이고, 도시의 탑과 낡은 집에 황금빛 햇살을 던져 창문이 불타는 것처럼 보였다. 육지가 다가올수록 더욱 강렬하고 향기로워지는 바다 공기를 들이마시면서, 밀레디는 자신이 파괴해야 하는 이 강력한 군대의 준비 태세를 관찰하고, 약간의 황금만 가지고 그녀가 여자 몸으로 혼자 싸워야 하는 이 군대의 위력을 찬찬히 바라보면서, 속으로는 자신을 저 무서운 유대 여자 유디트와 비교하고 있었다. 아시리아군의 진영 깊숙한 곳으로 뚫고 들어가, 자신의 손짓 한 번이면 연기처럼 사라져버릴 엄청난 수의 전차와 말, 병사와 무기를 보았을 때의 유디트와 지금의 자신이 비슷하게만 느껴졌다.

배는 정박지로 들어갔다. 하지만 닻을 내릴 준비를 하고 있을 때, 중무장한 쾌속선이 다가왔다. 해안경비대였다. 쾌속선에서 보트 한 척이 내려지더니 상선 쪽으로 다가왔다. 보트에는 장교 한 명, 항해사 한 명과 노잡이 여덟 명이 타고 있었다. 장교만 상선에 올라와서 제복의 효과로 정중한 대접을 받았다.

장교는 선장과 잠시 대화를 나눈 뒤, 가져온 서류 한 장을 건네주었다. 그것을 읽은 선장의 명령에 따라 그 배의 모든 선원과 승객이 갑판에 소집되었다.

집합이 끝나자 장교는 그 배의 출항지와 항로와 기항지를 큰 소리로 물었고, 선장은 망설이지 않고 거침없이 대답했다.

그러자 장교는 모든 선원과 승객 앞을 지나가면서 한 사람씩 살펴보기 시작했다. 밀레디 앞에 이르자 장교는 걸음을 멈추고 유심히 살펴보았지만 말을 걸지는 않았다.

이 일이 끝나자 장교는 선장에게 돌아가 몇 마디 주고받은 다음, 이제부터는 그 배가 그의 휘하에 들어간 것처럼 명령을 내렸고, 그러자 선원들은 당장 움직이기 시작했다. 상선은 쾌속선의 호위를 받으며 다시 나아가기 시작했고, 중무장한 쾌속선은 여섯 문의 대포로 상선의 옆구리를 위협하면서 나란히 나아갔다. 보트는 상선 뒤에서 따라왔지만, 거대한 상선에 비하면 작은 점처럼 보였다.

장교가 밀레디의 얼굴을 유심히 살펴보는 동안, 밀레디도 그의 얼굴을 지그시 바라보았다. 여느 때라면 그 불타는 듯한 눈으로 상대의 마음속을 꿰뚫어보았을 테지만, 이번에는 상대의 무표정한 얼굴에서 아무것도 찾아내지 못했다. 그녀 앞에 서서 말없이 살펴본 장교는 나이가 스물대여섯 살쯤 되어 보였고, 하얀 얼굴에 조금 우묵한 눈은 연푸른색이었다. 얇고 단정한 입술은 늘 다물고 있었고, 힘차게 튀어나온 턱은 강한 의지력을 느끼게 했다. 영국인의 경우, 그 의지력은 대개 완고한 고집에 불과한 것이 보통이다. 시인과 광신자와 군인에게 어울리는 약간 벗어진 이마는 짧고 성긴 머리털로 간신히 덮여 있었는데, 머리카락은 얼굴 아래쪽을 뒤덮은 수염처럼 짙은 밤색을 띠고 있었다.

그들이 항구로 들어갔을 때는 벌써 어두워져 있었다. 안개 때문에 어둠이 더욱 짙었다. 안개는 비가 내리기 직전에 달 주위에 생기는 달무리처럼 방파제에 늘어서 있는 각등과 등대 주위에 둥근 고리를 이루고 있었다. 공기는 음산하고 축축하고 쌀쌀했다.

밀레디는 강한 여자였지만, 저도 모르게 몸이 떨리는 것을 느꼈다.

장교는 밀레디의 짐이 어떤 거냐고 물은 다음, 그것을 보트로 옮기게 했다. 그 일이 끝나자 장교는 밀레디에게 손을 내밀면서 보트에 탈 것을 청했다.

밀레디는 장교를 바라보며 망설였다.

"누구시죠?" 밀레디가 물었다. "누구신데 저한테 그런 특별한 관심을 보여주시는 거죠?"

"군복을 보면 내가 영국 해군 장교라는 것을 알 수 있을 텐데요." 젊은이가 대답했다.

"하지만 영국 해군 장교들은 영국 여자가 영국 항구에 들어오면 이렇게 돌봐주고 친절하게 상륙까지 시켜주는 게 관례인가요?"

"예, 부인. 전시에 외국인을 지정된 숙소로 데려가서 신상조사가 모두 끝날 때까지 당국이 감시하는 것은 친절해서가 아니라 신중함에서 비롯된 관례입니다."

이 말을 할 때 장교의 태도는 더없이 정중하고 침착했지만, 밀레디를 납득시키지는 못했다.

"하지만 나는 외국인이 아니에요." 밀레디가 순수한 영어로 말했다. 포츠머스와 맨체스터 사이에서 그보다 더 완벽한 영어는 들을 수 없을 터였다. "나는 클래릭 부인이고, 이런 조치는……."

"이 조치는 일반적으로 적용됩니다. 부인이라고 예외일 수는 없습니다."

"그럼 따라가겠어요."

밀레디는 장교의 손을 잡더니 사다리를 내려가기 시작했다. 사다리 밑에서 보트가 기다리고 있었다. 장교도 그녀를 따라왔다. 고물에 커다란 망토가 펼쳐져 있었다. 장교는 밀레디를 그 위에 앉히고 자기도 그 옆에 앉았다.

"출발." 그가 선원들에게 말했다.

여덟 개의 노가 일제히 소리를 내며 물속으로 들어가서 동시에 움직였다. 보트는 수면 위를 날고 있는 것처럼 보였다.

보트는 5분 뒤에 육지에 닿았다.

장교가 부두로 뛰어올라 밀레디에게 손을 내밀었다.

마차 한 대가 대기하고 있었다.

"우리가 탈 건가요?" 밀레디가 물었다.

"그렇습니다, 부인." 장교가 대답했다.

"숙소는 먼가요?"

"시내 반대편 끝입니다."

"그럼 가요." 밀레디가 말하고는 단호하게 마차에 올라탔다.

장교는 밀레디의 짐이 마차 뒤에 단단히 묶이는 것을 감독했고, 그 일이 끝나자 밀레디 옆에 앉아서 문을 닫았다.

마부는 당장 전속력으로 마차를 몰아 시내로 들어섰다. 명령을 받지도 않았고, 행선지를 들을 필요도 없었다.

이런 기묘한 대접은 밀레디에게 생각할 거리를 주었다. 장교는 대화를 나눌 기분이 아닌 듯했기 때문에, 밀레디는 마차의 한쪽 구석에 기대 앉아 머릿속에 떠오르는 온갖 억측을 차례차례 검토해보았다.

하지만 15분쯤 지나자 숙소까지의 거리가 너무 멀다는 생각이 들었다. 그래서 어디로 가고 있는지 보려고 문 쪽으로 몸을 기울였다. 이제는 집들도 보이지 않고, 어둠 속에서 나무들만이 서로 쫓고 쫓기는 시커먼 유령들처럼 나타났다 사라지곤 했다.

밀레디는 몸이 떨렸다.

"여기는 시내가 아닌데요?"

젊은 장교는 아무 말도 하지 않았다.

"나를 어디로 데려가는지 말해주지 않으면 더 이상 따라가지 않겠어요. 이건 경고예요!"

이런 위협도 장교한테서 반응을 끌어내지는 못했다.

"이건 너무해요!" 밀레디가 외쳤다. "도와주세요! 도와주세요!"

아무 응답도 없었다. 마차는 계속 빠른 속도로 달렸다. 장교는 석상처럼 보였다.

밀레디는 그녀 특유의 앙칼진 표정으로 장교를 쏘아보았다. 그 표정이 효과를 발휘하지 못하는 경우는 드물었다. 그녀의 눈은 분노 때문에 어둠 속에서도 번득이고 있었다.

젊은이는 여전히 냉정했다.

밀레디는 문을 열고 밖으로 몸을 던지려 했다.

"조심하십시오, 부인." 젊은이가 차갑게 말했다. "뛰어내리면 죽습니다."

밀레디는 화가 나서 씨근거리며 다시 몸을 뒤로 기댔다. 장교는 몸을 뒤로 젖히고, 이번에는 몸을 돌려 그녀를 살펴보았다. 전에는 그렇게 아름다웠던 얼굴이 분노로 일그러져 있는 것을 보고 장교는 놀란 것 같았다. 교활한 여자는 그런 식으로 속마음을 드러내 보이면 손해라는 것을 깨달았다. 그래서 표정을 누그러뜨리고 애교 섞인 목소리로 말했다.

"제발 부탁이에요. 나를 이렇게 거칠게 대하는 것은 당신 개인의 뜻인가요? 아니면 정부의 명령인가요? 그도 아니면 적의 소행인가요?"

"결코 거칠게 대하고 있지 않습니다. 부인에게 취해진 조치는 영국에 상륙하는 사람이라면 누구에게나 취할 수밖에 없는 지극히 단순한 예방책일 뿐입니다."

"그럼 당신은 내가 누군지 모르시나 보군요?"

"부인을 뵌 것은 이번이 처음입니다."

"그럼 나를 미워할 이유도 없는 거죠?"

"물론입니다. 맹세코 없습니다."

젊은이의 목소리는 조용하고 침착하고 부드럽기까지 해서 밀레디는 안심했다.

한 시간 남짓 달린 뒤, 마침내 마차는 철문 앞에 멈춰 섰다. 철문 안쪽에는 육중해 보이는 외딴 저택으로 이어지는 길이 뻗어 있었다. 마차 바퀴가 고운 모래 위를 굴러갈 때 밀레디는 요란한 소리를 들었다. 그것은 바위가 많은 해안에 파도가 밀려와 부서지는 소리였다.

마차는 두 개의 아치문을 지나 마침내 어둡고 네모난 안마당에 멈춰 섰다. 곧바로 마차 문이 열리고, 젊은 장교가 가볍게 뛰어내려 밀레디에게 손을 내밀었다. 밀레디는 그 손을 잡고 침착하게 마차에서 내렸다.

"그러니까 저는 갇히는 신세가 되었군요." 밀레디가 주위를 둘러본 뒤 젊은 장교에게 다시 눈길을 돌려, 더없이 우아한 미소를 지으며 말했다. "하지만 오래가지는 않을 거예요. 그건 확실해요. 내 양심과 당신의 친절한 태도가 그걸 보증해주고 있어요."

이 찬사에 장교는 우쭐해졌지만 아무 대꾸도 하지 않고, 허리띠에서 전함의 갑판장이 쓰는 것과 비슷한 은제 호루라기를 꺼내 세 번 불었다. 세 번 모두 음색이 달랐다. 그러자 몇 사람이 나타나서 입김을 내뿜고 있는 말들을 마차에서 풀어주고, 마차를 차고로 가져갔다.

그러자 장교는 여전히 침착하고 정중한 태도로 포로에게 들어가자고 권했다. 밀레디도 여전히 미소 띤 얼굴로 그의 팔을 잡고, 낮은 아치 아래를 지나 집 안으로 들어갔다. 불이 켜진 복도를 지나자, 모서리를 감아 도는 돌계단이 나왔다. 그들은 육중한 문 앞에 멈춰 섰다. 젊은이가 가져온 열쇠를 자물쇠에 꽂자 문이 열렸다. 그곳이 밀레디가 지낼 방이었다.

포로는 방을 한 번 둘러보고 세세한 부분까지도 모두 파악했다.

가구는 감옥이라고 하기에는 너무 훌륭하고 자유인이 살기에는 좀 가혹했다. 하지만 창문의 창살과 문 밖의 빗장을 보면 감옥이라고 말할 수밖에 없었다.

그녀의 정신력은 강한 탄력을 갖고 있었지만, 그 정신력이 잠시 무너져버렸다. 그녀는 안락의자에 털썩 주저앉아 팔짱을 끼고 고개를 숙이고 심문관이 오기를 기다렸다.

하지만 두세 명의 해군 병사가 가방과 상자를 가져와 한쪽 구석에 내려놓고는 말없이 나갔을 뿐, 아무도 들어오지 않았다.

장교는 여전히 침착하게 이 모든 일을 감독했다. 밀레디는 그가 침착성을 잃는 것을 한 번도 본 적이 없었다. 그는 한마디도 하지 않은 채 손짓이나 호루라기로 명령을 내렸다.

이 장교와 부하들 사이에는 말이 처음부터 존재하지 않았거나 불필요해졌다고 말할 수도 있을 것이다.

마침내 밀레디는 더 이상 참을 수가 없어서 침묵을 깼다.

“이게 도대체 무슨 뜻이죠? 내 의문을 풀어주세요. 나는 예측할 수 있는 위험이나 납득할 수 있는 불행은 얼마든지 견딜 수 있어요. 여기가 어디에요? 여기서 나는 무슨 신분이죠? 내가 자유의 몸이라면, 창문에 창살을 대고 문에 빗장을 단 건 무엇 때문이죠? 내가 죄수라면, 도대체 무슨 죄를 지었나요?”

“이곳은 당신을 위해 마련된 방입니다. 나는 바다로 나가서 당신을 이곳으로 모시고 오라는 명령을 받았습니다. 그래서 나는 군인답게 엄격하면서도 신사답게 예의 바른 태도로 그 명령을 수행했다고 생각합니다. 당신에 대해 수행해야 할 임무는 적어도 지금으로서는 끝났습니다. 나머지는 다른 분이 알아서 하실 것입니다.”

“다른 분이란 누구죠? 이름이라도 가르쳐줄 수 없나요?”

그때 요란한 박차 소리가 계단에서 들려왔다. 몇 명의 목소리가 문 앞을 지나 멀어져갔다. 이어서 한 사람의 발소리가 문으로 다가왔다.

“그분이 오셨습니다, 부인.” 장교가 존경과 복종을 나타내는 태도로 비켜서면서 말했다.

그 순간 문이 열렸다. 한 남자가 문지방에 나타났다.

그는 모자를 쓰고 있지 않았고, 옆구리에 칼을 차고 있었다. 그리고 손으로 손수건을 만지작거리고 있었다.

밀레디는 어둠 속에 묻혀 있는 이 그림자 같은 형상을 알아볼 수 있을 것 같았다. 그녀는 한 손으로 의자 팔걸이를 잡고 상대를 확인하려는 것처럼 머리를 앞으로 내밀었다.

그러자 상대가 천천히 다가왔다. 이윽고 그가 등불이 던지는 빛의 고리 속으로 들어오자 밀레디는 저도 모르게 목을 뒤로 젖혔다.

마침내 의문의 여지가 없어지자 그녀는 너무 놀라서 소리를
질렀다.

"아니, 아주버님? 정말 아주버님이세요?"

"그렇소!" 윈터 경이 정중함과 빈정거림이 반반씩 섞인 태
도로 인사를 하면서 대답했다. "바로 나요."

"그럼 이 저택은?"

"내 집이오."

"이 방은?"

"제수씨 방이고."

"그럼 저는 아주버님의 포로인가요?"

"그런 셈이지요."

"하지만 이건 권력 남용이에요!"

"큰 소리 내지 마시오. 앉아서 조용히 이야기합시다. 시숙과
제수 사이라면 그래야 하지 않겠소."

그는 문 쪽을 돌아보고, 젊은 장교가 명령을 기다리고 있는
것을 보였다.

"수고 많았네." 윈터 경이 말했다.
"이제 그만 가보게,
펠턴."

제50장
시숙과 제수의 대화

윈터 경이 문을 닫고 덧문을 내린 뒤 제수의 안락의자 옆으로 의자를 옮기는 동안, 밀레디는 생각에 잠겨 모든 가능성을 헤아려보고, 자기가 누구의 손아귀에 들어왔는지를 알기 전에는 짐작조차 못했던 음모를 대충 알아냈다. 그녀는 시숙이 진정한 귀족이고 열성적인 사냥꾼이며 대담한 노름꾼이고 바람둥이이긴 하지만, 음모에 관해서는 자기보다 한 수 아래라는 것을 알고 있었다. 그런데 시숙은 자기가 영국에 오는 것을 어떻게 알아냈고, 어떻게 붙잡을 수 있었을까? 이렇게 붙잡아둔 이유는 무엇일까?

사실 아토스가 흘린 말 중에는 밀레디가 추기경과 나눈 대화가 남의 귀에 들어갔음을 입증하는 말이 몇 마디 포함되어 있었다. 하지만 밀레디는 아토스가 그렇게 빠르고 대담하게 대책을 마련할 수 있었으리라고는 믿을 수 없었다.

오히려 전에 영국에서 자기가 한 짓이 들통난 게 아닐까 하는 걱정이 앞섰다. 버킹엄은 다이아몬드 두 개를 빼낸 사람이 누구인지를 짐작할 수 있었을 것이고, 그 배신에 직접 복수하려는 것인지도 모른다. 하지만 버킹엄은 여자에게 난폭한 짓을 할 수 있는 사람이 아니었다. 특히 그 여자가 질투심 때문에 그런 짓을 했다고 판단되는 경우에는 더욱 그러했다.

하지만 밀레디에게는 이 추측이 가장 그럴듯해 보였다. 사람들이 원하는 것은 미래를 예언하는 것이 아니라 과거에 대해 복수하는 것이라고 그녀는 생각했다. 하지만 어쨌든 영리한 적의 손아귀에 들어가지 않고 손쉽게 다룰 수 있는 시숙의 수중에 들어온 것을 불행 중 다행이라고 여겼다.

"좋아요. 이야기해요." 그녀가 쾌활한 어조로 말했다. 원터 경이 진실을 감추고 시치미를 뗄지도 모르지만, 그와 대화를 나누면서 앞으로 어떻게 처신해야 할지를 결정하는 데 필요한 단서를 얻어보자는 속셈이었다.

"그러니까 결국 영국에 돌아오기로 결심했군." 원터 경이 말했다. "다시는 영국 땅을 밟지 않겠다고, 파리에서는 그렇게도 자주 단언하더니……."

밀레디는 다른 질문으로 그의 질문에 대답했다.

"먼저 말씀해주세요. 제가 영국에 도착한다는 사실만이 아니라 도착하는 날짜와 시간, 거기에다 도착하는 항구까지 미리 알아내신 걸 보면 저를 아주 철저히 감시하신 게 분명한데, 어떻게 그러실 수 있었는지 말이에요."

원터 경은 제수가 쓰고 있는 방법이 효과적이라고 생각하고, 밀레디와 똑같은 전술을 택했다.

"나도 먼저 듣고 싶군. 영국에는 무슨 일로 왔는지……." 원터 경이 말했다.

"물론 아주버님을 만나러 왔지요." 밀레디가 대답했다. 그녀는 이 대답이 다르타냥의 편지 때문에 원터 경의 마음속에 이미 생겨난 의심을 더욱 심화시켰다는 것도 모른 채, 그저 거짓말로 상대의 환심을 사려고 했다.

"나를 만나러 왔다고?" 윈터 경이 능청스럽게 말했다.

"물론이죠. 아주버님을 만나러 왔어요. 그게 뭐 놀랄 일인가요?"

"다른 목적이 있어서 온 건 아니고?"

"그런 거 없어요."

"그러니까 해협을 건너는 수고를 한 게 오로지 나 때문이었다?"

"오로지 아주버님 때문이에요."

"나한테 그렇게 깊은 애정을 품고 있다니!"

"저는 아주버님의 가장 가까운 친척이잖아요?" 밀레디가 감동적일 만큼 천진한 어조로 말했다.

"내 유일한 상속자이기도 하지. 안 그래요?" 윈터 경은 밀레디의 눈을 뚫어지게 바라보면서 말했다.

자제심이 강한 밀레디도 이 말에는 흠칫 놀라지 않을 수 없었다. 게다가 이 말을 할 때 윈터 경이 팔을 잡았기 때문에 그녀의 놀라움은 그에게 고스란히 전해졌다.

실로 그 공격은 강력하고 깊었다. 밀레디의 머리에 맨 먼저 떠오른 생각은 키티가 배신했을 거라는 생각이었다. 경솔하게도 하녀 앞에서 드러낸 혐오감을 키티가 남작에게 고자질한 게 아닐까. 다르타냥이 시숙의 목숨을 살려준 것에 대해 화를 냈던 일도 생각났다.

"무슨 뜻인지 잘 모르겠군요." 밀레디가 여유를 되찾고 말했다. "무슨 말씀을 하시려는 거예요? 말씀 속에 다른 뜻이라도 감추어져 있나요?"

"천만에!" 윈터 경이 겉으로는 쾌활하게 말했다. "제수씨는 나를 만나고 싶어서 영국에 왔어요. 나는 그 소망을 알고, 아니 제수씨가 그런 기분을 갖고 있지 않을까 생각하고, 밤중에 항구에 도착하면 불안하고 상륙하기도 번거로우니까 그 걱정과 수고를 덜어드리려고 내 휘하에 있는 장교 한 명을 보내서 제수씨를 마중하게 한 거요. 여기는 내 별장이고, 나는 날마다 이곳에 오니까, 우리가 언제든지 만날 수 있도록 제수씨의 방을 마련해놓은 것이오. 그런데 뭐가 이상하다는 건지?"

"아니에요. 다만 제가 놀란 건 제가 영국에 온다는 것을 아주버님이 미리 알고 계셨다는 점이에요."

"아주 간단한 일이오. 제수씨가 프랑스에서 타고 온 배의 선장이 정박지로 들어오자마자 입항 허가를 받기 위해 항해 일지와 승객 명부를 작은 보트로 미리 보내는 것을 보지 못했소? 나는 그 항만의 사령관이니까 승객 명부가 나한테 올라왔고, 나는 거기서 제수씨 이름을 본 거요. 그것을 본 순간, 조금 전에 제수씨가 털어놓은 것을 직감으로 느꼈지. 제수씨가 그렇게 위험한 항해를, 적어도 지금은 건너기 힘든 바다의 위험을 무릅쓰고 영국에 온 목적이 무엇인지 짐작했기 때문에, 배를 보내 제수씨를 마중하도록 했던 것이고. 그다음은 제수씨가 아는 바와 같소."

밀레디는 윈터 경이 거짓말을 하고 있다는 것을 깨달았고, 그래서 더욱 불안해졌다.

"아주버님, 제가 항구에 도착했을 때 방파제에 서 있던 분은 버킹엄 공작님이 아니었나요?"

"맞아요. 그분을 보고 제수씨가 놀란 것도 이해할 수 있는 일이오. 제수씨는 그분과 깊은 관계가 있는 나라에서 오는 길이었으니까. 그분은 프랑스와 싸울 준비를 하고 있고, 이런 사실에 제수씨의 친구인 추기경이 몹시 신경 쓰고 있다는 것쯤은 나도 알고 있소.”

“추기경이 제 친구라고요?” 밀레디는 윈터 경이 이 점에 관해서도 속속들이 알고 있는 것 같아서 놀랐다.

“그럼 친구가 아닌가?” 남작은 아무렇지도 않게 말을 이었다. “아, 미안하오. 나는 친구인 줄 알았소! 하지만 공작 이야기는 나중에 하기로 하고, 아까 하던 이야기로 돌아갑시다. 제수씨는 나를 만나러 왔다고 했지요?”

“그래요.”

“그래서 제수씨의 소원대로 해드리겠다고, 다시 말해서 날마다 제수씨를 만나러 오겠다고 대답한 거요.”

“그럼 저는 평생 이곳에 있어야 하나요?” 밀레디가 놀라서 물었다.

“지내기가 불편한가요? 필요한 건 뭐든지 말해요. 당장 마련해드릴 테니까.”

“하지만 하녀와 하인도 없고…….”

“하녀와 하인은 곧 준비해드리지. 당신의 첫 남편이 어느 정도 비용으로 하녀와 하인을 고용했는지 말해주시오. 시숙에 불과하지만 나도 그 정도는 베풀 용의가 있으니까.”

“제 첫 남편이라고요?” 밀레디가 놀란 눈으로 윈터 경을 바라보며 외쳤다.

“내 동생이 아니라, 프랑스인 남편 말이오. 당신은 첫 남편을 잊어버렸을지 몰라도, 그는 아직 살아 있소. 그러니 내가 편지를 쓸 수도 있고, 그러면 그 사람은 자세한 내용을 알려줄 수도 있을 거요.”

밀레디의 이마에 식은땀이 돋아났다.

"농담이 심하시군요." 밀레디가 힘없는 목소리로 말했다.

"농담하는 것 같소?" 남작은 일어나서 한 걸음 뒤로 물러서면서 물었다.

"아니면 나를 모욕하고 있는 거겠죠." 밀레디는 의자 팔걸이를 두 손으로 꽉 움켜잡고 팔꿈치로 몸을 일으키면서 말을 이었다.

"당신을 모욕해? 내가?" 윈터 경이 경멸하는 투로 말했다. "그게 말이 된다고 생각하시오?"

"사실을 말하면 당신은 취했거나 미쳤어요. 그만 나가주세요. 그리고 여자를 보내주세요."

"여자들은 입이 가벼워. 내가 하녀 노릇을 하면 안 될까? 그러면 우리의 비밀은 영원히 집안의 비밀로 남아 있을 텐데."

"무례하군요!" 밀레디가 외치고는 용수철이라도 달린 것처럼 벌떡 일어나 남작에게 덤벼들었다. 남작은 칼자루에 한 손을 대고 있기는 했지만, 아무 감정도 드러내지 않고 냉정하게 밀레디를 기다렸다.

"아, 그래! 당신에게 암살 버릇이 있다는 건 알고 있지. 하지만 내게는 어림없는 일이오. 아무리 상대가 당신일지라도, 나 자신을 지킬 수는 있으니까."

"물론 그러시겠죠. 그리고 당신은 여자한테 손찌검을 할 만큼 비겁해 보여요."

"그럴지도. 게다가 내게는 좋은 변명거리도 있소. 당신에게 손을 대는 남자가 내가 처음은 아닐 것 같은데."

남작은 천천히 고발하는 듯한 손짓으로 밀레디의 왼쪽 어깨를 가리켰다. 하마터면 그의 손가락이 밀레디의 왼쪽 어깨에 닿을 뻔했다.

밀레디는 낮게 으르렁대는 소리를 내지르며, 궁지에 몰린 표범이 몸을 움츠렸다 달려들려고 하는 것처럼 방구석까지 후퇴했다.

"실컷 짖어대!" 윈터 경이 외쳤다. "하지만 나를 물려고 하지는 마. 미리 경고해두겠는데, 그런 짓을 하면 당신에게 불리해질 뿐이야. 이곳엔 사전에 유산 상속 문제를 처리해줄 소송 대리인도 없고, 내가 포로로 붙잡고 있는 여자를 구하러 와줄 기사도 없으니까. 하지만 이곳에는 중혼죄를 숨기고 내 동생의 마누라가 될 만큼 파렴치한 여자를 처단해줄 재판관들은 있지. 그들은 당신에게 유죄 선고를 내리고 오른쪽 어깨에도 똑같은 낙인을 찍어줄 거요."

밀레디의 눈이 번개처럼 빛났다. 윈터 경은 남자였고, 게다가 칼로 무장한 채 비무장인 여자를 상대하고 있었지만, 공포의 전율이 영혼 밑바닥까지 내려가는 것을 느꼈다. 그래도 그는 더욱 격렬해지는 분노를 느끼면서 말을 이었다.

"그래. 내 동생의 유산을 물려받은 데다 내 유산까지 차지하면 좋았겠지. 그건 나도 이해해. 하지만 알아두셔. 당신은 나를 직접 죽이거나 남을 시켜서 죽일 수

도 있겠지만, 나는 다 대비해놓았으니까. 내 재산은 한푼도 당신 손에 들어가지 않을 거야. 당신은 안 그래도 백만 재산을 가진 부자잖아? 그걸로 충분하지 않아? 악행의 즐거움을 누리기 위해 나쁜 짓을 하는 게 아니라면, 신세를 망치는 짓은 그만둘 수 없나? 아우에 대한 기억이 나에게 소중하지 않다면, 당신은 벌써 감옥에서 썩어가거나 타이번*에서 뱃사람들의 호기심이나 채워주는 신세가 되었을 거야. 나는 침묵을 지킬 테니, 그 대신 당신은 이 감금 생활을 얌전히 견뎌야 해. 보름쯤 뒤에는 군대를 이끌고 라로셸로 떠나게 될 거야. 하지만 떠나기 전날 밤 배 한 척이 와서 당신을 남쪽에 있는 우리 식민지로 데려갈 거야. 나는 그 광경을 똑똑히 봐두겠어. 하지만 걱정할 건 없어. 당신이 영국이나 유럽 대륙으로 돌아오려는 기미가 보였다 하면 즉시 당신 머리를 날려버릴 친구 하나를 당신 곁에 붙여줄 테니까."

밀레디는 불타는 듯한 눈을 크게 뜨고 유심히 귀를 기울였다.

"그래. 하지만 그때까지는 이 저택에 머물러 있어야겠어. 벽은 두껍고, 문은 튼튼하고, 빗장도 단단해. 게다가 이 방은 창문이 바다 쪽으로 나 있고, 창문을 열면 바로 바다까지 깎아지른 절벽이야. 살아 있을 때도 죽은 뒤에도 내게 충성하는 부하들이 이 방 주위에서 보초를 서고, 여기서 안마당으로 이어지는 통로를 감시하고 있지. 안마당에 나가도 세 개의 철문을 통과해야 돼. 내 명령은 엄격해. 조금이라도 도망칠 눈치가 보이면 내 부하들은 당장 발포할 거야. 당신이 죽으면, 영국의 사법당국은 수고를 덜어준 나에게 감사할 테지. 아, 당신 표정이 침착성을 되찾고, 당신 얼굴이 자신감을 회복하고 있군! 속으로는 이렇게 말하고 있겠지. '보름 뒤라고? 흥! 나는 꾀가 풍부하니까 그때까지는 좋은 생각이 떠오를 거야. 나는 악마 같은 마음을 갖고 있으니까 희생양을 찾아낼 거야. 앞으로 보름 안에 나는 여기서 빠져나갈 거야.' 그래, 어디 한번 해보시지!"

밀레디는 속마음을 들킨 것을 알고, 고통스러운 표정으로 다른 표정을 감추려고 손톱을 살 속에 깊이 박아 넣었다.

윈터 경이 말을 이었다.

"내가 이곳에 없을 때는, 당신도 이미 알고 있는 그 장교가 지휘를 맡게 돼. 당신도 알고 있겠지만, 그는 명령에 충실히 복종하는 사람이지. 포츠머스에서 여기까지 오는 동안 당신은 어떻게든 그에게 말을 시켜보려고 애썼을 거야. 그런데 어떻던가? 대리석상보다도 무표정하고 과묵하지? 당신은 이미 숱한 사내들을 당신의 매력으로 유혹했고, 불행히도 언제나 성공했지. 그 장교에게도 한번 시도해봐. 조금이라도 성공하면 당신을 악마의 화신이라고 인정할 테니!"

그는 문으로 다가가더니 갑자기 문을 열었다.

"펠턴을 데려와." 그가 말했다. "조금만 기다려. 당신을 소개할 테니까."

두 사람 사이에 야릇한 침묵이 흘렀다. 그러는 동안, 이쪽으로 다가오는 규칙적인 발소리가 들렸다. 이윽고 복도의 어둠 속에 사람 형체가 어렴풋이 나타났다. 우리가 이미 알고 있는 그 젊은 장교가 입구에 멈춰 서서 남작의 명령을 기다렸다.

"들어오게, 존." 윈터 경이 말했다. "들어와서 문을 닫게."

젊은 장교가 방으로 들어왔다.

"자, 이 여자를 보게. 젊고, 아름답고, 세속적인 매력은 모두 갖추고 있지. 하지만 이 여자는 불과 스물다섯 살 나이에 영

국 재판소의 기록보관소에서 1년 동안 읽을 수 있는 재판 기록
과 맞먹을 만큼 숱한 범죄를 저지른 괴물이라네. 이 여자의 목
소리는 매력적이고, 미모는 희생양을 낚는 미끼이고, 몸뚱이는
이 여자가 약속한 대가를 치르는 수단이지. 그 점은 정당하게
평가해야 할 거야. 이 여자는 자네도 유혹하려 들 텐데, 어쩌면
자네를 죽이려 할지도 몰라. 펠턴, 나는 자네를 가난에서 구해
주었고, 자네를 중위로 임명했고, 언젠가는 목숨까지 구해주었
지. 나는 자네의 보호자일 뿐만 아니라 친구이기도 해. 은인일
뿐만 아니라 아버지 같은 존재이기도 하지. 이 여자는 내 목숨
을 빼앗으려고 영국에 돌아왔어. 하지만 나는 이 뱀 같은 여자
를 붙잡았지. 그래서 자네를 부른 걸세. 이제 자네한테 말하겠
네. 이 여자로부터 나를 지켜주게. 그리고 특히 자네 자신을 지
키게나. 이 여자가 응분의 처벌을 받을 때까지 감시하겠다고,
자네의 구원을 걸고 맹세하게. 존 펠턴, 나는 자네의 약속을 믿
겠네. 자네의 충성심을 믿겠네."

"남작님!" 젊은 장교가 마음속에서 찾을 수 있는 모든 증오
심으로 맑은 눈을 가득 채우고 말했다. "각하의 뜻대로 할 것을
맹세합니다."

밀레디는 체념한 사형수처럼 그 눈길을 받았다. 그때 그녀
의 아름다운 얼굴을 지배한 것보다 더 순종적이고 온순한 표
정은 이 세상 어디에서도 찾아볼 수 없었다. 조금 전까지만 해
도 암호랑이 같은 그녀와 싸울 준비가 되어 있었던 윈터 경은
이 여자가 바로 그 암호랑이라고는 도저히 생각할 수 없을 정
도였다.

"이 여자는 절대로 이 방을 떠나면 안 돼. 알겠나, 존?" 남작
이 말을 이었다. "누구와도 연락하지 못하게 해. 자네 외에는

누구에게도 말을 걸게 해선 안 돼."

"잘 알았습니다, 각하. 더 말씀하시지 않아도 됩니다. 저는 이미 맹세했습니다."

"그럼 당신은 하느님과 화해하려고 애써봐. 사람들은 이미 당신을 심판했으니까."

밀레디는 이 심판에 압도된 것처럼 고개를 숙였다. 윈터 경은 펠턴에게 손짓을 하면서 밖으로 나갔다. 펠턴은 윈터 경을 따라 나가서 문을 닫았다.

잠시 후, 허리띠에 도끼를 차고 손에는 총을 들고 보초를 서고 있는 해군 병사의 무거운 발소리가 복도에서 들려왔다.

밀레디는 몇 분 동안 같은 자세를 취하고 있었다. 누군가가 열쇠구멍으로 자기를 지켜보고 있을지도 모른다고 생각했기 때문이다. 그러다가 천천히 고개를 들었다. 그 얼굴은 또다시 위협적이고 도발적인 표정을 띠고 있었다. 그녀는 문으로 다가가 귀를 기울이고, 창밖을 내다보고, 다시 커다란 안락의자에 몸을 묻고 생각에 잠겼다.

제51장

장교

추기경은 영국에서 소식이 오기를 애타게 기다리고 있었지만, 들어온 소식은 불쾌하거나 위협적인 것뿐이었다.

충분한 사전 준비 덕분에, 특히 어떤 배도 이 포위된 도시로 들어올 수 없도록 제방을 쌓은 덕분에, 라로셸 포위전은 성공이 확실해 보였지만, 그래도 봉쇄는 오랫동안 계속될 것 같았다. 그것은 왕의 군대에는 큰 모욕이었고, 추기경에게는 큰 골칫거리였다. 추기경이 왕과 왕비를 이간질하는 일은 잘되었기 때문에 거기에는 더 이상 신경쓸 필요가 없었지만, 사이가 틀어진 바송피에르와 앙굴렘 공작을 화해시키는 일이 남아 있었다.

왕제는 포위전을 시작만 해놓고, 그것을 끝내는 일은 추기경에게 떠넘겨버렸다.

라로셸 시장*은 믿을 수 없을 만큼 끈질기게 버텼지만, 항복하기 위해 일종의 반란을 일으켰다. 시장은 이 모반자들을 교수형에 처했고, 이 처형으로 가장 과격한 자들도 굶어 죽기를 각오하고 잠잠해졌다. 굶어 죽는 것이 교수형을 당하는 것보다는 느리고 덜 확실하게 여겨졌기 때문이다.

포위군은 이따금 라로셸 쪽에서 버킹엄에게 보낸 밀사나 버킹엄이 라로셸에 보낸 첩자를 붙잡곤 했다. 밀사든 첩자든 재판은 신속하게 이루어졌다. 추기경은 두 마디밖에 하지 않았다. "교수형에 처하라!" 그리고 왕에게 처형장에 와서 집행을 구경하라고 권했다. 왕은 시큰둥한 태도로 처형장에 와서 교수형의 모든 과정을 가장 잘 볼 수 있는 곳에 자리를 잡았다. 이것은 왕의 기분을 조금은 바꿔주고 포위전에 대한 짜증을 줄여주었지만, 그래도 왕은 너무 따분해서 교수형이 진행되는 동안 내내 파리로 돌아가고 싶다는 이야기만 하고 있었다. 그래서 밀사나 첩자가 붙잡히지 않았다면, 아무리 상상력이 풍부하고 임기응변이 뛰어난 추기경이라 해도 꽤나 난감하고 당황했을 것이다.

하지만 시간이 지나도 라로셸은 항복하지 않았다. 가장 최근에 붙잡힌 첩자는 편지 한 통을 가지고 있었는데, 라로셸이 막바지 궁지에 몰려 있다는 것을 버킹엄 공작에게 알리는 편지였다. 하지만 편지에는 '보름 안에 각하의 지원군이 도착하지 않으면 우리는 항복하겠다'가 아니라, '보름 안에 각하의 지원군이 도착하지 않으면 우리는 모두 굶어 죽을 것이다'라는 말이 덧붙여져 있을 뿐이었다.

라로셸 시민들의 희망은 오로지 버킹엄뿐이었다. 버킹엄은 그들의 구세주였다. 언젠가 그들이 더 이상 버킹엄에게 기대를 걸 수 없다는 것을 확실히 알게 되면 그들의 사기는 희망과 함께 땅에 떨어질 터였다.

그래서 추기경은, 버킹엄은 영국을 떠나지 않을 거라는 소식이 오기를 초조하게 기다리고 있었다.

라로셸을 억지로 점령하는 문제가 어전 회의에서 자주 논의

되었지만, 결과는 언제나 부결이었다. 무엇보다도 라로셸은 난공불락의 요새였다. 그리고 입으로는 무슨 말을 하든 실제로는 프랑스인끼리 맞서 싸워야 하는 이 동족상잔의 전투가 정치를 60년 전으로 후퇴시키게 되리라는 것을 추기경은 너무나 잘 알고 있었다. 하지만 그 시대에 추기경은 요즘 말하는 이른바 진보파 인사였다. 실제로 1628년에 라로셸을 공격하여 죽음을 각오한 3, 4천 명의 위그노를 학살한 것은 1572년에 벌어진 성 바르톨로메오 축일의 학살*과 놀랄 만큼 비슷했다. 무엇보다도 훌륭한 가톨릭교도인 왕은 이 극단적인 방법에 결코 반대하지 않았지만, '시민들을 굶겨 죽이는 것 말고 다른 방법으로는 라로셸을 공략할 수 없다'는 장군들의 주장 때문에 항상 좌절되었다.

추기경은 그 무서운 밀사에 대한 두려움을 마음에서 떨쳐버릴 수가 없었다. 때로는 뱀 같고 때로는 사자 같은 그 여자의 이상한 일면을 추기경도 알고 있었기 때문이다. 밀레디가 나를 배신한 걸까? 아니면 죽은 걸까? 추기경은 밀레디를 잘 알고 있었다. 적어도 밀레디가 그를 위해 일하든 그와 맞서 싸우든, 그의 친구이든 적이든, 엄청난 장애물에 부딪히지 않았다면 절대로 가만히 앉아 있을 여자가 아니라는 것쯤은 알고 있었다. 하지만 그 장애물이 무엇인지는 추기경도 알 도리가 없었다.

그래도 추기경은 밀레디를 믿고 있었다. 그럴 만한 이유가 있었다. 추기경은 그 여자에게 무서운 과거가 있다는 것을 짐작하고 있었다. 그 비밀을 감추어줄 수 있는 것은 추기경의 붉은 망토뿐이었다. 그녀를 위협하는 위험을 막아줄 수 있는 사람도 자신뿐이기 때문에, 어떤 이유로든 그 여자는 자신에게 충성을 다할 거라고 추기경은 생각했다.

그래서 그는 혼자 힘으로 전쟁을 치르기로 결심했고, 외국의 도움은 행운을 기대하는 것처럼만 기대하기로 했다. 그는 라로셸 시민들을 굶겨 죽이기 위한 제방 공사를 계속하게 했다. 그러면서도 극도의 참상과 영웅적 행위로 가득한 그 불운한 도시에 눈길을 던지고, 그가 로베스피에르*의 선배인 것처럼 그 자신의 정치적 선배인 루이 11세의 말을 떠올리면서 '분할하여 통치한다'*는 트리스탕의 좌우명을 중얼거렸다.

앙리 4세는 일찍이 파리를 포위했을 때 빵을 비롯한 식량을 성벽에서 던져주었지만, 추기경은 전단을 성벽 너머로 뿌리게 했다. 전단에는 라로셸의 지도자들이 하는 짓이 얼마나 부당하고 이기적이고 야만적인가를 시민들에게 알리는 글이 적혀 있었다. 이 지도자들은 식량이 넘쳐났지만 나누어주지 않았다. 그들은 성벽을 방어해야 하는 남자들이 튼튼하고 건강하기만 하면 여자와 아이와 노인들은 죽어도 상관없다는 격언을 채택했다. 충성심 때문이든 아니면 거기에 반발할 힘이 없었기 때문이든, 이 격언이 일반적으로 채택되지는 않았지만, 어쨌든 지금까지는 실천에 옮겨지고 있었다. 하지만 전단이 효과를 발휘하기 시작했다. 전단을 주워든 남자들은, 죽어도 상관없는 아녀자와 노약자들이 바로 그들 자신의 처자식과 부모라는 사실을 깨달았고, 또한 같은 처지에 놓여 있어야만 만장일치의 결정을 내릴 수 있으니까 모두 함께 고통을 겪는 것이 더 공정하다는 사실도 깨닫게 되었다.

라로셸 주민의 상당수가 왕의 군대와 개별 협상을 시작했다는 점에서, 이 전단은 그것을 만든 사람이 기대할 수 있었던 효과를 충분히 거둔 셈이다.

추기경은 자신의 방책이 벌써 결실을 맺고 있는 것을 보고 자축했지만, 바로 그때 포츠머스에서 온 라로셀 주민 한 사람이 포위망을 뚫고—이 포위망은 바송피에르와 슝베르그와 앙굴렘 공작이 엄중하게 감시했고, 그들은 추기경의 감독을 받고 있었는데, 그 삼엄한 경계망을 어떻게 뚫었는지는 아무도 알지 못했다—성내로 들어가서, 대함대가 일주일 안에 출항할 준비를 갖추고 있다는 소식을 전했다. 게다가 버킹엄은 라로셀 시장에게 프랑스에 대항하는 대동맹이 곧 결성되어 영국과 신성로마제국과 스페인의 군대가 동시에 프랑스로 쳐들어갈 거라고 알렸다. 이 서한은 모든 광장에서 공개적으로 낭독되었고, 사본이 길모퉁이마다 나붙었다. 왕의 군대와 협상에 나섰던 사람들은 협상을 중단하고, 그토록 요란하게 발표된 지원군의 도착을 기다리기로 결심했다.

이 예기치 못한 사건으로 리슐리외의 마음속에는 불안이 되살아났고, 그는 자기도 모르게 다시 바다 건너로 눈을 돌릴 수밖에 없었다.

그동안 왕의 군대 병사들은 진정한 통수권자인 추기경이 불안에 시달리는 것도 모른 채 즐거운 나날을 보내고 있었다. 진영에 식량은 부족하지 않았고, 돈도 남아돌았다. 각 부대는 담력을 겨루고 누가 더 유쾌한지를 경쟁했다. 첩자를 붙잡아 교수형에 처하는 것, 제방이나 바다 너머로 위험한 원정을 나가는 것, 무모한 짓을 생각해내어 태연히 해치우는 것—이런 것들이 굶주림과 불안에 시달리는 라로셀 시민들은 물론, 그들을 강력하게 봉쇄하고 있는 추기경에게도 그토록 지루하게 느껴진 시간을 단축시킨 병사들의 소일거리였다.

이따금 추기경은 일개 사병처럼 말을 타고 돌아다니며, 프랑스 전역에서 소집된 기술자들이 그의 명령에 따라 추진하고 있지만 그가 기대한 것보다 훨씬 느리게 진척되고 있는 공사 현장을 생각에 잠긴 눈으로 살펴보았다. 그럴 때 트레빌 휘하의 총사가 눈에 띄면 그에게 다가가 이상한 눈으로 바라보고, 네 총사 중 하나가 아니라는 것을 확인하고 나서야 그 날카로운 시선을 다른 곳으로 돌리곤 했다.

어느 날, 라로셸과 협상할 가망도 없고 영국에서는 아무 소식도 없어서 초조감에 시달리던 추기경은 단지 바깥바람을 쐬고 싶어서 카위자크와 라 우디니에르만 데리고 해변을 따라 말을 달리며 자신의 원대한 꿈과 거대한 바다를 뒤섞고 있었다. 이윽고 말이 느린 걸음으로 언덕마루에 이르렀을 때, 추기경은 일곱 사람이 산울타리 뒤 모래밭에 누워 있는 것을 보았다. 그들 주위에는 빈 술병이 흩어져 있었고, 그맘때에는 보기 드문 햇살이 지나가는 길에 그들을 비추고 있었다. 그 일곱 명 가운데 네 명은 우리의 총사들이었는데, 그중 한 명은 방금 받은 편지를 읽으려 하고, 나머지는 귀를 기울이려 하고 있었다. 워낙 중요한 편지여서, 카드와 주사위는 아무렇게나 팽개쳐져 있었다.

나머지 세 사람은 콜리우르 포도주가 들어 있는 커다란 술병 마개를 여느라 바빴는데, 그들은 네 총사의 하인들이었다.

추기경은 앞에서 말했듯이 기분이 울적했고, 그럴 때 남들이 즐거워하는 것을 보면 더욱 심술이 났다. 게다가 그는 이상한 편견을 갖고 있어서, 자기를 불쾌하게 만든 원인이 남을 즐겁게 해준다고 믿었다. 그는 라 우디니에르와 카위자크에게 멈추라는 신호를 보내고, 말에서 내려 즐겁게 웃고 있는 그 수상쩍은 자들에게 다가갔다. 모래밭이라서 발소리도 나지 않고 산울타리가 그의 움직임을 가려줄 테니까, 그들이 나누고 있는 대화를 몇 마디 정도는 엿들을 수 있을 거라고 기대했다. 울타리에서 열 걸음 떨어진 곳까지 왔을 때, 추기경은 다르타냥의 가스코뉴 사투리를 알아들었다. 그는 다르타냥이 총사로 승진한 것을 알고 있었기 때문에, 나머지 세 사람은 떼려야 뗄 수 없는 사이인 이른바 삼총사, 즉 아토스와 포르토스와 아라미스가 분명하다고 생각했다.

그것을 알고 나자 그들의 대화를 엿듣고 싶은 욕망이 더욱 커졌다. 그의 눈이 묘한 표정을 띠었다. 추기경은 고양이 같은 걸음걸이로 울타리에 다가갔지만, 대수롭지 않은 몇 음절만 겨우 포착했을 때 짧은 외침 소리가 울려 퍼졌다. 추기경은 깜짝 놀랐고, 총사들도 그쪽으로 주의를 돌렸다.

"장교님!" 그리모가 외쳤다.

"내 명령도 없이 말을 하다니." 아토스가 팔꿈치를 괴고 몸을 일으켜 불타는 듯한 눈으로 그리모를 노려보았다.

그래서 그리모는 아무 말도 덧붙이지 않고, 손가락으로 울타리 쪽을 가리키는 것으로 만족했다. 이 몸짓으로 추기경과 호위병들의 존재가 드러났다.

네 총사는 벌떡 일어나 공손하게 절을 했다.

추기경은 몹시 화가 난 것 같았다.

"총사들도 보초를 세우는 모양이군." 그가 말했다. "영국군이 육지로 공격해 오기라도 하나? 아니면 총사들은 자신을 고위 장교로 생각하나?"

"추기경 예하." 아토스가 대답했다. 모두 놀라고 있었지만, 아토스만은 여전히 귀족다운 침착함과 냉정함을 잃지 않았기 때문이다. "총사들은 비번일 때나 근무가 끝나면 술을 마시고 주사위 놀이도 합니다. 그리고 하인들에게 총사는 아주 높은

장교입니다."

"하인들이라고?" 추기경이 으르렁거렸다. "누군가가 지나가면 주인에게 알리라는 명령을 받은 사람은 하인이 아니라 보초일세."

"하지만 저희가 그렇게 조심하지 않았다면 예하께서 지나가시는데 인사도 드리지 못하고, 저희가 총사대에서 함께 근무하도록 해주신 호의에 감사를 드리지도 못했을 겁니다. 어이, 다르타냥." 아토스가 다르타냥에게 말을 이었다. "추기경 예하께 감사드릴 기회를 얻고 싶다고 했지? 지금 그 기회가 왔으니, 기회를 잡게나."

아토스는 위기에 처할 때 그를 더욱 두드러지게 해주는 그 침착한 태도로, 그리고 어떤 때에는 그를 제왕으로 태어난 사람들보다 더욱 위엄 있어 보이게 할 만큼 고상한 태도로 말했다.

다르타냥은 추기경에게 다가가서 감사의 말을 중얼거렸지만, 추기경의 엄격한 눈길을 받고는 곧 입을 다물어비렸다.

"그건 아무래도 좋아." 추기경이 말을 이었다. 아토스의 말을 듣고 원래의 의도를 단념한 기색은 전혀 없었다. "그건 좋지만, 일개 병사인 주제에, 특권을 가진 부대에 소속되어 있다는 이유로 이렇게 대귀족처럼 행동하는 것은 마음에 안 들어. 군율은 누구나 똑같이 지켜야 한다는 걸 모르나."

아토스는 추기경이 말을 끝내기를 기다렸다가 동감의 표시로 절을 하면서 말을 이었다.

"저는 우리가 결코 군율을 무시했다고 생각지 않습니다. 저희는 지금 비번이고, 근무를 서지 않을 때는 자유롭게 시간을 보내도 된다고 생각했습니다. 예하께서 영광스럽게도 저희에게 특별한 명령을 내려주신다면, 지금 당장이라도 따를 준비가 되어 있습니다. 보시다시피……" 아토스가 얼굴을 찌푸리며 말을 이었다. 이런 심문에 짜증이 나기 시작했기 때문이다. "저희는 어떤 경보에도 즉각 대처할 수 있도록 무기를 가져왔으니까요."

그는 카드와 주사위를 놓아둔 북 옆에 한데 모아놓은 총 네 자루를 추기경에게 가리켰다.

"이렇게 적은 수행원만 거느리고 저희 쪽으로 오는 분이 추기경 예하라는 것을 알았다면, 저희가 당장 영접하러 갔을 텐데요."

추기경은 콧수염을 씹고 입술까지 가볍게 깨물었다.

"무기를 갖추고 하인들을 보초로 세우고 지금처럼 함께 있는 자네들이 어떻게 보이는지 아나? 넷이서 음모를 꾸미는 것처럼 보인단 말일세."

"그건 사실입니다, 예하" 아토스가 말했다. "요전 날 아침에 예하께서 보셨듯이, 저희는 지금 음모를 꾸미고 있습니다. 다만 상대가 라로셸 주민이죠."

"자네들은 정략가로군!" 이번에는 추기경이 얼굴을 찌푸리며 말을 받았다. "자네들이 내가 오는 것을 보고 재빨리 감춘 그 편지를 읽고 있을 때 누군가가 자네들의 머릿속을 읽을 수 있다면, 그 머리에 들어 있는 수많은 비밀을 밝힐 수 있을 거야."

아토스의 얼굴이 붉어졌다. 그는 추기경에게 한 걸음 다가갔다.

"아무래도 예하께서 저희들을 정말로 의심하셔서 심문을 받고 있는 것 같군요. 정말 그렇다면 이유를 설명해주십시오. 그러면 저희는 적어도 무엇에 대처해야 하는지는 알 수 있을 테니까요."

"심문이라면……" 추기경이 대꾸했다. "자네를 제외한 다른 사람들은 모두 심문을 받아본 적이 있으니까, 어떻게 대답해야 할지도 알고 있다네."

"그래서 제가 예하께 말씀드린 겁니다. 질문만 하시면 당장 대답해드리겠다고."

"그럼 아라미스, 자네가 읽으려다가 감춘 그 편지는 뭔가?"

"여자한테서 온 편지입니다, 예하."

"이해하네! 그런 편지라면 남에게 함부로 보여줄 수 없겠지. 하지만 고해신부에게는 보여줄 수 있지 않을까? 자네들도 알다시피 나는 성직자라네."

"예하." 아토스가 말했다. 대답 한마디에 목숨이 걸려 있었기 때문에 오히려 더 무서울 만큼 침착했다. "여자한테서 온 편지이긴 하지만, 마리옹 드 로르므*의 서명도 에귀용 부인의 서명도 없습니다."

추기경은 얼굴이 송장처럼 창백해졌고 눈이 사납게 번득였다. 그는 카위자크와 라 우디니에르에게 명령을 내리려는 듯이 돌아섰다. 아토스는 그 움직임을 간파하고 총을 향해 한 걸음 내디뎠다. 세 친구도 순순히 체포될 마음이 없다는 듯 총으로 눈길을 돌렸다. 추기경 쪽은 세 명이고, 총사들은 하인을 포함하여 일곱 명이었다. 추기경은 아토스 일당이 실제로 음모를 꾸미고 있다면 자기 쪽이 훨씬 불리하다고 판단했다. 그는 상황이 바뀌면 언제든지 잽싸게 방향을 바꿀 수 있는 인물이었었다. 그의 분노는 미소 속에 완전히 녹아들었다.

"자, 자!" 추기경이 말했다. "자네들은 정직한 젊은이들이야. 햇빛 속에서는 당당하고, 어둠 속에서는 충실하지. 남의 신변을 그렇게 잘 지켜주는 사람들이니, 자신을 지키려고 보초를 세우는 것도 무리가 아니야. 나는 자네들이 나를 콜롱비에-루주 여관까지 호위해준 그날 밤을 잊지 않고 있네. 앞으로도 내가 가려는 길에 위험이 있다면 자네들에게 동행을 청할 것이야. 하지만 여기는 그럴 염려가 없으니까, 자네들은 술이나 마시며 노름도 즐기고 편지도 읽게나. 그럼 나는 이만 가보겠네."

추기경은 카위자크가 끌고 온 말에 올라타고는 손을 흔들어 인사한 뒤 떠났다.

네 젊은이는 우두커니 선 채, 추기경이 사라질 때까지 한마디도 않고 지켜보았다.

추기경이 사라지자 그들은 서로 얼굴을 마주보았다.

모두 당황한 얼굴이었다. 추기경은 우호적으로 작별 인사를 했지만, 마음속에 분노를 담고 떠났다는 것을 알아차렸기 때문이다.

아토스만은 경멸이 담긴 미소를 짓고 있었다. 추기경이 말소리가 들리지도 않고 눈에 보이지도 않는 곳까지 멀어지자, 포르토스가 불쾌감을 남의 탓으로 돌리고 싶어서 말했다.

"그리모가 너무 늦게 소리를 질렀어!"

그리모가 변명하려고 했지만, 아토스가 손가락 하나를 들어 올리자 입을 다물어버렸다.

"편지를 추기경에게 넘겨줄 작정이었어요, 아라미스?" 다르타냥이 물었다.

"각오는 하고 있었지." 아라미스가 맑은 목소리로 말했다. "추기경이 끝까지 달라고 요구했다면, 한 손으로는 편지를 건네주고 다른 손으로는 추기경을 찔렀을 거야."

"그럴 줄 알았어." 아토스가 말했다. "그래서 내가 자네와 추기경 사이에 끼어든 거야. 추기경도 좀 경솔해. 여자와 어린

애만 상대해본 사람 같아."

"아토스." 다르타냥이 말했다. "나는 당신에게 감탄했지만, 그래도 어쨌든 우리가 잘못한 거예요."

"뭐? 우리가 잘못했다고?" 아토스가 대꾸했다. "그럼 우리가 숨쉬고 있는 이 공기는 누구 거지? 우리가 바라보는 저 바다는 누구 거지? 우리가 누워 있었던 이 모래는 누구 거지? 자네 애인에 관한 이 편지는 누구 거지? 이 모든 게 추기경의 것인가? 물론 추기경이야 세상이 자기 거라고 생각하겠지만 말이야. 자네는 놀라고 당황해서 말을 더듬었지. 마치 자네 앞에 바스티유 감옥이 우뚝 솟아오르고 거대한 메두사*가 자네를 돌로 만들어버린 것 같았어. 이봐, 사랑에 빠지는 게 음모인가? 자네는 추기경이 감금한 여자를 사랑하고 있어. 자네는 그 여자를 추기경의 손아귀에서 구해내고 싶어 하지. 그건 자네가 추기경과 벌이고 있는 승부야. 이 편지는 자네가 손에 쥐고 있는 패야. 왜 상대방에게 자기 패를 보여주려고 하나? 그런 짓을 하면 안 돼. 상대가 자네 패를 추측하는 건 좋아! 우리도 상대의 패를 추측해야 돼!"

"당신 말이 옳아요." 다르타냥이 말했다.

"그렇다면 방금 있었던 일은 더 이상 문제 삼지 말고, 추기경 때문에 중단한 사촌누이 편지나 다시 읽어보세."

아라미스가 주머니에서 편지를 꺼냈다. 세 친구는 그에게 다가갔고, 세 하인은 다시 포도주병 주위에 모였다.

"편지는 한두 줄밖에 안 읽었어요." 다르타냥이 말했다. "그러니까 처음부터 다시 시작하세요."

"그러지 뭐." 아라미스가 말했다.

사랑하는 사촌오빠에게,

저는 베튄으로 떠날까 합니다. 언니가 우리 하녀를 그곳의 카르멜 수녀원에 넣어주었거든요. 그 가엾은 아이는 잘 견디고 있답니다. 그 아이는 영혼의 구원을 위태롭게 하지 않고는 다른 곳에서 살아갈 수 없다는 것을 알고 있기 때문이지요. 하지만 우리 집안 문제가 바라는 대로 해결되면, 그 아이는 지옥에 떨어질 것을 각오하고라도 그리운 사람들 곁으로 돌아갈 거예요. 그들이 아직도 자기를 생각하고 있다는 것을 아니까 더욱 그렇겠죠. 어쨌든 그 아이는 지금 그렇게 불행하지 않아요. 그 아이가 바라는 것은 약혼자의 편지뿐이랍니다. 그런 게 수녀원 문을 통과하기란 쉽지 않다는 것은 저도 잘 알고 있어요. 하지만 지금까지 여러 번 입증해 보였듯이 저도 그렇게 서투른 여자는 아니니까, 편지를 전달하는 일은 제가 맡을게요. 언니도 오빠의 안부를 묻더군요. 한때는 몹시 걱정했지만, 예기치 못한 일이 일어나지 않도록 그곳에 사람을 보냈기 때문에 지금은 다소 안심하고 있답니다.

그럼 안녕히 계세요. 되도록 자주, 안전하다고 생각될 때마다 소식을 보내주세요.

마리 미숑

"아라미스! 이 은혜를 어떻게 갚죠?" 다르타냥이 외쳤다. "사랑하는 콩스탕스! 드디어 소식을 알게 됐네요. 아직 살아 있군요. 안전한 수녀원에 무사히 있군요. 베튄에 있군요! 그런데 아토스, 베튄이 어디죠?"

"국경에서 몇 킬로미터 떨어진 곳이야. 포위전이 끝나면 다녀올 수 있을 거야."

"그리고 포위전은 그리 오래가지 않을 거야." 포르토스가 말했다. "오늘 아침에도 첩자 한 명을 교수형에 처했는데, 그에 따르면 라로셸 주민들은 구두 가죽까지 먹을 지경에 이르렀다는 거야. 가죽을 다 먹은 뒤에는 밑창을 먹겠지만, 그것마저 다 떨어지면 뭐가 남지? 자기들끼리 서로 잡아먹지 않는다면 먹을 게 아무것도 없을 거야."

"가엾은 바보들!" 아토스가 최고급 보르도 포도주 잔을 비우면서 말했다. 당시에는 보르도산 포도주가 요즘처럼 높은 평판을 얻지 못했지만, 요즘 같은 명성을 누릴 자격은 충분했다. "가엾은 바보들! 가톨릭이 모든 종교 중에서 가장 유리하고 도리에 맞는 종교가 아니라고 생각하다니! 그래도 역시……" 그는 쯧쯧 혀를 차고 나서 말을 이었다. "용감한 사람들인 건 사실이야. 그런데 아라미스, 도대체 뭘 하고 있는 거야? 편지를 주머니에 넣어두려고?"

"그래요. 아토스의 말이 옳아요." 다르타냥이 말했다. "그 편지는 태워버려야 돼요. 추기경이 재를 심문하는 재주를 갖고 있을지도 모르지만."

"추기경이라면 분명 그런 재주를 갖고 있을 거야." 아토스가 말했다.

"그럼 편지를 어떻게 처리하지?" 포르토스가 물었다.

"그리모, 이리 와." 아토스가 말했다.

그리모가 일어나서 명령에 따랐다.

"허락도 없이 말을 한 벌로 이 종이를 먹어. 그러면 그 보상으로 이 포도주를 한 잔 마시게 해줄게. 자, 이 편지를 꼭꼭 씹어 먹어라."

그리모가 싱긋 웃고는, 아토스가 넘칠 만큼 가득 채운 술잔을 바라보면서 종이를 꼭꼭 씹어 삼켜버렸다.

"잘했다, 그리모!" 아토스가 말했다. "자, 이걸 마셔. 좋아. 고맙다는 인사는 면제해주지."

그리모는 말없이 포도주를 한 잔 들이켰지만, 그 달콤한 술을 마시는 동안 하늘로 치켜뜬 그의 눈은 어떤 말 못지않게 풍부한 감정을 표현하고 있었다.

"자, 이제는……" 아토스가 말했다. "추기경이 그리모의 배를 가르겠다는 기발한 생각을 하지 않는 한, 우리는 안심할 수 있어."

그동안 추기경은 우울한 산책을 계속하면서 입 속으로 중얼거리고 있었다.

'어떻게든 그 네 사람을 반드시 내 편으로 만들어야 돼.'

제52장
감금 첫날

프랑스 해안에 눈길을 던지고 있는 동안 잠시 외면했던 밀레디에게 돌아가보자.

그녀는 우리가 떠났을 때와 마찬가지로 절망적인 처지에 놓여 있다. 우울한 고뇌의 심연, 어두운 지옥의 입구에서 그녀는 희망을 버렸다. 그녀는 처음으로 의심하고, 처음으로 두려움을 알았기 때문이다.

그녀는 두 번이나 운명에 버림을 받았고, 두 번이나 정체가 탄로났고 배반당했다. 두 번 다 그녀를 좌절시킨 상대는 하느님이 그녀와 싸우도록 지상에 보낸 게 분명한 다르타냥이었다. 다르타냥은 악의 화신인 무적의 그녀를 무찔렀다.

그는 사랑에서 그녀를 속였고, 그녀의 자존심에 상처를 주었고, 그녀의 야심을 좌절시켰고, 이제 그녀의 운명을 파멸시키고, 그녀의 자유를 침해하고, 그녀의 목숨까지 위협하고 있었다. 무엇보다도 그는 그녀의 가면을 들어올려, 그녀를 그토록 강하게 만들어주었던 방패를 제거해버렸다.

그녀는 한때 사랑했던 모든 사람을 증오했듯이 버킹엄 공작도 증오했고, 리슐리외는 왕비를 대신하여 그를 위협했지만, 다르타냥은 버킹엄을 리슐리외의 공격으로부터 구해주었다. 밀레디는 그런 성미의 여자들이 공통적으로 갖고 있는 변덕으로 바르드 백작을 못 견디게 좋아했지만, 다르타냥은 바르드 백작으로 행세하여 그녀를 속였다. 그녀는 자신의 무서운 비밀을 아는 사람은 절대 살려두지 않겠다고 맹세했지만, 다르타냥은 그 비밀을 알아냈다. 그녀가 마침내 백지 위임장을 손에 넣어 그 도움으로 복수하려는 순간, 다르타냥은 그 귀중한 위임장마저 빼앗아버렸다. 지금 그녀를 붙잡아두고 머나먼 유배지로 추방하려 하는 것도 다르타냥이다.

이 모든 것은 다르타냥 탓이다. 다르타냥이 아니라면 누가 그녀의 머리 위에 그 모든 치욕을 쌓아올릴 수 있겠는가? 다르타냥만이 일종의 숙명으로 하나씩 발견한 그 무서운 비밀들을 윈터 경에게 알려줄 수 있었을 것이다. 다르타냥은 윈터 경과 아는 사이니까, 그에게 편지를 쓴 게 분명하다.

그녀는 엄청난 증오심을 내뿜고 있었다. 텅 빈 방에서 꼼짝도 않고 이글거리는 눈을 한곳에 고정시킨 채, 이따금 숨을 쉴 때 가슴 깊은 곳에서 새어나오는 그 낮은 으르렁거림은 이 당당하고 음산한 저택을 떠받치고 있는 암벽에 우르르 소리를 내며 밀려와 어찌할 수 없는 절망처럼 부서지는 파도 소리와 잘 어울렸다. 그녀의 폭풍 같은 분노가 마음속에서 섬광처럼 번득일 때, 그 희미한 번갯불 속에서 그녀는 보나시외 부인과 버킹엄 공작과 다르타냥에게 복수하겠다는 멋진 계획이 아득히 먼 미래로 사라지는 것을 보았다.

복수하기 위해서는 몸이 자유로워야 한다. 포로가 자유의 몸이 되려면 벽을 뚫거나, 빗장을 풀거나, 바닥에 구멍을 뚫어야 한다. 끈기 있고 힘센 남자라면 해낼 수 있는 일이지만, 홍분과 초조감에 사로잡혀 있는 여자는 실패할 게 뻔하다. 게다가 그 일을 하려면 시간이 있어야 한다. 몇 달, 몇 년의 시간이 필요하다. 그런데 그녀에게 주어진 시간은…… 시숙이지만 간수이기도 한 윈터 경의 말에 따르면 겨우 열흘 내지 열이틀이다.

그래도 그녀가 남자였다면 탈출을 시도해서 성공했을 것이다. 무엇 때문에 하늘은 이 연약하고 섬세한 육체 속에 남자 같은 영혼을 집어넣었단 말인가!

그래서 감금당한 뒤 처음 얼마 동안은 끔찍했다. 억제할 수 없는 분노의 발작 때문에 연약한 여자의 몸은 녹초가 되어버렸다. 하지만 차츰 그녀는 사나운 분노의 폭발을 이겨냈고, 그녀의 온몸을 뒤흔들던 전율도 사라졌다. 이제 그녀는 지쳐서 쉬고 있는 뱀처럼 몸을 사렸다.

'그렇게 넋을 잃다니, 내가 미쳤지. 정신 차리자.' 그녀는 중얼거리며 거울을 들여다보았다. 거울에 비친 불타는 듯한 눈은 자신에게 묻고 있는 것 같았다. '폭력은 안 돼. 폭력은 나약함의 증거야. 지금까지 그런 방식으로는 성공한 적이 없어. 상대가 여자라면, 나보다 약한 여자가 있을지도 모르고, 그러면 내가 이길 수도 있겠지. 하지만 난 지금 남자들을 상대로 싸우고 있어. 그들에게 나는 한낱 여자일 뿐이야. 여자답게 싸우자. 내 힘은 내 연약함 속에 있어.'

그녀는 표정과 감정이 풍부한 얼굴에 어떤 변화를 일으킬 수 있는지를 스스로 깨달으려는 것처럼 얼굴을 일그러뜨리는 분노의 표정에서부터 사랑에 넘치는 다정한 표정과 유혹적인 미소에 이르기까지 온갖 다양한 표정을 지어보았다. 그런 다음 숙련된 솜씨로 머리를 매만졌다. 그녀는 물결치는 듯한 그 머리 모양이 얼굴의 매력을 더욱 돋보이게 해줄 거라고 생각했다. 마침내 그녀는 스스로 만족하여 중얼거렸다.

'그러니까 나는 아무것도 잃지 않았어. 여전히 이렇게 아름다운걸.'

저녁 여덟 시경이었다. 밀레디는 방에 침대가 있는 것을 알아차렸다. 몇 시간 자고 나면 머리와 기분이 상쾌해질 뿐만 아니라 안색도 맑아질 것 같았다. 하지만 침대에 눕기 전에 더 좋은 생각이 떠올랐다. 그녀는 저녁 식사에 대한 이야기를 들었다. 이 방에 들어온 지도 벌써 한 시간이 지났다. 이제 곧 저녁 식사를 가져올 것이다. 포로는 시간을 낭비하고 싶지 않았다. 밀레디는 그날 저녁부터 당장 감시를 맡고 있는 자들의 성격을 조사하여 상황 판단을 시도해보기로 마음먹었다.

문 밑으로 한 줄기 불빛이 나타났다. 이 불빛은 간수들이 돌아왔음을 알려주었다. 서 있던 밀레디는 재빨리 안락의자에 몸을 던졌다. 머리를 뒤로 젖혀 아름다운 머리카락을 헝클어뜨리고, 주름진 레이스에 가려진 젖가슴을 반쯤 드러내고, 한 손은 심장에 얹고 다른 손은 축 늘어뜨렸다.

빗장이 옆으로 미끄러지고, 문이 삐걱거리며 열렸다. 다가오는 발소리가 방 안에 울려 퍼졌다.

"저 탁자 위에 내려놔." 밀레디는 그것이 펠턴의 목소리라는 것을 알아차렸다.

명령대로 실행되었다.

"횃불을 가져오고 보초를 교대시켜." 펠턴이 말을 이었다.

젊은 장교가 명령하는 것을 보고 밀레디는 식사를 가져온 자들이 자기를 감시하는 병사들이라는 것을 알 수 있었다.

게다가 펠턴의 명령이 즉각
실행된 것은 그가 군율을 엄격
하게 유지하고 있다는 사실
을 말해주고 있었다.

이때까지 밀레디에게
눈길도 주지 않은 펠턴이
드디어 그녀 쪽으로 돌아
섰다.

"아하! 자고 있군. 좋
아. 깨어나면 먹겠지."

그는 방에서 나가려고
했다.

"중위님." 지휘관만큼
자신을 억제하지 못해서 밀레디에게 다가와 있던 병사가 말했
다. "자고 있는 게 아닌데요."

"무슨 소리야? 자고 있는 게 아니라니?" 펠턴이 말했다.
"그럼 도대체 뭘 하고 있는 거야?"

"기절한 것 같습니다. 얼굴이 창백하고, 아무리 귀를 기울여
도 숨소리가 들리지 않습니다."

"네 말이 맞다." 펠턴은 밀레디 쪽으로 한 걸음도 다가오지
않고 그 자리에 선 채 그녀를 살펴보고 나서 말했다. "윈터 경
에게 가서 포로가 기절했다고 말씀드려. 예상 못했던 경우라서
나도 어떻게 해야 할지 모르겠다."

병사는 장교의 명령을 받고 나갔다. 펠턴은 옆에 놓여 있는
의자에 앉아서 말없이 기다렸다. 밀레디는 눈을 감은 척하면서
속눈썹 사이로 밖을 엿보는 재주를 발휘하여, 펠턴이 등을 돌

리고 있는 것을 확인했다. 10분쯤 계속 그를 바라보았지만, 냉정한 간수는 한 번도 그녀를 돌아보지 않았다.

밀레디는 이제 곧 윈터 경이 올 테고, 그러면 이 간수는 새로운 힘을 얻을 거라고 생각했다. 그녀의 첫 번째 시험은 실패한 셈이었다. 그녀는 자신의 자질을 믿는 여자답게 그 사실을 순순히 받아들였다. 그래서 그녀는 고개를 들어 눈을 뜨고 힘없이 한숨을 내쉬었다.

이 한숨 소리를 듣고 드디어 펠턴이 그녀를 돌아보았다.

"아, 깨어났군요! 그럼 나는 여기서 더 이상 볼일이 없습니다. 필요한 게 있으면 부르세요."

"오, 하느님. 얼마나 괴로웠는지!" 밀레디가 고대의 마녀처럼 마음만 먹으면 누구든 유혹하여 파멸시키는 아름다운 목소리로 중얼거렸다.

안락의자에 일어나 앉은 그녀는 축 늘어져서, 누워 있을 때보다 훨씬 우아하면서도 체념한 자세를 취했다.

펠턴이 의자에서 일어났다.

"이런 식으로 하루에 세 번 식사를 가져올 겁니다. 아침 아홉 시, 오후 한 시, 그리고 저녁 여덟 시. 이 시간이 마음에 들지 않으면 원하는 시간을 말씀해주십시오. 원하는 대로 해드리겠습니다."

"그러면 나는 이 우중충한 방에 줄곧 혼자 있어야 하나요?" 밀레디가 물었다.

"인근에 사는 여자가 내일부터 시중을 들 겁니다. 필요하실 때는 언제든지 그 여자를 부를 수 있습니다."

"고마워요." 포로가 공손하게 말했다.

펠턴은 가볍게 고개를 숙여 절을 하고 문 쪽으로 걸어갔다. 그가 막 문지방을 넘으려는데 윈터 경이 복도에 나타났다. 밀레디가 기절했다는 소식을 전하러 간 병사가 작은 약병을 들고 남작의 뒤를 따르고 있었다.

"무슨 일이야? 어떻게 된 거지?" 포로는 서 있고 펠턴이 방에서 나오는 것을 보고 윈터 경이 빈정거리는 듯한 어조로 물었다. "죽은 여자가 되살아났나? 펠턴! 자네를 풋내기로 보고 바보 취급한 거야. 그걸 눈치채지 못했나? 자네를 위해 희극 제1막을 공연한 거라고. 물론 우리는 희극의 모든 전개 과정을 즐거운 마음으로 지켜보게 될 걸세."

"저도 알고 있었습니다." 펠턴이 말했다. "하지만 포로가 여자니까 배려해주고 싶었지요. 점잖은 남자라면 여자를 위해, 아니면 적어도 자신을 위해 그러는 것이 당연하지 않겠습니까."

밀레디는 온몸을 떨었다. 펠턴의 말이 얼음처럼 그녀의 혈관 속에 구석구석까지 뚫고 들어왔다.

윈터 경이 웃으면서 말을 받았다.

"그래서 일부러 보란 듯이 헝클어뜨린 저 아름다운 머리채도, 저 하얀 살결도, 저 나른한 표정도 자네의 목석같은 마음을 홀리지 못했군 그래."

"예, 각하." 냉정한 젊은이가 대답했다. "여자의 술책이나 유혹 따위로는 결코 저를 타락시키지 못할 겁니다."

"그렇다면 밀레디가 다른 수법을 찾아내도록 내버려두고 우리는 저녁이나 먹으러 가세. 아, 걱정 말게. 저 여자는 상상력이 풍부하니까, 오래지 않아 제2막을 보여줄 거야."

윈터 경은 펠턴과 팔짱을 끼고 웃으면서 밖으로 나갔다.

"오냐. 네놈에게 먹힐 방법을 반드시 찾아내고야 말겠다." 밀레디가 이를 악물고 중얼거렸다. "명심해라, 수도사를 지망했다가 수도복을 잘라서 군복을 만들어 입고 얼치기 군인이 된 놈아."

윈터 경이 문 앞에서 걸음을 멈추고 말했다.

"이번에 실패했다고 해서 식욕까지 잃을 필요는 없어. 닭고기와 생선을 먹어봐. 내 명예를 걸고 말하지만, 거기에 독 같은 건 넣지 않았으니까. 나는 요리사가 해주는 대로 먹거든. 요리사는 내가 죽어도 아무것도 물려받지 못할 테니까, 나는 그를 전적으로 믿고 있지. 당신도 나처럼 해봐. 그럼 다시 기절할 때까지 안녕."

이것은 밀레디가 참을 수 있는 한계점이었다. 그녀는 두 손으로 의자를 움켜잡고 이를 갈았다. 그녀의 눈은 윈터 경과 펠턴이 나가고 그들 뒤에서 문이 닫히는 것을 지켜보고 있었다. 마침내 혼자 남게 되자 새로운 절망의 발작이 그녀를 덮쳤다. 탁자를 바라보니 나이프가 번득이고 있었다. 그녀는 얼른 달려가서 나이프를 집어 들었다. 하지만 그녀의 기대는 무참하게도 배신당하고 말았다. 칼날이 무디고 휘어지기 쉬운 은으로 되어 있었던 것이다.

반쯤 닫힌 문 뒤에서 웃음소리가 울려 퍼지더니 문이 다시 열렸다.

"하하하!" 윈터 경이 외쳤다. "보게나, 펠턴. 내가 말한 걸 알겠지? 저 칼로 자네를 찌를 작정이었던 거야. 방해가 되는 사람은 무슨 수를 써서라도 없애는 것이 저 여자의 해괴한 버릇이라네. 자네 말대로 강철 나이프를 준비했다면 큰일날 뻔했잖은가. 그랬다면 펠턴은 이 세상에 존재하지 않았겠지. 먼저 자네 목이 날아갔을 테고, 그다음에는 다른 사람들의 목도 날아갔을 거야. 보게나, 존. 저 여자가 칼을 쥐는 법을 얼마나 잘 알고 있는지."

실제로 밀레디는 여전히 손에 무기를 움켜쥐고 있었다. 하지만 이 마지막 말로 모욕을 당하자 손아귀만이 아니라 온몸의 힘이 풀리고 의지력까지 약해졌다.

나이프가 바닥에 떨어졌다.

"각하의 말씀이 옳습니다." 펠턴은 깊은 혐오감이 담긴 말투로 말했다. 그 목소리는 밀레디의 가슴 밑바닥까지 울려 퍼졌다. "각하가 옳고, 제가 틀렸습니다."

그리고 두 사람은 다시 방에서 나갔다.

하지만 이번에는 밀레디도 아까보다 더 주의 깊게 귀를 기울였다. 그들의 발소리가 멀어지다가 복도 끝에서 사라졌다.

'나는 망했어. 여기서 나를 지배하고 있는 놈들은 내가 아무런 영향도 미칠 수 없는 청동이나 석상 같은 자들이야. 놈들은 나를 속속들이 알고, 내가 어떤 무기를 휘둘러도 막아낼 수 있는 갑옷을 입고 있어. 하지만 놈들이 결정한 대로 끝낼 수는 없지.'

이 마지막 생각과 함께 밀레디는 본능적으로 다시 희망을 되찾았다. 그처럼 그녀의 영혼에는 아무리 두렵고 나약한 생각도 오래 머물지 않았다. 밀레디는 탁자 앞에 앉아 음식을 먹어 치우고, 포도주도 조금 마셨다. 그러자 잃었던 결단력이 모두 되살아나는 느낌이었다.

밀레디는 잠자리에 들기 전에 간수들의 말과 걸음걸이와 몸짓과 표정만이 아니라 그들의 침묵까지도 이리저리 분석하고 이쪽저쪽으로 뒤집으면서 검토했다. 그리고 이 심오하고 능숙하고 박식한 조사 결과, 두 명의 간수 중에 요리하기 쉬운 쪽은 아무래도 펠턴이라는 결론이 나왔다.

특히 포로의 머리에 떠오른 구절이 하나 있었다.

'자네 말대로 했다면……' 윈터 경이 펠턴에게 한 말이었다.

윈터 경이 펠턴의 말을 들으려 하지 않았다는 것인데, 그렇다면 펠턴은 그녀를 편드는 말을 한 게 분명했다.

'그렇다면 그 남자는 영혼 속에 약하든 강하든 동정심을 갖고 있어. 지금은 가물거리는 희미한 빛이지만, 나는 그 빛을 활활 타오르는 불로 만들어서 그 남자를 삼켜버리게 할 거야. 윈터 경은 나를 잘 알고 있고, 나를 두려워하고 있어. 내가 자기 손에서 빠져나가면 무슨 일이 일어날지 알고 있어. 그러니까 그에게는 무슨 수를 써도 소용없어. 하지만 펠턴은 달라. 그는 순진하고 순수하고 고결한 젊은이 같아. 그런 사람은 얼마든지 파멸시킬 방법이 있지.'

밀레디는 침대에 누워 입술에 미소를 띤 채 잠이 들었다. 누군가가 그녀의 잠든 얼굴을 보았다면, 다음 축제 때 머리에 쓸 화관을 꿈꾸고 있는 소녀 같다고 생각했으리라.

제53장

감금 이틀째 날

밀레디는 마침내 다르타냥을 붙잡아 처형하는 꿈을 꾸고 있었다. 그녀의 입술에 고혹적인 미소가 떠오른 것은 망나니의 도끼 아래서 그 얄미운 녀석의 피를 보았기 때문이다.

그녀는 처음으로 얻은 희망에 안심한 죄수처럼 곤히 자고 있었다.

이튿날 사람들이 들어왔을 때 그녀는 아직도 침대에 누워 있었다. 펠턴은 복도에 서 있었다. 그는 어제저녁에 이야기한 여자를 데려왔다. 방금 도착한 이 여자는 밀레디의 침대로 다가가서, 시킬 일은 없느냐고 물었다.

밀레디는 체질적으로 얼굴이 창백했다. 따라서 그녀의 안색은 그녀를 처음 보는 사람을 속일 수 있었다.

"열이 나요." 밀레디가 말했다. "밤새 한숨도 못 잤어요. 몹시 괴로워요. 당신은 어제 왔던 사람들보다 인정이 있을까? 부탁하고 싶은 건, 그냥 이대로 누워 있게 해줘요."

"의사를 부를까요?" 여자가 물었다.

펠턴은 한마디도 하지 않고 이 대화에 귀를 기울였다.

밀레디는 주위에 사람이 많을수록 동정심을 자극해야 할 상대가 많아지고 윈터 경의 감시도 강화될 거라고 생각했다. 게다가 의사는 밀레디가 꾀병을 부린다는 걸 밝혀버릴지도 모른다. 첫 번째 승부에서 실패했기 때문에 두 번째 승부에서는 지고 싶지 않았다.

"의사를 부르겠다고요? 왜요?" 밀레디가 되물었다. "어제 왔던 사람들은 내가 아픈 게 연극이라고 했는데, 오늘도 마찬가지일 거예요. 어제저녁부터 지금까지 의사한테 내가 연극을 하고 있다고 알릴 시간은 충분했을 테니까요."

"그렇다면……" 펠턴이 참다못해 말했다. "어떤 치료를 받고 싶은지 말해보세요."

"그걸 내가 어떻게 알겠어요? 나는 그저 고통을 느낄 뿐이에요. 주고 싶은 걸 마음대로 주셔도 돼요. 나는 아무래도 좋으니까."

"윈터 경을 모셔올까요?" 끝없는 불평에 진저리가 난 펠턴이 말했다.

"오, 안 돼요, 안 돼! 그 사람을 부르지 마세요. 제발 부탁이에요. 나는 괜찮아요. 아무것도 필요 없어요. 그러니까 그 사람을 부르지 마세요!"

이렇게 외치는 소리에는 사람의 마음을 움직이는 강력한 힘이 담겨 있었다. 그래서 자극을 받은 펠턴이 방 안으로 몇 걸음 들어섰다.

'마음이 움직였구나.' 밀레디가 속으로 생각했다.

"하지만 부인." 펠턴이 말했다. "정말로 고통스러우시다면 의사를 부르겠지만, 우리를 속이고 있는 거라면, 당신에게는 정말 안됐지만 우리가 자책할 이유는 없을 겁니다."

밀레디는 아무 대답도 하지 않고 머리를 다시 베개에 던지고는 눈물을 흘리며 흐느끼기 시작했다.

펠턴은 여느 때처럼 냉정한 표정으로 잠시 그녀를 바라보다가, 이런 상태가 오래갈 거라고 생각하고 방에서 나갔다. 하녀도 그를 뒤따라 나갔다. 윈터 경은 나타나지 않았다.

'희망이 보이기 시작한 것 같아.' 밀레디는 기뻐서 중얼거렸지만, 이렇게 흐뭇해하는 모습을 누군가 엿볼지 몰라 이불 속으로 파고들었다.

두 시간이 지났다.

'병을 앓는 척하는 건 이제 그만두고 일어나자.' 밀레디가 속으로 말했다. '오늘부터라도 뭔가 시작해야지. 열흘밖에 안 남았는데, 오늘 저녁이면 벌써 이틀이 지나는 거야.'

아침에 밀레디의 방으로 올 때 식사를 가져왔으니, 조금 있으면 식탁을 치우러 올 것이고, 그러면 펠턴을 다시 보게 될 것이다.

밀레디의 짐작은 틀리지 않았다. 펠턴은 다시 나타났고, 밀레디가 식사에 손을 댔는지 안 댔는지는 아랑곳하지 않은 채, 식탁을 치우라고 신호했다.

펠턴은 책 한 권을 손에 든 채 계속 서 있었다.

밀레디는 벽난로 앞에 놓인 안락의자에 앉아 있었다. 아름답고 창백하고 체념한 표정이 순교를 기다리고 있는 성처녀 같았다.

펠턴이 다가와서 말했다.

"윈터 경은 당신과 마찬가지로 가톨릭 신자입니다. 예배를 드리지 못하는 것 때문에 고통스러울 거라 생각하시고, 당신이 날마다 미사를 드리고 기도서를 읽어도 좋다고 허락하셨어요.

자, 기도서를 가져왔습니다."

펠턴이 기도서를 밀레디 옆의 작은 탁자에 내려놓는 태도와 '미사'라고 말할 때의 어조, 그 말과 함께 얼굴에 떠오른 경멸 어린 미소에 밀레디는 고개를 들고 장교를 좀 더 유심히 살펴보았다.

엄격할 만큼 단정하게 자른 머리, 지나치게 수수한 옷차림, 대리석처럼 윤이 나는 이마, 역시 대리석처럼 단단하고 완고한 태도를 보고 밀레디는 그가 청교도라는 것을 알아차렸다. 그녀는 영국 왕의 궁정만이 아니라 프랑스 왕의 궁정에서도 청교도들을 자주 만났는데, 성 바르톨로메오 축일의 학살에 대한 기억에도 불구하고 피난처를 찾아 프랑스 왕의 궁정에 들어와 있는 청교도가 적지 않았기 때문이다.

그 순간 불현듯 영감이 떠올랐다. 그것은 자신의 운명이나 인생이 결정될 중요한 순간, 중대한 위기에서 오직 천재적 재능을 가진 사람들만이 느낄 수 있는 영감이었다.

'미사'라는 말을 듣고 펠턴의 모습을 힐끗 본 것만으로도 그녀는 자신의 답변이 얼마나 중요한 것인지를 깨달았다. 그녀 특유의 빠른 머리 회전으로 이미 완전하게 형태를 갖춘 대답이 입술을 통해 흘러나왔다.

"미사라고요?" 그녀는 젊은 장교의 목소리에서 알아차린 그 경멸과 일치하는 어조로 되물었다. "미사라고 하셨나요? 타락한 가톨릭 신자인 윈터 경은 내가 자기와 같은 종파가 아니라는 것을 잘 알고 있어요. 이건 윈터 경이 나를 함정에 빠뜨리려는 수작이에요!"

"그럼 당신은 어떤 종파입니까?" 펠턴이 놀란 얼굴로 물었다. 자제력이 강한 펠턴도 놀라움을 완전히 감추지는 못했다.

"그건 내가 내 신앙 때문에 충분히 고통받은 날 말하겠어요." 밀레디는 정신적 고양에 사로잡힌 척하면서 말했다.

펠턴의 표정을 보고 밀레디는 이 한마디로 방금 자기 앞에 얼마나 넓은 공간이 열렸는지를 알아차렸다.

하지만 젊은 장교는 아무 말도, 꼼짝도 하지 않았다. 눈빛만 그의 마음을 이야기하고 있었다.

"나는 지금 적들의 손아귀에 잡혀 있어요." 그녀는 청교도들 특유의 열광적인 어조를 흉내 내어 말을 이었다. "하느님이 나를 구해주시거나 아니면 내가 하느님을 위해 죽거나, 둘 중 하나가 내 대답이니까, 윈터 경에게 그렇게 전해주세요. 그리고 이 책은……" 그녀는 가톨릭 기도서에 손이 닿으면 제 몸이 더럽혀지기라도 하는 것처럼 손가락 끝으로 기도서를 가리키며 덧붙였다. "윈터 경에게 도로 갖다 주거나 당신이 가지고 가서 마음대로 쓰세요. 당신은 이중으로 윈터 경의 공범자일 게 분명하니까요. 윈터 경과 한통속이 되어 나를 박해하고 있으니까, 종파도 윈터 경과 같은 이단이겠죠."

펠턴은 아무 대답도 하지 않고, 아까 보여준 것과 똑같은 혐오감을 드러내며 기도서를 집어 들고는 생각에 잠긴 표정으로 물러갔다.

오후 다섯 시쯤 윈터 경이 나타났다. 그때까지 밀레디는 온종일 궁리한 끝에 앞으로 취할 행동 방침을 세워놓고 있었다. 윈터 경을 맞이했을 때, 그녀는 이미 자신의 유리한 점을 모두 회복한 상태였다.

남작은 밀레디의 의자와 마주 놓여 있는 의자에 앉아서, 아무렇게나 난로 쪽으로 발을 뻗으며 말했다.

"개종을 한 모양이더군."

“무슨 말씀이세요?”

“우리가 마지막으로 만난 뒤 종파를 바꾼 것 같다는 뜻이야. 혹시 신교도 남자를 세 번째 남편으로 얻지 않았나?”

“무슨 말씀인지 설명해주세요.” 포로가 당당하게 대답했다. “말씀이 귀에 들리긴 하는데 뜻을 이해할 수 없으니까요.”

“말하자면 당신은 아무 종교도 없다는 뜻이야. 나는 그게 더 좋아.” 윈터 경이 웃으면서 말했다.

“그게 당신의 원칙과 더 잘 들어맞는 건 확실해요.” 밀레디가 차갑게 대꾸했다.

“솔직히 말하면, 그런 건 아무래도 좋아.”

“종교에는 무관심하다고 솔직히 고백하시는 편이 나을 텐데요. 당신의 방탕과 범죄가 그 사실을 뒷받침하고 있으니까요!”

“뭐라고? 메살리나 부인* 뺨치는 당신이 방탕을 말하다니! 맥베스 부인* 같은 당신이 범죄를 말하다니! 내가 잘못 들었거나 당신이 뻔뻔스럽거나, 둘 중 하나겠지.”

“당신은 남들이 듣고 있다는 걸 아니까 그런 식으로 말하는 거죠.” 밀레디가 차갑게 대답했다. “당신은 간수와 망나니들이 내게 등 돌리기를 바라는 거예요.”

“내 간수들? 내 망나니들? 오호, 그래. 이젠 시적인 표현까지 써대는군. 어제의 희극이 오늘 저녁에는 비극으로 바뀌네. 하지만 일주일만 지나면 당신은 마땅히 가야 할 곳으로 가게 될 것이고, 내 일도 끝나겠지.”

“파렴치한 일이에요! 사악한 일이에요!” 밀레디는 재판관에게 대드는 죄수처럼 악쓰는 소리로 대답했다.

“이 여자가 드디어 미쳤군.” 윈터 경이 일어나면서 말했다. “자, 진정하라고, 청교도 부인. 그렇지 않으면 지하 감방에 처넣어버릴 테니까. 제기랄! 내가 준 포도주를 마시고 취한 거 아니야? 하지만 걱정 마셔. 포도주 때문에 취한 거라면 위험하지도 않고 뒤탈도 없을 테니까."

윈터 경이 악담을 하면서 방에서 나갔다. 당시에는 이러는 것이 귀족다운 행동이었다.

펠턴은 문 뒤에 서서 두 사람의 대화를 빠짐없이 듣고 있었다.

밀레디의 추측이 옳았다.

"그래, 가라! 가!" 그녀가 시숙에게 말했다. "뒤탈이 없기는! 이제 곧 나타나겠지만, 바보 같은 당신은 보지 못할 거야. 네놈이 알아차렸을 때는 너무 늦어서 피할 수도 없을걸."

침묵이 이어졌다. 두 시간이 지났다. 사람들이 저녁 식사를 가져왔다. 밀레디는 큰 소리로 기도를 드리고 있었다. 두 번째 남편의 늙은 하인이 엄격한 청교도였는데, 그 하인에게 배운 기도문이었다. 그녀는 무아지경에 빠져 있는 것 같았고, 주위에서 일어나는 일에는 아무 관심도 없는 듯이 보였다. 펠턴은 그녀를 방해하지 말라는 신호를 보냈고, 식탁이 차려지자 병사들과 함께 조용히 나갔다.

밀레디는 밖에서 엿보고 있을지도 모른다는 것을 알고 있었기 때문에 끝까지 기도를 계속했다. 문 앞에서 보초를 서고 있는 병사의 발소리가 들리지 않는 것을 보니 그녀의 기도를 엿듣고 있는 것 같았다.

그녀는 이만하면 충분하다고 생각했다. 그래서 그녀는 일어나 식탁으로 다가가서 음식을 조금 먹고, 포도주 대신 물만 마셨다.

한 시간 뒤에 사람들이 식탁을 치우러 왔다. 하지만 이번에는 병사들만 오고 펠튼은 오지 않았다.

'나를 자주 보는 게 두려운 모양이야.' 그녀가 회심의 미소를 지었다. 하지만 그 미소를 보면 누구라도 그녀의 속셈을 간파할 수 있을 것이기 때문에, 미소를 지을 때 그녀는 벽 쪽으로 돌아앉았다.

30분쯤 지났다. 낡은 저택이 조용해진 순간, 바다의 숨결과도 같은 파도 소리만 들리는 그 순간, 그녀는 맑고 낭랑하게 울려 퍼지는 목소리로 당시 청교도들이 특히 애송했던 찬송가의 1절을 부르기 시작했다.

주님이 우리를 버리실지라도
그것은 우리의 굳셈을 시험하기 위함이니,
후에는 우리에게 손을 내밀어
상을 주시리로다.

밀레디는 노래를 부르면서 귀를 기울였다. 문 앞에서 보초를 서고 있는 병사가 돌로 변한 것처럼 멈춰 섰다. 그래서 밀레디는 찬송가의 효과를 판단할 수 있었다.

그녀는 이루 형언할 수 없을 만큼 열성적인 감정을 담아서 노래를 계속했다. 노랫소리가 둥근 천장 아래로 멀리까지 퍼져

나가 마법의 주문처럼 간수들의 마음을 부드럽게 누그러뜨리는 것처럼 느껴졌다. 하지만 보초병은 열렬한 가톨릭 신자였기 때문에, 머리를 흔들어 마력을 떨쳐버린 뒤 문 너머에서 소리를 질렀다.

"조용히 해요. 당신 노래는 절망의 구렁텅이에서 절규하는 것처럼 구슬퍼요. 여기서 보초를 서고 있는 것만으로도 기분이 그런데, 거기다 그런 노래까지 들어야 하다니, 도저히 견딜 수 없어요."

"입 닥쳐!" 근엄한 목소리가 말했다. 밀레디는 펠턴의 목소리라는 것을 알아차렸다. "네가 웬 참견이야? 저 여자가 노래 부르는 걸 막으라는 명령이라도 받았나? 아니잖아. 네가 받은 명령은 저 여자를 감시하고, 탈출하면 쏘라는 것뿐이야. 그게 다야. 명령받은 대로만 하면 돼."

말할 수 없이 기쁜 표정이 밀레디의 얼굴을 환하게 밝혔지만, 이 표정은 섬광처럼 순식간에 사라졌다. 그녀는 펠턴과 병사의 대화를 한마디도 놓치지 않았지만, 대화를 들은 기색도 보이지 않고 악마가 그녀의 목소리에 집어넣은 마력과 음역과 매력을 총동원하여 노래를 계속했다.

모든 눈물과 고통에도 불구하고
가혹한 추방과 사슬에도 불구하고
나에겐 젊음과 기도가 남아 있으니
하느님은 내 모든 고통을 헤아려주시리라.

놀랄 만큼 음역이 넓고 열정적인 그녀의 목소리는 이 찬송가의 조잡하고 미숙한 가사에 마력과 표정을 부여했다. 청교도들은 동료 신자들의 노래에서는 그렇게 풍부한 감정 표현을 좀처럼 찾지 못했고, 상상력을 총동원하여 노래를 아름답게 꾸며야 했다. 펠턴은 불타는 화덕 속에 던져진 세 명의 히브리 사람*을 위로하는 천사의 노래를 듣고 있는 듯한 기분이었다.

밀레디가 노래를 계속했다.

그러나 우리도 언젠가는 자유로워지리라.
하느님은 공정하고 굳세므로.
비록 그런 희망이 없다 해도
우리에게는 죽음과 순교의 왕관이 남으리라.

무시무시한 마녀가 심혈을 기울여 부른 노래에 젊은 장교의 마음이 마침내 뒤흔들리고 말았다. 그는 문을 벌컥 열었다. 밀레디는 그가 여느 때처럼 창백하지만 미친 듯이 이글거리는 눈으로 나타난 것을 보았다.

"왜 그렇게, 왜 그런 목소리로 노래를 부르는 겁니까?" 그가 말했다.

"죄송해요." 밀레디가 상냥하게 대답했다. "내 노래가 이 집에는 어울리지 않는다는 걸 깜박 잊었어요. 종파가 다른 당신에게는 내 노래가 불쾌했을 거예요. 하지만 일부러 그런 건 아니에요. 정말 죄송해요. 내가 아무래도 큰 잘못을 저지른 것 같은데, 고의는 아니었어요."

그 순간 밀레디는 너무 아름다웠고, 종교적 황홀경에 빠져 있는 듯이 보였다. 펠턴은 그 표정에 현혹되어, 지금까지 말로만 들었던 천사를 눈앞에서 보고 있다고 믿었다.

"그래요. 당신은 이 저택에 사는 사람들을 괴롭히고, 마음을 어지럽히고 있습니다."

가엾게도 분별을 잃은 사내는 자신의 말이 사리에도 맞지 않고 일관성도 없다는 것조차 알아차리지 못했다. 살쾡이처럼 날카로운 밀레디의 눈은 그의 이런 마음을 밑바닥까지 꿰뚫어 보았다.

"노래는 그만할게요." 밀레디는 눈을 내리깔고 체념한 태도를 취하면서 최대한 부드러운 목소리로 말했다.

"아니, 아닙니다." 펠턴이 말했다. "다만 그렇게 큰 소리로 부르지는 마세요. 특히 밤에는."

펠턴은 포로에게 더 이상 엄격한 태도를 유지할 수 없다는 것을 느끼고 방에서 뛰쳐나갔다.

"잘하셨습니다, 중위님." 보초병이 말했다. "그 노래를 들으면 마음이 혼란스럽지만, 계속 듣다 보니 익숙해지더군요. 목소리가 정말 아름다워요!"

제54장

감금 사흘째 날

펠턴은 이쪽으로 넘어왔지만, 한 걸음 더 내디뎌야 한다. 그를 이쪽에 붙잡아둘 필요가 있다. 아니, 그가 자진해서 이쪽에 머물도록 해야 한다. 하지만 어떻게? 그 방법을 밀레디도 아직은 막연하게 그려보았을 뿐이다.

해야 할 일은 또 있었다. 이쪽에서 말을 걸 수 있도록, 우선 그에게 말을 시켜야 했다. 밀레디는 자신의 가장 큰 매력이 목소리라는 것을 잘 알고 있었기 때문이다. 그녀의 목소리는 인간의 말에서부터 천사의 말에 이르기까지 모든 음역을 절묘하게 표현할 수 있었다.

하지만 이 모든 매력에도 불구하고 밀레디가 실패할 가능성은 얼마든지 있었다. 펠턴은 지극히 사소한 위험에도 대비하도록 미리 경고를 받았기 때문이다. 그때부터 밀레디는 자신의 모든 언행, 사소한 눈짓에서 몸짓까지, 한숨으로 해석할 수도 있는 숨소리까지 모든 것에 주의를 기울였다. 마침내 그녀는 새로운 배역을 맡게 된 노련한 배우처럼 모든 것을 연구했다.

윈터 경은 상대하기가 훨씬 쉬웠다. 그래서 그녀는 전날 저녁에 이미 행동 방침을 정해놓았다. 윈터 경이 방에 있을 때는 침묵을 지키되 당당한 태도를 유지할 것, 이따금 경멸하는 태도와 언사로 그를 자극할 것, 그리하여 그로 하여금 협박과 폭력을 행사하게 만들어, 모든 것을 체념한 자신의 태도를 더욱 두드러져 보이게 할 것—이것이 그녀의 계획이었다. 펠턴도 알아차릴 것이다. 말은 하지 않을지 모르지만, 분명 알아차릴 것이다.

아침이 되자, 여느 때처럼 펠턴이 나타났다. 밀레디는 그에게 아무 말도 하지 않고 그가 식사 준비를 감독하도록 내버려두었다. 그가 방에서 나가려 할 때 그녀는 희망의 빛이 어렴풋이 나타나는 것을 보았다. 그가 먼저 말을 걸려는 듯이 보였기 때문이다. 하지만 입술만 달싹거렸을 뿐, 입에서는 아무 소리도 나오지 않았다. 그는 자신과 싸우면서, 입에서 나오려는 말을 마음속에 꽁꽁 가두어넣고 방에서 나갔다.

정오 무렵 윈터 경이 방으로 들어왔다.

맑은 겨울날이었다. 빛은 주지만 온기는 주지 않는 영국의 그 희미한 햇살이 감옥의 창살을 통해 비쳐 들어왔다.

밀레디는 창밖을 내다보면서, 문이 열리는 소리를 못 들은 체했다.

"아하!" 윈터 경이 말했다. "희극도 해봤다, 비극도 해봤다, 이젠 우울한 장면을 연기하고 있군."

포로는 아무 대답도 하지 않았다.

"그래, 알겠어." 윈터 경이 말을 이었다. "자유로운 몸이 되어 저 해안에 서고 싶은 마음이 굴뚝같겠지. 좋은 배를 타고, 저 푸른 바다의 파도를 가르며 나아가고 싶겠지. 육지에서든 바다에서든 그 능란한 매복 전술로 나를 함정에 빠뜨리고 싶어 죽을 지경이겠지. 참아! 참으라고! 나흘만 지나면 저 바닷가에 설 수 있어. 바다가 당신에게 열릴 거야. 당신이 원하는 것보다 더 많이 열릴 거야. 나흘만 지나면 영국에서 추방될 테니까.”

밀레디는 두 손을 모으고 아름다운 눈을 하늘로 들어 올리며 천사처럼 감미로운 몸짓과 억양으로 말했다.

“주여! 주여! 제가 이 사람을 용서하듯 주님께서도 이 사람을 용서해주소서.”

“오냐, 기도해라. 이 저주받을 계집아!” 남작이 외쳤다. “맹세코 말하지만 나는 절대로 너를 용서하지 않을 것이다. 그런 내 손 안에 있으면서 나를 위해 기도하다니, 정말 너그럽기도 하지.”

이 말을 남기고 남작은 나갔다.

그가 방에서 나갈 때, 반쯤 열린 문 틈으로 날카로운 시선이 미 끄러지듯 들어왔다. 밀 레디는 펠턴이 들키지 않으려고 얼른 옆으 로 비켜서는 것을 언뜻 보았다.

그녀는 바닥에 무릎을 꿇고 기도 하기 시작했다.

“하느님! 나의 하느님! 제가 얼마 나 거룩한 이유 때 문에 고통받고 있는

지, 당신은 알고 계십니다! 부디 제가 이 고통을 견뎌낼 수 있도록 힘을 주옵소서."

문이 조용히 열렸다. 아름다운 탄원자는 그 소리를 못 들은 체하고 눈물 어린 목소리로 기도를 계속했다.

"원수를 갚아주시는 하느님! 자애로우신 하느님! 저 사람의 무서운 계획이 이루어지도록 내버려두시렵니까?"

그제야 펠턴의 발소리를 들은 척 그녀는 재빨리 일어나, 무릎을 꿇고 있는 게 들켜서 부끄럽기라도 한 것처럼 얼굴을 붉혔다.

"방해하고 싶지 않습니다." 펠턴이 진지하게 말했다. "그러니까 나 때문에 기도를 멈추지 마세요."

"내가 기도하고 있다는 걸 어떻게 아시죠?" 밀레디가 흐느끼느라 목이 메인 목소리로 말했다. "잘못 아셨어요. 나는 기도를 드린 게 아니에요."

"그럼 당신은 내가 창조주 앞에 무릎을 꿇고 있는 사람을 방해할 권리가 있다고 생각하는 줄 아십니까?" 펠턴의 목소리는 여전히 근엄했지만 말투는 한결 부드러워져 있었다. "천만에요! 게다가 회개는 죄를 지은 사람에게 어울립니다. 무슨 죄를 지었든, 하느님 앞에 꿇어 엎드린 죄인은 내 눈에는 거룩해 보입니다."

"죄를 지었다고요? 내가요?" 밀레디는 최후의 심판에 입회한 천사도 무장해제시킬 만한 미소를 지으며 말했다. "죄를 지어요? 내가 죄를 지었는지 아닌지는 하느님이 알고 계세요! 당신은 내가 유죄 판결을 받았다고 말하겠죠. 좋아요. 하지만 순교자들을 사랑하시는 하느님은 이따금 무고한 사람들이 유죄 판결을 받는 것도 허락하세요."

"당신이 유죄 판결을 받았다면, 당신이 순교자라면, 기도를 드려야 할 이유가 더 많겠군요." 펠턴이 대답했다. "나도 당신을 위해 기도하겠습니다."

"오, 당신은 의로운 분이군요!" 밀레디가 그의 발치에 엎드리며 외쳤다. "들어주세요. 나는 더 이상 견딜 수 없어요. 투쟁을 계속하면서 내 신앙을 고백하지 않으면 안 될 때, 그럴 때 기력이 다해버리지 않을까 걱정돼서요. 절망에 빠진 여자의 애원을 들어주세요. 당신은 기만당하고 있어요. 하지만 그건 문제가 아니에요. 내가 당신에게 바라는 것은 한 가지만 내 부탁을 들어달라는 거예요. 그것만 들어주면 이승에서는 물론이고 저승에 가서도 당신을 축복하겠어요."

"남작님께 말씀드리세요. 다행히도 나는 죄인을 용서하거나 벌주는 일을 맡고 있지 않습니다. 하느님은 그런 책임을 나보다 높은 분에게 넘겨주셨지요."

"아니에요. 당신에게 넘겨주셨어요. 오직 당신에게만. 내 말 좀 들어주세요. 나를 파멸시키는 데 가담하지 말고, 나에게 치욕을 주는 데 가담하지 말고, 내 말을 들어주세요."

"당신이 그런 치욕을 받아 마땅하다면, 당신이 그런 치욕을 자초했다면, 심판을 하느님께 맡기고 견뎌야 합니다."

"무슨 말씀이세요? 당신은 나를 이해하지 못하시는군요. 내가 말하는 치욕을 당신은 감옥에 갇히거나 사형당하는 따위의 형벌로 알아들으시는군요! 감옥이나 죽음 따위는 나한테는 아무것도 아니에요!"

"나는 당신을 이해할 수 없습니다."

"아니면 이해하지 못하는 척하는 거겠죠." 포로가 미심쩍은 미소를 지으며 대답했다.

"아닙니다. 군인으로서 명예를 걸고, 기독교도로서 신앙을 걸고 말하지만, 절대 그런 게 아닙니다."

"뭐라고요? 그럼 윈터 경이 나를 어떻게 할 작정인지, 정말로 모른다는 건가요?"

"예, 모릅니다."

"윈터 경의 심복인 당신이? 말도 안 돼요!"

"나는 절대 거짓말하지 않습니다."

"윈터 경은 계획을 별로 감추려고도 하지 않으니까 쉽게 짐작할 수 있을 텐데요!"

"나는 굳이 알려고 하지 않습니다. 윈터 경이 분명히 말해주기를 기다릴 뿐이죠. 윈터 경은 당신 앞에서 하신 말씀 외에는 아무 말씀도 하지 않으셨습니다."

"어머나." 밀레디는 믿을 수 없을 만큼 진실한 어조로 외쳤다. "그렇다면 당신은 그와 한통속이 아니군요. 그가 세상에서 어떤 형벌보다 끔찍한 치욕을 나에게 주려고 한다는 걸 모르고 계시군요?"

"그건 당신이 잘못 생각한 겁니다." 펠턴이 얼굴을 붉히면서 말했다. "윈터 경은 그런 죄를 지을 분이 아닙니다."

'좋아. 그게 뭔지도 모르면서 죄라고 말하는군.' 밀레디가 속으로 중얼거렸다. 그러고는 다시 소리 내어 말했다.

"파렴치한 자의 친구는 어떤 짓도 할 수 있어요."

"파렴치한 자라니, 그가 누굽니까?"

"그런 이름이 어울리는 자가 영국에 또 있나요?"

"조지 빌리어스를 말하는 건가요?" 펠턴의 눈이 번득였다.

"이단자, 이교도, 불신자들은 그를 버킹엄이라고 부르죠. 내가 말하는 인간이 누군지, 장황하게 설명하지 않아도 영국인이라면 단번에 알아차릴 줄 알았어요."

"주님의 손이 그에게 닿아 있습니다. 그는 응분의 벌을 피하지 못할 겁니다."

펠턴은 버킹엄 공작에 대해 증오의 감정을 서슴없이 표출했다. 모든 영국인이 그에게 이런 감정을 품고 있었다. 가톨릭교도들은 그를 착취자, 강탈자, 난봉꾼이라고 불렀고, 청교도들은 그를 그저 간단하게 사탄이라고 불렀다.

"오, 하느님! 하느님!" 밀레디가 외쳤다. "그에게 응분의 벌을 내려달라고 기도하는 것은 주님께서도 아시다시피 제 원한을 갚아달라는 게 아니라 모든 국민을 해방시켜달라고 간청하는 것입니다."

"그럼 당신은 그를 알고 계시군요?" 펠턴이 물었다.

'드디어 내게 질문을 하는구나.' 밀레디는 이렇게 빨리 효과가 나타난 것을 기뻐하며 속으로 중얼거렸다.

"그럼요. 알고말고요! 그게 내게는 불행이죠. 영원한 불행이에요."

밀레디는 고통의 발작이라도 일으킨 것처럼 두 팔을 뒤틀었다. 펠턴은 아마 몸에서 맥이 빠져나가는 것을 느꼈을 것이다. 그는 문 쪽으로 몇 걸음 다가갔다. 포로가 얼른 달려가서 그를 붙잡았다.

"제발 부탁이에요. 저에게 인정을 베풀어 소원을 들어주세요. 남작이 빼앗아간 나이프, 내가 무엇에 쓰려고 하는지 알아차리고 빼앗아버린 나이프를 딱 1분만 내게 돌려주세요. 자비를 베풀어주세요. 이렇게 당신 무릎을 끌어안고 부탁드릴게요! 문을 닫으셔도 돼요. 당신을 해치고 싶지 않아요. 어떻게 내가 당신을 해칠 수 있겠어요! 당신은 지금까지 내가 만난 사람들

중에서 가장 의롭고 친절하고 자비로운 분인데! 어쩌면 내 구세주가 될지도 모르는 당신을 해치다니요! 1분만, 딱 1분만 그 나이프를 빌려주세요. 1분이 지나면 감시창으로 돌려드릴게요. 겨우 1분이에요, 펠턴 씨. 그러면 당신은 내 명예를 구해주시게 돼요!"

"자살하려고요?" 펠턴은 포로의 손에서 자기 손을 빼내는 것도 잊어버리고 놀라서 외쳤다. "자살하려는 건가요?"

"실토해버렸어." 밀레디가 펠턴에게 들릴 만큼만 목소리를 낮추어 중얼거리고는 마룻바닥에 힘없이 주저앉았다. "이 사람에게 속내를 털어놔버렸어. 이 사람은 이제 모든 것을 알고 있어. 아, 나는 파멸이야!"

펠턴은 결단을 내리지 못한 채 가만히 서 있었다.

'아직도 의심하고 있구나.' 밀레디는 생각했다. '내가 설득력이 부족했나봐.'

복도에서 발소리가 들렸다. 밀레디는 그것이 윈터 경의 발소리라는 것을 알았다. 펠턴도 그것을 알고 문 쪽으로 다가갔다.

밀레디가 벌떡 일어났다.

"아무 말씀도 하지 마세요!" 그녀가 응축된 목소리로 말했다. "내가 당신에게 한 말을 저 사람한테 옮기면 안 돼요. 한마디라도 하면 나는 파멸이에요. 그건 당신이, 당신이……."

그때 발소리가 가까워지자 그녀는 자신의 목소리가 들릴까 두려워 입을 다물고, 완전히 공포에 질린 몸짓으로 그 아름다운 손을 펠턴의 입에 대고 눌렀다. 펠턴은 밀레디를 살며시 밀어냈고, 그녀는 의자 위에 쓰러졌다.

윈터 경은 걸음을 멈추지 않고 문 앞을 그냥 지나쳤다. 그의 발소리가 멀어지는 것을 들을 수 있었다.

송장처럼 새파래진 펠턴은 귀를 곤두세우고 잠시 그대로 서 있다가, 발소리가 완전히 사라지자 꿈에서 깨어난 사람처럼 숨을 내쉬고 방에서 뛰쳐나갔다.

'아!' 이번에는 밀레디가 윈터 경의 발소리와는 반대 방향으로 멀어져가는 펠턴의 발소리에 귀를 기울이면서 중얼거렸다. '드디어 내 손에 들어왔구나!'

다음 순간, 그녀의 얼굴이 어두워졌다.

'그가 남작에게 말하면 나는 끝이야. 남작은 내가 자살하지 않으리라는 것을 너무나 잘 알고 있으니까, 펠턴이 보는 앞에서 내 손에 칼을 쥐어줄 거야. 그렇게 되면 펠턴은 이 모든 절망이 연극에 불과하다는 것을 알게 될 거야.'

그녀는 거울 앞으로 다가가서 거울에 비친 모습을 바라보았다. 지금처럼 그녀가 아름다워 보였던 적은 없었다.

'좋아!' 그녀가 방긋 웃으면서 말했다. '펠턴은 남작에게 말하지 않을 거야!'

그날 저녁, 윈터 경이 저녁 식사를 나르는 병사들과 함께 왔다.

"왜 자꾸만 찾아오는 거죠? 당신 얼굴을 보는 게 여기 갇혀 있는 동안 견뎌야 할 의무라도 되나요? 당신이 찾아올 때마다 고통만 커지는데, 그 고통을 덜어줄 수는 없나요?"

"아니, 뭐라고?" 윈터 경이 말했다. "그 예쁜 입이 오늘은 그렇게 잔인한 말을 하지만, 며칠 전에는 오로지 나를 만나기 위해 영국에 왔다고 말하지 않았던가? 나를 만나고 싶은 마음이 너무 간절해서 뱃멀미도 폭풍우도, 이렇게 붙잡힐 위험까지도 무릅썼노라고 말하지 않았던가? 그래서 내가 왔으니까 마음껏 즐기라고. 게다가 오늘 내가 찾아온 것은 이유가 있지."

밀레디는 몸을 떨었다. 펠턴이 말했구나 싶었다. 강력하고 상반되는 감정을 그렇게 많이 경험한 그녀도 그렇게 격렬하게 고동치는 가슴을 느낀 것은 아마 난생처음이었을 것이다.

그녀는 의자에 앉아 있었다. 윈터 경은 의자를 그녀 옆으로 끌고 와서 앉았다. 그런 다음 주머니에서 종이 한 장을 꺼내 천천히 펼치면서 말했다.

"이걸 보여주고 싶었어. 일종의 통행증인데 내가 직접 작성한 거야. 앞으로 당신에게 남은 여생에서 신분증 구실을 하게 되겠지."

그는 밀레디를 바라보던 눈길을 서류 쪽으로 돌려 읽었다.

호송 명령서

"어디로 호송할지, 지명은 빈칸으로 남겨두었어." 윈터 경이 말했다. "원하는 곳이 있으면 말해. 런던에서 5천 킬로미터 이상 떨어진 곳이라면 당신 요구를 들어줄 테니까. 그럼 다시 시작하지."

프랑스 왕국의 법정에 의해 낙인의 형벌을 받은 후 방면된 샬럿 백슨이라는 자를 어디로 호송하라. 이자는 거주지에서 15킬로미터 이상 벗어날 수 없다. 탈출을 시도할 때는 사형에 처하라. 주거비와 식비로 하루에 5실링을 지급한다.

"그 명령은 나한테 적용되지 않아요." 밀레디가 매몰차게 말했다. "거기에 적힌 이름은 내 이름이 아니니까요."

"이름? 당신에게 이름이 있나?"

"당신 동생의 성이 내 성이죠."

"당치 않은 생각이야! 내 동생은 당신의 둘째 남편일 뿐이고, 첫 남편은 아직도 살아 있잖아. 그 사람 이름을 말해. 그러면 샬럿 백슨 대신 그 이름을 적어줄 테니까. 싫어? 말하고 싶지 않단 말이지. 그렇다면 좋아. 샬럿 백슨이라는 이름으로 호송될 거야."

밀레디는 아무 말도 하지 않았지만, 이번에는 일부러 그런 게 아니라 공포 때문에 정말로 말이 나오지 않았다. 이 명령은 곧 실행될 것이다. 윈터 경은 출발을 앞당겼고, 그녀는 오늘 저녁 당장 이곳을 떠나게 되어 있는 것 같았다. 이런 생각을 하자, 머릿속에서 잠시 모든 게 사라졌다. 그 순간 그녀는 명령서에 아무 서명도 없다는 것을 알아차렸다.

그녀는 너무 기뻐서 그 기분을 감출 수가 없었다.

"그래, 그래." 윈터 경이 그녀의 생각을 알아차리고 말했다. "서명을 찾고 있군. 그리고 속으로 이렇게 말하고 있겠지. 이 명령서에는 서명이 없으니까, 나를 겁주려고 보여주는 것뿐이야. 하지만 착각이야. 이 명령서는 내일 버킹엄 공작에게 보내질 것이고, 모레는 공작이 서명하고 날인해서 돌려보낼 거야. 내가 분명히 말해두는데, 24시간 뒤에는 명령이 집행될 거야. 그럼 이만 실례하겠소, 부인. 내가 할 말은 이것뿐이오."

"그렇게 권력을 남용하여, 가짜 이름으로 사람을 추방하다니, 정말 비열하고 파렴치한 짓이에요. 이게 내 대답이에요."

"그럼 진짜 이름으로 교수형을 당하고 싶어? 당신도 알겠지만, 영국 법률은 결혼 계약을 배신하는 행위에 대해서는 가차없이 냉혹하지. 솔직히 말해서 내 이름, 아니 내 동생의 이름이 이 일에 얽혀 있기는 하지만, 당신을 단번에 처치해버릴 수만 있다면, 공개 재판의 수치도 감수할 각오가 되어 있어."

밀레디는 대답하지 않았다. 얼굴이 송장처럼 창백해졌다.

"그보다는 여행을 떠나는 게 더 낫다고 생각하는 모양이군! 좋아. 여행은 젊음을 되찾아준다는 옛 속담도 있지. 잘 생각한 거야. 개똥밭에 굴러도 이승이 낫다고 하잖아. 나도 당신 목숨을 빼앗고 싶지 않아. 그럼 남은 것은 5실링 문제를 해결하는 건데, 내가 좀 인색한가? 하지만 당신이 감시자들을 매수라도 하면 곤란하거든. 안 그래도 당신은 그 잘난 매력으로 감시자들을 유혹하려 들겠지만 말이야. 펠턴에게는 실패했지만, 그래도 넌더리가 나지 않았거든 그 매력을 맘껏 이용해."

'펠턴은 아무 말도 하지 않았구나.' 밀레디는 속으로 중얼거렸다. '그렇다면 아직 끝난 게 아니야.'

"그럼 작별 인사를 해야겠군. 내일 다시 와서 내 전령이 떠난 것을 알려주지."

윈터 경은 일어나서 빈정거리는 태도로 인사하고 나갔다.

밀레디는 한숨을 내쉬었다. 아직 나흘이 남아 있었다. 나흘이면 펠턴을 유혹하기에 충분했다.

그때 갑자기 무서운 생각이 떠올랐다. 윈터 경은 호송 명령서에 버킹엄의 서명을 받기 위해 펠턴을 보낼지도 모른다. 그렇게 되면 펠턴은 그녀의 유혹에서 벗어나게 될 것이다. 그녀가 성공하기 위해서는 유혹의 마법이 지속적으로 필요했다.

하지만 아까도 말했듯이 한 가지 사실이 그녀를 안심시켰다. 펠턴이 윈터 경에게 말하지 않았다는 사실이다.

그녀는 윈터 경의 위협에 겁먹은 것처럼 보이고 싶지 않아서, 탁자 앞에 앉아 식사를 했다.

그런 다음, 어제저녁과 마찬가지로 무릎을 꿇고 큰 소리로 기도문을 낭송했다. 어제저녁과 마찬가지로 보초병은 오락가락하던 걸음을 멈추고 귀를 기울였다.

곧이어 보초병보다 가벼운 발소리가 들렸다. 그 발소리는 복도 끝에서 다가와 그녀의 방 밖에서 멈추었다.

'펠턴이야.'

하지만 그녀의 감미롭고 풍부하고 낭랑한 목소리가 어느 때보다도 아름답고 비통하게 울려 퍼지는데도 문은 열리지 않았다. 밀레디는 감시창 쪽으로 몰래 시선을 보내다가, 촘촘한 창살 너머로 이글이글 타오르는 젊은이의 눈을 얼핏 본 듯한 기분이 들었다. 하지만 그것이 현실이든 환상이든 간에, 이번에는 펠턴이 방에 들어오지 않을 만큼 자제력을 발휘하고 있었다.

밀레디는 찬송가를 다 부른 뒤에야 깊은 한숨 소리가 들린 듯했다. 그러고는 좀 전에 들었던 발소리가 못내 아쉬운 듯 천천히 멀어졌다.

제55장
감금 나흘째 날

이튿날 펠턴이 밀레디의 방에 들어와서 보니, 그녀는 아마포 손수건 여러 장을 길게 찢어서 꼰 다음 끝과 끝을 묶어서 둥근 고리로 만든 올가미 밧줄을 손에 들고 의자 위에 서 있었다. 펠턴이 문을 여는 소리를 듣고 밀레디는 의자에서 사뿐히 뛰어내려 밧줄을 등 뒤로 감추었다.

젊은이의 얼굴은 여느 때보다 더 창백하고 눈도 충혈되어 있었다. 흥분으로 들뜬 나머지 밤새 잠을 이루지 못한 모양이었다. 하지만 표정은 여느 때보다 더 근엄하고 차분해 보였다.

그는 의자에 앉은 밀레디에게 천천히 다가와서, 그녀가 부주의 때문인지 일부러 그랬는지는 모르지만 그의 눈에 띄게 놓아둔 올가미 밧줄의 한쪽 끝을 잡고 차갑게 물었다.

"이게 뭡니까, 부인?"

"그거요? 아무것도 아니에요." 밀레디가 슬픈 표정으로 미소를 지으며 말했다. 슬픈 표정에 미소를 섞는 것은 그녀의 장기였다. "권태야말로 죄수에게는 치명적인 적이죠. 나는 따분해요. 그래서 심심풀이로 이 끈을 꼬면서 무료함을 달랬어요."

펠턴은 밀레디가 좀 전에 올라서 있었던, 그리고 지금은 앉아 있는 의자 너머 벽으로 눈길을 옮겼다. 저 위쪽에 옷이나 무기를 거는 데 쓰는 못이 박혀 있는 것을 알아차렸다.

그는 흠칫 놀랐고, 밀레디는 그가 놀라는 모습을 보았다. 비록 눈을 내리깔고 있었지만, 그 눈길은 무엇 하나 놓치지 않았다.

"의자 위에 서서 뭘 하고 있었죠?" 그가 물었다.

"그게 당신과 무슨 상관이에요?" 밀레디가 대답했다.

"그래도 알고 싶습니다."

"묻지 마세요. 우리 같은 진실한 기독교도는 거짓말을 하면 안 되니까요."

"그렇다면 내가 말하죠. 당신이 뭘 하고 있었는지, 아니 뭘 하려고 했는지. 당신은 마음속에 품고 있던 죽을 생각을 실행에 옮기려 한 겁니다. 생각해보세요. 하느님은 거짓말을 금하시지만, 자살은 더욱 엄하게 금지하고 있습니다."

"하느님도 자신의 창조물이 박해를 당해서 자살과 치욕 가운데 하나를 택해야 할 처지에 놓인 것을 보시면……" 밀레디가 확신에 찬 어조로 대답했다. "자살을 용서해주실 거예요. 그럴 때 자살은 순교나 마찬가지니까요."

"당신의 말은 지나친 탓인지 모자란 탓인지, 통 알아들을 수가 없군요. 제발 알아듣게 설명해보세요."

"내 불행을 얘기해봤자 당신은 지어낸 이야기로 생각할 것이고, 내 계획을 말해봤자 당신은 내 박해자한테 가서 고자질하는 게 고작이겠죠. 게다가 유죄 판결을 받은 불쌍한 여자의 생사가 당신에게 무슨 의미가 있겠어요? 당신이 책임지고 있는 것은 내 몸뚱이뿐이잖아요. 내가 죽더라도, 그게 내 시체라는 것만 확인받으면 당신은 아무 탈도 없을 테죠. 아니, 어쩌면 두 배로 보상을 받을지도 몰라요.”

“보상을 받아요?” 펠턴이 외쳤다. “내가 당신의 목숨 값을 받는다고요? 설마 진심으로 그런 말을 하는 건 아니겠죠?”

“나를 그냥 내버려두세요, 펠턴. 그냥 내버려둬요.” 밀레디가 점점 흥분하면서 말했다. “군인은 누구나 야심이 있잖아요? 당신은 중위예요. 그렇다면 내 장례 행렬을 뒤따를 때는 대위 계급장을 달고 있겠군요.”

“내가 당신에게 뭘 어쨌다는 겁니까?” 펠턴이 동요하면서 말했다. “내가 뭘 어쨌다고 사람들과 하느님 앞에서 나에게 그런 책임을 씌우는 겁니까? 며칠만 지나면 당신은 여기서 멀리 떨어진 곳에 있을 것이고, 당신 목숨은 더 이상 내 보호를 받지 않게 될 겁니다.” 그가 한숨을 내쉬며 덧붙였다. “그때는 죽든 살든 마음대로 하세요.”

“그러니까⋯⋯” 밀레디가 거룩한 분노에 저항할 수 없는 것처럼 외쳤다. “독실하고 의로운 당신도 결국 한 가지밖에는 바라지 않는군요. 내 죽음에 책임을 지거나 그것 때문에 성가신 일을 당하지 않는 것, 당신이 바라는 건 그것뿐이에요!”

“나는 당신의 생명을 지켜야 합니다. 그게 내 임무지요.”

“하지만 그 임무를 이해하고나 있나요? 내가 죄를 지었다 해도 잔인한 임무지만, 만약 내가 결백하다면 당신은 그 임무를 뭐라고 부를까요? 그리고 주님은 뭐라고 하실까요?”

“나는 군인입니다, 부인. 명령이 주어지면 복종할 따름입니다.”

“최후의 심판 날에 하느님이 맹목적인 망나니와 불공정한 재판관을 구별하실까요? 당신은 내가 내 육신을 죽이는 것은 바라지 않으면서, 내 영혼을 죽이려는 자의 앞잡이 노릇을 하고 있어요!"

"거듭 말하지만⋯⋯" 마음이 흔들린 펠턴이 대답했다. "지금 당신을 위협하는 위험은 아무것도 없습니다. 나도 윈터 경도 당신을 위협할 생각이 없어요. 그건 내가 보증하겠습니다."

"미쳤군요!" 밀레디가 외쳤다. "가엾게도 미쳤어요. 하느님이 보시기에 가장 현명하고 가장 위대한 사람조차 자신을 책임지고 보증하기를 망설이는데, 감히 다른 사람을 보증하다니. 가장 강력하고 가장 운좋은 사람들 편에 서서 가장 약하고 가장 불운한 사람을 짓밟는 주제에."

"그건 도저히 있을 수 없는 일이에요." 펠턴이 중얼거렸다. 하지만 마음속에서는 그녀의 주장이 옳다고 생각했다. "나는 갇혀 있는 당신을 구해줄 수도 없지만, 당신의 목숨을 빼앗을 수도 없습니다."

"그렇겠죠. 하지만 나는 목숨보다 훨씬 소중한 것을 잃게 될 거예요. 명예를 잃게 될 테니까요. 그리고 내가 하느님 앞에서나 인간들 앞에서나 내 수치와 불명예의 책임자로 지목할 사람은 바로 당신이에요."

이번에는 펠턴도 이미 그를 사로잡고 있던 은밀한 영향력에 저항할 수 없었다. 아무리 냉정한 눈으로 보아도 아름답기 그지없는 그녀를 본다는 것, 때로는 눈물짓고 때로는 위협하는 그녀를 본다는 것, 괴로움과 아름다움의 지배를 동시에 감내한다는 것은 몽상가인 그에게는 너무 버거운 일이었다. 광신의 열띤 꿈에 침범당한 뇌에는 너무 벅찬 일이었다. 하느님에 대한 불타는 사랑과 인간에 대한 격렬한 증오에 침식당한 가슴이 견뎌내기에는 너무 힘든 일이었다.

밀레디는 그가 동요하고 있음을 간파했다. 젊은 광신자의 혈관 속에서 피와 함께 타오르는 두 가지 모순된 열정의 불꽃을 직감적으로 알아차렸다. 그녀는 적이 후퇴할 준비가 된 것을 보고 승리의 함성을 지르며 적을 향해 진격하는 노련한 장군처럼 벌떡 일어났다. 고대의 무녀처럼 아름답고 기독교의 성처녀처럼 영감을 받은 모습이었다. 그녀는 팔 하나를 내뻗고, 목을 드러내고, 드레스가 벌어지지 않도록 한 손을 얌전히 가슴에 대고 그에게 다가왔다. 그녀의 눈은 젊은 청교도의 감각에 혼란을 가져온 그 빛으로 빛났다. 그녀는 감미로운 목소리로, 그리고 이번에는 가공할 발성법으로 격렬한 곡조의 노래를 부르면서 다가왔다.

바알*에게 희생을 바쳐라.
사자 무리에게 순교자를 던져라.
하느님은 너를 회개하게 하리라.
나는 심연에서 하느님을 부르리라!

이 야릇한 부르짖음에 펠턴은 깜짝 놀라 돌이 된 것처럼 멈춰 섰다.

"당신은 누굽니까? 당신은 누굽니까?" 그가 손을 마주 잡으면서 외쳤다. "하느님의 사자(使者)입니까? 지옥의 앞잡이입니까? 천사입니까 악마입니까? 엘로아입니까 이슈타르*입니까?"

"나를 몰라보겠어요, 펠턴? 나는 천사도 악마도 아니고, 이 지상에 태어난 딸이에요. 당신과 같은 신앙을 가진 자매일 뿐이에요."

"그래요! 지금까지는 의심했지만, 이젠 당신을 믿습니다."

"당신은 나를 믿는다 하지만, 윈터 경이라고 불리는 벨리알의 아들*과 한통속이에요! 당신은 나를 믿는다 하지만, 영국의 적이며 하느님의 적인 나의 적들 손에 나를 버리겠죠? 당신은 나를 믿는다 하지만, 이 세상을 이단과 방탕으로 더럽히는 자에게, 눈먼 자들이 버킹엄 공작이라고 부르고 신자들이 그리스도의 적이라고 부르는 그 간악한 사르다나팔루스*의 손에 나를 넘기겠죠?"

"내가 당신을 버킹엄에게 넘긴다고요? 도대체 무슨 소리를 하고 있는 겁니까?"

"그들은 눈이 있어도 보지 못하고, 귀가 있어도 듣지 못할 거예요."

"그래." 펠턴은 마지막 의심을 떨쳐내려는 것처럼 땀에 젖은 이마를 손으로 문지르면서 말했다. "이 목소리야말로 꿈속에서 나에게 말하는 바로 그 목소리야. 그래, 이 얼굴이야말로 밤마다 나에게 나타나 잠 못 이루는 내 영혼에게 '공격하라. 영국을 구하라. 너 자신을 구하라. 하느님의 분노를 달래지 않으면 너는 죽으리라!' 하고 외치는 천사의 얼굴이야. 말해주세요! 말해주세요!" 펠턴이 외쳤다. "이제는 당신 말을 이해할 수 있습니다."

그러자 당장 격렬한 기쁨이 밀레디의 눈 속에서 섬광처럼 번득였다.

이 살인적인 빛은 덧없이 사라졌지만, 펠턴은 그것을 보고 이 여자의 마음속 심연을 들여다본 것처럼 몸서리를 쳤다.

갑자기 펠턴은 윈터 경의 경고를 생각해냈다. 그리고 여기 도착하자마자 밀레디가 자신을 유혹하려 했던 것도 생각났다.

그는 한 걸음 뒤로 물러나 고개를 숙였지만, 그 요망한 여자에게 홀리기라도 한 듯 그녀에게서 눈길을 뗄 수 없었다.

밀레디는 이 망설임의 의미를 잘못 해석할 여자가 아니었다. 겉으로는 감정이 풍부해 보였지만, 그 밑에 감추어진 차가운 냉혹함은 한시도 그녀를 떠난 적이 없었다. 펠턴이 대답하면 이 대화를 다시 시작해야 하는데, 처음과 같은 고양된 상태와 흥분한 어조를 계속 유지하는 것은 쉬운 일이 아니었다. 그래서 그녀는 펠턴이 대답하기 전에 두 팔을 축 늘어뜨리고, 영감이 식고 기운이 빠진 것처럼 말했다.

"나는 홀로페르네스의 손아귀에서 베툴리아를 해방시킨 유디트 같은 여자가 될 수 없어요. 하느님의 칼은 내 손에는 너무 무거워요. 그렇다면 차라리 죽음으로 불명예를 면할 수 있게 해주세요. 순교에서 피난처를 찾게 해주세요. 나는 당신에게 죄인처럼 자유를 달라고 요구하는 것도 아니고, 이교도처럼 복수해달라고 요구하는 것도 아니에요. 그저 죽게 해달라고 요구할 뿐이죠. 제발 부탁이에요. 무릎을 꿇고 간청합니다. 나를 죽게 내버려두세요. 그러면 내 마지막 숨결은 내 구세주에 대한 축복이 될 거예요."

간절히 애원하는 감미로운 목소리를 듣고, 아래로 향한 그 수줍은 눈길을 보고, 펠턴은 자신을 나무랐다. 마녀는 마음대로 입거나 벗을 수 있는 마법의 장식을 하나씩 걸쳤다. 다시 말해 아름다움과 상냥함과 눈물, 그리고 무엇보다도 강렬한 매력인 신비로운 관능의 매력을 조금씩 되찾은 것이다.

"아아!" 펠턴이 말했다. "내가 할 수 있는 일은 한 가지뿐입니다. 당신이 억울한 희생자라는 것을 내게 입증해 보이면, 당신을 동정할 수는 있겠지요. 하지만 윈터 경은 당신에게 지독한 원한을 품고 계십니다. 당신은 기독교도니까, 종교적으로는 내 자매입니다. 오직 은인만을 사랑해온 내가, 세상에서 배신자와 사악한 자들만 보면서 살아온 내가 당신에게 마음이 끌립니다. 하지만 이렇게 아름답고 순수해 보이는 당신을 윈터 경이 그토록 심하게 대하는 것을 보면, 당신은 사악하고 부정한 짓을 저지른 게 분명합니다.”

“그들은 눈이 있어도 보지 못하고, 귀가 있어도 듣지 못할 거예요.” 밀레디는 말할 수 없이 슬픈 어조로 아까 했던 말을 되풀이했다.

“하지만 정말로 그렇다면 말해주세요. 말해달란 말입니다!” 젊은 장교가 외쳤다.

“내가 겪은 치욕을 털어놓으라고요?” 밀레디가 수줍게 얼굴을 붉히며 외쳤다. “한 사람의 범죄가 다른 사람에겐 치욕이 되는 경우가 많죠. 당신은 남자고 나는 여자인데, 내 치욕을 당신에게 털어놓으라고요?” 그녀는 아름다운 눈을 수줍게 손으로 가리면서 말을 이었다. “오, 안 돼요. 도저히 그럴 수 없어요!”

“나는 당신의 형제입니다!” 펠턴이 외쳤다.

밀레디는 한참 동안 그를 바라보았다. 젊은 장교는 그것을 의심하는 표정으로 해석했지만, 실제로는 상대를 관찰하는 표정일 뿐이었고, 무엇보다도 상대를 매혹하겠다는 의지의 표현이었다.

“좋아요.” 밀레디가 말했다. “그러면 감히 내 형제를 믿겠어요!”

바로 그때 윈터 경의 발소리가 들렸다. 어제저녁에는 문 앞을 그냥 지나쳤을 뿐이지만, 이번에는 걸음을 멈추고 보초와 몇 마디 나눈 뒤 문을 열고 방으로 들어왔다.

그 몇 마디를 나누는 동안 펠턴은 재빨리 뒤로 물러섰기 때문에, 윈터 경이 들어왔을 때는 밀레디로부터 대여섯 걸음 떨어져 있었다.

남작은 천천히 들어오더니, 밀레디를 유심히 살피고 나서 그 눈길을 젊은 장교에게 돌렸다.

"오랫동안 여기 있었던 모양이군. 이 여자가 죄를 털어놓던가? 그렇다면 대화가 길어진 것도 이해할 수 있지."

펠턴은 몸을 떨었고, 밀레디는 당황한 청교도를 자기가 거들어주지 않으면 끝장이라고 생각했다.

"내가 도망칠까봐 두려우세요?" 밀레디가 말했다. "그렇다면 당신의 훌륭한 간수한테 내가 방금 무슨 부탁을 했는지 물어보세요."

"부탁을 했다고?" 수상쩍게 여긴 남작이 물었다.

"그렇습니다, 각하." 당황한 젊은이가 말했다.

"그래, 무슨 부탁이었지?"

"나이프를 가져다 달라는 부탁이었습니다. 잠깐만 쓰고 나서 감시창으로 돌려주겠다고 했습니다." 펠턴이 대답했다.

"그럼 이곳에 이 우아한 여자를 찔러 죽이고 싶어 하는 사람이라도 숨어 있나?" 윈터 경이 조롱과 경멸이 담긴 목소리로 물었다.

"그건 바로 나예요." 밀레디가 대답했다.

"미국이나 타이번 중에 하나를 택하라고 했을 텐데?" 윈터 경이 말했다. "타이번을 선택해. 죽으려면 칼보다는 올가미가 더 확실하니까."

펠턴은 아까 방에 들어왔을 때 밀레디가 올가미 밧줄을 손에 들고 있었던 것을 생각해내고, 얼굴이 창백해져서 앞으로 한 걸음을 내디뎠다.

"옳은 말씀이에요." 밀레디가 말했다. "나도 아까 그 생각을 했어요." 그러고는 힘없는 목소리로 덧붙였다. "아직도 그 생각을 하고 있어요."

펠턴은 골수까지 떨리는 것을 느꼈다. 윈터 경도 아마 그가 몸을 떠는 것을 알아차렸을 것이다.

"조심하게, 존." 윈터 경이 말했다. "나는 자네를 믿고 있네. 조심하게! 나는 자네한테 경고했어! 어쨌든 기운을 내게. 이제 사흘만 지나면 우리는 이 여자로부터 해방될 거야. 일단 거기로 가면 이 여자는 아무도 해치지 못할 거야."

"들으셨죠!" 밀레디가 외쳤다. 남작은 그녀가 하늘을 향해 외치는 줄 알았지만, 펠턴은 자기한테 한 말이라는 것을 알았다.

펠턴은 고개를 숙이고 생각에 잠겼다.

남작은 장교의 팔을 잡고 방에서 나갈 때까지 어깨 너머로 밀레디를 계속 노려보며 잠시도 눈길을 떼지 않았다.

'그래.' 문이 닫히자 밀레디가 생각했다. '생각만큼 나아가지 못했어. 평소에는 그렇게도 어리석은 윈터가 전에 없이 신중해 졌어. 그건 복수하고 싶은 욕망 때문이야. 그 욕망이 사람을 변화시킨 거야! 펠턴은 망설이고 있어. 펠턴은 그 저주받을 다르타냥 같은 남자가 아니야! 청교도는 처녀만 숭배하지. 그것도 두 손을 맞잡은 채. 반면에 총사는 성숙한 여자를 좋아해. 그것도 품에 안은 채.”

하지만 밀레디는 참을성 있게 기다렸다. 그날이 지나기 전에 펠턴을 다시 볼 수 있을 거라고 확신했기 때문이다. 아니나 다를까, 한 시간쯤 지났을 때, 문 밖에서 낮은 목소리로 이야기를 나누는 소리가 들렸다. 곧이어 문이 열리고 펠턴이 나타났다.

젊은이는 재빨리 방으로 들어오더니, 문도 닫지 않은 채 밀레디에게 조용히 하라는 손짓을 보냈다. 그의 얼굴이 일그러져 있었다.

“왜 그러세요?” 그녀가 물었다.

“잘 들으세요.” 펠턴이 낮은 목소리로 대답했다. “방금 보초를 다른 데로 보냈어요. 아무도 모르게 와서, 아무도 듣지 않게 당신에게 얘기하려고요. 좀 전에 남작님한테 끔찍한 이야기를 들었거든요.”

밀레디는 체념한 듯한 미소를 지으며 고개를 저었다.

“당신이 악마이거나, 아니면 나의 은인이자 아버지 같은 남작님이 괴물입니다.” 펠턴이 말을 이었다. “당신을 안 지는 나흘밖에 안 됐지만, 내가 남작을 알고 따른 지는 10년이나 됐어요. 그러니 내가 두 분 사이에서 망설이는 것도 당연하겠죠. 놀라지 말고 들으세요. 나는 확신이 필요해요. 오늘 밤 자정이 지나면 다시 올 테니까, 그때 나를 납득시켜주세요.”

“안 돼요, 펠턴. 그러지 마세요, 형제님. 희생이 너무 커요. 당신이 얼마나 큰 대가를 치르게 될지, 나는 느낄 수 있어요. 난 이미 끝났어요. 당신까지 파멸하면 안 돼요. 내 죽음은 내 삶보다 훨씬 많은 것을 말할 거예요. 갇혀 있는 여자의 말보다는 시체의 침묵이 훨씬 더 당신을 납득시킬 거예요.”

“그만!” 펠턴이 외쳤다. “그런 식으로 말하지 마세요. 내가 여기 온 건 자살하지 않겠다는 약속을 받아내기 위해섭니다. 당신의 명예를 걸고, 당신이 가장 신성하게 여기는 것을 걸고 나한테 맹세하세요.”

“약속하고 싶지 않아요. 나는 누구보다도 맹세를 중히 여기고, 일단 약속하면 반드시 지켜야 할 테니까요.”

“그렇다면 내가 다시 찾아올 때까지만 약속을 지켜주세요. 나를 다시 만난 뒤에도 결심이 바뀌지 않으면, 그때는 마음대로 하세요. 당신이 원하는 무기를 내 손으로 갖다줄 테니까.”

“좋아요. 그럼 당신이 올 때까지 기다리죠.”

“맹세하세요.”

“하느님의 이름으로 맹세해요. 이젠 만족했나요?”

“좋습니다. 그럼 오늘 밤에!”

그는 방에서 뛰쳐나가 문을 닫고, 보초 대신 감시하고 있었다는 듯이 병사의 창을 손에 들고 문 밖에서 기다렸다.

보초가 돌아오자 펠턴은 그에게 무기를 돌려주었다.

밀레디는 감시창을 통해 젊은이가 열심히 성호를 긋고는 기쁨에 취하여 복도를 걸어가는 것을 보았다.

그녀는 입술에 경멸의 미소를 머금고 의자로 돌아오자, 언제 하느님을 걸고 맹세했느냐는 듯이 하느님을 모독하는 말을 쏟아냈다.

“하느님이라고! 하느님 좋아하시네! 하느님은 나야. 내 복수를 도와주는 사람은 누구나 하느님이야!”

제56장

감금 닷새째 날

그래도 밀레디는 절반의 승리를 거두었고, 이 성공으로 그녀의 기력은 배가되었다.

유혹에 쉽게 넘어가는 남자, 여자와 농탕치는 궁정 분위기에 익숙해져서 쉽게 올가미에 걸려드는 남자라면, 지금까지 그녀가 그래왔듯이 어렵지 않게 정복할 수 있었다. 밀레디는 육체적으로는 어떤 남자도 저항할 수 없을 만큼 아름다웠고, 정신적으로는 어떤 난관도 극복할 수 있을 만큼 수완이 좋았다.

하지만 이번에 그녀가 싸워야 하는 상대는 너무 근엄해서 목석같고, 내성적이어서 쉽게 마음을 터놓지 않는 성격의 남자였다. 신앙과 고행을 통해 펠턴은 웬만한 유혹에는 꿈쩍도 하지 않는 사람이 되어 있었다. 그의 고양된 머릿속에서는 방대한 계획들이 사납게 요동치고 있어서, 변덕스러운 사랑이든 실질적인 사랑이든, 사랑이 뚫고 들어갈 여지는 전혀 남아 있지 않았다. 사랑이라는 감정은 원래 한가할 때 생겨나고 타락 속에서 자라나는 법이다. 그래서 밀레디는 자신에 대해 엄중한 경고를 받은 남자의 판단에 거짓된 미덕으로 균열을 만들었고,

순결하고 순수한 남자의 가슴과 감각에 아름다운 미모로 틈새를 만들었다. 결국 그녀는 자연계와 종교계가 자신에게 제공할 수 있는 연구 대상 가운데 가장 다루기 어려운 이 사람에 대한 실험을 통해 여태까지 자신도 모르고 있었던 능력을 발휘했던 것이다.

그런데도 그날 밤 그녀는 운명과 자기 자신에 대해 여러 번 절망했다. 물론 그녀는 하느님에게 기도하지 않았다. 그녀가 믿는 것은 악령이었다. 인간 생활을 구석구석까지 지배하고, 아라비아 우화*에 나오는 것처럼 석류 씨 하나만으로도 파괴된 세계를 재건할 수 있는 막강한 힘을 가진 존재를 믿고 있었다.

밀레디는 펠턴을 맞이할 준비가 끝났기 때문에 이제는 이튿날에 대비하여 계획을 세울 수 있었다. 이제 이틀밖에 남지 않았다. 일단 버킹엄이 명령서에 서명하면(서류에는 가짜 이름이 적혀 있어서 당사자가 누구인지 알 수 없기 때문에 버킹엄은 그만큼 더 쉽게 서명할 터였다) 남작은 곧바로 그녀를 배에 태울 것이고, 유배형을 선고받은 여자는 자칭 정숙한 여자들—사교계의 태양 아래서 미모가 더욱 빛나고, 상류사회에서 유행하는 표현으로 자신의 재치를 자랑하고, 귀족사회의 매력적인 빛으로 감싸인 여자들—보다 훨씬 약한 무기를 쓸 수밖에 없다는 것도 그녀는 알고 있었다. 여자가 비참하고 불명예스러운 형벌을 받는다고 해서 그 아름다움에 장애가 되는 것은 아니지만, 힘을 되찾는 데에는 장애가 된다. 진정한 가치를 지닌 사람들이 모두 그렇듯이, 밀레디는 자신의 기질과 능력에 적합한 환경을 알고 있었다. 그녀에게 가난은 혐오스러웠고, 비천한 신분은 그녀의 재능을 3분의 2나 줄여버렸다. 밀레디는 여왕들 사이에 있어야만 여왕이 될 수 있었다. 여왕으로서 권세를 부리려면 자존심을 만족시킬 만한 즐거움이 필요했다. 열등한 사람들을 지배하는 것은 그녀에게 즐거움이 아니라 오히려 굴욕이었다.

물론 그녀는 유배되어도 돌아올 것이다. 그 점은 한순간도 의심하지 않았다. 하지만 그 유배가 얼마나 오래 지속될까? 밀레디처럼 활동적이고 야심적인 여자에게 위로 올라가느라 바쁘지 않은 날들은 불행한 세월이다. 그렇다면 아래로 떨어지느라 바쁜 날들은 뭐라고 부르면 좋을까. 1년, 2년, 3년을 잃는 것은 평생을 잃는 것과 마찬가지다. 유배에서 돌아왔을 때, 다르타냥과 그의 친구들이 승승장구하고 있는 꼴을 보게 되면 어떨까. 밀레디로서는 상상만 해도 참기 어려운 고통이었다. 게다가 그녀의 마음속에서 으르렁대고 있는 폭풍우 덕분에 기운이 두 배로 강해졌다. 그녀의 몸이 한순간만이라도 그녀의 마음과 같은 크기를 가질 수 있다면, 그녀는 감옥의 벽도 허물 수 있었을 것이다.

이런 와중에도 여전히 그녀를 괴롭힌 것은 추기경에 대한 기억이었다. 사람을 잘 믿지 않고 걱정과 의심이 많은 추기경은 그녀한테서 아무 소식도 없는 것을 어떻게 생각하고 있을까? 현재로서는 추기경이야말로 그녀의 유일한 지주이자 후원자이며 유일한 보호자일 뿐만 아니라, 앞으로 그녀가 행운을 얻고 복수할 때의 중요한 수단이기도 했다. 그녀는 추기경을 잘 알고 있었다. 그녀가 여행에서 아무 성과도 거두지 못하고 돌아가면, 아무리 감옥에 갇혀 있었다고 변명해도, 그동안 엄청난 고통을 견뎠다고 하소연해도, 추기경은 막강한 권력과 비범한 재능을 겸비한 회의주의자 특유의 냉소를 지으며 대답할 것이다. "애초에 붙잡히지 말았어야지!"

그래서 밀레디는 혼신의 힘을 끌어 모아, 그녀가 떨어진 지옥의 나락까지 뚫고 들어온 유일한 빛인 펠턴의 이름을 속으로 중얼거렸다. 자신의 힘을 스스로 확인하기 위해 몸을 사렸다 풀었다 하는 뱀처럼 그녀는 창의적인 상상력의 수많은 주름 속에 펠턴을 폭 싸두었다.

그러는 동안에도 시간은 흘렀다. 시간은 지나가면서 시계를 하나씩 깨우는 것 같았고, 시계추가 시각을 알리는 소리는 포로의 가슴속에 메아리쳤다. 여느 때처럼 밤 아홉 시에 윈터 경이 찾아와서 창문과 창살을 점검하고, 마룻바닥과 벽을 두드려보고, 벽난로와 문도 일일이 살펴보았다. 이 작업이 진행되는 동안, 남작과 밀레디 사이에는 한마디도 오가지 않았다.

상황이 너무 중대해져서, 부질없는 말이나 공연한 분노에 시간을 허비할 때가 아니라는 것을 둘 다 알고 있었기 때문인지도 모른다.

“오늘 밤에는 도망칠 생각 마라!” 남작이 방에서 나가면서 말했다.

열 시에 펠턴이 보초를 문 앞에 배치하러 왔다. 밀레디는 발소리를 듣고 그가 온 것을 알았다. 그녀는 이제 사랑에 빠진 여자가 연인의 발소리를 분간하듯 그의 발소리를 분간할 수 있었다. 하지만 밀레디는 이 나약한 광신자를 혐오하고 경멸했다.

지금은 약속 시간이 아니었다. 펠턴은 방에 들어오지 않았다.

두 시간 뒤 시계가 자정을 알렸을 때 보초가 교대되었다.

이번에는 약속 시간이었다. 그래서 밀레디는 초조하게 기다렸다.

새로 온 보초가 복도를 오락가락하기 시작했다.

10분이 지나자 펠턴이 왔다.

밀레디는 귀를 쫑긋 세웠다.

"이봐." 펠턴이 보초에게 말했다. "무슨 일이 있어도 이 문 앞을 떠나지 마라. 자네도 알다시피 어젯밤에 병사 하나가 잠시 위치를 떠났다가 각하한테 벌을 받았어. 하지만 그 잠시 자리를 비운 동안 보초를 대신 서준 게 나였지만."

"예, 알고 있습니다." 병사가 말했다.

"그럼 엄중히 감시해. 나는 다시 한 번 저 여자의 방을 점검하러 갈 테니까. 뭔가 나쁜 계획을 꾸미고 있는 것 같아. 게다가 나는 저 여자를 잘 감시하라는 명령을 받았거든."

'좋아.' 밀레디가 중얼거렸다. '근엄한 청교도가 거짓말을 다 하고 있구나!'

"중위님." 병사가 가볍게 미소를 지으며 말했다. "그런 임무는 별로 나쁘지 않죠. 게다가 각하께서 저 여자의 잠자리까지 조사할 권한을 주셨다면 더욱 그렇죠."

펠턴은 얼굴을 붉혔다. 다른 때라면 감히 상관에게 그런 농담을 한 병사를 꾸짖었을 테지만, 지금은 양심의 가책 때문에 차마 입을 열지 못했다.

"내가 부르면 들어와." 펠턴이 말했다. "그리고 누가 오면 나를 불러."

"예, 중위님." 병사가 대답했다.

펠턴은 밀레디의 방으로 들어갔다. 밀레디가 일어섰다.

"오셨군요?" 밀레디가 말했다.

"오겠다고 약속했지 않습니까. 그래서 왔습니다."

"다른 것도 약속하셨을 텐데요."

"그게 뭔데요? 아, 맙소사!" 젊은이는 자제력이 강했지만, 무릎이 후들거리고 이마에 땀이 솟는 것을 느끼면서 말했다.

“나이프를 갖다 주겠다고 약속하셨잖아요. 그리고 이야기가 끝나면 나를 혼자 놔두고 나가겠다고 약속했죠.”

“칼 이야기는 하지 마세요. 아무리 가혹한 상황에 놓여 있다 해도, 하느님의 피조물이 자살하는 것을 용납할 수는 없지요. 그런 죄를 짓게 해서는 안 된다고 생각했습니다.”

“그랬군요. 그렇게 생각했군요.” 밀레디는 경멸의 미소를 지으며 의자에 앉았다. “나도 생각했어요.”

“뭘 말입니까?”

“약속을 지키지 않는 사람에게는 말할 필요가 없다고.”

“너무 심한데요.” 펠턴이 중얼거렸다.

“돌아가세요. 난 말하지 않을 테니까.”

“나이프는 여기 있습니다.” 펠턴이 주머니에서 무기를 꺼냈다. 그는 약속대로 가져오긴 했지만, 줄까 말까 망설이고 있었던 것이다.

“어디 봐요.” 밀레디가 말했다.

“어떡하려고요?”

“보기만 하고 돌려드릴게요. 그러면 저 탁자 위에 놓고, 나이프와 나 사이에 서 계세요.”

펠턴은 무기를 밀레디에게 내밀었다. 밀레디는 칼날이 단단한지 조사하면서 손가락 끝으로 칼끝을 만져보았다.

“좋아요.” 그녀가 나이프를 돌려주면서 말했다. “좋은 강철로 만든 좋은 칼이군요. 당신은 좋은 친구예요, 펠턴.”

나이프를 돌려받은 펠턴은 포로와 합의한 대로 탁자 위에 놓았다.

밀레디는 그의 움직임을 눈으로 좇은 뒤, 만족한다는 몸짓을 했다.

"그럼 내 이야기를 할게요." 그녀가 말했다.

들으라고 권할 필요는 없었다. 젊은 장교는 그녀 앞에 서서 열심히 들을 준비를 하고 그녀가 입을 열기만을 기다리고 있었기 때문이다.

"펠턴." 밀레디가 수심에 찬 진지한 태도로 말했다. "당신 누이가, 그러니까 당신 아버지의 딸이 당신에게 이런 이야기를 했다면……. 나는 아직 젊고 불행히도 아름다운 탓에 함정에 빠졌지만 저항했어요. 매복과 공격이 주위에서 점점 늘어났지만 나는 저항했어요. 내가 믿는 종교와 내가 숭배하는 신에게 도움을 청했다는 이유로 그들은 내 신과 내 종교를 모욕했어요. 그다음에는 나한테 모욕을 주었고, 그래도 내 영혼을 파멸시키지 못하자 이번에는 내 몸을 영원히 더럽히고 싶어 했어요. 마침내……."

밀레디가 말을 끊었다. 씁쓸한 미소가 그녀의 입술을 스쳤다.

"마침내……" 펠턴이 말했다. "마침내 어떻게 했습니까?"

"마침내 어느 날 저녁, 도저히 이겨낼 수 없는 내 저항을 마비시키기로 결정했어요. 어느 날 저녁, 저들은 내가 마실 물에 독한 마취제를 탔어요. 식사를 끝내자마자 혼수상태에 빠져드는 것을 느꼈죠. 나는 아무 의심도 하지 않았지만, 막연한 두려움에 사로잡혔어요. 그래서 몰려오는 잠과 싸우려고 애썼죠. 나는 일어났어요. 창문으로 달려가서 도와달라고 외치고 싶었어요. 하지만 다리가 말을 듣지 않더군요. 천장이 머리 위로 내려와서 그 무게로 나를 짓누르는 것만 같았어요. 나는 두 팔을 뻗었어요. 말을 하려고 애썼죠. 하지만 무의미한 소리밖에는 낼 수 없었어요. 몸이 무감각해지는 마비 상태가 나를 덮쳤어요. 도저히 저항할 수가 없었지요. 의자에서 굴러 떨어질 것 같아서 의자를 붙잡았지만, 힘이 약해진 팔만으로는 몸을 지탱할 수 없어서 나는 곧 바닥에 한쪽 무릎을 꿇었고, 이어서 다른 쪽 무릎도 꿇고 말았지요. 소리를 지르고 싶었지만, 혀가 얼어붙은 것 같더군요. 하느님은 나를 보지도 듣지도 않은 게 분명해요. 나는 바닥에 쓰러져 죽은 듯이 잠들었어요.

내가 얼마 동안 잠을 잤는지, 그동안 무슨 일이 일어났는지, 전혀 기억나지 않았어요. 깨어나 보니 둥근 방에 누워 있더군요. 호화로운 가구들이 놓여 있고, 천장에 나 있는 채광창을 통해 햇빛이 비쳐들고 있었지요. 그 방에는 문도 없었던 것 같아요. 누군가 그 방을 보았다면 훌륭한 감옥이라고 생각했을 거예요.

내가 있는 곳과 방금 이야기한 세부 사항을 깨달을 수 있게 되기까지는 한참 시간이 걸렸어요. 나는 여전히 잠에서 빠져나올 수가 없었고, 내 마음은 그 잠의 깊은 어둠을 떨쳐버리려 했지만 소용이 없었어요. 꽤 먼 거리를 여행한 듯한 느낌, 마차가 굴러가는 느낌, 무서운 꿈속에서 기력이 다 빠져버린 듯한 느낌이 어렴풋이 들더군요. 하지만 이런 느낌이 너무나 어둡고 불분명해서, 마치 다른 세상의 사건들이 환상적인 이원성을 통해 내 세계와 뒤섞인 것 같았어요.

한동안은 내 상태가 너무 이상하게 느껴져서, 꿈을 꾸고 있는 줄 알았어요. 나는 비틀거리며 일어섰죠. 옆에 있는 의자에 내 옷이 놓여 있더군요. 나는 옷을 벗은 기억도, 침대에 들어간 기억도 나지 않았어요. 이윽고 수치와 공포로 가득 찬 현실이 조금씩 눈앞에 나타났어요. 그곳은 내 집이 아니었어요. 햇빛으로 미루어볼 때 벌써 저녁나절이었어요! 내가 잠든 것은 전날 저녁이었으니까, 꼬박 하루를 잔 셈이죠. 그렇게 오래 잠들어 있는 동안 무슨 일이 일어났을까요?

나는 되도록 빨리 옷을 입었어요. 무감각하고 굼뜬 움직임은 마취제의 영향이 아직 다 사라지지 않았다는 증거였죠. 게다가 그 방은 여자를 맞아들일 준비가 다 되어 있었어요. 어떤 멋쟁이 여자라도 더 이상은 바랄 수 없을 정도였지요. 방을 둘러보니 필요한 게 이미 다 갖추어져 있었으니까요.

그 화려한 감옥에 갇힌 여자는 내가 처음이 아니었어요. 하지만 감방이 아름다울수록 내 두려움은 더욱 커졌어요. 이해하실 거예요, 펠턴.

그래요. 그건 정말로 감옥이었어요. 나는 나가려고 애써도 소용이 없었으니까요. 문을 찾으려고 벽을 샅샅이 두드려보았지만, 어디를 두드려도 꽉 막힌 소리밖에 나지 않았어요.

나갈 방법을 찾으려고 그 방을 스무 번은 돌았을 거예요. 하지만 출구는 없었어요. 나는 피로와 공포에 짓눌려 안락의자에 쓰러져버렸죠.

그러는 사이에 어둠이 내리기 시작했어요. 어두워질수록 두려움도 강해졌죠. 이대로 계속 앉아 있어야 할지 어떨지, 알 수가 없었어요. 정체를 알 수 없는 위험에 둘러싸여 있어서, 어느 쪽으로든 한 발짝만 움직이면 위험에 빠질 것 같았어요. 전날부터 아무것도 먹지 않았는데, 두려움 때문에 배가 고픈 것도 느끼지 못했답니다.

밖에서는 아무 소리도 들리지 않아서 시간을 잴 수도 없었어요. 그때가 10월이었고 칠흑처럼 어두웠기 때문에, 아마 저녁 일곱 시나 여덟 시쯤 되었을 거라고 짐작만 했을 뿐이죠.

갑자기 문이 삐걱하고 열리는 소리가 났어요. 나는 깜짝 놀랐지요. 천장 유리창에서 등불이 나타나면서 내 방이 환해졌어요. 두세 걸음 떨어진 곳에 한 남자가 서 있는 것을 알고는 겁에 질렸죠.

2인분 식사가 차려진 식탁이 마법이라도 부린 것처럼 방 한복판에 놓여 있었어요.

그 남자는 나를 1년 동안 쫓아다니면서 나를 욕보이겠다고 맹세한 사람이었어요. 그의 입에서 나온 첫 마디를 듣고 나는 그가 전날 밤에 나를 범한 것을 알았어요."

"비열한 놈!" 펠턴이 중얼거렸다.

"그래요. 정말 비열한 놈이었어요!" 밀레디는 젊은이가 이 이야기에 흥미를 느낀 것을 보고 외쳤다. 그의 영혼은 그녀의 입술에 달라붙어 있는 것 같았다. "비열하기 짝이 없는 놈이었죠! 그는 내가 자고 있는 사이에 나를 범해버리면 그만이라고 생각했나봐요. 그리고 이왕 버린 몸이니까 내가 치욕을 받아들이리라 기대하고 왔던 거예요. 그는 내가 사랑을 주면 자신의 재산을 주겠다고 제의하더군요.

나는 한 여자가 마음속에 품을 수 있는 온갖 저주의 말을 퍼부었지요. 하지만 그는 이런 비난에 익숙해져 있었던 모양이에요. 팔짱을 끼고 미소를 지으면서 태연하게 듣고 있었으니까요. 이윽고 내가 말을 끝내자 내게로 다가왔어요. 나는 식탁으로 뛰어가서 나이프를 집어 들고 내 가슴에 갖다 댔지요.

'한 걸음만 더 다가오면, 당신은 내 명예만이 아니라 내 목숨까지 빼앗은 죄를 짓게 될 거예요.'

그러자 그가 걸음을 멈추더군요. 그가 걸음을 멈춘 것을 보면, 내 표정과 음성와 태도에, 내 온몸에 진정성이 담겨 있었던 모양이에요. 아무리 일그러진 마음도 설득할 있는 진정성이.

'당신 목숨?' 그가 말하더군요. '당신처럼 매력적인 여자를

단 한 번 맛보고 죽게 놔둘 수는 없지. 그럼 또 봅시다. 당신 기분이 좀 나아졌을 때 다시 찾아오겠소.'

그가 휘파람을 불었어요. 그러자 내 방을 환하게 밝혀주던 등불이 천장으로 올라가서 사라져버렸어요. 주위는 다시 칠흑처럼 어두워졌죠. 잠시 후, 아까처럼 문이 여닫히는 소리가 나더니 등불이 다시 내려왔어요. 나는 그 방에 혼자 남아 있었죠.

무서운 순간이었어요. 내가 아직 내 운명을 반신반의했다 해도, 그 의심은 절망적인 현실 속으로 사라져버렸어요. 나는 내가 혐오할 뿐 아니라 경멸하기까지 하는 남자, 마음만 먹으면 무슨 짓이든 할 수 있는 남자, 그 섬뜩한 증거를 이미 보여준 남자의 손아귀에 떨어진 거예요."

"도대체 그가 누구였습니까?" 펠턴이 물었다.

"나는 의자에 앉은 채, 아주 작은 소리만 나도 펄쩍 뛰어 일어나면서 밤을 새웠어요. 자정쯤 등불이 꺼졌기 때문에 나는 다시 캄캄한 어둠에 싸여버렸죠. 하지만 그날 밤은 박해자가 다시 나타나지 않고 무사히 지나갔어요. 햇빛이 비쳐들어 주위를 둘러보니, 식탁은 사라졌지만 나이프는 내 손에 쥐어져 있더군요.

그 나이프야말로 내 유일한 희망이었어요.

나는 지칠 대로 지쳐 있었고, 잠을 자지 못해서 눈도 따끔거렸어요. 햇빛이 비쳐들자 마음이 놓이더군요. 나는 침대로 가서 몸을 던졌지만, 나를 구원해줄 나이프는 손에서 놓지 않고 베개 밑에 감추었어요.

잠에서 깨어나 보니 식탁이 새로 차려져 있더군요.

이번에는 공포와 고통에도 불구하고 속을 갉아먹는 듯한 허기가 느껴졌어요. 꼬박 이틀 동안 아무것도 먹지 않았으니까요. 나는 빵과 과일을 조금 먹었어요. 전에 내가 마신 물에 마취제가 섞여 있었던 것이 생각나서 식탁에 놓인 물에는 손도 대지 않고, 세면대 위쪽 벽에 붙박인 대리석 물통으로 가서 물을 떠 마셨어요.

하지만 그렇게 조심했는데도 한동안은 몹시 불안했어요. 그런데 이번에는 그것이 근거 없는 두려움이었죠. 그날은 내가 두려워한 일이 일어나지 않고 지나갔어요.

저녁이 되고 다시 어두워졌어요. 어둠은 깊었지만, 내 눈이 어둠에 익숙해지기 시작했죠. 어둠 속에서 나는 식탁이 마룻바닥 아래로 가라앉는 것을 보았어요. 그리고 15분 뒤에 식사가 차려진 식탁이 다시 나타나더군요. 잠시 후, 그 등불 덕분에 내 방은 다시 환해졌어요.

나는 수면제를 섞을 수 없는 음식만 먹기로 했어요. 그래서 달걀 두 개와 과일만 조금 먹었죠. 그런 다음 물통으로 가서 물을 한 잔 받아 마셨어요.

그런데 몇 모금 마셨을 때, 아침에 마신 것과는 물맛이 다른 듯했어요. 당장 의심이 생겨서 마시는 걸 그만두었지만, 벌써 반 잔을 마신 뒤였죠.

나는 겁이 나서 남은 물을 내버리고, 이마에 식은땀이 맺힌 채 약효가 나타나기를 기다렸어요.

내가 그 물통의 물을 마시는 것을 누군가가 숨어서 엿본 게 분명해요. 그러고는 나를 더욱 확실하게 파멸시키기 위해 내가 안심하고 마시는 물을 이용했던 것이지요.

30분도 지나기 전에 같은 증상이 나타났어요. 하지만 이번에는 반잔밖에 마시지 않았기 때문에 더 오래 졸음과 싸웠어요. 게다가 잠에 완전히 곯아떨어지지 않고 비몽사몽 상태에 빠져서, 나 자신을 지키거나 달아날 기력은 없었지만 주위에서 일어나는 일은 인식할 수 있었죠.

나는 나에게 남은 유일한 방어수단인 나이프를 찾으려고 다리를 끌면서 침대로 다가갔어요. 하지만 침대 머리까지 갈 수도 없었어요. 나는 침대 발치의 기둥 하나를 두 손으로 움켜잡고 무릎을 꿇었죠. 그 순간, 이제는 틀렸다는 걸 깨달았어요."

펠턴은 무서울 만큼 창백해졌고, 발작적인 경련이 그의 온몸을 흔들었다.

"무엇보다도 무서웠던 것은……" 밀레디가 아직도 그 무서운 순간과 똑같은 고통을 느끼는 것처럼 갈라진 목소리로 말을 이었다. "이번에는 나에게 닥칠 위험을 의식하고 있었다는 거예요. 몸은 잠들어 있는데 영혼은 깨어 있었다고나 할까. 볼 수도 있고 들을 수도 있었지만, 그게 다 꿈속에서 일어나는 일인 듯했어요. 하지만 그 때문에 상황은 더욱 무서워졌죠.

나는 등불이 올라가고 주위가 점점 어두워지는 것을 보았어요. 이어서 문이 삐걱거리는 소리가 들렸죠. 그 문은 두 번밖에 열리지 않았지만, 그 소리는 벌써 귀에 익숙해져 있었어요.

나는 누군가가 다가오는 것을 본능적으로 느꼈죠. 사막에서 길을 잃은 사람은 뱀이 다가오는 것을 본능적으로 느낄 수 있대요.

나는 노력이라도 해보고 싶었어요. 소리를 지르려고 했어요. 믿을 수 없는 의지력으로 몸을 일으켰지만, 곧 다시 쓰러지고 말았죠. 나를 괴롭히는 사내의 품 안에."

"그가 누군지 말해주시겠습니까?" 젊은 장교가 외쳤다.

밀레디는 이야기의 주요한 대목마다 힘주어 들려준 것이 펠턴의 마음을 더욱 괴롭히고 있다는 것을 한눈에 알아보았다.

하지만 그의 고통을 덜어주고 싶은 마음은 조금도 없었다. 그의 마음이 받는 상처가 아프면 아플수록 그는 더 확실하게 복수해줄 것이다. 그래서 그녀는 상대의 부르짖음을 못 들은 척, 또는 아직은 그 질문에 대답할 때가 아니라는 듯 말을 이었다.

"하지만 이번에는 움직이지도 못하고 느낌도 없는 송장을 상대로 욕을 보이는 게 아니었죠. 아까도 말했듯이, 신체적 기능은 완전히 회복되지 않았지만 나에게 닥친 위험을 인식할 수는 있었어요. 그래서 나는 온 힘을 다해 싸웠고, 비록 힘은 약했지만 오랫동안 저항한 게 분명해요. 그가 외치는 소리를 들었으니까요.

'지독한 청교도 년들! 년들이 망나니들을 진땀 빼게 했다는 얘기는 들었지만, 자신을 유혹하는 사내에게도 이렇게 거세게 버틸 줄은 몰랐어.'

아, 그러나 필사적인 저항을 오래 계속할 수는 없었어요! 나는 힘이 빠지는 것을 느꼈죠. 이번에 그는 내가 마취제를 먹고 잠든 틈을 이용한 게 아니라 힘이 빠져서 실신한 틈을 이용해서 욕심을 채웠어요."

펠턴은 말없이 귀를 기울였다. 그의 입에서 나오는 소리는 조용히 으르렁거리는 듯한 소리뿐이었다. 하지만 그의 대리석 같은 이마에서는 땀이 줄줄 흘러내렸고, 옷 속에 감추어진 손으로는 가슴을 쥐어뜯고 있었다.

"나는 정신을 차리자마자 베개 밑에 감추어둔 나이프부터 찾으려고 했어요. 나를 지키는 데에는 도움이 되지 못했지만 최소한 속죄하는 데에는 쓸모가 있을 테니까요.

하지만 나이프를 집어든 순간 무서운 생각이 떠올랐어요. 나는 당신에게 모든 것을 다 말하겠다고 맹세했어요, 펠턴. 내

고백이 나를 파멸시킨다 해도, 진실을 말하겠다고 약속했으니까 사실대로 말할게요.”

“그 남자에게 복수할 생각이 떠올랐군요?” 펠턴이 외쳤다.

“그래요! 기독교도라면 그런 생각을 해선 안 된다는 것은 나도 알아요. 우리 영혼의 영원한 적, 우리 주위에서 끊임없이 으르렁대는 사자가 내 마음속에 그런 생각을 불어넣었을 거예요. 당신에게 무슨 말을 할 수 있을까요, 펠턴?” 밀레디는 자신의 죄를 고발하는 여인의 말투로 말을 이었다. “그 생각은 내 마음에 들어온 뒤 다시는 떠나지 않은 게 분명해요. 내가 오늘 이렇게 벌을 받고 있는 것도 사람을 죽이려고 했기 때문이에요.”

“계속하세요.” 펠턴이 말했다. “복수한 이야기를 듣고 싶어서 조바심이 나는군요.”

“나도 되도록 빨리 복수하기로 결심했어요! 그가 이튿날 밤에도 틀림없이 올 거라고 생각했죠. 낮에는 아무것도 두려워할 필요가 없었어요.

그래서 점심때는 먹고 마시는 것을 전혀 망설이지 않았어요. 저녁에는 음식을 먹는 척만 하고 아무것도 먹지 않기로 결심했거든요. 그래서 낮에 음식을 충분히 먹어서 밤의 허기에 대비할 필요가 있었지요.

다만 점심을 먹을 때 물 한 잔만 따라서 감추어두었죠. 이틀 동안 먹지도 마시지도 않았을 때, 가장 괴로웠던 게 갈증이었으니까요.

낮은 별일 없이 지나갔고, 내 결심은 점점 굳어질 뿐이었어요. 하지만 그 결심이 어떤 식으로든 얼굴에 드러나지 않도록 조심했죠. 내가 감시당하고 있는 것은 분명했으니까요. 그래도 몇 번이나 입술에 미소가 떠오르는 것을 느꼈어요. 내가 무슨 생각을 하면서 미소를 지었는지, 그건 차마 말하지 못하겠어요. 그걸 말하면 당신은 나를 무서운 여자라고……."

"계속하세요. 어서요." 펠턴이 말했다. "내가 열심히 듣고 있는 게 보일 겁니다. 빨리 결말을 알고 싶군요."

"저녁이 되자 전과 똑같은 일이 일어났어요. 여느 때처럼 어둠 속에서 저녁 식사가 차려졌고, 등불이 켜졌죠. 나는 식탁에 앉았어요.

과일만 좀 먹었어요. 물병의 물을 따르는 체했지만, 점심때 물잔에 따라서 감추어둔 물만 마셨죠. 게다가 나는 물잔을 교묘하게 바꿔치기했기 때문에, 나를 엿보는 자가 있다 해도 전혀 의심하지 않았을 거예요.

저녁 식사가 끝나자 나는 전날 저녁처럼 몸이 마비된 체했지만, 이번에는 피로에 굴복했거나 위험에 익숙해진 것처럼 다리를 끌고 침대로 가서 잠든 체했어요.

이번에는 베개 밑에서 칼을 찾았고, 잠든 체하면서도 내 손은 칼자루를 움켜잡았죠.

아무 일도 없이 두 시간이 지났어요. 이번에는 오히려 그가 오지 않을까 걱정되기 시작했어요. 오, 하느님. 전날에는 누가 그런 생각을 할 수 있었겠어요?

마침내 등불이 조용히 올라가 천장 속으로 사라지는 게 보였어요. 내 방은 어둠으로 가득 찼지만, 나는 어둠 속을 보려고 애썼죠.

10분쯤 지났지만, 내 심장이 두근거리는 소리 말고는 아무 소리도 들리지 않았어요.

나는 그가 오게 해달라고 하느님께 빌었어요.

마침내 문이 여닫히는 소리가 들리더군요. 카펫이 두꺼웠지만, 마룻바닥을 삐걱거리게 하는 발소리도 들렸죠. 어둠 속에서도 나는 그림자 같은 형체가 내 침대로 다가오는 걸 보았어요.”

“빨리, 빨리 얘기해주세요!” 펠턴이 말했다. “당신의 한마디 한마디가 납물처럼 나를 태우는 걸 모르십니까?”

“그때……” 밀레디가 말을 이었다. “나는 온 힘을 모았어요. 복수할 순간, 아니 정의의 심판을 내릴 순간이 왔다고 나 자신을 일깨웠죠. 나는 유디트가 된 기분이었어요. 칼을 손에 쥐고 웅크렸다가, 그가 다가와서 나를 더듬으려고 두 팔을 뻗는 것이 보이자, 슬픔과 절망의 비명을 지르며 그의 가슴을 향해 찔렀답니다.

비열한 놈! 그는 모든 걸 예상하고 있었어요. 가슴에 쇠미늘 갑옷을 입고 있어서, 칼이 튕겨나간 거예요.

‘아하!’ 그가 내 팔을 움켜잡고는 임무도 제대로 해내지 못한 무기를 빼앗으면서 외쳤어요. ‘나를 죽일 계획이었군. 아름다운 청교도 아가씨! 하지만 그건 증오가 아니라 배은망덕이야! 진정해, 내 귀염둥이 아가씨! 나는 당신이 누그러진 줄 알았어. 나는 여자를 강제로 소유하는 폭군이 아니야. 당신은 나를 사랑하지 않나보군. 나는 평소에 자부심이 강해서, 당신이 나를 사랑하는지도 모른다고 생각했지. 이젠 확실히 알았으니까, 내일 당신을 풀어주지.’

내가 바라는 건 한 가지뿐이었어요. 그의 손에 죽는 것.

‘조심하세요!’ 내가 말했어요. ‘나를 풀어주면 당신은 망신을 당할 거예요! 이곳을 떠나자마자 모든 것을 말해버릴 테니까요. 당신이 나를 폭행했다는 것도, 나를 감금했다는 것도 말할 것이고, 추잡한 짓이 자행되고 있는 이 저택도 고발할 거예

요. 당신은 지체 높은 사람이지만, 안심하지 마세요. 당신 위에는 국왕이 있고, 국왕 위에는 하느님이 계시니까요.'

그는 자제하고 있는 듯했지만, 그래도 화난 기색을 감출 수는 없었죠. 얼굴 표정은 보이지 않았지만, 내가 잡은 그의 팔이 떨리는 게 느껴졌거든요.

'그렇다면 당신을 여기서 내보내지 않겠어.' 그가 말했어요.

'좋아요! 그렇다면 나를 고문하는 곳이 내 무덤이 되겠군요. 좋아요! 나는 여기서 죽겠어요. 당신은 살아 있는 사람의 위협보다 귀신의 저주가 더 무섭다는 것을 알게 될 거예요.'

'당신 손에는 이제 어떤 무기도 건네주지 않을 거야.'

'절망에 빠진 사람은 마음만 먹으면 뭐든지 무기로 쓸 수 있어요. 나는 굶어 죽을 거예요.'

'이봐.' 그 비열한 놈이 말했어요. '이런 전쟁보다는 평화가 낫지 않나? 지금 당장 당신을 풀어주고, 당신을 미덕의 화신으로 선언하고, '영국의 루크레티아'*라고 불러주지.'

'그럼 나는 당신을 섹스투스로 선언하겠어요. 나는 이미 당신을 하느님께 고발했지만, 사람들한테도 당신을 고발하겠어요. 내가 루크레티아처럼 내 피로 고발장에 서명해야 한다면 기꺼이 그렇게 하겠어요.'

'아하! 그렇다면 그건 문제가 다르지. 결국 당신은 여기서 유복하게 잘 살고 있고, 그런데도 굶어 죽는다면 그건 당신 책임이야.'

이렇게 말하고 그는 물러갔어요. 문이 닫히는 소리가 들렸고, 혼자 남겨진 나는 솔직히 말하면 슬픔보다는 복수하지 못했다는 수치심 때문에 기분이 비참했어요.

그는 약속을 지켰죠. 이튿날은 낮에도 밤에도 다시 나타나지 않았어요. 하지만 나도 약속을 지켜서, 먹지도 마시지도 않았죠. 나는 그에게 약속한 대로 굶어 죽을 작정이었어요.

그날은 낮과 밤을 기도로 보냈어요. 하느님이 내 자살을 용서해주기를 바랐으니까요.

이튿날 밤에 문이 열렸어요. 나는 마룻바닥에 누워 있었죠. 기운이 빠지기 시작했어요.

문이 열리는 소리에 나는 한 손을 바닥에 짚고 몸을 일으켰어요.

'어때?' 내 귀 속에서 무섭게 울려 퍼지는 그 목소리는 분명 그의 목소리였죠. '마음이 좀 누그러졌나? 침묵을 지키겠다는 약속만 하면 자유를 얻을 수 있는데, 그렇게 하지 않겠어? 당신도 알다시피 나는 좋은 군주야. 나는 청교도를 좋아하지 않지만, 그들을 공평하게 다루지. 여자 청교도들이 예쁘면 그 아름다움을 정당하게 평가하듯이 말이야. 자, 십자가에 대고 맹세해. 그 이상은 요구하지 않겠어.'

'십자가에 대고 맹세하라고요!' 나는 일어나면서 외쳤죠. 그 혐오스러운 목소리를 듣자 다시 기력이 되돌아왔거든요. '십자가에 대고 맹세하겠어요. 어떤 약속에도, 어떤 협박에도, 어떤 고문에도 입을 다물지 않겠다고 맹세하겠어요. 어디에 가든 당신을 살인자라고, 남의 명예를 훔친 파렴치한이라고, 비겁한 겁쟁이라고 떠들고 다니겠다고 맹세하겠어요. 여기서 나가게 되면 온 세상을 향해 당신에 대한 복수를 요구하겠다고, 십자가에 대고 맹세하겠어요!'

'말조심해!' 그는 여태까지 들어본 적이 없는 위협적인 어조로 말했어요. '나는 당신의 입을 막을, 적어도 다른 사람들이 당신 말을 한마디도 믿지 않게 할 최후의 수단을 갖고 있지. 그

수단은 막다른 궁지에 몰렸을 때에만 사용할 작정이야.'

나는 있는 힘을 다해 웃음을 터뜨리는 것으로 대답을 대신했죠.

그때부터 우리 사이에는 영원한 전쟁이 우리가 죽을 때까지 계속되리라는 것을 그도 알았어요.

'잘 들어.' 그가 말하더군요. '오늘 밤과 내일 하루의 여유를 주겠어. 잘 생각해봐. 입을 다물겠다고 약속만 하면 재산과 존경과 명예를 누릴 수 있지만, 끝내 입을 열겠다고 떠들면 치욕의 형벌을 내릴 수밖에 없어.'

'당신이?'

'영원히 지울 수 없는 치욕을 안겨주겠다!'

'당신이?' 내가 같은 말을 되풀이했어요. '오, 펠턴, 당신에게만 말하지만, 나는 그가 미친 줄 알았어요.'

'그래, 내가!' 그가 대답했어요.

'아, 나가세요. 제발 나가줘요! 당신이 보는 앞에서 저 벽에다 머리를 찧는 것을 보고 싶지 않으면 어서 나가세요!'

'좋아. 이런 식으로 하겠다는 거지. 그럼 내일 저녁에 만나.'

'그래요. 내일 저녁에…….' 나는 분노를 이기지 못해 바닥에 쓰러져 깔개를 물어뜯으면서 대답했어요."

펠턴은 의자에 앉아 있었다. 밀레디는 자신의 이야기가 다 끝나기도 전에 그가 맥을 잃고 쓰러지리라는 것을 알고 악마 같은 기쁨에 잠겼다.

제57장

고전 비극의 수법

밀레디는 잠시 입을 다물고 자신의 말에 열심히 귀를 기울이고 있는 젊은이를 관찰한 뒤, 다시 이야기를 계속했다.

"사흘 동안 먹지도 마시지도 않았어요. 고통이 지독했죠. 때로는 구름이 이마를 에워쌌다 눈을 가렸다 하는 것 같더군요. 정신 착란이었죠.

저녁이 되었어요. 나는 너무 쇠약해져서 계속 실신했고, 기절할 때마다 하느님께 감사했어요. 죽어가고 있는 줄 알았으니까요.

한번은 그렇게 정신을 잃고 있을 때, 문이 열리는 소리가 들렸어요. 공포감 때문에 나는 정신을 차렸죠.

그 비열한 사내가 복면을 쓴 남자를 데리고 들어왔어요. 그도 복면을 쓰고 있었지만, 그의 발소리와 목소리를 듣고, 무엇보다 지옥이 인류를 불행에 빠뜨리려고 그에게 부여한 그 위압적인 태도를 보고, 그 사람이라는 걸 알았죠.

'어때. 내가 요구한 대로 맹세할 결심을 했나?' 그가 말하더군요.

'당신이 말했듯이 청교도는 한 입으로 두말하지 않아요. 이미 말했잖아요. 이 세상에서는 사람들 앞에서, 하늘에서는 하느님 앞에서, 당신을 심판해달라고 호소할 뿐이에요.'

'그래서 끝까지 고집을 부리겠다?'

'내 말을 듣고 계시는 하느님 앞에서 맹세해요. 온 세상을 당신의 죄악에 대한 증인으로 세우고, 나를 대신해 복수해줄 사람을 찾을 때까지 결코 포기하지 않을 거예요.'

'당신은 창녀야. 당신은 창녀들이 받는 벌을 받게 될 거야. 당신이 호소할 사람들 앞에 창녀의 낙인을 내보이면서, 당신이 죄도 없고 미치지도 않았다는 걸 한번 입증해봐!'

그러고는 동행한 남자에게 말하더군요.

'형리, 의무를 다하게.'"

"그의 이름을 말해주세요! 이름을!" 펠턴이 외쳤다. "제발 그의 이름을 말해주세요!"

"나는 죽음보다 더 심한 형벌을 받게 된다는 것을 깨닫기 시작했어요. 그래서 소리를 지르며 저항했지요. 하지만 형리는 나를 붙잡아 바닥에 패대기치고는 그 힘센 손으로 내 몸에 멍이 들도록 움켜잡았어요. 나는 목메어 울면서 거의 의식을 잃은 상태에서 하느님을 불렀지만, 부질없는 짓이었지요. 그때 갑자기 내 입에서 고통과 수치를 견디다 못한 비명이 터져 나왔어요. 시뻘겋게 달구어진 형리의 쇠젓가락이 내 어깨에 낙인을 찍은 거예요."

펠턴이 분노의 고함을 울부짖었다.

"보세요." 밀레디가 여왕처럼 위엄 있게 일어나면서 말했다. "잔악한 인간에게 희생된 순결한 처녀를 위해 새로 고안된 순교의 자국을 보세요. 인간의 마음을 아는 법을 배우고, 앞으로는 그처럼 쉽게 부당한 복수의 도구가 되지 마세요."

밀레디는 재빨리 드레스를 벌리고 가슴을 덮은 얇은 천을 찢었다. 그러고는 분노와 부끄러움을 가장하며 짐짓 얼굴을 붉히고, 그렇게 아름다운 어깨에 박힌 지울 수 없는 치욕의 낙인을 젊은이에게 보여주었다.

"하지만 그건 백합꽃인데요!" 펠턴이 외쳤다.

"그게 바로 비열한 점이에요." 밀레디가 대답했다. "영국의 낙인이라면…… 어느 법정이 나한테 이런 형벌을 부과했는지 입증되어야 할 거예요. 나는 왕국의 모든 법정에 공개적으로 호소할 수도 있었겠죠. 하지만 프랑스의 낙인이라면…… 오! 나는 정말로 낙인이 찍힌 거예요!"

펠턴은 도저히 참을 수가 없었다.

이 무시무시한 고백을 듣고 나자 그는 압도당한 기분이었다. 노골적으로 제 몸을 드러내 보이는 태도도 숭고하게만 느껴졌고, 그녀의 초인적인 아름다움에 황홀해졌다. 그는 얼굴이 창백해진 채 꼼짝도 못하다가 결국은 초기 기독교도들이 로마 황제의 박해를 받고 투기장에서 잔인하고 음란한 대중의 구경거리가 된 그 순결하고 거룩한 순교자들 앞에 무릎을 꿇었듯이 그녀 앞에 무릎을 꿇고 말았다. 낙인은 사라지고 아름다움만 남았다.

"용서하세요!" 펠턴이 외쳤다. "제발 나를 용서해주세요!"

밀레디는 그의 눈을 들여다보고 거기에서 사랑의 불꽃을 읽었다.

"뭘 용서해달라는 거죠?" 그녀가 물었다.

"당신의 박해자들과 한패가 된 걸 용서해주세요."

밀레디는 그에게 손을 내밀었다.

"너무 아름답고 너무 젊으십니다!" 펠턴이 그 손에 키스를
퍼부으면서 외쳤다.

밀레디는 노예를 왕으로 만들어주는 눈빛으로 그를 내려다
보았다.

펠턴은 청교도였다. 그는 여자의 발에 입을 맞추기 위해 그
녀의 손을 놓았다.

그는 이제 그녀를 사랑한다기보다 숭배하고 있었다.

이 고비를 넘겼을 때, 밀레디가 결코 잃지 않은 냉정을 되찾
은 것처럼 보였을 때, 펠턴은 정숙함의 베일 뒤에 그 사랑의 보
물이 다시 가려지는 것을 보았다. 사랑의 보물
은 그의 눈에 띄지 않게 잘 감추어져 있
어서, 그는 그것을 더욱 열렬히 바
라게 되었다. 보물이 베일에 가
려지는 것을 보고 펠턴이 말
했다.

"이제 당신에게 물어볼
것은 한 가지뿐입니다. 당
신에게 형을 집행한 진짜
적이 누구냐 하는 겁
니다. 당신의 진짜
적은 한 사람뿐이니
까요. 실제로 낙인을
찍은 형리는 그의 도
구에 불과합니다."

"아니! 그의 이름
을 내 입으로 말해야

하나요?" 밀레디가 외쳤다. "짐작이 가지 않으세요?"

"뭐라고요?" 펠턴이 대답했다. "그 사람! 아, 또 그 사람이군요! 언제나 그 사람이에요! 그럼 진짜 죄인은……."

"진짜 죄인은 영국을 황폐시키고, 진정한 신자들을 박해하고, 수많은 여자들의 정조를 빼앗은 비겁한 남자, 타락하고 변덕스러운 마음으로 두 왕국에서 수많은 사람의 피를 흘리게 하려는 자, 오늘은 신교도를 보호하지만 내일이면 신교도를 배반할 자……."

"버킹엄! 역시 버킹엄이야!" 펠턴이 격분하여 외쳤다.

밀레디는 그 이름이 불러일으킨 치욕스러운 기억을 참을 수 없다는 듯이 두 손으로 얼굴을 가렸다.

"버킹엄! 그가 이 천사 같은 여인의 박해자였구나!" 펠턴이 외쳤다. "오, 하느님! 왜 그를 벼락으로 벌하지 않으셨나이까? 왜 그가 계속 높은 지위와 명예를 누리면서 우리 모두를 파멸시킬 권력을 행사하도록 내버려두셨나이까?"

"하느님은 스스로 버리는 자를 버리십니다." 밀레디가 말했다.

"하지만 하느님은 저주받은 자가 받아 마땅한 징벌을 그 머리 위에 내리고 싶어 하십니다!" 펠턴이 점점 흥분하면서 말을 이었다. "하느님은 인간의 정의가 하늘의 정의에 선행하기를 바라십니다!"

"사람들은 그를 두려워하여 그냥 내버려두고 있어요."

"하지만 나는 그가 두렵지도 않고, 그냥 내버려두지도 않을 겁니다."

밀레디는 자신의 영혼이 악마 같은 기쁨에 잠기는 것을 느꼈다.

“하지만 내 보호자이자 아버지나 다름없는 윈터 경이 어떻게 이 일에 말려들게 되었을까요?” 펠턴이 물었다.

“잘 들으세요, 펠턴. 세상에는 비겁하고 야비한 사람도 있는 반면, 훌륭하고 너그러운 사람도 있게 마련이에요. 내게는 약혼자가 있었어요. 우리는 서로 사랑했죠. 약혼자는 당신처럼 착한 마음씨를 가진 사람이었어요. 나는 그에게 모든 것을 털어놓았죠. 그이는 내가 어떤 여자인지 알고 있었고, 그래서 한순간도 나를 의심하지 않았어요. 그이도 대귀족이었고, 모든 점에서 버킹엄과 대등했답니다. 그가 내 이야기를 듣고는 아무 말도 없이 칼을 차더군요, 그러고는 망토로 몸을 감싸고 버킹엄의 저택으로 갔어요.”

“이해합니다. 하지만 그런 자들에겐 칼이 아니라 단검이면 충분합니다.”

“그런데 버킹엄은 전날 떠나고 없었어요. 스페인 대사로 출발한 뒤였지요. 당시만 해도 왕세자*에 불과했던 찰스 1세를 위해 스페인 공주에게 청혼하러 간 거예요. 약혼자는 그냥 돌아왔어요. 나한테 말하더군요. ‘그는 떠났소. 그래서 당분간은 복수를 피했지만, 그동안 우리는 예정대로 결혼합시다. 나 윈터 경은 내 명예와 아내의 명예를 반드시 지킬 테니 믿어주시오.’”

“윈터 경이라고요?” 펠턴이 외쳤다.

“그래요. 윈터 경이에요. 이젠 당신도 모든 것을 알았겠죠? 버킹엄은 1년이 넘도록 영국에 돌아오지 않았어요. 버킹엄이 귀국하기 일주일 전에 윈터 경이 갑자기 세상을 떠났어요. 나는 윈터 경의 유일한 상속자였죠. 어떻게 그런 일이 일어났는지, 전지전능하신 하느님만은 아실 거예요. 나는 아무도 원망하지…….”

"오, 이게 무슨 혼돈이란 말입니까!" 펠턴이 외쳤다.

"윈터 경은 형에게 아무 말도 못하고 죽었어요. 그 무서운 비밀은 죄인의 머리 위에 천둥처럼 떨어질 때까지는 아무도 모르게 감추어야 했으니까요. 당신의 보호자는 동생이 무일푼인 처녀와 결혼한 것을 달가워하지 않았죠. 나도 유산 상속의 기대가 좌절된 사람에게는 어떤 도움도 기대할 수 없다고 생각했어요. 그래서 프랑스로 건너가 여생을 보내기로 결심했죠. 하지만 내 재산은 모두 영국에 있어요. 전쟁 때문에 교통이 끊기자 나는 모든 게 부족해졌죠. 그래서 돌아올 수밖에 없었어요. 엿새 전에 포츠머스에 상륙했지요."

"그래서요?" 펠턴이 물었다.

"버킹엄이 내가 돌아오는 것을 알고는, 이미 나를 경계하고 있던 윈터 경에게 내 귀국을 알리고, 내가 창녀에 낙인까지 찍힌 여자라고 고자질한 거예요. 나를 변호해줄 남편의 순수하고 고결한 목소리는 이미 이 세상에 없어요. 윈터 경은 버킹엄의 말을 모두 곧이들었지요. 그 말을 믿는 편이 이익이었으니까 믿기가 더 쉬웠겠죠. 윈터 경은 나를 붙잡아서 이곳에 데려다 놓고 당신에게 감시를 맡긴 거예요. 나머지는 당신도 알고 있겠죠. 모레면 윈터 경은 나를 강제로 배에 태워 추방할 거예요. 모레면 나는 악명 높은 유형지로 추방될 거예요. 정말 잘 짜인 음모죠. 교묘한 음모예요. 내 명예는 이제 끝났어요. 당신도 알겠지만, 나는 죽을 수밖에 없어요. 펠턴, 그 나이프를 이리 주세요."

이렇게 말하고 나서 밀레디는 힘이 다 빠진 것처럼 젊은 장교의 품 안에 무기력하게 쓰러졌다. 사랑과 분노와 미지의 기쁨에 도취한 젊은 장교는 쓰러지는 그녀를 받아서 가슴에 힘껏 끌어안고, 그 아름다운 입에서 나오는 숨결에 몸을 떨었고, 고동치는 젖가슴의 감촉에 미칠 것만 같았다.

"아니, 안 됩니다. 당신은 명예를 지켜 순수하게 살아야 합니다. 살아남아서 당신의 적들을 무찔러야죠."

밀레디는 눈으로는 그를 가까이 끌어당기면서 손으로는 천천히 밀어냈다. 하지만 펠턴은 그녀를 꽉 끌어안고, 그녀가 신이라도 되는 것처럼 애원했다.

"오, 죽음. 죽음!" 그녀가 목소리를 낮추고 눈꺼풀을 내리면서 말했다. "치욕을 당하느니 차라리 죽는 게 나아요! 펠턴, 나의 형제, 나의 친구, 제발 부탁이에요!"

"안 됩니다! 당신은 살아야 합니다. 복수해야 합니다."

"펠턴! 나는 주위의 모든 사람에게 불행을 가져와요. 펠턴, 나를 버리세요! 나를 죽게 내버려두세요!"

"그럼 우리 같이 죽읍시다!" 그가 외치고는 포로의 입술에 입을 맞추었다.

그때 요란하게 문을 두드리는 소리가 들렸다. 이번에는 밀레디가 정말로 그를 밀어냈다.

"저 소리! 누군가가 우리 이야기를 엿들었어요. 사람들이 오고 있어요! 우리는 끝장이에요!"

"아닙니다. 순찰대가 온다는 것을 보초가 알려주는 소리예요."

"그럼 문으로 달려가서 당신 손으로 문을 여세요."

펠턴이 그 말에 따랐다. 그의 마음과 영혼은 송두리째 그녀의 지배를 받고 있었다.

문 밖에는 순찰대를 지휘하는 중사가 서 있었다.

"무슨 일인가?" 젊은 장교가 물었다.

"도움을 청하는 소리가 들리면 문을 열라고 하셨잖습니까."
보초가 말했다. "그런데 중위님은 저에게 열쇠 주는 걸 깜박 잊
으셨습니다. 중위님이 외치는 소리는 들었지만 무슨 말인지는
알아듣지 못했습니다. 그래서 문을 열려고 했지만 안에서 잠겨
있어서 중사님을 부른 겁니다."

"그래서 제가 왔습니다." 중사가 말했다.

펠턴은 거의 미쳐버릴 만큼 당황하여 아무 말도 하지 못했
다.

밀레디는 자신이 나서서 사태를 수습해야 한다는 것을 깨달
았다. 그녀는 식탁으로 달려가, 펠턴이 놓아둔 나이프를 집어
들었다.

"내가 죽으려는 걸 당신은 도대체 무슨 권리로 방해하는 거
죠?" 그녀가 말했다.

"맙소사!" 그녀의 손에서 칼이 반짝이는 것을 보고 펠턴이
외쳤다.

그때 빈정거리는 웃음소리가 복도에 울려 퍼졌다.

시끄럽게 떠드는 소리에 잠에서 깬 남작이 잠옷 바람으로
칼을 겨드랑이에 끼고 문 앞에 서 있었다.

"이제 드디어 종막에 이르렀군! 이보게, 펠턴. 연극은 내가
이야기한 단계를 모두 거쳤어. 하지만 걱정 말게. 피가 흐르는
일은 없을 테니까."

밀레디는 지금 당장 자신의 용기를 펠턴에게 입증해 보이지
않으면 끝장이라는 것을 깨달았다.

"그 말씀은 틀렸어요. 피는 흐를 거예요. 피를 흐르게 한 자
들에게 이 피가 떨어지기를!"

펠턴이 소리를 지르며 그녀에게 달려갔다. 하지만 너무 늦

었다. 밀레디는 칼로 제 가슴을 찔렀다.

하지만 칼끝은 다행히—아니, '절묘하게'라고 말해야 할까—당시 여자들의 가슴을 갑옷처럼 보호해준 코르셋에 부딪혔다. 칼은 드레스를 찢고 들어가 살과 갈빗대 사이에 비스듬히 꽂혔다.

그래도 밀레디의 드레스는 순식간에 피로 물들었다.

밀레디는 뒤로 쓰러져 기절한 것 같았다.

펠턴이 칼을 빼앗았다.

"각하, 제가 감시하던 여자가 자살했습니다!" 펠턴이 침울한 얼굴로 말했다.

"걱정 말게, 펠턴." 윈터 경이 말했다. "죽지 않았어. 악마들은 그리 쉽게 죽지 않아. 안심하고 내 방에 가서 기다리게."

"하지만 각하……."

"가서 기다려. 명령이야."

펠턴은 상관의 명령에 복종했다. 하지만 방에서 나갈 때 칼을 슬며시 품 안에 넣었다.

윈터 경은 밀레디의 시중을 드는 여자를 불렀다. 하녀가 오자, 아직 의식이 없는 포로를 그녀에게 맡기고, 두 여자만 남겨두고 방에서 나왔다.

상처가 깊지 않을 거라고 생각했지만, 뜻밖에 중상일지도 모르기 때문에 그는 부하 한 명에게 당장 말을 타고 가서 의사를 불러오게 했다.

제58장

탈출

원터 경이 생각한 대로 밀레디의 상처는 심각하지 않았다. 그래서 하녀가 서둘러 옷을 벗기려 하자, 그녀와 단둘이 남은 것을 안 밀레디가 눈을 떴다.

하지만 고통스러운 척 가장할 필요가 있었다. 밀레디 같은 여배우에게는 어려운 일이 아니었다. 가엾은 하녀는 그녀의 속임수에 완전히 넘어가, 밀레디가 그럴 것 없다고 말리는데도 한사코 밤새 간호하겠다고 고집을 피웠다.

하지만 이 여자가 곁에 있다고 해서 밀레디가 생각을 하는 데 방해가 될 것도 없었다.

이제는 의심할 여지가 없었다. 이제 펠턴은 그녀의 것이었다. 천사가 젊은이 앞에 나타나 밀레디를 고발해도, 그의 정신 상태로 보아 펠턴은 천사를 악마의 사자로 생각할 것이다.

이런 생각을 하자 밀레디의 입술에 저절로 미소가 떠올랐다. 펠턴이야말로 앞으로 그녀의 유일한 희망이자 구원의 수단이었기 때문이다.

하지만 원터 경은 눈치를 챘을지도 모른다. 그래서 이제는 펠턴 자신이 감시를 받게 될지도 모른다.

오전 네 시쯤 의사가 도착했다. 하지만 밀레디가 가슴을 찌른 순간부터 상처는 이미 아물어 있었다. 그래서 의사는 상처의 방향이나 깊이도 측정할 수 없었다. 그저 환자의 맥을 짚어 보고, 상처가 심각하지 않다는 것을 알 수 있었을 뿐이다.

아침에 밀레디는 밤새 잠을 자지 못해서 휴식이 필요하다는 핑계로 하녀를 내보냈다.

그녀에게는 한 가지 희망이 있었다. 펠턴이 아침 식사가 올 때 같이 오리라는 희망이었다. 하지만 그는 오지 않았다.

우려했던 일이 실제로 일어난 것일까? 남작에게 의심을 받은 펠턴이 결정적인 순간에 그녀를 저버리려는 것일까? 이제 하루밖에 남지 않았다. 윈터 경은 그녀가 23일에 배를 탈 거라고 예고했는데, 벌써 22일 아침이었다.

그래도 그녀는 점심때까지 참을성 있게 기다렸다.

아침에 아무것도 먹지 않았지만, 점심 식사는 여느 때와 같은 시각에 운반되었다. 그때 밀레디는 자기를 감시하는 병사들의 제복이 바뀐 것을 알아차리고 깜짝 놀랐다.

그래서 그녀는 펠턴이 어떻게 되었느냐고 용기를 내어 물어보았다. 그러자 병사는 펠턴이 한 시간 전에 말을 타고 떠났다고 대답했다.

남작이 아직도 성에 있느냐고 물어보았더니, 병사는 그렇다며, 포로가 찾으면 곧바로 알리라는 지시를 받았다고 대답했다.

지금은 기운이 없어서 혼자 있고 싶다고 밀레디가 말하자, 병사는 식탁에 식사를 차려놓고 밖으로 나갔다.

펠턴은 다른 곳으로 보내졌고, 해군 병사들도 바뀌었다. 따라서 펠턴은 의심받고 있는 것이다.

밀레디에게는 마지막 타격이었다.

그녀는 혼자 남게 되자 자리에서 일어났다. 조심하기 위해, 그리고 중상을 입은 것처럼 보이려고 줄곧 누워 있었던 침대가 석탄불처럼 뜨거웠기 때문이다. 그녀는 문 쪽으로 힐끗 시선을 던졌다. 감시창은 널빤지로 가려져 있었다. 이 창구멍으로 밀레디가 악마적인 수단을 사용하여 감시병들을 유혹할지 모른다고 생각한 남작의 염려 때문일 터였다.

밀레디는 기쁨의 미소를 지었다. 창구멍이 가려진 덕분에 들킬 염려 없이 감정을 마음껏 발산할 수 있었다. 그녀는 미쳐 날뛰는 여자처럼, 또는 우리에 갇힌 암호랑이처럼 방 안을 오락가락했다. 지금 그녀의 손에 칼이 쥐어져 있었다면, 자신이 아니라 남작을 죽일 생각을 했을 것이다.

여섯 시에 윈터 경이 들어왔다. 그는 철저히 무장을 하고 있었다. 이제까지 밀레디는 그를 얼빠진 귀족으로만 보아왔는데, 그런 그가 이제는 훌륭한 간수가 되어 있었다. 그는 모든 것을 예측하고, 모든 것을 짐작하고, 모든 것을 앞지르는 것 같았다.

그는 밀레디를 힐끗 보고는 그녀의 마음속을 알아차렸다.

"좋아. 하지만 오늘도 나를 죽이지는 못할걸. 당신에게는 무기가 없고, 게다가 나는 철저히 경계하고 있거든. 당신은 가엾은 펠턴을 나쁜 길로 이끌기 시작했어. 펠턴은 벌써 당신의 악마 같은 영향을 받았지만, 나는 그를 구해줄 작정이야. 당신은 이제 두 번 다시 펠턴을 보지 못할 거야. 다 끝났어. 당신의 누더기나 챙겨. 내일 떠날 테니까. 출항일은 24일로 정했지만, 빠를수록 안전하겠다고 생각했지. 늦어도 내일 정오까지는 버킹엄이 서명한 명령서가 도착할 거야. 배에 타기 전에 당신이 누구한테든 한마디라도 하면, 내 부하인 중사가 당신의 골통을 부숴버릴 거야. 중사한테 그렇게 하라는 명령을 내려두었지. 배에서도 마찬가지야. 선장의 허락 없이 누군가에게 한마디라도 하면, 선장이 당신을 바다에 던져버릴 거야. 그렇게 약속되어 있지. 그럼 잘 자셔. 오늘은 더 이상 할 말이 없어. 내일 마지막 작별 인사를 하러 다시 오지!"

이렇게 말하고 남작은 방에서 나갔다.

밀레디는 이 협박조의 장광설을 들으면서 입술에는 경멸의 미소를 띠고 있었지만, 가슴속에서는 분노가 들끓고 있었다.

저녁 식사가 차려졌다. 밀레디는 체력이 필요하다는 것을 느꼈다. 위협적으로 다가온 그날 밤에 무슨 일이 일어날지 알 수 없었다. 커다란 구름장들이 하늘을 가로질러 달리고, 멀리서 치는 번개가 폭풍우를 예고하고 있었기 때문이다.

밤 열 시쯤 폭풍우가 몰아치기 시작되었다. 밀레디는 자연이 자신의 마음처럼 혼란스러운 것을 보고 오히려 위안을 느꼈다. 그녀의 마음속에서 들끓고 있는 분노처럼 우르릉거리는 우레 소리가 울려 퍼졌다. 돌풍은 지나가면서 나뭇가지를 휘게 하고 나뭇잎을 떨어뜨렸듯이 그녀의 머리카락을 헝클어뜨렸다. 그녀는 폭풍처럼 울부짖었다. 그녀의 목소리를, 역시 절망에 울부짖는 듯한 자연의 거대한 목소리가 삼켜버렸다.

그때 갑자기 유리창을 두드리는 소리가 들렸다. 번갯불 속에서 그녀는 창살 너머에 한 남자의 얼굴이 나타난 것을 보았다.

그녀는 그쪽으로 달려가서 창문을 열었다.

"펠턴! 이제 난 살았군요!"

"예." 펠턴이 말했다. "하지만 조용히 하세요. 조용히! 이 창살을 자를 시간이 필요합니다. 감시창으로 당신을 보지 않도록 조심하세요."

"그게 바로 주님이 우리와 함께 계시다는 증거예요, 펠턴. 창구멍을 널빤지로 막아버렸거든요."

"그거 잘됐군요. 하느님이 그 사람들한테서 이성을 빼앗은 거예요!"

"그런데 나는 어떻게 해야 하죠?"

"아무것도, 아무것도 하지 마세요. 그냥 창문을 닫고 기다리세요. 침대로 가서 누우세요. 옷을 다 입은 채 어쨌든 침대에 들어가세요. 다 끝나면 유리창을 두드릴 테니까. 하지만 나와 함께 갈 수 있겠습니까?”

“물론이죠!”

“상처는?”

“아파요. 하지만 걷는 데에는 지장이 없어요.”

“그럼 준비하고 신호를 기다리세요.”

밀레디는 펠턴이 시키는 대로 창문을 닫고, 등불을 끄고, 침대 속에 들어가 몸을 웅크렸다. 으르렁거리는 폭풍우 속에서 줄이 쇠창살을 가는 소리가 들렸고, 번갯불이 번득일 때마다 유리창에 펠턴의 그림자가 어렸다.

그녀는 한 시간쯤 숨을 죽이고 있었다. 이마에는 땀방울이 맺혔고, 복도에서 인기척이 들릴 때마다 무서운 고통이 가슴을 쥐어뜯었다.

한 시간이 1년처럼 느껴지는 때도 있는 법이다.

한 시간이 지났을 때 펠턴이 다시 유리창을 두드렸다.

밀레디는 침대에서 뛰쳐나가 창문을 열었다. 창살 두 개가 잘려나가서, 사람 하나가 지나갈 수 있는 틈이 생겨 있었다.

“준비 됐나요?” 펠턴이 물었다.

“됐어요. 뭘 가져가야 하나요?”

“돈이 있으면 가져가세요.”

“다행히 소지품은 빼앗아가지 않았어요.”

“돈은 많을수록 좋습니다. 배를 빌리느라 가진 돈을 다 써버렸거든요.”

“자요.” 밀레디가 금화가 가득 든 주머니를 건네면서 말했다.

펠턴은 주머니를 받아서 벽 아래로 떨어뜨렸다.

“자, 갑시다.”

"어서 가요."

밀레디는 의자 위에 올라서서 상체를 창문 밖으로 내밀었다. 펠턴이 낭떠러지 위에 매달린 밧줄 사다리에 올라서 있는 것이 보였다.

비로소 그녀는 공포를 느끼고, 자기가 여자라는 것을 새삼 깨달았다.

창문에서 낭떠러지 바닥까지의 빈 공간을 보자 오싹 소름이 끼쳤다.

"그럴 것 같아서 걱정했습니다." 펠턴이 말했다.

"아무렇지도 않아요." 밀레디가 말했다. "눈을 감고 내려갈게요."

"나를 믿습니까?"

"그걸 물어볼 필요가 있나요?"

"두 손을 모아서 깍지를 끼세요. 좋아요."

펠턴은 그녀의 두 손목을 손수건으로 묶은 다음, 손수건 위에 다시 밧줄을 묶었다.

"뭘 하시려는 거예요?" 밀레디가 놀라서 물었다.

"두 팔로 내 목을 감으세요. 겁내지 마세요."

"내가 매달리면 당신이 균형을 잃고, 우리 둘 다 떨어질 거예요."

"걱정 마십시오. 나는 해군입니다."

잠시도 꾸물거릴 시간이 없었다. 밀레디는 펠턴의 목을 두 팔로 감고 창밖으로 끌려 나갔다.

펠턴은 사다리를 한 단씩 천천히 내려가기 시작했다. 두 사람의 몸무게가 실렸는데도, 돌풍 때문에 사다리가 공중에서 좌우로 흔들렸다.

갑자기 펠턴이 멈추었다.

"왜 그래요?" 밀레디가 물었다.

"쉿. 조용히! 발소리가 들립니다."

"들켰군요!"

잠시 침묵이 흘렀다.

"아니, 아무것도 아닙니다." 펠턴이 말했다.

"그럼 그 소리는 뭐죠?"

"순찰대가 순찰로를 지나가는 소리일 뿐입니다."

"순찰로는 어디 있죠?"

"우리 바로 밑에요."

"그럼 우리를 보겠군요."

"번개만 치지 않으면 안 보일 거예요."

"사다리 아래에 부딪치면 어떡하죠?"

"다행히 이 사다리는 바닥보다 2미터쯤 짧습니다."

"어머나! 순찰대가 오고 있어요."

"쉿!"

병사들이 웃고 떠들면서 아래를 지나가는 동안, 두 사람은 꼼짝도 하지 않고 숨을 죽인 채 땅에서 6미터 높

이에 매달려 있었다.

두 사람에게는 실로 무서운 순간이었다.

순찰대가 지나갔다. 발소리가 멀어지고 목소리도 점점 희미해졌다.

"이젠 안전합니다." 펠턴이 말했다.

밀레디는 한숨을 내쉬고 정신을 잃었다.

펠턴은 계속 내려갔다. 사다리 끝에 이르자 더 이상 발 디딜 곳이 없었다. 그는 손으로 사다리 가로대를 번갈아 잡으면서 내려갔다. 마침내 마지막 가로대에 이르자 두 다리를 쭉 뻗어 땅에 발을 디뎠다. 그는 허리를 구부려 벽 기슭에 떨어진 금화 주머니를 집어서 입에 물었다.

그런 다음 밀레디를 두 팔로 안고 순찰대가 간 쪽과는 반대 방향으로 재빨리 움직였다. 그는 곧 순찰로를 벗어나 바닷가로 내려오자 휘파람을 불었다.

비슷한 신호가 그의 휘파람에 응답했다. 5분쯤 지나자 네 사람이 타고 있는 조각배 한 척이 나타났다.

배는 육지에 최대한 가까이 다가왔지만, 수심이 깊지 않아서 해안에 댈 수는 없었다. 펠턴은 허리까지 물에 잠기는 것도 개의치 않고 바다로 들어갔다. 소중한 짐을 누구에게도 맡기고 싶지 않았기 때문이다.

다행히 폭풍우가 가라앉기 시작했지만, 바다는 여전히 사나워서, 작은 배가 파도 위에서 호두 껍데기처럼 뒤흔들렸다.

"본선을 향해 전속력으로 노를 저어라." 펠턴이 말했다.

네 사내가 노를 젓기 시작했지만, 바다가 너무 거칠어서 노가 말을 듣지 않았다.

그래도 조금씩 해안에서 멀어졌다. 이것이 중요했다. 밤이 칠흑처럼 어두워서, 배에서는 이미 해안을 분간하기 어려울 정도였다. 하물며 해안에서 그 작은 조각배를 알아볼 수는 없을 터였다.

검은 점 하나가 파도 위에서 흔들리고 있었다. 그것이 본선이었다.

노잡이들은 온 힘을 다해 노를 저었다. 조각배가 나아가는 동안, 펠턴은 밀레디의 두 손을 묶었던 밧줄과 손수건을 차례로 풀어주었다.

밀레디가 한숨을 내쉬더니 눈을 떴다.

"여기가 어디예요?" 그녀가 물었다.

"이젠 안전합니다." 펠턴이 대답했다.

"안전하다고요? 아, 그렇군요. 하늘이 있고 바다가 있네요! 내가 숨쉬는 이 공기도 자유의 공기군요. 아! 고마워요, 펠턴. 정말 고마워요!"

젊은이가 그녀를 가슴에 끌어안았다.

"그런데 손이 왜 이러죠?" 밀레디가 물었다. "뭐가 잘못됐나요? 손목이 바이스에 조여진 듯한 느낌이에요."

밀레디가 두 팔을 들었다. 손목에 멍이 들어 있었다.

"아니, 저런!" 펠턴은 그 아름다운 손을 보고 천천히 고개를 저으면서 말했다.

"아무것도 아니에요. 아무렇지도 않아요!" 밀레디가 외쳤다. "이제 생각이 나요!"

밀레디는 무언가를 찾는 것처럼 주위를 둘러보았다.

"여기 있습니다." 펠턴은 금화가 든 주머니를 발로 살짝 밀면서 말했다.

그들은 본선으로 다가갔다. 망을 보던 선원이 조각배에다 뭐라고 외치자, 조각배에서도 응답을 보냈다.

"저건 무슨 배죠?" 밀레디가 물었다.

"당신을 위해 빌린 배입니다."

"나를 어디로 데려갈 건데요?"

"어디든 당신이 원하는 곳으로. 다만 나를 포츠머스에 상륙시켜주기만 하면 됩니다."

"포츠머스에서 뭘 할 건데요?" 밀레디가 물었다.

"윈터 경의 명령을 수행할 겁니다." 펠턴이 음울한 미소를 지으며 말했다.

"무슨 명령이죠?" 밀레디가 물었다.

"모르고 계시군요?" 펠턴이 물었다.

"몰라요. 제발 알려주세요."

"윈터 경은 나를 의심했기 때문에 직접 당신을 감시하기로 하고, 자기 대신 나를 버킹엄에게 보내서 당신의 호송 명령서에 서명을 받아 오라고 했습니다."

"하지만 당신을 의심한다면서 왜 명령서는 맡겼을까요?"

"내가 내용을 알고 있을 줄은 몰랐겠죠."

"그렇군요. 그래서 당신은 포츠머스에 갈 작정이군요?"

"꾸물거릴 시간이 없습니다. 내일이 23일인데, 버킹엄은 내일 함대를 이끌고 떠날 겁니다."

"내일 떠난다고요? 어디로요?"

"라로셸로."

"거기 가면 안 돼요!" 밀레디가 침착성을 잊고 소리쳤다.

"걱정 마세요. 떠나지 못할 테니까."

밀레디는 기뻐서 펄쩍 뛰었다. 방금 펠턴의 마음속을 읽었기 때문이다. 거기에는 버킹엄의 죽음이라는 글자가 또렷이 쓰여 있었다.

"펠턴······" 그녀가 말했다. "당신은 유다 마카베오*만큼 위대한 분이세요. 당신이 죽으면 나도 따라 죽겠어요. 지금 내가 할 수 있는 말은 그것뿐이에요."

"조용!" 펠턴이 말했다. "도착했습니다."

실제로 그들은 범선에 도착해 있었다.

펠턴이 먼저 사다리를 올라간 다음, 밀레디에게 손을 내밀었다. 바다가 여전히 거칠었기 때문에, 선원들도 밑에서 그녀의 몸을 받쳐주었다.

잠시 후 그들은 모두 갑판에 올라와 있었다.

"선장." 펠턴이 말했다. "내가 말씀드린 부인입니다. 프랑스까지 안전하게 모셔다드려야 합니다."

"1천 피스톨을 주기로 약속하셨지요?" 선장이 말했다.

"5백 피스톨은 이미 받지 않았소?"

"맞습니다." 선장이 말했다.

"나머지 5백 피스톨은 여기 있어요." 밀레디가 금화 주머니로 손을 가져가면서 말했다.

"아닙니다, 부인." 선장이 말했다. "나는 한 입으로 두말하지 않습니다. 이 젊은 분에게 이미 약속했지요. 나머지 5백 피스톨은 불로뉴에 도착한 뒤에 받기로."

"도착할 수 있을까요?"

"무사히 도착할 겁니다. 그러지 못하면 내 이름이 잭 버틀러가 아니지요."

"약속을 지켜준다면 5백 피스톨이 아니라 1천 피스톨을 드리겠어요."

"고맙습니다, 부인. 하느님이 부인 같은 손님을 자주 보내주

셨으면 좋겠군요!"

"그럼 포츠머스 앞에 있는 치체스터라는 작은 만으로 갑시다. 거기에 먼저 데려다주기로 약속했으니까." 펠턴이 말했다.

선장은 필요한 조치를 명령하는 것으로 대답을 대신했다. 아침 일곱 시쯤 배가 치체스터 만에 닻을 내렸다.

이곳까지 가는 동안 펠턴은 밀레디에게 자초지종을 이야기했다. 런던으로 가지 않고 이 배를 전세냈다는 것, 돌 틈에 갈고리를 박으면서 성벽을 타고 올라갔다는 것, 마침내 창살에 이르자 밧줄 사다리를 매달았다는 것. 그다음은 밀레디도 알고 있었다.

밀레디는 열 시까지 펠턴을 기다리기로 약속했다. 그가 열 시까지 돌아오지 않으면, 밀레디 혼자 떠나기로 했다.

그럴 경우, 그가 자유로운 몸이라면 프랑스로 건너가, 베튄에 있는 카르멜회 수녀원에서 그녀와 만나기로 했다.

제59장
1628년 8월 23일, 포츠머스

펠턴은 누나 손에 입을 맞추고 잠깐 산책하러 나가는 남동생 같은 태도로 밀레디에게 작별을 고했다.

대체로 그는 여느 때처럼 침착해 보였지만, 열에 들뜬 것처럼 이상한 빛이 눈에서 번득였다. 이마는 여느 때보다 더 창백했고, 이를 악물고 있었다. 말투도 무뚝뚝하고 퉁명스러워서, 어두운 생각이 마음속에서 꿈틀거리고 있음을 알 수 있었다.

그는 조각배를 타고 육지로 가는 동안, 갑판에 서서 자신을 계속 바라보고 있는 밀레디 쪽으로 눈길을 돌린 채 앉아 있었다. 둘 다 추적당할 염려는 거의 없었다. 아홉 시까지는 아무도 밀레디의 방에 들어올 리 없었고, 저택에서 런던까지 가는 데에는 아홉 시간이 걸리기 때문이다.

펠턴은 해안에 상륙하자 절벽 꼭대기로 이어진 작은 언덕을 올라갔다. 그러고는 밀레디에게 마지막 인사를 보낸 뒤 시내로 들어갔다.

백 걸음쯤 걸은 뒤 내리막길로 접어들자 이제는 범선의 돛대도 보이지 않게 되었다.

　그는 당장 포츠머스 쪽으로 달리기 시작했다. 포츠머스의 탑들과 건물들이 1킬로미터도 떨어지지 않은 앞쪽에 아침 안개를 뚫고 나타났다.

　포츠머스 너머에 있는 바다는 배로 뒤덮여 있었다. 돛대들이 겨울에 벌거벗은 포플러나무 숲처럼 바람에 흔들리고 있었다.

　포츠머스로 달려가는 동안, 펠턴은 지난 10년 동안 청교도들과 오랫동안 같이 지내면서 알게 된 버킹엄 공작에 대한 비난을 진위에 상관없이 머리에 떠올렸다.

　이 재상의 공적인 범죄, 즉 유럽 전체에 끼친 범죄와 사적인 범죄, 즉 밀레디에게 끼친 범죄를 비교했을 때, 버킹엄이라는 인간의 양면 가운데 죄가 더 많은 것은 대중에게 알려지지 않은 사생활 면이라고 생각했다. 난생처음 알게 된 야릇하고 열렬한 사랑 때문에 펠턴은 밀레디가 상상으로 지어낸 거짓 고발을 마치 확대경으로 보듯 크게 과장하여 생각했다. 확대경으로 보면, 실제로는 개미만큼 작아서 눈에 보이지도 않는 것도 무시무시한 괴물처럼 보인다.

　빠르게 달리자 피가 더욱 뜨거워졌다. 사랑하는 여자, 아니 성녀처럼 숭배하는 여자, 무서운 복수의 위험에 노출된 여자를 내버려두고 왔다는 생각, 그가 겪은 격렬한 감정, 그리고 지금 느끼고 있는 피로감, 이 모든 것이 그의 영혼을 인간의 감정보다 훨씬 높은 곳으로 끌어올렸다.

　그는 아침 여덟 시쯤 포츠머스 시내로 들어섰다. 시민들은 모두 일어나 있었다. 거리와 항구에는 북소리가 요란하고, 부대들이 배에 타기 위해 바다 쪽으로 내려가고 있었다.

　펠턴이 해군 사령부에 도착했을 때는 먼지투성이가 되어 땀을 뻘뻘 흘리고 있었다. 보통 때에는 창백하던 얼굴이 지금은 더위와 분노로 벌겋게 물들어 있었다. 보초는 그를 쫓아내려고 했지만, 펠턴은 위병소 책임자를 불러오라고 요구했다. 책임자가 오자 그는 주머니에서 편지를 꺼냈다.

"윈터 경이 보낸 긴급 전갈이오."

버킹엄 공작과 가장 가까운 친구로 알려져 있는 윈터 경의 이름을 듣자, 위병소장은 펠턴을 통과시키라고 명령했다. 게다가 펠턴은 해군 장교의 제복을 입고 있었다.

펠턴은 건물 안으로 뛰어들었다.

그가 막 현관으로 들어섰을 때, 또 다른 남자도 흙먼지를 뒤집어쓰고 숨을 헐떡이며 현관으로 들어왔다. 그가 문간에 남겨 둔 역마는 도착하자마자 무릎을 꿇고 쓰러져버렸다.

그 사내와 펠턴은 공작의 심복 하인인 패트릭에게 동시에 말을 걸었다. 펠턴은 윈터 경의 이름을 댔지만, 미지의 사내는 누구의 이름도 대지 않고 공작에게 직접 신분을 밝히겠다고 말했다. 두 사람은 서로 먼저 공작을 만나겠다고 고집을 부렸다.

패트릭은 윈터 경이 공적으로나 사적으로 공작과 가까운 사이라는 것을 알고 있었기 때문에, 윈터 경의 이름을 댄 사내에게 우선권을 주었다. 다른 사내는 기다릴 수밖에 없었는데, 이렇게 뒤로 밀리게 된 것을 유감스럽게 여기는 모습이 역력했다.

펠턴은 하인을 따라 널따란 응접실을 가로질렀다. 응접실에서는 수비즈 공작이 이끄는 라로셸 대표단이 기다리고 있었다. 하인은 펠턴을 집무실로 안내했다. 집무실에서는 막 목욕을 끝내고 나온 버킹엄이 여느 때처럼 세심한 주의를 기울여 몸단장을 하고 있었다.

"윈터 경이 보내신 펠턴 중위입니다." 패트릭이 말했다.

"윈터 경이 보냈다고?" 버킹엄이 되물었다. "들여보내게."

펠턴이 안으로 들어갔다. 그 순간 버킹엄은 진주를 아로새긴 푸른색 벨벳 상의를 입으려고 금실로 수놓은 화려한 실내복을 소파에 벗어 던졌다.

"왜 남작이 직접 오지 않았나?" 버킹엄이 물었다. "오늘 아침에 기다렸는데."

"남작님은 각하를 뵙지 못해서 유감이지만, 저택에서 감시해야 할 일이 있어서 갈 수 없다는 말씀을 전하라고 하셨습니다." 펠턴이 대답했다.

"그래, 나도 들어서 알고 있네. 남작이 포로 하나를 잡고 있다지?"

"바로 그 포로에 대해 각하께 말씀드리려고 왔습니다."

"그럼 말해보게!"

"제가 드릴 말씀은 각하만 들으셨으면 합니다."

"물러가 있거라, 패트릭." 버킹엄이 말했다. "하지만 초인종 소리가 들리는 곳에 있도록. 곧 부를 테니까."

패트릭이 방에서 나갔다.

"이제 우리 둘뿐일세." 버킹엄이 말했다. "말해보게."

"각하." 펠턴이 말했다. "윈터 경은 일전에 샬럿 백슨이라는 젊은 여자의 호송 명령서에 서명해달라고 요청하는 서한을 올리셨습니다."

"그래. 그래서 명령서를 가져오거나 보내면 서명해주겠다고 회답을 보냈지."

"명령서가 여기 있습니다."

"이리 주게."

공작은 명령서를 받아들고 재빨리 훑어본 다음, 그것이 정말로 윈터 경이 말한 그 서류인 것을 확인하자 탁자 위에 내려 놓고 펜을 들어 서명할 준비를 했다.

"죄송합니다만, 각하……" 펠턴이 공작을 막았다. "샬럿 백 슨이라는 이름이 그 젊은 여자의 본명이 아니라는 것을 알고 계십니까?"

"알고 있네." 공작이 펜을 잉크병에 담그면서 대답했다.

"그러면 본명도 알고 계십니까?" 펠턴이 무뚝뚝한 목소리로 물었다.

"알고 있지."

공작이 펜을 서류로 가져갔다.

"본명을 아시면서도 서명을 하실 건가요?"

"물론이야. 아니까 더욱 서명해야지."

"믿을 수가 없군요." 펠턴이 점점 더 무뚝뚝하고 퉁명스러 워지는 목소리로 말했다. "그 여자가 윈터 부인이라는 걸 각하 께서 알고 계시다니……."

"나야 잘 알고 있지만, 자네가 알고 있다는 게 놀랍군!"

"그래서 각하께서는 양심의 가책도 없이 그 명령서에 서명 하실 겁니까?"

버킹엄은 어이가 없다는 표정으로 젊은이를 바라보았다.

"자네는 나한테 이상한 질문을 하고 있고, 내가 거기에 대답 하는 건 어리석은 짓이라는 걸 알고 있나?"

"대답하십시오, 각하. 상황은 각하께서 생각하시는 것보다 훨씬 심각합니다."

버킹엄은 이 젊은 장교가 윈터 경의 전령으로 왔으니, 윈터 경을 대신하여 말하는 것이리라 생각하고 마음을 가라앉혔다.

"양심의 가책 따위는 없네. 그리고 남작은 밀레디 윈터 같은 중죄인에게 유배형은 은혜를 베푸는 거나 마찬가지라는 사실을 알고 있지."

공작이 펜을 서류에 갖다 댔다.

"그 명령서에 서명하시면 안 됩니다, 각하!" 펠턴이 공작 쪽으로 한 걸음 다가가면서 말했다.

"서명하면 안 된다고? 왜?"

"깊이 생각하신 후에 공정하게 다뤄야 하기 때문입니다."

"그렇게 했기 때문에 그 파렴치한 여자를 타이번으로 보내는 거야."

"윈터 부인은 천사입니다. 각하께서도 잘 아시잖습니까. 그 여자를 사면해주십시오."

"나한테 그런 식으로 말하다니, 자네 미쳤나?"

"죄송합니다, 각하. 최대한 자제하고 말씀드리는 겁니다. 하지만 각하께서 무슨 짓을 하시려는 건지 생각하시고, 한계를 넘지 않도록 조심하셔야 합니다!"

"아니, 뭐라고? 이런 괘씸한 놈! 지금 나를 협박하는 건가!"

"아닙니다, 각하. 저는 간청하고 있는 겁니다. 하지만 물 한 방울이 가득 찬 잔을 넘치게 할 수 있듯이, 한 번의 가벼운 실수가 그렇게 많은 죄를 짓고도 무사히 목숨을 보전한 사람에게 천벌을 내리게 할 수 있습니다."

"펠턴! 당장 물러가라. 여기서 나가면 당장 체포하겠다."

"제 말을 끝까지 들어주십시오. 각하는 그 젊은 여자를 유혹했고, 능욕했고, 더럽혔습니다. 그 여자한테 지은 죄를 보상하시고, 그 여자가 자유롭게 떠나도록 내버려두십시오. 그러면 더 이상은 아무것도 요구하지 않겠습니다."

"아무것도 요구하지 않겠다고?" 버킹엄은 놀라서 펠턴을 바라보며 그가 한 말을 한마디씩 강조하면서 되물었다.

"각하." 펠턴이 점점 흥분하여 말을 이었다. "조심하십시오. 영국 전체가 각하의 부정한 행위에 진저리를 내고 있습니다. 각하는 왕권을 찬탈하다시피 하여 남용하고 있습니다. 사람들만이 아니라 하느님도 각하를 혐오합니다. 하느님은 언젠가 각하에게 벌을 내리시겠지만, 오늘은 제가 당신을 벌하겠습니다."

"기가 막힐 노릇이군!" 버킹엄이 문 쪽으로 한 걸음 내디디면서 외쳤다.

펠턴이 그 앞을 가로막았다.

"겸손하게 부탁드립니다. 윈터 부인의 석방 명령서에 서명해주십시오. 각하께서 욕보인 여자라는 사실을 생각하십시오."

"물러가라. 그렇지 않으면 사람을 불러서 철창에 가두겠다."

"아무도 부르지 못할 겁니다." 펠턴은 공작과 탁자 위에 놓여 있는 초인종 사이에 끼어들면서 말했다. "조심하십시오, 각하. 지금 각하는 하느님의 손 안에 있으니까요."

"악마의 손이라는 뜻이겠지!" 버킹엄은 사람들의 주의를 끌기 위해 목청을 높여 외쳤지만, 그래도 직접 사람을 부르지는 않았다.

"서명하십시오, 각하. 윈터 부인의 석방 명령서에 서명하십시오." 펠턴이 공작에게 서류 한 장을 내밀면서 말했다.

"강제로 시키겠다고? 농담하나? 여봐라, 패트릭!"

"서명하십시오, 각하!"

"서명할 수 없다!"

"할 수 없다고요?"

"거기 누구 없느냐?" 공작이 외치면서 동시에 칼을 집어 들었다.

하지만 펠턴은 공작이 칼을 뺄 틈을 주지 않았다. 그는 밀레디가 자신을 찌른 칼을 칼집에서 빼어 윗옷 속에 감춰두었던 것이다. 단숨에 그는 공작에게 덤벼들었다.

바로 그때 패트릭이 집무실로 들어오면서 외쳤다.

"각하, 프랑스에서 편지가 왔습니다!"

"프랑스에서?" 버킹엄은 편지를 보낸 사람이 누구일까 하는 생각에 사로잡혀 다른 것은 모두 잊어버렸다.

그 틈을 놓치지 않고 펠턴이 공작의 옆구리를 찔렀다.

"이 반역자!" 버킹엄이 외쳤다. "나를 죽이는구나."

"살인이다!" 패트릭이 외쳤다.

펠턴은 달아날 길을 찾아 주위를 둘러보고는, 문이 열려 있는 옆방으로 뛰어들었다. 그린데 옆방에서는 앞에서도 말했듯이 라

로셸 대표단이 기다리고 있었다. 펠턴은 그 방을 한달음에 가로질러 계단 쪽으로 뛰어갔다. 하지만 계단 꼭대기에서 윈터 경과 마주쳤다. 핏발 선 눈에 얼굴은 창백한 납빛이고 손과 얼굴에 피가 얼룩진 것을 보고, 윈터 경은 펠턴의 멱살을 잡으며 외쳤다.

"이럴 줄 알았다. 짐작하고 있었어. 그런데 불운하게도 내가 한 발 늦었구나!"

펠턴은 아무 저항도 하지 않았다. 윈터 경은 그를 위병들에게 넘겨주었고, 위병들은 다음 명령이 내려질 때까지 그를 바다가 내려다보이는 작은 테라스로 데려갔다. 윈터 경은 버킹엄의 집무실로 달려갔다.

공작의 외침 소리와 패트릭의 고함 소리를 듣고, 아까 펠턴이 대기실에서 만난 사내도 공작의 집무실로 뛰어들었다.

공작은 상처를 주먹으로 누른 채 소파에 누워 있었다.

"라 포르트." 공작이 꺼져드는 목소리로 말했다. "라 포르트, 그분이 보내서 왔나?"

"예, 각하." 안 도트리슈 왕비의 충실한 종복이 대답했다. "그런데 너무 늦었나봅니다."

"조용히 하게, 라 포르트. 누가 엿들을지도 몰라! 패트릭, 아무도 들여보내지 마라. 아, 그분이 보내신 말씀도 나는 영영 듣지 못하겠구나! 나는 죽어가고 있어!"

그리고 나서 공작은 의식을 잃었다.

그러는 동안 윈터 경과 라로셸 대표단, 원정군 지휘관들과 버킹엄의 하인들이 집무실로 들어왔다. 사방에서 절망의 외침이 터져 나왔다. 버킹엄이 쓰러졌다는 소식은 저택을 신음과 비탄의 소리로 가득 채우고 사방으로 넘쳐흘러 시내 전역으로 퍼져 나갔다.

불의의 사건이 일어났음을 알리는 포성이 울려 퍼졌다.

윈터 경은 머리카락을 쥐어뜯었다.

"한 발 늦었어! 딱 한 발이 늦었어! 이게 무슨 끔찍한 일이란 말인가!"

윈터 경이 저택 창문에서 밧줄 사다리가 내려와 있다는 보고를 받은 것은 아침 일곱 시였다. 그는 곧바로 밀레디의 방으로 달려갔다. 방은 텅 비어 있었고, 창문이 열려 있고 창살 두 개가 잘려 있었다. 다르타냥이 보낸 전갈이 생각나면서 공작의 신변이 걱정되었기 때문에, 윈터 경은 마구간으로 달려가 가장 가까이 있는 말에 안장도 얹지 않고 올라타고는 전속력으로 달렸다. 그리고 사령부 마당에 도착하자 말에서 뛰어내려 계단을 뛰어올랐고, 앞에서 말했듯이 계단 꼭대기에서 펠턴과 마주친 것이다.

그런데 공작은 아직 죽지 않았다. 그가 의식을 되찾아 눈을 뜨자 모든 사람의 마음에 희망이 돌아왔다.

"패트릭과 라 포르트만 남고 모두 나가주게." 공작이 말했다. "아, 윈터 경! 자네 왔나? 오늘 아침에 괴상한 미치광이를 보냈더군. 그놈이 나를 어떤 꼴로 만들었는지 보게나!"

"각하!" 남작이 외쳤다. "저는 절대로 저 자신을 용서하지 못할 겁니다!"

"그건 잘못 생각한 것일세, 윈터 경." 버킹엄이 윈터 경에게 손을 내밀면서 말했다. "나는 평생 동안 애도할 가치가 있는 사람을 이제껏 본 적이 없네. 제발 부탁이니, 그만 나가주게."

남작이 흐느끼면서 밖으로 나갔다.

집무실에는 부상당한 공작과 라 포르트와 패트릭만 남았다.

하인이 의사를 부르러 갔지만, 의사를 찾지 못했다.

"괜찮아질 겁니다, 공작님. 기운을 내십시오." 안 왕비의 시종이 소파 옆에 무릎을 꿇고 말했다.

"그분이 뭐라고 써 보내셨나?" 버킹엄은 피를 줄줄 흘리면서도 사랑하는 여자에 대해 말하려고 엄청난 고통을 참아냈다. "편지를 어서 읽게."

"각하!" 라 포르트가 말했다.

"내 말 듣게, 라 포르트. 나는 낭비할 시간이 없다는 걸 모르겠나?"

라 포르트는 봉인을 뜯고 편지를 공작의 눈 밑에 놓았다. 버킹엄은 왕비가 손으로 쓴 글씨를 읽으려고 했지만, 글자가 눈에 들어오지 않았다.

"읽어라. 나는 이제 눈이 보이지 않아. 어서 읽어라! 나는 이제 곧 듣지도 못할 테니, 그러면 그분이 뭐라고 쓰셨는지도 모른 채 죽게 될 것이다."

라 포르트는 더 이상 망설이지 않고 편지를 읽기 시작했다.

공작님,

당신을 알게 된 뒤 당신 때문에 겪어온 모든 것을 걸고 간청합니다. 내 마음의 평화를 조금이라도 걱정하신다면, 프랑스와 싸우기 위한 준비를 중단해주십시오. 겉으로는 종교가 원인이라고 떠들어대면서 뒤에서는 나에 대한 당신의 사랑이 숨겨진 원인이라고 수군대고 있습니다. 이 전쟁은 프랑스와 영국에 큰 재앙을 초래할 뿐만 아니라 당신에게도 불행을 가져다줄지 모릅니다. 그렇게 되면 나는 무엇으로도 위안을 얻지 못할 것입니다.

당신을 적으로 보지 않아도 될 날이 오면, 나에게 더없이 소중해

질 당신의 생명을 노리는 자가 있을지도 모르니, 부디 조심하시기
바랍니다.

안

버킹엄은 남아 있는 기력을 모두 짜내어 듣고 있었다. 편지
읽기가 끝나자, 몹시 실망한 것처럼 물었다.

"직접 말로 전할 말은 없느냐?"

"있습니다, 각하. 왕비님은 각하의 목숨을 노리는 자들이 있
다는 경고를 받으셨기 때문에, 신변에 각별히 유의하시라는 말
씀을 드리라고 특히 당부하셨습니다."

"그것뿐인가? 다른 말씀은 없으셨느냐?" 버킹엄이 초조하
게 물었다.

"항상 각하를 사랑한다는 말씀을 전해달라고 하셨습니다."

"아아! 고맙기도 해라! 그러면 왕비님은 내 죽음을 아무 상
관도 없는 자의 죽음으로 생각지는 않으시겠구나!"

라 포르트가 울음을 터뜨렸다.

"패트릭." 공작이 말했다. "다이아몬드 목걸이가 들어 있는
상자를 가져오너라."

패트릭이 상자를 가져오자, 라 포르트는 그것이 원래 왕비
의 물건이라는 것을 알아보았다.

"그분의 이름 머리글자가 진주로 수놓아진 하얀 공단 주머
니도 가져오라."

패트릭이 주머니를 가져왔다.

"자, 라 포르트." 버킹엄이 말했다. "그분께 받은 기념품은
이 은제 상자와 편지 두 통뿐이다. 이것을 왕비님께 갖다 드려

라. 그리고 마지막 기념품으로……."

그는 귀중한 물건이 없나 하고 주위를 둘러보았지만, 죽음의 그림자가 드리워진 눈에 띈 것은 펠턴의 손에서 떨어진 칼뿐이었다. 칼날에 얼룩진 진홍빛 피에서는 아직도 김이 피어오르고 있었다.

"저 칼도 갖다 드려라." 공작이 라 포르트의 손을 잡으면서 말했다.

그는 공단 주머니를 은제 상자 밑바닥에 집어넣고 칼을 상자 속에 떨어뜨렸다. 그러고는 라 포르트에게 더 이상 목소리가 나오지 않는다는 몸짓을 했다. 그리고 마지막 경련이 일어났다. 공작도 이번에는 견딜 힘이 없어서, 소파에서 마룻바닥으로 미끄러져 내렸다.

패트릭이 소리를 질렀다.

버킹엄은 마지막으로 미소를 짓고 싶었지만, 죽음이 그 생각을 가로막았다. 미소는 사랑의 마지막 입맞춤처럼 그의 이마에 새겨졌다.

그 순간, 공작의 주치의가 허둥지둥 도착했다. 의사는 이미 전함에 타고 있었기 때문에, 사람들은 거기까지 가서 그를 데려와야 했다.

의사는 공작에게 다가가서 손을 잡고 잠시 맥을 짚어보다가 다시 떨어뜨렸다.

"소용없습니다. 운명하셨습니다." 의사가 말했다.

"운명하셨다고요! 돌아가셨다고요!" 패트릭이 외쳤다.

이 절규에 수많은 사람들이 방으로 몰려 들어왔다. 도처에 경악과 혼란뿐이었다.

윈터 경은 버킹엄이 숨을 거두는 것을 보자마자 펠턴에게 달려갔다. 병사들은 아직도 테라스에서 펠턴을 감시하고 있었다.

"비열한 놈!" 윈터 경이 펠턴에게 말했다. 펠턴은 버킹엄이 죽었다는 것을 알고는 침착과 냉정을 되찾았다. "비열한 놈! 도대체 무슨 짓을 한 거냐?"

"복수한 겁니다." 펠턴이 말했다.

"복수했다고? 너는 그 저주받은 계집에게 이용당했을 뿐이야. 하지만 맹세코 이것이 그 여자의 마지막 범죄가 될 것이다."

"도대체 무슨 말씀을 하시는지 모르겠군요." 펠턴이 침착하게 대꾸했다. "저는 버킹엄 공작이 저를 대위로 진급시켜달라는 남작님의 요청을 두 번이나 거절했기 때문에 죽인 겁니다. 그의 불의를 응징했을 뿐이라고요."

윈터 경은 어안이 벙벙하여, 펠턴을 포박하고 있는 사람들을 바라보았다. 이처럼 태연한 태도를 어떻게 생각해야 좋을지 알 수가 없었다.

하지만 한 가지 생각이 펠턴의 이마에 어두운 그림자를 던졌다. 이 순진한 청교도는 무슨 소리가 들릴 때마다, 그것이 자수하여 그와 함께 죽으려고 그의 품으로 달려오는 밀레디의 발소리와 목소리가 아닐까 생각했다.

갑자기 그가 흠칫 놀랐다. 그의 눈이 테라스에서 훤히 보이는 바다 위의 한 점을 응시했다. 다른 사람에게는 파도 위에서 흔들리는 갈매기로밖에 보이지 않았겠지만, 그는 뱃사람 특유의 독수리 같은 눈으로 프랑스 해안을 향해 멀어져가고 있는 범선의 돛을 똑똑히 알아본 것이다.

그는 얼굴이 창백해져서 가슴에 손을 댔다. 가슴이 찢어질 것만 같았기 때문이다. 그리고 자신이 배신당했다는 것을 깨달왔다.

"마지막으로 부탁할 게 있습니다." 그가 남작에게 말했다.

"뭐냐?" 남작이 물었다.

"지금 몇 시입니까?"

남작이 회중시계를 꺼냈다.

"아홉 시 10분 전이다."

밀레디가 출항을 한 시간 반이나 앞당긴 것이다. 중대한 사건이 일어났음을 알리는 포성을 듣자마자 닻을 올리라고 명령한 것이다.

배는 이미 해안에서 멀리 떨어진 바다 위 푸른 하늘 아래를 멀어져가고 있었다.

"하느님의 뜻이었습니다." 펠턴이 광신자답게 체념한 어조로 말했다. 하지만 여전히 그 배에서 눈을 떼지 못했다. 그가 목숨을 바친 여자의 하얀 모습을 분간할 수 있다고 생각한 모양이었다.

윈터 경은 펠턴의 시선을 좇았고, 그의 고통에 놀랐고, 모든 것을 짐작했다.

"우선은 너 혼자 벌을 받게 될 것이다." 윈터 경이 여전히 바다 쪽으로 눈길을 돌린 채 끌려가는 펠턴에게 말했다. "하지만 내가 그토록 사랑한 아우의 추억을 걸고 맹세하건대, 너의 공범자도 결코 처벌을 모면하지는 못할 것이다."

펠턴은 한마디도 하지 않고 고개를 떨구었다.

윈터 경은 재빠른 걸음으로 계단을 내려가 항구로 갔다.

제60장

프랑스에서는……

영국 왕 찰스 1세가 공작의 죽음을 보고받고 맨 먼저 걱정한 것은, 이 소식이 전해지면 라로셸 시민들의 사기가 떨어지지 않을까 하는 점이었다. 그래서 찰스 1세는 가능한 한 오랫동안 이 소식이 라로셸에 전해지지 않도록 영국의 모든 항구를 폐쇄하고, 버킹엄이 준비해둔 군대를 자신이 직접 지휘해서, 군대가 떠날 준비를 갖추기 전에는 어떤 배도 출항하지 않도록 경계를 엄중히 했다.

왕은 이 명령을 엄격하게 집행해서, 임기를 마치고 본국으로 돌아갈 예정이었던 덴마크 대사를 영국에 붙잡아두고, 찰스 1세가 연합주*에 반환한 동인도제도에서 오는 배들을 플리싱겐 항*으로 회항시키는 역할을 맡고 있던 네덜란드 대사까지 출항을 금지할 정도였다.

하지만 왕은 사건이 일어난 지 다섯 시간이 지난 오후 두 시가 되어서야 이 명령을 내렸는데, 두 척의 배가 이미 항구를 떠난 뒤였다. 한 척은 물론 밀레디를 태운 배였다. 사건을 이미 예상하고 있던 밀레디는 기함 돛대에서 검은 깃발이 펄럭이는 것을 보고는 짐작이 들어맞은 것을 알았다.

다른 한 척의 배에는 누가 탔는지, 어떻게 떠날 수 있었는지에 대해서는 나중에 이야기하겠다.

게다가 그동안 라로셀의 프랑스군 진영은 아무 일도 없이 평온했다. 국왕만 따분함을 견디다 못해 신분을 숨기고 생제르맹에서 성 루이 축일*을 보내기로 결정했다. 왕은 늘 따분해했지만, 주둔지에 있었기 때문에 여느 때보다 좀 더 따분함을 느꼈을지 모른다. 왕은 총사 20명만 선발하여 호위대를 준비해 달라고 추기경에게 부탁했다. 이따금 왕의 따분함에 전염되곤 했던 추기경은 기꺼이 왕에게 휴가를 주었다. 왕은 9월 15일쯤 돌아오겠다고 약속했다.

추기경으로부터 통지를 받은 트레빌은 당장 짐을 꾸렸고, 아끼는 네 총사가 뭔가 긴급한 볼일이 있어서 파리로 돌아가고 싶어 한다는 것을 알았기 때문에 그들을 호위대원으로 선발했다.

이 소식이 네 젊은이에게 전해진 것은 15분 뒤였다. 트레빌이 그들에게 가장 먼저 소식을 전했기 때문이다. 다르타냥은 자신을 총사대에 편입시켜준 추기경의 호의를 고맙게 여겼다. 그렇지 않았다면 다르타냥은 친구들이 떠나 있는 동안 주둔지에 혼자 남아 있어야 했을 것이기 때문이다.

나중에 알게 되겠지만, 그들이 하루라도 빨리 파리로 돌아가고 싶어 한 이유는 보나시외 부인이 베튄 수녀원에서 숙적인 밀레디와 마주치기라도 하면 위험해질 거라고 생각했기 때문이다. 그래서 아라미스는 훌륭한 연줄을 갖고 있는 투르의 재봉사 마리 미송에게 당장 편지를 보내서, 보나시외 부인이 수녀원을 나와 로렌이나 벨기에로 갈 수 있도록 왕비의 허락을 받아달라고 부탁했다. 열흘도 지나기 전에 아라미스는 답장을 받았다.

사랑하는 사촌오빠에게,
오빠는 베튄 수녀원의 공기가 우리의 귀여운 하녀에게 나쁘다고
생각하시기 때문에, 그 아가씨를 거기서 데리고 나와도 좋다는 언
니의 허가장을 동봉합니다. 언니는 이 허가장을 기쁜 마음으로 오
빠에게 보낸다고 하셨어요. 언니는 그 아가씨를 무척 사랑하시고,
앞으로도 얼마든지 도와주고 싶어 하신답니다.

마리 미송

이 편지와 함께 다음과 같은 허가장이 동봉되어 있었다.

베튄 수녀원장은 이 서류를 지참한 자에게 내 추천과 후원으로 수
녀원에 들어간 수련 수녀를 넘겨주기 바랍니다.

1628년 8월 10일, 루브르에서
안

왕비를 언니라 부르는 재봉사 여자와 아라미스의 친척 관계
가 젊은이들의 기운을 얼마나 북돋아주었는지는 쉽게 상상할
수 있을 것이다. 하지만 아라미스는 포르토스의 짓궂은 농담에
두세 번 얼굴을 붉힌 뒤, 재봉사와 자신의 관계에 대해 다시는
거론하지 말라고 친구들에게 부탁하고, 차후에 그런 이야기가
한마디라도 나오면 다시는 사촌누이를 이런 일에 끌어들이지
않겠다고 선언했다.

그래서 네 친구들 사이에서는 그 후 마리 미숑이 화제에 오르지 않았지만, 어쨌든 그들은 원하는 것을 얻었다. 보나시외 부인을 베튄의 카르멜회 수녀원에서 빼내는 데 필요한 명령서를 손에 넣은 것이다. 하지만 그들이 프랑스의 한쪽 끝인 라로셸에 머물러 있는 한, 이 명령서는 무용지물이나 마찬가지였다. 그래서 다르타냥은 트레빌에게 사태의 중대함을 솔직히 털어놓고 휴가를 신청하려는 참이었다. 그런데 바로 그때 왕이 총사 20명의 호위를 받으며 파리로 돌아갈 예정이고 그들이 호위대원으로 뽑혔다는 소식이 다르타냥과 세 친구에게 전해진 것이다.

그들은 크게 기뻐하면서 하인들을 짐과 함께 먼저 보낸 뒤 16일 아침에 출발했다.

추기경은 쉬르제레에서 모제까지 왕을 배웅한 뒤, 서로 우정을 과시하며 헤어졌다.

왕은 23일까지 파리에 도착하고 싶어서 최대한 빨리 여행하면서도, 기분 전환을 위해 이따금 여행을 멈추고 매사냥을 즐기곤 했다. 매사냥은 원래 슈브뢰즈 부인의 첫 남편인 드 뢴*의 취미였지만, 왕은 드 뢴에게 배운 이 오락을 무척 좋아하게 되었다. 스무 명의 총사들 가운데 열여섯 명은 매사냥이 시작될 때마다 휴식을 취할 수 있어서 기뻤지만, 나머지 네 사람은 여간 불만이 아니었다. 특히 다르타냥은 귓속에서 끊임없이 윙윙거리는 소리가 들린다고 불평했다. 그러자 포르토스는 그것을 이렇게 설명했다.

"어느 귀부인에게 들었는데, 그건 누군가가 자네 이야기를 하고 있기 때문이래."

마침내 호위대는 23일 밤 파리에 도착했다. 왕은 트레빌에게 사례한 뒤, 호위대 총사들에게 나흘간의 휴가를 주도록 허락했다. 다만 공적인 장소에 나타나면 안 되고, 이를 어기면 바스티유 감옥에 집어넣는다는 조건이 붙었다.

가장 먼저 휴가를 얻은 것은 우리의 네 친구였다. 게다가 아토스는 트레빌에게 청하여 나흘이 아니라 엿새의 휴가를 얻어냈고, 거기에다 이틀 밤을 덤으로 받았다. 그들은 24일 오후 다섯 시에 출발했는데, 트레빌은 친절하게도 25일 아침에 휴가가 시작된 것으로 날짜를 실제보다 늦추어주었기 때문이다.

"아무것도 아닌 일을 가지고 우리가 너무 법석을 떨고 있는 것 같네요." 조금도 의심할 줄 모르는 다르타냥이 말했다. "이틀이면, 그리고 말 두세 마리만 갈아타면 베튄에 도착해서, 왕비님의 편지를 수녀원장에게 보여주고 소중한 사람을 데리고 나와, 로렌이나 벨기에가 아니라 파리로 돌아올 수 있을 텐데 말이에요. 추기경이 라로셸에 있는 한, 숨기에는 파리가 더 좋으니까요. 그리고 전쟁이 끝나서 돌아오면 왕비님의 사촌동생이 우리를 두둔해줄 것이고, 또 우리가 개인적으로 왕비님을 위해 애쓴 공도 있으니까, 우리가 원하는 것을 왕비님께 얻어낼 수 있을 겁니다. 그러니까 괜히 시간을 허비하지 말고 여러분은 여기 남아 계세요. 그 정도 간단한 일은 나와 플랑셰만으로도 충분하니까."

그러자 아토스가 냉정하게 대답했다.

"우리도 돈이 있어. 다이아몬드 판 돈을 나는 아직 다 마셔버리지 않았고, 포르토스와 아라미스도 다 먹어버리지는 않았으니까. 그러니까 우리도 말 네 마리 정도는 갈아탈 수 있어. 그런데 생각해봐, 다르타냥." 아토스가 너무 엄격한 목소리로 덧붙였기 때문에 젊은이는 저도 모르게 몸이 오싹했다. "베튄

은 가는 곳마다 불행을 일으키는 여자와 추기경이 만나기로 약
속한 곳이야. 다르타냥, 자네가 상대할 사람이 남자 네 명이라
면 자네 혼자 가게 놔두겠지만, 그 여자를 상대해야 하니까 우
리 넷이 함께 가야 돼. 하인 네 명까지 포함해서 우리 여덟 명
이면 그런대로 감당할 수 있지 않을까?”

“겁주지 마세요, 아토스.” 다르타냥이 외쳤다. “도대체 뭐가
두려워서 그러세요?”

“모든 게 다.” 아토스가 대답했다.

다르타냥은 친구들의 얼굴을 유심히 살폈다. 그들도 아토스
처럼 걱정하는 표정을 짓고 있었다. 그들은 한마디도 덧붙이지
않고 최대한 빨리 말을 달렸다.

25일 저녁에 그들은 아라스에 도착했다. 술이나 한 잔 하려
고 다르타냥이 ‘에르스 도르’ 여관 앞에 멈췄을 때, 한 사내가
역참 마당에서 나왔다. 방금 말을 갈아탔는지, 파리 쪽으로 쏜
살같이 달려갔다. 그가 여관 대문 앞을 지날 때, 때마침 바람이
불어 망토 자락을 날렸다. 한창 더운 8월인데도 그는 망토를 두
르고 있었다. 바람에 모자까지 날아갈 뻔했지만, 잽싸게 손으
로 모자를 붙잡아 얼른 눈 아래까지 눌러썼다.

그를 지켜보고 있던 다르타냥은 얼굴이 창백해지더니 술잔
을 떨어뜨렸다.

“왜 그러세요, 나리?” 플랑셰가 물었다. “아이고, 나리들,
빨리 와보세요. 제 주인님이 어디 아픈가봐요.”

세 친구가 달려와 보니, 다르타냥은 몸이 안 좋기는커녕 자
기 말을 향해 달려가고 있었다. 그들은 대문에서 간신히 그를
불러 세웠다.

“이렇게 급히 어딜 가는 건가?” 아토스가 외쳤다.

"그놈이라고요!" 다르타냥은 분노로 얼굴이 창백해졌고 이마에는 땀방울이 맺혀 있었다. "그놈이에요! 그놈을 붙잡아야 돼요!"

"그놈이라니, 누구?" 아토스가 물었다.

"그 사내요!"

“그 사내라니?”

“그 저주받은 놈, 나에게 악귀처럼 붙어다니는 놈, 내게 뭔가 불행한 일이 생기려고 하면 언제나 나타나는 놈, 내가 그 무서운 여자를 처음 만났을 때 그 여자와 함께 있던 놈, 내가 아토스와 어깨를 부딪쳤을 때 쫓아가던 놈, 보나시외 부인이 납치당한 날 아침에 보았던 놈! 그러니까 뫙에서 온 사내! 방금 그놈을 보았다고요. 틀림없이 그놈이에요! 바람에 망토 자락이 벌어졌을 때, 그놈을 분명히 알아보았어요.”

“제기랄!” 아토스가 생각에 잠긴 표정으로 말했다.

“말을 타세요! 모두 쫓아가서 잡읍시다!”

“하지만 생각해봐. 그놈은 우리와 반대 방향으로 달려갔어. 그놈은 방금 팔팔한 말로 갈아탔지만 우리 말은 지쳤어. 그러니 이제 와서 놈을 쫓아가봤자 붙잡을 가능성은 전혀 없어. 우리 말들만 지쳐서 쓰러질지도 몰라. 그러니 그냥 가게 내버려두고 여자나 먼저 구하세, 다르타냥.”

“나리!” 마구간 하인이 미지의 사내를 쫓아 달려가면서 외쳤다. “나리! 모자에서 이 쪽지가 떨어졌어요. 여보세요, 나리!”

“이봐, 친구.” 다르타냥이 말했다. “그 쪽지를 나한테 주면 반 피스톨을 주지!”

“좋습니다, 나리! 여기 있습니다요!”

마구간 하인은 횡재한 것을 기뻐하며 여관 안마당으로 돌아갔다. 다르타냥이 쪽지를 펼쳤다.

“뭐야?” 친구들이 다르타냥을 둘러싸면서 물었다.

“한마디밖에 적혀 있지 않네요!” 다르타냥이 말했다.

“그렇군.” 아라미스가 말했다. “도시나 마을 이름 같은

데……."

"아르망티에르." 포르토스가 읽었다. "아르망티에르…… 처음 듣는 이름인걸."

"그런데 이 이름은 그 여자가 쓴 거야!" 아토스가 외쳤다.

"이 쪽지를 잘 보관해둡시다." 다르타냥이 말했다. "아무래도 마지막 남은 돈을 낭비하지 않은 것 같군요. 말을 타세요. 여러분, 어서 출발합시다!"

네 친구는 베튄을 향해 전속력으로 말을 달렸다.

제61장
베튄의 카르멜회 수녀원

큰 죄를 지은 사람들에게는 일종의 행운이 따라다닌다. 하늘의 섭리가 그들에게 넌더리를 내어 그들의 운이 다하는 순간을 지정할 때까지는 오히려 온갖 장애를 극복하고 온갖 위험을 피할 수 있다.

밀레디도 마찬가지였다. 그녀는 두 나라의 순양함들 사이를 지나 무사히 불로뉴에 도착했다.

포츠머스에 상륙했을 때는 프랑스의 박해로 라로셸에서 쫓겨난 영국인 행세를 했지만, 이틀간의 항해 끝에 불로뉴에 상륙했을 때는 포츠머스에서 프랑스를 증오하는 영국인들에게 시달린 프랑스인으로 행세했다.

게다가 밀레디는 가장 효과적인 통행증을 가지고 있었으니, 곱상한 얼굴과 고상한 몸가짐, 아낌없이 돈을 뿌리는 대범함이 그것이었다. 그녀의 손에 입까지 맞춘 늙은 항만 사령관의 상냥한 미소와 친절한 태도 덕분에 통상적인 절차를 면제받은 그녀는 편지 한 통을 부칠 동안만 불로뉴에 머물러 있었다.

라로셀 주둔지, 리슐리외 추기경 예하

예하,
안심하세요. 버킹엄 공작은 '결코' 프랑스로 떠나지 못할 것입니다.

25일 저녁, 불로뉴에서
밀레디

추신―베튄의 카르멜회 수녀원으로 가서 명령을 기다리고 있겠습니다.

실제로 밀레디는 그날 저녁에 길을 떠났다. 도중에 밤이 따라잡자 여관에 들러 잠을 잤다. 그리고 이튿날 새벽 다섯 시에 출발하여, 세 시간 뒤 베튄에 도착했다.

그녀는 카르멜회 수녀원의 위치를 물어 찾아갔다.

수녀원장이 나와서 그녀를 맞이했다. 밀레디가 추기경의 명령서를 보여주자, 원장은 그녀에게 방 하나를 내주고 아침 식사를 차려주었다.

이 여자의 눈에는 모든 과거가 이미 지워져 있었다. 미래를 향한 그녀의 눈에는 그 유혈 사건에 전혀 연루되지 않았으면서도 임무를 완벽하게 수행한 그녀를 위해 추기경이 내려줄 높은 지위와 재산만이 보이고 있었다. 차례로 나타나 그녀를 사로잡는 새로운 정열 덕분에 그녀의 인생은, 때로는 남빛을, 때로는 진홍빛을, 때로는 폭풍우의 검은빛을 반사하면서 하늘을 가로지르고 땅에는 황폐와 죽음만 흔적으로 남기는 저 구름처럼 보였다.

식사가 끝나자 원장이 그녀를 찾아왔다. 수녀원에는 소일거리가 별로 없기 때문에, 이 선량한 원장은 새로 들어온 기숙생과 빨리 친해지고 싶었던 것이다.

밀레디는 원장의 환심을 사고 싶었다. 그녀처럼 언변이 뛰어난 여자에게 그것은 아주 쉬운 일이었다. 그녀는 싹싹하게 굴려고 애썼다. 그녀는 과연 능숙한 화술과 온몸에 넘쳐흐르는 매력으로 원장의 마음을 사로잡았다.

귀족 출신인 원장은 무엇보다도 궁정 이야기를 좋아했다. 이런 외진 곳에서는 궁정 이야기를 좀처럼 들을 수 없었고, 설령 궁정 이야기가 이곳까지 도달한다 해도 수녀원 담장을 넘기는 더욱 어려운 일이었다. 속세의 소음은 수녀원의 문지방에서 모두 소멸해버렸기 때문이다.

그런데 밀레디는 지난 5, 6년 동안 줄곧 궁정에서 살았기 때문에 귀족 사회의 내막을 속속들이 알고 있었다. 그래서 프랑스 궁정의 사교 관행과 왕의 낭비벽에 관한 이야기로 대화를 시작했다. 그녀는 원장도 이름을 잘 알고 있는 궁정 귀족과 귀부인들의 추문을 이야기하고, 왕비와 버킹엄의 연애도 살짝 언급하면서, 조금이라도 원장에게 말을 시켜보려고 했다.

하지만 원장은 미소를 지으면서 이야기를 듣는 것으로 만족했고, 밀레디의 질문에 대답도 하지 않았다. 그래도 밀레디는 원장이 그런 이야기를 무척 좋아하는 것을 알고 이야기를 계속했다. 다만 이번에는 화제를 추기경 쪽으로 돌렸다.

하지만 밀레디는 조금 난감했다. 수녀원장이 국왕 편인지 추기경 편인지 알 수 없었기 때문이다. 그래서 그녀는 신중하게 중도 노선을 택했지만, 원장은 훨씬 신중해서 손님의 입에서 추기경의 이름이 나올 때마다 고개를 숙이는 것으로 만족할

뿐 속마음을 전혀 드러내지 않았다.

밀레디는 수녀원에서 지내는 것이 몹시 따분하겠다는 생각이 들었다. 그래서 어느 쪽을 택할 것인지를 당장 알아내기 위해 위험을 무릅쓰기로 결심했다. 그녀는 원장이 얼마나 신중한지 알고 싶어서, 추기경을 헐뜯기 시작했다. 처음에는 드러나지 않게 추기경을 욕했지만, 에귀용 부인과 마리옹 드 로름을 비롯한 몇몇 부인과 추기경의 연애 이야기도 구체적으로 들려주었다.

원장은 더 주의 깊게 귀를 기울였고, 점점 활기를 띠며 미소를 지었다.

'됐어.' 밀레디는 속으로 생각했다. '내 허튼소리에 흥미를 보이는 걸 보면, 추기경 편이긴 해도 열렬한 지지자는 아니야.'

이어서 밀레디는 추기경이 적들을 어떻게 박해했는지에 대한 이야기로 화제를 돌렸다. 원장은 성호를 그었을 뿐, 밀레디의 말에 찬성하지도, 불만을 표시하지도 않았다.

그래서 밀레디는 원장이 추기경 편이라기보다 국왕 쪽에 더 가깝다고 판단했다. 그녀는 점점 발언 수위를 높이면서 말을 이었다.

"그런 일은 전혀 몰라요." 원장이 마침내 입을 열었다. "하지만 우리는 이렇게 궁정에서 멀리 떨어져 있고 속세에서 완전히 벗어나 있는데도, 당신이 방금 이야기한 박해의 슬픈 실례를 보았답니다. 이 수녀원에도 추기경의 복수와 박해로 심한 고통을 겪은 분이 계시지요."

"이 수녀원에 계신 분이라고요?" 밀레디가 말했다. "가엾어라. 정말 안됐군요!"

"맞아요. 정말 동정 받아 마땅한 여자지요. 감옥에 갇히고, 협박을 당하고, 학대까지 받고…… 온갖 고생을 다 겪었답니다. 하지만 추기경님에게는 그럴 만한 이유가 있었을지 모르죠. 그분은 천사처럼 보이지만, 사람을 외모로만 판단해서는 안 되니까요."

'여기서 뭔가를 발견할 수 있을지도 몰라. 나는 정말 운이 좋아!' 밀레디가 속으로 말했다.

그래서 그녀는 순진무구한 표정을 지어 보이려고 애썼다.

"맞아요!" 밀레디가 말했다. "겉모습만 믿어서는 안 된다고들 말하죠. 하지만 주님이 만드신 가장 아름다운 걸작을 믿지 않으면, 우리는 도대체 뭘 믿어야 하죠? 저는 아마 평생 속기만 하겠지만, 그래도 얼굴을 보고 동정심이 가는 사람을 언제나 믿을 거예요."

"그러니까 당신은 그 여자가 결백하다고 믿겠군요?" 원장이 말했다.

"추기경님은 범죄만 처벌하는 게 아니에요. 어떤 잘못보다 더 엄격하게 박해하는 미덕도 있답니다."

"정말 뜻밖이군요."

"뭐가요?" 밀레디가 능청맞게 물었다.

"당신이 하시는 말씀이요."

"내 말이 뭐가 놀라우세요?" 밀레디가 미소를 지으며 물었다.

"당신은 추기경님이 여기로 보내셨으니까, 추기경님과 친한 분이시겠죠. 그런데……."

"그런데 왜 그분을 나쁘게 말하느냐는 말씀이죠?" 밀레디가 원장의 생각을 대신 말했다.

"적어도 좋게 말씀하시지는 않았잖아요."

"사실 저는 그분과 친한 사이가 아니에요." 밀레디가 한숨을 내쉬며 말했다. "친구가 아니라 피해자랍니다."

"하지만 당신이 가져온 그분의 편지는?"

"그건 나를 가두어두라는 명령서죠. 나중에 부하들을 시켜 나를 여기서 끝어낼 거예요."

"하지만 왜 달아나지 않았죠?"

"제가 어디로 가겠어요? 추기경의 손이 닿지 않는 곳은 이 세상 어디에도 없어요. 제가 남자라면 그래도 도망칠 수 있을지 모르지만, 여자의 몸으로 뭘 할 수 있겠어요? 여기 계시다는 그 젊은 여자도 달아나려고 했나요?"

"아니요. 하지만 그 여자는 경우가 좀 달라요. 내 생각에 그 여자가 프랑스에 남아 있는 건 사랑 때문인 것 같아요."

"그 여자가 사랑에 빠져 있다면 아주 불행한 것만도 아니군요." 밀레디가 한숨을 내쉬며 말했다.

원장은 점점 흥미를 느낀 듯 밀레디를 바라보며 말했다.

"그러면 당신도 역시 박해당한 분인가요?"

"예."

원장은 새로운 생각이 떠오른 것처럼 불안한 눈으로 잠시 밀레디를 바라보았다.

"당신은 설마 우리의 거룩한 신앙의 적은 아니겠죠?" 수녀원장이 더듬거리며 물었다.

"제가요?" 밀레디가 외쳤다. "제가 신교도냐고요? 오, 아니에요! 저는 우리를 심문하시는 하느님을 증인으로 불러서, 제가 열렬한 가톨릭 신자라는 것을 입증해 보이겠어요."

"그렇다면……" 원장이 미소를 지으면서 말했다. "안심하세요. 이곳은 가혹한 감옥도 아니고, 우리는 당신이 편안하게 지내실 수 있도록 최선을 다할 테니까요. 게다가 여기 머물고 있는 그 젊은 여자는 궁정의 음모 때문에 박해를 받고 있나봐요. 아주 친절하고 우아한 분이랍니다."

"이름이 뭐죠?"

"키티라는 이름인데, 아주 높으신 분이 맡기셨어요. 성은 알아보려고도 하지 않았어요."

"키티!" 밀레디가 외쳤다. "정말인가요?"

"이름이 정말 키티냐고요? 틀림없어요. 혹시 아는 분이세요?"

밀레디는 그 젊은 여자가 옛날 자신의 시녀일지도 모른다는 생각이 떠오르자 속으로 빙긋 웃었다. 그 하녀에 대한 기억은 분노의 기억과 뒤섞였고, 복수의 욕망 때문에 밀레디의 얼굴이 일그러졌다. 그녀는 침착하고 자애로운 표정을 잠시 잃었지만, 수백 가지 표정을 지닌 여자답게 그녀의 얼굴은 이내 평정을 되찾았다.

"그 여자를 언제 만나볼 수 있을까요? 저는 벌써 그분에게 동정심을 느끼고 있답니다."

"오늘 저녁에……" 원장이 말했다. "아니, 오늘 오후에라도 만날 수 있어요. 하지만 당신은 나흘이나 여행했고, 오늘 아침에는 다섯 시에 일어났다고 하셨죠? 휴식이 필요할 거예요. 한숨 푹 주무세요. 점심때는 깨워드릴게요."

워낙 음모를 좋아하는 마음이 새로운 모험에 흥분하여 기력을 북돋워주었기 때문에 밀레디는 잠을 자지 않아도 충분히 견딜 수 있었겠지만, 원장의 제의를 받아들였다. 지난 보름 동안 너무 다양한 감정을 경험해서, 무쇠 같은 몸은 피로를 견딜 수 있다 해도 그녀의 영혼은 휴식이 필요했기 때문이다.

그래서 그녀는 원장을 내보내고 침대로 갔다. 키티라는 이름을 듣자 자연스럽게 떠오른 복수심이 자장가처럼 그녀를 진정시켰다. 이번 일에 성공하면 원하는 것은 뭐든지 들어주겠다고 한 추기경의 약속이 생각났다. 그녀는 성공했다. 따라서 다르타냥에게 복수할 수도 있을 터였다.

다만 한 가지 두려운 것은 바로 전남편 라 페르 백작이었다. 라 페르 백작이 죽었거나 아니면 국외로 망명한 줄로만 알고 있었는데, 다르타냥의 가장 절친한 친구인 아토스의 모습으로 다시 그녀 앞에 나타난 것이다.

하지만 그가 다르타냥의 친구라면, 추기경의 계획을 좌절시킨 왕비 측의 모든 음모에 한몫 거들었을 것이다. 다르타냥의 친구라면 추기경의 적이다. 따라서 그 젊은 총사의 숨통을 끊어 복수하는 김에 남편도 함께 처리해버릴 수 있을 것이다.

이런 기대는 밀레디에게 달콤한 생각이었다. 그래서 이런 생각을 자장가 삼아 곧 잠이 들었다.

　그녀는 침대 발치에서 들려오는 나직한 목소리에 잠에서 깨어났다. 눈을 떠 보니 원장이 젊은 여자와 함께 들어와 있었다. 금발에 고운 살결을 가진 여자는 호의와 호기심으로 가득 찬 눈으로 밀레디를 바라보고 있었다.

　이 젊은 여자의 얼굴은 밀레디에게 낯설었다. 전혀 모르는 얼굴이었다. 두 사람은 상투적인 인사를 나누면서 서로를 유심히 살펴보았다. 그들은 둘 다 아름다웠지만, 그 아름다움의 성격이 전혀 달랐다. 하지만 밀레디는 고상한 태도와 귀족적인 자태에서는 자기가 젊은 여자보다 훨씬 낫다는 것을 알고 빙긋 웃었다. 사실 젊은 여자가 입고 있는 수련 수녀 복장이 그런 점에서는 별로 유리하지 않았다.

　수녀원장이 두 사람을 소개했다. 이런 형식적인 절차가 끝나자 원장은 예배당에서 해야 할 일이 있다면서 두 여자만 남겨놓고 나갔다.

　수련 수녀는 밀레디가 다시 침대에 눕는 것을 보고 원장을 따라 나가려고 했지만, 밀레디가 붙잡았다.

　"아니, 만나자마자 벌써 가려는 거예요? 솔직히 말하면 나는 여기서 지내는 내내 당신과 만나길 기대했는데."

　"아니에요." 수련 수녀가 대답했다. "때를 잘못 잡은 게 아닐까 하고 생각했을 뿐이에요. 주무시고 계셨으니까요. 물론 피곤하시겠죠."

　"잠자는 사람이 기분 좋게 깨어나면 됐지, 그 이상 뭘 바랄 수 있겠어요? 당신 덕분에 기분 좋게 깨어났어요. 그것을 내가 마음껏 즐기게 해주세요." 밀레디가 말했다.

　그러고는 수련 수녀의 손을 잡고 침대 옆에 놓인 안락의자로 끌어당겼다.

수련 수녀가 의자에 앉았다.

"나는 정말 운이 없어요! 벌써 여섯 달이나 아무런 낙도 없이 지내다가, 모처럼 좋은 말벗이 되어줄 분이 오셨는데 나는 이제 곧 수녀원을 떠나게 되었으니 말이에요!"

"뭐라고요? 이제 곧 떠난다고요?"

"그렇게 되기를 바라고 있어요." 수련 수녀는 즐거운 표정을 조금도 감추지 않고 대답했다.

"추기경 때문에 시달림을 받은 줄 알았는데요." 밀레디가 말을 이었다. "그렇다면 우리는 더욱더 마음이 잘 통할 텐데, 아쉽군요."

"그럼 원장님 말씀이 사실이군요? 당신도 그 악독한 추기경 때문에 고생했다고 하시던데."

"쉿! 여기서도 추기경을 그런 식으로 말하면 안 돼요. 내가 이런 고초를 당하게 된 것도 실은 어떤 여자 앞에서 당신이 방금 말한 것과 비슷한 이야기를 했기 때문이에요. 나는 그 여자를 친구로 생각했는데 보기 좋게 배신당한 거죠. 당신도 배신을 당했나요?"

"아니요. 어떤 여자를 헌신적으로 사랑했기 때문에 이런 불행을 당하는 거예요. 그 여자를 위해서라면 목숨도 바쳤을 것이고, 앞으로도 그럴 거예요."

"그런데 그 여자가 당신을 저버렸군요. 그렇죠?"

"나도 그런 줄 알았는데, 그렇지 않다는 증거가 며칠 전에 손에 들어왔어요. 하느님께 감사하고 있어요. 그분이 나를 저버렸다고 생각하면 몹시 괴로웠을 거예요. 그런데 당신은 자유로운 것 같군요. 달아나고 싶으면 얼마든지 달아날 수 있을 텐데요."

"나는 프랑스의 이 지역을 전혀 몰라요. 지금까지 한 번도 와본 적이 없거든요. 이렇게 낯선 곳에서 친구도 없고 돈도 없이 어디로 갈 수 있겠어요?"

"저런! 하지만 친구는 어디에 가든 사귈 수 있을 거예요. 무척 상냥하고 아름다워 보이시니까요!"

"그렇다고 사실이 달라지진 않아요." 밀레디는 자신의 얼굴을 천사처럼 만들어주는 상냥한 미소를 지으면서 말했다. "내가 박해받는 신세에다 외로운 처지라는 사실에는 변함이 없죠."

"우리는 하늘에 희망을 걸어야 돼요. 착한 일을 하면 하느님은 언젠가 알아주실 테니까요. 나는 아무 힘도 없는 비천한 여자지만, 나를 만난 것이 당신에게는 행운이 될지 몰라요. 내가 여기서 나가면 유력한 친구들이 생길 텐데, 그분들은 나를 도와주고 나서 어쩌면 당신을 도와줄지도 모르니까요."

"내가 외로운 처지라고 말한 건……" 밀레디는 자기가 이런 이야기를 하면 수련 수녀도 자기 이야기를 해주리라 기대하고 말했다. "지체 높은 사람들을 모른다는 뜻이 아니었어요. 하지만 내가 아는 지체 높은 사람들은 모두 추기경 앞에서 설설 기거든요. 그 무서운 재상에게는 왕비님도 감히 맞서지 못하는걸요. 훌륭한 성품을 가졌음에도, 자신에게 충실한 사람들을 추기경의 분노에 맡겨버릴 수밖에 없었던 적이 한두 번이 아니랍니다."

"왕비님이 그 사람들을 저버린 것처럼 보일지 모르지만, 겉만 보고 그렇게 믿으면 안 돼요. 그들이 박해를 받을수록 왕비님은 그들을 더 많이 생각하시고, 우리가 전혀 예상치 못한 순간에 왕비님이 우리를 기억하고 계신다는 증거를 얻는 경우도 있답니다."

"그럼요! 왕비님은 정말 좋은 분이죠."

"그렇게 말씀하시는 걸 보니 당신도 아름답고 고결한 왕비님을 알고 계시는군요." 수련 수녀가 감격하여 외쳤다.

"바꿔 말하면⋯⋯" 궁지에 몰린 밀레디가 말을 받았다. "왕비님을 개인적으로 직접 알지는 못하지만, 왕비님의 친구들을 많이 알고 있어요. 퓌탕주 씨도 알고, 영국에서는 뒤자르 씨*도 알고 지냈어요. 트레빌 씨도 알고 있고요."

"트레빌 씨를!" 수련 수녀가 외쳤다. "트레빌 씨도 아신다고요?"

"그럼요. 아주 잘 알죠."

"근위총사대 대장님 말이죠?"

"네, 맞아요."

"그렇다면 우리는 이제 곧 친구라고 해도 좋을 만큼 가까운 사이가 될 거예요. 트레빌 씨를 아신다면, 그분 댁에도 가보셨겠군요?"

"자주 갔죠!" 밀레디는 어쩌다 시작한 거짓말이 효과가 있는 것을 보고, 끝까지 밀어붙이고 싶었다.

"그럼 그분 댁에서 총사들도 만나셨겠네요?"

"트레빌 씨 댁에 자주 드나드는 총사들은 모두 만났죠." 밀레디가 대답했다. 이 대화가 이제는 그녀에게 정말로 중요한 의미를 띠기 시작했다.

"아시는 분의 이름을 말씀해보세요. 내가 아는 분들일지도 모르니까."

"글쎄요⋯⋯" 밀레디가 당황하여 말했다. "루비니 씨, 쿠르티브롱 씨, 페뤼사크 씨⋯⋯."

수련 수녀는 말없이 듣고 있다가, 밀레디가 거기서 말을 멈추는 것을 보고 말했다.

"혹시 아토스라는 분은 모르세요?"

밀레디는 누워 있던 침대의 시트만큼 얼굴이 창백해졌다. 자제심을 잃지는 않았지만, 그녀는 저도 모르게 소리를 지르며 수련 수녀의 손을 잡고 뚫어지게 바라보았다.

"아니, 왜 그러세요?" 가엾은 수련 수녀가 물었다. "제 말에 기분이 상하셨나요?"

"아니요. 하지만 그 이름을 듣고 깜짝 놀랐어요. 나도 그분을 잘 알고 있으니까요. 그분을 아는 사람을 만나게 되니 이상한 기분이 드는군요."

"아, 네. 아주 잘 알죠. 잘 알고말고요. 그분만이 아니라 그분의 친구인 포르토스 씨와 아라미스 씨도 잘 알아요!"

"어머나, 나도 그분들을 알아요!" 밀레디는 오싹한 냉기가 심장을 꿰뚫는 것을 느끼면서 외쳤다.

"그분들을 아신다면 그분들이 친절하고 너그러운 분이라는 것도 아시겠군요. 도움이 필요하면 그분들께 부탁하는 게 어때요?"

"솔직히 말하면……" 밀레디가 말을 더듬거렸다. "그분들을 직접 알지는 못해요. 그분들의 친구인 다르타냥 씨한테 이야기를 하도 많이 들어서 알고 있을 뿐이죠."

"그럼 다르타냥 씨도 아시는군요?" 이번에는 수련 수녀가 소리를 지르며 밀레디의 손을 잡고 뚫어지게 바라보았다.

그러다가 밀레디의 얼굴에 야릇한 표정이 떠오른 것을 알아차리고 말했다.

"실례지만, 어떤 관계이신지요?"

“그건……” 밀레디가 당황하여 말했다. “그저 친구일 뿐이에요.”

“거짓말을 하고 있군요.” 수련 수녀가 말했다. “당신은 다르타냥 씨의 애인이었어요.”

“당신이야말로 애인이었나보군요.” 이번에는 밀레디가 소리를 질렀다.

“내가요?” 수련 수녀가 되물었다.

“그래요. 당신이 누군지 알겠어요. 보나시외 부인이시죠?”

젊은 여자는 놀라움과 두려움에 휩싸여 뒷걸음쳤다.

“부인하지 마세요!” 밀레디가 말했다.

“좋아요. 나는 그분을 사랑하고 있어요!” 수련 수녀가 말했다. “그럼 우리는 연적 사이인가요?”

밀레디의 얼굴이 사나운 빛으로 타올랐기 때문에, 다른 상황이었다면 보나시외 부인은 깜짝 놀라서 달아났을 테지만, 지금은 질투심에 사로잡혀 있었다.

“자, 말해보세요.” 보나시외 부인이 믿을 수 없을 만큼 기운차게 말했다. “당신은 그분의 애인이었나요? 아니면 지금도 애인인가요?”

“아니에요!” 밀레디는 그 말의 진실성을 의심할 여지가 없을 만큼 단호한 말투로 대답했다. “천만에요! 절대 그렇지 않아요!”

“그 말을 믿겠어요.” 보나시외 부인이 말했다. “하지만 왜 그렇게 소리를 지르셨어요?”

“어머나, 모르시는군요!” 밀레디는 혼란 상태에서 벗어나 침착성을 되찾고 있었다.

“내가 어떻게 알겠어요? 나는 아무것도 몰라요.”

“다르타냥 씨와 나는 친구예요. 그분은 나를 어떤 속내도 털어놓을 수 있는 상대로 생각하고 계시죠.”

“정말인가요?”

“내가 모든 사정을 다 알고 있다는 걸 당신은 모르시나보군요. 당신이 생클루의 작은 집에서 납치된 것, 그때부터 다르타냥 씨와 친구들이 당신을 찾으려고 애썼지만 찾지 못해서 절망에 빠진 것도 다 알고 있어요. 그런데 뜻밖에도 여기서 당신을 만났으니 놀라지 않을 수 있겠어요? 우리가 그렇게 자주 이야기한 당신, 다르타냥 씨가 마음을 다 바쳐 사랑하는 당신, 그분의 이야기를 듣고 만난 적이 없는 나까지도 사랑하게 되어버린 당신과 여기서 딱 마주쳤는데, 어떻게 놀라지 않을 수 있겠어요? 아, 콩스탕스, 그러니까 내가 당신을 찾았군요! 드디어 당신을 찾아냈어요!”

밀레디는 보나시외 부인에게 두 팔을 내밀었다. 보나시외 부인은 밀레디의 말에 넘어가, 조금 전까지만 해도 연적으로 여겼던 여자를 진실하고 헌신적인 친구로 생각하게 되었다.

“오, 미안해요. 용서하세요!” 보나시외 부인이 밀레디의 어깨 위에 엎드리며 외쳤다. “나는 그분을 진심으로 사랑해요!”

두 여자는 잠시 끌어안았다. 밀레디의 힘이 증오심만큼 강했다면 보나시외 부인은 이 포옹에서 살아남지 못했을 것이다. 하지만 밀레디는 보나시외 부인을 목 졸라 죽일 힘이 없었기 때문에 그녀에게 미소를 지었다.

“당신은 정말 아름다워요!” 밀레디가 말했다. “당신을 만날 수 있어서 얼마나 기쁜지 모르겠어요! 얼굴 좀 봐요.” 밀레디는 그녀의 얼굴을 집어삼킬 듯이 바라보았다. “아, 정말로 당신이군요. 그분이 말한 대로예요. 이제 당신을 완전히 알아보겠어요."

가엾은 여자는 그 순수한 이마의 방벽 뒤에, 그 반짝이는 눈 뒤에 숨어 있는 무섭고 잔인한 생각을 전혀 눈치채지 못했다. 그녀가 밀레디의 눈 속에서 본 것은 관심과 연민뿐이었다.

"그럼 당신은 내가 어떤 고초를 겪었는지 아시는군요." 보나시외 부인이 말했다. "그분이 어떤 고초를 겪었는지 들으셨을 테니까요. 하지만 그분 때문에 고통받는 것은 행복이에요."

"예, 그건 행복이죠." 밀레디가 기계적으로 대답했다. 그녀는 다른 생각을 하고 있었다.

"하지만……" 보나시외 부인이 말을 이었다. "내 고통은 이제 거의 다 끝났어요. 내일, 아니 어쩌면 오늘 저녁에 그분을 다시 만날 것이고, 그러면 과거는 더 이상 존재하지 않을 거예요."

"오늘 저녁? 내일?" 다른 생각에 잠겨 있던 밀레디가 이 말에 깜짝 놀라 현실로 돌아와서 외쳤다. "그게 무슨 뜻이죠? 그분한테서 소식이 오기로 되어 있나요?"

"그분이 직접 오실 거예요."

"직접? 다르타냥이 여기에?"

"예, 그래요."

"하지만 그건 있을 수 없는 일이에요! 그분은 추기경과 함께 라로셸 주둔지에 가 있거든요. 그 도시를 점령하기 전에는 파리로 돌아오지 않을 거예요."

"당신은 그렇게 생각하시겠지만, 그 고귀하고 성실한 분에게 불가능한 일이 뭐가 있겠어요?"

"오, 나는 믿을 수 없어요!"

"그럼 이 편지를 읽어보세요!" 보나시외 부인은 자랑스러움과 기쁨이 지나쳐서 밀레디에게 편지 한 통을 건네면서 말했다.

'슈브뢰즈 부인의 필적이로군!' 밀레디가 속으로 중얼거렸다. '나는 놈들이 그쪽 방면에서 정보를 얻을 거라고 생각했어!'

그녀는 다음과 같은 내용을 집어삼킬 듯이 읽었다.

사랑하는 친구에게,

준비를 갖추고 있어. '우리의 친구'가 곧 너를 만나러 갈 거야. 너를 만나는 이유는 네가 일신의 안전 때문에 어쩔 수 없이 숨어 있어야 했던 감옥에서 너를 빼내기 위해서야. 그러니까 떠날 준비를 하고, 절대 우리를 단념하지 마.

우리의 매력적인 가스코뉴 젊은이는 여느 때처럼 용감하고 충실하다는 것을 보여주었어. 그의 경고를 받은 사람들이 어딘가에서 그에게 감사하고 있다고 전해주기를……

"아, 네." 밀레디가 말했다. "편지는 명확하군요. 그런데 이 경고가 뭔지 아세요?"

"아니요. 그분이 왕비님께 추기경의 새로운 음모를 알려드린 게 아닐까 하고 짐작할 뿐이에요."

"그래요. 그게 틀림없어요!" 밀레디는 편지를 보나시외 부인에게 돌려주고는 다시 고개를 숙이고 생각에 잠겼다.

그 순간, 전속력으로 달려오는 말발굽 소리가 들렸다.

"어머나!" 보나시외 부인이 창문으로 달려가면서 외쳤다. "벌써 오셨나?"

밀레디는 깜짝 놀라서 돌처럼 굳어진 채 침대에 남아 있었다. 예기치 않은 일들이 한꺼번에 일어났기 때문에, 난생처음으로 머리가 제대로 돌아가지 않았다.

‘그놈일까?’ 그녀가 속으로 중얼거렸다. ‘정말 그놈일까?’

그녀는 뚫어지게 앞을 바라보며 침대에 누워 있었다.

“아, 이런. 아니야!” 보나시외 부인이 말했다. “모르는 남자예요. 하지만 여기로 오고 있는 것 같아요. 속도를 늦추고 있어요. 문 앞에 멈췄어요. 초인종을 울리고 있네요.”

밀레디가 침대에서 뛰쳐나갔다.

“그분이 아닌 게 확실해요?” 밀레디가 물었다.

“예, 확실해요!”

“잘 보지 못했을 수도 있잖아요?”

“아니요. 나는 그분의 모자에 꽂은 깃털만 보아도, 그분의 망토 끝만 보아도 알 수 있는걸요!”

밀레디는 옷을 챙겨 입고 있었다.

“아무래도 좋아요! 그 남자가 이리로 오고 있단 말이죠?”

“벌써 안으로 들어왔어요.”

“당신을 찾아왔거나 아니면 나를 찾아왔을 거예요.”

“무척이나 떨고 계시는군요?”

“그래요. 솔직히 나는 당신 같은 배짱이 없어요. 그래서 추기경이 두려워요.”

“쉿!” 보나시외 부인이 말했다. “누가 오고 있어요!”

문이 열리고 수녀원장이 들어왔다.

“불로뉴에서 오신 분이 당신인가요?” 원장이 밀레디에게 물었다.

“예, 저예요.” 밀레디가 냉정을 되찾으려고 애쓰면서 대답했다. “누가 저를 찾아왔나요?”

“어떤 남자분인데, 이름은 밝히지 않고, 추기경을 대신해서 왔대요.”

“나를 만나고 싶다고 하던가요?” 밀레디가 물었다.

“불로뉴에서 온 부인과 이야기하고 싶대요.”

“그럼 여기로 안내해주세요.”

“오, 하느님!” 보나시외 부인이 외쳤다. “나쁜 소식일까요?”

“그런 것 같아요.”

“나는 나가 있겠어요. 손님이 떠나면 곧 다시 올게요. 물론 괜찮다면.”

“괜찮고말고요! 꼭 다시 와주세요.”

원장과 보나시외 부인이 방에서 나갔다.

혼자 남은 밀레디는 문을 지켜보고 있었다. 잠시 후 계단에서 박차 소리가 울리더니 발소리가 다가왔다. 문이 열리고 한 남자가 나타났다.

밀레디는 기뻐서 환성을 질렀다. 그는 추기경의 심복인 로슈포르 백작이었다.

제62장

두 족속의 악마

"아, 역시 당신이군요!" 로슈포르와 밀레디가 동시에 외쳤다.

"어디서 오는 길이죠?" 밀레디가 물었다.

"라로셸에서. 당신은?"

"영국에서 왔어요."

"버킹엄은 어떻게 됐소?"

"죽었거나 아니면 치명상을 입었을 거예요. 아무 성과도 얻지 못하고 막 떠나려는데, 어떤 광신자가 그 사람을 공격했지 뭐예요."

"아! 당신, 운이 좋았군." 로슈포르가 웃으면서 말했다. "예하께서 무척 기뻐하실 거요. 소식은 알렸소?"

"불로뉴에서 편지를 보냈어요. 그런데 당신은 여기 웬일이세요?"

"예하께서 걱정이 되셔서 당신을 찾아보라고 나를 보냈소."

"나는 어제야 도착했어요."

"지금까지는 뭘 했소?"

"시간을 낭비하지는 않았어요."

“물론 그러셨겠지.”

“여기서 누구를 만났는지 아세요?”

“글쎄.”

“알아맞혀보세요.”

“그걸 내가 어떻게 알겠소?”

“왕비가 감옥에서 꺼내준 젊은 여자를 만났어요.”

“다르타냥의 애인인가 하는 여자 말이오?”

“예, 보나시외 부인요. 그 여자가 어디 숨어 있는지는 추기경님도 모르고 계셨거든요.”

“첫 번째 행운과 좋은 짝을 이루는 두 번째 행운이군. 추기경님은 정말 운이 좋다니까!”

“그 여자를 여기서 만나다니! 내가 얼마나 놀랐는지 짐작이 가세요?”

“그 여자는 당신을 압니까?”

“아뇨.”

“그럼 당신을 낯선 사람으로 여기겠군?”

밀레디가 빙긋 웃었다.

“그 여자한테 나는 둘도 없는 친구가 됐는걸요.”

“맹세코 말하지만, 그런 기적 같은 일을 해낼 수 있는 사람은 당신밖에 없을 거요.”

“운이 좋았죠. 이제 곧 무슨 일이 일어날지 아세요?”

“글쎄.”

“내일이나 모레쯤, 왕비의 명령서를 가지고 그 여자를 데리려갈 사람들이 올 거예요.”

“정말이오? 그런데 누가 오는 거요?”

“다르타냥과 그의 친구들이죠.”

“놈들이 그런 짓까지 한다면, 놈들을 바스티유로 보낼 수밖에 없어요.”

“왜 진작 바스티유로 보내지 않았죠?”

“그걸 내가 어떻게 알겠소? 뭔지는 모르지만 추기경님이 놈들에게 뭔가 약점을 잡혔기 때문이겠지.”

“정말이에요?”

“그럴 거요.”

“그렇다면 추기경님께 이렇게 말씀드리세요. 콜롱비에-루주 여관에서 우리가 나눈 대화를 그 네 사람이 엿들었고, 추기경님이 떠난 뒤 그중 하나가 위층으로 올라와서 추기경님이 내게 주신 통행증을 강제로 빼앗아갔다는 것, 내가 영국으로 건너간다는 것을 윈터 경에게 미리 알렸다는 것, 목걸이 사건 때와 마찬가지로 이번에도 놈들 때문에 하마터면 임무가 실패로 끝날 뻔했다는 것, 그 네 사람 중에 정말로 조심해야 할 상대는 다르타냥과 아토스뿐이라는 것, 아라미스는 슈브뢰즈 부인의 애인인데, 우리가 그의 비밀을 알고 있으니까 살려두면 쓸모가 있으리라는 것, 포르토스는 멋이나 부리는 얼빠진 맵시꾼에다 미련한 녀석이므로 조금도 염려할 필요가 없다는 것을 말씀드리세요.”

“하지만 그들은 지금 라로셸 포위전에 참가하고 있을 텐데…….”

“나도 그런 줄 알았어요. 그런데 보나시외 부인이 슈브뢰즈 부인한테 받은 편지를 경솔하게도 네게 보여주었지 뭐예요. 그걸 보고, 그 네 사람이 보나시외 부인을 빼내기 위해 이리로 오고 있다고 믿게 되었죠.”

“제기랄! 우리는 어떻게 해야 좋겠소?”

452

"추기경님은 나에 대해 뭐라고 하시던가요?"

"서면이나 구두로 당신의 보고를 받으면 역마차를 타고 돌아오라고 하셨소. 그리고 당신이 한 일을 아신 뒤에 다음 명령을 내리겠다고……."

"그럼 나는 여기 남아 있어야겠군요?"

"여기나 이 근처에 머물러야 하오."

"나를 데려가주실 수는 없나요?"

"천만에. 추기경님의 명령은 명료합니다. 주둔지 근처에서는 당신을 알아보는 사람이 있을지도 몰라요. 당신이 있으면 추기경님께 누를 끼치게 될 염려가 있어요. 더구나 영국에서 그런 사건이 일어난 직후니까 더욱 그렇소. 추기경님의 소식을 어디서 기다릴 것인지, 그것만 나한테 미리 알려주시오. 그래야 연락이 필요할 때 당신을 찾아갈 수 있을 테니까."

"아무래도 여기 계속 머무를 수는 없을 것 같아요."

"왜죠?"

"내 적들이 언제 들이닥칠지 모르잖아요."

"그렇군. 하지만 그렇게 되면 그 여자가 추기경님 손에서 벗어나게 되지 않겠소?"

"염려 마세요." 밀레디가 그녀 특유의 미소를 지으면서 말했다. "내가 그 여자의 둘도 없는 친구라고 했잖아요."

"아, 그랬지. 그럼 그 여자에 관해서는 추기경님께 뭐라고……."

"안심하셔도 된다고 전해주세요."

"그것뿐이오?"

"그렇게 말씀드리면 무슨 뜻인지 아실 거예요."

"당연히 그러시겠지. 이제 나는 어떻게 할까요?"

"지금 당장 여기를 떠나세요. 당신이 가서 보고할 소식들은 서두를 가치가 있으니까요."

"내 마차는 릴리에 마을에 들어오자마자 부서져버렸소."

"잘됐군요."

"뭐라고? 잘됐다고요?"

"그래요. 당신 마차가 마침 필요하거든요."

"그럼 나는 어떻게 가라고?"

"말을 타고 가세요."

"말하기는 쉽지만, 거리가 천 킬로미터요."

"그게 무슨 문제가 되죠?"

"아무것도 아니오. 그 밖에 또?"

"릴리에 마을을 지나갈 때 마차를 보내주세요. 하인더러 내 지시에 따르라는 명령과 함께."

"알았소."

"추기경님한테 받은 명령서는 지니고 있겠지요?"

"전권을 위임받았소."

"그걸 수녀원장에게 보여주고, 오늘이나 내일 누군가가 나를 찾아올 거라고, 나는 당신 이름으로 찾아오는 사람과 함께 떠나야 한다고 말하세요."

"알았소!"

"원장 앞에서는 나를 함부로 대해야 해요. 잊지 마세요."

"그건 왜?"

"나는 추기경님의 희생자처럼 행세하고 있어요. 보나시외 부인을 안심시킬 필요가 있으니까요."

"그렇군. 자, 그럼 그동안 있었던 일을 보고서로 작성해주겠소?"

"구두로 다 얘기했잖아요. 당신은 기억력이 좋으니까, 내 말을 그대로 전하세요. 종이는 잃어버릴 수도 있어요."

"맞는 얘기요. 이젠 어디 가면 당신을 다시 찾을 수 있는지, 그것만 알려주시오. 쓸데없이 여기저기 찾아다니지 않도록."

"그렇군요. 잠깐만 기다리세요."

"지도가 필요합니까?"

"아뇨. 난 이 고장을 훤히 알고 있어요!"

"그래요? 언제 와본 적이 있소?"

"여기서 자랐어요."

"그래요?"

"자란 고향은 무엇에든 쓸모가 있게 마련이죠."

"그럼 어디서 기다리겠소?"

"잠깐만 생각을…… 아, 그래. 아르망티에르가 좋겠어요."

"아르망티에르? 그게 어디요?"

"리스 강변에 있는 작은 도시예요. 강 하나만 건너면 외국 땅이죠."

"완벽하군! 하지만 위험한 경우에만 강을 건너야 합니다."

"물론이죠."

"그러면 당신이 어디 있는지 어떻게 알 수 있겠소?"

"하인은 필요 없겠죠?"

"그렇소."

"믿을 만한 사람인가요?"

"믿을 만해요."

"그 하인을 빌려주세요. 이 고장에서는 아무도 그를 모르니까, 내가 떠나면 뒤에 남아 있다가 내가 있는 곳으로 당신을 안내하면 돼요."

“아르장티에르에서 나를 기다리겠다고 했지요?”

“아르장티에르가 아니라 아르망티에르예요.”

“잊어버리면 곤란하니까 그 이름을 쪽지에 적어주시오. 도시 이름 하나 때문에 위험할 일은 없을 테니까. 안 그렇소?”

“그거야 모르죠. 하지만 걱정하지 마세요.” 밀레디는 종이쪽지에 지명을 적으면서 말했다. “위험해져도 내가 알아서 할게요.”

“좋습니다!” 로슈포르는 밀레디한테 쪽지를 받아서 접은 다음 모자 안감 속에 넣으면서 말했다. “어쨌든 걱정 마시오. 쪽지를 잃어버릴 경우에 대비하여, 어린애처럼 줄곧 이름을 외우면서 갈 테니까. 용건은 이제 다 끝났나요?”

“그런 것 같네요.”

“그럼 다시 한 번 확인해봅시다. 버킹엄은 죽었거나 중상을 입었다는 것, 당신이 추기경님과 나눈 대화를 네 총사가 엿들었다는 것, 당신이 포츠머스에 도착한다는 것을 윈터 경이 미리 알고 있었다는 것, 다르타냥과 아토스는 바스티유에 잡아넣어야 한다는 것, 아라미스는 슈브뢰즈 부인의 애인이고, 포르토스는 얼빠진 멍청이라는 것, 보나시외 부인을 찾아냈다는 것, 가능한 한 빨리 당신에게 마차를 보내달라는 것, 내 하인에게 당신 명령에 잘 따르라고 일러두라는 것, 수녀원장이 의심하지 않도록 당신을 추기경의 희생자라고 말해둘 것, 다음에 만날 장소는 리스 강변에 있는 아르망티에르라는 것. 됐소?”

“정말로 기억력이 좋으시군요. 이왕 하는 김에 한 가지만 더…….”

“뭡니까?”

“수녀원 정원 근처에 아주 예쁜 숲이 있어요. 내가 그 숲에

서 산책하는 것을 허락해달라고 원장에게 말해주세요. 혹시 뒷
문으로 나갈 필요가 생길지도 모르잖아요."
　"정말 철저하시군."
　"그리고 당신이 한 가지 잊고 있는 게 있어요."
　"그게 뭐죠?"
　"돈이 필요하지 않느냐고 내게 묻는 것."
　"그렇군. 얼마나 필요하오?"
　"가지고 있는 금화를 전부 주세요."
　"5백 피스톨쯤."
　"나도 그만큼 갖고 있으니까, 합쳐서 1천 피스톨. 그 정도만
있으면 무슨 일에도 대처할 수 있을 거예요. 그럼 주세요."
　"여기 있소."
　"고맙습니다, 백작님! 그럼 떠나실 건가요?"

"한 시간 뒤에 떠나겠소. 말을 구하는 동안 배를 채울 시간은 충분할 거요."

"좋아요! 그럼 안녕히 가세요!"

"그럼, 부인, 안녕히!"

"추기경님께 잘 말씀드려주세요." 밀레디가 말했다.

"악마한테도 잘 말해주시오." 로슈포르가 대답했다.

밀레디와 로슈포르는 미소를 주고받으며 헤어졌다.

한 시간 뒤, 로슈포르는 말을 타고 전속력으로 출발했다. 다섯 시간 뒤에 그는 아라스를 지나고 있었다.

앞에서 이미 보았듯이, 그는 도중에 다르타냥의 눈에 띄었고, 그 때문에 불안해진 네 총사는 길을 더욱 재촉하게 되었다.

제63장
물 한 방울

로슈포르가 나가자마자 보나시외 부인이 들어왔다. 밀레디는 웃는 얼굴로 그녀를 맞았다.

"걱정하던 일이 일어났군요." 젊은 여자가 말했다. "오늘 저녁이나 내일 추기경이 보낸 사람이 당신을 데리러 온다면서요?"

"누가 그런 말을 하던가요?"

"심부름꾼이 직접 말하는 걸 들었어요."

"이리 와서 내 옆에 앉아요."

"네."

"듣는 사람이 없다는 것을 확인할 때까지 기다려요."

"왜 그렇게 조심하세요?"

"곧 알게 돼요."

밀레디는 일어나서 문으로 가더니 문을 열고 복도를 내다본 다음, 다시 돌아와서 보나시외 부인 옆에 앉았다.

"그렇다면 그 사람이 연기를 잘한 거예요."

"누가요?"

“추기경의 심부름꾼이라면서 원장을 만난 사람 말이에요.”

“그러니까 그 사람이 연극을 했단 말인가요?”

“그래요.”

“그럼 그 사람은······.”

“그 사람은······” 밀레디가 목소리를 낮추어 말했다. “내 오빠예요.”

“오빠라고요?” 보나시외 부인이 외쳤다.

“그렇다니까요. 이 비밀을 아는 사람은 당신뿐이에요. 다른 사람에게 말하면 나는 끝장이에요. 그리고 아마 당신도 파멸하게 될 거예요.”

“오, 맙소사!”

“잘 들어요. 내가 상황을 설명할 테니까. 오빠는 나를 도우려고, 필요하면 강제로라도 나를 여기서 빼내려고 왔어요. 그런데 도중에 나를 데려가려고 온 추기경의 심부름꾼과 우연히 만난 거예요. 그래서 오빠는 그 사람을 미행하다가 호젓한 곳에 이르자 칼을 빼들고 서류를 내놓으라고 위협했대요. 그런데 심부름꾼이 저항했기 때문에 오빠는 그를 죽이고 말았어요.”

“저런!” 보나시외 부인이 몸을 떨면서 외쳤다.

“다른 수가 없었어요. 그래서 오빠는 폭력 대신 꾀를 쓰기로 마음먹었죠. 서류를 빼앗은 다음, 여기 와서 자기를 추기경의 심부름꾼이라고 소개했어요. 한두 시간만 지나면 추기경이 보낸 마차가 나를 데리러 오기로 되어 있어요.”

“알겠어요. 그 마차는 당신 오빠가 보내는 마차겠죠?”

“그래요. 하지만 그뿐만이 아니에요. 당신이 받은 편지, 슈브뢰즈 부인이 보냈다고 생각하는 그 편지는······.”

“그런데요?”

“가짜 편지예요.”

“뭐라고요?”

“위조 편지예요. 당신을 데려가려고 왔을 때 당신이 저항하지 않게 하려는 함정이라고요.”

“하지만 나를 데리러 올 사람은 다르타냥인데요.”

“그걸 믿지 마세요. 다르타냥과 친구들은 라로셸 포위전에 묶여 있으니까요.”

“그걸 어떻게 아세요?”

“오빠가 추기경의 심부름꾼들을 만났을 때 보니까 총사 제복으로 변장하고 있더래요. 그들은 당신을 문으로 불러낼 테고, 당신은 친구들이 온 줄 알고 나갔다가 납치되어 파리로 끌려갈 거예요.”

“오, 맙소사! 속임수가 난무해서 정신이 하나도 없네요. 이런 혼란이 계속되면……” 보나시외 부인이 두 손에 얼굴을 묻으면서 말을 이었다. “나는 미쳐버릴 것 같아요!”

“잠깐만요.”

“무슨 일이죠?”

“말발굽 소리가 들려요. 오빠가 다시 떠나나봐요. 오빠한테 작별 인사를 해야겠어요. 이리 와요.”

밀레디가 창문을 열고 보나시외 부인에게 오라고 손짓했다. 젊은 여자도 창가로 다가갔다.

로슈포르가 전속력으로 지나갔다.

“잘 가세요, 오빠!” 밀레디가 외쳤다.

기사는 고개를 들어 젊은 여자들을 보았지만, 속력을 늦추지 않고 밀레디에게 다정하게 손을 흔들었다.

“착한 조르주 오빠!” 밀레디가 애정과 수심에 찬 표정으로 창문을 닫으면서 말했다.

그러고는 생각에 잠긴 표정으로 제자리로 돌아가서 앉았다.

"부인." 보나시외 부인이 말했다. "방해해서 죄송하지만, 어떻게 하면 좋을까요? 당신은 저보다 경험이 많으니까 조언을 좀 해주세요. 귀담아들을게요."

"내가 잘못 생각했는지도 몰라요. 다르타냥과 친구들이 정말로 당신을 구하러 올 수도 있어요."

"그렇기만 하면 얼마나 좋을까요! 그런 행운이 찾아올 리가 없죠!"

"그러니까 이건 결국 시간문제일 뿐이에요. 누가 먼저 오는지를 보는 일종의 경주인 셈이죠. 당신 친구들이 이기면 당신은 구원을 받겠지만, 추기경의 앞잡이들이 먼저 오면 당신은 끝나는 거예요."

"그래요. 무자비하게 파멸하겠죠! 그럼 어떻게 하죠? 어떻게 할까요?"

"아주 간단하고 자연스러운 방법이 하나 있긴 있는데……."

"어떤 방법이죠? 말해주세요."

"이 근처에 숨어서 기다리다가, 당신을 찾아오는 사람이 누군지 확인하는 거예요."

"하지만 어디서 기다리죠?"

"그건 문제가 되지 않아요. 나도 실은 이 근처에 숨어서 오빠가 데리러 오기를 기다릴 작정이에요. 그러니까 당신도 함께 가서 기다려요."

"하지만 나는 여기서 나가지 못해요. 포로나 마찬가지니까요."

"내가 추기경의 명령으로 떠나는 것이라고 생각하니까, 설마 당신이 나를 따라간다고는 생각지 않을 거예요."

"그래서요?"

"마차가 문 앞에 있을 때 나에게 작별 인사를 하러 나오세요. 마지막 인사로 나를 안으려고 발판에 올라서는 거예요. 나를 데리러 온 오빠의 하인에게 미리 귀뜸해둘게요. 그때 마부한테 신호를 해서 전속력으로 출발시키게 하라고요."

"하지만 다르타냥이, 다르타냥이 오면 어떡하죠?"

"오면 알 수 있잖아요?"

"어떻게요?"

"간단해요. 우리가 목적지에 도착하면 오빠의 하인을 베튄으로 돌려보내는 거예요. 아까도 말했듯이 그 하인은 믿을 만해요. 변장을 하고 수녀원 앞에 머물고 있다가, 추기경의 앞잡이들이 오면 가만히 있고, 다르타냥과 친구들이 오면 우리가 있는 곳으로 데려오는 거예요."

"그럼 하인은 그분들을 알고 있나요?"

"물론이죠! 우리 집에서 다르타냥 씨를 만난 적이 있거든요."

"아, 그렇지요! 그럼 만사가 잘되겠군요. 다 신의 뜻이죠. 하지만 여기서 너무 멀리 가지는 마요."

"기껏해야 3, 40킬로미터밖에는 안 갈 거예요. 예를 들면 국경 근처에 숨어 있는 것도 괜찮죠. 여차하면 언제라도 프랑스를 떠날 수 있으니까."

"그럼 그때까지는 뭘 하죠?"

"기다려야죠."

"하지만 그들이 오면요?"

"오빠의 마차가 먼저 올 거예요."

"마차가 도착했을 때, 내가 당신한테서 멀리 떨어져 있게 되면 어떡하죠? 가령 점심이나 저녁을 먹으러 갔을 때라든가."

"그럼 이렇게 해요."

"어떻게요?"

"우리가 떨어져 있지 않도록, 식사도 함께 할 수 있게 해달라고 수녀원장에게 부탁하는 거예요."

"허락해주실까요?"

"반대할 이유라도 있나요?"

"좋아요! 그렇게 하면 우리는 늘 같이 있을 수 있겠군요."

"그럼 원장한테 가서 부탁하세요. 나는 머리가 좀 무거워서 정원을 한 바퀴 돌고 와야겠어요."

"그러세요. 그럼 어디서 다시 만나죠?"

"한 시간 뒤에 여기서 만나요."

"한 시간 뒤에 여기서요. 당신은 정말 친절하세요! 고맙습니다!"

"당신에게 어떻게 관심을 안 가질 수 있겠어요? 당신은 아름답고 매력적일 뿐만 아니라 나와 가장 절친한 친구의 친구이기도 하잖아요."

"사랑하는 다르타냥! 그도 당신에게 무척 고마워할 거예요!"

"그랬으면 좋겠군요. 그럼 이야기는 다 끝났으니까 아래로 내려갑시다."

"정원에 가실 거죠?"

"그래요."

"이 복도를 따라가면 작은 계단이 나오는데, 거기로 내려가면 바로 정원이에요."

"잘됐군요! 고마워요."

두 여자는 서로 매력적인 미소를 나누고 헤어졌다.

머리가 무겁다는 밀레디의 말은 사실이었다. 어수선한 계획들이 혼돈에 빠진 것처럼 머릿속에서 충돌하고 있었기 때문이다.

생각을 정리하려면 혼자 조용히 있을 필요가 있었다. 그녀는 미래를 어렴풋이 내다보았지만, 아직도 혼란스러운 생각에 형태를 부여하고 계획을 세우려면 평화롭고 조용한 곳이 필요했다.

지금 가장 급한 일은 보나시외 부인을 데리고 나가서 안전한 곳에 잡아두고, 도박에 실패하면 그 여자를 인질로 삼는 것이다. 밀레디는 이 무서운 싸움의 결과가 두려워지기 시작했다. 이번 싸움에서는 그녀가 무자비한 만큼, 상대도 끈질겼다. 게다가 이제 곧 닥쳐올 폭풍우를 예감하듯 그 결말이 다가오는 것을 느꼈고, 그 결말은 무시무시할 수밖에 없을 거라고 생각했다.

따라서 그녀에게 가장 중요한 것은 보나시외 부인을 손 안에 붙잡아두는 일이었다. 보나시외 부인은 다르타냥의 생명, 아니 그 이상이었다. 그녀는 그가 사랑하는 여자의 생명이었다. 운이 나쁘면 그녀는 좋은 조건을 얻어낼 수 있는 협상 수단이었다.

이제 이 문제는 해결되었다. 보나시외 부인은 의심하지 않고 자기를 따라올 것이다. 일단 둘이 함께 아르망티에르에 숨으면, 다르타냥이 베튄에 오지 않았다고 그녀를 속이기는 쉬울 것이다. 기껏해야 2주만 버티면 로슈포르가 돌아올 테고, 게다가 그동안 그녀는 네 총사에게 복수할 방법을 찾아낼 것이다.

그녀 같은 성격의 여자에게 가장 즐거운 오락은 멋진 복수를 완수하는 것이다. 그런 오락을 즐길 수 있을 테니까 다행히 따분하지는 않을 것이다.

그녀는 이런 생각에 잠겨 있는 동안에도 주위를 둘러보며 정원의 지형을 머릿속에서 정리했다. 밀레디는 훌륭한 장군 같아서 승리와 패배를 동시에 내다보고, 전투의 승산에 따라 전진하거나 후퇴할 준비를 하고 있었다.

한 시간 뒤, 밀레디는 그녀를 부르는 상냥한 목소리를 들었다. 보나시외 부인이었다. 선량한 수녀원장은 당연히 모든 요구를 받아들였고, 그래서 저녁 식사부터 함께하게 되었다는 것이다.

그들이 안마당으로 들어갔을 때 마차 한 대가 대문 앞에 멈춰 서는 소리가 들렸다.

"들었어요?" 밀레디가 물었다.

"예, 마차 바퀴 소리예요."

"오빠가 보낸 마차일 거예요."

"오, 하느님!"

"자, 용기를 내요!"

밀레디의 말이 맞았다. 수녀원 정문에서 초인종이 울렸다.

"당신 방으로 올라갔다 와요." 밀레디가 보나시외 부인에게 말했다. "가져가고 싶은 중요한 물건이 있을 거예요."

"그이가 보낸 편지가 있어요." 보나시외 부인이 말했다.

"그럼 가서 편지를 가지고 내 방으로 와요. 서둘러 저녁을 먹읍시다. 아마 밤중에 여행을 해야 할 테니까 체력을 보충해야 돼요."

"어떡하죠!" 보나시외 부인이 가슴에 손을 대고 말했다. "심

466

장이 멈출 것 같아서 걸을 수가 없어요."

"용기를 내세요. 용기를! 15분만 지나면 당신은 안전해요. 당신이 이제부터 하려는 일은 모두 그 사람을 위한 일이라고 생각하세요."

"그래요. 모두 그이를 위해서죠! 당신의 한마디가 용기를 되찾아주었네요. 그럼 방에 가 계세요. 나도 곧 갈 테니까."

밀레디는 재빨리 방으로 올라갔다. 로슈포르의 하인이 기다리고 있었다. 밀레디는 그에게 몇 가지 지시를 내렸다.

대문 앞에서 기다리고 있을 것. 혹시 총사들이 나타나면 마차를 전속력으로 출발시켜 수녀원을 빙 돌아서 숲 건너편에 있는 작은 마을에서 기다릴 것. 그럴 경우, 밀레디는 정원을 가로질러 마을까지 걸어갈 작정이었다. 앞에서도 말했듯이, 밀레디는 이 고장을 훤히 알고 있었다.

총사들이 나타나지 않으면 약속한 대로 일이 진행될 터였다. 보나시외 부인이 작별 인사를 한다는 핑계로 마차에 오르면, 그대로 데려갈 것이다.

그때 보나시외 부인이 들어왔다. 밀레디는 그녀에게 남아 있을지도 모르는 의심을 완전히 없애기 위해 그녀 앞에서 하인에게 지시의 마지막 부분을 되풀이했다.

이어서 밀레디는 마차에 대해 몇 가지 질문을 했다. 그것은 세 마리의 말이 끄는 사륜마차였고, 마부가 따로 딸려 있었다. 로슈포르의 하인은 마차 앞에서 그들을 이끌게 될 터였다.

보나시외 부인이 의심할지도 모른다는 밀레디의 걱정은 기우였다. 젊은 여자는 가엾게도 너무 순진해서 상대가 딴 마음을 먹고 있으리라고는 꿈에도 생각지 않았다. 게다가 수녀원장에게 들은 윈터 백작부인이라는 이름은 한 번도 들어본 적이 없었고, 한 여자가 그녀의 삶에 불행을 가져오는 데 그렇게 중요하고 숙명적인 역할을 했으리라고는 상상도 하지 못했다.

하인이 나가자 밀레디가 말했다.

"보다시피 모든 준비가 끝났어요. 원장은 아무 의심도 하지 않고, 추기경의 사람들이 나를 데리러 온 줄로만 알고 있어요. 방금 나간 하인이 마지막 지시를 내릴 거예요. 뭘 좀 먹고, 포도주도 한 모금 마시고 떠납시다."

"그래요."

밀레디가 맞은편에 앉으라는 손짓을 했다. 그리고 그녀에게 스페인 포도주를 한 잔 따라주고, 닭고기 가슴살을 접시에 덜어주었다.

"보세요." 밀레디가 보나시외 부인에게 말했다. "모든 상황이 우리를 돕고 있어요. 어둠이 깔리고 있고, 동틀 녘이면 우리는 이미 피난처에 도착해 있을 거예요. 그리고 우리가 어디에 있는지는 아무도 눈치채지 못할 거예요. 자, 용기를 내요. 그리고 뭘 좀 먹어요."

보나시외 부인은 건성으로 음식을 몇 입 먹고, 술잔에 입술을 댔다.

"자, 자." 밀레디가 술잔을 입술로 가져가면서 말했다. "나처럼 해봐요."

하지만 술잔을 입으로 가져가던 그녀의 손이 허공에 멈추었다. 멀리서 이쪽으로 다가오는 말발굽 소리 같은 것이 희미하게 들렸기 때문이다. 그와 거의 동시에 말들의 울음소리도 들린 것 같았다.

폭풍우 소리가 달콤한 잠을 깨우듯, 이 소리는 기쁨에 잠겨 있던 밀레디를 깨웠다. 그녀는 얼굴이 창백해져서 창문으로 달려갔다. 보나시외 부인은 부들부들 떨면서 일어나, 쓰러지지 않으려고 의자에 몸을 기댔다.

아직은 아무것도 보이지 않았고, 점점 가까이 다가오는 말발굽 소리만 들릴 뿐이었다.

"오, 하느님!" 보나시외 부인이 말했다. "저 소리는 뭐죠?"

"우리의 친구거나 아니면 적이겠죠." 밀레디가 무서울 만큼 냉정하게 말했다. "당신은 거기 꼼짝 말고 있어요. 내가 가서 보고 올 테니까."

보나시외 부인은 석상처럼 창백해진 얼굴로 말도 없이 우두커니 서 있었다.

소리가 점점 커졌다. 이제 말들은 기껏해야 백 걸음밖에 떨어져 있지 않을 것이다. 그런데도 아직 모습이 보이지 않는다면, 그것은 길이 구부러져 있기 때문이었다. 하지만 소리가 아주 또렷해서, 말이 몇 마리인지도 셀 수 있을 정도였다.

밀레디는 모든 주의력을 집중하여 그쪽을 바라보았다. 아직 사람을 알아볼 수 있을 만큼은 밝았다.

금빛으로 화려하게 장식한 모자와 펄럭이는 깃털이 길모퉁이를 돌아서 나타났다. 말 탄 사람이 두 명, 이어서 다섯 명, 마지막에는 여덟 명으로 늘어났다. 그중 한 사람은 다른 사람들보다 4, 5미터 앞서 달려오고 있었다.

밀레디는 숨죽인 소리로 으르렁거렸다. 선두에서 달려오는 사람이 다르타냥인 것을 알아보았기 때문이다.

"오, 맙소사! 하느님!" 보나시외 부인이 외쳤다. "누구죠?"

"추기경의 친위대 제복이에요. 머뭇거릴 시간이 없어요! 어서 달아나야 해요. 달아나야 돼요!"

"그래요. 어서 달아나요." 보나시외 부인도 밀레디의 말을 되풀이했지만, 한 걸음도 떼어놓을 수가 없었다. 공포 때문에 그 자리에 얼어붙어버린 것이다.

말 탄 사람들이 창문 아래를 지나가는 소리가 들렸다.

"어서 와요! 어서요!" 밀레디가 젊은 여자의 팔을 잡고 끌어당기면서 외쳤다. "정원이 있으니까 아직 달아날 수 있어요. 나한테 열쇠가 있거든요. 하지만 서둘러야 돼요. 5분 뒤에는 이미 늦어요."

보나시외 부인은 걸으려고 애썼다. 하지만 두 걸음밖에 떼지 못하고 털썩 무릎을 꿇었다.

밀레디가 일으켜 세우려 했지만 소용이 없었다.

바로 그때, 마차 바퀴 소리가 들려왔다. 총사들을 보고 마차가 전속력으로 출발한 것이다. 이어서 서너 발의 총성이 울려 퍼졌다.

"마지막으로 묻겠어요. 같이 갈 거예요?" 밀레디가 외쳤다.

"오, 하느님! 보시다시피 힘이 남아 있지 않아요. 도저히 걸을 수가 없어요. 혼자 달아나세요!"

"당신을 여기 두고 혼자 달아나라고? 안 돼. 절대 안 돼!" 밀레디가 외쳤다.

별안간 그녀의 눈에서 으스스한 빛이 번득였다. 그녀는 미친 듯이 한달음에 식탁으로 달려가더니, 반지에 박힌 보석을 잽싸게 열고 그 안에 들어 있는 내용물을 보나시외 부인의 술잔에 넣었다.

그것은 불그레한 빛을 띤 작은 알갱이였는데, 포도주에 넣자마자 금세 녹아버렸다.

그녀는 술잔을 한 손에 들고 말했다.

"자, 마셔요. 이 포도주를 마시면 기운이 날 거예요."

그러면서 술잔을 젊은 여자의 입술로 가져갔다. 보나시외 부인은 무심코 마셨다.

'아, 이런 식으로 복수하고 싶지는 않았는데!' 밀레디가 술잔을 식탁에 내려놓고는 악마 같은 미소를 지으면서 속으로 중얼거렸다. '하지만 어쩔 수 없어. 할 수 있는 일을 할 수밖에!'

그러고는 방에서 뛰쳐나갔다.

보나시외 부인은 밀레디가 달아나는 것을 지켜보고만 있을 뿐, 따라갈 수가 없었다. 꿈속에서 누군가에게 쫓기고 있지만 아무리 애를 써도 발을 움직일 수 없는 경우와 마찬가지였다.

몇 분이 지났다. 문에서 무서운 소리가 났다. 보나시외 부인은 밀레디가 곧 다시 나타날 거라고 생각했지만, 그녀는 다시 나타나지 않았다.

타는 듯이 뜨거운 이마에 식은땀이 솟아났다. 그것은 분명 공포 때문이었을 것이다.

마침내 대문이 삐걱거리며 열리는 소리가 들렸다. 장화와 박차 소리가 계단에서 울렸다. 중얼거리는 목소리가 점점 가까워졌다. 그 소리 속에서 그녀의 이름이 들린 듯했다.

그녀는 갑자기 기쁨의 환성을 지르며 문으로 달려갔다. 다르타냥의 목소리를 알아들은 것이다.

"다르타냥! 다르타냥!" 그녀가 외쳤다. "여기예요. 여기!"

"콩스탕스! 콩스탕스!" 젊은이가 대답했다. "어디요?"

바로 그때, 문이 열렸다기보다 충격으로 떨어져나갔다. 여러 사람이 방으로 뛰어 들어왔다. 보나시외 부인은 안락의자에 쓰러진 채 꼼짝도 하지 못했다.

다르타냥은 아직도 연기를 내고 있는 권총을 손에 쥐고 있었지만, 그것을 옆으로 내던지고 애인 앞에 무릎을 꿇었다. 아토스는 권총을 다시 허리띠에 끼웠다. 칼을 빼들고 있던 포르토스와

472

아라미스는 칼을 다시 칼집에 넣었다.

"오, 다르타냥! 내 사랑하는 다르타냥! 마침내 오셨군요. 거짓말이 아니었군요. 정말 당신이에요!"

"콩스탕스! 우리는 다시 만났습니다!"

"그 여자는 당신이 안 오실 거라고 했지만, 저는 남몰래 기대를 걸고 있었어요. 나는 달아나고 싶지 않았어요. 오, 내 생각이 옳았어요. 아, 정말 행복해요!"

조용히 앉아 있던 아토스가 '그 여자'라는 말에 벌떡 일어났다.

"그 여자? 그 여자가 누굽니까?" 다르타냥이 물었다.

"제 친구예요. 저에 대한 우정으로 저를 박해자들의 손에서 구해주려고 했어요. 당신들을 추기경의 친위대원으로 잘못 알고 방금 여기서 달아났어요."

"당신 친구라고요?" 다르타냥이 애인의 하얀 베일보다 더 창백해진 얼굴로 외쳤다. "어떤 친구를 말하는 겁니까?"

"대문 앞에 있던 마차의 주인인데, 당신과 잘 아는 사이라고 하던데요. 당신이 모든 것을 다 털어놓고 이야기한 여자예요."

"이름이 뭐죠?" 다르타냥이 외쳤다. "이름을 모르세요?"

"알고 있어요. 누군가가 말하는 걸 들었는데…… 잠깐만요…… 이상해요…… 왜 이러죠? 머리가 어지러워요. 앞이 안 보여요."

"도와주세요. 손이 얼음장같이 차가워요." 다르타냥이 외쳤다. "아픈가봐요! 맙소사. 의식을 잃었어!"

포르토스가 목청껏 소리를 질러 도움을 청하는 동안, 아라미스는 물잔을 가지러 식탁으로 달려갔다. 하지만 아토스의 얼굴이 무섭게 변하는 것을 보고 걸음을 멈추었다. 식탁 옆에 서 있는 아토스가 머리털이 곤두선 채 망연자실한 표정으로 유리

잔 하나를 뚫어지게 바라보고 있었다. 무언가 무서운 의혹에 사로잡혀 있는 듯했다.

"오, 아니야!" 아토스가 말했다. "설마 그럴 리가! 도저히 있을 수 없는 일이야. 이런 죄를 하느님이 허락하실 리가 없어!"

"물, 물!" 다르타냥이 외쳤다. "물을 가져오세요!"

"오, 가엾은 여자." 아토스가 갈라진 목소리로 중얼거렸다.

보나시외 부인은 다르타냥의 입맞춤에 다시 눈을 떴다.

"깨어났어요!" 젊은이가 외쳤다. "오, 하느님. 감사합니다!"

"부인." 아토스가 말했다. "이 빈 술잔은 누구의 잔입니까?"

"제 잔이에요." 보나시외 부인이 죽어가는 목소리로 대답했다.

"그런데 이 잔에 누가 포도주를 따라주었죠?"

"그 여자가요."

"그 여자라니, 그게 누구죠?"

"아, 생각났어요. 윈터 백작부인……."

네 친구가 동시에 비명을 질렀다. 그중에서 아토스의 목소리가 가장 컸다.

그때 보나시외 부인의 얼굴이 납빛으로 변했다. 둔통이 그녀를 덮쳤다. 그녀는 숨을 헐떡이며 포르토스와 아라미스의 품에 쓰러졌다.

다르타냥은 형언할 수 없이 고통스러운 표정을 지으며 아토스의 두 손을 잡았다.

"무슨 생각을……."

그의 목소리가 흐느낌 속으로 사라졌다.

"나는 모든 걸 생각하고 있네." 아토스가 입술을 피가 나도록 깨물면서 말했다.

"다르타냥, 다르타냥!" 보나시외 부인이 외쳤다. "어디 계세요? 내 곁을 떠나지 마세요. 나는 이제 곧 죽을 거예요.”

다르타냥은 두 손으로 움켜잡고 있던 아토스의 손을 놓고 그녀에게 달려갔다.

그의 잘생긴 얼굴은 온통 일그러졌고, 퀭한 눈은 더 이상 아무것도 보고 있지 않았다. 온몸은 경련이라도 일으킨 것처럼 부들부들 떨리고, 이마에서는 땀이 줄줄 흘러내렸다.

“제발! 뛰어가서 사람을 좀 불러오세요! 포르토스, 아라미스, 가서 도움을 청해주세요!”

“소용없어.” 아토스가 말했다. “부질없는 일이야. 그 여자가 넣은 독은 해독제가 없으니까.”

“도와주세요.” 보나시외 부인이 중얼거렸다. “살려주세요!”

그러고는 남은 힘을 모두 끌어 모아 다르타냥의 얼굴을 두 손으로 붙잡고, 그녀의 모든 영혼이 그 눈길에 담겨 있기라도 한 것처럼 잠시 그를 바라보다가, 흐느끼면서 그의 입술을 자신의 입술에 갖다 댔다.

“콩스탕스! 콩스탕스!” 다르타냥이 외쳤다.

보나시외 부인의 입이 다르타냥의 입을 스칠 때, 그녀의 입에서 한숨이 새어나왔다. 그 한숨은 하늘로 올라가는 그녀의 순결하고 다정한 영혼이었다.

다르타냥이 품에 끌어안고 있는 것은 시체일 뿐이었다.

그는 소리를 지르며 애인 옆에 쓰러졌다. 그의 몸은 애인 못지않게 창백하고 차가워져 있었다.

포르토스는 눈물을 흘렸고, 아라미스는 주먹을 하늘로 치켜들었고, 아토스는 성호를 그었다.

그 순간, 한 남자가 문간에 나타났다. 방에 있는 사람들만큼 창백한 그는 주위를 둘러보다가, 죽은 보나시외 부인과 의식을 잃고 까무러진 다르타냥을 보았다.

그가 나타난 것은 바로 대참극이 벌어진 뒤의 허망한 순간이었다.

"역시 내가 생각했던 대로야." 그가 말했다. "이쪽이 다르타냥 씨고, 여러분은 그의 친구인 아토스, 포르토스, 아라미스 씨죠?"

세 사람은 깜짝 놀라서 그 낯선 사내를 바라보았다. 셋 다 그를 본 적이 있는 것 같았다.

"여러분." 새로 나타난 사내가 말을 이었다. "여러분도 나처럼 한 여자를 찾고 계시죠? 그 여자는 이곳을 지나간 게 분명하군요. 이렇게 시체가 있는 것을 보니 틀림없어요!"

세 친구는 아무 대꾸도 하지 않았다. 얼굴만이 아니라 목소리도 이미 만난 적이 있는 사람을 생각나게 했지만, 언제 어떤 상황에서 만났는지는 기억나지 않았다.

"여러분." 낯선 사내가 말을 이었다. "여러분 덕택에 두 번이나 목숨을 건진 사람을 알아보지 못하시니 내가 직접 이름을 말할 수밖에 없군요. 나는 윈터 경, 그 여자의 시숙입니다."

세 친구는 놀라서 소리를 질렀다.

아토스가 일어나서 그에게 손을 내밀었다.

"잘 오셨습니다, 남작님. 당신은 우리 편입니다."

"나는 그 여자보다 다섯 시간 늦게 포츠머스를 떠났습니다." 윈터 경이 말했다. "그리고 그 여자보다 세 시간 늦게 불로뉴에 도착했고, 생토메르에서는 겨우 20분 차이로 그 여자를 놓쳤고, 릴리에 마을에서는 결국 그 여자의 행방을 놓쳐버렸지요. 그래서 만나는 사람마다 붙잡고 물으면서 닥치는 대로 돌아다니다가 당신들이 전속력으로 달려가는 것을 본 겁니다.

다르타냥 씨를 알아보았지요. 여러분을 따라오고 싶었지만, 내 말이 너무 지친 상태여서 여러분과 보조를 맞출 수가 없었습니다. 그런데 여러분도 그렇게 서둘렀는데도 늦고 말았군요!"

"보시다시피." 아토스가 죽은 보나시외 부인과 다르타냥을 윈터 경에게 가리키며 말했다. 포르토스와 아라미스는 다르타냥의 정신을 회복시키려 애쓰고 있었다.

"두 분 다 돌아가셨습니까?" 윈터 경이 냉정하게 물었다.

"아닙니다." 아토스가 대답했다. "다행히 다르타냥은 기절했을 뿐입니다."

"아, 천만다행이군요!" 윈터 경이 말했다.

바로 그 순간 다르타냥이 눈을 떴다.

그는 포르토스와 아라미스의 품에서 벗어나 미친 사람처럼 죽은 애인에게 몸을 던졌다.

아토스는 일어나서 천천히 엄숙한 걸음으로 다르타냥에게 다가가더니 다정하게 그를 끌어안았다. 다르타냥이 울음을 터뜨리자, 고상하고 인상적인 목소리로 말했다.

"사나이답게 굴게. 여자는 죽은 사람을 위해 눈물을 흘리고, 남자는 죽은 사람을 위해 복수하는 법이라네."

"알았어요!" 다르타냥이 말했다. "맞습니다. 복수하기 위해서라면 언제든지 당신을 따라갈 준비가 되어 있습니다!"

아토스는 복수에 대한 기대 때문에 친구가 기력을 되찾은 순간을 이용하여 포르토스와 아라미스에게 가서 수녀원장을 데려오라는 신호를 보냈다.

두 친구는 복도에서 수녀원장을 만났다. 원장은 너무 많은 사건이 한꺼번에 일어났기 때문에 아직도 심란하고 어리둥절한 상태였다. 원장은 수녀들을 몇 명 불렀고, 그래서 수녀들은 수녀원 관습에는 어긋나는 일이었지만 다섯 명의 남자와 얼굴을 맞대게 되었다.

"원장님." 아토스가 다르타냥의 팔을 자신의 팔 밑에 끼우면서 말했다. "이 불운한 여인의 시신을 맡길 테니, 경건하게 처리해주십시오. 이 여인은 하늘의 천사가 되기 전에 이미 지상의 천사였습니다. 여러분의 자매로 받아주십시오. 우리도 언젠가 돌아와서 이 여인의 무덤에 기도를 드릴 작정입니다."

다르타냥은 아토스의 가슴에 얼굴을 묻고 울음을 터뜨렸다.

"울게나." 아토스가 말했다. "실컷 울어. 사랑과 젊음과 생명으로 가득 찬 마음이여! 아아, 나도 자네처럼 울 수 있다면 얼마나 좋을까!"

그는 아버지처럼 자애롭게, 신부처럼 다정하게, 숱한 고난을 겪은 사람처럼 대범하게 친구를 데리고 나갔다.

다섯 남자는 베튄 시내 쪽으로 걸어갔다. 하인들이 말고삐를 잡고 그 뒤를 따랐다. 베튄 교외가 보이자 그들은 맨 처음 눈에 띈 여관 앞에서 걸음을 멈추었다.

"그런데 그 여자를 쫓아가지 않을 건가요?" 다르타냥이 물었다.

"나중에." 아토스가 말했다. "우선 몇 가지 취해야 할 조치가 있어."

"그 여자는 달아나버릴 겁니다." 다르타냥이 말했다. "도망치면 당신 책임이에요."

"그래, 내가 책임지겠어." 아토스가 말했다.

다르타냥은 친구의 말을 믿었기 때문에, 고개를 숙이고 말없이 여관으로 들어갔다.

포르토스와 아라미스는 아토스의 자신감을 이해할 수가 없어서 서로 얼굴을 마주 보았다.

윈터 경은 아토스가 다르타냥의 슬픔을 달래기 위해 그런 식으로 말한 거라고 생각했다.

"자, 여러분, 이제 다들 각자 방으로 가게나." 아토스가 여관에 빈 방이 다섯 개 있는 것을 확인한 뒤 말했다. "다르타냥은 울어야 하니까 혼자 있을 필요가 있고, 자네들은 잠을 자야 돼. 걱정 말게. 내가 다 알아서 할 테니까."

"하지만……" 윈터 경이 말했다. "백작부인에게 어떤 조치를 취해야 할 거라면, 나하고도 관계가 있습니다. 그 여자는 내 제수니까요."

"하지만 그 여자는 내 아내입니다." 아토스가 말했다.

다르타냥이 몸을 떨었다. 아토스가 이런 비밀을 털어놓은 이상, 복수를 자신하는 게 분명하다고 생각했기 때문이다. 포르토스와 아라미스는 창백해져서 서로 얼굴을 마주 보았다. 윈터 경은 아토스가 미쳤다고 생각했다.

"자, 다들 방으로 가게나." 아토스가 말했다. "그리고 이 일은 내게 맡겨. 나는 그 여자의 남편이니까, 이 일은 내 문제라고 할 수 있어. 다르타냥, 그 남자의 모자에서 떨어진 종이쪽지, 지명이 적힌 그 쪽지 말인데, 혹시 잃어버리지 않았다면 이리 주게."

"아!" 다르타냥이 말했다. "이젠 알겠어요. 그 지명은 그 여자가 직접 쓴 거였지요……."

"그러니까 자네도 알겠지. 하늘에는 하느님이 계시다는 걸!"

제64장
붉은 망토의 사나이

아토스의 절망은 농축된 슬픔에 굴복했고, 그것은 그의 뛰어난 정신력을 더욱 명석하게 해주었다.

그는 자기가 한 약속과 스스로 떠맡은 책임에만 몰두하여, 맨 마지막으로 자기 방에 들어갔다. 그는 여관 주인에게 이 지방의 지도를 갖다 달라고 부탁했다. 그리고 지도를 들여다보며 조사한 끝에, 베튄에서 아르망티에르로 가는 길이 네 갈래 있다는 것을 알고 하인들을 불렀다.

플랑셰, 그리모, 무스크통, 바쟁이 모여 아토스한테 명료하고 정확하고 엄격한 명령을 받았다.

이튿날 새벽에 출발하여 각자 다른 길을 따라 아르망티에르로 간다. 네 명 중에 가장 머리가 좋은 플랑셰는 네 총사의 총격을 받은 마차가 로슈포르의 하인과 함께 사라진 길을 따라 간다.

아토스가 하인들을 먼저 내보낸 것은 그들이 총사들을 모시게 된 이후 각자 다른 장점을 보여주었기 때문이다.

그리고 하인들은 행인을 붙잡고 질문해도 주인보다 의심을 덜 받고, 상대방은 그들에게 더 많은 호의와 동정심을 보여준다.

마지막으로 밀레디는 주인들의 얼굴을 모두 알고 있지만 하인들의 얼굴은 알지 못했다. 반면에 하인들은 밀레디를 아주 잘 알고 있었다.

네 하인은 이튿날 열한 시에 지정된 장소에 모인다. 밀레디의 은신처를 발견한 경우에는, 세 사람은 남아서 밀레디를 감시하고, 나머지 한 사람은 베튄으로 돌아와 아토스에게 알리고 네 총사를 안내하는 역할을 맡는다.

일단 이런 계획이 세워지자 네 하인도 각자 방으로 물러갔다.

아토스는 의자에서 일어나 칼을 차고 망토로 몸을 감싼 다음 여관 밖으로 나갔다. 밤 열 시경이었다. 시골에서는 밤 열 시면 인적이 거의 끊겼다. 그렇지만 아토스는 자신의 질문에 대답할 수 있는 사람을 찾고 있었다. 마침내 행인 하나를 만나자 다가가서 말을 걸었다. 상대는 놀라서 뒤로 물러났지만, 총사의 질문에 대답 대신 손가락으로 어딘가를 가리켰다. 아토스는 거기까지 같이 가주면 반 피스톨을 주겠다고 제의했지만, 상대는 거절했다.

아토스는 행인이 손가락으로 가리킨 길을 따라 내려갔다. 하지만 교차로에 이르자 난감한 태도로 멈춰 섰다. 그래도 교차로에서는 사람을 만날 기회가 다른 데보다 많기 때문에, 그는 거기에 서서 기다렸다. 과연 잠시 후에 야경꾼이 지나갔다. 아토스는 처음 만난 사람에게 했던 질문을 그에게 되풀이했다. 야경꾼도 첫 번째 사람과 똑같은 두려움을 드러내며 역시 아토스와 동행하기를 거절하고, 아토스가 가야 할 길을 손으로 가리켰다.

아토스는 야경꾼이 가리킨 방향으로 걸어가서, 그가 친구들

과 함께 이 도시에 들어온 방향과는 반대쪽 변두리에 이르렀
다. 거기서 그는 또다시 불안하고 당황한 태도를 보이며 세 번
째로 멈춰 섰다.

때마침 거지 하나가 지나가다가 아토스에게 다가와 동냥을
구했다. 아토스는 목적지까지 동행해주면 1에퀴를 주겠다고 말
했다. 거지가 잠깐 망설이더니, 어둠 속에서 반짝이는 은화를
보고는 마음을 굳히고 앞장서서 걷기 시작했다.

길모퉁이에 이르자 거지가 멀리 떨어져 있는 외딴 집을 가
리켰다. 쓸쓸하고 우중충해 보이는 작은 집이었다. 아토스는
그 집으로 다가갔고, 거지는 약속한 돈을 받더니 황급히 달아
나버렸다.

아토스는 그 집을 한 바퀴 돈 뒤에야 붉은색으로 칠한 출입
문을 찾아냈다. 겉창 틈새로도 불빛 하나 보이지 않고, 사람이
사는 기척도 없이 무덤처럼 어둡고 조용했다.

아토스가 문을 세 번 두드렸지만 아무 응답도 없었다. 하지
만 네 번째로 두드렸을 때 안에서 발소리가 다가왔다. 마침내
문이 빠끔히 열리고, 창백한 얼굴에 검은 머리와 턱수염을 기
른 키 큰 사내가 밖을 내다보았다.

사내는 낮은 목소리로 아토스와 몇 마디를 나눈 다음, 안으
로 들어오라는 손짓을 했다. 아토스는 재빨리 안으로 들어갔
다. 그러자 뒤에서 문이 닫혔다.

아토스가 이렇게 멀리까지 찾으러 와서 간신히 찾아낸 사내
는 아토스를 실험실로 안내했다. 여기서 그는 덜그럭거리는 해
골을 철사로 이어 맞추는 일을 하느라 바빴다. 몸통 부분은 벌
써 조립되어 있고, 두개골만 탁자 위에 놓여 있었다.

실내에 있는 가재도구들은 집주인이 자연과학자라는 것을

보여주었다. 뱀이 가득 들어 있는 유리병에는 종류에 따라 꼬리표가 붙어 있었다. 말린 도마뱀들은 검은 나무로 만든 커다란 틀 속에서 에메랄드처럼 반짝이고 있었다. 향기로운 들풀 다발들이 천장에 매달려 있었는데, 보통 사람들은 알지 못하는 효능을 가진 약초임이 분명했다.

게다가 가족이나 하인도 없이 사내는 이 집에 혼자 살고 있었다.

아토스는 방금 묘사한 물건들을 차갑고 무심한 눈으로 둘러보았다. 그리고 사내가 앉으라고 권하자 곁에 놓인 의자에 앉았다.

그는 찾아온 이유를 설명하고, 어떤 도움이 필요한지도 이야기했다. 하지만 그가 요구 사항을 말하자마자, 총사 앞에 서 있던 사내는 공포에 질린 표정으로 뒷걸음치면서 거절했다. 그러자 아토스는 주머니에서 작은 종이를 꺼냈다. 그 종이에는 두 줄의 글이 적혀 있고 서명과 날인까지 되어 있었다. 그는 이 종이를 너무 성급하게 반감을 드러낸 사내에게 내밀었다. 사내는 종이에 적힌 두 줄의 글을 읽고 서명과 날인을 확인하더니, 총사에게 허리를 굽혀 절했다. 더 이상 이의

가 없으며, 명령에 따를 준비가 되어 있다는 뜻이었다.

아토스도 더 이상은 아무것도 요구하지 않았다. 그는 일어나서 인사하고 밖으로 나와, 왔던 길을 되짚어 여관으로 돌아가서 자기 방에 틀어박혔다.

새벽에 다르타냥이 들어와서, 할 일이 뭐냐고 물었다.

"기다리게." 아토스가 대답했다.

잠시 후 수녀원장으로부터 통지가 왔는데, 밀레디에게 독살당한 희생자의 장례식이 정오에 거행될 예정이라고 알려왔다. 독살범에 대한 소식은 아직 없지만, 모랫길에서 밀레디의 발자국이 발견되었고, 정원 출입문은 잠겨 있었지만 열쇠가 사라진 점으로 미루어보아, 그 여자가 정원을 통해 달아난 것만은 분명하다는 것이었다.

지정된 시간에 윈터 경과 네 친구는 수녀원으로 갔다. 종소리가 요란하게 울려 퍼지고, 예배당 문은 열려 있고, 성가대석의 창살문은 닫혀 있었다. 성가대석 한복판에 수련 수녀복을 입은 희생자의 시신이 누워 있었다. 성가대석 양쪽과 수녀원 쪽으로 열린 문 뒤에는 카르멜회 수녀들이 모두 모여서, 속인들을 보지도 않고 그들에게 보이지도 않은 채 미사를 참관하며 사제들과 함께 성가를 불렀다.

예배당 문 앞에서 다르타냥은 또다시 기운이 빠지는 것을 느꼈다. 그래서 아토스를 찾으려고 고개를 돌렸지만, 아토스는 보이지 않았다.

복수의 사명에 충실한 아토스는 정원으로 안내해달라고 부탁했고, 그곳의 모랫길에서 지나는 곳마다 핏자국을 남긴 여자의 가벼운 발자국을 따라 숲으로 이어지는 출입문까지 간 다음, 그 문을 열게 하여 숲 속으로 들어갔다.

그곳에서 그의 의심은 모두 사실로 확인되었다. 마차가 사라진 길이 숲 언저리를 지나고 있었다. 아토스는 땅바닥을 살펴보면서 잠시 그 길을 따라갔다. 마차와 동행한 남자가 상처를 입었는지, 아니면 말이 다쳤는지, 길에 핏자국이 점점이 이어져 있었다. 3킬로미터 남짓 더 가자, 페스튀베르에서 30미터밖에 떨어지지 않은 곳에 조금 커다란 핏자국이 나타났다. 그리고 땅바닥이 말발굽으로 짓뭉개져 있었다. 이곳과 숲 사이, 짓뭉개진 땅바닥보다 조금 위쪽에서 아토스는 정원에서 본 것과 똑같은 작은 발자국을 다시 발견했다. 마차가 멈춰 선 곳이었다.

바로 이곳에서 밀레디는 숲에서 나와 마차에 올라탔을 것이다.

아토스는 자신의 의심을 뒷받침해준 이 발견에 만족해하면서 여관으로 돌아갔다. 그가 도착해서 보니 플랑셰가 초조하게 그를 기다리고 있었다.

모든 것이 아토스가 예상한 대로였다.

마차가 달린 길을 따라갔던 플랑셰도 아토스와 마찬가지로 핏자국을 발견했고, 말들이 멈춰 선 장소도 알아보았다. 하지만 그는 아토스보다 더 멀리까지 추적하여, 페스튀베르 마을로 들어가자 어느 주막에서 술을 마시면서 정보를 입수했다. 굳이 질문할 필요도 없이, 어젯밤 여덟 시 반쯤 사륜마차로 여행하는 귀부인을 수행하던 남자가 부상 때문에 더 이상 가지 못하고 여기서 쉬고 있다는 사실을 알아냈다. 숲 속에서 도적들을 만나는 바람에 사고를 당했다고 둘러댄 모양이었다. 다친 남자는 마을에 남았고, 여자는 말을 바꿔 여행을 계속했다.

플랑셰는 사륜마차를 몰았던 마부를 찾으러 가서 그를 발견했다. 마부는 여자를 프로멜까지 태워다주었고, 여자는 프로멜에서 아르망티에르로 떠났다고 했다. 플랑셰는 들판을 가로질러 아침 일곱 시에는 이미 아르망티에르에 도착해 있었다.

그곳에는 여관이 하나밖에 없었다. 역참을 겸한 곳이었다. 플랑셰는 그곳에 가서 일자리를 찾고 있는 하인으로 행세했다. 여관 사람들과 이야기를 시작한 지 10분도 지나기 전에, 어젯밤 열한 시에 여자가 혼자 도착해서 방을 잡고는 여관 주인을 불러 이 동네에서 한동안 머물고 싶다고 말했다는 것을 알았다.

플랑셰는 더 이상 알아낼 필요가 없었다. 그가 약속 장소로 달려가 보니, 시간을 잘 지키는 세 하인도 이미 와 있었다. 플랑셰는 여관의 모든 출입구에 그들을 보초로 세워놓고 아토스를 만나러 돌아왔던 것이다. 아토스가 플랑셰의 보고를 다 들었을 때 세 친구가 들어왔다.

모두 우울하고 긴장한 얼굴이었다. 아라미스의 온화한 얼굴까지도 예외가 아니었다.

"뭘 해야 하죠?" 다르타냥이 물었다.

"기다리게." 아토스가 대답했다.

그들은 각자 방으로 물러갔다.

저녁 여덟 시에 아토스가 말에 안장을 얹으라는 명령을 내리고, 윈터 경과 친구들에게 떠날 준비를 하라고 알렸다.

순식간에 다섯 명이 모두 준비를 마쳤다. 그들은 각자 무기를 점검하고 정비했다. 아토스가 내려가 보니 다르타냥은 벌써 말에 올라타서 초조하게 기다리고 있었다.

"조금만 더 기다리게." 아토스가 말했다. "아직 한 사람이 모자라."

네 기사는 놀라서 주위를 둘러보았지만, 아무리 머리를 쥐어짜도 모자라다는 한 사람이 누구인지 알 수가 없었다.

그때 플랑셰가 아토스의 말을 끌고 왔다. 총사는 사뿐히 안장에 올라탔다.

"내가 돌아올 때까지 기다리게." 아토스가 말했다. "곧 돌아올 테니까."

그는 전속력으로 출발했다.

15분 뒤, 아토스가 복면을 쓰고 붉은 망토를 걸친 사내와 함께 돌아왔다.

윈터 경과 세 총사는 서로 묻는 듯한 눈길로 마주 보았지만, 아무도 궁금증을 풀어주지 못했다. 아무도 그 사내가 누구인지 몰랐기 때문이다. 하지만 그 일이 아토스의 명령에 따라 진행되고 있으므로 그럴 만한 까닭이 있을 거라고 생각했다.

아홉 시에 작은 기마행렬은 플랑셰의 안내로 출발하여, 사륜마차가 갔던 길을 따라갔다.

여섯 남자가 각자 생각에 잠긴 채 절망처럼 음울하고 보복처럼 냉혹한 얼굴로 말없이 말을 달리는 모습은 보기에도 음산한 광경이었다.

제65장

심판

폭풍이라도 몰아칠 듯 캄캄한 밤이었다. 시커먼 구름장들이 별빛을 가리면서 하늘을 가로질러 달려갔다. 한밤중이 되기 전에는 달도 뜨지 않을 것이다.

이따금 지평선에서 번개가 번쩍여 하얗게 뻗어 있는 황량한 외길을 비추었다. 그러다가 번개가 잠잠해지면 모든 것이 또다시 어둠 속에 잠겼다.

다르타냥이 자꾸만 선두로 나서곤 해서, 아토스는 다르타냥에게 대열을 유지하라고 요구했지만, 조금만 지나면 다르타냥은 또다시 대열에서 벗어나 앞으로 나서곤 했다. 다르타냥은 오직 앞장서야 한다는 생각밖에 없었고, 그래서 계속 앞으로 나가곤 했다.

그들은 부상당한 하인이 머물고 있는 페스튀베르 마을을 조용히 지난 다음, 리슈부르 숲을 따라 나아갔다. 에를리에에 이르자, 아직 행렬을 안내하고 있던 플랑세가 왼쪽으로 접어들었다.

윈터 경이나 포르토스나 아라미스는 붉은 망토를 걸친 사내에게 여러 번 말을 걸었지만, 어떤 질문을 해도 사내는 대답 대신 고개만 끄덕일 뿐이었다. 그래서 일행은 그 사내가 침묵을 지키는 데에는 그럴 만한 이유가 있을 거라고 생각하고 더 이상 말을 걸지 않았다.

게다가 당장이라도 폭풍우가 몰아칠 것 같았다. 번갯불이 연달아 번득이고, 천둥이 요란하게 울리기 시작했다. 폭풍의 전조인 듯한 세찬 바람이 들판을 휘몰아치며, 말 탄 사람들의 깃털 장식을 펄럭이게 했다.

일행은 속도를 높였다.

프로멜을 지나자 드디어 폭풍우가 휘몰아쳤다. 망토가 휘날렸다. 아직도 15킬로미터를 더 가야 했다. 그들은 억수같이 쏟아지는 비를 맞으며 길을 재촉했다.

다르타냥은 모자를 벗었고 망토도 입지 않았다. 타는 듯이 뜨거운 이마와 열병에 걸린 것처럼 부들부들 떨리는 몸을 타고 빗물이 줄줄 흘러내리는 감각이 상쾌했다.

일행이 고스칼을 지나 역참에 도착할 무렵, 어둠 속에서 나무에 바싹 붙어 비를 피하고 있던 사내가 입술에 손가락을 대면서 길 한복판으로 나왔다.

아토스는 그가 그리모라는 것을 알아보았다.

“무슨 일이냐?” 다르타냥이 외쳤다. “그 여자가 아르망티에르를 떠났나?”

그리모는 그렇다는 뜻으로 고개를 끄덕였다. 다르타냥은 이를 갈았다.

“조용히 해, 다르타냥!” 아토스가 말했다. “이번 일에서는 내가 모든 책임을 지고 있으니까, 그리모한테 질문하는 것도 내가 할 일이야.”

그러고는 그리모에게 물었다.

"그 여자는 어디 있나?"

그리모는 리스 강 쪽으로 손을 뻗었다.

"여기서 멀어?"

그리모는 집게손가락을 구부려서 들어 올렸다.

"혼자더냐?"

그리모는 그렇다는 뜻으로 고개를 끄덕였다.

"그 여자는 여기서 강 쪽으로 2킬로미터쯤 떨어진 곳에 혼자 있다는군."

"좋습니다." 다르타냥이 말했다. "안내하게, 그리모."

그리모가 들판을 가로지르는 지름길로 일행을 이끌었다.

3백 미터쯤 가자 개울이 나왔다. 그들은 개울을 걸어서 건넜다.

번개가 치자 그 불빛에 에르캥엠 마을이 보였다.

"여긴가?" 다르타냥이 물었다.

그리모가 아니라는 뜻으로 고개를 저었다.

"조용히!" 아토스가 말했다.

일행은 계속 나아갔다.

또다시 번개가 번쩍했다. 그리모가 팔을 뻗었다. 푸르스름한 번개 불빛에 나루터에서 백 걸음쯤 떨어진 강둑에 작은 외딴 집이 보였다. 창문 하나에 불빛이 보였다.

"다 왔군." 아토스가 말했다.

그 순간, 도랑 속에 누워 있던 사내가 일어났다. 무스크통이었다. 그가 불 켜진 창문을 가리키면서 말했다.

"저기 있습니다."

"바쟁은?" 아토스가 물었다.

"제가 창문을 지켜보고 있는 동안, 바쟁은 출입문을 감시하고 있습니다."

"좋아. 너희들은 모두 충실한 하인들이야."

아토스가 말에서 뛰어내려 고삐를 그리모에게 건네주고, 나머지 일행에게는 출입문이 있는 쪽으로 돌아가라는 신호를 한 뒤, 자신은 창문으로 다가갔다.

작은 집은 높이가 1미터도 안 되는 산울타리로 둘러싸여 있었다. 아토스는 울타리를 뛰어넘어 창문으로 다가갔다. 겉창은 없었지만, 짧은 커튼이 창문을 아래까지 가리고 있었다.

그는 커튼 위로 들여다보려고 돌로 만든 창턱 위로 올라섰다.

등불에 한 여자가 보였다. 어두운 색깔의 망토로 몸을 감싸고 꺼져가는 난롯불 옆의 걸상에 앉아 있었다. 여자는 팔꿈치를 탁자에 괴고, 상아처럼 하얀 두 손으로 머리를 받치고 있었다.

얼굴은 보이지 않았다. 그러나 아토스의 입술에 잔인한 미소가 떠올랐다. 잘못 볼 리가 없었다. 그가 찾고 있던 바로 그 여자였다.

바로 그때 말 한 마리가 히힝 하고 울었다. 밀레디가 고개를 들더니, 유리창에 찰싹 달라붙어 있는 아토스의 창백한 얼굴을 보고 비명을 질렀다.

아토스는 들킨 것을 알고 손과 무릎으로 유리창을 힘껏 밀었다. 창문이 안으로 밀려나면서 유리가 깨졌다.

아토스는 복수의 귀신처럼 방 안으로 뛰어들었다.

밀레디는 문으로 달려가서 문을 열었다. 하지만 아토스보다 더 창백하고 더 무서운 다르타냥이 문지방에 서 있었다.

밀레디는 비명을 지르며 뒷걸음쳤다. 다르타냥은 그녀가 탈

출 준비를 해두었을 거라는 생각에 허리띠에서 권총을 빼들었다. 하지만 아토스가 손을 들었다.

"무기를 도로 집어넣게, 다르타냥." 아토스가 말했다. "중요한 건 저 여자를 심판하는 것이지 그냥 죽이는 게 아니야. 조금만 더 기다리게, 다르타냥. 그러면 자네도 만족하게 될 거야. 다들 들어오게."

다르타냥은 아토스의 말에 따랐다. 아토스는 마치 하느님이 보낸 심판관처럼 엄숙한 목소리와 힘찬 몸짓을 보였기 때문이다. 다르타냥에 이어 포르토스가 들어왔고, 아라미스와 윈터 경과 붉은 망토의 사내가 차례로 들어왔다.

네 하인은 출입문과 창문을 지키고 있었다.

밀레디는 무서운 유령을 막으려는 것처럼 두 팔을 뻗은 채 의자에 털썩 쓰러졌다. 그녀는 시숙인 윈터 경을 힐끗 보고는 무서운 비명을 질렀다.

"원하는 게 뭐예요?" 밀레디가 외쳤다.

"우리는 샬럿 백슨을 찾아왔소." 아토스가 말했다. "처음에는 라 페르 백작부인이라고 불렸고, 나중에는 셰필드 남작부인이 되어 윈터 부인이라고 불렸지."

"그건 나예요! 바로 나라고요!" 그녀가 극심한 공포에 사로잡혀 중얼거렸다. "내게 바라는 게 뭐죠?"

"우리는 당신이 저지른 죄에 따라 당신을 재판하려는 거요." 아토스가 말했다. "마음대로 자신을 변호해보시지. 할 수 있으면 자신의 정당함을 증명해봐. 다르타냥, 첫 번째 고발을 할 사람은 자네일세."

다르타냥이 앞으로 나섰다.

"하느님과 사람들 앞에서 나는 이 여자를 어제저녁에 죽은 콩스탕스 보나시외의 독살범으로 고발합니다."

그가 포르토스와 아라미스를 돌아보았다.

"우리가 증인입니다." 포르토스와 아라미스가 한 목소리로 말했다.

다르타냥이 말을 이었다.

"하느님과 사람들 앞에서 나는 이 여자를 나에 대한 독살 미수범으로 고발합니다. 이 여자는 내 친구들이 보낸 것처럼 위조한 편지와 함께 독이 든 포도주를 나한테 보내서 나를 독살하려고 했습니다. 나는 하느님의 가호로 살았지만, 나 대신 브리즈몽이라는 사내가 죽었습니다."

“우리가 증인입니다.” 포르토스와 아라미스가 한 목소리로 말했다.

“하느님과 사람들 앞에서 나는 이 여자를 바르드 백작을 죽이라고 나를 선동한 죄로 고발합니다. 그런데 이 고발의 진위를 증언해줄 사람이 따로 없기 때문에, 나 자신을 증인으로 삼고자 합니다. 이상입니다.”

이렇게 말하고 다르타냥은 포르토스와 아라미스와 함께 방의 반대쪽으로 건너갔다.

“남작님 차례입니다!” 아토스가 말했다.

남작이 앞으로 나섰다.

“하느님과 사람들 앞에서 나는 이 여자를 버킹엄 공작 암살범으로 고발합니다.”

“버킹엄 공작이 암살됐다고?” 그 자리에 있던 사람들이 일제히 소리를 질렀다.

“그렇습니다.” 남작이 말했다. “암살당했습니다! 나는 여러분이 보낸 편지를 받고 이 여자를 체포해서 충실한 부하에게 감시를 맡겼지요. 그런데 이 여자가 그를 유혹하여, 공작을 단검으로 찔러 죽이게 사주한 것입니다. 펠턴이라는 자는 지금쯤 자신이 저지른 흉악한 범죄의 대가로 목이 날아갔을 겁니다.”

재판관들은 지금까지 몰랐던 죄악이 폭로되는 것을 듣고 오싹하여 부르르 몸을 떨었다.

“버킹엄 공작을 암살한 것만이 아닙니다.” 윈터 경이 말을 이었다. “이 여자를 상속인으로 지정한 내 아우는 온몸에 검푸른 반점을 남기는 괴질에 걸려 세 시간 만에 죽어버렸소. 이봐요, 제수씨, 도대체 당신의 남편은 어떻게 죽은 거지?”

“이 얼마나 무서운 일인가!” 포르토스와 아라미스가 외쳤다.

"버킹엄을 암살하고 펠턴을 죽게 만들고 내 아우를 독살한 자로 이 여자를 재판해줄 것을 요청합니다. 재판이 제대로 이루어지지 않으면 내가 직접 심판할 것을 맹세합니다."

윈터 경은 다음 고발자를 위해 자리를 비우고 다르타냥 옆에 가서 섰다.

밀레디는 얼굴을 두 손으로 감싸고 심한 혼란에 빠진 머리를 정리하여 침착성을 되찾으려고 애썼다.

"내 차례야." 아토스가 뱀을 보고 흥분한 사자처럼 몸을 떨면서 말했다. "나는 이 여자가 젊었을 때 이 여자와 결혼했습니다. 온가족의 반대를 무릅쓰고 결혼했지요. 나는 이 여자한테 재산도 주었고 이름도 주었습니다. 그런데 어느 날 나는 이 여자의 몸에 낙인이 찍혀 있는 것을 보게 되었습니다. 이 여자의 왼쪽 어깨에 백합꽃 낙인이 찍혀 있었지요."

"오!" 밀레디가 벌떡 일어나면서 말했다. "나한테 그 불명예스러운 형을 선고한 재판소가 있다면 어디 한번 찾아보세요. 나한테 그 형을 집행한 형리가 있다면 어디 한번 찾아보세요."

"조용히 해요." 어떤 목소리가 말했다. "거기에 대해서는 내가 답변하겠습니다!"

붉은 망토를 걸친 사내가 앞으로 나섰다.

"당신은 누구죠? 이 사람은 누구예요?" 밀레디가 공포에 숨이 막혀서 외쳤다. 머리카락이 풀려서, 마치 살아 있는 것처럼 납빛 얼굴 위로 곤두서 있었다.

모든 사람의 눈길이 그 사내에게 쏠렸다. 아토스를 빼고는 아무도 그가 누구인지 몰랐기 때문이다.

하지만 아토스도 다른 사람들처럼 놀란 눈으로 사내를 바라보았다. 이제 곧 밝혀질 무서운 비극에 그 사내가 어떻게 관련

되어 있는지는 아토스도 알지 못했기 때문이다.

미지의 사내는 천천히 엄숙한 걸음으로 밀레디에게 다가가서 탁자 하나를 사이에 두고 마주선 뒤 복면을 벗었다.

검은 머리와 구레나룻에 둘러싸인 창백한 얼굴에는 얼음처럼 차가운 표정만이 감돌고 있었다. 밀레디는 점점 심해지는 공포에 사로잡혀 그 창백한 얼굴을 한참 동안 쳐다보았다. 그러다가 갑자기 외쳤다.

"아니야. 아니야!" 그녀는 벌떡 일어나서 벽 쪽으로 뒷걸음쳤다. "살려줘! 사람 살려!" 그녀는 쉰 목소리로 외치면서, 두 손으로 벽을 뚫기라도 하려는 듯 벽 쪽으로 돌

아섰다.

"도대체 당신은 누구요?" 이 광경을 목격한 사람들이 외쳤다.

"이 여자한테 물어보시죠." 붉은 망토의 사내가 말했다. "보시다시피 이 여자가 나를 알아본 것은 분명하니까요."

"릴의 형리! 릴의 형리!" 미칠 듯한 공포에 사로잡힌 밀레디가 쓰러지지 않으려고 두 손으로 벽에 매달린 채 외쳤다.

모두 뒤로 물러났다. 붉은 망토의 사내만이 여전히 방 한복판에 서 있었다.

"오, 자비를 베풀어주세요! 자비를! 나를 용서해주세요!" 가증스러운 여자가 털썩 무릎을 꿇으면서 외쳤다.

미지의 사내는 주위가 조용해지기를 기다렸다.

"이 여자가 나를 제대로 알아보았군요. 맞습니다. 나는 릴의 형리입니다. 이제 내 사연을 이야기하지요."

모두 그를 응시하면서 그의 말을 기다렸다.

"이 여자는 옛날 처녀 때에도 지금처럼 아름다웠습니다. 이 여자는 탕플마르의 베네딕트회 수녀원의 수녀였지요. 순박하고 믿음이 깊은 젊은 사제가 그 수녀원의 예배당에서 복무하고 있었는데, 이 여자가 그를 유혹하여 결국 성공했지요. 이 여자는 성자도 유혹할 수 있었을 겁니다.

그들이 세운 서원은 신성하고 돌이킬 수 없는 것이었습니다. 그들의 관계가 오래 지속되면 둘 다 파멸할 수밖에 없었지요. 여자는 그 고장을 떠나자고 사제를 꼬드겨 동의를 받아냈습니다. 그런데 그곳을 떠나 프랑스의 다른 고장, 아무도 그들을 모르는 곳에서 평화롭게 살아가려면 돈이 필요했지요. 그런데 둘 다 돈이 없었습니다. 사제는 성물을 훔쳐서 팔았습니다.

하지만 함께 떠날 준비를 하고 있는 동안 둘 다 체포되고 말았던 것이지요.

일주일 뒤에 이 여자는 간수의 아들을 유혹하여 탈옥했습니다. 젊은 사제는 낙인형과 10년 징역형을 선고받았습니다. 나는 이 여자가 말했듯이 릴의 형리였습니다. 나는 그 죄인에게 낙인을 찍어야 했지만, 죄인은 다름 아닌 내 아우였습니다!

그때 나는 맹세했습니다. 아우를 파멸시킨 이 여자, 아우를 범죄로 몰아넣은 공범자, 아니 그 이상이었던 이 여자도 최소한 같은 형벌을 받게 하고야 말겠다고. 나는 이 여자가 숨어 있을 만한 곳을 샅샅이 추적하여 마침내 붙잡았고, 아우에게 찍었던 것과 똑같은 낙인을 이 여자에게도 찍었던 것입니다.

내가 릴로 돌아온 이튿날, 이번에는 아우가 탈옥했습니다. 나는 공모죄를 뒤집어쓰고, 아우가 자수할 때까지 그 대신 징역을 살게 되었습니다. 아우는 나에게 이런 판결이 내려진 것도 모르고, 이 여자를 다시 만나 함께 베리로 달아났습니다. 그곳에서 아우는 작은 교구 하나를 얻었지요. 이 여자는 내 아우의 누이동생인 것처럼 행세했습니다.

교구 교회가 있는 땅의 영주가 이 여자를 보고 반해버렸답니다. 결국은 청혼까지 하게 되었지요. 그 후 이 여자는 자기 때문에 파멸한 남자를 버리고, 앞으로 파멸하게 될 남자에게 가서 라 페르 백작부인이 되었던 것이지요……."

모든 눈길이 아토스에게 쏠렸다. 방금 밝혀졌듯이, 라 페르 백작이 아토스의 본명이었기 때문이다. 아토스는 형리의 말이 모두 사실이라는 표시로 고개를 끄덕였다.

형리가 말을 이었다.

"내 불쌍한 아우는 절망한 나머지 미쳐버릴 지경이었습니다. 이 여자 때문에 명예도 행복도, 모든 것을 빼앗겨버린 생활에서 발을 씻기로 결심하고 릴로 돌아갔지요. 내가 자기 대신 징역을 살고 있다는 것을 알고 자수한 뒤, 바로 그날 밤 감옥 창살에 목을 매고 말았습니다.

나에게 유죄 선고를 내린 사람들은 약속을 지켰습니다. 시체의 신원이 확인되자마자 나를 석방했으니까요.

이것이 내가 고발하는 이 여자의 범죄이고, 내가 이 여자에게 낙인을 찍은 이유입니다.”

“다르타냥 씨.” 아토스가 말했다. “이 여자에 대해 어떤 형벌을 요구합니까?”

“사형을 요구합니다.” 다르타냥이 대답했다.

“윈터 경.” 아토스가 말을 이었다. “당신은 이 여자에 대해 어떤 형벌을 요구하십니까?”

“사형을 요구합니다.” 윈터 경이 대답했다.

“포르토스 씨와 아라미스 씨.” 아토스가 말을 이었다. “재판관인 당신들은 이 여자에 대해 어떤 형벌을 내리겠습니까?”

“사형입니다.” 두 총사가 똑같이 허망한 목소리로 대답했다.

밀레디는 외마디 비명을 지르고는 무릎을 꿇은 채 몸을 질질 끌면서 재판관들 쪽으로 몇 걸음 다가갔다.

아토스가 그녀에게 손을 내밀었다.

“안 드 브뢰유, 라 페르 백작부인, 밀레디 드 윈터.” 아토스가 말했다. “그대의 범죄는 지상의 사람들과 하늘의 하느님을 노하게 했다. 기도문을 알고 있다면 기도를 드려라. 그대는 유죄 선고를 받아서 이제 곧 죽게 될 테니까.”

모든 희망을 송두리째 앗아가는 이 말에 밀레디는 벌떡 일어나 뭐라고 말하려 했지만, 기운이 없었다. 그녀는 강력하고 무자비한 손이 자신의 머리카락을 움켜잡고, 마치 인간을 질질 끌고 가는 운명의 손처럼 돌이킬 수 없이 자신을 끌고 가는 것을 느꼈다. 그래서 그녀는 저항조차 하지 않고 순순히 밖으로 나갔다.

윈터 경, 다르타냥, 아토스, 포르토스, 아라미스가 그녀를 따라 밖으로 나왔다. 하인들은 주인들 뒤를 따랐다. 작은 집만이 텅 빈 채 황량하게 남았다. 창문은 부서졌고, 문은 열려 있었다. 탁자 위에서는 등불이 그을음을 내면서 쓸쓸하게 타고 있었다.

제66장
처형

자정이 가까워지고 있었다. 이지러진 달이 폭풍우의 마지막 흔적 때문에 핏빛으로 물든 채 작은 아르망티에르 마을 뒤편에 떠올랐다. 창백한 달빛을 배경으로 집들의 검은 윤곽과 높은 종루의 뼈대가 또렷이 드러났다. 맞은편에는 리스 강이 녹은 백랍처럼 흐르고, 먼 강둑 위에는 나무들이 폭풍우에 젖은 하늘을 배경으로 검은 윤곽을 드러내고 있었다. 한밤중에 황혼을 연상시키는 자욱한 구릿빛 구름들이 하늘을 침식하고 있었다. 왼쪽에는 버려진 낡은 풍차가 움직이지 않는 날개와 함께 솟아 있었고, 그 폐허 안에서 올빼미 한 마리가 날카롭고 단조로운 울음소리를 되풀이하여 내고 있었다. 들판 여기저기, 우울한 행렬이 지나가고 있는 길 좌우에 키가 작고 잎이 무성한 나무가 몇 그루 나타났다. 그 나무들은 그 불길한 시각에 들판에 웅크리고 앉아 인간들을 기다리고 있는 꼴사나운 난쟁이들처럼 보였다.

이따금 눈부신 번갯불이 지평선을 가르고, 검은 덩어리를 이룬 나무들 위를 뱀처럼 구불구불 나아간 뒤, 하늘과 강물을 둘로 쪼개는 무시무시한 언월도처럼 다가왔다. 숨막히는 공기 속에는 바람 한 점 없었다. 죽음 같은 정적이 대자연을 짓누르고 있었다. 땅은 방금 내린 비로 축축하게 젖어서 미끄러웠고, 다시금 생기를 띤 풀들은 더욱 강하게 향기를 내뿜고 있었다.

하인 두 명이 밀레디의 팔을 하나씩 잡고 끌고 갔다. 형리는 그들 뒤에서 걸어갔고, 윈터 경과 다르타냥, 아토스와 포르토스와 아라미스가 그 뒤를 따랐다.

플랑셰와 바쟁은 후위를 맡아 맨 뒤에서 따라오고 있었다.

두 하인은 밀레디를 강가로 데려갔다. 그녀의 입은 굳게 닫혀 있었지만, 눈은 좌우의 두 하인을 번갈아 바라보며 형언할 수 없이 풍부한 감정과 설득력으로 애원하고 있었다.

뒤따라오는 사람들보다 몇 걸음 앞장서게 되자 그녀가 두 하인에게 말했다.

"내가 달아나게 해주면 1천 피스톨씩 줄게요. 하지만 나를 주인들 손에 넘긴다면, 내 원수를 갚아줄 사람들이 이 근처에 숨어 있으니까 당신들은 나를 죽게 한 대가를 톡톡히 치르게 될 거예요."

그리모는 망설였고, 무스크통은 온몸을 부들부들 떨었다.

그때 밀레디의 목소리를 들은 아토스가 재빨리 다가왔고, 윈터 경도 뛰어왔다.

"이 두 사람을 뒤쪽으로 보냅시다." 아토스가 말했다. "이 여자가 말을 걸었으니, 그들도 더 이상 믿을 수 없습니다."

그들은 플랑셰와 바쟁을 불러 그리모와 무스크통을 교체했다.

강가에 이르자 형리가 밀레디에게 다가와 손발을 묶었다.

그러자 그녀는 침묵을 깨고 소리를 질렀다.

"당신들은 비겁한 겁쟁이야. 비열한 살인자들이야. 여자 한 명을 죽이려고 열 명씩이나 몰려오다니! 조심해. 내가 구출되지 못한다 해도 반드시 복수할 테니까."

"당신은 여자가 아니야." 아토스가 냉정하게 말했다. "당신은 인간도 아니야. 당신은 지옥에서 도망쳐 나온 악마야. 우리는 당신을 다시 지옥으로 돌려보낼 거야."

"흥! 그래, 귀족들은 고결한 인간들이지!" 밀레디가 말했다. "명심해! 내 머리털 하나라도 건드리는 놈은 살인자가 될 테니까."

"형리는 사람을 죽여도 살인자가 되지 않아." 붉은 망토의 사내가 칼날이 넓은 긴 칼을 두드리며 말했다. "형리는 마지막 재판관이니까. 그것뿐이야. 이웃 독일에서는 형리를 '나흐리히터'('재판관 뒤에 오는 자'라는 뜻)라고 부르지.

그가 말하면서 밀레디를 묶고 있을 때, 밀레디는 두세 번 격렬하게 소리를 질렀다. 그 소리는 밤의 어둠 속으로 날아가 깊은 숲 속으로 사라지면서 음산하고 야릇하게 울려 퍼졌다.

"하지만 내가 유죄라면, 당신들이 고발한 죄를 내가 정말로 범했다면……" 밀레디가 외쳤다. "나를 법정으로 데려가. 당신들은 재판관이 아니니까 나한테 유죄 판결을 내릴 수 없어!"

"당신에게 타이번에 가라고 권했는데, 왜 그걸 싫다고 했지?" 윈터 경이 말했다.

"죽고 싶지 않았으니까!" 밀레디가 몸부림을 치면서 외쳤다. "죽기에는 아직 너무 젊으니까!"

"당신이 베튄에서 독살한 여자는 당신보다 더 젊었소. 그런데도 당신은 그녀를 죽였소." 다르타냥이 말했다.

"수녀원에 들어가서 얌전한 수녀가 될게요." 밀레디가 말했다.

"당신은 예전에도 수녀원에 있었소. 하지만 내 아우를 파멸시키려고 수녀원을 떠났지." 형리가 말했다.

밀레디는 공포에 질려 외마디 소리를 지르고는 털썩 무릎을 꿇었다.

형리는 두 팔로 그녀를 안아 일으켜, 배가 있는 쪽으로 끌고 가려고 했다.

"세상에!" 그녀가 외쳤다. "나를 물에 빠뜨려 죽일 작정인가요?"

이 절규는 듣는 사람의 가슴을 찢어놓을 만큼 비통해서, 처음에는 누구보다 무자비하게 밀레디를 추적했던 다르타냥도 나무 그루터기에 주저앉아 고개를 숙이고 손바닥으로 두 귀를 틀어막았다. 그래도 그녀의 위협적인 절규는 여전히 들려왔다.

다르타냥은 일행 가운데 가장 젊었지만, 누구보다 먼저 용기를 잃었다.

"이 끔찍한 광경을 차마 눈뜨고 볼 수가 없군요! 여자를 이런 식으로 죽이는 건 찬성할 수 없어요!"

이 말을 듣고 밀레디는 한 가닥 희망을 되찾았다.

"다르타냥! 다르타냥!" 그녀가 외쳤다. "내가 당신을 사랑했다는 걸 기억해주세요!"

젊은이는 일어나서 그녀에게 한 걸음 다가갔다.

하지만 아토스가 갑자기 칼을 빼들고 앞을 가로막았다.

"다르타냥! 한 걸음만 더 내디디면 칼부림이 날 거야."

다르타냥은 무릎을 꿇고 기도를 드렸다.

"자, 형리." 아토스가 말했다. "직무를 이행하라."

"명령대로 수행하겠습니다." 형리가 말했다. "제가 의로운 가톨릭 신자라는 것이 진실인 것처럼 이 여자에게 직무를 수행하는 것이 정당하다는 것을 굳게 믿으니까요."

"그래."

아토스가 말하고는 밀레디 쪽으로 한 걸음 다가갔다.

"당신이 나에게 저지른 악행을 용서하겠다. 내 미래를 망친 것도, 내 명예를 떨어뜨린 것도, 내 사랑을 더럽힌 것도, 나를 절망에 빠뜨려 내 영혼의 구제를 영영 어렵게 만든 것도 다 용서하겠다. 평화롭게 죽어라."

이번에는 윈터 경이 앞으로 나섰다.

"당신이 내 아우를 독살한 것도, 버킹엄 공작을 암살한 것도 용서하겠다. 가엾은 펠턴을 죽게 한 것도, 나를 암살하려 한 것도 다 용서하겠다. 평화롭게 죽어라."

그러자 이번에는 다르타냥이 말했다.

"내가 귀족답지 못한 속임수로 당신의 분노를 불러일으킨 것을 용서하시오. 그 대신 당신이 내가 사랑하는 여자를 죽여서 나에게 복수한 것을 용서하겠소. 당신을 용서하고, 당신을 애도해줄 테니 평화롭게 죽으시오."

'나는 끝장이야! 죽을 수밖에 없어.' 밀레디가 중얼거렸다.

그러고는 혼자 힘으로 일어나서 주위를 둘러보았다. 불타는 눈에서 불길이 뿜어 나오는 듯한 형형한 눈빛이었다.

그녀의 눈에는 아무것도 보이지 않았다.

그녀가 귀를 기울였지만, 아무 소리도 들리지 않았다.

주위에는 적들뿐이었다.

"내가 죽을 곳은 어디죠?" 그녀가 물었다.

"건너편 강둑." 형리가 대답했다.

형리가 그녀를 조각배에 태우고 자기도 그 배에 올라탔다.

그때 아토스가 그에게 돈을 건네주었다.

"자, 사형 집행의 수수료요. 우리가 재판관으로서 떳떳하게 행동하고 있다는 것을 보여주시오." 아토스가 말했다.

"물론입니다." 형리가 말했다. "그리고 이제는 제가 직책이 아니라 의무를 다하고 있다는 것을 저 여자한테 알려줘야겠군요."

이렇게 말하고 형리는 그 돈을 강물에 던져버렸다.

배는 죄 많은 여자와 형리를 태우고 리스 강 왼쪽 기슭을 향해 멀어져갔다. 나머지 사람들은 모두 오른쪽 기슭에 남아 무릎을 꿇었다.

배가 강을 가로질러 매놓은 밧줄을 따라, 물 위에 드리워진 창백한 구름 그림자 아래를 지나서 천천히 미끄러져 갔다.

그들은 배가 건너편 강기슭에 닿는 것을 보았다. 그들의 모습이 불그스름한 지평선을 배경으로 검게 도드라져 보였다.

강을 건너는 동안 밀레디는 발을 묶은 밧줄을 풀어내는 데 성공했다. 강기슭에 도착하자마자 배에서 훌쩍 뛰어내려 달아나기 시작했다.

하지만 땅이 젖어 있었다. 제방 위에 이르자마자 미끄러져 무릎을 꿇고 쓰러졌다.

미신적인 생각이 잠시나마 그녀를 사로잡은 모양이었다. 하늘이 도움을 거절했다고 생각했는지, 고개를 숙이고 두 손을 맞잡은 자세로 가만히 있었다.

이윽고 강 건너편에 있는 사람들은 형리가 두 팔을 천천히 들어 올리는 것을 보았다. 달빛이 넓은 칼날에 닿아 번득였다. 형리의 두 팔이 다시 내려오고, 그들은 칼이 공기를 가르는 소리와 희생자가 내지르는 비명 소리를 들었다. 머리통이 떨어져

나간 몸통이 털썩 쓰러졌다.

형리는 붉은 망토를 벗어 땅바닥에 펼쳐놓고, 그 위에 몸통을 눕히고 머리통을 던져 넣었다. 그런 다음 망토의 네 귀퉁이를 묶어서 어깨에 짊어지고 배로 돌아왔다.

강 한복판에 이르자 형리는 배를 세우고, 어깨에 멘 짐을 강물 위로 들어 올렸다.

"하느님의 심판을 받아라!"

형리는 수심이 가장 깊은 곳에 송장을 떨어뜨렸다. 그 위로 물이 닫히고, 수면은 다시 잔잔해졌다.

사흘 뒤에 네 총사는 파리로 돌아왔다. 휴가도 마침 끝난 참이었다. 그날 저녁에 그들은 평소처럼 트레빌을 찾아갔다.

친절한 대장이 그들에게 물었다.

"아, 다들 모였군. 그래, 여행은 즐거웠나?"

"예, 대단히 즐거웠습니다." 아토스가 이를 악물고 대답했다.

제67장

추기경의 메신저

다음 달 6일, 왕은 라로셸로 돌아오겠다고 추기경에게 약속한 대로 파리를 떠났다. 수도 파리는 버킹엄이 암살되었다는 소식에 아직도 충격에서 벗어나지 못하고 있었다.

왕비는 사랑했던 남자가 위험에 처해 있다는 경고를 받았지만, 그가 죽었다는 소식을 들었을 때 좀처럼 믿으려 하지 않았다. 믿기는커녕, 경솔하게도 이렇게 외쳤을 정도였다.

"사실이 아니야! 그분은 얼마 전에도 나한테 편지를 보내셨어!"

하지만 이튿날은 왕비도 그 소식을 믿지 않을 수 없었다. 찰스 1세의 명령으로 영국에 발이 묶여 있었던 라 포르트가 버킹엄이 왕비에게 보낸 마지막 선물을 가지고 돌아왔기 때문이다.

왕의 기쁨은 대단했다. 기쁨을 굳이 감추려고도 하지 않고, 왕비 앞에서 노골적으로 드러내기까지 했다. 나약한 마음을 가진 사람이 모두 그렇듯이 루이 13세도 아량이 부족했다.

하지만 왕은 곧 또다시 우울하고 기분이 언짢아졌다. 그의 얼굴은 오랫동안 환하게 갠 적이 없었다. 왕은 주둔지로 돌아가면 다시금 속박의 나날을 보내게 되리라고 느꼈지만, 그래도 돌아갔다.

추기경은 왕을 호리는 뱀 같은 존재였고, 왕은 이 나뭇가지에서 저 나뭇가지로 날아다니지만 추기경한테서는 끝내 벗어나지 못하는 작은 새였다.

그래서 라로셸로 돌아가는 여행에는 침울한 공기가 감돌았다. 특히 우리의 네 총사는 동료들을 놀라게 했는데, 이들은 모두 우울한 표정으로 고개를 숙인 채 나란히 가고 있었다. 아토스만이 이따금 넓은 이마를 쳐들었다. 그의 눈에서는 어떤 섬광이 번득였고, 입술에는 쌉쓸한 미소가 스쳤다. 그러나 곧바로 친구들과 마찬가지로 다시 깊은 생각에 잠겨버렸다.

호위대가 어느 도시에 도착하여 왕을 숙소로 모셔다놓으면, 네 친구는 숙소로 물러가거나 아니면 외딴 술집에 틀어박혔다. 술집에서도 그들은 노름을 하지도 않았고 술을 마시지도 않았다. 누가 엿듣지 않는지 확인하려고 주위를 조심스럽게 살피면서 낮은 목소리로 소곤소곤 이야기만 나눌 뿐이었다.

어느 날 왕이 매사냥을 하려고 도중에 여행을 멈추자, 네 친구는 사냥에 따라가는 대신 여느 때처럼 길가에 있는 술집으로 들어갔다. 그때 라로셸에서 전속력으로 달려온 사내가 포도주 한 잔을 마시려고 술집 문 앞에 말을 세우더니, 네 총사가 앉아 있는 술청을 힐끗 들여다보았다.

"다르타냥 씨." 사내가 말했다. "당신이 맞지?"

다르타냥은 고개를 들더니 환성을 질렀다. 그에게 알은체한 사내는 묑에서, 포수아외르 가에서, 아라스에서 마주친 그 미지의 사내였다.

다르타냥은 칼을 빼들고 문 쪽으로 달려갔다.

하지만 사내도 이번에는 달아나는 대신 말에서 뛰어내려 다르타냥을 향해 다가왔다.

"드디어 만났군!" 다르타냥이 말했다. "이번에는 달아나지 못할 거요."

"나도 달아날 생각이 없다. 이번에는 내가 당신을 찾고 있었으니까. 국왕 폐하의 이름으로 당신을 체포하겠다. 그러니 더 이상 저항하지 말고 순순히 칼을 나한테 넘겨라. 미리 경고하겠는데, 거기에 당신 목숨을 달려 있다."

"도대체 당신은 누구요?" 다르타냥이 칼을 내리고 물었지만, 아직 칼을 넘겨주지는 않았다.

"나는 로슈포르일세." 미지의 사내가 대답했다. "리슐리외 추기경님을 모시고 있지. 자네를 추기경 예하께 연행해오라는 분부를 받았다."

"우리는 지금 추기경 예하께 돌아가는 중이오." 아토스가 앞으로 나서면서 말했다. "다르타냥은 여기서 곧장 라로셸로 가겠다고 당신에게 분명히 약속할 겁니다."

"나는 이 친구를 호위대에 넘겨야 하오. 그러면 호위대가 진지까지 데려갈 거요."

"그 일은 우리가 맡겠소. 귀족의 명예를 걸고 약속하겠소. 또한 귀족으로서 맹세하지만……" 아토스가 얼굴을 찡그리며 덧붙였다. "다르타냥은 절대로 우리와 헤어지지 않을 것이오."

로슈포르는 얼른 뒤를 돌아보고 포르토스와 아라미스가 그와 문 사이에 서 있는 것을 보았다. 그러니까 그는 네 남자에게 완전히 포위되어 있었다.

"여러분." 그가 말했다. "다르타냥 씨가 칼을 내게 넘겨주는 데 동의하고, 방금 당신이 말한 대로 약속해준다면, 당신들이 다르타냥 씨를 추기경 예하의 진지로 데려가겠다는 약속을 받아들이겠소.”

“약속하겠소.” 다르타냥이 말했다. “자, 칼을 받으시오.”

“실은 이렇게 하는 게 나한테도 더 좋아요.” 로슈포르가 덧붙였다. “여행을 계속해야 하니까.”

“혹시 밀레디를 만나러 가는 길이라면……” 아토스가 차갑게 말했다. “소용없을 거요. 다시는 못 만날 테니까.”

“그 여자가 어떻게 됐소?” 로슈포르가 날카롭게 물었다.

“진지로 돌아가면 알게 될 거요.”

로슈포르는 잠시 생각에 잠겼지만, 추기경이 왕을 마중 나오기로 되어 있는 쉬르제르까지는 여기서 겨우 하루밖에 걸리지 않았기 때문에 아토스의 충고에 따라 그들과 함께 돌아가기로 결정했다. 게다가 이렇게 돌아가는 것이 그에게도 상책이었다. 죄수를 직접 감시할 수 있다는 이점이 있었기 때문이다.

국왕 일행은 다시 출발했다.

이튿날 오후 세 시에 쉬르제르에 도착했다. 추기경이 국왕을 기다리고 있었다. 재상과 국왕은 수차례 포옹의 인사를 나누고, 유럽 각국을 선동하여 프랑스에 맞섰던 적이 제거된 행운을 서로 축하했다. 그 후 추기경은 다르타냥을 체포해서 데려왔다는 로슈포르의 보고를 받고 한시 바삐 다르타냥을 만나고 싶었기 때문에, 왕에게 작별 인사를 하면서 제방 공사가 끝났으니 내일 보러 오시라고 초대했다.

저녁에 라피에르 다리 기슭에 있는 숙영지로 돌아가 보니, 그가 살고 있는 집 문 앞에 칼을 차지 않은 다르타냥과 무장한 삼총사가 서 있었다.

이번에는 추기경이 우세한 처지에 있었기 때문에, 엄격한

눈으로 그들을 바라보는 한편 눈짓과 손짓으로 다르타냥에게
따라오라는 신호를 보냈다.

"걱정 마, 다르타냥. 여기서 기다리고 있을 테니까." 아토스
가 추기경에게도 들릴 만큼 큰 소리로 말했다.

추기경은 얼굴을 찌푸리고 잠깐 멈춰 섰지만, 한마디도 하
지 않고 다시 걸어갔다.

다르타냥은 추기경을 따라 숙소로 들어갔고, 로슈포르는 다
르타냥의 뒤를 따라 들어갔다. 문에는 보초가 서 있었다.

추기경은 집무실로 쓰는 방으로 들어가더니, 로슈포르에게
젊은 총사를 안내하라고 손짓했다.

로슈포르는 명령에 따르고 나서 물러갔다.

다르타냥은 추기경 앞에 홀로 서 있었다. 리슐리외와 대면
하는 것은 이번이 두 번째였다.

리슐리외는 벽난로에 기대고 서 있었다. 리슐리외와 다르타
냥 사이에는 탁자 하나가 놓여 있을 뿐이었다.

추기경이 입을 열었다.

"자네는 내 명령에 따라 체포된 것일세."

"저도 그렇게 들었습니다, 예하."

"이유는 알고 있나?"

"모릅니다. 제가 체포될 만한 이유가 한 가지 있기는 하지
만, 그것은 예하께서도 아직 모르고 계시니까요."

리슐리외는 젊은이를 가만히 바라보았다.

"그게 무슨 뜻인가?"

"제가 무슨 죄로 고발되었는지 예하께서 먼저 말씀해주시
면, 저도 제가 한 짓을 말씀드리겠습니다."

"자네는 자네보다 지위가 높은 사람들의 목숨을 잃게 한 죄

로 고발당했어!"

"그게 무슨 말씀이십니까?" 다르타냥은 추기경도 놀랄 만큼 침착하게 물었다.

"적국과 내통한 죄, 국가 기밀을 누설한 죄, 사령관의 작전을 무산시키려 한 죄."

"저에게 그런 죄를 뒤집어씌운 자가 누굽니까?" 다르타냥이 말하면서, 밀레디가 그랬을 거라고 짐작했다. "국가의 사법기관에 의해 유죄 판결을 받고 낙인이 찍힌 여자, 프랑스에서 한 남자와 결혼했으면서 영국에서 또 다른 남자와 결혼한 여자, 두 번째 남편을 독살하고 저까지 독살하려 한 여자, 그 여자가 아닙니까!"

"도대체 무슨 말을 하는 건가?" 추기경이 놀라서 외쳤다. "어떤 여자를 말하는 거지?"

"밀레디 드 윈터라는 여자 말입니다." 다르타냥이 대답했다. "예하께서는 그 여자를 신임하셨을 때 그렇게 많은 죄를 지은 범죄자인 줄은 모르셨을 겁니다."

"밀레디 드 윈터가 자네 말대로 그런 범죄를 저질렀다면 마땅히 처벌을 받아야겠지."

"벌써 벌을 받았습니다."

"누가 처벌했지?"

"저희가 그랬습니다."

"그 여자는 지금 감옥에 있나?"

"죽었습니다."

"죽었어?" 추기경은 귀를 믿지 못해서 되물었다. "죽었다고? 지금 그 여자가 죽었다고 했나?"

"그 여자는 세 번이나 저를 죽이려고 했지만 저는 용서했습니다. 하지만 그 여자는 제가 사랑하는 여자를 죽였습니다. 그 후 저는 친구들과 함께 그 여자를 붙잡아서 재판하고 사형을 선고했습니다."

이어서 다르타냥은 베튄의 카르멜회 수녀원에서 보나시외 부인이 독살당한 일, 외딴 집에서 그녀를 재판한 일, 리스 강변에서 처형한 일을 이야기했다.

추기경은 쉽게 몸을 떠는 사람이 아니었지만, 전율이 추기경의 몸을 꿰뚫었다.

하지만 갑자기 어떤 생각이 떠오른 것처럼, 이때까지 침울했던 추기경의 얼굴이 조금씩 밝아지더니 결국은 화창해졌다.

"그러니까 자네들은……" 추기경이 엄격한 말투와는 대조적인 부드러운 목소리로 말했다. "남을 처벌할 권한이 없는데도 처벌을 내리면 살인자가 된다는 것도 모르고 스스로 재판관 노릇을 했단 말이군!"

"맹세코 말씀드리지만, 저는 예하께 제 목숨을 변호할 생각이 조금도 없습니다. 예하께서 어떤 벌을 내리셔도 달게 받겠습니다. 저는 죽음을 두려워할 만큼 삶에 애착을 갖고 있지 않습니다."

"그래, 자네가 대담한 사내라는 건 나도 알고 있네." 추기경이 다정한 목소리로 말했다. "그래서 나도 자네가 재판을 받을 것이고, 그러면 사형 선고까지 받게 될 거라고 미리 말해두는 것일세."

"다른 사람이라면 주머니에 추기경님의 사면장이 들어 있다고 대답할지 모르지만, 저는 다만 각오가 되어 있다고만 말씀드리겠습니다."

"사면장이라고?" 리슐리외가 놀라서 물었다.

"예, 예하." 다르타냥이 대답했다.

"누가 서명한 사면장인가? 국왕 폐하인가?" 추기경은 야릇하게 경멸하는 투로 물었다.

"아닙니다. 예하께서 서명하신 겁니다."

"내가? 자네 미쳤나?"

"필적을 보시면 아실 겁니다."

다르타냥은 아토스가 밀레디한테 빼앗아 자기한테 안전 통행증으로 준 그 귀중한 서류를 추기경에게 내밀었다.

추기경은 종이를 받아 들고 한마디 한마디 힘주어 천천히 읽었다.

이 서류를 소지한 자가 행한 일은 모두 내 명령에 따라 국익을 위해 행한 것임을 증명하노라.

1627년 12월 3일
리슐리외

다 읽고 나자 추기경은 깊은 상념에 잠겼다. 하지만 종이를 다르타냥에게 돌려주지는 않았다.

'어떤 형벌로 나를 죽일까 생각하고 있겠지.' 다르타냥이 속으로 중얼거렸다. '그래, 좋다! 추기경은 귀족이 어떻게 죽는지를 보게 될 거야.'

다르타냥은 영웅적으로 용감하게 죽고 싶었다.

리슐리외는 종이를 두 손으로 말았다 펼쳤다 하면서 계속 생각에 빠져 있었다. 그러다가 고개를 들더니, 그 성실하고 솔직하고 영리한 젊은이의 얼굴을 독수리 같은 눈으로 뚫어지게 바라보았다. 그리고 눈물 자국이 난 그 얼굴에서 그가 지난 한 달 동안 견딘 온갖 고초를 보고, 이 스물한 살의 젊은이 앞에 얼마나 창창한 미래가 놓여 있는지, 그의 활동력과 용기와 지혜가 훌륭한 주인에게 얼마나 많은 도움을 줄 수 있는지를 몇 번씩 곱씹어 생각했다.

반면에 그는 밀레디가 저지른 죄악과 무서운 능력과 악마 같은 재능에 소름이 끼친 적이 한두 번이 아니었다. 그 위험한 공모자가 영원히 제거되었다는 것을 알고 그는 은밀한 기쁨을 느꼈다.

그는 다르타냥이 그토록 선선히 돌려준 그 귀중한 종이를 천천히 찢었다.

'아, 끝장이구나.' 다르타냥은 속으로 중얼거렸다. 그러고는 '주여, 뜻대로 하소서!' 하고 기도하는 사람처럼 추기경 앞에 머리를 숙였다.

추기경은 탁자로 다가가더니, 이미 3분의 2쯤 글씨로 채워 져 있는 양피지에 몇 줄을 더 추가한 뒤, 인장을 찍었다.

'나한테 사형을 선고하는 판결문이겠지.' 다르타냥이 생각했 다. '추기경은 바스티유와 계속 지연되는 재판의 따분함을 덜 어주려는 거야. 정말로 고마운 일이군.'

"자, 받게." 추기경이 다르타냥에게 말했다. "나는 자네한테 백지 위임장을 받았으니, 자네에게 다른 걸 주겠네. 이 위임장 에는 이름이 적혀 있지 않으니까, 자네가 직접 적어 넣게."

다르타냥은 머뭇거리며 종이를 받아들고 얼른 훑어보았다.

그것은 총사대 부관 사령장이었다.

다르타냥은 추기경의 발치에 엎드렸다.

"예하, 제 목숨은 예하의 것입니다. 마음대로 처분하셔도 좋

습니다. 하지만 저는 예하께서 베풀어주시는 이 호의를 받을 자격이 없습니다. 저보다 훨씬 자격이 있고 훌륭한 친구가 셋이나 있으니……"

"자네는 참으로 훌륭한 젊은이일세, 다르타냥." 추기경이 다르타냥의 말을 가로막고 그의 어깨를 다정하게 두드렸다. 이 젊은이의 반항적 기질을 정복한 것이 기뻐서 견딜 수가 없었다. "이 서류는 자네 마음대로 사용하게. 이름은 써넣지 않았어도 내가 서류를 준 사람이 자네라는 것만은 잊지 말게."

"절대로 잊지 않겠습니다. 그 점은 염려하지 않으셔도 됩니다."

추기경이 돌아서서 큰 소리로 불렀다.

"로슈포르!"

그가 바로 들어왔다. 문 밖에서 추기경의 명령을 기다리고 있었을 것이다.

"로슈포르." 추기경이 말했다. "여기 있는 다르타냥을 내 친구로 맞아들이겠다. 그러니 서로 인사하게. 그리고 서로 목이 달아나는 것을 바라지 않는다면 현명하게 행동하도록!"

로슈포르와 다르타냥은 서로 포옹하고 상대의 볼에 입을 맞추었다. 추기경은 그 모습을 날카로운 눈으로 지켜보고 있었다.

그들은 함께 방에서 나왔다.

"우리 다시 만나겠지?" 로슈포르가 말했다.

"당신이 원할 때는 언제든지." 다르타냥이 대답했다.

"기회가 올 걸세."

"무슨 얘기를 하고 있나?" 리슐리외가 문을 열면서 말했다.

두 남자는 미소를 짓고 악수를 나누고 추기경에게 인사를 했다.

밖으로 나오자 아토스가 말했다.

"걱정되기 시작한 참인데, 때맞춰 나오는군."

"이렇게 무사히 돌아왔습니다." 다르타냥이 대답했다. "무죄 석방에다 포상까지 받았어요."

"그게 무슨 얘기야?"

"오늘 저녁에 다 말씀드릴게요."

저녁이 되자 다르타냥은 아토스의 숙소로 갔다. 아토스는 포도주를 마시고 있는 중이었다. 그것은 아토스가 저녁마다 종교의식처럼 수행하는 일이었다.

다르타냥은 추기경과 만난 자초지종을 털어놓고, 주머니에서 부관 사령장을 꺼내면서 말했다.

"자, 받으세요. 이건 당연히 당신 거예요."

아토스는 온화하고 매력적인 미소를 지었다.

"이보게 친구, 이 사령장은 아토스에게는 과분하지만, 라 페르 백작에게는 너무 하찮아. 그러니 사령장은 넣어두게. 그건 자네 거야. 자네는 충분히 대가를 치렀어!"

다르타냥은 아토스의 방에서 나와 포르토스의 방으로 들어갔다.

포르토스는 멋진 자수로 뒤덮인 화려한 옷을 입고 거울에 비친 모습을 바라보고 있었다.

"아! 자네로군!" 포르토스가 말했다. "이 옷 어때? 나한테 어울리는 것 같아?"

"잘 어울리는데요. 하지만 나는 당신에게 훨씬 잘 어울리는 옷을 권하러 왔어요."

"어떤 옷인데?"

"총사대 부관 제복이죠."

다르타냥은 추기경과 만난 이야기를 털어놓고, 주머니에서 부관 사령장을 꺼내면서 말했다.

"자, 여기에 이름을 적어 넣고, 저의 훌륭한 상관이 되어주세요."

포르토스는 사령장을 훑어보고 나서 다르타냥에게 돌려주었다.

"그래. 내가 부관 제복을 입으면 아주 멋져 보이겠지. 하지

522

만 그 호의를 오랫동안 누릴 수는 없을 거야. 우리가 베튄에 다녀오는 동안 공작부인의 남편이 죽었어. 그래서 고인의 금고가 나한테 두 손을 내밀었기 때문에 나는 그 미망인과 곧 결혼하게 돼. 이 옷은 결혼식 때 입을 신랑 예복이야. 부관 사령장은 자네가 갖게."

그래서 이번에는 아라미스의 방으로 들어갔다.

아라미스는 기도대 앞에 무릎을 꿇고서 펼쳐진 기도서에 이마를 대고 있었다.

다르타냥은 추기경과 면담한 이야기를 털어놓고, 세 번째로 주머니에서 부관 사령장을 꺼내면서 말했다.

"아라미스, 당신은 우리의 빛, 눈에 보이지 않는 우리의 보호자예요. 그러니 이 사령장을 받아주세요. 당신은 누구보다도 이걸 받을 자격이 있어요. 당신의 지혜와 조언은 언제나 좋은 결과를 가져다주었으니까요."

"이봐, 친구! 지난번 사건 때문에 총사 생활에 염증이 났어, 이번에야말로 내 결심은 흔들리지 않아. 포위전이 끝나면 나는 성 라자로 선교회*에 들어갈 거야. 다르타냥, 이 사령장은 자네가 가져. 자네한테는 군인이 어울려. 자네는 틀림없이 훌륭한 대장이 될 거야."

다르타냥은 고마워서 눈물이 났지만 기쁨으로 눈을 빛내며 아토스에게 돌아갔다. 아토스는 여전히 탁자 앞에 앉아서 말라가 포도주의 마지막 술잔을 등불 쪽으로 들어 올리고 있었다.

"다른 친구들도 모두 거절했어요." 다르타냥이 말했다.

"그건 누구보다 자네가 적임자이기 때문이야."

아토스는 펜을 들고 사령장에 다르타냥의 이름을 적어서 그에게 돌려주었다.

“그럼 나에게는 친구가 없겠군요. 아! 이제 남은 것은 씁쓸
한 추억뿐……."
다르타냥은 두 손으로 얼굴을 감쌌다. 두 줄기 눈물이 볼을
타고 흘러내렸다.
“자네는 아직 젊어." 아토스가 말했다. “자네의 씁쓸한 추억
도 세월이 흐르면 달콤한 추억으로 바뀔 거야."

에필로그

라로셸은 버킹엄이 약속했던 영국 함대와 병력의 지원을 받지 못하게 되자, 포위된 지 1년 만에 항복했다. 1628년 10월 28일, 항복 문서가 조인되었다.

왕은 같은 해 12월 23일 파리로 돌아왔다. 그는 동족이 아니라 적을 무찌르고 돌아오기라도 한 것처럼 개선식을 거행했다. 그는 파리 근교의 생자크에서 푸른 나뭇가지로 장식된 개선문을 지나 시내로 들어왔다.

다르타냥은 총사대 부관으로 진급했다. 포르토스는 총사대를 떠났고, 이듬해 코크나르 부인과 결혼했다. 그가 그토록 탐냈던 금고에는 80만 리브르가 들어 있었다.

무스크통은 화려한 하인 제복을 받았을 뿐만 아니라, 금칠한 사륜마차 뒤에 타고 싶다는 소원도 이루어져 완전히 만족했다.

아라미스는 로렌 지방으로 떠난 뒤 갑자기 행방을 감추었고, 친구들에게도 편지를 보내지 않았다. 나중에 슈브뢰즈 부인이 몇몇 애인에게 털어놓은 바에 따르면, 아라미스는 낭시의

수도원에 들어갔다고 한다.

바쟁은 평수사가 되었다.

아토스는 1633년까지 총사대에 남아서 다르타냥의 지휘를 받았지만, 1633년에 투렌 지방을 여행한 뒤 루시용에 있는 작은 영지를 유산으로 물려받았다는 핑계로 총사대를 떠났다.

그리모는 아토스를 따라갔다.

다르타냥은 로슈포르와 세 번 결투했고, 세 번 다 그에게 상처를 입혔다.

"네 번째에는 아마 당신을 죽이게 될 거요." 다르타냥이 로슈포르를 일으키려고 손을 내밀면서 말했다.

"이쯤에서 결투를 그만두는 게 당신에게도 내게도 좋을 것 같군." 다친 로슈포르가 대답했다. "나는 자네가 생각하는 것 이상으로 자네한테 호의를 갖고 있다네. 우리가 처음 만났을 때부터 내가 추기경에게 한마디만 하면 자네 목을 날려 보낼 수도 있었으니까."

플랑셰는 로슈포르 덕분에 근위대 부사관이 되었다.

보나시외는 아내가 어떻게 되었는지도 전혀 모르고 아내의 운명을 걱정하지도 않은 채 아주 태평스럽게 살았다. 하루는 추기경에게 자신의 존재를 상기시키기 위해 편지를 보내는 어리석은 짓을 저질렀다. 그러자 추기경은 앞으로 무엇 하나 부족한 것 없이 살게 해주겠다는 답장을 그에게 보내도록 했다.

과연 그 이튿날 보나시외는 루브르 궁에 가기 위해 저녁 일곱 시에 집을 떠난 뒤, 다시는 포수아외르 가에 나타나지 않았다. 사정을 잘 아는 이들의 견해에 다르면, 그는 관대한 추기경 예하의 선처로 어느 호화로운 성에서 숙식을 제공받으며 살고 있다는 것이다.

10   히폴리투스의 말들: 장 라신(1639~1699)의 비극 《페드르》의 5막 6장
     에서 가정교사인 테라메네스는 테세우스에게 그의 아들 히폴리투스의
     말들이 젊은이의 불길한 예감을 어떻게 공유했는지를 설명한다. '그의
     훌륭한 말들…… 그들의 눈은 슬프고, 그들의 머리는 축 늘어져 있다 /
     그들은 주인의 슬픔에 자신을 순응시키는 것처럼 보였다.'

15   생마글루아르 수도원: 1572년에 카트린 드 메디시스는 생마글루아르
     수도원의 수도사들을 우르스 가 근처에 있는 수도원에서 센 강 건너편
     으로 쫓아냈지만, 생드니 가에 있는 수도원을 포함한 건물들은 1790년
     까지 남아 있었다. 막다른 골목이 된 생마글루아르는 세바스토폴 대로
     를 내기 위해 1807년에 사라졌다.

47   바세트……: 바세트와 랑스크네는 카드놀이지만, 독일어로 용병을 뜻
     하는 '란즈크네흐트'에서 유래한 랑스크네는 17세기 말에야 프랑스에
     들어왔다. 파스디스는 주사위 놀이다.

     샤틀레: 프랑스 파리에 있었던 성채. 12세기부터 대혁명 때까지 국왕의
     파리 관구 행정청과 법원으로 이용되어 수도 행정의 중추였으나 19세
     기 초에 헐렸다.

54   몽트뢰유 포도주: 몽트뢰유는 파리 동쪽, 뱅산 숲 근처에 있는 도시. 옛
     날에는 품질이 형편없는 포도주가 이 도시를 둘러싼 교외에서 생산되
     었다.

55 루쿨루스(기원전 109?~57): 고대 로마의 장군. 어느 날 혼자 식사를 할 때, 요리가 하나만 나오자 집사를 불러 질책했다. 집사는 손님이 없어서 진수성찬을 내놓을 필요가 없는 줄 알았다고 변명했다. 그러자 루쿨루스는 "오늘은 루쿨루스가 루쿨루스와 함께 식사를 한다는 걸 몰랐나?" 하고 대답했다.

58 《수전노》: 몰리에르(1622~1673)의 희곡 작품으로 1668년에 초연되었다. 아르파공은 제목 자체인 주인공.

63 기즈 부인: 아마 앙리에트 카트린 드 주아외즈(1585~1656)일 것이다. 그녀의 첫 남편은 몽팡시에 공작 앙리 드 부르봉이었고, 1611년에 기즈 공작 샤를 드 로렌과 재혼했다.

101 키르케: 그리스 신화에 나오는 마녀. 태양신 헬리오스의 딸로 눈부실 정도의 외모를 지녔으며, 인간을 동물로 바꾸는 마법으로 유명하다.

107 아르메니아의 돈 자페: 프랑스의 시인·극작가·소설가인 폴 스카롱(1610~1660)이 쓴 희곡 작품의 제목이자 주인공 이름. 당시에 가장 인기 있는 희곡이었다. 1652년에 초연되었고, 이듬해에 책으로 출간되었다.

127 폴리크라테스: 전설에 따르면 기원전 6세기에 사모스의 참주였던 폴리크라테스는 자신의 인장 반지를 바다에 던져 복수의 여신 네메시스의 의표를 찌르려고 했다. 며칠 뒤 한 어부가 그에게 물고기 한 마리를 바쳤는데, 그 물고기의 배 속에서 반지가 나왔다.

132 안달루시아: 스페인 남쪽 끝에 있는 지방. 오랫동안 아랍인의 지배를 받았기 때문에 이슬람 유적이 많다.

140 오베르뉴: 프랑스 중남부 고지에 있는 지방.

메클렌부르크: 독일 북동부, 발트 해에 면한 지역.

142 사마리아 여인: 파리에 처음 설치된 양수기의 별명. 건물 꼭대기의 종루에는 스물네 개의 종으로 이루어진 천문시계가 설치되어 있었다. 건물 정면에 그리스도가 야곱의 우물에서 사마리아 여인과 만나는 장면을 묘사한 돋을새김이 장식되어 있어서 '사마리아 여인'이라고 불렸다.

146 미람: 이 희곡은 1641년에 초연되었으니까 이 소설의 시대적 배경과는

맞지 않는다. 한때 리슐리외 추기경의 작품으로 여겨졌지만, 실제로는
시인 데마레 드 생-소를랭(1596~1676)이 리슐리외의 지원을 받아서
쓴 것이다.

160 잔 다르크와 기즈 공작: 잔 다르크(1412~1431)는 백년전쟁(1337~1453)
후기에 벌어진 오를레앙 전투에서 조국인 프랑스의 승리를 이끌어
냈다. 그러나 콩피에뉴 전투에서 영국군에게 넘겨졌고, 1431년 재판
에서 마녀로 낙인 찍혀 화형을 당했다. 기즈 공작 프랑수아 드 로렌
(1519~1563)은 전쟁에서 많은 공을 세운 노련한 장군이었고, 그중에
서도 특히 중요한 공적은 1558년에 칼레 항구를 영국으로부터 탈환한
것이었다.

프랑수아 드 바송피에르(1579~1646): 스위스 용병으로 구성된 근위
대를 지휘했고, 앙리 4세를 위해 싸워서 승리한 공으로 프랑스 원수에
임명되었다. 1627년에 라로셸 포위전에서 앙굴렘 공작과 함께 싸우기
를 거부했지만, 1년 뒤에는 함께 싸우기로 동의했다. 그는 라로셸에서
가톨릭으로 개종했다.

낭트 칙령의 폐지: 앙리 4세가 종교전쟁을 끝내기 위해 1598년에 서명
한 낭트 칙령은 신교도에게 양심의 자유와 민권을 부여했다. 하지만 이
권리는 점점 침식당했고, 1685년에 루이 14세는 칙령 자체를 폐지하여
많은 신교도들이 외국으로 이주하게 되었다.

161 투아라스 백작 장 드 카일라르 드 생-보네(1585~1636): 라로셸 해안
에서 5킬로미터 떨어진 레 섬의 수비를 맡고 있었다. 리슐리외가 이 섬
에 생마르탱 요새와 라프레 요새를 세운 것은 라로셸에 있는 신교도 세
력의 저항을 불러일으켰다.이들은 라로셸 토박이인 수비즈 공작 방자
맹 드 로앙을 앞세워 버킹엄 공작에게 지원을 청했다. 1627년 여름, 버
킹엄이 이끄는 영국군이 레 섬에 상륙하여 프랑스군을 몰아넣었다. 버
킹엄은 요새에 갇힌 프랑스군의 식량 보급을 차단하면 항복을 받아낼
수 있으리라 생각했다. 하지만 프랑스인들은 수비군에 식량을 다시 보
급했고, 11월에 투아라스와 숑베르그는 영국군을 패주시켰다. 한편 리
슐리외와 루이 13세는 라로셸을 육지와 바다에서 봉쇄했다. 리슐리외
의 유명한 제방은 같은해 11월에 건설되기 시작했다. 성내의 신교도 세
력은 1천 명의 병사와 버킹엄이 남기고 간 영국군 2백 명, 그리고 시민
들로 구성된 4천 명의 민병대였다. 프랑스군은 보병 17개 연대와 기병
22개 중대로 구성되어 있었다.

162 앙굴렘 공작 샤를 드 발루아(1573~1650): 샤를 9세(1550~1574)의

서자로서 옛날 카페 왕조의 발루아-오를레앙 왕가의 분파에 속해 있었다. 그는 앙리 4세와 함께 싸웠고, 궁정 음모에 연루되어 바스티유에서 9년을 보낸 뒤 1616년에 루이 13세에게 사면되었다.

미님 수도원: 미님 수도회는 성 프란체스코 디 파울라(1416?~1507)가 창설했다. 1634년에는 루이 13세의 명으로 라로셸 만 남쪽에 미님 수도원과 노트르담 드 라 빅투아르 예배당이 건설되기 시작했다.

165 화승총: 최초의 휴대용 화기로서, 삼각대 위에 올려놓고 화승식 발화 장치로 발사했다. 1525년부터 1630년까지 프랑스군이 사용했다. 이것을 전장식(前裝式)으로 개량하여 정확도와 위력을 높인 것이 머스킷총이다.

171 루이: 1640년에 발행되기 시작한 금화. 한 면에 루이 13세의 초상이 새겨져 있어서 '루이 금화'라고 불렸다. 프랑스 혁명 때(1795) 프랑(은화)으로 대체되었다. 1루이=2.4피스톨(금화)=24리브르(은화).

176 숑베르그 백작 앙리(1575~1632): 1625년에 프랑스 원수가 되었다. 1621~1622년에 신교도와 싸웠고, 1627년에 영국군을 레 섬에서 몰아내는 데 이바지했다.

191 루아 섬: 지금은 레 섬에 붙어 있는 반도지만, 전에는 둑길로 이어져 있었다.

생시몽: 루이 13세의 총애를 받은 신하. 그의 아들 루이 드 루브루아가 쓴 《회고록》은 주요한 프랑스 역사서로 손꼽힐 뿐만 아니라 프랑스 산문의 걸작이기도 하다.

월터 몬터규(1603~1677): 비밀 첩보원으로서 모험적인 인생을 살았다. 찰스 1세와 앙리에타의 결혼 교섭을 위해 버킹엄 공작에게 고용되었고, 1627년에는 이탈리아와 로렌에 파견되어 프랑스에 대항하도록 부추겼지만, 로렌에서 체포되어 바스티유 감옥에 갇혔다. 그 직후 석방되어 프랑스에 남았고, 1635년에 가톨릭으로 개종한 뒤 선교하기 위해 영국으로 돌아갔지만, 프랑스 정부가 영국 왕과 왕비에게 보낸 편지를 가진 채 붙잡혀 1643년에 런던탑에 갇혔다. 1647년에 석방되었고, 1649년에 영국에서 추방되어 낭퇴유에 있는 베네딕트회 수도원 원장으로 일생을 마쳤다.

203 프랑수아 르 메텔 드 부아-로베르(1592~1662): 시인으로서 마리 드

메디시스와 영국 왕 찰스 1세, 교황 우르바누스 8세(교황은 그에게 성직록을 주었다), 그리고 누구보다도 특히 리슐리외 추기경을 즐겁게 해주는 데 성공한 재치 있는 사람이었다. 리슐리외의 문학 담당 비서로 일했으며, 아카데미 프랑세즈 창립회원(40명) 가운데 하나였다. 세랑 백작 기욤 드 보트뤼(1588~1665): 외교관이자 평범한 작가로서 리슐리외에게 헌신했으며, 나중에는 마자랭에게 충성을 바쳤다. 이 사람도 아카데미 프랑세즈 창립회원 가운데 하나였다.

큰 사건……: 뒤마는 《루이 14세와 그의 세기》에서도 이 전설을 언급하고 있다. 이 전설은 17세기 이전에 널리 퍼져 있었고, 적어도 18세기 말까지 남아 있었다. 유럽의 다른 왕실에도 이와 비슷한 전설들이 있었다.

205 페로느리 가의 암살 사건: 1610년 5월 10일 앙리 4세가 독일의 신교도를 보호하기 위해 신성로마제국에 대한 군사적 개입을 준비하다가 가톨릭 광신자인 프랑수아 라바야크의 칼에 찔려 죽은 사건.

206 자크 클레망(1567~1589): 도미니크회 수도사로서 1589년에 앙리 3세를 암살하고, 현장에서 근위대원들에게 살해되었다.

재판소: 1618년 3월 5일에 재판소에서 화재가 일어나 본관과 예배당과 인근 건물들을 모두 불태웠다. 이 화재가 방화인지 어떤지는 알려지지 않았다. 재판소는 뤽상부르 궁을 지은 건축가 살로몽 드 브로스가 1622년에 재건했다.

몽팡시에 양: 왕제 오를레앙 공의 딸. 당시에는 겨우 한 살밖에 안 된 어린애였다.

220 파르파요: 가톨릭교도(구교도)들이 한때 위그노(신교도)에게 붙인 모욕적인 별명이었다.

247 마들로네트: '막달라 마리아의 딸들'을 뜻하는 마들로네트 수녀원은 파리의 퐁텐뒤탕플 가에 자리를 잡고 있었다. 처음에는 회개한 창녀들을 위한 피난처로 1620년에 문을 열었지만, 1793년에는 감옥이 되었고 1866년에 헐렸다.

262 모후: 왕의 어머니. 여기서는 1612년부터 1627년까지 뤽상부르 궁에서 살았던 마리 드 메디시스를 가리킨다.

268 네스토르: 그리스 전설에 나오는 영웅으로 필로스의 왕. 트로이 전쟁이

일어났을 때는 60세가 넘은 노인이었으나, 두 아들과 함께 90척의 배를 이끌고 그리스 원정군에 참가하여, 건전한 판단과 친절한 성격 덕분에 모든 사람들로부터 존경과 사랑을 받았다.

272 뱅상 부아튀르(1597~1648): 프랑스의 시인. 17세기에 파리 사교계에 서 큰 인기를 얻었다.

296 타이번: 1783년까지 공개 교수형이 집행된 런던의 사형장. 하이드파크 의 북동쪽 모퉁이에 있는 오늘날의 마블아치 근처에 있었다.

300 라로셸 시장: 장 기통(1585~1654)은 1628년 4월 30일에 라로셸 시장 이 되었다. 리슐리외가 라로셸을 포위 공격하는 동안, 장 기통은 굽힐 줄 모르는 저항의 화신으로서 누구든 항복하자고 주장하는 사람은 죽 여버리겠다고 위협했다. 10월에 라로셸이 함락된 뒤 추방되었지만, 몇 년 뒤 국왕과 추기경 쪽으로 전향했다.

302 성 바르톨로메오 축일의 학살: 샤를 9세 시대인 1572년 8월 24일 밤, 아직 신교도였던 앙리 드 나바르(미래의 앙리 4세)와 앙리 2세의 딸인 마르그리트가 결혼한 이튿날, 카트린 드 메디시스와 기즈 가문의 선동 으로 신교도가 대량 학살된 사건. 이때 신교도의 주요 지도자들이 모두 살해되었다.

303 로베스피에르(1758~1794): 프랑스 혁명기의 정치가. 자코뱅파의 지 도자로 왕정을 폐지하고, 1793년 6월 독재체제를 수립하여 공포정치를 행했으나, 1794년 테르미도르의 쿠데타로 타도되어 처형되었다.

분할하여 통치한다: 피렌체의 정치가이자 역사가인 니콜로 마키아벨리 (1469~1527)를 통해 널리 알려진 'Divine ut regnes'(문자 그대로 해석 하면 '지배하기 위해 분할한다'는 뜻)라는 라틴어 격언은 로마 원로원 의 좌우명이었고, 루이 11세와 카트린 드 메디시스의 좌우명이 되었다. 뒤마는 이것을 샤를 7세와 루이 11세 시절에 헌병 사령관으로서 '백년 전쟁'이 끝난 뒤 프랑스가 질서를 회복하는 데 이바지한 무자비한 장교 였던 트리스탕 레르미트의 말이라고 보고 있다.

310 마리옹 드 로르므(1613~1650): 아름답고 총명한 이 여자는 추기경의 애인이라는 소문이 널리 퍼져 있었지만, 뒤마가 암시하는 것처럼 그들 의 관계가 일찍 시작되었을 가능성은 희박하다.

312 메두사: 그리스 신화에 나오는 괴물. 고르고 세 자매의 막내로, 원래는

아름다운 소녀였으나 아테네 여신의 저주를 받아 괴물로 변했다. 머리 카락은 모두 뱀이고 멧돼지의 엄니와 황금 날개를 가졌으며, 그 얼굴을 본 사람은 돌이 되었다고 한다.

331　메살리나 부인: 로마 황제 클라우디우스(기원전 10~서기 54)의 세 번째 아내. 과도한 허영심과 물욕으로 수단 방법을 가리지 않고 재물을 손에 넣었으며, 지나친 성욕으로 불륜을 저지르는가 하면 밤중에 몰래 궁을 빠져나와 사창가에서 쾌락을 즐겼다고 한다.

　　　맥베스 부인: 셰익스피어의 비극《맥베스》의 등장인물. 남편이 왕위에 오르리라는 마녀들의 예언을 믿고, 우유부단한 남편을 부추겨 왕을 살해한 뒤, 죄책감에 시달리다 자살한다.

335　화덕 속에 던져진……: 구약성서〈다니엘서〉제3장에 사드락과 메삭과 아벳느고의 이야기가 나온다. 이들 세 명의 유대인은 아시리아 왕 네부카드네자르가 세운 황금 신상에 경배하기를 거부했기 때문에 불타는 화덕 속에 던져졌다. 왕이 화덕 속을 들여다보니, 세 사람이 아니라 네 사람이 상하지도 않고 자유롭게 불길 속을 걸어 다니는 것이 보였는데, '네 번째 사람은 모양이 신들의 아들' 같았다.

354　바알: 고대 오리엔트의 최고신으로 토지의 비옥함과 생물의 번식을 주재하는 신. 이스라엘에 들어와 널리 퍼졌으나 엘리야 선지자가 도덕이 부패함을 책망하고 바알 선지자 450명을 죽였다고 전해진다.

　　　엘로아: 뒤마는 알프레 드 비니(1797~1863)가 쓴〈천사들의 누이 엘로아〉(1823)라는 시를 염두에 두었을지도 모른다. 이 시는 그리스도의 눈물방울에서 태어난 천사 같은 정령 엘로아가 사탄의 유혹을 받고 타락하는 이야기다. 이슈타르: 메소포타미아 신화에 나오는 아시리아와 바빌로니아의 여신으로, 미와 연애, 풍요와 다산, 전쟁, 금성을 상징한다.

355　벨리알: 히브리어로 '무법자'를 뜻하는 벨리알은 사탄의 또 다른 이름이다(〈고린도 후서〉제6장 15절 참조).

　　　사르다나팔루스: 방탕으로 악명이 높았던 전설적인 아시리아 왕. 기원전 800년경에 나라를 다스린 이슈르바니팔과 동일시될 때도 있다.

363　아라비아 우화: 동양학자인 앙투안 갈랑(1646~1715)이 번역한 최초의 프랑스어판《천일야화》는 1704~1715년에 출간되었다.

380 루크레티아: 고대 로마의 전설적인 여인. 콜라티누스의 아내였는데, 로마 왕 타르퀴니우스의 아들 섹스투스에게 능욕을 당하자 그 치욕을 견디지 못하고 자살했다. 그러자 민중이 들고일어나 타르퀴니우스가(家)는 추방되어 왕정이 끝나고 로마 공화정이 수립되었다

388 왕세자: 1623년에 버킹엄은 찰스와 함께 스페인에 갔고, 거기서 왕세자 찰스는 안 도트리슈의 여동생인 스페인 공주 마리아에게 청혼했다. 이 결혼 협상은 실패로 끝났다.

404 유다 마카베오: 이스라엘의 하스모네아 왕조의 창시자인 마타티아스 마카베오의 아들. 시리아의 셀레우코스 왕조에 속하는 안티오코스 4세에 맞서 반란을 일으킨 유대인을 지휘하여 성공을 거두었지만, 기원전 160년에 데메트리오스 1세와 싸우다가 전사했다.

422 연합주: 스페인의 펠리페 2세에 맞서서 연방을 결성하고 1609년에 독립을 승인받은 네덜란드 7개 주.

플리싱겐: 네덜란드 젤란트 주 스헬데 강 어귀에 있는 발헤렌 섬에 있는 해군기지이자 무역항.

423 성 루이 축일: 덕이 높고 고결한 인품으로 널리 존경받은 루이 9세(1214~1270)는 죽은 뒤에 성인으로 추증된 유일한 프랑스 왕이다. 그의 축일은 8월 24일.

425 드 뤼: 오노레 달베르(1578~1621)는 시골의 소귀족이었지만 루이 13세의 총애로 1619년에 드 뤼 공작이 되었다. 1617년에 마리 에메 드 로앙-몽바종과 결혼했는데, 이 여자는 1621년에 남편이 죽은 뒤 재혼하여 악명 높은 슈브뢰즈 부인이 되었다.

442 뒤자르 씨: 뒤마가 말하는 '뒤자르'는 프랑수아 드 로슈슈아르다. 리슐리외의 숙적이었던 그는 샬레 음모사건에 연루되어 사형 선고를 받았지만, 처형대에서 사면되었다. 그 후 리슐리외는 그를 바스티유 감옥으로 보냈고, 그는 1638년에 석방되어 1676년에 사망했다.

523 성 라자로 선교회: 1625년에 성 뱅상 드 폴(1581~1660)이 세운 선교 성직자 모임. 이 모임이 성 라자로 선교회라고 불린 것은 본부가 파리의 성 라자로 대학에 있었기 때문이다.

뒤마,
우리는 그와 함께
모험과 사랑을 꿈꾼다

김석희(번역가)

프랑스 파리 제17구의 말제르브 광장(1977년에 카투르 장군 광장으로 개칭)에는 알렉상드르 뒤마의 기념비가 서 있다. 이곳에는 그의 부친과 아들의 석상까지 세워져 있어서, 사람들은 이 광장을 '세 뒤마의 광장'이라는 별칭으로 부르기도 한다. 뒤마는 광장 뒤편의 고급 주택가인 빌리에 가 94번지에서 말년을 살았기 때문에, 이곳에 그를 기리는 기념비가 세워진 것은 참으로 뜻있고 적절한 일이 아닐 수 없다.

　뒤마의 기념비를 설계하고 기증한 사람은 삽화가로 유명한 귀스타브 도레(1832~1883)였는데, 그는 안타깝게도 작품이 완성되기 전에 세상을 떠났다. 뒤마의 미소 짓는 청동상은 높은 화강암 대좌 위에 놓여 있다. 대좌 전면에는 세 인물상—학생, 노동자, 젊은 여자—이 놓여 있고, 이들은 모두 고개를 숙인 채 같은 책을 들여다보고 있는데, 바로 《삼총사》다. 그리고 대좌 후면에는 약간 근엄한 표정의 다르타냥이 한쪽 다리를 끌어올리고 왼손은 허리춤에 대고 오른손으로는 두 무릎에 걸쳐놓은 칼을 잡은 자세로 앉아 있다. 뒤마가 죽은 지 13년 뒤인

1883년 11월 3일 기념비 제막식에서 소설가이자 저널리스트인 에드몽 아부(1828~1885)는 이 조각상에 바치는 축사를 통해 '총사들의 아버지'에게 경의를 표했다.

뒤마의 독자들이 이 기념비를 위해 1상팀씩만 기부했다면 이 동상은 순금으로 제작되었을 것입니다. 이 동상의 주인공은 멋진 유머와 놀라운 쾌활함 속에 우리 모두를 합친 것보다 더 많은 분별과 지혜를 가지고 있는 위대한 바보입니다. 이 동상은 질서정연함과 모순되는 파격적인 인물의 모습입니다. 쾌락과 만족을 소중히 여긴 그는 열심히 일하는 모든 사람들에게 본보기가 될 수 있습니다. 이 동상은 호탕하게 인심을 쓰면서 많은 돈을 낭비한 뒤 자신도 모르게 왕의 유산을 남긴 거인의 동상입니다. 웃음 짓는 이 얼굴은 어머니와 자식들, 친구들과 조국을 위해 평생을 바친 이기주의자의 얼굴입니다. ……그의 천재를 이루는 풍부하고 야릇하고 아리송한 성분들 가운데 적어도 4분의 3은 미덕으로 이루어져 있었습니다. 그는 가장 악독한 적들에게도 온화하고 관대했습니다. 그래서 그는 죽은 뒤 친구들만 남겼습니다…….

이 동상과 축사에 묘사된 인물은 1802년 7월 24일 파리에서 북동쪽으로 약 80킬로미터쯤 떨어진 빌레르-코트레에서 태어났다. 아버지는 토마-알렉상드르 뒤마 다비 드 라 파유트리라는 이름의 군인이었고, 포병 대령이자 노르망디 귀족인 알렉상드르-앙투안 드 라 파유트리 후작이 1760년에 생도맹그(오늘날의 아이티)로 모험을 떠났다가 마리-세세트 뒤마라는 흑인 노예와 관계하여 낳은 아들이다. 그녀가 죽은 뒤 후작은 1780년에 아들을 데리고 파리로 돌아왔는데, 당시 토마-알렉상드르는 18세였고 부친은 78세였다. 후작이 재혼을 결심하자 아들은 집을 떠나 기병대에 병사로 입대하면서, 귀족이자 대령인 부친의 이름에 누를 끼치지 않으려고 어머니의 성인 뒤마를 사용했다. 그 후에도 줄곧 두 이름을 함께 사용했고, 아들에게도 검은 고수머리와 반짝이는 푸른 눈과 강인한 체력과 함께 두 이름을 물려주었다.

일개 병사였던 토마-알렉상드르가 1793년에는 이미 프랑스 공화국 군대의 장군이 되어 있었다. 그보다 1년 전에 빌레르-코트레에서 여관집 딸인 마리-루이즈 엘리자베트 라부레와 결혼했는데, 그녀의 부친은 한때 루이 16세의 동생인 오를레앙 공의 급사장이었기 때문에 지방에서는 꽤 알려진 명사였다. 뒤마 장군은 북부군에서 복무할 때 용기와 담력으로 대단한 평판을 얻었다. 그의 가장 유명한 공적은 오스트리아의 기병대대와 맞서 혼자 브릭센 다리를 지켜낸 일이다. 오스트리아인들은 그를 '검은 악마'라고 불렀고, 당시 공화국 군대의 총사령관이었던 나폴레옹 보나파르트는 그를 티롤의 호라티우스 코클레스(고대 로마의 전설적인 영웅)라고 찬양했다. 하지만 뒤마만이 아니라 그와 같은 혁명 정신을 가진 다른 장군들은 독립적인 성향을 가지고 있었고, 그것은 보나파르트가 도저히 용납할 수 없는 것이었다. 보나파르트는 1798년에 퇴역한 뒤마를 직접 불러서 이집트 원정에 참여시켰지만, 두 사람 사이에 심각한 불화가 생기자 뒤마는 파리로 돌아가는 것을 허락해달라고 요청했다. 나폴리에서 감옥에 갇히고 치명적인 중독으로 하마터면 죽을 뻔한 것을 포함하여 여러 가지 불운을 겪은 뒤, 1801년에 드디어 뒤마 장군은 무일푼에다 건강마저 해친 몸으로 빌레르-코트레에 도착했다. 이듬해에 마리-루이즈가 아들을 낳았다. 이 아들은 시청에 알렉상드르 뒤마라는 이름으로 등록되었다. 다비 드 라 파유트리라는 성(姓)이 공식적으로 뒤마의 이름에 추가된 것은 1831년에 이르러서였다.

뒤마 장군은 아내와 열두 살 된 딸 에메와 어린 아들을 남겨둔 채 1806년에 세상을 떠났다. 나폴레옹은 미망인에게 연금 지급을 거부했고, 생활이 어려워진 가족은 외가로 다시 돌아갈 수밖에 없었다. 어머니는 아들에게 많은 교육을 시킬 수 없었지만 읽기와 쓰기를 가르치고, 아버지의 무용담을 이야기해주었다. 이런 이야기는 모험에 대한 뒤마의 생생한 상상력을 자극했다. 열두 살 때 그는 현지 학교에 보내졌지만, 별로 배운 것이 없었다. 그의 가장 큰 재능은 뛰어난 필체였다. 이 재능은 1817년에 공증사무소에 문서 베끼는 직원으로 취직했을 때 그에게 큰 도움이 되었다. 그에게 진정한 학교는 빌레르-코트레의 숲이었다. 여기서 그는 밀렵꾼들과 허물없이 어울려 사냥을 하고 덫을 놓으면서 대부분의 시간을 보냈다.

뒤마는 열여덟 살 때 몇몇 친구와 함께 가까운 수아송으로 《햄릿》 공연을 보러 갔다. 장-프랑수아 뒤시스(1733~1816)라는 2류 시인이 프랑스어로 각색한 것이었다. 그는 셰익스피어에 대해 아무것도 알지 못했다. 그의 《회고록》에는 이렇게 쓰여 있다: "시력을 되찾은 장님을 상상해보라. 창조되자마자 눈을 뜬 아담을 상상해보라." 그는 그 자리에서 당장 극작가가 되기로 결심했고, 빌레르-코트레로 돌아가자마자 아마추어 극단을 조직했다. 파예라는 이름의 동료 직원이 이층집의 넓은 다락방을 극장으로 개조했고, 감독은 뒤마가 맡았다.

　1822년에 뒤마와 파예는 ‘코메디 프랑세즈’(프랑스 국립극장)와 관계가 있는 친구를 방문하기 위해 이틀 동안 파리로 달아났다. 당시 연극계의 주요 인물은 프랑수아 조제프 탈마(1763~1826)였는데, 그는 양식화된 몸짓과 열변을 좀 더 자연스러운 동작과 말로 바꾸어 프랑스 고전 비극에 새로운 활력을 불어넣은 인물이었다. 탈마는 뒤마 장군을 생생하게 기억하고 있어서, 두 젊은이에게 흔쾌히 무료입장권을 주었다. 공연이 끝난 뒤 뒤마는 무대 뒤로 가서 탈마에게 축복을 청했다.

　“제 이마를 만져주시면 저에게 행운이 올 겁니다.”

　“그렇게 말한다면 그럴 테지! 너를 시인으로 명명하노라. 셰익스피어와 코르네유와 실러의 이름으로.”

　1824년에 뒤마는 파리로 이주하여 팔레-루아얄에 있는 오를레앙 공의 사무실에서 일하는 한편, 본격적으로 희곡을 쓰기 시작했다. 친구들과 함께 공동으로 보드빌과 멜로드라마를 썼고, 운문 비극 《크리스틴》은 1828년에 코메디 프랑세즈에 채택되었지만 결국 그곳에서는 상연되지 않았다. 산문으로 된 역사극과 현대극—그중에서도 특히 《앙리 3세와 그의 궁정》(1829), 《앙토니》(1831), 《넬 탑》(1832), 《킨》(1836)—은 그를 당대의 주요 극작가로 만들어주었다.

　그 시대는 프랑스와 유럽의 문화에 큰 변화가 일어난 시기였다. 낭만주의의 주요 시인들—빅토르 위고, 라마르틴, 알프레 드 비니—이 이미 등장했고, 셰익스피어와 실러의 희곡, 월터 스콧의 역사소설이 영향력을 널리 확대했다. 뒤마와 동갑인 빅토르 위고는 이미 사극 《크롬웰》을 썼고, 여기에 덧붙인 유명한 서문은 낡은 문학과 새로운 문학의 전쟁이 시작되었음을 알리는 첫 포성이었다. 그런데 위고의 희곡은 대중에게 널리

읽혔지만 극장에서는 상연되지 않았다. 따라서 젊은 문학 운동이 연극 무대에서 최초의 승리를 거둔 것은 뒤마의 《앙리 3세와 그의 궁정》이었다.

이 작품이 코메디 프랑세즈에서 개막된 날(1829년 2월 11일), 극장은 관객으로 가득 찼다. 위고와 비니도 거기에 있었고, 뒤마의 끈질긴 초대를 받은 오를레앙 공을 비롯하여 지체 높은 귀족들도 많이 참석했다. 연극은 대성공을 거두었다. 박수갈채 때문에 중단된 장면도 많았다. 공연이 끝나자 기립박수가 이어졌다. 스물일곱 살 나이에 뒤마는 유명인사가 되었고, 낭만주의 운동의 주요 인물로 꼽히게 되었다. 그는 이제 집필에만 전념할 수 있는 경제적 여유도 갖게 되었다.

1830년에는 샤를 10세를 추방한 7월혁명에 참여했는데, 샤를 10세를 대신하여 왕위에 오른 것은 일찍이 뒤마의 고용주였던 오를레앙 공이었다. 그는 '시민왕' 루이 필리프로서 프랑스를 다스리게 되었다. 1830년대 중엽까지 프랑스에서는 불만을 품은 공화주의자들과 변화를 추구하는 도시의 가난한 노동자들이 간헐적으로 폭동을 일으켜 불안정한 생활이 계속되었다. 그후 생활이 서서히 정상으로 돌아가면서 나라는 산업화하기 시작했고, 경제가 발전하고 언론 검열이 폐지되면서 시대는 알렉상드르 뒤마의 뛰어난 글재주에 충분한 보상을 주기 시작했다.

좀 더 구체적으로 말하면 저널리즘에 새로운 변화가 일면서, 신문에 소설이 연재되기 시작한 것이다. 〈라 프레스〉와 〈르 시에클〉 같은 신문의 발행인들은 구독료를 낮추어 독자를 확대한다는 발상을 떠올렸는데, 더 많은 독자를 끌어들여 유지하는 수단 중의 하나가 바로 '로망 푀유통(roman feuilleton)'으로 알려진 신문연재소설이었다. 이 장르는 작가에게 특별한 기법을 요구했다. 매회가 독자의 흥미를 부추기고 감질나게 하는 '마지막 한 줄'로 끝나야 했다. 발자크나 스탕달 식의 장황한 묘사적 서술은 존재할 수 없었다. 액션은 당장 시작해야 하고, 절대 늘어지면 안 되었다. 도스토예프스키와 디킨스도 연재소설로 위대한 예술작품을 만들었지만, 이 형식은 극작가 뒤마의 재능에도 더없이 안성맞춤이었다.

소설로 전향한 뒤마는 1838년에 자신의 희곡들 가운데 한 편을 개작하여 첫 연재소설인 《폴 선장》을 썼으며, 그 후 집필 공방을 마련하여 수백 편의 소설을 생산해냈다. 1840년에는 자신의 펜싱 사범인 오귀스탱 그리지에와 협력하여 《펜싱 사범》이라는 소설을 썼는데, 이 소설은 그리지에가 어떻게 러시아에서 일어난 데카브리스트 반란을 목격하게 되었는지를 서술하는 형식으로 쓰여 있다. 러시아에서는 결국 니콜라이 1세가 이 소설을 금지했고, 그 때문에 뒤마는 니콜라이 1세가 죽을 때까지 러시아 방문이 금지되었다.

1840년 2월에 뒤마는 여배우인 이다 페리에(본명은 마르게리트-조제핀 페랑, 1811~1859)와 결혼했지만, 다른 여인들과도 숱한 연애를 계속하여 적어도 네 명의 사생아를 낳았다. 그 자녀들 가운데 양재사인 마리-로르-카트린 라베(1794~1868)가 낳은 아이는 아버지의 이름을 딴 아들이었는데, 아버지의 발자취를 따라 역시 소설가이자 극작가로 성공을 거두었다. 아버지와 아들의 이름과 직업이 같기 때문에, 아버지는 흔히 알렉상드르 뒤마 '페르'(아버지), 아들은 알렉상드르 뒤마 '피스'(아들)라고 불린다.

1843년에는 열한 살 아래인 역사 교사 오귀스트 마케(1813~1888)와 협력하여 18세기를 무대로 한 소설 《기사 아르망

탈》을 〈라 프레스〉지에 연재했다. 마케를 처음 만난 것은 1838년에 시인인 제라르 드 네르발의 소개를 통해서였다. 뒤마는 마케를 공동 작가로 명시하고 싶었지만, 편집장은 마케가 무명이라는 이유로 그것을 거절했다. 하지만 마케는 충분한 보상을 받았고 결국 만족했다. 1년 뒤에 마케는 또 다른 공동 작업을 뒤마에게 제안했는데, 리슐리외, 루이 13세, 안 도트리슈, 버킹엄 공작이 등장하는 소설이었다. 이 구상이 결국에는 《삼총사》가 되었다.

작가가 '머리말'에서 말하고 있듯이, 이 소설 뒤에는 출처가 의심스러운 《다르타냥 씨의 회고록》이라는 또 다른 책이 존재했다. 실제로 가티앵 쿠르틸 드 상드라라는 사람이 쓴 이 책은 1700년에 처음 출간되었다. 그리고 쿠르틸의 회고록 뒤에는 역사상 실재한 인물이 있었는데, 루이 13세와 루이 14세 시대에 근위총사대에서 복무하다가 1673년에 전사한 다르타냥 경 샤를 드 바츠였다. 사실 그는 뒤마의 주인공과는 이름만 같을 뿐이고, 쿠르틸의 회고록 집필자와도 공통점이 거의 없었다. 쿠르틸의 회고록을 처음 발견한 사람이 뒤마인지 아니면 마케인지도 확실치 않다. 마케라고 주장하는 사람도 있지만, 1875년에 마르세유 시립도서관 기록에 나타난 흥미로운 사실은 그렇지 않다는 것을 암시하고 있다. 뒤마는 마르세유를 지나가다가 친구인 루이 메리가 사서로 일하고 있는 시립도서관에 들러 《다르타냥 씨의 회고록》 네 권을 빌렸는데, 루이 메리가 여러 번 불평하고 독촉했는데도 대출한 책을 반환하지 않았다고 한다. 뒤마 전기를 쓴 앙드레 모루아(소설가)는 이 '대출'이 1843년에 이루어졌을 것이라고 추정하고 있고, 가르니에판

《삼총사》를 편집한 샤를 사마랑은 뒤마가 이탈리아로 가는 길에 마르세유에 들렀던 1841년에 그 책을 빌렸을 것으로 추정하고 있다.

　마케는《삼총사》의 속편—《20년 후》(1845),《브라줄론 자작》(1850)—만이 아니라《몬테크리스토 백작》(1845~1846),《왕비 마르고》(1845),《조제프 발사모》(1846~1848), 그밖에 여러 편의 희곡은 물론 여섯 편의 소설에서도 뒤마와 협력했다. 그들의 관계, 그리고 뒤마와 다른 협력자들의 공동 작업은 뒤마가 남을 착취하고 상업주의에 물들어 있다는 비난을 불러일으켰다. 1845년에는 외젠 드 미르쿠르라는 젊은 작가가 〈소설 공장: 알렉상드르 뒤마 회사〉라는 제목의 팸플릿을 발표했는데, 뒤마는 그를 고소하여 이겼다. 하지만 판사들의 판결보다 더 효력이 있는 것은 마케가 자신을 착취하거나 부당하게 대했다고 뒤마를 비난한 적이 한 번도 없었다는 사실이다. 마케는 그들의 작품에 대한 뒤마의 공헌이 결정적으로 중요하다는 것을 알고 있었고, 뒤마에게 보낸 편지에서 "프랑스에서 가장 뛰어난 소설가의 협력자이자 친구가 된 것을 커다란 행운이자 명예"로 생각한다고 밝혀 그것을 공공연히 인정했다.

　그들은 함께 소설의 계획을 세우곤 했다. 그러면 마케는 역사적 사실을 조사하고 줄거리 초안을 작성하여 뒤마에게 넘겼다. 이런 초벌 작업이 끝나면 뒤마는 마케의 자료를 손질하여, 그것을 확장시키고 배역을 바꾸고 등장인물을 없애거나 추가하고 줄거리를 다듬고, 의심할 여지가 없는 그 자신의 독특한 문체가 지닌 활력을 거기에 나누어주었다. 누군가가 말했듯이 예술은 잔인하지만 공정하다. 마케가 쓴《삼총사》의 초고 90쪽이 파리의 국립도서관에 보존되어 있는데, 그 초고와 완성된 원고를 비교해보면 뒤마의 개작이 얼마나 중요했는지를 알 수 있다. 마케가 쓴 《총사들》은 당장 잊히고 말았을 테지만, 뒤마의 손질은 이 작품을 불멸의 존재로 바꾸어놓았다.

뒤마는 '머리말'에서 쿠르틸의 《다르타냥 씨의 회고록》을 언급하면서 이렇게 말하고 있다.

"다르타냥의 회고에 따르면, 그가 총사대에 지원하기 위해 총사대장 트레빌 씨를 처음 찾아갔을 때, 이 유명한 부대에 복무하고 있는 세 젊은이를 대기실에서 만났는데, 그들의 이름이 아토스와 포르토스와 아라미스였다고 한다. 솔직히 말하면 나는 이 야릇한 이름들에 마음이 끌렸다."

뿐만 아니라 《삼총사》는 다르타냥이 비쩍 마른 말을 타고 고향을 떠나는 장면, 묑에서 미지의 사내와 말다툼을 벌인 장면, 총사대장 트레빌과 다르타냥의 관계, 추기경의 친위대원들과 맞붙은 결투 장면 같은 몇 가지 에피소드와 착상을 《회고록》에서 차용한 것으로 되어 있다.

하지만 그는 시대적 배경을 루이 14세 시대에서 루이 13세 시대로 바꾸었고, 버킹엄과 리슐리외와 라로셸 포위전을 역사적 플롯의 중심에 배치했으며, 다르타냥과 보나시외 부인의 러브 스토리를 창작하여 소설 전반을 누비게 했다. 무엇보다도 그는 아토스, 포르토스, 아라미스를 새로운 인물로 탈바꿈시켰고, 다르타냥이라는 개성 넘치는 인물을 창조했다. 그들은 뒤마의 순수한 창조물이다.

뒤마는 또한 《라 페르 백작의 회고록》을 언급하면서, 이 필사본을 옮겨 쓴 것이 《삼총사》라고 말하고 있다. 하지만 라 페르 백작도, 회고록도 둘 다 뒤마의 창작이다.

뒤마의 소설 제목은 자주 의문을 불러일으켰다. 분명히 네 번째 총사가 있고, 게다가 그 네 번째 총사는 소설의 중심인물인데, 왜 삼총사냐? '하나는 모두를 위하여, 모두는 하나를 위하여'라는 총사대 구호를 외치는 것도 그 네 번째 총사다. 그가 막판에 가서야 총사대에 들어가는 것은 사실이지만, 그것은 절차상의 문제에 불과한 것처럼 보인다. 하지만 제목을 바로잡으려고 애쓰기 전에 제목을 곰곰 생각해보면, '삼총사'라는 제목이 정확하고 계시적이라는 것을 알게 될 것이다. 총사는 세 명뿐이다. 다르타냥은 그들을 흠모하고 존경하지만, 결코 그들 가운데 하나는 될 수 없다. 그는 지나치게 실제적이고 현실적이고 세속적이다. 그는 우연적인 역사 세계와 총사들의 자유로운 영역 사이에서 중개자 역할을 한다. 이자벨 장(아동문학가)은 《소설가 알렉상드르 뒤마》라는 책에서 총사들을 '천상의 존재들'이라고 부른다. 다르타냥은 그들의 증인이고, 따라서 독자들을 위한 시금석이 된다. 우리는 다르타냥의 눈을 통해 총사들을 보고, 다르타냥을 통해 총사들을 알게 된다. 복잡하게 뒤얽히는 줄거리를 움직이는 것은 다르타냥이다. 다르타냥은 행동하고, 괴로워하고, 사랑한다. 그는 정상적인 인간의 감정과 약점을 갖고 있다. 삼총사는 역사를 초월하고 개인적인 관계를 초월한다. 그들의 이름은 차용된 것이고, 그들의 정체는 감추어져 있지만, 뒤마는 정체를 숨기는 이유를 전혀 밝히지 않는다. 그리고 그것은 소설에서 아무 역할도 하지 않는다. 단지 그럴 뿐이다.

이자벨 장이 말하고 있듯이, 삼총사는 발자크의 주인공들과는 달리 구체적인 숙소를 갖고 있지 않다. 우리는 포르토스의 숙소에도 아라미스의 숙소에도 들어가지 않는다. 아토스의 방을 잠깐 들여다볼 뿐인데, 그곳에는 고귀한 과거의 흔적 몇 가지가 놓여 있다. 그들은 돈도 없다. 돈은 그들의 손가락 사이로 빠져나가고, 그들은 아무것도 모을 수 없다. 다르타냥이 모험을 통해 보상—왕비의 반지, 버킹엄의 말(馬)—을 받으면 총사들은 당장 그것을 탕진해버린다. 그들은 물질적 뒷받침을 전혀 필요로 하지 않는 것 같다. 그들은 버킹엄과 안 도트리슈, 루이 13세와 리슐리외, 라로셸의 신교도들을 묶는 역사적 속박에서 자유롭기 때문에 신처럼 태평할 수 있다. 이자벨 장은 책에서 이렇게 말하고 있다: "가장 비참한 가난뱅이처럼 벌거벗었지만 성실함과 신속함과 효율성의 달인인 그들은 정말로 반신(半神)이었다." 하지만 그들의 신성 뒤에는 어떤 마법도 없고, 전설이나 신화의 주인공들처럼 기적적인 탄생이나 마력도 없고, 단지 순수한 픽션—또는 순수한 마법—의 힘이 있을 뿐이다.

초반에는 리슐리외 추기경이 이 소설에서 악역을 맡을 것처럼 보인다. 아라미스는 그를 전능한 '붉은 공작'이라고 부른다. 하지만 리슐리외는 그 자신의 부수적 가능성 때문에 그 역할에 적합하지 않게 된다. 그는 정치가다. 즉 상대적이고 다면적인 인물이다. 냉정하고 잔인할 수도 있지만, 경우에 따라서는 관대할 수도 있고 남의 장점을 정당하게 평가해줄 수도 있다. 다르타냥은 그것을 발견한다. 충돌이 일어나려면 천상의 존재는 순수한 적수—땅, 육체, 사람을 타락시키는 악—를 필요로 한다. 그래서 밀레디—이 이름은 사실 이름이 아니다—가 총사들의 허구적 상대로 등장하는 것이다. 다르타냥은 세 수호신에게 끌리듯 밀레디에게도 끌린다. 세 수호신은 간신히 그를 구하고, 결국 다르타냥의 삶에서 사라진다—속편이 그들을 다시 불러낼 때까지.

뒤마는 글을 써서 많은 돈을 벌었지만, 여자들과 사치 생활에 아낌없이 돈을 썼기 때문에 자주 파산했다. 그가 저택으로 지은 거대한 몬테크리스토 성은 그의 관대한 성품을 이용하는 낯선 식객과 지인들로 넘쳐날 때가 많았다.

1848년에 루이 필리프 왕이 2월혁명으로 추방되고, 새 대통령으로 선출된 루이 나폴레옹은 뒤마를 좋게 보지 않았다. 1851년에 뒤마는 빚쟁이들을 피해 벨기에 브뤼셀로 달아났고, 다시 러시아로 갔다. 러시아에서는 프랑스어가 제2의 언어였고 그의 작품이 큰 인기를 얻고 있었다. 뒤마는 러시아에서 2년을 보낸 뒤, 소설을 쓰기 위한 소재와 모험을 찾아 각지를 전전했다. 1861년에 이탈리아 왕국이 선포되고, 비토리오 에마누엘레 2세가 왕이 되었다. 그 후 3년 동안 알렉상드르 뒤마는 〈랭데팡당트〉라는 신문을 창간하고 이끌면서 이탈리아 통일 운동에 관여한 뒤, 1864년에 파리로 돌아왔다. 그러나 역마살을 참지 못하고 해마다 오스트리아, 헝가리, 독일, 이탈이아, 스페인 등지를 여행했고, 1869년에는 한동안 브르타뉴에 머물면서 《요리대사전》을 집필했다(이 책은 그가 죽은 뒤에 출간되었다).

1870년 뇌출혈로 반신불수가 된 뒤, 디에프 근처의 퓌에 있는 아들의 별장에 정착하여 지내다 12월 5일 세상을 떠났다. 향년 68세였다.

뒤마는 원래 고향에 묻혔지만, 탄생 200주년인 2002년에 자크 시라크 대통령의 포고령에 따라 파리의 팡테옹으로 이장되었다. 텔레비전으로 중계된 이장식에서 총사 제복 차림의 아토스, 포르토스, 아라미스, 다르타냥으로 분장한 네 명의 공화국 근위대원들이 푸른 벨벳으로 덮인 그의 관을 양옆에서 호위하여 팡테옹까지 엄숙하게 행진했다. 팡테옹은 프랑스의 국가적 위인들만이 묻힐 수 있는 국립묘지다. 뒤마 이전에 이곳에 묻힌 문인은 다섯 사람—볼테르(1791), 장-자크 루소(1794), 빅토르 위고(1885), 에밀 졸라(1908), 앙드레 말로(1996)—뿐이었다. 시라크 대통령은 추모사에서 이렇게 말했다.

"당신과 함께 있을 때, 우리는 말을 타고 프랑스의 길을 달리고 전쟁터를 순회하고 궁과 성을 방문하는 다르타냥이거나 몬테크리스토이거나 발사모였습니다. 우리는 당신과 함께 꿈을 꿉니다."

알렉상드르 뒤마는 작가로 성공했고 귀족의 배경을 갖고 있었지만, 혼혈이라는 사실이 평생 동안 그에게 영향을 미쳤다. 1843년에는 인종 문제와 식민 정책의 결과를 다룬 《조르주》라는 짧은 소설을 쓰기도 했다. 언젠가 그는 혼혈이라는 이유로 그를 모욕한 사내에게 이렇게 말한 적이 있었다.

"내 아버지는 물라토(백인과 흑인의 혼혈), 내 할아버지는 깜둥이, 그리고 내 증조부는 원숭이였소. 우리 집안의 출발점은 바로 당신 집안의 종착점이오."

1868년에 뒤마의 건강이 나빠지기 시작했다. 하루는 아들이 만나러 와서 보니 그는 독서삼매에 빠져 있었다. 아들이 무슨 책이냐고 묻자 뒤마가 대답했다.

"《삼총사》야. 나는 늘 나 자신에게 약속했단다. 내가 늙으면, 이 책이 과연 가치가 있는지 내가 결정하겠다고."

"그래서 어디까지 읽으셨어요?"

"끝까지."

"어떻게 생각하세요?"

"좋구나."

알렉상드르 뒤마
연보※

7월 24일, 빌레르-코트레에서 알렉상드르 뒤마 출생. 아버지는 토마-알렉상드르 뒤마 다비 드 라 파유트리, 어머니는 마리-루이즈 엘리자베트 라부레.	1802
그레구아르 수도원 학교 입학(~1813).	1811
워털루 전투(6월)가 벌어지기 며칠 전, 빌레르-코레트 역참에서 나폴레옹 목격.	1815
빌레르-코트레에서 공증사무소 직원이 되지만, 법률 공부보다 사냥에 더 많은 정력을 쏟음.	1817
나중에 희곡을 함께 쓰게 될 아돌프 드 뢰방 만남.	1818
처음으로 파리 방문. 배우 달마 만남.	1822
파리에 정착. 마리 라베와의 연애가 결실을 맺어 알렉상드르 뒤마 2세 태어남(7월 27일).	1824

※다작인 관계로 주요 작품만 추려 명기했습니다.

뢰방과 함께 희곡 《사냥과 사랑》을 집필하고 상연.	1825	
라마르틴, 위고, 비니, 뮈세 등과 교류.	1828	
2월 11일, 《앙리 3세와 그의 궁정》이 코메디 프랑세즈에서 상연. 낭만주의 연극이 이룩한 최초의 빛나는 위업이었고, 뒤마는 빅토르 위고와 함께 낭만주의 운동의 지도자가 됨.	1829	
3월 30일, 《크리스틴》이 오데옹 극장에서 초연. 7월혁명에 연루됨.	1830	
5월 3일, 《앙토니》가 포르트 생마르탱 극장에서 초연. 이 작품으로 최초의 대성공을 거둠.	1831	
5월 29일, 《넬 탑》이 포트르 생마르탱 극장에서 초연. 스위스로 첫 외국 여행을 떠나, 루체른에 있는 샤토브리앙 방문.	1832	
스위스 여행기 출간. 파리의 미술계와 문학계와 연극계의 명사들을 초대하여 화려한 파티 개최.	1834	
여배우 이다 페리에와 이탈리아 여행.	1835	
벨기에와 독일 여행.	1838	《폴 선장》
이다 페리에와 결혼. 이탈리아 피렌체에서 2년 동안 체류.	1840	
여행기 《라인 강변 여행》과 《여행의 추억—피렌체에서 보낸 1년》 출간.	1841	《라인 강변 여행》 《여행의 추억— 피렌체에서 보낸 1년》

	1842	《기사 아르망탈》
인종 문제와 식민 정책을 다룬 《조르주》 출간.	1843	《조르주》
산발적으로 몇 차례 시도한 끝에 소설 쓰기에 착수하여 《삼총사》, 《코르시카의 형제들》 출간. 오귀스트 마케와 협력하기 시작. 생제르맹-앙-레에 거처를 마련하고, 집을 짓기 위해 포르-마를리에 땅 구입.	1844	《삼총사》 《코르시카의 형제들》
〈소설 공장: 알렉상드르 뒤마 회사〉라는 팸플릿을 쓴 외젠 드 미르쿠르를 고소.	1845	《20년 후》 《몬테크리스토 백작》 《왕비 마르고》 《붉은 집의 기사》
스페인을 여행한 뒤 북아프리카를 여행.	1846	《몽소로 부인》 《조제프 발사모》
2월에 '역사극장'을 개관하고, 7월에 포르-마를리에 '몬테크리스토 성' 준공. 생제르맹-앙-레의 국민병 소령으로 선출.	1847	《여행기: 파리에서 카디스까지》 《브라줄론 자작》
10월혁명에 연루되어 의원으로 선출되지 못함. 알렉상드르 뒤마 2세의 장편소설 《춘희》 출간.	1848	《왕비의 목걸이》
몬테크리스토 성이 경매로 넘어감.	1849	
부채 때문에 기소됨. 극장 파산.	1850	《검은 튤립》
점점 더 많은 기소에 직면. 빅토르 위고 같은 나폴레옹 3세의 적들이 많이 거주하고 있는 벨기에 브뤼셀로 피신.	1851	《앙주 피투》
뒤마 2세가 《춘희》를 무대에서 처음 상연하여 대성공을 거둠. 네덜란드와 독일 여행.	1852	《샤르니 백작부인》 《이자크 라크당》

브뤼셀과 파리를 오가면서 파산 문제의 해결책을 협의. 〈총사〉라는 신문을 발간.	1853	
브뤼셀을 떠나 다시 파리에 정착.	1854	《파리의 모히칸족》
	1856	《제위의 친구들》
건지 섬으로 추방된 빅토르 위고 방문. 영국과 독일 여행. 〈총사〉 발간을 끝내고 새 신문 〈몬테크리스토〉 창간.	1857	
6월부터 이듬해 3월까지 상트페테르부르크에서 카프카스 산맥까지 러시아 여행.	1858	《돌출 회랑의 쇠집게》 《파리에서 아스트라칸까지》
이탈리아 여행.	1859	《카프카스 산맥》
애인인 에밀리 코르디에와 함께 요트 '엠마'호를 타고 지중해 항해. 시칠리아에서 이탈리아의 혁명가 가리발디를 만나 그를 돕기로 하고, 그의 의용대('붉은 셔츠')를 무장시킬 무기를 구입하기 위해 마르세유로 감. 가리발디는 승리를 거둔 뒤, 뒤마를 나폴리의 '발굴과 박물관'을 관장하는 책임자로 임명. 나폴리에서 신문 〈랭데팡당트〉 창간.	1860	《가리발디의 회고록》
나폴리에서 1864년까지 거주.	1861	
	1863	《라 상-펠리스》
프랑스로 귀국하여 앙기앙에 정착.	1864	
프랑스와 외국에서 강연 시작. 오스트리아와 헝가리 여행.	1865	
이탈리아 여행. 신문 〈총사〉 재발행.	1866	

독일 여행.	1867	《하양과 파랑》 《프로이센의 　공포정치》
한동안 브르타뉴에 머물면서 《요리 대사전》 집필.	1869	
디에프 근처의 퓌에 있는 아들의 별장에 정착. 12월 5일 세상을 떠남. 12월 8일 장례식 거행.	1870	
	1873	《요리 대사전》
탄생 200주년을 기념하여 자크 시라크 대통령의 포고령에 따라 파리의 팡테옹으로 이장.	2002	
1869년에 미완성으로 끝난 소설 《생트-에르민》 출간.	2005	《생트-에르민》

옮긴이 **김석희**

서울대학교 인문대학 불문과를 졸업하고 대학원 국문학과를 중퇴했으며, 1988년 한국일보 신춘문예에 소설이 당선되어 작가로 데뷔했다. 영어·프랑스어·일어를 넘나들면서 시공사 '세계문학의 숲'에 포함된 토머스 드 퀸시의《어느 영국인 아편쟁이의 고백》, 콘라드 죄르지의《방문객》, 다니자키 준이치로의《미친 사랑》, 크누트 함순의《목신 판》을 비롯하여 존 파울즈의《프랑스 중위의 여자》, 존 러스킨의《나중에 온 이 사람에게도》, 허먼 멜빌의《모비 딕》, 스콧 피츠제럴드의《위대한 개츠비》, 쥘 베른 걸작선집(15권), 시오노 나나미의《로마인 이야기》(15권) 등 많은 책을 번역했다. 역자 후기 모음집《번역가의 서재》, 제주도 귀향살이 이야기를 엮은《이 또한 즐겁지 아니한가》등을 펴냈으며, 제1회 한국번역대상을 수상했다.

삼총사 2

초판 1쇄 발행일 2011년 9월 26일
초판 6쇄 발행일 2023년 5월 26일

지은이 알렉상드르 뒤마
옮긴이 김석희

발행인 윤호권
사업총괄 정유한

편집 정은미 **디자인** 이희영 **마케팅** 윤아림
발행처 ㈜시공사 **주소** 서울시 성동구 상원1길 22, 6-8층(우편번호 04779)
대표전화 02-3486-6877 **팩스(주문)** 02-585-1755
홈페이지 www.sigongsa.com / www.sigongjunior.com

이 책의 출판권은 (주)시공사에 있습니다. 저작권법에 의해
한국 내에서 보호받는 저작물이므로 무단 전재와 무단 복제를 금합니다.

ISBN 978-89-527-6300-6 04860
ISBN 978-89-527-6302-0 (세트)